文 学

经 典 鉴 赏

YUANMINGQINGSHI
SANBAISHOU

元明清诗三百首

上海辞书出版社文学鉴赏辞典编纂中心 编

上海辞书出版社

编者小识

　　"三百首鉴赏辞典系列"是我社古典文学鉴赏方面的一套小丛书,至今已陆续出版了近二十个品种,历时近二十年。它依托于我们一套编纂历史更长、规模更大的"中国文学鉴赏辞典系列",延续其风格,具体而微。因其选目精当,篇幅适中,深受读者欢迎,已成为古典文学图书市场上的畅销书,也是长销书。其中《唐诗三百首鉴赏辞典》《宋词三百首鉴赏辞典》《古文观止鉴赏辞典》《元曲三百首鉴赏辞典》等自面市以来,已数十次重印。

　　为了更好地满足读者的需求,我们感到有必要对"三百首鉴赏辞典系列"从内容到形式做一些升级。在内容的修订方面,首先,对篇目进行了调整完善,以期更好地反映这些年文学研究的进展,读者阅读口味的变化。我们注重经典,也尽力了解和满足新一代读者的审美风尚。我们还参考了最新的课程标准,尽可能地囊括了新编教材的篇目。其次,我们再一次地对全书内容进行了审校,改正了多年习而不察的舛误。在形式上,我们采用精装的形式,版式上力图醒目、美观,一改过去"字小纸透"的缺陷。种种修订、更新,我们只有一个目的,就是让读者能更好地体验传统文学的魅力。因一些品种如古文、楚辞不足三百之数,为名实相符,我们索性将此系列更名为"文学经典鉴赏"。

　　需要说明的是,"文学经典鉴赏"仍保持我社文学鉴赏辞典的特色。不唯在选目上精益求精,在鉴赏方面也一如既往地讲究辞理俱佳、典雅博洽,使赏析和原作相得益彰。相比于时下众多选本蜻蜓点水似的评论,我们的鉴赏文字均由古典文学领域的专家精心撰写,凝聚了他们深厚的学术功底和文学修养,看似"冗长",实则字字珠玑,内涵丰富。各位作者娴熟运用现代文艺理论,全面而深入地分析作品的写作背景、艺术特色、文学成就,解释"古典""今典",揭示"诗心""文心",仿佛旧小说里所讲的"车轮战法"——通过各个角度、各个层面的解析,使文学作品丰富的意蕴纤毫毕现。

　　奇文共欣赏,疑义相与析,让我们跟着名家的步伐,逐渐地提高自己的审美鉴赏能力吧。

文学鉴赏辞典编纂中心

2022 年 10 月

目 录

目录

清　诗

辽·金·元诗

岐阳三首(其二)　元好问

百二关河草不横,十年戎马暗秦京。
岐阳西望无来信,陇水东流闻哭声。
野蔓有情萦战骨,残阳何意照空城!
从谁细向苍苍问,争遣蚩尤作五兵。

　　元好问生活在女真、蒙古两少数民族政权沧桑变革之际,备经国破家亡的苦痛,亲睹人民颠沛、满眼疮痍的社会现实,他感时而作的许多作品,感情激越,风格苍凉,继承杜甫、陆游这类诗篇的传统艺术特色,而又自创面目,不同于后代明七子的摹拟。作者是历史的见证人,作品是一代的诗史。

　　《岐阳三首》写于汴京沦陷前夕。这里选录的是第二首。前半首写岐阳战事,后半首写由战争造成的惨绝人寰的景象,具有高度的艺术概括力。岐阳如此,其他侵略铁蹄所蹂躏的地方也是如此。因此,作者禁不住发出呵壁问天的悲愤,对人类社会长期以来统治阶级所发动的非正义战争导致社会的破坏、生灵的涂炭进行控诉。

　　岐阳,当时属凤翔府。诗中所反映的战役,是金哀宗正大八年,即蒙古窝阔台汗三年(1231)四月,蒙古破金凤翔的一役并及其前后的事。这时,作者在金汴京城中任左司都事之职。

　　开头两句,总写十年多来,蒙古统治者侵犯陕西的战事。百二关河指陕西;百二,一百的二倍,一说是以二敌百,典故出于《史记·高祖本纪》:"秦,形胜之国,带河山之险,县(悬)隔千里,持戟百万,秦得百二焉。"关河,指陕西的潼关、大散关、黄河、渭河等。横草,原指军行所至,野草被践踏而横倒,语出《汉书·终军传》,这里借指杂草,"草不横"即野无青草之意。秦京,陕西的首府长安,为周、秦、汉、唐京都所在,这里泛指陕西全省及其邻近之地。十年戎马,可自金宣宗元光元年即蒙古成吉思汗十七年(1222)算起,这年,蒙古攻金河东(属山西,靠近陕西,辖地中一部分属陕西)、陕西,次年,蒙古攻金凤翔不克。金哀宗正大四年即成吉思汗二十二年(1227),蒙古破金洮河、西宁。十二月,蒙古兵入京兆(即长安),金收兵保潼关。正大六年即蒙古窝阔台汗元年(1229),六月,蒙古议南伐,十月,蒙古兵入金庆阳界。金请缓师被拒。正大八年四月,蒙古破金凤翔,九月,蒙古破金河中。开兴元年即蒙古窝阔台汗四年,二月,金潼关降于蒙古。两句中包括了这许多战事,诗句用一"暗"字,集中地渲染了战地天日无光的阴暗场面。三、四两句,"岐阳西望"是倒装语,即西望岐阳,作者身在汴京,秦地在西,故云"西望"。"无来信",则因开兴元年二月金潼关降敌后,陕西与汴京之间,信息已断。陇水一句,包括洮河、西宁、庆阳等战役在内。"闻哭声",写得如闻其声。贴定秦地实写,到此已足。

五、六两句便把战地画面展开,野蔓萦绕的是战骨,极无情事,却说是"有情",正言若反,极意形容战地无一生人,野蔓只得与战骨为缘,好像是"有情"了。这是把野蔓拟人化的表现法。残阳也是无感情的,随处可以照到,可是现在照的是空城,残阳是无意的,而且那些陷落的城池,哪一座不被侵略者屠杀一空,残阳虽要避免而不照,也不可能。这样,对侵略者的残杀罪行,暴露得更加深刻,而作者在诗句的声泪俱下中所蕴含的悲愤,也更能激起读者的共鸣。全诗也正在这里显示了艺术性与思想性的高度统一。最后,作者在呼天申诉中,把一切归罪于蚩尤。争遣即怎遣,五兵,矛、戟、弓、剑、戈。蚩尤,是神话传说中"九黎"的君长,有蚩尤受金作兵伐黄帝的说法。作者在这里,是借以指人类最初从事战争的罪魁。这一问,问得无可奈何,言外之意,是要消弭战争。然而在元好问的时代,作者是无法作出正确答案的。

女真、蒙古的战争,是我国内部民族矛盾的问题,归根到底,是阶级矛盾的问题。制造两个民族战争的,是该民族当时的统治阶级(当然,即在当时,他们也有推动历史发展的一面),而各民族的战士、人民,都是被迫上战场的,被迫害的。经过战争,各个民族又经历融化合作的过程,而形成中华民族。然而,这不是当时的统治者自觉意识到的。我们今天读这类诗歌,只是为了增强我们对旧时代罪恶的统治阶级罪行的憎恨,绝不是把这种罪行加给这个或那个民族的人民,这又是我们欣赏元好问这一诗篇时应该认识到的。(钱仲联)

颍亭留别　　元好问

同李冶仁卿、张肃子敬、王元亮子正,分韵得画字。

故人重分携,临流驻归驾。乾坤展清眺,万景若相借。北风三日雪,太素秉元化。九山郁峥嵘,了不受陵跨。寒波淡淡起,白鸟悠悠下。怀归人自急,物态本闲暇。壶觞负吟啸,尘土足悲咤。回首亭中人,平林澹如画。

元好问在正大元年(1224)五月应词科合格,权国史院编修,时年三十五岁。次年夏辞官归登封。这首五古即是写于正大二年在颍亭与友人作别之时。颍亭在河南登封,地当颍水上游。登封是元氏流寓河南时的第二故乡,前后共住九年,他曾长期在这一带盘桓漫游。诗中小序所提到的三人都是来为元氏送行的友人。李冶字仁卿,真定(治所在今河北正定)人,金正大末登进士第,曾为元好问文集作序。张肃字子敬,曾任提刑之职。王元亮字子正,后改名粹,平州(治所在今河北卢龙)人。临别之际诗人与友人分韵赋诗,遂有此作。

首二句交代行前依依惜别的情景。"故人"犹言老友,"分携"即分手。临别在即,老友留恋不舍,他们来到了颍水之滨,诗人停下了将要归去的车驾,与友人互道珍重。

接下去诗人却并未循此而抒发依恋惜别之情,却是宕开笔墨,展现出寥廓旷远的山川景物。"乾坤"与"万景"对举,境界殊为阔大;"展"字与"借"字下得巧妙。"展"用如使动词,"清眺"指人的视野。高天远地一下子令人眼界大为开阔,眼前展出无限清景。"借"乃"假借"之意,即对人宽容或友好,诗人在此用拟人手法,将大自然写得富有生命与灵性,那天地万象似乎对人特别有情意,纷纷呈现出自己的千姿百态。接写北风雪飘使人感受到大自然的运行不息。"太素"乃是古代对构成宇宙之物质的称谓,即形成天地万物的素质。班固《白虎通·天地》云:"始起之天,始起先有太初,后有太始,形兆既成,名曰太素。""秉"即操持、掌握。"元化"谓大自然的发展变化,犹言"造化"。这里是说物质的元素主宰着大自然的演化,秋去冬来,风霜雨雪,莫不如此。放眼眺望,连绵的群山嵯峨高峻,压根儿就翻不过去似的。"了"作为副词,作"根本"、"完全"讲,多用于否定句式中,用以加强否定语气;"陵跨"即跨越。此处下一"了"字,将高山巨巘那种突兀峥嵘的气势表现得极为充分。"九山"指的是辕辕、颍谷、告成、少室、大箕、大陉、大熊、大茂、具茨九座山岭。"九山"二句写山势,"寒波"二句则写水态。此处的水当指颍水。诗人在此有意渲染水上景色的闲静悠远,以与上面山势之震慑人心的气势形成对比,收到对比映衬的艺术效果。为了突出这种悠静的格调,诗人特为选用了曼声长语的叠词,以造成一种悠远不尽之致。值得一提的是"淡淡"一词,它用色彩的效果来写微波涟漪的动荡不定,更能传其轻盈渺远之神,较之用表现动态的词语来形容更具神韵。潘岳的《金谷集作诗》就有句云:"绿池泛淡淡,青柳何依依。"又"白鸟"是指那种白色的鸥鹭之类的鸟,如杜甫《寄刘峡州伯华使君四十韵》:"江湖多白鸟。"《雨》:"白鸟去边明。"诗人们喜欢写其意态悠闲,如杜甫《涪城县香积寺官阁》:"浴凫飞鹭晚悠悠。"元氏的这一联诗不施藻绘,纯用白描,用素朴的语言、谐婉的音节、工整的对偶写出了一种淡雅的意境,传达了一种悠然远韵,不仅流利可诵,而且令人神往,难怪受人激赏而被目为全诗之警策。不仅如此,它还妙在写出了诗人与大自然晤对时无意间触目兴怀、会心感悟的那种意态心境,王国维称此联为"无我之境",他在《人间词话》中指出:"'采菊东篱下,悠然见南山','寒波淡淡起,白鸟悠悠下',无我之境也。有我之境,以我观物,故物皆著我之色彩;无我之境,以物观物,故不知何者为我,何者为物。古人为词,写有我之境者为多,然未始不能写无我之境,此在豪杰之士能自树立耳。"他将元氏此联诗标为"无我之境"的代表之一,评价是很高的。所谓"无我之境"实际上就是主体在较平静的心境中以直觉去观照外物,达到与客体的交融无间,因而是"不知何者为我,何者为物",这时主体因客体的触发而怦然心动,悠然会心,因而周振甫称"无我之境","实际上就是触景生情"(《诗词例话》)。那么诗人在此究竟触动了什么感情呢?这就是诗的最后一部分所要传达的。

如果说人在"无我之境"中暂时达到了物我交融的心理平衡,那么一旦平衡消失,则心底的波澜又会涌动翻卷。诗人面对此景不禁道出了"怀归人自急,物态本闲暇"的感慨。至此诗人点明了这段写景的用意,他是用大自然的终古如斯与生生不息来反衬自身的躁急心态。读书仕进本是封建知识分子执着的人生目标,而元氏此次为官一年即辞职离京,想来定有未惬心意的遭遇;强敌压境,国势日蹙的时世也使他无心为官,故而匆匆怀归。自我与客体的两相对照,隐然流露出自愧不如之意,故而下面发出了深沉的感慨:在俗世尘土中汲汲奔走,孜孜以求所谓"功名",不仅辜负了饮酒赋诗,而且徒足令人悲叹。"壶觞"一句之解颇费斟酌,但结合诗人同时期的作品来看,毋宁作如是解,即此句为"负壶觞吟啸"之倒文。元氏对陶渊明十分景慕,亦嗜饮酒,且模拟陶诗作有《饮酒》(与本诗同年所作),诗云:"去古日已远,百伪无一真。独余醉乡地,中有羲皇淳。圣教难为功,乃见酒力神。谁能酿沧海,尽醉区中民?"可见他之嗜酒乃是对现实失望之后的逃遁之举;而要奔走尘世就难做醉乡中人了。同时所作之《颖亭》云:"胜概消沉几今昔?中原登览足悲哀。远游拟续骚人赋,所惜匆匆无酒杯。"也可为此解作佐证。如此,则返观前面的写景,不难发现其赋而兼比的象征意义,实际上正是诗人向往的一种人格的、精神的境界。如果说峥嵘的山势表现了诗人对一种崇高人格的追求的话，那么悠闲的水、鸟则象征着冲淡闲远的襟抱气度。大自然是永恒的，像屹立的巍巍群山；它又是永远在运动的，就像流水和飞鸟。借用哲学的语言，它就是"自在之物"；它的生息变化，都是"自化"(庄子语)，不为人的意志所转移。而牵于物欲的人就难免自叹匆匆如而心向往之了。诗的最后写他回望送别的友人，但见平林漠漠，溟濛一片，淡远如画。这里与其说是写惜别留恋，还不如说表现了消解离情、冥合物我的一种精神境界，一切的伤离恨别都消融于这淡远的景物之中，实际上就是对前面的"无我之境"的一种回归。

分析至此，我们确实可以看出，这真是一首与众不同的留别诗。它没有将笔墨化在写离情别绪上，恰恰相反，它表现的是对这种情绪的超脱，通过大段的写景它表现出一种人生的解脱，对心灵超脱境界的向往，否则我们就难以理解这首诗，特别是诗中的景物描写的深意。全诗由交代离别折向眺望之景，又回到抒发感慨，最后复归为"无我之境"的超然，跌宕有致，而"怀归"二句实乃点题之笔，不可放过。作为五古，这首诗也体现出元氏的诗风。翁方纲《石洲诗话》称："遗山以五言为雅正，盖其体气较放翁淳静。然其郁勃之气，终不可掩。"吟咏此诗，颇觉其古茂浑雅，有魏晋气度，尤近陶诗。全诗流贯着的那股冲淡闲远，渊然淳蓄的气度，真有陶诗之神，难怪王国维要将它与"采菊东篱下，悠然见南山"并举。但此诗又非陶诗翻版，正如翁氏所言，"淳静"之外尚具"郁勃之气"，我们从那寥廓莽苍、雄峻博大的天地山川中不正可感受到这种元气磅礴吗？这和北方的地理人文、元氏的资质秉性都是密切相关的，这也就是他所说的"中州万古英雄气"(《论诗绝句》)陶冶的结果。(黄宝华)

游黄华山　　元好问

黄华水帘天下绝①，我初闻之雪溪翁②，丹霞翠壁高欢宫③，银河下濯青芙蓉④。昨朝一游亦偶尔，更觉摹写难为功。是时气节已三月，山木赤立无春容。湍声汹汹转绝壑，雪气凛凛随阴风。悬流千丈忽当眼，芥蒂一洗平生胸，雷公怒击散飞雹，日脚倒射垂长虹。骊珠百斛供一泻⑤，海藏翻倒愁龙公。轻明圆转不相碍，变见融结谁为雄？归来心魄为动荡，晓梦月落春山空。手中仙人九节杖⑥，每恨胜景不得穷，携壶重来岩下宿，道人已约山樱红。

注　①黄华山：即隆虑山，也称林虑山，在河南林县西北二十五里。山的北岩有瀑布。　②雪溪翁：即王庭筠，字子端，号雪溪。大定十六年甲科，官奉翰林。曾卜居彭德，买田隆虑，读书黄华山下。《金史》本传　③高欢：北齐神武帝，曾在黄华山插天峰下筑避暑宫。　④青芙蓉：这里指美丽的山石。　⑤骊：骊龙。骊珠是形容水的喷流如龙吐珠子一样。　⑥九节杖：古神话说，王烈授赤城老人九节苍藤杖，挂杖行地上，跑马都赶不上。

浮耸于河南林县境内的黄华山(又名"林虑山")，无论是在诗人登临时的元初，还是在七百余年后的今天，都未入"名山"之列。然而，在热爱自然、好以山林为友的元遗山心中，它的一峰一壑、一草一木，却都跃动着生命的独特气韵，表现着令他惊异的清奇魅力。

对于诗人来说,黄华山的奇境,其实只是在一次"偶尔"游观中的意外发现。"黄华水帘天下绝,我初闻之雪溪翁"——卜居此山的友人王庭筠,一再向元好问称叹美丽的黄华山,它有着怎样奇绝的水瀑飞洒,在它的插天峰下,还留有怎样古老的"高欢宫",辉映在霞彩之中;当一条白练界破苍苍青峰,如"银河"般飞流直下时,那满壑的山石,又怎样像刚被洗濯过的清艳芙蓉,千朵万朵嫣然绽放……

雪溪翁毕竟了解元好问!他知道山水清美之景,对这位心境苍凉的晚年诗人,该是怎样一种诱惑。"昨朝一游亦偶尔"——元好问果然动心了。于是在那个幽静的早晨,诗人终于持着"九节竹杖",来到了黄华山下。他自然全未料到,当他踏入黄华山中的时候,竟就同时踏入了纷纭的诗思也难以"摹写"的造化奇境。这就是《游黄华山》的开篇:它只是借着友人的称叹,如塞开一角遮掩黄华山的帷幔,让你对它的丹霞古宫、翠壁奇瀑,先只窥见一个朦胧、美好的虚境。你的全部好奇和欲往一游的意兴,由此与诗人一样,被浓浓地激发了。

现在,随着诗人探山寻水的轻快脚步,你似也走上了曲曲的黄华山径。"气节"是北地三月的早春,料峭的寒风里,天地无声、山木赤立(指树木还未发新叶),一切都恍如仍沉睡于漫长的冬季,哪里有春的气象呢?然而,耐不住性子的瀑布,先就以它的躁急巨响,泄露了山林的秘密。听!"湍声汹汹转绝壑",那咆哮汹涌的水声,自绝壑处传出,奔湍而来、呼啸而去,仿佛还挟着"凛凛"的"阴风"。此时虽未见瀑布,然而单是那撼天震地的巨响,就足以令你心动而神往了。

一过绝壁,飞泉的世界便倏地向诗人扑来。一瞬间,千丈的悬流,恍如银河倾倒、从天而泻。盈寸的眼眸中尽是这奔流着的银白水色。一向豪气干云的诗人溶入了神奇的大化,灵魂仿佛就是那瀑布脚下的青色芙蓉石,被濯洗得纤尘不染、"芥蒂"全无。一瞬间,那个国破家亡、栖迟零落、"动辄得谤讪"(《别李周卿》)的沉郁诗人不见了。天上地下,存在着的,只是一颗眷恋着自然、与自然对答的自由心灵——这种"悬流千丈忽当眼,芥蒂一洗平生胸"的痛快,这种毫无保留的灵魂的赤裸,与谪仙人李白"望庐山瀑布"时的"遥看"所感,当是别有不同的吧。

罗丹曾说过:伟大的风景画家,"不仅在动物身上看见宇宙灵魂的反映,而且在树木、荆丛、原野、山丘中也看见。""只是由于性情不同,给予'自然'的灵魂也有所不同。"(《罗丹艺术论》)元遗山无疑是一位襟怀坦荡、轩昂豪迈的诗人,所以当他恣情于山水之间,"心凝神释,与万化冥合"(柳宗元语)之际,手中的那支笔便格外雄奇,而他笔下的黄华水帘也自因此而不凡了:"雷公怒击散飞电,日脚倒射垂长虹。"——此刻瀑布飞洒在眼前、震响在耳边,也激荡在诗人的心底。它自高处落下,从一块岩石击向另一块岩石。鸣声轰然、飞花乱溅,宛如雷公霹雳;偶尔"日脚"(指穿过云层的阳光)反射到它身上,因为水珠和阳光结合,还会有缤纷的彩虹幻现。在这里,瀑布永远是主宰。听它的浩歌,势壮声宏,气魄之大,简直到了"骊珠百斛供一泻"的地步。可怜的只是海底凶悍的龙公,日日要愁苦于宝藏的大量流失了。伫立于瀑布边,水声之大、水势之猛,令诗人心惊,而水珠晶莹剔透、时分时合却又互不相碍,更显得变幻莫测、惝恍迷离。诗人那"轻明圆转不相碍,变见融结谁为雄"的神奇一问,不禁要令人击节而赞,这该是天地间何其壮伟的景观啊!

黄华水帘的美,摄人心魄,诗人一别之后,仍是日思夜念、魂牵梦萦。"月落春山空"一句,恰正为我们描绘出了一幅恬静、空灵的图画(王维有"夜静春山空"句)。那已是诗人依依不舍离开黄华山的夜晚。他睡在山下的客舍之中,似还在重温白天游山所见的一切,句中的"晓梦"二字,使整个画面充满了一种追忆的感觉,我们仿佛看见诗人惆怅地披衣起坐,而他窗外那个春月悄落、夜幕笼罩着的山谷里,竟似又响起了瀑布豪壮的歌声。追忆总是美丽而又遗憾的,好在春去春来,那山樱烂漫的时光很快又会到来。那时候,他会记住今日山中道人的殷殷期约,他还会携壶重游、再高卧在这令人忆恋的、黄华飞帘的岩下的。

这首诗大约作于蒙古太宗九年(1237)是元遗山晚年的代表作之一。景色雄奇壮大,措语亦雄健豪迈,然而比起少年时那种"唤取骑鲸客,挝鼓过银山"(《水调歌头·赋三门津》)的气魄,毕竟已是稍有不如。这大抵是元遗山中年遭遇国难、处境困顿难堪而造成的吧。《蕙风词话》在评价这位"金之坡公"时曾说:"遗山之词,亦泽雅,亦博大。有骨干,有气象。以比坡公,得其厚矣,而雄不逮焉者。豪而后能雄。遗山所处不能雄,尤不忍豪。牟端明《金缕曲》云:'扑面胡尘浑未扫,强欢讴,还肯轩昂否!'知此,可与论遗山矣。"知此,我们也就会明白,诗人的黄华山一游,为何不是出于"特意",而是"偶尔";也就会明白,此诗中所说的胸中"芥蒂",带有国破家亡的多重忧郁,因而必须借雄奇的黄华飞瀑始能冲洗了。(张 巍)

论诗三首(其二)　　元好问

晕碧裁红点缀匀,一回拈出一回新。
鸳鸯绣了从教看,莫把金针度与人。

元好问不仅是金元间最著名的诗人,也是杰出的诗歌理论家。他的《论诗绝句三十首》,主张天然淳朴,提倡豪放刚健,对后世产生了深远的影响。他的另一组论诗作品《论诗三首》,亦不乏真知灼见,这里选的即其中第二首。

在这首诗中,元好问用绘画、绣花作比喻来论诗。作画要晕染、剪裁,点缀均匀,布置妥贴;写诗也要在谋篇立意、用字用句上反复斟酌,推敲琢磨,才能够光景常新,达到情景交融、不落窠臼的地步。有意思的是,这首二句其实已经形象化地讲解了作诗的诀窍,但元好问却将笔锋陡转,说好的作品犹如绝妙的刺绣,可以任人欣赏,却不能把"金针"——写诗的诀窍、秘要传授给人。这就有些令人不解了。怪不得明末清初评点家金圣叹在评《西厢记》中说:"仆幼年最恨'鸳鸯绣出从君看,不把金针度与君'之二句,谓此必是贫汉自称王夷甫口不道阿堵物计耳。若果知得金针,何妨与我略度?"

金圣叹此语,献疑送难,入情合理。究竟是元好问不欲直截示人以"金针",还是无法说出抑无"金针"可说? 清恒仁《月山诗话》似乎从一个侧面回答了这个问题。诗话云:"元遗山诗喜用古人成语,陶、杜句尤多。《论诗绝句》'鸳鸯'云云,亦是古句。朱子云:'子静说话,常是两头明中间暗,其所以不说破,便是禅。'所谓'鸳鸯绣出从君看,莫把金针度与人',他禅家自爱如此。"原来元好问是引用朱熹的话,以禅论诗,不欲直言无遗,而所要点明的就在上文所写的形象之中。中国诗家论诗,本有含蓄一派。唐司空图《诗品》论含蓄云:"不着一字,尽得风流。语不涉己,若不堪忧。是有真宰,与之沉浮。如渌满酒,花时反秋。悠悠空尘,忽忽海沤。

浅深聚散，万取一收。"元好问这首诗，正用司空图所用的禅机隐语式的"含蓄"手法，不说金针，而已把金针度出，就如唐人宫怨诸篇，本是自己失宠而怨，偏就旁人得幸而欢者说，皆得含蓄妙旨。这种风气，也是宋人严羽等人以禅论诗的延替与发展。

再进一步说，元好问即使想把金针直截度与人恐怕也办不到。作诗的诀窍，要靠作者自己凭学识修养，凭实践去领悟。陆游说"纸上得来终觉浅，绝知此事要躬行"（《冬夜读书示子聿》）、"六十余年妄学诗，工夫深处独心知"（《夜吟》），深得学诗、作诗三昧，元好问只能够用形象化的比拟来说明作诗的道理。《庄子·天道篇》中轮扁的话也同样给人这样的启示：轮扁以自己斫轮的经验来证明凡书上写的都是古人的糟粕，他说："斫轮徐则甘而不固，疾则苦而不入；不徐不疾，得之于手而应于心，口不能言，有数存焉于其间。臣不能以喻臣之子，臣之子亦不能受之于臣。……古之人与其不可传也，死矣，然则君之所读者，古人之糟粕已夫！"这段话很明白地告诉大家，诀窍是不能通过言传的，说得出的绝不是诀窍。同样，鸳鸯绣出，只能任你赏玩借鉴，至于绣鸳鸯的方法，还是不要说出来的好，因为说了，自己无法表达其中真正要领，别人也无法领悟其中神髓。

金圣叹虽然对元好问的诗提出驳难，实际上他深深明白其中道理，只不过是有意责难而已。他在《西厢记》第五本中就大大发挥了"不把金针度与人"的妙谛，他说：

> 尝有狂生题《半身美人图》，其末句云："妙处不传。"此不直无赖恶薄语，彼殆亦不解此语为云何也。夫所谓"妙处不传"云者，正是独传妙处之言也。停目良久睇之，睇此妙处；振笔迅疾取之，取此妙处；累千百万言曲曲写之，曲曲写而至于妙处；只用一二言斗然直逼之，便逼此妙处。然而又必云"不传"者，盖言费却无数笔墨，止为妙处。乃既至妙处，即笔墨都停。夫笔墨都停处，此正是我得意处。

金圣叹这段话，可以说为元好问这首诗做了个注脚：不说正是说，不把金针度与人，金针实际上已经度出，这金针就是"晕碧裁红点缀匀，一回拈出一回新"，只是需要你自己反复实践、体会而已。（李梦生）

壬辰十二月车驾东狩后即事（其二）　　元好问

惨淡龙蛇日斗争，干戈直欲尽生灵。
高原水出山河改，战地风来草木腥。
精卫有冤填瀚海，包胥无泪哭秦庭。
并州豪杰今谁在，莫拟分军下井陉！

元好问在金哀宗正大八年（1231）的八月入汴京，任尚书都尚掾，翌年改元天兴，岁次壬辰，蒙古军围攻汴京。哀宗将曹王讹可送往蒙古军营作人质，旋又派户部侍郎杨居仁奉珍宝乞和。七月，蒙古使臣唐庆到汴京，令哀宗去帝号称臣，将士激愤，杀使者及随从，和议遂败。十二月城中粮尽，哀宗只得率兵出京，将往河朔，是所谓"车驾东狩"。天兴二年正月，金兵与蒙古军在黄河北岸接战，金兵大败，元帅完颜猪儿贺都喜战死，哀宗与副帅合里合等退走归德。当时元好问任左司都事，留守汴京，目睹了国破兵败的惨剧，遂饱蘸血泪写下了这组律诗。

首联概括敌我双方战斗的酷烈以及战争造成的深重灾难。"惨淡"正写出战争的阴惨恐怖的气氛，李商隐《韩碑》诗云："阴风惨淡天王旗。"元氏用意相类。"龙蛇"喻双方的军队，又古人认为岁在龙蛇（即辰年和巳年），贤人有厄（见《后汉书·郑玄传》），其时岁次壬辰，故用此语。诗人感慨这场大战直杀得天昏地暗，连老百姓都死无葬身之地。颔联承上，进一步渲染战争的惨烈，山河改色，血雨腥风，满目凄然。"高原"云云暗用《诗经·小雅·十月之交》的诗意："百川沸腾，山冢崒崩。高岸为谷，深谷为陵。"诗人以山河陵谷的变迁极言宗庙社稷所遭厄运的惨烈。"战地"一句也是夸张笔墨，而得杜诗之神韵。试检老杜作于安史乱中的诗作，不难发现类似的境界，如"白水暮东流，青山犹哭声"（《新安吏》），"哀哉桃林战，百万化为鱼"（《潼关吏》），"孟冬十郡良家子，血作陈陶泽中水"（《悲陈陶》），"山雪河冰野萧瑟，青是烽烟白人骨"（《悲青坂》）等比比皆是，而其"万国尽征戍，烽火被冈峦。积尸草木腥，流血川原丹"（《垂老别》）；"三年笛里关山月，万国兵前草木风"（《洗兵马》）等更为元氏所直接取法。这不仅仅是语言修辞的师承点化，更主要是类似的国破家亡的际遇所形成的情感共鸣。

颈联以下转为抒发感慨怀抱。面对着山河破碎、生灵涂炭的局面，诗人忧心如焚，只恨报国无门，力难回天。精卫乃《山海经》中所载炎帝之女，因溺于东海，化而为鸟，立志衔西山之木石以填东海。此诗人以自喻。"瀚海"一词非泛泛而下，而是语兼双关，既切神话中的浩瀚大海，又关合沙漠瀚海，实是将矛头指向蒙古，披露了克敌复仇的矢死靡他之志。申包胥乃春秋时楚国大夫，其时郢都为吴国等诸侯军所破，他到秦国痛哭，一连七日七夜，终于感动秦王，发兵救楚。至于"包胥"所指为谁，则说法不一。或以为指在朝大臣无救国之策，然从文气的贯通而言，毋宁以诗人自比为好。上句写壮志不磨，而下句则感慨自己无力回天，泪尽继之以血，也无法去秦廷痛哭，顿挫跌宕，不禁令人扼腕，故颈联为极沉痛之语，至尾联始转入对他人之慨。并州治所在太原，广义上即指山西之地，自古民风矫健尚武，多豪杰之士。元氏在诗中一再以此相标榜，如《并州少年行》高唱："并州少年夜枕戈，破屋耿耿天垂河，欲眠不眠泪滂沱。著鞭忽记刘越石，拔剑起舞鸡鸣歌。"激昂慷慨，催人奋发。在这故国沦亡之秋，诗人寄希望于"并州豪杰"，也是对爱国将士的呼唤，但狂澜既倒，兵败如山，故只能发出"今谁在"的浩叹，末句即承此而发感慨：如今竟无人准备派出大军直下井陉！各家对此句的解释颇为分歧，关键都在对"莫"字的理解不同，或以为"不要"，或以为"莫不是准备要"，均欠妥帖。其实"莫"字的本义是"无人"，作否定代词用，它和上句的"今谁在"是贯通一致的，末句正表现出诗人的痛心疾首，具有撼人心魄之力。至于"分军下井陉"则是一种战略部署，历史记载上最早是韩信用此奇策，他在公元前204年率兵东下井陉（今河北井陉西北）击赵军，背水为阵，又出奇兵袭赵营，大破赵军。有的注家以为用郭子仪事，《资治通鉴》载："至德元载，选良将一人分兵先出井陉，定河北，郭子仪荐李光弼，以光弼为河东节度，分朔方兵万人与之。"（说见高步瀛《唐宋诗举要》）也有的释为用刘知远事，据《资治通鉴》，刘知远"闻晋主（少帝）北迁（被契丹所虏），声言欲出兵井陉，迎归晋阳"（说见朱东润主编《中国历代文学作品选》）。其实各说都揭示了一个共同的战略原则：井陉山势险阻，乃兵家必争之地，欲克敌制胜，当先取井陉。从军事家的眼光来看，要经略河朔，必先据井陉。而当时金哀宗在群臣的倡议下正欲以经略河朔为重振之计，《金史·白撒传》载："群臣议以河朔诸将前导，鼓行入开州，取大名、东平，豪杰当有响应者,破竹之势成矣……因而经略河朔,上以为然。"诗人在此正是根据历史的经验提出了自己的主张,但是豪杰何在,大计难成,只有沉痛的感喟。全诗留给人的是一种深沉的遗憾与亡国的惨痛。(黄宝华)

外家南寺　　元好问

郁郁秋梧动晚烟,一庭风露觉秋偏。
眼中高岸移深谷,愁里残阳更乱蝉。
去国衣冠有今日,外家梨栗记当年。
白头来往人间遍,依旧僧窗借榻眠。

金哀宗天兴二年(1232)春,汴京守将西面元帅崔立发动兵变,开城投降蒙古。这一改朝换代的变乱,致使元好问与其他留守官员沦为亡国奴,于同年四月被羁管聊城(今属山东),又于蒙古太宗七年(1235)由聊城移居冠氏(今山东冠县),直到十一年(1239),他才返回阔别二十余年的故乡秀容(今山西忻州),开始了长达二十年的遗民生活。这首七律当作于回故里不久。

诗人出生七月,就过继给叔父元格,外家当指叔母张氏的娘家。诗题"外家南寺"下,诗人自注云:"在至孝社,予儿时读书处也。"清施国祁《遗山诗注》据《旧唐书·张道源传》"张道源,并州祁县人,以孝闻,县令改其居为复礼乡至孝里"的记载,推测"先生(指元好问)母张夫人,或即其裔耶?"又,清道光刊《阳曲县志》卷二载:"阳曲县,东北六十里有至孝都中社村。"则其外家南寺可能在祁县(今属山西)或阳曲(今属山西)。诗人童年在那里读书,留下了难忘的记忆。但是,"并州一别三千里,沧海横流二十年"(《初挈家还读书山杂诗四首》),当他经历人世沧桑和家国破亡之后重访故地,追忆儿时情景时,不禁"独惟我辈人,兴怀念今昔"(《九日读书山用陶诗"露凄暄风息,气清天旷明"为韵赋十诗》),援笔写下了这首感慨悲凉的诗篇。

前二联状写外家南寺的深秋暮景,景中寓情。

"郁郁秋梧动晚烟,一庭风露觉秋偏。"首联抑扬有致,渲染悲秋氛围。时值秋日傍晚,高大挺拔的梧桐树,伸展繁枝茂叶,不停地摇晃,舞动着一缕缕袅袅上升的炊烟。庭院内,秋风瑟瑟,秋露滴滴,诗人这才感觉到深秋已悄然来临。梧桐在古人眼中是一种嘉美的奇树。晋郭璞《梧桐赞》曰:"桐实嘉木,凤凰所栖。爰伐琴瑟,八音克谐。"齐谢朓《游东堂咏桐诗》说它"高枝百丈余,枝生既婀娜,叶落更扶疏"。一个"动"字,给梧桐树注入了生机,仿佛是它在傍晚时分当空舞动着轻袅的炊烟。秋日梧桐的繁盛丰茂,在视觉上给人一种错觉,使诗人未能强烈意识到秋色的浸染;只是满院的风露,才从触觉上使诗人真切感受到浓重的秋意。前扬后抑,顿挫有致。这两句不避重复,连用两个"秋"字,浓浓地酿造了"悲哉秋之为气也"的气氛。

"眼中高岸移深谷,愁里残阳更乱蝉。"颔联虚实相参,传写故国哀思。"高岸移深谷"化用《诗经·小雅·十月之交》"高岸为谷,深谷为陵"句意。眼中看到的是高岸崩陷,变成洼地,深谷填塞,反成山陵。诗人用自然界地理上高下易位的变化,比喻世事发生巨大变化,这里指国破家亡。沧桑之感与悲怆之情,使诗人久久陷在深重的忧愁里。而西坠的残阳,乱噪的寒蝉,又添愁助恨,使诗人更加心烦意乱。这里,"高岸""深谷"并非"眼中"所见的实有之景,而是诗人拈来比喻的虚拟之物;"残阳""乱蝉"是"眼中"具象的实有之景,诗人却将它们置于抽象的"愁里"。笔姿虚实互生,更增沉郁之情和顿挫之致。

后二联抒发国破家亡的感慨,议论警醒。

"去国衣冠有今日,外家梨栗忆当年。"颈联今昔对比,喟叹沧桑巨变。去国,故国,指已覆灭的金朝。衣冠,士大夫、官绅。梨栗,出自晋陶渊明《责子》诗:"通子垂九龄,但觅梨与栗。"后用以概括童年生活。元氏家族几代为官。曾祖做过北宋的隰州团练使,祖父为金朝的柔服丞,父隐居不仕,叔父格屡任县令,诗人官至尚书省左司员外郎,可谓"世代衣冠"。然而,金亡后,"家亡国破此身留"(《送仲希兼简大方》),他沦为阶下囚、亡国奴,自此,他抱定"今是中原一布衣"(《为邓人作诗》)、"衰年那与世相关"(《乙卯端阳日感怀》)的生活宗旨,成为金朝遗民。从昔日的"世代衣冠"到今日的"中原一布衣",他有多少故国盛衰兴亡的感叹啊!他回到儿时读书的外家南寺时,人已垂垂老矣,物是人非,怎不追忆当年那寻梨觅栗的生活情景呢!从"衣冠"到"布衣",地位悬殊,从少年到白头,岁月漫长,时空的强烈对比呈示诗人内心巨大的怆痛。

"白头来往人间遍,依旧僧窗借榻眠。"尾联抚事兴叹,回首人生历程。诗人从外家南寺"僧窗借榻眠",开始读书生涯,辗转二十多年后,又回到外家南寺,"依旧僧窗借榻眠"。人生仿佛画了一个圆圈,一切重又回复原样。只是诗人作为历史长河中的一位匆匆过客,经历了人世间各种变迁,参透了人生真谛,如今已成了白发苍苍的老翁。平平的叙述,却蕴含着深沉的身世感叹和深邃的历史内涵。"依旧"二字看似等闲,万不可轻轻放过:以前是金廷臣民,现在金廷虽亡,自己"依旧"不改忠于金廷的初衷。这二字正体现了他矢志不仕的民族气节。

这首诗善于运用富有内蕴的物象呈露内心情感世界的震颤。秋梧、晚烟、风露、残阳、乱蝉,这些肃杀、萧瑟、凄凉、衰微的意象,一经诗人驱使,即准确而有力地渲染了环境氛围,成为诗人宣泄哀伤悲痛心绪的媒介。这首诗又善于在平和冲淡的叙述中寓含深刻强烈的议论。"今日""当年"的兴亡感喟,"白头""依旧"的忠贞信念,不着一字,却让人受到深深的感染,其内含的精神力量胜过长篇泛泛而谈的大论。清赵翼《瓯北诗话》说元好问诗"七律则沉挚悲凉,自成声调",此诗亦然。(林　笛)

落　花　郝　经

彩云红雨暗长门,翡翠枝余荸绿痕。
桃李东风蝴蝶梦,关山明月杜鹃魂。
玉阑烟冷空千树,金谷香销谩一尊。
狼藉满庭君莫扫,且留春色到黄昏。

春花很美,然而,它总要凋落。落花也很美,但它带给人们的,总不免是几份惋惜,几份惆怅。郝经是一位很有操守和豪情的诗人,他奉使入宋,被拘16年而不屈其志,元人曾将他比为杖节牧羊的汉代苏武。即使在衰飒的秋日,他也曾高吟过"风振长天秋气豪,幽人兴与雪山高"的超旷之句(《秋兴五首》)。然而,面对着三春的"落花",他心中那最温柔和悲凉的部分,终于也被触动了。

这位气宇轩昂的北廷使节,此刻大抵还被拘留在江北真州(今江苏仪征)的馆舍之中吧?暗淡索莫的冬日过去,春来满庭的花树如燃,想必也曾给他的幽居生涯,增添过许多朗丽和热烈?可惜这时光太短,转眼又是纷纷扬扬的落花时节了。此诗之起句,正落笔在这一令人伤怀的时刻:"彩云红雨暗长门,翡翠枝余萼绿痕"——前句先以"彩云"作比,在诗人心上唤回了一个怎样花色璀璨、明丽照眼的春日世界!而紧接着的"红雨",又将这春日,笼盖在了飘洒不尽的落花之中。于是便出现了充满憾意的后句:那绿如"翡翠"的花树枝头,而今只留剩一片空萼,再找不到如火、如锦的繁花之微笑了!句中一个"余"字,读来如闻轻轻的叹息,久久萦绕在绿枝空萼之间。

诗人的伫立之处,大约也正在这片翠绿的花树下。透过缤纷的落花,他想到了些什么?是在回想这株株桃李,正当春风骀荡之际,所绽放过的嫣然含笑的容姿?还是那翩翩起舞于花间,编织着五彩之梦的春蝶之倩影?这一切都随着纷扬的落花,如烟飘散了——也正如诗人当年,怀着"星麾何日平康了,两国长令似一王"的美梦,迢递千里、"使宋通好";而今却被拘止、滞留,终于梦破影消一样。在此孤清的异乡,最令诗人系念的,无疑是巍巍耸峙的北方"关山",和澄辉千里的故国"明月"了——那在绿树影里啼鸣的"杜鹃",不都在声声呼唤着"子规(归)!子规(归)"么?诗之领联正于"桃李东风蝴蝶梦"在落花中的飘散,展出了"关山明月杜鹃魂"的清阔之境,抒写了诗人对故国的依恋和凄凄思归之情。

在这样撩拂不去的情思萦绕中,再美好的异乡之景,也会变得黯淡无光。建安作家王粲登当阳古城,目接那"华实蔽野,黍稷盈畴"的江南秀景,不就曾发出过"虽信美而非吾土兮,曾何足以少留"的幽幽叹息?郝经栖身的宋之真州,与江南的镇江、南京相去不远,当也是明媚秀丽之地。而今只不过仰对一片暮春之落花,但在他心头泛起的,却已是秋冬般的萧淡和寒瑟:"玉阑烟冷空千树,金谷香销谩一尊"——那曾经为千里莺啼、繁花照眼的春色所辉映的楼台玉栏,现在该已花空千树,只留下冷烟般凝止的孤清一碧;即使在令西晋石崇引为自豪的洛阳"金谷园",现在大抵也客散人去,唯有虚筵空樽,陪伴着消殒的群芳了罢?这两句从眼前实景,转向思致绵邈的虚境,在极为广大的空间转换中,展出了一个花歇春去的寥落世界。读者于涵泳之际,当可真切地感受到,此刻的诗人已为怎样黯然的寂寞所浸染!

顺着这样的思绪进入收结,恐怕谁都会发出无可奈何的喟叹的。但此诗结句却是出人意表的奇想:"狼藉满地君莫扫,且留春色到黄昏!""彩云"般的春日世界,已在飘洒的"红雨"中化为缤纷一梦,但诗人却还要把它留住;春色早已在翡翠般的花树枝头消歇,诗人竟还想从散乱满庭的落花瓣中将它寻回!斑斓的落花当然很美,但它们毕竟都已失去赖以辉照世界的生机。诗人难道不懂得这个道理?但倘若就这样急着"扫"去,则那斑斓的余彩也将从此隐没,又还有什么,可以慰藉诗人身处异国的孤寂黄昏?

全诗正是这样,在一片红雨般的落花影中,辉照着诗人从花树间走来;又在铺满庭园的斑斓花瓣丛中,映托着诗人步向幽幽黄昏。它所抒写的惜花留春之意,虽在前人的诗词中也被反复歌咏过,但由于交织着诗人身拘异乡的故国之思,转换在极广大的空间意象中,境界便更为悠远,意蕴也愈加凄婉动人。读至诗之结句,恐怕谁都会酸涩地呼唤——

缤纷的落花哟,请莫消逝,再留给诗人以落寞的慰藉!(潘啸龙)

博浪沙　　陈　孚

一击车中胆气豪,祖龙社稷已惊摇。
如何十二金人外,犹有民间铁未销?

这是个著名的故事:秦始皇二十九年(公元前218年),亦即始皇统一中国后的第三年,"五世相韩"的韩国名门后代张良,为报国破家亡之仇,招募力士,在博浪沙(在今河南原阳东南)用百二十斤的大铁椎,狙击东巡中的始皇的乘舆,此即诗中的"一击车中"。虽其事未成,仅误中副车,但"张良椎"(文天祥《正气歌》语)的勇敢、大胆、壮烈,却始终被千古志士引为快谈,为之慷慨浩歌、神往不已。

本诗即咏这段历史,起句并不惊人,以亡国之余的一介"草民",敢于袭击其势正当日在中天的一代雄主,对此赞一句"胆气豪",自不算奇。但下句"祖龙社稷已惊摇",却不能不令人称奇、发人深思(祖龙指秦始皇)。博浪一击,固然给暴君以极大震恐,始皇为此下令遍索国中捉刺客,当然结果并无所获;但是,始皇并未给击中,他和他的皇朝都还威风了好几年。因此,断定这一击已经震惊、摇撼了秦的社稷江山,若非夸大其词,便是别有卓见。究竟是何者?请看下二句——

"如何十二金人外,犹有民间铁未销?"秦始皇统一天下的当年,即下令将天下兵器聚集到咸阳销毁,铸为乐器和十二个"重各千石"的金人(金属铸的人像)。这个事件,本与博浪之击无关,但诗人的妙想,却使二者联系起来:既然兵器都变了金人,为何民间还有余铁未销?还居然造出了百二十斤铁椎?这问题的弦外之音,读者自不难辨出:到底"民间"还不全是乖乖拱手上缴兵器的顺民,仍有敢于藏铁,敢于铸铁,敢于反抗的人在!这博浪之椎,只是反抗之"风"的"青萍之末",由此一击,将激起无数人的进击!如果说,无数人进击之日,便是秦朝覆灭之时;那么,这具有预言性的博浪一击,岂不是已经"惊摇"了这行将崩溃的朝代?再反过来说,统治者的销锋镝、铸金人,忙则忙矣,到头来岂不还是徒费精神、可怜无益?民间的铁、民间的反抗心,他们靠暴力能"销"得完吗?

据史传记载,陈孚为诗文"任意即成,不事雕斫",本诗也是如此,全凭识见取胜,并不斤斤于措辞。一首咏史诗,能从最常见的史事中窥见、翻出新意(金人十二,昔人常用以例证始皇之暴,陈孚却道出其徒劳可笑),能由偶然之举推想到必然之势,称之为具有卓见,是绝不夸大的。再者,本诗也不是纯然的咏史之作,在元代,蒙古统治者对"汉人""南人"的兵器之禁,比秦朝有过之而无不及,非但不准铸造、持有兵器,甚至铁尺、弹弓、零碎铁甲片,也在禁造、禁藏之列,至于陈孚本人,在朝当官不久,"廷臣以其南人,且尚气,颇嫉忌之"(《元史》本传),结果被排挤回南方,以地方属官终其身;他对"南人"所受的压迫、所蕴的反抗心,想必有深刻的体会。因此,这首诗与其说在咏史,不如说在借古喻今,它不仅揭示了蒙古贵族的压迫汉族,不啻始皇之压迫六国遗民,而且还警告了统治者,你们的下场,也不会与秦皇朝两样——最终将被你们所压迫的人民及其手中的未销之铁所"惊摇"、所推翻!（沈维藩）

秋　尽　戴表元

秋尽空山无处寻，西风吹入鬓华深。
十年世事同纨扇，一夜交情到楮衾。
骨警如医知冷热，诗多当历记晴阴。
无聊最苦梧桐树，搅动江湖万里心。

这首诗,选自戴表元的《剡源集》,从诗集的排列顺序看,它正好作于元至元十六年,亦即南宋祥兴二年,时诗人居住在嵊县(今浙江嵊州,古称剡县)。这一年,距离南宋的临安小朝廷降元,已经有四年了,但是,南宋的流亡政权,却是直到本年二月,才在海南岛的厓山被元军消灭的。戴表元的诗,前人称其有故国之思,因此,虽然已做了四年的元朝臣民,但对于故国的最终覆灭,他是不该无动于衷的。此诗选择了秋尽为题,其中是否含有对故国终于走到尽头了的悲叹,这是个很值得留意的问题。

不过,这首诗的表面,还只是咏秋,因此,我们也且不去理会什么政治背景,先来看看诗的本身。首联"秋尽空山无处寻,西风吹入鬓华深",看上去简明易晓,其实并不易得。秋尽了,连最能体现秋意的群山中,也找不到秋的踪影了;好了,秋意已一扫而尽,下面,该如何承接,才能又不离题、又不显勉强呢? 在这难落笔之处,诗人显示了他的才华:两鬓的花白,当然是秋风(西风)吹拂了一季的结果;既是秋的最终结果,当然也未脱离"秋尽"二字,而诗的内容,又轻巧地从大自然转到人(诗人自己)身上,并且,这"一季的结果"的含义,还直接启引了下联。这里一个"深"字,看似无理,因为鬓发有限,西风本无所谓深深地吹入;但细想则有味,有此一字,便可想象,他是多少回地在秋中伫立、出神,使西风得以尽情地在他鬓间深深用力,进而又可知,他这一季的秋愁,是深到了何等地步!

次联"十年世事同纨扇,一夜交情到楮衾",是在秋尽之际,回说他的"鬓"之所以在这一季变"华"的原故。纨扇,即细绢做的团扇,这个词,当然是出于人们熟知的班婕妤《怨歌行》中"秋扇见弃"的典故,不过用在这里,也有些新意:十年,当然未必是实指,总之是一段漫长的岁月,这期间发生的种种"世事",如今都永远地过去了,就像一把秋天的扇子,被深深地藏入箱底一样。这里,"纨扇"不是象征着美好的人或物的"见弃",而是暗示了诗人久久挂念的某人某事再也无法重现。史言戴表元能"化陈腐为神奇"(《元史》本传),"纨扇"大概可算一个好例吧。楮,是纸的代称,楮衾就是纸帐,唐宋以来,人们常用藤纸织成纸帐,而剡地的藤纸尤为名贵;之所以称为"衾(大被子)",大约是因为纸帐暖和,用了它就不必用大被,只需薄被,等于是代替了衾的作用,苏轼《次韵柳子玉二首·纸帐》云:"洁似僧巾白氎布,暖于蛮帐紫茸毡。锦衾速卷持还客,破屋那愁仰见天。"可证。在故国覆灭后的第一个秋天的某夜,诗人睡在温暖的纸帐里，忽然做起梦来了。此际，他到底梦见了哪位和他有"交情"（情谊）的故人；那人到底是真实的人，还是某一类人的象征；还有他的梦到底是只有"一夜"，还是夜夜如此：这些问题，就和诗人为何在一个秋天里竟想到"十年世事"一样，大约只有起诗人于地下，才能有明白的解说。不过，无论如何，纨扇和纸帐，都切合了"秋"，日间遐想，夜晚梦思，都证明了他的"鬓"不能不"华"：从诗的"起承转合"上看，这两句"承"得还是相当道地的。

他的心在秋天是如此的动荡，那么同时他的身又如何呢？这就是颈联"转"的内容了。"骨警如医知冷热，诗多当历记晴阴。"这两句对仗很精巧，造语也很奇特，但意思倒不费解：看来，他的秋悲已深入骨髓、变成顽疾了，骨头会随着气候的冷热而乍暖还寒，它能像一个善诊的良医一样，时时警告诗人以病情的变化；于是，他只能在病体的压迫下无所事事，靠写诗打发日子，直到实在没得可写，通篇只记天晴天阴，简直可以代替历书了。多么无味的日子，而他写下这些来，又显得是多么的无可奈何呀！

最后，秋尽的悲哀和一秋的经历"合"到了一起。"无聊最苦梧桐树，搅动江湖万里心。"梧桐树秋来叶落、无可挽回了，可那些落叶还要不自主地在西风里乱飞乱转，这，在诗人看来是最无聊、最痛苦的了。但梧桐是无知无识的，而那旁观的诗人，明明已经因身体多病，不得不隐居起来（江湖万里心，指隐遁之志），却偏偏又不自主地要想"世事"，偏偏又只能想想而已，难有作为：这一份无聊和痛苦，大概更甚于梧桐吧？这两句，看看也是很简明的，可仔细想想，"无聊最苦"的，到底是谁？诗人的"江湖万里心"，是被梧桐搅乱了的，还是本来就没有不乱过？这些，仍是难解的问题。

这首诗中，有如此的忧思和内心矛盾，有这许多难解之处，那么，即使它所写的情景是如此的贴切于秋，你还能当它是一首单纯的感秋之作么？你还能只顾给诗加上清峻、深婉、简洁等评语，而不想想其中究竟含有什么深意么？诗人用了如此曲折的笔法，来表达自己的难言之情，这本身，已是够痛苦的事了，若不将他的苦心昭示出来，使人理解，岂不是令他地下有知，将倍感痛苦么？因此，我们完全应该、也有责任指出，诗人如此执着地强调秋尽时的深悲，如此详细地述说秋天的思虑，目的不为别的，只为了表达他的"故国之思"。而且，只有这么想，诗意才会显豁，难解才会变得易解，我们也才能最大程度地领悟诗的布局、措辞之妙。

（沈维藩）

幼安濯足图　　刘　因

汉家无复云台功，平生不识大耳公。眼中天意镜中语，此身只有扁舟东。关东诸公亦英雄，百年能辨山阳封①。归来老柏号秋风，世事悠悠七十翁。乾坤故物两足在，霜海浮云空复空。无刀可断华太尉，有死不为歪太中。丹青白帽凛冰雪，高山目送冥飞鸿。为问苏家好兄弟，万古北海谁真龙②？

注 ① 辨：变也。"山阳封"：指汉献帝让位以后，被曹丕封为"山阳公"。　　② 北海："建安七子"之一孔融，曾任北海（今山东昌乐县东南）相，被称为"孔北海"；管宁则出生于北海朱虚。苏家兄弟，指苏轼、苏辙。前者推崇孔融，后者推崇管宁。

提到"幼安",读者也许会猜思:他该就是那位"壮岁旌旗拥万夫,锦襜突骑渡江初"的抗金奇男兼词坛雄杰辛弃疾(字"幼安")吧?但你错了——本诗所歌咏的,则是先于稼轩一千多年而生的汉魏名士管宁(也字"幼安")。

管宁在文学上虽藉藉无名,但在汉末,却以清风峻节播声四海。《世说新语》曾有如下一段文字记述他的品性——

> 管宁、华歆共园中锄菜,见地有片金,管挥锄与瓦石不异,华捉而掷去之。又尝同席读书,有轩冕过门者,宁读如故,歆废书出看。宁割席分坐曰:"子非吾友!"

视贵金如瓦石、弃高官如敝屣,这就是青年时代管宁的本色。汉末大乱,管宁避居辽东30余年。曹丕称帝,征以为"太中大夫",管宁"固辞";明帝继位,诏拜为"光禄卿",他又上书婉绝。史载管宁晚年"常著皂(黑)帽",衣"襦袴布裙",时在宅边溪流中"澡洒手足"。直至行年八十,虽"偃息穷巷",仍"吟咏诗书,不改其乐"。刘因题诗的《幼安濯足图》,传写的正是管宁这潇洒自得的晚年风神。

诗、画相辅以出胜境妙韵,当是中国古代艺术之一绝。如果说,《幼安濯足图》是从横向空间上着墨,将管宁平生的风神操节,凝聚在了那萧淡线条勾勒中的话;刘因的题诗,则适应于诗歌所具有的时间艺术特点,偏从纵向展开,落笔即把这位溪边"濯足"的高士,推回到汉末动乱的烟云之中——"汉家无复云台功,平生不识大耳公"。曾经在洛阳南宫云台上图画"中兴功臣"的赫赫东汉王朝,竟然在董卓之乱中崩颓;四方军阀一个个打着"勤王"的旗号,开始了逐鹿中原的争战!在这场争战中崭露头角的"大耳公"刘备,虽也曾被曹操论定为天下"英雄",但在管宁看来,与嚣嚣群凶又有多大不同?句中的"不识"二字下得颇妙,其冷峻的辞色,展示的正是这位高蹈之士,视群雄如无物的超俗情怀。"天意"既然只不过为"大耳公"之流,提供了乘势而起之机,淡于势利的管宁,便只有驾着扁舟,远远地驶向辽水之东了。此诗开篇四句,正这样悠悠叙来,在汉末动乱的阔大背景上,推出了汹涌涛浪中之一叶"扁舟",和飘飘卓立于舟头的孤高主人公。

接着便是时空上的巨大跨越:"关东诸公亦英雄,百年能辨山阳封"——画面转换之际,群雄逐鹿的鼙鼓之音随之消歇;旗旌翻飞,已是魏、蜀、吴三国鼎立的世界。曹丕登基洛阳,刘备称帝蜀中,"碧髯儿"孙权也在东南当起了堂堂吴皇。那位曾为曹操挟持以号令天下的汉献帝,凄凄惶惶"让"出皇位以后,却只能被"封"在"山阳"(今河南修武县西北),度那二流公侯的辛酸晚年了。这就是"关东诸公"所成就的业绩!诗中以"亦英雄"之语明赞暗讽,表达了管宁对这类乱世枭雄的几多鄙夷之情。避居辽东30余年的他,也正是在这河山易主之际,回返久别的家园的——多少青春的梦想,已随悠悠岁月而去。当他以"七十"老翁之苍苍白发,仰对秋风萧萧的屋前"老柏",那心境竟是喜是悲、是热是凉?管宁纵然不慕势利,但以清介倜傥之性,处此苍黄翻覆之世,就是再旷达超脱,也终究不能无动于衷呵!刘因正是真切地把握了主人公此刻的复杂情感,不仅以凄清之笔,渲染了"归来老柏号秋风"之景,更以"乾坤故物两足在"的苍凉之叹,传写了主人公放目四野、无复"故物"的歔歑之情。海白如霜,云浮无语,空寂的天底下,就这样久久伫立着一位凝思中的肃穆老人。

但管宁的傲岸超俗之节,并没有因此摧折。正如这故园的"老柏",唯其经历了数十载寒暑的劫磨,在"秋风"号怒之中,才更见得孤挺苍劲!"无刀可断华太尉,有死不为丕太中"二句,即以铮铮如金石掷地之语,抒写了管宁晚年誓志不移的劲节。华太尉,即管宁与之割席断交的华歆。他虽亦为汉末名士,却一心贪慕势位,曾先后奔走于袁术、孙权幕下。后又投靠曹操,不仅参与军国大计,还曾亲率士卒,闯入内宫,扮演过收系伏皇后的角色。因此被曹丕擢为相国,明帝时更封为"博平侯",官拜"太尉"。昔日的同锄共读之友,竟由此沦为权门势利之徒,管宁岂能不为之义愤?然而他竟还"羞于庖人之独割",复欲引荐管宁以自代,当然更激发了管宁"有死不为丕(指曹丕)太中(大夫)"的孤傲之气。这两句高亢变徵之音,一下将前文的欷歔苍凉之情振起;那穿过历史烟云、向着读者缓缓走近的主人公,也因此增添了一派清刚凛冽之色。

只是到了这时,诗人才调转笔锋,着力勾画管宁"濯足"时的风神:那是在高峦远峰之前,主人公头戴"白帽",正悠然濯洒于清洌的秋溪。溪流如雪,似乎全由主人公之清烈操节所映染。而神清气傲的他,正仰对着高山白云,"目送"一行淡淡的雁影,飞向辽远的天际——这就是《幼安濯足图》所描摹的情景,也是诗人的题图歌行所戛然收结之境:"丹青白帽凛冰雪,高山目送冥飞鸿。"萧淡的画意终于与悠悠的诗情交汇;从千年历史追叙中凸显的诗中形象,与丹青手图画的管宁身影,由此叠印在了一起——他是如此气度安闲,如此潇洒自得,在高高的峰影下,在幽幽的清溪边!所以,当诗人情不自禁,向平生偏爱孔融、管宁的苏轼兄弟发问"万古北海谁真龙"时,读者恐怕都会忍不住高喊:"是管宁!"(潘啸龙)

山中月夕　　刘　因

满怀幽思自萧萧,况对空山夜正遥。
四壁晴秋霜著色,一天明水月生潮。
歌传岩谷声豪宕,酒泛星河影动摇。
醉里似闻猿鹤语,百年人境有今朝。

被元世祖称为"不召之臣"的刘因,虽以"雷溪真隐"自号,对世事却从未真的忘情;刘因又好豪饮,曾作诗戏称"太行一千年一青,才遇先生醉眼醒",其实也从未真的沉醉不醒。所以,天下的"兴亡""分合",也总是牵动着他的情怀。

这样一位性情中人,一旦置身在夜色凄迷的山间,又该感到怎样的萧索和寂寞!此诗起句,正从披襟独酌的诗人眼中,展开了一个风声萧萧的夜之"空山",使远近的溪谷、峰影,全弥漫了一重幽幽无语的静默之思。人们自然难以猜测,诗人此刻的"满怀幽思"是什么。但刘因自己就曾供认:"叹老自非缘白发,爱闲元不为青山。"可见他的幽思,远比人们想象的要悠远和深沉。他是在思索赫赫大宋的灭亡教训(见《白沟》诗)?还是在忧叹天下"分合"中的百姓之苦(见《南楼》诗)?抑或是在惋惜竹林名士刘伶的狂傲,而不知自身"亦螟蛉"(见《饮山亭雨后》)?这幽思原可随杯杯清醪而悠悠不尽了。但灿然升现的夜月,终竟还是惊动了微醺的诗人:在临溪而饮之初,诗人本没有注意到夜已深沉;但在傲然四顾间,却突然发现,四近的岩壁上,竟都清莹一白,结上了美丽的霜花!然后举首仰观,便刹那间目睹了一幕璀璨奇景——只见满天的纤云,恰似碧蓝如水的海潮,在无边无际的空间,涌托着一轮素月升腾而起。远远近近的峰影,由此沐浴在一派澄辉之中;满壁的霜花也全都熠熠放光了——"四壁晴秋霜著色,一天明水月生潮"二句,正以水涌、潮生的妙喻,将诗境从清美的溪谷,引向高高的夜空,展出了一个霜花与皓月上下辉映的奇妙世界。由于月之升现被烘托以如水之云,更带有了一种浮漾流动之美,境界也愈加显得清阔而空明。

美好的夜景,本就最能引发骚人的逸兴。而况刘因又是那样一位睥睨公卿、笑傲侯王的高士,胸间自当更多一股狂豪之气。此刻地阔天空,竟无一人为伴;山高水远,恰可邀月同饮。诗人在《五月二十三日登城楼诗》中,不是曾放言高唱过"远游未尽平生兴,几欲狂歌续楚骚"?而今何不借几分醉意,向着高旷的山谷狂歌一番,听一听那荡壑震谷的歌韵有多豪壮!当年苏东坡于"欢饮达旦,大醉"之际,不也曾把酒问天,体味过"起舞弄清影,何似在人间"的飘逸之趣?当此明月照耀的夜山,诗人又何妨酹酒溪流,在步履踉跄之中,欣赏一番黝黝峰影摇荡于灿灿星河的幻境!——"歌传岩谷声豪宕"一句描述醉中放歌,妙在全从诗人自歌自赏的感觉中写来,顿使那回荡夜谷的歌韵,似也带有了诗人狂放自得的浓浓醉意;"酒泛星河影动摇"一句表现溪光月影,又着以"酒泛"二字,便不仅令读者领略了溪流所倒映的星月闪烁、山影流漾之美,还恍可见到,诗人那酹酒溪月的趔趄、摇晃情态。客观的夜景,由此染上了诗人的主观色彩,而变得更加如痴、如幻起来。

秋山寂寂,夜月如华。酣醉的诗人,似乎就要在这清美的奇境中沉沉睡去——世间的烦嚣纷争,历代的兴存衰亡,往日曾带给诗人以几多哀慨和烦恼。而今,全在这山中月明之夕、酣畅狂歌之余,云烟般飘散、忘却。这大概就是刘因曾经向往着的"不管兴亡天自闲"的超旷境界吧?倘在平日,因为常有"公卿使者"过访,诗人避之唯恐不及,清兴便总被搅扰了。此刻却是"春与猿吟兮秋鹤与飞"(韩愈语)的独醉世界,诗人大可以枕藉霜岩而高卧溪月了。诗之结句,正以"醉里似闻猿鹤语"的恍惚迷离之辞,将诗境推了更其美妙的虚境之中——那遥夜的风声、叮咚的溪音,在朦胧中听去,不都幻作了山猿之沉吟、野鹤之絮语,显得有多神秘和亲切!这野鹤想必已寿及千年,山猿也早已活过百岁?它们似乎正在惊喜相语:近百年来,还从未遇见过如此美好的人间清境呢!苍茫的山色越来越淡,峰影渐隐。现在画面上留下的,便只有在溪畔含笑酣睡的醉卧诗人,和溪流中一轮又近又圆的明月了……(潘啸龙)

和姚子敬秋怀(其三)　　赵孟𫖯

搔首风尘双短鬓,侧身天地一儒冠。
中原人物思王猛,江左功名愧谢安。
苜蓿秋高戎马健,江湖日短白鸥寒。
金樽绿酒无钱共,安得愁中却暂欢。

《和姚子敬秋怀》是赵孟𫖯在南宋灭亡之后、自身未出仕元朝之前,为哀悼亡宋而作的一组七律,共五首,大约前三首写宋亡前的种种危象和自身的忧患,后二首写宋亡后的种种惨凉和自身的伤悼，这里所选的为第三首，以其颔联得盛名而冠全诗。题中的"秋怀"，是仿杜甫《秋兴八首》的命题；秋者，悲凉之气也；老杜时唐未亡，故犹能感"兴"，而孟颎时故国已丧，故但有"怀"思而已。姚子敬，名式，为孟颎同乡好友，善小楷行草，孟颎曾有《赠子敬》诗云："吾爱子姚子，风流如晋人，白眼视四海，清淡无一尘。"足见推崇之情。

　　孟颎七律，最学杜甫，即这一组诗里，就有不少句子承袭杜诗。若其一之"烟花楼阁西风里，锦绣湖山落照中"，出自杜甫《清明》之"秦城楼阁烟花里，汉主山河锦绣中"；其二之"隐几无言有所思"，出自杜甫《秋兴》的"故国平居有所思"；其四之"宋玉平生最萧索"，则出自杜甫《咏怀古迹》之"庾信平生最萧瑟"；其五之"水清沙白鸟相呼"，则出自杜甫《登高》之"渚清沙白鸟飞回"。本诗亦复如此，首联上句"搔首风尘双短鬓"，可联想到老杜《春望》的"白头搔更短"，下句"侧身天地一儒冠"，可联想到《秋兴》的"江湖满地一渔翁"和《江汉》的"乾坤一腐儒"，而句中"儒冠"之含义，又分明取自《奉赠韦左丞丈二十二韵》的"纨袴不饿死，儒冠多误身"。以孟颎之才，当不难别造新句，而本组诗中每句均承袭杜句，想是他别有用意，或许正是借此强调这组诗与杜诗尤其是《秋兴八首》的继承关系吧！不过，字句虽是承袭，但首联中那位搔首踌躇、不堪其忧、侧身局促、靡知所骋的诗人形象，却仍然是孟颎自己，盖其句承而意不尽承也。首联是对仗的，所可注目的是二句中措辞的顺序，均是动作在前、背景在次、人则在最末。如此处理，佳处大约有二：起笔即有动荡徘徊之感，先声夺人，"搔首""侧身"是也；继而使此动荡感推而广之，乃在滚滚风尘、浩浩天地的背景下生成，益感令人震惊；最后以风尘、天地之广，衬出"搔首"直至双鬓为之短，"侧身"之原因只为是区区一无用书生的诗人，更可见其忧思之广，亦可叹其身形渺小，虽忧而无补于事。此其一。不循正常顺序（先背景、后人、后动作），亦可令读者先惊异、次思索、复咀嚼，较之平铺而下为优。此其二。人论杜甫笔法多"顿挫"，本联即此类，但并非学步，实是诗情需要之故，亦可谓善学矣，非止学其法，更学得其法之用。

　　次联"中原人物思王猛，江左功名愧谢安"，王猛为汉人，十六国时为前秦主苻坚之相，辅坚定中原，临殁告诫苻坚，东晋虽僻在江左，然为华夏正统所系，不可伐也。苻坚不听，举兵南犯，卒为东晋谢安遣师大败于淝水。蒙古灭金，奄有北中国，北方汉族豪强，均赞助蒙古伐宋，更无一人有华夷之辨，故诗人环顾北方中原人物，益思如王猛其人者。至于南宋，时由佞相贾似道当政，对外屈辱求和，在内歌舞荒淫，不知兵备，终被元师一击而溃，故诗人历数江左（即江东、江南）与中原相抗衡的功名勋业，益觉亡宋当道之臣，较之谢安，直可愧死。这二句卓有史识，知彼知我，直道出南宋灭亡的根源，一在南北汉族之不一心，一在南方中朝无主。二句用典亦贴切，秦晋与元宋，都是异族之争，都是南北对峙，又是南弱北强，多有可比，以彼喻此，读来浑成无隔，亦可谓善于用典。但东晋终却强敌，南宋不免沦亡，诗人作此比较之时，极含沉痛之意，此又读者不可不察者。

　　孟颎此诗，各联之间，字面上均不相干，而意绪则一脉相连，有横云断岭之妙，其相连之关窍，在措辞之暗逗。如首联与次联之关系：既在"天地"之间，则思绪自可由南而北，由今而古，首联已腾出充分地步，次联便可纵横驰骋其思。颈联"苜蓿（马草）秋高戎马健，江湖日短白鸥寒"，与次联之关系，便更明显是分承：中原既无王猛其人，南侵不可避免，蒙古战马，正饱食苜蓿、乘秋高气爽，将驶驶南下矣；江左中朝既无谢安其人，则被侵亦不可避免，身处江湖之忧世者，但觉日光短薄，惨凉如水；白鸥本是隐逸的象征，所谓寻鸥盟是也，但国将有大故，皮之不存，毛将焉附，纵在隐居之伦，亦不得不忧隐居能得几久，故白鸥亦觉生寒矣。此二句以敌之劲健腾饱，对比我之无奈气短，读来真有不堪其忧之叹。按后句亦是孟頫自己写照，孟頫当时有官无职，方在家乡，是处江湖而侣白鸥者。或谓次联之王猛、谢安，是孟頫自述其志，则失之矣；他明言自己乃"多误身"之"儒冠"，又怎能自信具回天之力？

颈联既已不堪其忧，尾联遂不得不转写"何以解忧"。"金樽绿酒无钱共"，"共"若释为"供"（通假），则不过言无钱可供自己樽酒，其意尚浅。故此句当是谓金樽无钱共绿酒，不过用笔又"顿挫"了一下。我出金樽，则欲饮之意甚殷勤；但因无钱，金樽终不能与绿酒共处，又可深悲：如此，诗意乃有委曲。下句"安得愁中却暂欢"，意凡三转："愁"，一也；欲觅酒图醉，暂偷一欢，二也；但无钱沽酒，此欢亦不可得，三也。悲惨之情，愈转愈深，其作法直追老杜"潦倒新停浊酒杯"（《登高》）。

此诗用笔命意，仿杜甫《秋兴八首》，得其绵密浑厚、沉郁苍凉之致，但其中又有一段老杜所无的苍茫无路之感，故又能自具面目，非优孟衣冠之类，盖本诗乃痛定思痛之言，与《秋兴八首》的写作背景有异故也。

《元诗选》记孟頫之论曰："作诗用虚字殊不佳，中两联填满方好。"并举《秋怀》为此说之典型例子。就本诗言，中两联填满，令人有劲力饱张之感，是成功之笔。但用"虚字"不佳，则是孟頫一家之言，其用意是力矫宋末诗风浅滑的流弊，乃矫枉过正的提法，今人正不必大加标举也。（沈维藩）

绝　句　赵孟頫

春寒恻恻掩重门，金鸭香残火尚温。
燕子不来花又落，一庭风雨自黄昏。

这首七绝犹如一幅凄凉哀怨、意味蕴藉的《伤春图》。

凄风苦雨，料峭春寒，夜不能寐，独自徘徊，诗人似乎是抵挡不住这透入心扉的冰冷，于是关上重重门窗，企图保留一个属于自己的温馨环境，屋里那黄金制造的鸭形香炉中的香火虽然即将燃尽，但残存的香灰大概总还能使可怜的余温延续一段时间。这就是本诗一、二两句给我们描绘的场面，诗中虽然没有明说确切的时辰，但"金鸭香残"四个字已经含蓄地告诉人们了。按照古人的习惯，总是在黄昏时开始焚香，唐人李商隐《促漏诗》说："舞鸾镜匣收残黛，睡鸭香炉换夕熏。"元人虞集也说："黄金铸为鸭，焚兰夕殿中。"（《同阁学士赋金鸭烧香》）可知"香残"必然在夜深人静或将要拂晓的时刻。那么，诗人如此伴着孤灯，长夜不眠，其伤春的烦恼苦闷由此可见一斑。其实，本诗开头两句是从唐代诗人戴叔伦的《春怨》演化而成的，戴诗说："金鸭香消欲断魂，梨花春雨掩重门。"将哀怨缠绵的伤春情绪毫无保留地诉诸文字。而本诗则要委婉含蓄得多，只是客观地陈述诗人的所见所闻和所做，至于诗人的感受究竟如何，则要请读者自己从诗的字里行间去领会了。

也许诗人不愿把自己的烦恼突然全部地抛将出来，因此他连个诗题都不愿意起；也许诗人的不如意来自太多的方面,所以他要一样一样地陈列出来。诗的三、四两句,他抱怨燕子不来寻春,春花却又早谢,那没完没了的风雨,从黄昏起就搅得人心和天地一样不得安宁。诗人不禁要问:春天就是这样的吗?春天本该充满阳光,而如今却阴冷异常;春天本来有百花吐艳,而今天却只见残叶败花;春天应该去郊野踏春,现在却是淫雨狂风;春天通常有怡人的魅力,为什么会使人黯然神伤?

当然,仅仅因为气候景致的不如意,恐怕不会令人如此失魂落魄,究竟为了什么,也许不便明说,也许作者自己也弄不清楚,他只想将那种难言的压抑一吐为快,而"伤春"则是借以发挥的最佳题目。

本诗用语清丽,音韵和谐,风格典雅自然,较好地表达了贵族公子的那么一种雍容的哀怨和多愁的敏感。(孙小力)

宗阳宫望月　　杨　载

老君堂上凉如水①,　坐看冰轮转二更。
大地山河微有影,　九天风露寂无声。
蛟龙并起承金榜,　鸾凤双飞载玉笙。
不信弱流三万里,　此身今夕到蓬瀛。

> **注** ① 据《西湖游览志》,"宗阳宫"本宋德寿宫后圃,内有"老君台""得月楼"。此次登老君台玩月,乃当涂杜道坚发起,"中秋集儒彦",分韵赋诗,杨载得"声"字首唱。陶玉禾称杨诗"高华宏亮,即在唐音中亦是高调"。

以苍悍"如百战健儿"饮誉诗坛的杨载,其实也常有越世升仙的飘逸之思。这首被后人叹为"绝唱"的《宗阳宫望月》,正表现了他"夜阑每作游仙梦"的奇妙思致。

不过这"夜",并非是潇潇洒洒的春雨之夜,也不是在云气濛濛的城邑之中。"窗间夜雨消银烛,城上春云压彩旗"——那样的夜,是富于色彩和声韵的;它所带给诗人的思绪,也透着万家灯火的暖意和笑语融融的淋漓。此刻,则是皓月千里的中秋之夜,而且是耸入半空的"老君台"上。所以,浮现于诗人笔端的夜境,也异样的清空和幽缈:"老君堂上凉如水,坐看冰轮转二更"——前句未见人影,先让你领略那洒满"老君堂"栏槛阶砌的月色:它明漾清纯、轻盈如水,然而也与这秋夜相似,带着特有的清凉感。后句才把镜头推近,从缥缈月光中显现一位孤清的诗人,他正默然无语,久久仰望着高挂"老君台"巅的圆月。月而状之以"冰轮",见得分外明莹,而且圆转如轮、清澄可爱。因为又是"坐看",诗人的举首凝望,便显得格外安闲,甚至也忘却了时光之流驶:转眼间已是沉沉"二更"。

开笔两句已将深夜望月的清幽之境造足。但毕竟还少了些空间感——这样的境界固然美妙,倘在假山玲珑的池畔月下,或是歌吹暂歇的繁华街市,也一样可以领略到。诗人所置身的,却是远离尘俗的高处、"老君台"上的楼观,那境界又岂是凡俗世界所可涉想!领联"大地山河微有影,九天风露寂无声"的跳出,正于刹那间将高度提升,使读者带有了身临半空的缥缈感。当你透过朦胧月色俯看大地,它竟显得那般幽渺。远处的山峦,近处的河港,而今全隐在了月光深处,只约略可辨其轮廓模糊的"微影";环顾四周,则仿佛已身浮于九天之上,连清风、坠露,也似乎全从此处飘洒向人间!宇宙茫茫,空寂无边,此刻与诗人相伴者(指诗境中,而非实境中），唯有这孤然浮耸的老君一"堂"，静静运转的月魄一"轮"而已！

在如此幽渺的境界之中，谁能不飘飘欲仙？颈联"蛟龙并起承金榜，鸾凤双飞载玉笙"，便是诗人飘飘欲仙中化生的幻境。"蛟龙""鸾凤"，都不是凡俗之物——那是逍遥自在的神仙，才有幸乘坐的灵虫异羽。庄子《逍遥游》所状貌的"藐姑射之神"，不正是"乘云气，驭飞龙"，而"游于四海之外"的么？刘向《列仙传》中的萧史、弄玉，更是在"凤皇来止其屋"以后，才"一旦皆随凤皇飞去"，成为令千古企羡的仙侣的呵！这一切美丽的神仙传说，而今全都悠悠不尽地从诗人脑海浮起；在意绪葱茏之中，诗人的眼前也忽然涌生出海市蜃楼般奇景：只见老君堂的金字匾额（"金榜"）下，分明有两条飞龙蜿蜿而舞——那不是《神异记》所叙的"西方有宫"、"五色黄门，有金榜而银镂"的神人居住之境？云气缭绕的空中，忽又响起悠扬清越的乐音。抬眼而望，原来是彩翼熠耀的双鸾，正载着仙子吹笙而降！

这当然只是诗人在"九天风露寂无声"中凝想的虚境。然而，它又是怎样缤纷绚烂和辉煌照眼！这虚境的涌现，顿使前文的高寂、清幽气息为之一扫；那孤清耸立的"老君堂"，那明莹如"冰轮"的素月，便全沐浴在这一派奇光异彩之中。迷离恍惚的诗人，似乎也已飘越千里，置身于《山海经》所述的昆仑神薮，置身于《史记》所记道家方术之士无限向往的"蓬莱、方丈、瀛洲"三神山——那里有直达天庭的"九重增城"，有"黄金白银"的巍峨宫阙！而按照神话传说，这些神仙居处之地，四周均有"弱水三千丈"环绕，渡船难越，"鸿毛不浮"。凡俗之人，又哪有身临一窥之幸？我们的诗人，却在这幽峭的老君台上，领略了那神山、仙岛般的奇境！诗人沉醉了，在如幻如梦之际，禁不住脱口而呼："不信弱流三万里，此身今夕到蓬瀛！"全诗在这悠然自得的欣喜一呼中收止，而读者的眼间，似还能见到宗阳宫的月光，正辉映着诗人，在梦幻中冉冉驭龙飞升……

杨载的诗在元代四大家中，特以"沉雄典实"擅场。如"落日波涛壮，晴天岛屿孤""挟书万里朝明主，仗剑三年别故乡"等，皆苍健雄悍，为明人所称道。但正如胡应麟《诗薮》所指明的，杨载所独创的"绝妙境"却不是这些，恰恰是"夜阑每作游仙梦，月满琼田万鹤飞"那样的空灵缥缈之作。《宗阳宫望月》亦正如此，诗人在这里似乎完全换了一副笔墨：落笔潇洒，吐韵高妙，实中出虚，以成清奇瑰幻之境。其逸兴遄飞处，大有谪仙李白之风。这或许正是它所以被叹为"绝唱"之故吧？（徐旭文）

到京师　　杨　载

城雪初消荠菜生，角门深巷少人行。
柳梢听得黄鹂语，此是春来第一声。

"诗家清景在新春。"北方的冬天，寒冷而漫长。在严冬方尽，余寒犹厉的时候，突然感觉到春天来临的信息，哪怕只是一点新绿，一声鸟啼，那种惊喜之情是自不待言的。杨载的这首绝句，正是久冬逢春之时欣喜心情的表露。

"城雪初消荠菜生"点出地点和时令。"城"这里指元代京城大都，是当时的政治中心。在中国古代封建士子们的眼里,京城往往负载着他们的政治希望,仕途的沉浮荣辱往往决定于停驻京师或是离开京师。因此这个地点的深层意蕴决不能轻易忽略。"初消"指雪刚刚消完,或许还有一些残留。但严寒再也不能笼罩大地了。不是吗? 几处丛生的荠菜已经冲破开始酥松的冻土,崭露出勃勃的生机。可能它还很微弱,但在满目萧瑟的初春之际,任何一点新绿都是生命勃发的象征,都蕴含着无尽的希望。所以这个细节也不能忽略。

"角门深巷少人行"以环境的寂静落寞,说明诗人境况的冷落。"角门"指偏门,是诗人到达京师后的寓所之门。"深巷"指偏僻的小巷。有元一代,儒士的地位、出路和境遇始终是一个尖锐的社会问题。在起用儒士为官的问题上存在着民族歧视,以及与此有关的权力分配的不平等;元代的科举又时行时废,科举制度本身又有诸多不利于汉族士子的规定。因此,汉族士子进仕的机会非常有限。杨载自幼博览群书,期待"应有声名达帝前",但直到四十多岁才以布衣召为国史院编修官。故而初到京师,门前冷落,大有"贫在闹市无人问"之慨。

然而,就在这寂寞寥落的偏僻小巷里,突然"柳梢听得黄鹂语",一声清脆的鸟鸣,从柳梢枝头传了下来,打破了所有的沉寂。黄鹂本无情,此时却有语。这与其说是黄鹂的鸣叫,倒不如说是诗人发自内心深处的一声欢呼:尽管自己仕途艰难,但现在不是已经奉诏进京了吗? 希望就在眼前!"此是春来第一声"把诗人心中那种惊喜之情淋漓尽致地表达了出来。"到处莺歌燕舞"固然更为繁华热闹,但已经没有"春来第一声"的新鲜感了。唐代诗人韩愈《春雪》诗中"新年都未有芳华,二月初惊见草芽"两句,形象地刻画了刚刚感觉到春天来临之时的心理状态。些微淡淡的绿芽,就使人又惊又喜,何况第一声鸟鸣呢! 更何况是善解人意的黄鹂,唱出了自己内心深处的一声欢呼呢!

杨载所著《诗法家数》一书,曾提到写景要"景中含意"。本诗所设之景,无一不是诗人内心情感的流露,的确达到了"景中含意"。"景中含意"也就是情景交融。这首绝句淡淡写来,似乎毫不经意,但兴象自然,意境优美,深得唐人三昧,称得上是元代"宗唐"风气中成功的作品。(程相占)

王氏能远楼　范　梈

　　游莫羡天池鹏,归莫问辽东鹤。人生万事须自为,跬步江山即寥廓。请君得酒勿少留,为我痛酌王家能远之高楼。醉捧勾吴匣中剑,斫断千秋万古愁。沧溟朝旭射燕甸,桑枝正搭虚窗面。昆仑池上碧桃花,舞尽东风千万片。千万片,落谁家? 愿倾海水溢流霞。寄谢尊前望乡客,底须惆怅惜天涯。

　　范梈诗学李白、杜甫,其所擅长的歌行古体,尤得李白歌行的神韵。这首《王氏能远楼》即其著名代表作品之一。此诗立意高远,气势酣畅,表达了诗人看破红尘、睥睨人寰的高情逸志,写得潇洒通脱,颇具特色。

　　此诗本事已不可考,从诗意上看,大约是诗人与友人高楼畅饮,酒后创作的。写意而不写事,是本诗重要特点。把诗人平生豪情,人间乐趣,一气挥写出来。结构营造上颇见匠心:全诗十六句,每四句为一意,一意一韵,平仄交错,蝉联而下,一气呵成,总体上给人以精心构思、精于安排的整体感和寓巧于拙、错落有致的和谐感。开篇第一意,落笔恍从天外来。天池鹏,乃南海大鹏鸟,语出《庄子·逍遥游》,据说它能击水三千里,"抟扶摇而上者九万里";辽东鹤,指辽东人丁令威,传说他学仙得道,千年始归。二鸟所为,皆神仙举动,非常人所能为。所以诗人说,不必羡慕它们,人生万事都须自作自为,那么每往前迈出哪怕只有半步,即可见出江山寥廓,风光无限。"跬步江山即寥廓",强调的是胸怀和志趣,是精神的自为,而并不是实际生活中的所获所得。反过来,如果汲汲于功名利禄,拘泥于琐碎小事,即便是跨步江山,漫游江海,也终将感到拘谨和局促。"游""归"云云,互文见意。以六言句起篇,兔起鹘落,不同凡响,给人以突兀、雄奇之感,一下子揭起全诗。第二层乃收笔眼前,写痛饮王氏能远楼。勾吴匣中剑,指吴地制造的利剑。古以吴剑最为著名,李贺有"男儿何不带吴钩,收取关山五十州"(《南园(其五)》)著名诗句。这里的"勾"置"吴"前,是发声词,无实际意义,这在歌行体中经常见到。以有形之剑断无形之愁,出语新奇,使诗人消愁的强烈愿望、动作具象化、形象化,鲜明突现出来;"醉捧"二字尤妙,既点出诗人"得酒勿少留"、能远楼"痛酌"的形象,又惟妙惟肖刻画出诗人捐弃世俗、孤高傲世的品格。此二句实从李白"抽刀断水水更流,举杯消愁愁更愁"(《宣州谢朓楼饯别校书叔云》)句意脱化而来。不过,李诗"抽刀"与"消愁"之间,只有暗示、暗喻关系,从人们的联想功能当中获得象征意义,而且其结果是"消愁愁更愁",徒有无可奈何之叹;范诗则将二意糅为一体,直截了当,语气上斩钉截铁,要"斫断千秋万古愁",立意较为积极。所以,这里用语用意上均有创新,见出诗人擅长点化古诗的功夫。第三层与第四层意思紧密相联,先将诗意荡漾开去,转而写景,最后结入抒情。"沧溟"句,谓大海上朝阳升起,光照大地;"桑枝"句写阳光普照,窗棂为之生辉,此句还暗用日出扶桑的神话传说,写实景,已藏虚笔。"昆仑"二句,则直写虚幻、悬想之景,景象由实转虚。昆仑池传说是西王母的居所,池上种有碧桃,三千年开花,三千年结果,吃了可以长生不老。诗人这里的意思是:昆仑池上的碧桃,花开花落,舞尽东风,千年来万年去,可是那千千万万片桃花,究竟有哪一片落到了人间寻常百姓之家?有谁可以沾此仙气长生不老呢?此意乃与开篇"游羡莫羡天池鹏,归莫问辽东鹤"二句相呼应,仍归为"人生万事须自为"上来。所以诗人大呼"愿倾海水溢流霞"! 流霞是神话传说中的仙酒,这里代指美酒。什么天池鹏、辽东鹤,什么西王母、碧桃花,一切都是那么虚无缥缈不可指望,只求樽前常有酒,但愿长醉不愿醒。唯其如此,诗人才希望把那滔滔海水都化作美酒,才能痛饮痛醉,喝个尽兴。结句即以此意寄语思乡的朋友,何必乡愁百结、惆怅无涯呢?

　　全诗境界开阔,意象纷呈。时间线上,出古入今,上溯千年,下迄当今,纵横捭阖,稍纵即逝;空间线上,上天入地,从仙界虚景到人间凡境,奇景异象,招之即来,挥之即去。——一句话,时空上,各类意象精彩迭出,变幻大,迭换多,速度快,形成了全诗气脉贯注、流光溢彩的景象,给人以雄浑华美的艺术感受。且其句法参差,间以换韵,极尽腾挪变化之能事,造成大起大落、大开大阖的气魄,把一腔豪情逸志豪言壮语,挥洒得淋漓尽致,大有一吐块垒的痛快。范梈颇以诗名,当时与虞集、杨载、揭傒斯齐名,称元诗四大家。揭傒斯评其诗:"如秋空行云,晴雷卷雨,纵横变化,出入无朕。又如空山道者,辟谷学仙,瘦骨峻嶒,神气自若。又如豪鹰掠

马,独鹤叫群,四顾无人,一碧万里。"(《范先生诗序》)今观此诗,所言良然。(吴小平)

睡　燕　　谢宗可

> 补巢衔罢落花泥,困顿东风倦翼低。
> 金屋昼长随蝶化,雕梁春尽怕莺啼。
> 魂飞汉殿人应老,梦入乌衣路转迷。
> 却怪卷帘人唤醒,小桥深巷夕阳西。

在元朝,写诗想要推陈出新可不容易,多少条羊肠小路,都被前人走成了阳关大道,要避免轻车熟路,就须得煞费苦心——可不,在咏燕的"旧瓶"里,装进"睡燕"的新酒,如此别开蹊径,又要冒弄巧成拙的风险,容易么?

可诗人到底还是惨淡经营出了一首好诗,这燕子的睡态,还真被他描绘得错落有致呢!先是睡前:"补巢衔罢落花泥,困顿东风倦翼低。"把落花酿成的春泥,衔来衔去补罢温暖的小巢,直劳累得连东风也鼓不动它的双翼,这轻俏的燕子,可一点也不慵懒;不过,在它困顿乏力地低垂下翅膀时,倒也露出了几份可爱的娇慵。

然后,它就入睡了。"金屋昼长随蝶化,雕梁春尽怕莺啼。"飞落到富家藏娇的金屋,结集在雕梁画栋的顶端,敛起双翼入睡时,它最爱哪般?自然是,白昼正长,正好春睡,趁此机学上一会庄周化蝶,落得个梦魂轻飏最快意。它最怕哪般:不免是,暮春三月,江南草长,正撞上杂花树间群莺乱飞,啼散了翩翩好梦真无趣。

幸好,莺声还算知趣,没碍它悄然进入睡梦乡。"魂飞汉殿人应老,梦入乌衣路转迷。"梦魂果真像蝴蝶一般飞离了它的躯体了,可是,该去哪里飞一遭呢?到西汉的未央宫前,去探望那位与它同名的赵飞燕吗?但毕竟是光阴荏苒已隔千载,若看见娇媚的皇后已是玉颜老,那倒还是不看的好,好留个情影永存记忆里。那么,到往昔王、谢子弟盘游的乌衣巷,再去回味那赫赫名门的尊荣高贵么?可它毕竟已多年流落在寻常百姓家,要飞进去迷失了当年熟识的来回路,盘旋在凋零衰败的陈迹间,那倒不如省了这番伤心的凭吊好。

就这么踌躇徘徊,就到了梦醒时分。"却怪卷帘人唤醒,小桥深巷夕阳西。"虽说是傍晚了,可梦魂还飞来飞去无定所,无端被佳人唤出了梦魂,就算她正在手卷真珠上玉钩,能忍住不来几句轻嗔薄怒?不过,抬起迷离的睡眼看,那静静的小桥、深深的巷子、淡淡的夕阳,还模模糊糊是刘禹锡笔下的"乌衣巷口夕阳斜",虽说是已被唤醒,却还在似梦非梦之中。

"燕"的"睡"态,文章总算做足了吧?诗题是旧瓶新酒,诗意也是旧瓶新酒,金屋、化蝶、汉殿、乌衣,哪般不是随手可掐的典故?可绾合到睡燕身上,哪般又多少不生出点新意?至于对全诗的评价,笔法轻灵啦、刻画细致啦、联想丰富啦,也未免是旧瓶了,还是用上一个"纤"字吧——虽然这对谢宗可来说,还是旧瓶,但若赋予"纤丽""纤秀"的含义,其中不也有点新酒的滋味吗?(沈维藩)

题渔村图　　虞　集

黄叶江南何处村，渔翁三两坐槐根。隔溪相就一烟棹①，老妪具炊双瓦盆。霜前渔官未竭泽，蟹中抱黄鲤肪白。已烹甘瓠当晨餐，更撷寒蔬共崔席。垂竿何人无意来，晚风落叶何毰毸②！了无得失动微念，况有兴亡生远哀？忆昔採芝有园绮③，犹被留侯迫之起④。莫将名姓落人间，随此横图卷秋水。

> **注**　①棹：桨，此代指小船。　②毰毸(péi sāi)：此指纷纷飘扬的样子。　③园绮：东园公、绮里季。与夏黄公、甪里先生于秦末隐商山，称"商山四皓"，后被张良请出山辅佐太子。　④留侯：汉初张良，佐高祖建汉，封留侯。

这首题画诗用六朝古体，分前后两层。前半咏江南渔村的风光与渔翁生活的自在逍遥，后半感慨名利对人的危害。

诗采取传统题画诗的写法，从画面入手：秋天来到，江南渔村，一派静穆，树叶已经泛黄凋谢；正是闲散的日子，渔翁们三三两两，坐在老槐树下聊天。首句用苏轼《书李世南所画秋景》"家在江南黄叶村"句，点明画的地点、时序，使下文的风景、物产都有了着落。接着，诗写画面的一角。一条溪流，从画面斜亘而过，一叶扁舟停泊在溪中，想来是来往时所用的交通工具。一个老妇人正收拾着瓦盆炊具，准备做饭。这两句，有水有船，有乡村特有的生活用具，补充说明了画面所画的是渔村，更增添了闲适之感。

以下，诗便放笔写渔民朴素和睦的生活。秋天到来，但寒霜未降，还不到大规模捕鱼的时候，河湖中的螃蟹与鲤鱼都已肥壮鲜美。渔们烹鱼煮蟹，采撷瓠瓜蔬菜佐餐，充满了萧闲自得的乐趣。"甘瓠""寒蔬"是画面所有，"已烹""更撷"为想象之词，作者把它们糅合在一起，使整个画面的内涵得到了纵深扩大。

至此，诗已经把大部分画面交代清楚，所以下面便逮住一个局部进行发挥。在溪流边，一个渔翁正在垂钓，晚风中，落叶阵阵，在他身边随风盘旋。诗人想到，渔翁垂钓只是在打发时间，他们无忧无虑，自在逍遥，心情恬适淡泊，没有得失之感，更没有名利、兴亡的悲喜愁苦。诗人由此而感叹，即使是商山四皓那样的隐士，由于名气太大，最终被张良请出去辅佐太子，失去了容与自由的生活，无法与这渔翁相比，还是隐姓埋名，如同把这幅横卷收拢起来，一切都不为世人所知为上。末句结煞为神来之笔，既表达了自己的心情，又切合了"题画"本身。同时，诗中流露出对渔翁自在逍遥的羡慕，感叹垂钓者毫无机心、浑蒙直朴，他自己对高蹈遁世的向慕也就和盘托出了。

山水画及题山水画的诗讲究诗情与画意相结合。宋代的山水画及题山水画的诗，强调气韵，通过时序节令和布局，把真情实感以客观描写表达出来。到了元代，转而强调文学趣味与整个社会人性、个性的解放相结合，又强调个人的、主观的心绪，把宋人以客观为中心变为以主观为中心，所以山水画及题画诗也就突出人物，让人物直接出现，不像宋人往往把人物躲在山水的帷幔之后。同时，元代山水画开始把题款也作为整个画面的布置，使它成为整个画的重要组成部分，书法、款式成为表现画的意趣的主要手段之一，而题画诗的内容，也就与山水画相互掩映补充。如虞集这首诗中所写,就是画中所画,但他却把主观思想硬锲入诗中,以秦末隐士被聘出山为例,表示自己出仕的不得已及对隐逸生活的追求。这样,画也就带有强烈的个性了。每一时代有每一时代的文学特点,我们在欣赏元代的山水画与题画诗时,必须了解上述特点,才能进入角色,品味出它的真髓。(李梦生)

挽文丞相　　虞　集

徒把金戈挽落晖①,南冠②无奈北风吹。
子房本为韩仇出,诸葛安知汉祚移。
云暗鼎湖③龙去远,月明华表鹤归④迟。
何须更上新亭⑤饮,大不如前洒泪时。

注　①"挽落晖"句:《淮南子·览冥》:"鲁阳公与韩构难,战酣日暮,援戈而挥之,日为之反三舍。"这里指文天祥力撑南宋危局,犹如鲁阳公援戈而挽落日。　②南冠:南方人戴的帽子,借指囚犯。《左传·成公九年》:"晋侯观于军府,见钟仪,问之曰:'南冠而絷者,谁也?'有司对曰:'郑人所献楚囚也。'"　③鼎湖:传说中黄帝乘龙升天之处,借指帝王之死。《史记·封禅书》:"黄帝采首山铜,铸鼎于荆山下,鼎既成,有龙垂胡髯下迎黄帝,黄帝上骑,群臣后宫从上者七十余人,龙乃上去。……故后世因名其处曰鼎湖。"　④"鹤归"句:传说汉辽东人丁令威在灵虚山学道成仙,后化鹤归来,落城门华表柱上。有少年欲射之,鹤乃飞鸣作人言:"有鸟有鸟丁令威,去家千年今始归,城郭如故人民非,何不学仙冢累累。"　⑤新亭:地名,故址在今南京市南。《晋书·王导传》载,东晋偏安江南,王导等人在新亭宴饮,席间,周颛叹道:"风景不殊,举目有河山之异。"在座者相视流泪。

　　缅怀前朝忠烈是元代诗歌中反复出现的主题。对于异族统治,知识分子最为敏感,也最为痛苦。可是,"学而优则仕"的古老的信条又注定了他们不可能真的高蹈远遁,不得不出仕新朝,为异族统治者效忠。虞集的这首诗,就十分典型地反映了元初整整一代知识分子的这种既留恋旧朝,又万般无奈的彷徨心态。

　　诗一开始,作者就奏出了一对矛盾的主题——英雄的礼赞和宿命的悲哀。"徒把金戈挽落晖"写文天祥不顾形势凶险,奋力抵抗,想要挽救行将覆灭的宋王朝。这里,诗人把文天祥比作神话中的英雄鲁阳公,手持金戈,力挽残阳,显得十分悲壮。"南冠无奈北风吹"是描绘文天祥兵败被俘,拘囚于大都(今北京市)时的情景。"南冠"指囚徒,这里又可视作宋末南部抵抗力量的象征。"北风"则暗指来自北方的蒙古族的强大的军事力量。"南冠"与"北风"句内成对,句末一个"吹"字,更使整个画面平添无限悲凉气息,突出了命运的无奈。

　　宋王朝气数已尽,文天祥组织的抵抗运动是注定要失败的,这是否意味着他不够明智呢?对此,诗人在颔联中,借用两个历史故事,明确地表明了自己的态度,"子房本为韩仇出,诸葛安知汉祚移。"张良字子房,韩国贵族后裔,秦灭六国,张良为报家国之仇,雇勇士在博浪沙狙击秦始皇,尽管在当时秦的统治如日中天,行刺未能成功,但张良的这次行动仍不失为一大壮举,朝野震惊,历来为人传颂。诸葛武侯为报知遇之恩,六出祁山,最后病殁于军中,又哪里顾得上考虑汉室是否气数已尽这一类问题呢?可见,历史并不总是以成败论英雄的。从军事上看,文天祥确实失败了,但从人格上看,他知其不可为而为之,是永远值得尊敬的。

　　诗人把文天祥的失败归结于命运,这一悲剧性的主题在诗的后半段中进一步得到强化。

颈联"云暗鼎湖龙去远,月明华表鹤归迟"充满故国之思,"鼎湖"本是传说中黄帝乘龙上天之处,这里暗指宋君蒙难;"鹤归"一句用丁令威化鹤的故事,在诗人的想象中,文天祥的忠魂亦已化鹤成仙,然而,为何迟迟不见归来呢? 在这一联中,"远"字和"迟"字很值得玩味,虞集的时代距宋室覆亡已相隔数十年,在此之前,虽说也曾有过异族入侵之事,如南北朝期间,但一般都是局部的占领,统治时间不长,唯独元人南下,一举占领了整个中国,而且绵延数十年,盛而不衰,与之同时,民间抵抗力量则渐渐瓦解,像文天祥这样的人物已无处可觅。鼎湖龙已去远,忠魂何时能归? 字里行间,隐隐流露出对前朝君臣的强烈的思念之情。

　　尾联两句尤为沉痛,"何须更上新亭饮,大不如前洒泪时。""新亭洒泪"事见《晋书·王导传》,晋室南渡,尚有半壁江山,王谢诸公还可以隔江远眺,怀念故土;宋室覆亡,片瓦无存,连个洒泪之处都找不到了。念及于此,诗人不由得悲从中来,发出"大不如前"的绝望的哀叹,如果说在前三联中,诗人对异族统治的不满还常常为命运的主题所掩盖,表现得较为含蓄,那么,在这一联里,由于用了"新亭对泣"的故事,作者内心深处所隐藏着的亡国之痛,就完全表露无遗了。尽管元代在思想方面的禁锢不如满清统治时那么严厉,但在当时的形势下,作者敢在诗歌中如此直率地表露真情,不能不说是十分大胆的。据《辍耕录》记载:"读此诗而不泣下者几希。"(见《元诗纪事》)可见,此诗在当时汉人知识分子中所引起的反响是较为强烈的。

　　虞集在这首诗中用了不少典故,几乎无一句无来历,但又自然贴切,无堆砌之感。据说,他曾以"汉廷老吏"自诩(见胡应麟《诗薮》引杨文贞序《杜律虞注》),虽不免自负,但他的诗作笔力雄健,寓意深刻,确有可观之处。(黄锦章)

赤城馆　　虞　集

雷起龙门山,雨洒赤城观。
萧骚山木高,浩荡尘路断。
鱼龙喜新波,燕雀集虚幔。
开户微风兴,倚杖众云散。

　　由"舒迟而淡泊"的审美观所决定,虞集在诗风上,律诗诸作显得清雅恬淡,声律圆熟,本诗即为一例。

　　"雷起龙门山,雨洒赤城观。"开头一句就讲究对仗。龙门山在河北赤城县北,云州堡东北。其山石壁对峙,望之若门,故称龙门山。巨雷从龙门山而起,使人想到雷雨由龙兴作的神话传说,造成一种不凡的声势。"赤城观"即题目中的赤城馆。雷声刚从龙门山传过,雨水便洒落下来,可见雨来得极为迅猛。本诗从雷、雨写起,渲染出宏大的声势。

　　"萧骚山木高,浩荡尘路断"紧接上联的雷雨之声,进一步渲染宏大的声势。"萧骚"是象声词,前人有用来指树木声的,如李中《送图上人归庐山》诗有"萧骚红树当门老,斑驳苍苔锁径闲"的句子;又有指雨声的:罗隐《经来阳杜工部墓》诗说"紫菊馨香覆楚醨,奠君江畔雨萧骚"。本诗指雨打树木声。雷声隆隆,大雨滂沱,山上的大树在雷雨之中发出阵阵啸鸣。山下那条大路，平日里车水马龙，尘土飞扬；远远望去，极为醒目。大雨来过，尘土被雨水荡涤得无影无踪，大路也似乎一下子消失了，故诗中称之为"断"。这从侧面衬托出雷雨之大。

这场大雷雨，使水塘湖泊的水量顿时大增。"鱼龙喜新波"，水中的鱼儿欣喜异常，为自己的活动天地更广阔而嬉逐水波。"新波"既说明了水量的大增，又刻画出了鱼儿的欣喜之情。"虚幔"如同杜甫《月夜》诗中"何时倚虚幌"句的"虚幌"，指轻薄的帷幔。燕雀被雷雨震慑了，不敢再到外面，只得集拢在赤城馆内的帷幔上。这个细节进一步衬托出了雷雨的声势。

雷雨之后，诗人的心境又是怎样的呢？"开户微风兴，倚杖众云散"。风雨来时，诗人把门窗都紧紧地关上了。现在打开门窗，清新的空气扑面而来；步出门外，在高高的山顶之上，挂一竿竹杖，缕缕轻云从身旁飞过，向天际散去，诗人的心境显得开阔而清闲。

从总体上看，本诗属于一首山水诗。但本诗先从声势恢宏的鸣雷骤雨写起，并作了诸多烘托，突破了山水田园诗那种惯常的平淡闲适；诗的最后又落脚到平淡闲适，和前文的声势恢宏巧妙地统一了起来，给人一种耳目一新的感觉。从艺术技巧上看，全诗八句四联，全都讲究对仗，亦为律诗中稀见之格。（程相占）

寒　夜　揭傒斯

疏星冻霜空，流月湿林薄。
虚馆人不眠，时闻一叶落。

本诗作于元英宗至治元年（1321），时作者四十八岁，去乡从宦已经七年。小诗以寥寥二十字的白描，传神地绘出一幅清夜客旅图。一、二两句状写户外的景色，以凝冻在布满霜气的夜空中的疏星、沾湿了草木的月的流光（林薄，谓草木丛生），制造出一种清旷冷寂的氛围；三句转入客舍，在"虚馆"的典型环境中，"人不眠"的主体便格外突出。最精彩的是末句的五字。"一叶落"的声音是够细微的了，馆中人却能清晰地辨闻，足见夜间的阒静；而一个"时"（时时、时而之意）字，更将漫漫长夜中不眠人的警醒，表现得淋漓尽致。这一句不仅沟通了虚馆内外的联系，而且传达出了诗人在长捱客宵中愁苦的心绪，可谓是神来之笔。

这首诗还有两处地方颇值得玩味。一是题中的"寒"字。从"霜空""叶落"来看，作诗的时令实在凉秋而非寒冬。所以"寒夜"之"寒"，与其说是身体上的感觉，毋宁说是因冷寂环境和凄凉心绪而引起的精神上的感受，是荒寒、孤寒之寒而非寻常冷热之寒。二是首句"疏星冻霜空"，"冻"字的斧凿颇惹人注目。我们设想用"映""点""著"一类的字取代，则起二句便带上了一种《选》体诗的平叙风味。这样做，尽管较符合绝句所谓"一篇全在尾句"（宋姜夔《白石道人诗说》）、"多以第三句为主，而第四句发之"（元杨载《诗法家数》）的常法，但将使全篇的旨意由言愁转化为言幽。所以，作者在首句就以"冻"字的巉刻，这本身就映现了作者无意掩遮（甚至可说是有意强调）自己冷峭的心情。

诗人在此后不久还写过一首《秋夜长》，中有句云："秋夜长，秋夜长，夜未曙。投我以百忧，煎我以百虑。夜长夜长谁与度。"同样写"愁人知夜长"，这首《寒夜》的含蓄不露，就使人觉

得风韵摇曳,回味隽永得多。(史良昭)

梦武昌　　揭傒斯

黄鹤楼前鹦鹉洲,梦中浑似昔时游。
苍山斜入三湘路,落日平铺七泽流。
鼓角沉雄遥动地,帆樯高下乱维舟。
故人虽在多分散,独向南池看白鸥。

　　在揭傒斯早年的汉、湘之游中,武昌是他居留最久、印象最深的城市。现在,当他回到家乡时,武昌已形诸梦寐了,他该如何不辜负这座曾给他以欢悦的城市,为它传神生色呢?

　　“黄鹤楼前鹦鹉洲,梦中浑似昔时游。”武昌的标志黄鹤楼,以及楼前的鹦鹉洲,皆因唐代崔颢的《黄鹤楼》诗而名闻遐迩,这是不消多说的。诗的首联,只交待了梦中来到这二处昔日游历之地,连用二地名,毫不修饰,看似过简,其实不然。用浑厚的笔法,把景物浑然推出(还有意无意地带了一个“浑”字),这正是诗人的高明处,他深知此际绝不容精雕细刻,不然下二句便不能自然引出了。

　　正是站在浑朴无饰的黄鹤楼头,鹦鹉洲前,才能放眼望去,全是雄浑之景。请看,“苍山斜入三湘路,落日平铺七泽流。”巍然的苍山,鲜红的落日,武昌具有多么浑成的气象!三湘,指洞庭湖南北、湘江流域;七泽,指楚地诸湖、云梦古泽(语本《子虚赋》“楚有七泽”):这是武昌多么开阔的视野!苍山深入到三湘的大路间,落日铺满了七泽的水面上:这是武昌多么壮观的形势!苍山有连绵的走势,故是斜斜地蜿蜒深入;落日已贴到了地平,故是平平地四面铺展:这又是多么生动的措辞!更重要的是,这二句一前一后,用力铢两悉称(对仗亦工力悉敌),富有均衡感;叙法全用赋体,比起诗人另一首《夏五月武昌舟中触目》中“青山如龙入云去”的比喻,泯去了小巧手段,平添了凝重感。因此,此二句若用庄重、宏丽来形容它给人的总体感觉,是绝不过分的,明人胡应麟的评论不亦云乎:“句格庄严,词藻瑰丽!”(《诗薮》)

　　武昌的山川之胜既已写足,颈联便转向武昌的风土之奇。“鼓角沉雄遥动地,帆樯高下乱维舟。”武昌是上游重镇,城墙高厚,当傍晚的城头鼓角声齐响之际,那深沉、雄健的余音,真能遥传四方、撼动大地;武昌又是九省通衢、商贾云集,当傍晚人们系舟(维,系)江滨之时,那千帆万樯排列得高下参差,真能令人目不暇接、眼前一片迷乱!这二句,前句的森远、后句的繁闹,在气象上都堪与山川的雄伟相副;而“遥”“乱”二字,对于鼓声的绵绵不绝、帆樯的如林如织,都是画龙点睛之笔,足使全句跃动生辉,也丝毫不逊于上联“斜”“平”二字的用力。因此,说本诗中四句都是塑立武昌丰厚形象的功臣,大概也是不夸张的吧?

　　诗的尾联,已是梦醒时分了:“故人虽在多分散,独向南池看白鸥。”武昌又是诗人交游广多的城市,梦到武昌而不提故人,未免对不住昔日的朋友;因此,在梦后才为故人的分散难聚发一句感叹,是很恰当、很道地的布局。白鸥在古诗中,通常是陪伴诗人隐栖故园的盟友,所以在南池上独看白鸥,也暗中点到了自己的处境。梦醒后的气象是很萧索的了,不过,这份萧索,不也正足以反衬出上文的宏大与昔日的壮游么?

　　在上首《别武昌》中,诗的要点是"别";而在这首《梦武昌》中,"武昌"的形象成了诗的中心,是否在梦中倒并不重要、也不明显。看来,这座令诗人魂牵梦萦的城市,早已深印在诗人胸中,就算在梦中出现,也如身历其境般不减当年风采。(沈维藩)

湖州竹枝词　　张　雨

临湖门外吴侬家,郎若闲时来吃茶。
黄土筑墙茅盖屋,门前一树紫荆花。

　　这是一曲吴声竹枝词;是一首充满青春活力的爱情诗;是一部来自爱河的姑娘的心声曲;是一支劳动人民寻求幸福生活的恋歌;是一纸反对封建婚姻的宣言书;是一封发自姑娘肺腑的电报;是一页真挚诚恳的约会书;是一张富有民间气息的特殊请帖。

　　这首竹枝词按定格为七言四句,只二十八个字,言虽短却意深长,话虽淡却味酷浓,姑娘对爱情的追求的激情充满了字里行间。首句为姑娘的自我介绍:"临湖门外吴侬家。"吴地称人多称"侬",如我侬、渠侬、他侬等,"吴侬"即吴人。家住在邻近太湖的城郊。次句"郎若闲时来吃茶"为请帖的主要部分,说明被邀对象为"郎",约郎来"吃茶"。吃茶是双关语,除一般喝茶的意思外,还特指女子受聘,据说是取种茶下子,不可移植,移植则不复生的意义。因此,尚有表示爱情坚定的含义。这里巧用"吃茶"二字正表现了姑娘的聪明机灵。约郎吃茶的时间并未说定,而是"郎若闲时",这里包藏了几层意思:一来说明这位郎非游手好闲之人,而是工作很忙的劳动者;二来说明姑娘爱的正是这个热爱劳动的人,不愿打扰他的工作,请他闲时来;三来表现了姑娘的性格温柔体贴,彬彬有礼,尊重对方的安排;四来不咬死某时某刻反而显出姑娘对爱情的信念,真正的爱情是双方的,不能强求,郎若有心会立即来的,给对方留有余地,再一次表现了姑娘的乖巧伶俐。

　　以上二句主要是绘声。"吴侬""吃茶"都带有湖州地区浓厚的乡土气息。吴人说话语音轻清柔美,有"吴侬娇语"之称。因此,读后仿佛听到姑娘楚楚动人的声音。接下去三、四两句则是绘色。从环境的描写烘托姑娘的美貌与性格,进一步揭示她的内心世界。"黄土筑墙茅盖屋"说明她生在平民百姓家,过的是雅淡自然、勤俭朴实的生活。末句"门前一树紫荆花"为传神之句,明里系补充前句向郎说明她家的标志,更重要的是暗里在向郎表白自己蕴藏在心底的对爱情的炽热追求。紫荆木似黄荆,叶圆心形,春天开红紫色花,植于庭院除观赏外,还有象征家庭和睦的意义。传说有兄弟三人分家时商议把堂前的一株紫荆树破为三,紫荆树忽然枯死了,三兄弟为树所感动遂不分家了,于是树亦复荣。(见南朝梁吴均《续齐谐记·紫荆树》)诗里不提其他标志单提"一树紫荆花"显然是在告诉郎她是生在一个和睦的大家庭里,受到良好教育。同时暗示郎将来她也会处好郎家的人际关系,表现出她贤惠善良的品德。紫荆树叶呈圆心形,它象征着姑娘的炽热的爱心与对"心连心"的追求。那片片嫩叶是紫荆树叶又不是紫荆树叶,仿佛是无数颗赤诚的心展现在门前欢迎郎的到来。紫荆树春天开花,"花"字既补充前二句点明约郎来吃茶的季节正是新茶采撷时,也用以比喻姑娘自己正值青春年华,提醒郎"有花堪折直须折,莫待无花空折枝"(唐无名氏《金缕衣》)。这是那黄土、绿树、红紫花旁脉脉含情地凝望远方的姑娘的心灵的呼唤声。

竹枝词为乐府《近代曲》之一,本为巴渝(今四川东部重庆市一带)民歌,唐刘禹锡据以改作新词,歌咏三峡风光和男女恋情,盛行于世,后又有具有各地区特色的竹枝词,但无论是《杭州竹枝词》、《湖州竹枝词》在风格上都具有清新活泼、通俗朴实的本色,而且擅长巧用比兴手法捕捉意象,宛转细腻地表达感情。这首湖州竹枝词正充分展示了这些优点,成功地塑造了一个聪明美丽的少女渴望朴实的爱情的形象。(宛新彬)

驾发上京　　马祖常

苍龙对阙夹天闉,秋驾凌晨出国门。
十里貔貅骑腰裹,一双日月绣旗旛。
讲蒐猎较黄羊圈,赐宴恩沾白兽尊。
赫奕汉家人物盛,马卿有赋在文园。

上京即上都,又称滦京,本元开平府(今内蒙古东南正蓝旗)府治,自成宗朝起成为元代实际上的陪都。每年君王巡幸上京后,于七八月间返回京城大都,本诗所咏的就是帝驾回銮的情形。

全诗一开头,就点出了"驾发上京"的题面。旧时的宫殿,依天上的星象对应布局。"苍龙"是东方的星座,常用以代表着天门,所以皇宫的苍龙阙位于东方,最接近禁城的入口(闉,门)。首联两句言皇家的队伍,从宫中启跸,经过左右是高阙夹峙的宫门,在凌晨时分行行出了上都的城关。这是对出发的时、地的交代,字里行间透现出一种庄严肃穆的气氛。

次联承接"出国门",描述了回銮队伍的排场。雄赳赳的武士们骑着骏马,首尾列达十里之长;作为前导的皇家仪仗中,日旗和月旗高高招展,引人注目。"貔貅"是虎豹一类的猛兽,古人多用以代指勇猛的军士;"腰裹"是传说中日行万里的神马,诗人在此极力绘写帝王扈卫的威风凛凛。天子的仪旗古称太常,《周礼·春官》:"日月为常。"绣着日月的旗旛自然是帝王威严最典型的象征。这两句进一步铺陈了"驾发"的声势。

颈联扣合"上京",回顾了未发前的宫廷盛举。"讲蒐"是帝王讲武形式的一种,在上都时具体表现为"猎较黄羊圈",猎较是围狩以取祭物,并在狩猎后互相比较收获的意思。黄羊为蒙古草原上一种奔跑极快的野羊,"黄羊圈"指圈养黄羊的皇家猎场。这一句着重于元朝天子的"修武"。"赐宴"也是上都常见的节目,诗人特意强调了"恩沾白兽尊"。原来白兽尊是盖上饰有白兽形象的酒器,据《晋书·礼志》:"若有能献直言者,则发此尊饮酒。"这是说君臣的融洽相得,表现了君王"文治"的一面。旧时论颔联与颈联的关系,用"操纵"二字:操指颔联在首联的已有基础上团拢,纵指颈联于颔联的内容境界外放开。这一联由帝驾的已发折回未发之前,也属于"纵",既是章法上的宕开一步,同时又起到了渲染君王气象、誉美君王功德的作用。

末联以汉代宫廷俊彦集萃的情形来比拟扈从的文学群臣,以司马相如("文园"指汉文帝陵园,司马相如曾任陵园令)献赋来说明臣子受到的鼓舞,从而委婉地显示自己作诗的动机是为了陈献仰德颂圣的微忱。这是对"驾发上京"在美奂美轮意义上的又一补充。元朝君主中元文宗喜爱附庸风雅,宠渥词臣,因此本诗当是文宗至顺元年或二年(1330 或 1331,文宗天历年间因争夺帝位自顾不暇,至顺三年则病卒于上都)的作品。

马祖常集中另有一首题为"驾发"的诗作,却远不及此首的气象阔大与词语华赡,因此胡应麟《诗薮》谓"马伯庸《驾发》……全篇整丽,首尾匀和",应是就本诗而言。又清人顾嗣立《题元百家诗集后二十首》之一云:"白兽黄羊扈从宜,玉堂连直唱新词。上京杂咏流传遍,馆阁才华总一时。"也是视本诗为诗人的代表作而推崇备至。(史良昭)

墨 梅 王 冕

我家洗砚池头树,朵朵花开淡墨痕。
不要人夸颜色好,只留清气满乾坤。

王冕从一个替人家放牛的牧童,在牛背上勤奋学习,成为一位领一代风骚的诗人和著名画家。特别是他画的墨梅,神韵秀逸,世称神品。明代刘伯温有诗赞之曰:"能画梅花称奇绝。"画中题诗,相得益彰。上面这首《墨梅》诗,是脍炙人口的名篇。

这首题于他为良佐所画《梅花图》上的七言绝句,是王冕画梅生涯和自我性情的写照。这位一生热爱梅花的诗人、画家,青年时代曾专心研究孙吴兵法,学习击剑,有澄清天下之志,但屡试进士不第,使他看清了元朝的腐朽统治,遂放旷江海,绝意仕途。他隐居在山明水秀的诸暨九里山,躬耕读书,并植梅花千树,自号梅花屋主。"梅花解作忘机友,雪天月夜长相逢。"他生活在梅花中间,爱梅,画梅,"豪来写遍罗浮雪千树,脱巾大呼成花颠"(元末蒲庵禅师复见心《梅花歌》)。他一生最爱画不着色的淡墨梅花,画出来的梅花,朵朵朴素淡雅。

"我家洗砚池头树,朵朵花开淡墨痕。"读着这样的诗句,恍惚使人进入一种淡墨溢香的境界,这是画境,也是诗人的实际生活。相传会稽山下有王羲之的洗砚池,由于日日洗涤笔砚,把池水都染黑了。王冕颇以有这样一位同姓的前贤自豪,今天自己不也是过着"洗砚池头"的翰墨生涯么!"我家"二字,亲切之中自有一种洒脱自豪的韵味。"朵朵花开淡墨痕",说自己与王羲之各有擅长,王羲之日日"洗砚池头",为了练就一手好字,而自己"洗砚池头",却是为了用墨笔描画梅花。自己苦苦练画,池水因洗砚而变黑,池边的梅树吸吮了池中的墨水,竟然"朵朵花开淡墨痕"了。这一句同时又是点题之笔,紧扣"题画",说明这是一幅墨梅图。

画梅花,为什么不用丹青彩笔涂抹,偏要用淡墨点染呢?诗人回答道:"不要人夸颜色好,只留清气满乾坤。"王冕为良佐画的这幅《梅花图》今天还可看到,这是一幅横幅,只见一枝梅花横斜在画幅的中间,枝干一笔拉到几尺长,挺秀有劲。枝的梢头,露出了笔的尖锋,突出了梅的清拔气质,看去风神绰约,奕奕有致。再看那枝头十数朵洁白的花朵,含苞欲放,仿佛正在吐出阵阵清雅的芳馨。而那疏枝缀玉,冷蕊幽香,又显示出寒梅不同于春花的冰容霜姿。画梅须同梅性情,画梅须具梅气骨,这枝生在山野清绝之地的野梅,疏旷放逸,梅干劲直,尽自然之本性,绝无一点"官梅"、"园梅"矫揉造作的媚态,而有似竹之清,似松之秀,似空谷幽兰之散发清芬。她把人引向一种清幽的意境,使人感受到一种冰清玉洁的品格,一种不与世俗同流合污的天地间的清气。的确,正如题画诗所说,画家并不以艳丽的颜色争姿斗妍,而只求给人间留下梅花那极其可贵的清气。

这首诗将咏梅花同抒发诗人自己的情怀不着痕迹地结合在一起,梅花同人的情操、理想互为表里,融为一体,抒写了王冕高尚的情趣,表示了他不向世俗献媚的坚贞、纯洁的操守。墨梅诗,一幅有声画;墨梅画,一首无声诗,它们所表现的诗情画意是完全相同的。

王冕毕生精力都倾注在诗画之中,他的画和诗都是元代第一流的。他深谙写诗作画的个中三昧,他说:"写梅作诗,其来一也。名之虽异,意趣实同。"又说:"凡欲作画,须寄心物外,意在笔先,正所谓有诸内必形于外矣。"(《梅谱》)正因为王冕长期与梅花为友,对梅花的形态、习性有极深的体验,并体悟到梅花有一种内在的精神之美,即一种不同凡俗的清新高雅的气质。他又把这种高尚的梅格和自己的身世、人格结合起来了,自己孤芳自赏的一生不正像那高洁幽芳的梅花吗!梅花即我,我即梅花,对王冕来说,人与梅合二为一了。因此,他把自己的生命和感情全部献给了梅花,画梅花,实质上也就是自我写照。因此,他笔下的梅花都显示着一种人的精神和品格。"不要人夸颜色好,只留清气满乾坤",多么美好的诗句,它显示了一个冰清玉洁的人生,它是诗之魂,是画之魂,是梅之魂,是作者灵魂闪光啊!(高　原)

感　事　张　昱

雨过湖楼作晚寒,　此心时暂酒边宽。
杞人唯恐青天坠,　精卫难期碧海干。
鸿雁信从天上过,　山河影在月中看。
洛阳桥上闻鹃处,　谁识当时独倚阑?

元顺帝至正十六年(1356),江浙行省左丞相杨完者从张士诚手中夺得杭州,聘张昱入幕,官右司员外郎。十八年(1358),张士诚重陷杭州,杨完者被杀,张昱从此不仕,流寓城中。这首诗就是他蒿目时艰,有感而发的作品之一。

西湖上一阵黄昏雨留下了轻寒,这无疑映合了诗人悲凉的心情;然而次句却偏从"此心"的"宽"处说起,只不过它是有条件的,受着种种限制:一是"酒边",唯酒才能销愁;二是"暂",麻醉的功效既不完全,又不持久。正语反说,倍觉沉郁苍凉。

颔联承接首联而来,运用了"杞人忧天"和"精卫填海"两个为人熟知的典故。上句以杞人自比,言忧念国事的多余,是意含偏激的自我解嘲;下句借精卫作例,言改变现实的徒劳,为自己退出官场的高蹈寻求解释。这种对元社将屋、时事日非的无可奈何的惆怅,是"此心"的实际写照;而诗人唯有通过自嘲自解才能求得酒后心情的暂时释然,这就更增添了作品的悲凉色彩。

颈联是脍炙人口的名句。鸿雁传书,人所尽知,不必多加解释。月影山河,据何薳《春渚纪闻》:"王荆公言月中仿佛有物,乃山河影也。"其实,王安石的说法本于《淮南子》:"月中有物者,山河影也。其空处海影。"张昱的前辈诗人杨载咏月,就有"大地山河微有影,九天风露寂无声"(《宗阳宫望月》)的名联。作者家乡庐陵(今江西吉水),兵戈阻绝,音书不通;元季群雄并起,天下中分,朝廷的统治政权岌岌可危。这一联上句言无家可归,下句言有国难投;而鸿雁信但从天上过,山河影唯有月中看,言之益见感慨万千。

尾联的"闻鹃",用了北宋理学家邵雍的一则掌故。邵雍于嘉祐末在洛阳天津桥上听到杜鹃鸣叫,对这一南方的禽鸟飞来北国感到异常,推断"不及十年,其有江南人以文字乱天下者乎?"果真后来发生了王安石的变法,导致了宋朝国势的动荡。(事见邵伯温《邵氏闻见后录》)诗人在这里悲感自己对于时势凶危的先几将不可避免地兑现为事实,流露了"杞人"句自嘲背后的真实心态。"独倚阑"三字,以邵雍自况喟叹世人的麻木昏聩,也体现了诗人的众醉独醒的形象,使起首"此心时暂酒边宽"句的内涵更为彰明。

本诗感慨深沉,气格苍凉,在用典的圆熟和抒怀的壮郁上,带有摹唐习杜的一定影响。清潘德舆自谓"独爱"此诗,"寻讽不厌"(《养一斋诗话》卷六)。明杨士奇在《张光弼诗集序》中,谓"先生之诗,气宇闳壮,节制老成",本诗可谓是体现这八字评语的代表作。(史良昭)

鸿门会　杨维桢

　　天迷关,地迷户,东龙白日西龙雨。撞钟饮酒愁海翻,碧火吹巢双猰㺄[①]。照天万古无二乌,残星破月开天余。座中有客天子气,左股七十二子连明珠。军声十万振屋瓦,拔剑当人面如赭。将军下马力排山,气卷黄河酒中泻。剑光上天寒彗残,明朝画地分河山。将军呼龙将客走[②],石破青天撞玉斗。

注　①　碧火:王充《论衡·论死》:"人之兵死也,世言其血为磷。"磷火色碧,故言碧火。猰㺄(yà yǔ):食人怪兽,似狸而善走。　②　"将军"句:承上文,句中"将军"当指项羽。鸿门会后,项羽自立为西楚霸王,故曰"呼龙"。"客"指刘邦,在鸿门宴中刘邦为客。

　　秦末农民起义后期,刘邦、项羽分军伐关中,当时的盟主楚怀王约定:谁先入关中谁为王。刘邦由武关入关中,先得咸阳;项羽不愿刘邦称王关中,以四十万大军攻入函谷关,驻军新丰鸿门。时项羽的谋士范增言刘邦必反,项羽便召刘邦赴宴以察其志;刘邦兵力处于劣势,只得向项羽谢罪,让出关中。在这场宴会中,范增要项庄在舞剑时刺杀刘邦,刘邦的谋士张良让勇士樊哙去闯宴席,被刘邦收买的项伯又与项庄对舞以保护刘邦,一时席间刀光剑影、钩心斗角,这就是历史上著名的鸿门宴。这一历史事件在司马迁的《史记·项羽本纪》有一段十分精彩的描绘,脍炙人口。历代诗人对这一题材也十分感兴趣,唐李贺、宋谢翱以及与杨维桢同时的张宪均有诗歌咏其事。

　　杨维桢这首诗的所长是想象丰富,运笔兼有空灵和奇崛两个不容易统一在一起的特点。鸿门宴中刘邦、项羽以及范增、项庄、樊哙、张良等都有许多生动的性格鲜明的言语行动,这些经过司马迁的刻画,人们早已耳熟能详,若再重复描写,便无新意。如张宪《鸿门会》写道:"披帷壮士发指冠,侧盾当筵请公舞。白发老臣心独苦,玉玦三看君不语。"读这样的诗不如读《史记》更具体、更生动。杨维桢此《鸿门会》则不然,他完全撇开刘、项等人在宴会中具体的言语行动,而驰骋其缥缈不羁的灵思,从当时群雄角逐的大形势着眼,刻画其风云变幻、惊心动魄的时代氛围。因此读它的时候便能获得一种读《史记》时所没有的审美感受。

　　全诗前六句为一段,纯作时代氛围的刻画。"天迷关,地迷户",传说中天有门、地有户,这里选用两个"迷"字来形容它们,极言天地混沌莫辨之状,暗喻秦末天下无主,一切都动荡不定的情势。其时秦王子婴已降,秦军已摧垮了,然各起义将领拥军自重,或为"东龙",或为"西龙",行云布雨,阴晴不定。一场更为复杂、难以预料的战争在酝酿着。人们在疯狂地撞钟击鼓,以发泄内心的愤懑,或疯狂地饮酒,以借酒浇愁;然而他们的内心,却仍然愁深如海涛翻滚,不知和平何日。战争如荧荧的鬼火,煎熬着大地;又如猰貐似的食人怪兽,残酷地吞噬着人们的生命。然而这又是难以避免的,因为"照天万古无二乌"。传说"日中有踆乌"(《淮南子·精神训》),故诗中以乌指日。俗话说天无二日,秦朝一亡,揭竿起义的诸将领终究是要决一雌雄的。鸿门会可以说正是这一矛盾激化与公开化的标志。

　　"座中有客天子气"以下六句为第二段,从大形势的渲染顿然跳到宴会上,分别描写刘、项双方:刘邦的志向、实力、项羽的气概、军威。"座中客"指在鸿门宴上为客方的刘邦,当时起义群雄中军力最强的是项羽,有精兵四十万,刘邦才十万,然考虑到其他因素,当时唯一可能与项羽争天下的便是刘邦。对此项羽的谋臣范增看得很清楚。据《史记·项羽本纪》记载,鸿门会前范增曾劝项羽道:"沛公居山东时,贪于财货,好美姬。今入关,财物无所取,妇女无所幸,此其志不在小。吾令人望其气,皆为龙虎,成五采,此天子气也。急击勿失。"刘邦入关后一改过去贪财好色的流氓习气,与民约法三章,这充分说明了他的雄才大略,懂得收揽民心。看来他还很会制造舆论,当时人们迷信思想很重,陈胜、吴广为了鼓动百姓一起造反,便搞了鱼书、狐鸣。秦汉之际,关于刘邦的传说也特别多,如其母生育刘邦之际曾"梦与神遇",有"蛟龙于其上",而刘邦生下来"左股有七十二黑子",象征"赤帝七十二日之数"等等(见《史记·高祖本纪》)。这些传说对当时人们思想的影响不可低估,何况刘邦还有"声震屋瓦"的十万精兵,有像樊哙那样敢于在鸿门会中"带剑拥盾",撞入军门,"瞋目视项王,头发上指,目眦尽裂"的壮士。对此范增有充分的认识,项羽却没有。诗中接下来描写项羽,称他"将军下马力排山",项羽素以勇猛称,所率士卒亦无不一以当十,其后兵困垓下,悲歌慷慨,有"力拔山兮气盖世"之句。此时他刚刚大破秦军,坑秦降卒二十余万,正是趾高气扬、踌躇满志之时,故设鸿门宴把刘邦召来,虽然恼恨刘邦捷足先登,然也并没有把刘邦当作一回事,大有一跺足便可使山河颤抖之气概,故诗中以"气卷黄河酒中泻"句形容之。李贺《梦天》诗有"一泓海水杯中泻"句,描写在天上望下来大海之小似乎只能注满一杯;此则写项羽气概之大,似乎可以把黄河注入酒杯中,一饮而尽。显然,项羽对潜在的敌手刘邦是掉以轻心了。

　　以上两段以浓墨重笔铺写了时代的动乱气氛、刘项双方的对峙,鸿门会惊险的局面已是呼之欲出了。接下四句则以极精练、极富韵致的笔调,概括了鸿门会的结局。"剑光上天寒彗残",鸿门会中双方剑拔弩张,最惊心动魄者莫过于项庄舞剑了。项庄奉范增意,以舞剑祝寿为名,意在沛公。项伯因先前接受了张良的通融,"亦拔剑起舞,常以身翼蔽沛公"。一派刀光剑影,直如天上飞划而过的彗星,真是险到了极点。历史的发展,从长远来说,自有其必然的发展规律,但就具体的某一历史事件而言,则偶然因素往往会起决定性的作用。项伯为报张良救命之恩而通敌,项羽因自傲而手软,其结果是刘邦得以逃席逸去,鸿门会了不了之,这便是诗中所写的"将军呼龙将客走"的局面。项羽坐失了消灭潜在对手刘邦的最佳时机,对此范增愤愤不已,在刘邦脱身后,张良入谢,以白璧一双赠项羽,玉斗一双赠范增。项羽受璧,范增则恼恨已极,置玉斗于地,拔剑撞而破之。杨维桢高度评价范增的识见,故把他撞玉斗的行动喻为"石破青天"。

杨维桢这首《鸿门会》造语奇崛,意境幽诡,颇有些接近李贺的风格,个别地方如"碧火吹巢",分明袭自李贺的《神弦曲》:"百年老鸮成木魅,笑声碧火巢中起。"如"东龙白日西龙雨""残星破月开天余""碧火吹巢""石破青天"等词句,均难以通常的语法或逻辑去理解。他没有正面去实写刘、项对峙的军事形势,而是用了一连串似乎无关的奇特的比喻加以烘托。在这首诗中"东龙""西龙"何指?"残星破月"比喻什么?为什么说"照天万古无二乌"?均很难确切地加以说明,然它们组合在一起,却又十分形象地勾画了秦末动乱的社会状态以及波谲云诡的政治、军事的形势。这样一种以许多奇丽古怪的物象来烘托诗歌意旨的手法正是李贺诗歌的特征,显然杨维桢此诗颇多借鉴李贺之处,特别是同一题材的《公莫舞歌》。然比较而言,李贺的《公莫舞歌》稍嫌堆砌,格局不大,此诗则纵横驰骋,元气淋漓,故其门人吴复评云:"此诗本用贺体,而气则过之。"

此外据吴复云,杨维桢本人对这首诗亦非常欣赏,平日酒酣时常吟唱之。究其原因,除了这首诗在艺术上比较成功外,还看到其内在的精神因素,杨维桢是有感而作的。确实杨维桢所处的时代与秦末颇有相似之处:尖锐的社会矛盾,遍及全国的农民起义和地方割据,长期的战乱纷争,这些也都是元末社会的特点。朱元璋、张士诚、陈友谅等先后起兵抗元,后来又相互争杀,角逐帝王的宝座,这与秦末刘、项之争如出一辙。正因为此,朱元璋胜利后便每以刘邦自比,在祭祀历代帝王时,特别要多敬刘邦一杯酒。杨维桢在元末因避兵乱,曾隐居富春山,又徙钱塘,再徙松江,他曾先后拒绝张士诚、朱元璋的礼聘,对时事的风云变幻,感受一定很深,故这首《鸿门会》才写得如此兴会淋漓,情思勃郁,以致每逢酒酣耳热,便不禁引吭而歌了。(刘明今)

花游曲　杨维桢

至正戊子(1348)三月十日,偕茅山贞居老仙①、玉山才子②烟雨中游石湖③诸山,老仙为妓者璚英赋《点绛唇》词。已而午霁,登湖上山,歇宝积寺行禅师西轩,老仙题名轩之壁,璚英折碧桃花下山。予为璚英赋《花游曲》,而玉山和之。

三月十日春濛濛,满江花雨湿东风。美人盈盈烟雨里,唱彻湖烟与湖水。水天虹女忽当门,午光穿漏海霞裙。美人凌空蹑飞步,步上山头小真④

墓。华阳老仙海上来,五湖吐纳掌中杯。宝山枯禅开茗碗,木鲸吼罢催花板。老仙醉笔石栏西,一片飞花落粉题。蓬莱宫中花报使,花信⑤明朝二十四。老仙更试蜀麻笺,写尽春愁子夜篇。

注 ① **贞居老仙**:张雨(1284—1350),一名天雨,字伯雨。早年名泽之。号贞居子,又号句曲外史,钱塘人。弱冠为道士,法名嗣真。曾入茅山学道,茅山有洞名华阳,顾著名,故诗中又称"华阳老仙"。晚年告归钱塘,周游吴中诸地,与杨维桢、顾瑛、李孝光等交好。工诗,尤以书法著称。 ② **玉山才子**:顾瑛(1310—1369),一名德辉,又名阿瑛,字仲瑛,号金粟道人,昆山人。家富,中年始折节读书。筑私园名"玉山草堂",日招宾客,饮酒赋诗为乐。元亡,随子徙濠州,卒。撰有《玉山璞稿》《玉山名胜集》等。 ③ **石湖**:位于江苏苏州西南郊。 ④ **小真**:据顾瑛和诗,知小真即唐代名妓真娘。然据史载,真娘墓在虎丘剑池之西,与此不合。 ⑤ **花信**:古人有"二十四番花信风"之说,以为风应花期而来,其来固有信息,简称"花信"。由小寒至谷雨共一百二十日,五日一候,每候应一种花信。始于梅花,终至楝花,凡二十四种。

　　元顺帝至正八年(1348),杨维桢客游姑苏一带,结交诸多江湖文士、豪门贵人。其时失官已近十年,仕宦无望,故啸傲风月,肆意诗酒,自娱浇愁。此年三月,张雨应昆山顾瑛邀请,专程至顾氏玉山草堂,与杨维桢等众多文人儒士聚会多日,又同返姑苏,遂有此石湖之游。

　　石湖水光山色,风景绝胜,诸峰兀立,倒映湖中,杨维桢倾心慕之,游玩非止一二。尤其此地曾是春秋范蠡、宋代范成大隐居地,使之更具诱惑力。至正七年三月,杨维桢偕同吴中诸友游此,撰有《游石湖记》,自谓效法唐代大诗人白居易,优游于此;而不受尘世礼法所拘,又无官府冗务纠缠,更胜白居易一筹。相当自豪畅快。时隔一年,复偕张、顾等挚友至此,可谓旧地重游,于是乘兴而作《花游曲》,且遍邀朋友门生唱和,仅《铁崖先生古乐府》一书所录和诗就有七家。

　　本篇重在叙事,大致依照游湖行踪和诸人行事之先后,顺序道来。但又并非纯粹如实描述,不时要蒙上一层神秘色彩,给人虚幻缥缈、美不胜收之感。

　　据作者诗序中自述,本诗是为同游妓女璚英撰写的,其实,所谓"花游",是"携花而游"之意,"花"即妓女,在此仅仅是作点缀,是个陪衬,借以引出诗人们蔑视礼法、游戏人间的生活态度,表现作者浪迹江湖、欢欣逍遥的感慨,才是深意所在。

　　诗的起首二句,点明时间和环境:暮春时节,东风拂面,濛濛细雨,如烟似雾。和风挟着雨丝、裹起落花,洒向湖面。舟行湖上,只觉天水一色,湖山一体。花的芬芳,水的晶莹,连同静谧的气氛令人陶醉。三、四两句,则不失时机地推出伴游者璚英,告诉读者,具有盈盈身姿的她更有着甜美的歌喉,那回荡飞旋的曲调,给这烟雨笼罩的浑沌世界带来了无穷生机,所谓"唱彻湖烟与湖水",含蓄地表现了歌声的魅力,以及诗人们为之陶醉的心情。

　　第五句开始,描写中午以后的游程。不知不觉之中,午时已到,彩虹犹如盛装的少女,猛然间降临天际;阳光穿透云层,将金色镀遍湖面山峦。天气转晴,使众人游兴倍增,于是舍舟登山。璚英细步如飞,一马当先冲上山头,众人尾随其后,一同来到唐代名妓真娘墓前。史载真娘美艳非常,历代文人多有至其墓前瞻拜颂美者,白居易就曾亲抵其墓,感叹未睹真容,唯见墓草,并赋诗追悼。然真娘墓在姑苏西北虎丘剑池之西,不应在城西南石湖诸山之中,或许是杨维桢等人即兴浮想,以他人之坟权充真娘之墓,以此迎合璚英的身份和意愿,亦未可知。随后诗人笔锋一转,始写好友张雨。张雨是道士,故诗中称"老仙",且极力神化其来历和法术,说他是从海外仙岛归来,法力惊人,能将五湖之水尽收入掌中之杯。"宝山枯禅"以下,当指序中所云"歇宝积寺行禅师西轩"之中的活动。"枯禅"意为僧徒静坐参禅,此借指行禅师。禅师见数人来游,殷勤献茶敬客。据顾瑛和诗,杨维桢诸人曾于山上奏乐起舞,"木鲸"一句应是写此乐舞场面。句中"花板"指音乐演奏时击拍用的器具,"木鲸"当指木鱼。僧徒们击出的清厉的木鱼声才告结束,立刻就有红妆女子的妖娆舞姿、狂夫醉客的笑语喧哗,这一静一动、一庄一俗衔接得如此别致而且紧密,于不伦不类之中,可以窥见诗人们的好恶。尤其一个"催"字,表现了作者及其同伴耐不得寂寞、急于寻欢作乐的迫切。"老仙"一句,写张雨醉酒之后,将诸位游客的姓名题于粉壁。张雨素以善书著称,因此作者在此有意强调他落笔之捷、书法之妙,犹如飞花一片,顷刻之间,缀于壁上。结尾四句,写春将逝,人更愁,寓有良辰美景易逝难返的哀怨和感慨。杨维桢诸人此番出游已是暮春时节,第二十四候隔夜即至,难怪像张雨这样豁达洒脱的人,也止不住要大抒特写春之愁了。

此诗夸饰绮丽,和通常叙事诗循规蹈矩的写实风格迥然不同。如写璚英行动迅捷,誉为"凌空蹑飞步";赞张雨的不同寻常,诡称"五湖吐纳掌中杯";称颂书法的美妙,又以"一片飞花"来比喻。这样耸人听闻的夸张笔法,是为表现诗人超凡脱俗的思想情趣服务的。因此,尽管全诗是严格按照时间先后来描写的,仍然给人一种恍惚美妙的感觉。反过来说,诗中所涉及的人物身份各异:儒、道、佛、俗都有,他们能相安无事,甚至感情融洽,情投意合,本来就是一种奇观,当然必须用非同寻常的笔墨来表现。

不过,奇观仅仅是现象,是结果,其根源则是诗人洒脱自由的心性。为了表现其洒脱的生活,诗人用此炫丽的长句向世人展示他随心所欲的欢欣;为了不使自由的心性受到束缚,他不喜欢写格律诗,而用此几乎是二句一换韵的古乐府形式,淋漓尽致地表白自己的所见所闻。因此,此诗受到人们的重视,并不在于它描写了携妓出游的浪漫或艳遇,而是它含蓄地表现了封建时代一个摆脱世俗羁绊的自由人的快乐意识。

此诗作成以后,不仅当时和者甚众,后世亦颇为人称道,尤其是一些超然物外、愤世嫉俗之人。明代中叶,有个姓莫的修《石湖志》,认为《花游曲》是淫秽之作而删去,吴中才子文徵明深感惋惜,特以蝇头细书录之,并且为之补图,还和诗一首。清代康熙年间,宝应人陶季不愿接受朝廷"博学鸿儒"之荐举,为表明不慕显贵、隐逸超脱的心迹,亦曾和诗一首。文、陶二人皆透过此曲美词艳情的外表,窥见了铁崖豪放不羁的真性情。(孙小力)

西湖竹枝歌(其四)　　杨维桢

劝郎莫上南高峰,劝侬莫上北高峰。
南高峰云北高雨,云雨相催愁杀侬!

民间竹枝词多情歌,江南情歌之缠绵婉丽,带有诉说不尽的意态和声情,更为历代诗人所心折。"诗豪"刘禹锡,听了夔州的民间情歌,就曾激发过与之一较短长的意兴,写下了"东边日出西边雨,道是无晴还有晴"等名作。杨维桢歌咏西湖风情,当然也不甘放过这种机会。"竹枝歌"之七,便是令刘禹锡也婉丽"靡加"的奇妙情歌。

情歌好以歌咏地方风物起头。西湖风物可歌者甚多,此歌中的西湖少女,却偏偏对那高插入云的南、北高峰动了感情——"劝郎莫上南高峰"。起句"劝郎"二字悠悠而吐,一听便知这少女心中,正有无限情话向心上人倾诉。但紧接而来的"莫上南高峰"五字,却顿如奇峰突现,令人莫名惊诧了。"南高峰"矗立于西湖南岸,苍翠秀郁,俯临着繁丽的杭城,正是男女相携登临的好去处。这少女为何却不愿让恋人上那高处呢?一段疑云随突兀而发的起句,由此冉冉飘浮在读者心头。

再看二句"劝侬莫上北高峰"。这回是少女对自己的幽幽劝慰了。但这劝慰也一样不可思议——北高峰位于灵隐寺后,秀郁苍翠,正好与南高峰隔湖相望,还可远眺茫茫钱塘江,如一派银流闪烁在天际。她却为何又怕上此峰呢?少女的心思就是这样微妙莫测,你若不是一样心窍玲珑剔透的女儿家,别想把其中奥秘猜着!一段疑云未去,又一段疑云缠绕在了读者心头。

对于女儿家的心思,别去苦苦追问。因为你愈追问得紧,她便愈是慌促躲避;最好的办法是什么也别问,待到她憋不住了,自己会告诉你。此歌中的少女就正如此——"南高峰云北高雨,云雨相催愁杀侬。"这就是她终于忍耐不住,吐露给心上人(当然也包括听者、读者)的心思。不过这心思的吐露,依然带着女儿家特有的婉曲不尽之意,你要领悟它也实在不容易。南峰有"云"、北峰有"雨",那就应该是"无晴"。按照刘梦得《竹枝词》以"晴"关"情"之例,这女子是否在怪嗔心上人的用情不浓呢?以寡情之郎,上那"无晴"之峰,又是隔峰相望,难怪她要大声呼喊"云雨相催愁杀侬(我)"了。

这理解是否就猜中了西湖少女的心事?那也难说。因为有"云"有"雨",固然可解为"无晴(情)";但"云雨"合称,却还有另一层意思。宋玉《高唐赋》记楚怀王之梦遇神女,那巫山神女辞行时就提到过它:"妾在巫山之阳,高丘之阻。旦为朝云,暮为行雨。朝朝暮暮,阳台之下。"这一绮丽故事的流传,使"云雨"也带有了新的意义,那就是男女欢爱的象征。此诗中的少女,为高峰云雨之相催发愁,是否萌动了与心上人的欢爱之思,故而正语反说,以掩饰羞涩之情呢?

吐语新奇,情思婉曲。明爽中带几分羞怯,设喻中蕴难猜之意。这大约正是本诗的一大特色,也恰可表现江南情歌的微妙风韵。难怪明代诗论家一提到此歌,都要叹为"若有神助"了。(潘啸龙)

风雨渡扬子江　　吴　莱

大江西来自巴蜀,直下万里浇吴楚。我从扬子指蒜山①,旧读《水经》今始睹。平生壮志此最奇,一叶轻舟傲烟雨。怒风鼓浪屹于城,沧海输潮开水府。凄迷潋滟恍如见,潒滉扶桑杳何所。须臾草树皆动摇,稍稍鼋鼍欲掀舞。黑云鲸涨颇心掉,明月贝宫终色侮。吟倚金山有暮钟,望穷采石无朝橹。谁欤敲齿②呪能神,或有伛身③言莫吐。向来天堑如有限,日夜军书费传羽。三楚畸民类鱼鳖,两淮大将犹熊虎。锦帆十里徒映空,铁锁千寻竟燃炬。桑麻夹岸收战尘，芦苇成林出渔户。宁知造物总儿戏，且揽长川入尊俎。悲哉险阻惟白波，往矣英雄几黄土！独思万载疏凿功，吾欲持觞酹神禹。

吴莱自延祐七年（1320）试礼部落第后，曾壮游京师、河、淮一带，本诗是他从扬州经江都渡江回乡时所作。

扬子江本是长江下游今江苏省内一段水域的专称，作品却远自万里外的大江源头落笔，用一个"直下"、一个"浇"字，写出了滔天的浪势。郦道元的《水经注》记述长江，仅至鄱阳湖以西的区段，诗人在此却说"旧读《水经》今始睹"，也是通过联想的激发，而显示了眼前江景的雄奇。"平生"两句更是醋畅地表达了此番渡江的感受。作者曾自诩"悬知平生奇，历览天下半"（《夕乘月渡荆门闸》），可谓曾经沧海难为水，大江也非第一次横渡，为什么会有"此最奇"的结论呢？原因就在于"一叶轻舟傲烟雨"上。这里有着雄视大江的快意，更有着睥睨风雨的自豪。这六句如同开场白，明点出"渡扬子江"的题面，而从诗人渡江伊始不寻常的心态中，已隐然可见"风雨"的影响。

以下十二句具体转入风雨渡江的绘写。"怒风"二句侧重写狂风大作，卷起高浪，挟来海潮，如在排办水神的府居。"凄迷"二句侧重写暴雨迷乱视界，使人恍惚如置身于三峡滟滪堆中，而茫然莫辨东海的方向。"须臾"四句写风雨交加下的波面，光怪陆离，时而如草树摇曳，时而如鼋鼍掀舞，云沉处如巨鲸喷浪，波闪时如龙宫漾月，而莫不使人心惊色变。"吟倚"四句写风波中对外界的种种想象：此时诗人或会在金山暮钟中感慨吟诗？上游采石早发的舟船踪影何在？风雨肆虐莫非是符咒招致？神巫至此不也会噤若寒蝉？……这一段层层加写，浓墨淋漓地绘染出一幅撼人心旌的长江风雨图。云诡波谲，鲸呿鳌掷，使人读后有天风海雨逼人之感。

"向来"以下六句，是因壮奇的江景而激起诗人对历史特别是南宋前朝盛衰的遐思。长江天堑作为兵家必争之地，南宋时战事不绝。江边三楚残存的百姓无异于苟生的鱼鳖，而两淮的将领仍在江北戎马倥偬，余勇可贾。这一切终究无补于事。"锦帆"句用隋炀帝南巡扬州的故实，暗喻繁华事散。"铁锁"句用西晋王濬率师烧断拦江铁链、一举灭吴的往事，影指元军攻陷襄阳后，沿江直下，终于宣告了南宋的覆灭。"徒""竟"二字，显示出历史的严酷，言下有无限感慨。

就在诗人怀古的不知不觉间，船已渡过了江面，"桑麻夹岸收战尘，芦苇成林出渔户"，正是对岸所见的景色。连江风雨，历史风云，都在这一联中轻轻带住。盛衰的无常使诗人感到人事的无谓，而风雨渡江激起的豪情壮怀却依然不能平静。他要举起酒杯，向疏凿长江的大禹顶礼。这一结笔与作品起首遥遥呼应，可谓劲起雄收。

吴莱诗学韩愈，不但炼字，也重视炼意、炼格，故王士禛有"渊颖歌行格最奇"的评价。本诗即为他歌行体的代表作。气格雄壮，行文恣肆，情随景生，于空间和时间中出入开合，腾掷自如。清蔡琳《读元人诗》绝句咏吴莱："中流击楫谁相问？风雨连江吼白鼍。"道出了此诗所

具的巨大艺术感染力。（史良昭）

北　里　倪　瓒

舍北舍南来往少，自无人觅野夫家。
鸠鸣桑上还催种，人语烟中始焙茶。
池水云笼芳草气，井床露净碧桐花。
练衣挂石生幽梦，睡起行吟到日斜。

　　“诗人”“画家”的头衔，那是后世给的，至于自号“懒瓒”的倪瓒本人，只知道自己有一个身份：“野夫”。现在，他懒懒散散地住在北里村，心安理得地照自己的身份打发着日子。
　　他的内心是宁静的，与世无涉的。就算是舍南舍北的近邻，他也懒得往来；至于再远一点的那些人，自然更不会来寻他，因为他早就不跟他们通声气了，宁愿被他们遗忘，他们大概也真的遗忘他了。既然是心甘情愿地与世相违，他的耳目所经意，也就是那些平淡无奇的农家常景了：桑树结了果，贪嘴的斑鸠鸣叫着，在树丛里飞来飞去寻觅桑椹吃；大概是晚春了，农人还在催着下田，抢种最后一轮庄稼；春茶大约也收起来了，远处的烟气缭绕之中，传出了人的交谈声，这大概是村人在烘烤茶叶吧。这一切，看来是很平常的，不过，今年的粗茶淡饭，大概也就不愁了，这里面，也有自己的一份；自己虽说是“野夫”，到底是个不事生产的人，想到这北里村能供给他吃喝安居，这份平常，对他可就是不平常了吧？
　　因此，这鸠鸣声、催种声、人语声交织在一起，对他来说，不啻是一种莫大的安慰感和满足感。饮食不用担心了，于是，闲情逸致便随之而来，虽说是“野夫”，他到底不比有了今岁担忧明岁的农人。闲步到了野外，慢慢地看，细细地悟：这小池上，今天怎么笼罩了一层云雾不散？哦，原来是遍地春草的芳香气息，在空中凝聚住了；那每天坠落到井栏上的梧桐叶，今天怎么像一片片花瓣了？哦，原来是露水洗净了它们，显得鲜碧水灵了。无忧无虑，又处在了无尘滓的芬芳、清新环境里，那么，就脱下白绢制成的衣衫，随手挂在石上，然后随地安然而卧吧。这一觉睡下去，定会有一个幽美的梦境生起。等好梦做过，欠身而起，一边舒舒展展地行走，一边随口即景地吟哦，直走到夕阳西斜，直吟到口角噙香，这才心身轻快，悠然而返——虽然这只是“野夫”最平常的一天，但在北里村度过这样的一天，不胜似在滚滚红尘中为宦为贾半世、求名求利终身么？
　　自然，在这北里村中，倪瓒只是一个假野夫，他只会“行吟”，不会“催种”“焙茶”，对此，现今不免有人会皱起眉，说道他的“情调”不是真野夫的。不过，假若那时代没有这类人“行吟”，我们对于那时代，也就不会知晓得那样亲切了。因此，恐怕天地间也应该有这么一类人生存着并且吟哦着，即使白吃白喝也罢。那时代的真野夫，若茶饭有余，恐怕也不吝于供给这些假野夫，因为他们毕竟比他们所逃脱的“士大夫”队中人值得供给得多。那么，今人也不必太不宽容，硬要让这类人容于古而不容于今，还是平静一下胸臆，到北里村神游一番——去体味假野夫的独到意趣也罢，去考察真野夫的日常劳作也罢。（沈维藩）

荒　村　　倪　瓒

踽踽荒村客，悠悠远道情。
竹梧秋雨碧，荷芰晚波明。
穴鼠能人拱，池鹅类鹤鸣。
萧条阮遥集，几屐了余生。

　　秋雨绵绵的愁人季节，暮色将临的无奈时分，荒凉无人的偏僻村子——这三者一齐聚到诗人笔下，通常，总是要被调出一股灰色来的。不过，若换了诗人兼画家的笔，那结果又该如何呢？

　　"踽踽荒村客，悠悠远道情。"踽踽，是独自行走、举步迟疑的样子，这正是诗作者、诗人兼画家倪云林的此刻形象。孤零零一个人，走得又艰难，前途又悠悠不知何极，经过这荒村野店，就算有一肚子不快，也不算稀奇吧？

　　更何况是雨中行，更何况是近黄昏，发牢骚了吧？可是，奇怪！"竹梧秋雨碧，荷芰晚波明。"他在"荒村"里注意到的却是：青青翠竹，绿叶梧桐，在雨中一碧如洗，晶莹闪亮；小池上荷花艳红，菱叶鲜嫩，在傍晚水波的粼粼光耀下，都明丽异常。"荒村"的色调，在他笔下是耀眼的"碧"与"明"！

　　是画家对色彩的敏感，使他偶尔间忘却了雨水的滞重、日暮途远的怅惘么？可也不像。"穴鼠能人拱，池鹅类鹤鸣。"看他观察、谛听得有多仔细：那土穴里的老鼠们窜来窜去腻了，也会翻个花样，直立起来学人打躬作揖；池里的鹅叫得有些异样，认真想一想明白了，因为"荒村"太空旷了，所以鹅声也像是"鹤鸣于九皋，声闻在天"（《诗经·小雅·鹤鸣》句）。看，他可不觉得"荒村"荒什么，非但色调明快，还有憨态可掬的鼠，引颈高歌的鹅，足可以与人同乐呢！

　　想不通？搞不懂他是什么心情，这样来装点这"荒村"？他这就回答你。"萧条阮遥集，几屐了余生？"阮遥集就是东晋人阮孚，《世说新语》上讲他平生最爱修制木屐，一面还叹息着："不知道这一生要穿掉多少双木屐。"叹息时，"神气闲畅"，见者敬服。借这个不算陌生的故事，倪云林告诉我们：他就是阮遥集转世，生平只爱履屐漫游，虽然踽踽独行，不免"萧条"，但这却无害于他的"闲畅"——心境明畅，犹如竹梧之碧、荷芰之明；满怀闲情，故能察及鼠趣、辨别鹅声。

　　看来，诗人而兼画家者，到底有些不寻常，一座"荒村"经了他的点染，也换了精神。不过，这与其归功于他的笔，还不如归功于他的襟怀，那与简淡画风一脉相通的恬淡襟怀。

　　（沈维藩）

登　岳　　傅若金

万壑千峰次第开，祝融最上气崔嵬。

九江水尽荆扬去，百粤山连翼轸来。

入树恐侵玄帝宅，牵萝思上赤灵台。

明年更拟寻春兴，应及潇湘雁北回。

　　元顺帝元统二年(1343)七月，傅若金出京佐使安南(今广西东南一带)，本诗为途经湘中登览南岳衡山时所作。

　　诗人登上的是南岳主峰之一的祝融峰。《名胜志》："衡山七十二峰，祝融最高。"《树萱录》："南岳诸峰，皆朝于祝融。"首联二句，正展示了这样的情景。"万壑千峰次第开"，既衬出了祝融峰的迥拔卓异，又隐然表现了此行登岳的历程。

　　颔联写登高后的远眺。"九江"指湖南境内的沅、渐、元、辰、溆、酉、澧、资、湘九水，它们流入洞庭后汇于长江，奔腾于古代九州的荆、扬地面，这里是说南岳横空出世，从山上可一直望见九江的尽头。"百粤"本为两粤、湘南、闽、浙南等南方越族聚居地区的统称，后常特指五岭。南岳位于古荆州的南缘，正临翼星、轸星分野的界中，所谓"宿当翼轸，度应玑衡，故曰衡山"（《寰宇记》），这里是说它上耸星汉，以至于同南方五岭遥遥连成一片。两句极力铺扬了祝融峰的"气崔嵬"。这种张大形势的写法，是元人摹唐的常用手段。而联中的"去""来"二字，恰与作者使行的方向相反，又隐隐可见诗人在顾后瞻前时的苍茫心绪。

　　颈联由远及近，由大局转入细部。"玄帝"指玄天上帝，为道家的神祇，衡山上颇多道教的遗迹。"赤灵台"，是岳顶祭祀炎帝神农及赤帝祝融的所在。"入树"显示山上林木的茂密，"牵萝"极言岭间行径的险僻，于景物的奇丽深邃中，又表现出了南岳浓重的宗教色彩与特有的神秘魅力。

　　衡山有回雁峰，相传北雁至此不再向南；明年阳春，群雁又结伴飞回。然而作者却将继续南行，次年春天，能不能回到此处赶上回雁的脚步呢？——诗人集中另有一首《回雁峰》："江上青峰宿雨开，江头归使日南来。登高欲访平安字，二月衡阳雁已回。"由此看来，他"应及潇湘雁北回"的设想是落了空的。本诗的尾联，前句以明春的再约总结了"登岳"的情兴，后句却以"雁北回"的一笔隐点出前途的疑虑和深藏的乡思，融景入情。明人胡应麟极为推崇本诗，许为元人七律"全篇整丽，首尾匀和"的代表作，可见他对这一蕴藉的结尾也是十分欣赏的。

（史良昭）

芙蓉曲　　萨都剌

　　秋江渺渺芙蓉芳，秋江女儿将断肠。绛袍春浅护云暖，翠袖日暮迎风凉。鲤鱼吹浪江波白，霜落洞庭飞木叶。荡舟何处采莲人，爱惜芙蓉好颜色。

　　元代诗人虞集曾说萨都剌的诗"最长于情，流丽清婉"，这首七言古诗恰恰体现了他的这种典型风格。

诗开始即以明快的乐府民歌格调,描画出一幅秋江芙蓉图:那渺渺茫茫的水波中,艳丽的荷花正展姿舒香,袅袅婷婷;而秋江中的少女却因此心事重重,愁绪难解。诗人在此以秋江为媒介,将盛放的芙蓉与"将断肠"的女儿对举,给人以一种意象的重叠和诗情的悬念:扬芬吐芳的芙蓉正如女儿绚烂的年华,可她为什么要忧心忡忡、寸肠欲断呢?接下去二句并不就此直接说出其中的原因,而是拓开一笔,写秋江女儿与秋江芙蓉从春至秋、由日而暮的朝夕相伴,形影不离。绛袍、翠袖当指女儿的装束;"护云暖"与"迎风凉"互对,然前句虚拟,"云"似指春季覆盖于江面的荷叶(如晋郭璞《芙蓉赞》"泛叶云布"),与后句中"风"字的实指有别。一虚一实,很好地烘托出女儿对芙蓉的关心和照料。后句似化用杜甫《佳人》诗意而用之。正因为如此,铺锦于秋江上的艳荷才使她情思无限,放心不下。

五、六两句折回写眼前秋江上见到的情景。鱼戏荷叶,波光粼粼,原是屡见于自然与诗作的情形,然而时当秋深风起,鱼肥浪大,霜落洞庭,木叶凋零,这就更使秋江女儿为亭亭玉立于江波中的芙蓉担心。因为前人已有"鱼惊畏莲折"(梁朱超《咏同心芙蓉》)的咏叹,而现在则是"鲤鱼吹浪"、江波翻白、"袅袅兮秋风,洞庭波兮木叶下"(屈原《九歌·湘夫人》),这又怎么不使娇艳的芙蓉面临摧折的威胁呢!这二句表面写景,实际却蕴含着秋江女儿对秋江芙蓉的深深情意。末二句借采莲人面对云锦般的荷花不知从何荡舟,再次结出秋江女儿爱花惜花的一片苦心。李白《渌水曲》云:"荷花娇欲语,愁杀荡舟人",即为此所本。芙蓉颜色正好,使采莲的荡舟人也觉得无法行动,因为"棹动芙蓉落"(梁简文帝《采莲曲》),那将是多么可悲可叹的事啊!诗至此,已将入篇所设悬念的答案娓娓道出,原来芙蓉的盛开之时,正是她的凋落之始,难怪秋江女儿要为之"断肠"了。

全诗以景语写情,语言流丽,风格清婉,善于借鉴化用前人的名句,组成优美的意境。诗人不正面描写荷花的色香,也不直接抒写女儿的断肠之情,但荷花的可爱可惜、女儿之情的可哀可叹,却如绕梁余韵,曲终不散。

由于诗中的秋江芙蓉与秋江女儿有一种意象的重叠,芙蓉又有出淤泥而不染的高洁,前人因有诗人以秋江女儿绝世艳丽而未逢知音自况和状写某人某种境遇等说法。然而对于今天的大多数读者来说,更重要的也许是欣赏它所直接呈现的意境和体现的艺术技巧。

(祝　道)

送䜣上人笑隐住龙翔寺　　萨都剌

江南隐者人不识,一日声名动九重。
地湿厌看天竺雨,月明来听景阳钟。
衲衣香暖留春麝,石钵云寒卧夜龙。
何日相从陪杖屦,秋风江上采芙蓉。

本诗的题目,一作"寄贺天竺长老䜣笑隐召住大龙翔集庆寺"。䜣(xīn)上人,即僧大䜣,南昌人,俗姓陈氏,自号笑隐。他出家在杭州,住中天竺寺,元文宗即位后,改其在集庆(今江苏南京)的"潜邸"(即位前的住邸)为龙翔集庆寺,大䜣因素受文宗知遇,故被命主持寺事,并授太中大夫衔。是时,萨都剌在江南做官,因作本诗贺之。

这是一首普通的应酬之作,并无深意,但尽管如此,诗中立意的巧妙和措辞的得体,还是值得把玩的。首联中,不称䜣上人为"高僧"之类,而称为"隐者",固然是因其有"笑隐"之号,但更重要的是,由此可见䜣上人乃襟怀恬淡、志在隐栖的僧人,然则他所以能从"人不识"到一朝之间"声名动九重"(九重,原指宫廷之深,此指君主),完全是因为他行有素修,而绝非来自求名干誉。若是常人作贺诗,恐怕都会着眼于䜣上人的邀天宠、获美职,而诗人却看准了这位"隐者"既然不为"人不识"而愠,也就必不为"动九重"而喜。这么写,非但体现了诗人的识见超群,也显出了上人的身份。如此,诗的后六句,才有了一个坚实的基础。

"地湿厌看天竺雨",中天竺在杭州西湖外的山中,其地湿润雨多,足可令这位"隐者"静静地细看。看雨,这本身就是非清心寡欲、土木形骸者不能为之的事;至于看厌了雨,则更可知"隐者"的明镜心台,已经被拂拭得何等干净了。那么,现在他离开了僻静深寂的天竺,来到金陵城中的龙翔寺,他的素修,是否将移于外物呢? 否也,"月明来听景阳钟",此寺是以王邸为前身,繁荣未易消歇,但寺中为他耳目所需的,仍不过是不费一钱的明月、发人深省的钟声,种种富丽,于他何有? 听钟与看雨,其形二而其神一,他的素心,是断不会易地而异的。这两句,以两寺之差异对比出一人之故我,又顺便扣合了诗题,笔法颇为轻妙,气息也颇清新雅洁。景阳钟,是南朝齐武帝在国都金陵的宫廷中所造的大钟,因置于景阳楼而得名,借它来指出龙翔寺所在的城市和原先的身份,用典也极贴切。

颈联仍是说䜣上人的素心不改,但不似上联运用对比,手法又变。"衲衣香暖留春麝",太中大夫在元朝是从三品大员了,但上人并不因此而绯紫其身,仍然是一领天竺时的旧衲衣,襟袖之间,还留有他与鹿麋为友时染上的麝香。"石钵云寒卧夜龙",龙翔寺尽有王邸旧物,可上人却不求钟鸣鼎食的排场,饮食仍是天竺带来的石钵,那钵中凝聚的天竺云气,足可在夜间容下一条卧龙! 麝香的暖意,可能是实感;云气的寒意,则终属虚缈。所以,这二句运足想象,着力形容,其用意虽同,但表现出来,却又有虚实相映之妙。诗人才渊之深,固不可测。

因为是一首赠行诗,所以结句还要关结到诗人自己,"何日相从陪杖屦",杖屦,是对长者的敬称。诗人既如此称许上人,自不免说出来日打算追陪左右的倾慕之词,但他看重的既然是"隐士"而非"龙翔寺主持",那么,他"相从"的目的,也就绝不会是叨光分禄了。"秋风江上采芙蓉",在秋风悄起的长江上,荡着扁舟,采着芙蓉;使莲花的清香,踵武于衲衣的麝香;使秋气的凉意,融汇于云气的寒意;这才是诗人的向往。他深知,上人能与他共做的事情唯此,他与上人共往的地方亦唯此。

本诗中的"厌看",本写作"厌闻",萨都剌的朋友虞集以为"闻""听"意义相重,故改"看"字,并举出唐人"林下老僧来看雨"之句为出处,据说,萨都剌为之"叹服"。其实,"听""闻"相重固然不妥,"厌看"与"厌闻"却也并非像"推""敲"那么高下易判。这些都是末节而已。把一个荣任高位的人,写成一个隐者,把一首送人前往繁华乡的诗,写得了无脂粉气;而如此写,又能使世人看来荣幸荣耀之至的被送者,将谓深得我心;这,才真是值得我们叹服的。

(沈维藩)

石夫人　　薩都剌

危危独立向江滨，四伴无人水作邻。
绿鬓懒梳千载髻，朱颜不改万年春。
雪为腻粉凭风傅，露作胭脂仗日匀。
莫道脸前无宝镜，一轮明月照夫人。

在中国辽阔的土地上，一块巨石，一座山峰，同名的很多，最频繁出现的，也许要算"望夫"这个悲剧性的名字。南朝刘义庆《幽明录》载，武昌北山有望夫石，状如人立，传说有妇人，丈夫当兵打仗去，她带着小孩子送至北山，望夫而化为石。安徽当涂有望夫山，县志说有人到楚国去，好几年没有回来，他妻子日日登山远眺，盼望丈夫归来，久而久之，乃化为石。辽宁兴城有望夫山、望夫石，传为孟姜女望丈夫处。这些是最出名的。其他如江西德安、浙江萧山、广东清远等地都有望夫山、望夫石，得名都是由妻望夫而化石。望夫石凝结着古代妇女不幸的眼泪。由于社会原因，丈夫外出了，妻子只能深居家中，望穿秋水，苦心煎熬，度日如年。因此，富有同情心的人们便给一些矗立的孤零零的山石起了"望夫"这个名字，并通过吟咏以寄托对她们的哀婉感叹。

咏望夫石的著名作品，唐代有刘禹锡的《望夫石》："终日望夫夫不归，化为孤石苦相思。望来已是几千载，只似当时初望时。"王建的《望夫石》："望夫处，江悠悠，化为石，不回头。山头日日风复雨，行人归来石应语。"被宋陈师道《后山诗话》称为咏望夫石的压卷之作。

以上二诗，都是以意取胜，正面咏叹，富有内涵。到薩都剌这首《石夫人》诗，始另行一格，句句著题，细致地刻绘望夫石的形象，来达到歌颂望夫女子爱情坚贞的目的。诗咏的是浙江萧山凤凰山的望夫石。不知道是因为美貌的女子化成石头更能引起人们的同情，还是这"石夫人"是绍兴府萧山县人，靠近美女西施的故乡的缘故，薩都剌笔下的望夫石成了美女的化身，是一具活生生的美女石雕。诗先写石夫人屹然独立江滨，只有江水作陪，以清净的环境衬托她的冰清玉洁。下接写石夫人的妆束容貌，用"绿鬓""朱颜""腻粉""胭脂"写她的绝世芳姿，而分别与"千载髻""万年春""雪""风""露""日"结合，把活生生的人与石头融成一体。最后，诗又进一步发挥想象，把明月拟作宝镜，补足前面梳妆的形象。诗刻意翻新，词句流丽清婉，情意真切感人，正是薩都剌诗风的具体展现。《绍兴府志》收此诗题作白居易作，又作杨维桢作，均不可靠。

或许有人会诘难，妇人望夫，自当憔悴不堪、无心梳洗才是，怎么能写她浓妆艳抹呢？其实这正是此诗的高明处。唐温庭筠有一首《梦江南》小词："梳洗罢，独倚望江楼。过尽千帆皆不是，斜晖脉脉水悠悠，肠断白蘋洲。"写思妇盼望丈夫归来，夕阳脉脉含情，绿水悠悠无意，只有芳草蘋洲，伴人愁思。特别是"梳洗罢"三字，含蕴无限。丈夫出外太久，应该回来了，她想到丈夫时时刻刻可能出现，势必梳洗妆束，以备迎接。这一梳洗，增加了盼的深度，又点出了女子爱美的天性，又间接告诉了人们这妇人必是青春妙龄，增加人们的同情。薩都剌的诗写妇人梳洗后望夫，与温词用意相同。

我们在生活中都能体会到，等人的时候，时间显得特别的慢。《西厢记》中红娘说张生等着和莺莺相见，"自从那日初时想月华，捱一刻似一夏；见柳梢斜日迟迟下，早道好教圣贤打"。真是形象地道出了等人心焦的状况。但这还是盼得到的会晤，倘若是相思无了期，相见无时刻，那激切盼望中又夹杂着失望与忧愁，两般儿夹攻过来，也就怪不得古人要想出等人等得变成石头的神话来了。然而以往对于这个神话，文人墨客多写出石女望夫的悲，而萨都剌的这首诗，还写出了石女的美，他以丰富多彩的想象之笔，把矗立在水边山崖上的顽石变成一个楚楚动人，明艳光彩的绝代佳人雕像，并通过悠沉深婉的格调，使这个流传久远的动人传说得到了美的升华。（李梦生）

溪村即事　周　权

寒翠飞崖壁，尘嚣此地分。
鹤行松径雨，僧倚石阑云。
竹色溪阴见，梅香岸曲闻。
山翁邀客饮，闲话总成文。

初读此诗，我们会怀疑这是唐代山水田园诗派某位诗人的作品，而实际上它却是元人周权所写。周权在元代诗人中名气不是很大，但深得袁桷、赵孟頫、揭傒斯、欧阳玄等文坛领袖的器重。陈旅序其《此山集》，谓其诗"简淡和平，无郁愤放傲之色"，欧阳玄序也称道其诗"无险劲之词，而有深长之味；无轻靡之习，而有春容之风"，今观其诗，大致与此二人评语相合。

诗首联二句，写出山村与世隔绝，不染红尘的清雅幽深。"翠"而曰"寒"，可见是松柏一类岁寒不凋、象征高洁之士的树木。一个"飞"字，化静为动，续以"崖壁"，极显松柏夭矫如龙，身处悬崖峭壁而更傲岸挺拔的风姿。这"寒翠"之木，自然也是诗人耿介人格的自我写照。在山崖之外，便是尘嚣鄙伪之地，"少无适俗韵，性本爱丘山"，今日脱彼入此，真有"久在樊笼里，复得返自然"的欣悦。

颔联续写山村中所见之景，表现一种悠然自得的萧散情趣。鹤缓行曲径而不飞，动中有静；僧倚石栏目注流云，静中亦有动。"松径雨"之"雨"，未必是实写，极可能是用王维《山中》"山路元无雨，空翠湿人衣"意，状山林之苍翠欲滴。"僧倚云"则令人想到杜牧《将赴吴兴登乐游原一绝》"闲爱孤云静爱僧"一语。而"石阑"亦可以推断是天然形成的栏杆状山岩。

"竹色溪阴见，梅香岸曲闻"一联，清丽优美，活色生香，王、孟"泉声咽危石，日色冷青松""荷风送香气，竹露滴清响"之佳句，可谓嗣响有人。所以顾嗣立《元诗选·周权小传》说"衡之（周权字）句法，实多可观"，并举此联及其他一些句子为证。清溪南修竹曳疏影，曲岸后梅花传暗香，加之鹤行其下之松林，岁寒三友全都萃集诗中，真令人生出"此中有真意，欲辨已忘言"之感。

最后二句，从景物转到山村中的主人与客人。"山翁"可能是隐居岩林的高士奇人，也可能是躬耕山村的淳朴老农，不管是哪种人，不管他们僻居深山是有意还是无意，在诗人心目中,他们都是返璞归真的体道者。他们邀请偶入此中、赋性与之相近的诗人饮酒,不须谈什么修身、齐家、治国、平天下,也不须谈什么立德、立功、立言三不朽,"相见无杂言,但道桑麻长",这平凡闲话,便是世间至文,斐然成章。一个"总"字是全诗唯一的虚字,却最实在地表达了诗人企羡与大自然融为一体,返朴归真的情愫。可以想象,诗人会像陶渊明那样与山翁一醉方休,吟出"悠悠迷所留,酒中有深味"。

元诗多以唐人为宗,是对宋诗的反拨,所以颇有风神秀朗之作,此诗便是学唐而深有所得者。(庞　坚)

明　　诗

峨眉亭[1]　　张以宁

白酒双银瓶，独酌峨眉亭。
不见谪仙人，但见三山[2]青。
秋色淮上来，苍然满云汀。
欲将五十弦，弹与蛟龙听。

> **注** ①峨眉亭：亭名。一作蛾眉亭，又称捉月亭，位于采石矶(今属安徽马鞍山市)。世传唐代诗人李白游至采石，在水中捉月，故以名亭。月牙弯弯，形似美女蛾眉，故又名蛾眉亭。　②三山：山名。位于江苏江宁西南，其山积石，滨于长江。山有三峰，南北相接，故名。

　　本篇是作者游访采石峨眉亭，缅怀大诗人李白所作。
　　先圣孔子曾说："仁者乐山，智者乐水。"可见临山傍水之际，最撩文人情思。何况本诗作者登临长江之滨此所亭阁的时候，正值木叶飘零，满目秋色。于是，诗人茕茕独立，把酒临风，既怀古昔才哲，对前人的踪迹追索寻觅；又抒万种愁肠，为自己的现实感慨不已。终于，他将胸中蕴积着的所有热情和不平，都凝成了浩歌一曲，送给了青春不老的山峦，抛向这奔腾不息的江涛。
　　诗的起首二句，说明诗人所处地点及其所为，含蓄地点出了他此行的目的。酒液澄澈，泛着银光，诗人独饮双瓶，显然是特意携带佳酿到此凭吊古人、畅饮尽兴的。也许他感觉十分寂寞，欲与诗仙会晤长谈，然而，李白是终究见不到的了，三、四两句，诗人转写他的失望：江山依旧，人事已非，那从天界谪往凡间的诗仙李太白早已骑鲸逝去，唯有这青山永远耸立，默默地注视着面前的每一位游人。山岭苍翠，亘古不变，可人生却太为短暂，即使是李白那样的天才诗人也无法长留人间，诗人念及于此，不禁悲从中来，绚丽的秋景在他的眼里也霎时丧失了光彩。五、六两句，写秋意自北而南地渗透弥漫开来，空中水面，一片萧瑟。正如诗人在另一首吟咏峨眉亭的七律中所描述的："淮云白白鸟飞尽，山日苍苍猿啸哀。"此情此景，不胜凄楚。苦于找不到倾诉的对象，诗人最终打算将自己的无限哀思，化作悲歌一曲，撒入江水之中。相传上古伏羲氏曾命素女弹奏五十弦瑟，琴声悲切万分，伏羲喝令罢奏，素女却情不自禁，无法住手，伏羲只好把琴弦减去一半。(见《汉书·郊祀志》)可知五十弦瑟的琴声过于凄苦。而本诗作者的心思非得要五十弦来传递，足以表明他当时的心情。
　　张以宁专程到峨眉亭瞻仰凭吊并非偶然，因为他尤其仰慕李太白的为人，尤其青睐李太白的诗歌。他曾说："晓读谪仙诗，夜梦谪仙人。"又说："予亦浩荡云林客，乞与飞淙洗心魄。"(见《题李太白观瀑图》)他渴望能像诗仙一样，纵横啸傲，留不朽杰作于千秋万代之后。因此，当他追索李白的足迹来到这山水之间时，禁不住感叹说："异代登临悲赋客，百年沦落忆雄才。"(《题采石峨眉亭》)因此，他诗歌的风格经常酷似李白。
　　清人沈德潜选评《明诗别裁集》时对本诗后半部分特别欣赏，称赞说："'秋色淮上来'二十字，何减太白？"其实，李白那种一气呵成的坦荡，以及"天然去雕饰"的朴实，自始至终贯串于全篇，所以本诗读来琅琅上口，而且颇具亲切感，使人明显感受得到诗人缅怀李白的热情，以

及壮志难酬的苦痛。（孙小力）

蕊珠岩① 宋 濂

吟上蕊珠岩， 诗成不敢写。
疑有绿毛仙②，洗髓梅花下。

注 ① 蕊，同蘂。道家传说天上上清宫内有蕊珠宫，为神仙所居。蕊珠岩在何地不详。 ② 绿毛仙：据道教传说，道士在深山修炼，不食人间烟火，岁月久了，身上会长出绿毛。曹松《赠道人诗》云："阆苑驾将雕羽去，洞天赢得绿毛生。"

宋濂为明初开国文臣之首，乃一代儒宗，以文章理学名于世，曾作自题画像《白牛生传》云："生好著文，或以文人称之，则又艴然怒曰：吾文人乎哉？天地之理，欲穷而未尽也，圣贤之道，欲凝之而未成也，吾文人乎哉！"从这篇文章看来他鄙薄文人，以继承道统自命，真是迂腐得很。然这仅是他为人的一个方面。他生于元武宗至大间，在元代度过了他的大半辈子，元代自由疏放的文化氛围不可能不对他产生影响。他好佛，自称"濂自幼至壮，饱阅三藏诸文，粗识大雄氏所以见性明心之旨"（《佛性圆辩禅师塔碑铭》）；又好道，元至正中还曾"入仙华山为道士"（陈继儒《太平清话》）。因此他的学问，包括诗文的风格，相当驳杂，并非一味地淳正典雅，"游心于沂泗之滨"。其诗留存下来的不多，然诗为心声，不多的诗篇亦往往逗漏出他的有异于道学家的闲情别趣。此《蕊珠岩》正是这样一首小诗。

这首诗刻画了诗人在深山幽岩中的情思，清灵绝俗，充满了仙气，当是宋濂在仙华山当道士时所作，蕊珠岩或许就是仙华山上的一处胜景吧！某一天，诗人在道观中做完功课，心中充满了飘飘欲仙的灵气，掩卷步出山门，径往葱倩幽峭的山岭间行去。层峦叠嶂，群峰合抱，隔绝了人世间的尘氛。他灵感来了，边走边吟诗，登上了蕊珠岩。蕊珠宫是仙人的居住，蕊珠岩也一定有仙人的遗迹吧！或许正有得道的高士在潜心修炼，在梅花树下洗髓伐骨，脱去凡胎。想到此，生怕惊动了仙人，作者诗成也不敢写了。

作五言绝句最讲究要有韵味，全诗才二十字，要在短短的二十字中刻画出作者的一种情致，非有深含的意蕴不可。譬如撞钟，木槌不过一撞，然余音却可盘旋于周际，久而不绝，这便是韵。这首诗便十分富于韵味，它前二句落在"不敢写"上，为什么不敢写？因为环境太幽深寂静。为了突出这样的感受，诗人在末二句写了想象中的岩上景象："疑有绿毛仙，洗髓梅花下。"短短十个字，戛然而止，然一种超尘绝俗，不类人世间的气氛已跃然纸上，充满了古怪、离奇、神秘，甚而有些恐怖的色彩，给人以强烈的艺术感受。（刘明今）

蜀国弦① 刘 基

胡笳拍断玄冰结②，湘灵曲终斑竹裂，为君更奏蜀国弦，一弹一声飞上天。蜀国周遭五千里③，峨眉岩岩连玉垒④，岷蟠出水作大江，地卷天浮戒南纪⑤。舒为五色朝霞晖，惨为虎豹噪阴霏，翕为千嶂云雨入⑥，嘘为百里雷霆飞。白盐雪消春水满，谷鸟相呼锦城暖，巴姬倚歌汉女和，杨柳压桥花篸篸⑦。铜梁翠气通青蛉⑧，碧鸡啼落天上星⑨，山都号风寡狐泣⑩，杜鹃鸣咽愁幽冥⑪。商悲羽怒听未了⑫，穷猿三声巫峡晓⑬，瞿塘喷浪翻九渊⑭，倒泻流泉喧木杪。楼头仲宣羁旅客⑮，故乡渺渺皆尘隔，含凄更听蜀国音，不待天明头尽白。

注 ① 蜀国弦：乐府古题。李贺有《蜀国弦》诗，王琦注引《乐府古题要解》云："《蜀道难》备言铜梁玉壶之险，又有《蜀国弦》，与此颇同。" ② 玄冰：黑色的冰。 ③ 周遭：周围。 ④ 峨眉：峨眉山。玉垒：山名，在四川都江堰市西北。杜甫《登楼》诗云："锦江春色来天地，玉垒浮云变古今。" ⑤ 胥（xū）：物相杂声。南纪：《诗·小雅·四月》："滔滔江汉，南国之纪。"意谓江汉之水可经纪南国之众川，使不壅滞。后遂称南方为南纪。"纪"兼有治理、准则之意。 ⑥ 翕：统一协调之状。 ⑦ 篸篸：聚集貌，通攒攒。 ⑧ 铜梁：山名，在重庆市合川区南，连亘二十余里，以秀丽称。山上有山名，在四川西昌市。另成都有碧鸡场，云南昆明市西有碧鸡山。青蛉：汉县名，属越巂郡，以境内有青蛉水得名。治所在今云南大姚县。 ⑨ 碧鸡：山名，即狒狒。《尔雅》郭璞注致。注："金，形似马，碧，形似鸡。"汉晋间云云南省。《汉书·郊祀志》："益州有金马、碧鸡之神，可醮察而致。"注："金，形似马，碧，形似鸡。"汉晋间云云南省。 "其状如人，面长，唇黑，身有毛，反踵，见人则笑。" ⑩ 杜鹃：鸟名，传为蜀古帝王杜宇之魂所化。 ⑫ 商、羽：分别为"宫、商、角、徵、羽"五音之一。商声凄怆，羽声则忧慨（见《战国策·燕》）。 ⑬《穷猿》句：《水经注·三峡》引渔者歌曰："巴东三峡巫峡长，猿鸣三声泪沾裳。" ⑭《瞿塘》句：三峡中有瞿塘峡，最险。两崖峻立，一江中贯，滟滪堆正当其口，于江心突兀而出。于是江水击石，白浪滔天。 ⑮ 仲宣：汉末王粲字。

刘基诗截然地可分为两部分：元季之作悲愤激越，词多感慨，使人读之踯躅思奋，情不能已；入明之后则一变而趋平正，优游闲雅，托兴微婉，感人的力量亦大大减弱。此诗通过对蜀国奇谲幽诡的山川景物的描写，抒发了自己盘郁难解的忧思，就其内容与风格而言，均应属于前期的作品，另诗末提到汉末的王粲，似以粲自喻。王粲，山阳高平人，建安初避难荆州，依刘表，未获重用，心怀沉郁，乃作《登楼赋》。刘基在元至正二十年（1360）依附朱元璋之前曾三次出仕元廷，任江西高安县县丞、浙东元帅府都事等职，均因得罪上司而辞去，情事颇与王粲相近。当时他曾有《水龙吟》词写道："鸡鸣风雨潇潇，侧身天地无刘表，……问登楼王粲，镜中白发，今宵又添多少？"与此诗末四句"楼头仲宣羁旅客，故乡渺渺皆尘隔。含凄更听蜀国音，不待天明头尽白"如出一辙，因此这首诗很可能也是仕元时期的作品了。

西蜀为天府之国，风物绮丽，为世所称，然山川险阻，古有五丁开道的神话，这样便在外人的心目中增添了许多神秘的色彩。六朝乐府瑟调曲即有以"蜀道难"为题者。其后以此题材写乐府诗的颇多，最著名的是李白的《蜀道难》及李贺的《蜀国弦》。刘基此作显然受了二李的影响，其丽辞诞语似李贺，诗之立意与气势则似李白。

全诗二十八句可分为三部分：首四句即物起兴，点出"蜀国弦"之篇题，为全诗之"兴"；中间二十句铺陈刻画，极言蜀国山川险峻，风物堪悲，为全诗之"赋"；末四句借王粲登楼的典故，抒写自己的衷曲，则有些近于"比"了。

"胡笳"句以蔡琰事起兴。蔡琰，伯喈女，汉末遭逢兵乱，为胡骑所获，在匈奴右贤王部伍中十二年，生二子，后为曹操赎归。《别传》记载她曾"春日登胡殿，感笳之音，作诗言志"。乐府《琴曲》歌辞有《胡笳十八拍》，咏其事云："笳一会兮琴一拍，心愦怨兮无人知。"此谓胡笳声悲，十八拍奏毕已是天地惨洌，万物愁凝，全无生气了。"湘灵"：虞舜的二妃娥皇、女英。舜南巡，死于苍梧之野，二妃追之不及，相思恸哭，眼泪洒在竹子上，染成斑竹。《楚辞·远游》云：

"使湘灵鼓瑟兮,令海若舞冯夷。"此谓湘灵曲调悲怨,一曲终了,斑竹亦为之爆裂。以上所写胡笳之声或湘灵之曲都是摄人心魄的音乐,作者由之想到了"蜀国弦",其声哀怨,感地动天,丝毫也不亚于前二者。所谓"蜀国弦"并不是真有这样一曲描写蜀国的弦乐,而是指西蜀山川景物风土人情所蕴结的一种激越悲凉之气。

"蜀国"以下四句写西蜀的山川地理:周围五千里,其间矗立着岧峣的峨眉山、玉垒峰,岷山则盘踞在川北,岷江自此流出,衍为浩浩荡荡的长江。天为之开,地为之坼,南方江河湖渎因此而疏畅,各安其流。"舒为"以下四句写西蜀变幻无定的风云:或舒展为五色的朝霞,或聚集为阴霾可怖的雾气,或凝为云雨,洒遍千山万岭,或化为雷电,震荡百里的长空。西蜀的自然景物有突兀奇幻的一面,亦有浓丽娇媚的一面。春天来临,似白盐一般的山雪融化了,春水涨满了溪涧,啼鸟此呼彼应。有"锦城"之称的成都更是春意洋溢,巴姬歌,汉女和,桥边杨柳笼烟,繁花簇簇,一派旖旎的景象。此外蜀国还有许多凄切动人的传说:据说合川县铜梁山十分秀美,有翠气与云南青蛉水相通;古益州有山,为碧鸡之神所化,引吭而啼,声彻寰宇,星辰亦为之摇落;还有通灵似人的狒狒,迎风而号;新寡的野狐,伤心而泣;杜鹃鸟的啼声就更凄惨了,它是蜀古帝杜宇之魂所化,悲其失国,日夜鸣咽。这些声音,使人闻之兴叹。诗人形容它如商声之悲,如羽声之怒。更何况还有巫峡的猿啼,瞿塘峡喧豗的惊涛、飞瀑,这一切共同构成了一曲凄恻激愤的交响乐,这便是"蜀国弦"的主调。正如李白所咏写的:"蜀道之难,难于上青天,使人听此凋朱颜!"于是作者的思绪很自然地由自然景观转向人生,引出末四句王粲式的感叹。

汉王粲《登楼》一赋对后世文人影响极大,其赋以主要篇幅写了自己的乡关之思,如云:"遭纷浊而迁逝兮,漫逾纪以迄今。情眷眷而怀归兮,孰忧思之可任?"然他之所以思乡,乃在其怀才不仕,这才是作者真正感到伤心之处,所谓"惧匏瓜之徒悬兮,畏井渫之莫食"。刘基引王粲为同调,为之伤心而头白者也正在这点上,故他所咏写的"蜀国弦"的主调也是悲中有愤,哀中有慷慨之志。

刘基诗在元明之际独树一帜,以风格奇崛,思想意蕴深沉见称。他诸体兼长,但最能体现他诗歌创作特点的乃是乐府。这首诗以铺陈蜀国奇异的风物为主干,以咏写自己的情怀为结穴。然全诗处处饱蕴着一股磊落不平之气,铺陈景物与咏写情怀是密切交融的,蜀国奇伟多姿、奔腾喧豗的山川也正是作者慷慨激越的情怀的写照。(刘明今)

旅 兴　刘 基

倦鸟冀安巢①,风林无静柯。路长羽翼短,日暮当如何?登高望四方,但见山与河。宁知天上雨,去为沧海波。慷慨对长风,坐感玄发皤②。弱水不可航③,曾城岌嵯峨④,凄凉华表鹤⑤,太息成悲歌。

注　①冀:希望。　②皤(pó):素白色。　③弱水:古人称水浅不通舟楫为弱水,意为水弱不能胜舟。　④曾城:即层城。古代神话谓昆仑山有层城城九重。　⑤华表鹤:据《搜神后记》记载:丁令威本辽东人,学道于虚灵山,后化鹤归辽,集城门华表柱,言曰:"有鸟有鸟丁令威,去家千年今始归。城郭如故人民非,何不学仙冢垒垒?"

刘基共写有《旅兴》五十首,此是其中第二十三首。他另有《感怀》三十一首,《杂诗》四十一首,都是与此题材风格相近的组诗。像这样以一系列五古来抒发个人的情感,最早是阮籍的《咏怀》八十二首,以后有庾信的《拟咏怀》、陈子昂的《感遇》、李白的《古风》等,它们都是风格浑古,情思勃郁,充满了对世事的忧患与人生的感叹。比较而言,刘基所写的《旅兴》、《感怀》情绪尤为深沉激烈,与阮籍相近。这是因为他们都处身王朝更替之际,饱经忧患,其时代与身世都相仿佛的缘故。此《旅兴》五十首当作于元末刘基投奔朱元璋之前。

　　刘基于元至顺四年(1333)中进士,至元二十年(1360)依附朱元璋,中间二十余年间曾三次出仕,三次去官。第一次为江西高安县丞,"以廉节著名,发奸摘伏,不避强御",因而被豪右勾结蒙古贵族所陷害。第二次任浙东元帅府都事,时方国珍起义,刘基以剿抚事与上司意见不合,被斥为"自擅威福",羁管绍兴。其后又一度在枢密院判石抹宜孙部下任总管府判,亦以所陈不用受压制,不得已弃官归隐青田山中。当时他心情甚为矛盾,仕途险巇,动辄得咎,仕不能仕;干戈四起,战火延烧,隐亦不能隐,而且长期退隐也与他济世之志不合。正如《旅兴》其四十一所点明:"美人隔千里,山河杳漫漫","愿以绿绮琴,写作行路难",情怀郁结,不得不藉诗歌一泄愤懑了。

　　全诗前四句正是这一矛盾境遇的写照。刘基在一而再、再而三的打击下,对仕途已感到厌倦了,希望有一安乐窝可以托身。但是树欲静而风不止,天下大乱,哪里去找清静而与世无争的隐居之处呢? 譬如一只铩羽的鸟,面对着漫漫的长途,西沉的落日,即使它还想飞翔,又怎能再继续飞翔呢? "登高"以下四句写望中所见,暗喻元末的局势:山河千里,蜿蜒不绝,"宁知天上雨,去为沧海波",中间最变幻不定使人莫测的莫过于苍茫的云水了,一会儿是天上的雨,一会儿又化为沧海的波涛,这正如当时动荡不已的战局,或作者浮沉坎坷的仕途。对此诗人不禁感慨系之:"慷慨对长风,坐感玄发皤。"徒怀壮志,一事无成,岁月消磨,头上的黑发渐渐地变成了白发。前途如何呢? 诗中譬之为一汪不可通舟楫的浅水,一脉高耸难越的昆仑山。可见诗人十分悲观,仍看不到希望,甚至预见到元室的倾覆,那时候天崩地裂,山河改色,一切都变了样。当然作者写此诗时还是忠于元室的,故用丁令威化鹤的典故来表示他对世事沧桑的忧念,日后他辅佐朱元璋成帝业时便不会有这样的感情了。(刘明今)

五月十九日大雨　　刘　基

风驱急雨洒高城,云压轻雷殷地声①。
雨过不知龙去处,一池草色万蛙鸣。

注 ① 殷:震动。

　　绝句由于篇幅短小,所蕴含量又要求很大,所以往往采用开门见山的写法。这首诗是写大雨,一开始就展现大雨奇观。诗人站在高高的城楼上,眼见疾风驱使着大雨,倾倒下来,乌云密布,雷声隆隆,震撼大地。诗注重炼字,雨是"急雨",且被大风驱赶,洒向城楼,"急""驱""洒"三字,形象地表现出夏雨的骤猛。陪伴风雨的云是"压"向城;雷是"殷"地,又说明了黑云、雷电的迅疾、气势。杜甫《白帝》诗写雨景:"白帝城头云若屯,白帝城下雨翻盆。高江急峡雷霆斗,翠木苍藤日月昏。"李贺《雁门太守行》写云:"黑云压城城欲摧,甲光向日金鳞开。"刘基这两句诗摹写风云雷电,明显脱胎于杜甫、李贺,但更为集中。

前两句已把大雨写得十分畅满,所以后两句转写雨后。夏天的阵雨来得快,去得疾。一会儿,那兴云作雨的龙挟着雷电乌云,远远离去,眼前是万物清新,池塘水溢,青草滴翠,只有嘈杂的蛙鸣,不绝于耳。诗匠心独运,在震耳欲聋的雷声雨声后,仍写蛙鸣声,而两种声音,收到的是一闹一静的不同效果。雨后恬静平和的景象,与前两句磅礴威猛的雨景形成鲜明的对照,给人以回味。

前人论诗,以为唐人绝句初读不知其美,再读而觉其味无穷,以其多蕴藉浑和;宋人绝句初读令人口齿生香,再读则索然无味,以其工巧尖新。这只是一般情况。刘基这首诗在造词遣句上虽模仿唐人,但在立意框架上与宋人咏景诗相近,却写得闳阔浩漫,前后辉映,很耐咀嚼。刘基是诗人,更主要是政治家。政治家的胸怀往往与大自然的景况相融合,喜欢通过自然景观抒发人生的哲理,使天籁中赋有理趣。刘基这首诗虽然写的是雨,无疑又给人这样的启示:大风大雨虽然猛烈,但维持的时间决不会长久;一个人在生活中遇到挫折时,应当勇敢顽强,难关终将过去。（李梦生）

经故内　贝　琼

山中玉殿尽苍苔,天子蒙尘岂复回[①]。
地脉不从沧海断,潮声犹上浙东来。
百年禁树知谁惜,三月宫花尚自开。
此日登临解题赋,白头庾信不胜哀。

> 注 ① 蒙尘:蒙被尘土,多喻帝王流亡或失位,遭受垢辱。

故内即是故国前朝的内宫。贝琼此诗作于元末,当是经过南宋朝廷的故宫遗址所作。《诗经·王风》有《黍离》篇,小序云:"《黍离》,闵宗周也。周大夫行役至于宗周,过故宗庙宫室,尽为禾黍。闵周室之颠覆,彷徨不忍去而作是诗。"贝琼生于元中朝,是元至顺四年(1333)的进士,并非宋室旧臣,故对故国的感情当然与《黍离》的作者不同。诗中没有强烈的"行迈靡靡,中心摇摇"的悲痛,而是一种淡淡的怅惘之情,既有对故国的思念,更多的却是一种沧桑之感,一种对人生的思索。

南宋故宫在今杭州市东南凤凰山上,方圆九里,有殿堂八九十座,亭台阁榭更是不计其数。还有人工仿造的小西湖、六桥、飞来峰等景观。宋亡后为元僧杨琏真伽所占据,改为报国、兴元等五座寺院。不久毁于火。至元代末年贝琼过此,已是断壁残垣,一派荒芜景了。作者由此想起了当日元军攻破临安时宋宗室的遭遇:宋恭帝与诸宫眷屈辱地向伯颜献传国玺、递降表,随即被押解赴大都(今北京),废为瀛国公,以至入寺庙当和尚,再也没有能回到南方的故国。此即为"天子蒙尘岂复回"。真是往事不堪回首,杭州依然是杭州,灵隐寺、湖心亭、风景依旧,可是凤凰山上的宋宫却陡然地衰败了,圮颓了,作者深深地感到人事之倏忽、江山之永恒。"地脉不从沧海断,潮声犹上浙东来。"凤凰山北接万松岭,东靠南屏山,两边的山麓左达西子湖边,右接钱塘江岸,像一只飞翔在江湖间的凤凰,地脉贯通,风水绝佳。可是这并不能保佑把宫殿建筑在山上的小朝廷长治久安。从沧海下连接而来的地脉并未断裂,钱塘江的潮声仍然不息地拍打着浙东的堤岸,可南宋王朝已成为历史了。宋亡还没有一百年,当日视为神圣的深宫禁苑中的树木已不复有人顾惜。每到阳春三月,百花仍依照自然的规律争妍吐艳,可是以前的赏花人已一去不归。作者此刻登高凭眺,面对前朝急剧衰败的陈迹,耳边却似乎隐约地听到了象征永恒的大自然的江潮澎湃之声。两相对照,能不感慨系之! 以上中间二联,一为远景,一为近观;一为依稀想象之词,一为实况实景的描绘,二者结合在一起,既富现实感,又有空灵之趣,因而便能启发读者缥缈的灵思,驰骋于无限的空间与时间之中,以体会作者深沉而怅惘的意绪。

诗的末了作者又想起了作《哀江南赋》的庾信。庾信仕南朝梁,奉命出使西魏,被留不归。其后西魏灭梁,庾信不胜乡关之恋、家国之痛,乃作《哀江南赋》。贝琼与庾信的身世并不相似,但对人世的沧桑之感则是相通的。庾信于《哀江南赋》中称道:"日暮途远,人间何世?""呜呼山岳崩颓,已履危亡之运;春秋迭代,必有去故之悲。天意人事,可以凄怆伤心者矣!"其主旨正与此诗相仿佛。

贝琼是元末明初的著名诗人,他曾学诗于杨维桢,但诗风却很不一样。杨维桢诗多古体,跌宕险怪,眩人耳目;贝琼的诗则以平衍丰腴为尚,富于韵致,所长亦在近体。陈田评其诗的风格是"温厚之中,自然高秀",此诗庶几近之。(刘明今)

题长江霁雪图　钱　宰

昔年壮游下江汉,霁雪千峰排两岸。今年看画忆旧游,万里江山如昔玩。岷峨冈脊来蜿蜒,青城一峰高插天。东驰衡山走千里,匡庐五老下与石城北固遥相连。冰峦雪壑互起伏,照见日华破初旭。神光混茫元气浮,奋如巨鳌簸坤轴①。烂如秋空云,浩如沧海涛。又如瑶台银阙天上头,皎皎白月空秋毫。回光下照中流水,风吹河汉银云起。中流空阔不胜寒,一洗丹碧秋漫漫。山川历历真伟观,来往十年游未半。不如云瀛楼上来倚栏,一日看遍江南山。

注　① 巨鳌簸坤轴:《列子·汤问》说天帝用十五只神鳌顶着五座大山,这里借用这个神话,说巨鳌在簸动大地。坤轴,地轴,指大地。

明代前期的诗人中,钱宰是题画诗写得比较多的一个。在他现存总数二百五十多首的诗作中,题画诗就占了六十多首,这是个颇为引人注目的特色。这些题画诗所涉及的画种相当多样,山水、人物、花鸟、鞍马、风俗、仕女等都有,内中不乏精彩之作。这首《题长江霁雪图》,就是结构恢宏、气势豪纵的一首。

从诗题来看,这首诗所题的画,是一幅取景范围广阔的画。画系何人所绘,已不可考。以万里长江为绘画素材,在唐代已经开始,李思训的《长江绝岛图》,是著名的一幅。宋元时代山水画发达,王诜的《烟江叠嶂图》、李唐的《长江雨霁图》、夏圭的《长江万里图》、赵孟頫的《重江叠嶂图》,都是备受世人称赞的瑰宝。钱宰所题咏的这一幅,看来也是山重水叠、气势磅礴的,所以才能触发他产生那么多联想,熔铸出那么多雄奇的意象。

诗从见画而引起回忆入手,把画面所提供的形象与脑际所浮现的印象、想象融成一片,使人不辨何者为画,何者为诗人联翩的浮想——这是全诗意象构成的总体特点。下面就让我们来领略一下由这些意象组成的艺术世界。

"昔年壮游下江汉"四句,交代诗人因看画而忆起昔年江上"壮游"的一次经历:一个雪晴之后的冬日,看到长江两岸高低起伏的群峰,一派银装素裹,感到异样的美。现在对着这幅《长江霁雪图》,当日的景象,仿佛又出现在眼前。这样,诗人一开始就找到了诗和画、过去和现在的契合点,为下文滔滔汩汩的铺叙、描写拉开了序幕。

"岷峨冈脊来蜿蜒"四句,写长江沿岸著名的山峰。"岷峨"和"青城"都在四川境内。岷山在四川北部,长江的支流岷江于此发源。峨山即峨眉山,是岷山的一个支脉。这两座山都很高,人们往往将它们并称,例如苏轼的《南乡子》词说:"认得岷峨春来浪,初来,万顷葡萄涨绿醅。"《满江红》词说:"江汉西来,高楼下,葡萄深碧;犹自带,岷峨雪浪,锦江春色。"但苏轼的词是说岷峨两山的雪化为碧绿的江水,而这里则是描写岷峨两山的本身:它的峰峦冈阜蜿蜒曲折,迤逦向东南而来,形势壮观。青城山在四川灌县城西南,北接岷山,下俯岷江,山峰高峻,故诗里说它"高插天"。四川风景,有"峨眉天下秀""青城天下幽"之说,故这里将它们并举。

"东驰衡山走千里"的"衡山"两字,恐怕不是指湖南省境内的南岳衡山,因为它不在长江边上,不属于诗题涵盖的范围。据字书,"衡"字通"横",那么"衡山"应该是指横向而走的山脉。全句连下句意思是说:向东奔驰的横山绵亘了千里之遥,与江西的庐山、南京的钟山和镇江的北固山等相连接了。"匡庐"即庐山,在江西九江市南长江边,五老峰是它的一座著名山峰;"石城"即石头城(今江苏南京),诗意所指是该城的钟山;"北固"即北固山,在江苏镇江。四句诗分举长江东西两端的几座山,显然是运用外延周遍概括的方法,说明长江两岸有着无数雄伟、秀丽的名山;中间略去的许多环节,读者是可以通过想象补充的。

接着,作者就对江山展开形象描写。"冰峦雪壑互起伏"四句,是说这些满布白雪的山谷,高低起伏,在旭日照映下,由于光线反射作用,好像笼罩着一层朦胧飘浮的雾气,山峦因此也好像在簌动似的。"烂如秋空云"四句,进一步写这些山峰明亮如秋空的白云,浩瀚如沧海的波涛;仰视山上的亭台殿宇,都像用白玉和白银装成的一样,被皎洁的月光照得毫细分明。这是多么素净的银色世界!

写过了山之后,"回光下照中流水"四句,就接着写水:山上的白色光线反照到江水上,微风吹来,江面就好像泛起了片片银云。当此隆冬雪霁之日,置身江上,真令人有点"空阔不胜寒"之感,秋日山间花树杂开时的一片丹碧色彩都一洗净尽了。从"冰峦雪壑互起伏"句至此,作者用了洋洋洒洒十二句诗来描写雪晴后的江山,那种上下一白、浩渺混茫的情状,真是透彻淋漓,形容尽致。

最后四句是诗的收束,又归结到题画,把看画与壮游绾拢起来,用隽爽的语言赞美这幅画画得好:因为如果要亲自去游览这些山山水水,恐怕"十年"还游不到一半;而登楼看画,则只消"一日"就可"看遍江南山"了,这反差是多么大啊!这样,题画的本旨——画中游胜过亲身游——也出来了。全诗首尾互相呼应,结构完整。

也许,《长江霁雪图》这幅画,就是钱宰请人替他画的,目的是为"昔年"的那次"壮游"留下一个永久的记忆;而这首题画诗,就是他以文字符号为当年的审美经验留下的痕迹吧。这一诗一画原是相互配合的。因看画而勾起的长江雪霁景观的深刻印象,调动了他表达的激情,他于是运用了描写、比喻、夸张、抒情等各种文学手段,来熔铸出一个个瑰奇的意象,使人进入一个富于浪漫色彩的艺术世界。《四库总目提要》引徐泰《诗谈》的话,说钱宰的诗如"霜晓鲸音,自然洪亮",从这首诗来看,确是这样。(洪柏昭)

宫　词　王　句

南风吹断《采菱歌》,夜雨新添太液波。
水殿云房三十六,　不知何处月明多。

《宫词》专写宫女生活,例用七绝,前代名作甚多,后人不易措笔。此诗作者王句,在明代默默无闻,这一首《宫词》,却是不减唐人的出色之作。

起笔便不同凡响。"南风吹断《采菱歌》",写一个宫中女子,倾耳细听从宫外传来的《采菱歌》声,直至南风愈吹愈急,歌声不再传入。《采菱歌》是咏唱江南采菱少女的美丽和她们的爱情的歌曲。这位宫女的举止,透露了她对人间爱情生活的向往。一般的《宫词》,通常表现宫女得不到君王恩宠的怨恨,而本篇中宫女的怨恨,首先是被幽闭深宫,得不到人间的爱情,立意不能不说高出一筹。"吹断",实际也是宫女"听断",从侧面写出宫女的神态,似乎可以看到她深深的忧伤。

二句承"南风"写"夜雨",衔接自然。一场夜雨,宫中太液池又添波澜。听断《采菱歌》的宫女,长夜无眠,又听得淅淅沥沥雨点入池的声音,响个不停。不只是夜雨给太液池增添了波澜,《采菱歌》也在宫女的心中增添了波澜吧? 一、二句的绾连,何其巧妙!

写了池,写了雨,再写宫殿时,便用"水殿"(水边宫殿)、"云房"(云雾缭绕的房室)为称呼。不但字面与前二句扣得紧,感觉也漂亮。"三十六"是说殿房众多,遍布宫内。而每一殿每一房,都有她这样的女子!

雨止了,月亮在云层中出没穿行,宫内各处,或明或暗。在这个晚上,哪一座殿房承受了最明亮的月光照耀? 换句话说,是哪一个女子,承受了皇帝的宠爱? 但总是与她无缘了。

这诗笔法很婉转。四句中,根本没有出现那位宫女的身影,但每一笔,都是从她的听觉、视线、感受出发,描绘外在的事物,反过来,让读者从这些描绘中,体会到宫女的形象和心理。她的怨恨,又埋藏在她的举止之中,隐而不露。再加语言清丽,写景幽美,连接巧妙,读来余味无穷。(骆玉明)

客中除夕　袁　凯

今夕为何夕,他乡说故乡。
看人儿女大,为客岁年长。

戎马无休歇，关山正渺茫。
一杯柏叶酒，未敌泪千行。

《红楼梦》第四十八回里，有一段评王维"大漠孤烟直，长河落日圆"的议论道："这'直'字似无理，'圆'字似太俗。合上书一想，倒像是见了这景。若说再找两个字换这两个，竟再找不出两个字来。"袁凯这首《客中除夕》，虽不是写景诗，但其中佳处，与王维这两句诗也有同样的妙味。

这首诗说的是袁凯旅居在外的一个除夕夜的思乡念家之情。首句"今夕为何夕"，是化用了《诗经·唐风·绸缪》"今夕何夕"句。次句"他乡说故乡"，点题"客中"，用了两个"乡"字，自是为了与上句相对，不过微觉有些纤巧。其颈联"戎马无休歇，关山正渺茫"，是说元末战乱频仍，道路梗阻，诗人客居在外，归计渺茫。尾联"一杯柏叶酒，未敌泪千行"，柏叶酒是古代一种用柏树叶浸成的酒，取"松柏后凋"之意，专在过年祝寿时饮用。这一联点题"除夕"，又道出诗人的满腹苦泪之深，绝非一杯苦酒所能浇却的。以上各句，下语不可谓不准确，表达不可谓不明晰，诗意的起、转、合也很恰当，不过，这样的诗句出现在元末，虽有一些反映社会的现实意义，其技巧却算不得新鲜有趣。今笔者所深赏的，唯在领联"看人儿女大，为客岁年长"二句，这才是诗人的感受独到之处，道出了一个旅居者的真正伤心处，大可深味。过年了，旅居者谁不思念妻儿、盼望团圆？但诗人此刻，只能眼睁睁看着别人的儿女长大了、又增了一岁，却无从知晓自己骨肉的景况，真是眼前跳荡着别家的欢，心里翻腾着自家的悲，不是滋味。非但如此，他再进而一想，人家儿女长大之时，不就是自己客乡羁留之日吗？这，自己早该想到了，如何这般麻木，直待到了除夕，猛然见到人家儿女长大如许，才惕然惊悟到客居岁月的漫长?! 这两句，言浅，意深，表面上不动声色，纯然以客观的态度在说，其实包含了许多辛酸、许多叹息。一个"看"字，似乎用得冷静，是冷眼旁观，其实是充满了压抑感。但两句中最可称道的，则无疑应是"大""长"二字。乍一看，这二字有些"无理"，更不免"太俗"，太常见了，似是不假思索就落笔的，无足赏玩。但读者如果肯像欣赏王维诗一般，"合上书一想"，就会感受到，这二字貌似钝重，其中却有极大的包涵，力量异常浑厚，它无心作细碎的具体说明、形容，只给人一个最笼统、最直接、却是最易于感觉的印象，如此遣词，最能显现诗人此刻满腹悲哀的所具特征——厚重、深沉、闷塞、难以名状、也不暇名状。这两字，用得其实是再恰当不过，也是"竟再找不出两个字来"。若换上纤巧字眼，则诗意将随之变得轻，读者将只留意佳词佳句而忽略了诗的主旨，又岂能符合诗人创作的本意？所以，诗人不肯在此瞎卖气力，而是大巧若拙，自然感人，这正是他功夫老到的地方！一句诗，若能达到其语虽浅而无得易之，始是炉火纯青的境界。看来，袁凯对于诗的以本色动人，也是深有领悟的，一首新巧的《白燕》诗，并不足以显示他的所有才能。

词家有"重、拙、大"之说，虽是讲作词要领，但诗、词也尽有相通之处，若本诗，真可当得起此三字——力重、语拙、所言者大。（沈维藩）

白　燕　袁凯

故国飘零事已非，旧时王谢见应稀。

月明汉水初无影，雪满梁园尚未归。

柳絮池塘香入梦，梨花庭院冷侵衣。

赵家姐妹多相忌，莫向昭阳殿里飞。

唐代诗人郑谷由于写了一首鹧鸪诗，名噪一时，被人称为郑鹧鸪。无独有偶，明代诗人袁凯作了一首《白燕》诗，被人称作“袁白燕”。相传袁凯写此诗还有一个故事，据都穆《南濠诗话》说，时袁凯尚未出仕，一天与友人去拜会当时诗坛领袖杨维桢，见茶几上有时太初的一首《白燕》诗，诗曰：

春社年年带雪归，海棠庭院月争辉。

珠帘十二中间卷，玉剪一双高下飞。

天下公侯夸紫颔，国中俦侣尚乌衣。

江湖多少闲鸥鹭，宜与同盟伴钓矶。

袁凯读后说：“此诗写白燕尚未尽体物之妙。”杨维桢不以为然。袁凯回家后，连夜步其韵亦作《白燕》诗，次日呈杨维桢，杨见诗叹赏不已，连书数纸，尽散坐客。袁凯一举成名，一时呼为“袁白燕”。袁凯《白燕》比时太初《白燕》好在哪里呢？

袁凯一开始就用了一个著名的“燕”的典故。“故国飘零事已非，旧时王谢见应稀”，化用刘禹锡《乌衣巷》“旧时王谢堂前燕，飞入寻常百姓家”诗句，说江山如故，人物已非，秋去春来的燕子又飞回到当年王谢居住的繁华地来了。借王谢旧事点明所咏为燕，同时诗人又作一个补充说明：这次飞回来的燕子已不是旧时王谢堂前常见的乌燕，而是另一种较少见的全白色的。再用“见应稀”三字进一步点出“白燕”这个题目。

接着，诗人展开想象，极写白燕之白。“明月汉水初无影，雪满梁园尚未归。”看，那高高飞翔的白燕啊，在三五之夜飞越汉水的时候，月光如水银般洒向江面，千里一白。它那星星点点闪光的白色羽翼也溶入这片广袤的银色世界里去了，连影子都见不着！还有在那严冬季节“雪满梁园”之时，如果白燕飞入这银装素裹的北国大地，它那雪白的身影也是难以辨认出来的，不过此时白燕不会飞来，它正滞留在南方呢。诗人用汉代梁孝王与文士梁园赋雪故事，但不是写雪，而是以雪比燕之白，故云“未归”。

人们写燕子，总离不了写它“度帘幕中间”“还相雕梁藻井”，袁凯避开了这类俗套，别出心裁地专为白燕设计了活动的新天地——“柳絮池塘香入梦，梨花院落冷侵衣。”白燕飞集遨游在一幅幅诗情画意的境界里，春水池塘，柳絮飘飞满地，在月光下，白燕似是飞花，飞花似是白燕，恍如进入美丽的梦境。白燕又活跃在重门深掩的梨花院落，春风料峭，梨花从树上纷纷飘下，白燕在花丛上下翻飞，白燕与落英齐飞，白羽同梨花一色。生机勃勃的白燕啊，你难道不怕春寒的侵袭么？诗人以柳絮、梨花等洁白的景色造成典型意境，衬托白燕，唤起人们的联想，字面上无一“燕”字，而白燕自然从景中浮现。“柳絮池塘”“梨花庭院”二句，化用晏殊《寓意》“梨花院落溶溶月，柳絮池塘淡淡风”诗句，展现在人们面前的似乎是两幅画屏，而且您似感觉到画面一角有玉剪飞舞的燕影呢。

袁凯用空灵蕴藉的笔法，为白燕传神写照，写出了白燕特有的精神气质，诗人把白燕想象成无比的纯洁、灵巧、美丽，在他的笔下，简直就像是冰清玉洁的姑射仙子的化身了。所以诗人于诗的末尾倾注了无限珍爱、怜惜的感情,叮咛白燕说:"赵家姐妹多相妒,莫向昭阳殿里飞。"说汉成帝宫中的赵飞燕姐妹生性多妒,你千万不要飞进帝王家呀!最后用赵飞燕这位汉宫美人的名字,关合题面的"燕"字,也颇有妙趣。

回过头来读时太初的《白燕》诗,就感到作者没有把白燕的体态风神写足,"珠帘十二中间卷",是燕子共有的习性,非特白燕。又如"玉剪一双高下飞",以"玉剪"比喻白燕也太实了,而没有传白燕之神。袁凯就聪明了,全篇都紧扣白燕来写,驰骋想象,避实就虚,用类似国画家写意的手法,构造意境来烘托白燕特有的风采,脱略形骸,传其神韵,确要比时太初高出一筹了。

相传袁凯白燕诗一出,一时学习此种诗体者不少,著名诗人高启作《梅花》诗,就用袁诗格调,诗云:"琼姿只合在瑶台,谁向江南处处栽?雪满山中高士卧,月明林下美人来。寒依疏影萧萧竹,春掩残香漠漠苔。自去何郎无好咏,东风愁寂几回开!"从其风流绮丽的风调是不难看到袁诗的影响的。(铁　明)

岳阳楼　杨　基

春色醉巴陵,阑干落洞庭。
水吞三楚白,山接九疑青。
空阔鱼龙舞,娉婷帝子灵。
何人夜吹笛,风急雨冥冥。

历来咏岳阳楼诗,以孟、杜二诗为压卷之作,孟浩然"气蒸云梦泽,波撼岳阳城",老杜"吴楚东南坼,乾坤日夜浮",则为咏岳阳楼绝唱。后代诗人无敢相与撷抗者。据方回《瀛奎律髓》记载:"予登岳阳楼,此诗(指孟浩然《临洞庭赠张丞相》)大书左序毬门壁间,右书杜诗(杜甫《登岳阳楼》),后人不敢复题也。"然而明代诗人杨基却有这个气魄,写下了一首五言律诗《岳阳楼》。

我们知道,岳阳楼为湖南岳阳城西门城楼,下临洞庭湖。唐张悦谪岳州时筑,宋时重修,范仲淹写了一篇《岳阳楼记》。这篇著名散文中有这样一段话:"予观夫巴陵胜状,在洞庭一湖。衔远山,吞长江,浩浩汤汤,横无际涯;朝晖夕阴,气象万千。"范仲淹这段话实际上成了杨基上面这首诗的写作提纲。杨基写岳阳楼胜景,笔墨就集中"在洞庭一湖"。首联"春色醉巴陵,阑干落洞庭",说我站在岳阳楼上,凭栏俯视脚下的洞庭湖水,啊,这无边的巴陵春色如酒般的浓,多么使人心醉!巍峨的楼景倒影湖面,华美的阑干仿佛直落湖中,自己仿佛也置身于湖心了。"阑干落洞庭"一句写出了楼上人与湖中景互相契合的意趣。

接下来便写洞庭湖"衔远山,吞长江,浩浩汤汤,横无际涯"的气势。"水吞三楚白",汪洋浩瀚的大水吞没了三楚之地,远远望去,三楚不过是白茫茫的一片,就像被洞庭吞入江中一样。战国楚地秦汉时分东、西、南三楚,后亦泛指湖鄂一带。"水吞三楚白"之"吞",与杜甫"吴楚东南坼"之"坼",孟浩然"波撼岳阳城"之"撼",堪称异曲同工。"山接九疑青",再看那"白银盘里一青螺"的君山，若隐若现，一直伸向那辽远的远方，遥接湖南宁远境内的九嶷山。一个"接"字，写出洞庭湖的深远幽缈，横无际涯。颈联这两句诗，与前面提及的孟、杜名句相比，同样都是写洞庭湖水的壮阔气势，可以说是各有千秋；而杨基诗能将洞庭湖及其周围地理环境真实地勾画出来，更富有地方色彩。

　　杨基《岳阳楼》的妙处更在后面。我们知道：君山相传舜妃湘君曾游此，九嶷山即苍梧山，相传舜死后葬于此。这就自然使人想起舜帝南巡和二妃没于湘水的古老传说，这给洞庭的山山水水笼上了一层迷人的神话般的色彩。杨基抓住了这一特点，以空灵之笔写出颈联二句："空阔鱼龙舞，娉婷帝子灵。"那空阔浩渺的湖水啊，仿佛可见鱼龙混杂其中，潜跃起舞。那娟秀的远峰啊，恍若情意缠绵，具有帝子的风采。屈原《楚辞·湘夫人》："帝子降兮北渚，目眇眇兮愁予。"那娉婷如美人的君山、苍梧，难道不是娥皇、女英的化身么？五句的"空阔"接"水吞"，六句的"娉婷"应"九嶷"。紧承上联，又直起结句："何人夜吹笛，风急雨冥冥。"入夜，诗人凭栏观赏月光下的洞庭波光，仿佛她更加显得神秘了。不由浮想联翩，恍惚听到不知是何人吹起了长笛，那笛声划破夜空，一时间洞庭湖上烟雨迷茫，水波翻腾，大概是"娉婷帝子"伴随一阵仙乐回来了吧？这结尾两句纯系想象之词，似实而幻，隐约中又辟一灵境。范仲淹说的"朝晖夕阴，气象万千"，在杨基的诗中，则用浪漫的诗情和富有神韵的笔调把它表现出来了。

　　试比较杨诗与孟、杜二公诗，孟诗前半首写洞庭湖水很有气魄，而后半首则是向张丞相求援荐，所以就全篇而言，诗家不无批评。老杜名句"吴楚东南坼，乾坤日夜浮"，于写洞庭胜景中寄寓自己的人生沧桑之感。在杜甫看来，洞庭湖好似一个巨大的缺口，把当年吴楚两国的地面一东一南撕裂开来了，描绘的是一种大地裂变的悲境。"乾坤日夜浮"实际是写人类生存的广袤空间竟然处在漂泊不定之中。显然，他是有意写安史乱后自己的一种时代感受。所以杜诗后半首便直抒自己戎马关山、老病孤舟的感慨了。而只有杨基的《岳阳楼》通篇笔墨都是为洞庭湖的"气象万千"图形传神，堪称是一首真正的山水诗。特别他写景虚实结合，实景摹其形态，虚景传其神韵，而且好像有意与前贤比试似的，也用五言律诗来写，所以清代诗评家沈德潜称赞杨基此篇"应推五言射雕手，起结尤为入神"（《明诗别裁集》）。（铁　明）

春　草　杨　基

嫩碧柔香远更浓，　春来无处不茸茸①。
六朝②旧恨斜阳里，南浦③新愁细雨中。
近水欲迷歌扇④绿，隔花偏衬舞裙红。
平川十里人归晚，　无数牛羊一笛风。

注　①茸茸：茂盛貌。　②六朝：历史上吴、东晋、宋、齐、梁、陈皆建都于南京，因称六朝。③南浦：泛指水滨。屈原《九歌·河伯》："子交手兮东行，送美人兮南浦。"后多用以指送别之处。　④歌扇：歌舞时用的扇子，梁代何逊《拟轻薄篇》："倡女歌扇绿，小妇开帘纤。"

　　《春草》是杨基的代表作，写于南京。融融春晖，激起了诗人对生命意义的沉思，却又寓情于景，自然流出，不着痕迹。

　　"嫩碧柔香远更浓，春来无处不茸茸"，首联以写实领起，春天来了，到处是一片葱茏的绿色。柔嫩的芳草，散发出阵阵清香，沁人肺腑。极目眺望，只见越往远处，草色越是浓密，仿佛整个宇宙都浸透了浓浓的春意。此时此地,游子的心情又是如何呢?

"六朝旧恨斜阳里,南浦新愁细雨中",颔联翻空,写出两种不同的愁滋味。上句由芳草斜阳联想起六朝旧恨,与唐代诗人韦庄的名句"江雨霏霏江草齐,六朝如梦鸟空啼"(《台城》)出于同一机杼。南京是吴、东晋以及宋、齐、梁、陈六朝首都,有过一段辉煌的历史,"台城六代竞豪华",如今却早已烟消云散,只剩下一片莽莽草色,不由不令人发出"富贵功名转眼空"的叹息。下句由细雨春草联想起南浦伤别,白居易有诗:"远芳侵古道,晴翠接荒城,又送王孙去,萋萋满别情。"(《赋得古原草送别》)春草与离别仿佛有不解之缘,每年春天,莺飞草长,游子便要挂帆远行,富贵功名既不足恃,人生苦短,为何又偏要离乡背井,四处奔波?这两句一句吊古,一句伤别,情景不同,却都是因春草惹起的愁思,隐含了诗人对人生的感慨,立意恰与李白《忆秦娥》同。

"近水欲迷歌扇绿,隔花偏衬舞裙红",颈联回到眼前景物,在迷离的草色中,我们仍可看出六朝烟花歌舞的痕迹。在诗人眼里,水边的春草和野花似乎变成了当年的歌扇和舞裙,当年的歌扇和舞裙又化作了今日的春草和野花。历史与现实奇妙地交织在一起,构成一幅梦幻般的图画,是追念往昔的繁华?还是感叹人生的无常?也许,两种心情兼而有之。这两句诗对得很工,但略嫌纤巧和浓艳,不如上两句来得典雅。

"平川十里人归晚,无数牛羊一笛风",结尾两句翻出新意,平川十里,牧人暮归,在茫茫草色中,只见无数牛羊在慢慢蠕动,晚风习习,传来一阵阵悠扬的笛声。六朝旧梦已完全隐去,代之而起的是一幅充满了田园气息的牧人晚归图。读到这里,不觉令人想起贝多芬的《田园交响曲》,在经历了情感上的失落与骚动之后,一声牧笛,吹散满腹愁绪,把作者,也把读者,引入了一个清逸淡远的新境界,前两联中所出现的种种矛盾冲突,最终在恬静优雅的田园旋律中被淡化,被遗忘。

李东阳在《麓堂诗话》中曾论及此诗:"杨孟载《春草》诗最传,其曰'六朝旧恨斜阳里,南浦新愁细雨中',曰'平川十里人归晚,无数牛羊一笛风',诚佳,然绿迷歌扇,红衬舞裙,已不能脱元诗气习。"此说不为无见。不过,从整体上看,这首诗以春草为题申发开去,写出了诗人对生命意义的哲理性审视,以及他对理想生活方式的朦胧的追求,同时,又笔笔紧扣主题,几乎每一句中都有春草的风情在摇曳,意境隽永,余韵不绝,仍不失为写景咏物诗中的珍品。

(黄锦章)

燕山春暮　　张　羽

金水桥边蜀鸟啼①,玉泉山下柳花飞②。
江南江北三千里,　愁绝春归客未归。

注 ① 金水桥:金水河上之桥。金水河在北京市。金代引玉泉水东注三海,元代重修,名之金水河,明代城西故道废,而南一支贯入宫内者,仍沿旧名。蜀鸟:即杜鹃,另有子规、杜宇、鹈(鶗)鴂等别名。张华《禽经注》:"望帝(按:蜀之古君,名杜宇)修道,处西山而隐,化为杜鹃鸟,……至春则啼,闻者凄恻。" ② 玉泉山:在北京市西北,山下有玉泉,故名。"玉泉垂虹"为燕京八景之一。

诗题《燕山春暮》,燕山在此代指京师,盖北京宋时地属燕山府。诗人触景生情,引出羁旅怀乡之思,一种凄婉意调令人深受感动。

首二句出以对偶,金、玉、鸟、花,属对颇为工致。金水桥、玉泉山都是非常华丽的名词,但在诗中,却是作为一种映衬之物,从反面道出诗人的抑郁心情。古人云:"梁园虽好,不是久留之地",张羽本是浔阳(今九江)人,后又卜居吴兴(今湖州),游宦京师,乃受征强起,所以上都春景,每触乡心。自屈原《离骚》有"恐鹈𫛚之先鸣兮,使夫百草为之不芳"之语以来,杜鹃之啼,便一直象征着悲苦恻怆之情,诗人们每有"杜宇声声不忍闻"之叹;何况据说杜鹃的叫声又极似"不如归去",更令离乡背井的诗人油然而生羁愁旅恨。柳絮纷飞,景致凄迷,在折柳赠别已成惯例、柳的意象与离别密切相关的古时,也常常被用来渲染离情别绪。仔细品味,我们还会发现这儿用苏轼《水龙吟·次韵章质夫杨花韵》词"细看来,不是杨花,点点是离人泪"语意的蛛丝马迹。因此,"蜀鸟啼""柳花飞"的意象与"金水桥""玉泉山"各在同一句中,形成强烈的反差,为下二句诗人直接倾诉未能回归故乡的惆怅,作了极好的铺垫。

"江南"二句,各有重复的字:二"江",二"归",似双拟对而非,结构上颇有特点。而"江南江北""愁绝春归"又令人联想到黄庭坚《次元明韵寄子由》"春风春雨花经眼,江北江南水拍天"一联,黄诗结语是:"脊令各有思归恨,日月相催雪满颠",张羽此诗主旨亦与之如出一辙。离乡三千里,春尽人难归,"茕茕孑立,形影相吊",真令人愁肠百结。晋代张翰见秋风起,思吴中故乡莼羹鲈脍之美味,可以辞官归去,说:"人生贵得适志,何能羁宦数千里以要名爵乎?"而张羽却不能这样做。明太祖征著名诗人高启入修元史,复擢为户部侍郎,高启固辞,乃赐金放还,然太祖实阴嫉之,终借故杀害。张羽若果挂冠而去,也不免遭此结局。知明初之史,当对这"愁绝"二字别有会心。

全诗整体结构盖仿李白《宣城见杜鹃花》:"蜀国曾闻子规鸟,宣城还见杜鹃花。一叫一回肠一断,三春三月忆三巴",诗意也有联系。程嘉燧说:"静居……七言律诗,清圆浑脱,不事雕缋,全是唐音"(见《历朝诗集小传》),这评语对其七言绝句,同样适合。（庞　坚）

雨后慰池上芙蓉　　徐　贲

池上新晴偶得过,芙蓉寂寞照寒波。
相看莫厌秋情薄,若在春风怨更多。

徐贲在明初是"吴中四杰"之一,与高启、杨基、张羽并称。他的诗法度谨严,字句熨帖,这首《雨后慰池上芙蓉》,虽是短章,也写得情致摇曳,颇有深意。

诗写抒情主人公在一个雨后新晴的秋日,偶然经过池边,看到"芙蓉"在"寒波"中寂寞地开着,引起了一番感慨,并对"芙蓉"进行慰藉。

"芙蓉"在古代有两种,宋叶梦得《石林燕语》说:"芙蓉有二种,出于水者谓之草芙蓉,出于陆者谓之木芙蓉。"前者即荷花,诗中写的,也就是这一种。荷是夏日开花的,到了秋天,它就逐渐花残叶落,憔悴干枯。李璟《浣溪沙》词说:"菡萏香销翠叶残,西风愁起绿波间,还与容光共憔悴，不堪看。"对此作了精细的描写。这首诗中的"芙蓉寂寞照寒波"一句，写的也是这种意境。由于它那鲜艳的花凋谢了，再没有人来观赏，所以就"寂寞"地待在池上。背景由"绿波"换成了"寒波"，秋的气象就显得更深、更肃杀。

诗人对着这寂寞的芙蓉，感叹和劝慰什么呢？"相看莫厌秋情薄，若在春风怨更多。"一番秋雨，一番秋意，一番零落，自然界的规律就是这样。说它无情吧？也是，所以说"秋情薄"。它把荷花那"绿房翠蒂，紫饰红敷"（晋夏侯湛《芙蕖赋》）的盛装剥掉了，"断无蜂蝶慕幽香，红衣脱尽芳心苦。"（贺铸《踏莎行》）给荷花带来了被人遗弃的凄苦况味。但是，在经过了一阵"相看"之后，诗人却劝荷花"莫厌秋情薄"——不要埋怨秋天的无情；为什么呢？"若在春风怨更多。"因为，秋天虽然摧折了你，但你毕竟已经到了该凋谢的时节了，要是在春天，你那红艳的花朵崭露于绿波之上，摇曳于春风之中，却无人观赏、无人采摘，你那哀怨难道不会更多吗？这果真是对荷花说的话吗？当然不是，人们一看就知道是象征性的。诗人在使用比兴的手法，曲折地表达自己一种深微的感情；它的背后又蕴藏着一段重大的生活内容。什么内容呢？由于这首诗的写作背景已难考查，我们只能就诗人的生平概况去进行下面的推测：

徐贲家居平江（今江苏苏州），元末张士诚占据平江称王，曾征聘徐贲为幕僚，徐贲不从，避走吴兴蜀山中，后来张士诚为朱元璋所破。明朝建立后，许多文士都得到起用，徐贲却一直到洪武七年（1374）才被荐至京，授予官爵。这首诗大概是他明初出山前所写的，诗人对于自己的不遇，感到苦闷，有一种被人遗忘的感觉，"芙蓉寂寞"和"秋情薄"云云，当是这种感情的隐喻（我们还可以大胆地推测一句，"池上新晴"，是象征元朝的灭亡和明朝的建立）。但是他转念一想，如果当了官，情况可能更为不好，"若在春风怨更多"，大概就是指此而言；这与王安石《明妃曲》中"君不见咫尺长门闭阿娇，人生失意无南北"的感情，有点类似。当然，也可以理解为庆幸当日没有应张士诚之聘做官，避免了一场不堪设想的灾难。象征意象的内涵是多元的，离开了具体背景，很难确指。不过，即使猜不出寓意，光看字面，本诗也仍不失为一首好诗。

这首诗，从题目到内容都很有情致。秋日雨后芙蕖寂寞孤寒，因见而怜，因怜而愁，因愁而慰，层次井然。后二句尤有新意，翻出前人之所不到，隽永可味，体现了诗人不凡的才思——若是凡人，谁又能在春风得意中提防到一个"怨"呢？（洪柏昭）

明皇秉烛夜游图　　高　启

花萼楼头日初堕，紫衣催上宫门锁。海棠欲睡不得成，红妆照见殊分明。新谱《霓裳》试初按，内使频呼烧烛换。共言醉饮终此宵，明日且免群臣朝。琵琶羯鼓相追续，白日君心欢不足。姑苏台上长夜歌，江都宫里飞萤多。大家今夕燕西园，高爇银盘百枝火。满庭紫焰作春雾，不知有月空中行。知更宫女报铜签，歌舞休催夜方半。只忧风露渐欲冷，妃子衣薄愁成娇。此时何暇化光明，去照逃亡小家屋！一般行乐未知极，烽火忽至将如何？可怜蜀道归来客，南内凄凉头尽白。孤灯不照返魂人，梧桐夜雨秋萧瑟。

题画诗，顾名思义，是为绘画作品题、鉴赏的，故一般多着眼于画的形象、意境和画家情趣、功力的表白。本诗意不在此，别有寄托，写法上便也独辟蹊径，另具一格。

开首四句引入画题，就采用化静为动的手法。"花萼楼"，全名"花萼相辉之楼"，是唐明皇（玄宗）即位后在兴庆宫西部新置的楼观，常用于游宴作乐；点出楼名，等于将画图的主人公明皇推上了前台。"日初堕"，记时分，照应画题中的"夜"字，但用的是叙事笔法；与下句的"催"相衔接，更表明天刚傍晚，便锁上宫门，准备宴乐的迫切心情。第三句正面交代明皇夜游，"大家"是宫中近侍对天子的称呼。由此引出"高爇银盘百枝火"的铺排描写，既渲染夜宴的气氛，又紧扣题中"秉烛"二字。四句诗缴足题面，天衣无缝，却是闲闲叙入，不着一丝痕迹。

图意点明，即应转入图像，但作者不忙于作全景式的勾勒，而要先就上文的烛火来一点生发。"海棠"二句写红烛照耀下的美人形象。宋释惠洪《冷斋夜话》引《杨妃外传》："明皇登沉香亭，诏妃子，妃子时卯酒未醒，命力士从侍儿扶掖而至。妃子醉韵残妆，钗鬟乱，不能再拜。明皇笑曰：'是岂妃子醉耶？海棠睡未足耳。'"这是拿海棠花的红艳比美人醉态。苏轼《海棠》诗："只愁夜深花睡去，故烧高烛照红妆。"这是借美人红妆以形容海棠花的娇姿。本诗文句脱胎自苏诗，句意则从《杨妃外传》化出，将名花与美女糅为一体，于明烛高烧的背景下显示出来，分外撩人眼目。"满庭紫焰"二句进而写烛光，却借月华作铺垫。灯烛煌煌，月色黯然，乃事物之常理，妙在用一"雾"字作关锁。雾者，阻隔光线之物也，哪堪比拟发光之烛！但设身处地，此情此景，恰恰是明亮的烛光筑起一层光的屏障，起到掩抑月色之作用，则拟之于雾，岂非的当！诗人体物之精细、构想之巧妙，于此可见。四句诗皆紧承上文"高爇银盘百枝火"而来，有此四句烘托，上一句的气势、情景方得以充分突现，而明皇秉烛夜游的意兴也才能淋漓尽致地发露，这在画家称之为"皴染法"。

于是可以进入宴会盛况的写照。作者抓住无休止的歌舞这一特征性的景象，把整个场面组织起来了，这也应该是画图本身的布局。《霓裳》即唐大曲《霓裳羽衣曲》的简称，相传为明皇登三乡驿望女儿山所作，包括散序、中序、入破、终曲共十二遍乐舞，演奏起来热闹非凡。此时，新制的《霓裳曲》正搬上宴席，磬、箫、笛、筝各种器乐铿然和鸣，饰以虹裳霞帔的舞女按节拍曼步回翔，观者目眩心迷，击节叹赏，更无暇顾及时间的流逝。从频呼换烛和铜签报更这两个细节上，当可反映出宴游持续之久，而作乐者却以半夜方过、无须催迫为答，足见兴会之高。

夜游场面到此跻于高潮，但作者不肯罢休，还要接着"歌舞休催夜方半"所表露游兴，重加一笔皴染，从而带出下面四句。这一小节又有几层分解：先说尽欢今宵，毋恤来朝，是对游兴的正面落笔；再说别的不值得顾虑，"只忧"夜深风寒、难以尽兴，用的反补笔调；末言连这点愁虑也转化成妃子的娇情媚态，动人爱怜，更是加一倍写法。经过这样层转层深，把明皇耽溺于淫荒佚乐的心态展现无遗，可谓用笔酣畅之至！

如果说，以上题咏尚未脱离画图，那么，从"琵琶羯鼓"以下则渐形拓开了范围。琵琶羯鼓，繁声促节，指明皇醉心于乐舞；白日易尽，良宵可续，乃是秉烛欢会的来由。这两句承前作一收束，正是为了下文的启后。晚唐诗人聂夷中《咏田家》有云："我愿君王心，化作光明烛。不照绮罗筵，只照逃亡屋。"或许是这里的烛光比喻，勾起作者联想，促使他反用其意，提炼出"此时何暇"一联，紧缀于秉烛夜游之下，形成巨大的反差，而诗篇谴责明皇佚游误国的主旨便也昭然若揭了。这是全诗画龙点睛之处，也是上下篇转折、过渡的筋脉所在。

由此，诗人的笔锋便急转直下。"姑苏台"，用吴王夫差荒淫灭国的传说。"江都宫"，用隋炀帝佚游亡身的故事。行乐无极，烽火忽至，唐明皇也逃脱不了这一普遍规律。此处显然说的是安史之乱，而由于这段历史人所熟知，不必详加记录，作者只是借用两个古人略作陪衬，再通过"将如何"这一设问句轻点一句，句意自明，且倍觉唱叹有情。诗家避实就虚的诀窍，可资领悟。

末一节诗则又跳跃到主人公的结局。安史乱后，明皇从蜀地流亡归来，皇位已被儿子肃宗占据，只能退居南内（即兴庆宫），郁郁以终。后二句写其孤独凄凉的晚境，化用了白居易《长恨歌》里"春风桃李花开日，秋雨梧桐叶落时""夕殿萤飞思悄然，孤灯挑尽未成眠"等句子。"返魂人"，指杨妃，亦出自《长恨歌》，说的是杨妃在军乱中缢死马嵬坡，后明皇回京，思念不已，请方士用法术致其魂魄。不过本诗并没有像《长恨歌》那样虚构出一个"天上人间会相见"的光明尾巴，却是强调返魂无术、孤灯空照，而且"孤灯"的形象与篇首的"百枝火"，"不照"与前文"照见""分明"，"梧桐夜雨秋萧瑟"与"满庭紫焰作春雾"的意境，一一构成强烈对比，可见作者并非漫然袭用前人诗意，而是经过选择、加工，融入自己统一的构思的。

总的说来，作为一首题画诗，本篇在艺术上确有特色。它不胶着于静态画面的摹绘，而能够放开笔触，驱遣想象，从夜宴的热烈场景，一直伸展到烽火战乱与凄凉晚境，并在这乐极生悲的变化过程中，寄寓着讽喻垂戒的用心。可以说，这实际上是将咏史感事的笔意引进了题画领域。还要看到，诗篇所叙内容跨度虽大，章法却很严密，不仅前后比照鲜明，且通首用烛火作引线，转折过渡，贯串首尾，颇见匠心。至于语言明丽，铺叙生动，音声和美，情思宛转，以及逐章转韵、平仄相间的格式，承受自元、白"长庆体"，当亦增添了诗的魅力。（陈伯海）

梅花九首（其一）　　高　启

琼姿只合在瑶台，谁向江南处处栽？
雪满山中高士卧，月明林下美人来。
寒依疏影萧萧竹，春掩残香漠漠苔。
自去何郎无好咏，东风愁寂几回开？

高启一生之中，为梅花写过不少诗篇，或许，这是因为他的个性，与梅花的品质之间，多有相仿佛之处吧？如今，他大概不再满足于描绘一时一地、有所局限的梅，而要去梅之形骸、取梅之精神，写一组纯粹的梅花诗，以寄托他多年对梅的爱慕，也总结他多年对梅的认识：这也许就是他刻意经营写成的《梅花九首》的创作缘由。本文所选是其中的第一首。

"琼姿只合在瑶台，谁向江南处处栽？"琼姿，这是古诗词中的常用语了，谓瑰丽的姿容，通常只用于梅花。不过，诗的首联，却一点也不因这措辞的常见而显得平凡：神话中的昆仑山，上有瑶台十二座，皆以五色彩玉筑成；梅花既有瑰丽的风姿，那么就本该（合，应该）充任瑶台上的琼玉，至于它们为何不留居在缥缈的仙山，却被不知哪位仙家之手，栽向了江南的处处山林，这，可真是个令人大惑不解的疑问！这二句，给凡间的梅花，赋予了谪仙的身份，使它们纵然已降生到地上，却终究是超凡出尘、气质异于俗中众花。若不是诗人对梅的品行理解至深，安能作此奇想、出此奇语、发此奇问？至于为何只说栽于江南，而不说栽于天下，这，也可算得个疑问：大概，诗人一生足迹不出江南，在他的心目中，只有这片山川钟秀、人杰地灵的广土，才最适宜迎接梅的降临？

"雪满山中高士卧"，梅花到底还是来到了人间，不过，它们既然是夙具仙骨，当然也就不屑在尘埃之中生长；远离人迹的烦嚣，栖住到大雪铺满的深山，这，才是这位孤高拔俗的隐士的愿望。常人说到梅花，总不免提什么"傲霜斗雪"，其实，梅花又何尝逞勇好斗？雪满山中，它们却稳稳地酣卧，何尝把大雪放在心上？大雪又怎配做它们的对头？"月明林下美人来"，梅花到底是花的一种，是世人愿意亲近的美人，不过，这美人既然是仙子下凡，俗人当然不能轻易窥到，若去闹市中寻觅，无异于水中捞月。你须得摒弃一切俗念，退身到清风明月的林泉之下，那时，你才能见到她款款而来，神情是那么超朗闲雅，容貌是那么清秀动人，一如《世说新语》中的咏絮才女谢道蕴，"神情散朗"，有"林下风气"。

"雪满山中高士卧，月明林下美人来。"请反复吟诵这千古名句，请反复体味其中的深义：独立而无惊、无憾的高士，秀雅而不艳、不俗的美人，梅花的高洁精神，不正化身于这二者而得到了最生动的显现了吗？

"寒依疏影萧萧竹，春掩残香漠漠苔。"这二句是分承上二句，再作进一步的申说，其原来的含义，应该是如下：山间的苍苍秀竹，自不会放过与高士交结的机会，它们把自己萧萧竹声中的清寒，奉献给梅花的身影，好让那疏朗的梅影得了清寒的依附，更显得仪态高峻；山间最不起眼的漠漠青苔（漠漠，密布之貌），也知道爱怜美人，当她完成了报春的使命，零落的花瓣半蚀于春泥之时，它们也会把自己身携的微微春意，轻轻遮掩在她残留的清香之上，好让无意争春的美人，也多少领受点春的回报。这二句的正常顺序，本来也该是"萧萧寒竹依疏影，漠漠春苔掩残香"，殊不料，诗人却把"寒"与"春"提炼到醒目的句首，显得这二者才是依托于"疏影""残香"的梅之魂魄，而遗于句尾的"竹""苔"，倒成了这二者蜕下的躯壳。次序一变，诗的境界顿异，诗人的笔法，真是老到。

"自去何郎无好咏，东风愁寂几回开？"何郎，指南朝的诗人何逊，作有《扬州法曹梅花盛开》等诗，虽然他不是第一个咏梅者，但诗人大概认为梅花的"好咏"（佳作）自他而始。在何逊之后，诗坛上当然也不乏"好咏"，但诗人在这里说梅花自从何逊去了便不逢知己，使自己不禁要问它们在漫漫的岁月里，寂寞愁苦地在东风中开落了多少回，似乎近千年来只生出自己一个梅的知音——这，说他目无古人，过于自负，也未尝不是；但若没这份空前的自信，又如何有胆量抛开古人的陈轨所限，别创出这千古佳作？况且，佳作既已咏成，就算他真的笑傲古人，古人到底也指摘他不得！

具体的梅易写，抽象的梅难说；梅之形态易赋，梅之精魂难摄。何也？诗人若不先禀有梅的灵性，又安能窥到梅的灵魂深处？因此，由此意义上说，读者最该佩服的，倒不在诗人手笔的高妙，而应是诗人襟怀的高洁；读者在梅的"疏影"之上，也更该细看是否有诗人自己的身影在"依"着。

临末还有一点说明。注家谓"雪满山中"句，出自东汉袁安卧雪之典；"月明林下"句，出自隋朝赵师雄在月夜林中逢美人饮酒、醒来在大梅树下之典。（见清人金坛《高青丘诗集注》）其实，袁安卧雪在城中，而不在山上；赵师雄所遇的美人，与赵在酒肆中狎饮，岂可算梅花的化身？清人寻出的典故，多有胶柱鼓瑟之病，今悉不取。（沈维藩）

清明呈馆中诸公　　高　启

新烟着柳禁垣斜，杏酪分香俗共夸。
白下有山皆绕郭，清明无客不思家。
卞侯墓上迷芳草，卢女门前映落花。
喜得故人同待诏，拟沽春酒醉京华。

这首诗当作于诗人与修《元史》的时候，即洪武二年（1369）至三年。"馆中诸公"，即史馆中一同修史的宋濂、王祎、朱右等十七人。这时的诗人，青云直上，春风得意，对于自己的前途充满了信心，因而心情是美好的，笔调是欢快的。诗一开端，就把读者带进了一种生气蓬勃、吉祥如意的氛围中。御柳笼烟，禁垣垂杨，被那软软的春风，吹得柳枝横斜、拂水依人。这时正是清明时节，官人们都捣了杏仁，做了醴酪；宫女们都分得名香，佩上香囊，在祥和的气氛中迎接这个传统的节日。生活在宫里的人，哪一个不为之夸耀呢？第二联"白下有山皆绕郭，清明无客不思家"是脍炙人口的名句。"白下"是金陵的别称。绕郭皆山，是写实，使人很容易联想起李白"青山横北郭，白水绕东城"（《送友人》）的名句来。"清明"是传统的节日，"无客不思家"是虚拟。"清"借为"青"，以与上句之"白"相对。虚实相生，青白相间，更显得错落有致，色彩明丽。上句写景，下句言情，亦显得景因情布、情随景生，情景交融，动静相衬，给人以无限的美感享受。清赵翼在《瓯北诗话》卷八中就摘了这两句，并加以评论说："此等诗气调才力，不减于唐，而典丽细切更过之，前后七子所未梦见也。"说它"典丽细切"，不但明代的前后七子所未梦见，而且超过了唐人，虽不免溢美，但也说明赵翼的鉴赏力是超人的。第三联的"卞侯墓上迷芳草，卢女门前映落花。"是随手拈来的"眼前景"，是就地取材的"白下"典故，而又紧紧扣住题目上的"清明"二字。因"清明"而想到芳草迷离的卞侯墓，而想到落花映门的"卢家少妇"，脉络贯通，接得又自然，又典丽，又充满了今昔之感，真是言在尺幅之内，情系千秋之上。卞侯墓，当是指东晋明帝时做过尚书令、右将军、领右卫将军，与王导同受顾命、辅佐幼主的卞壶。壶立朝忠恪，勤于国事，在与叛军苏峻作战中英勇捐躯，葬在白下。见《晋书·卞壶传》。卢女，指古代著名的歌女莫愁。《旧唐书·音乐志》二："石城有女子名莫愁，善歌谣。……故歌云：'莫愁在何处？莫愁石城西。艇子打两桨，催送莫愁来。'"石城即今湖北之钟祥市。《乐府诗集》卷八五梁武帝《河中之水歌》："河中之水向东流，洛阳女儿名莫愁。……十五嫁为卢家妇，十六生儿字阿侯。"后来吟咏莫愁的人，便将湖北钟祥的莫愁和洛阳的莫愁合而为一了，而且相传南京的莫愁湖，就是她的旧居。诗人随手拈来这两个当地的典故，言即使忠如卞壶，美如莫愁，也只墓上留下一堆芳草，门前网住几片落花，在"清明"时节，供人凭吊而已！大有"牛山堕泪"之感。"喜得故人同待诏，拟沽春酒醉京华。"结句宕开一笔，以情结景，悠然神远。在无限今昔之感中，在无限"人生如薤露"的慨叹中，让自己那种"待诏"禁垣的喜悦，"酒醉京华"的豪情，很自然地流露了出来。以喜衬悲，以醉解愁，而诗人刹那间的感情变化、内心活动，曲折尽致地表现了出来，其笔力之锐入快出，脉络之明接暗转，兴酣落墨，舒卷自如，不愧为"首开大雅"的"一代诗宗"。清朱庭珍《筱园诗话》卷二说："青丘(高启)才力、天分、工候，皆极其至，所为诗，自汉、魏、六朝及李、杜、高、岑、王、孟、元、白、温、李、张、王、昌黎、东坡，无所不学，无所不似，妙笔仙心，几于超凡入圣矣。"《四库全书总目提要》也说他的诗"拟汉魏似汉魏，拟六朝似六朝，拟唐似唐，拟宋似宋，凡古人之所长，无不兼之。"这些评论是极有见地的。如果拿这首七律，置之温、李集中，"典丽细切"，是绝无逊色的；置之元、白集中，才情声调，亦可与相视而笑。这绝不是说诗人在学习温、李，模拟元、白，而是说他的韵致风神，在某些方面，确实与温、李、元、白，有着形似神合的地方。（羊春秋）

秋　柳　高启

欲挽长条已不堪，都门无复旧毵毵。
此时愁杀桓司马，暮雨秋风满汉南。

从《诗经·小雅·采薇》的"昔我往矣，杨柳依依"起，历代诗人"咏柳"之作，真是连篇累牍，积案盈箱；戛金敲玉，美不胜收。然而无论是唐之贺知章、李商隐、罗隐、唐彦谦，还是宋之王十朋、杨万里，都是咏的"春柳"。他们或借生意盎然的柳色，来状明媚的春光：如"碧玉妆成一树高，万条垂下绿丝绦"把杨柳的婀娜多姿，化成美人的亭亭玉立，而"绿丝绦"也就成了她碧绿的"罗裙带"了。或借"折柳赠行"的习俗，来抒缠绵的别情：如"灞岸晴来送别频，相偎相倚不胜春"亦以柳条的相拂相绊，比喻情人的相偎相倚，别情依依，离恨绵绵，不禁使人蓦地产生"黯然魂销"之感。或借柳枝的轻盈纤细，来寄托自己的讽谕之情：如"楚王江畔无端种，饿损纤腰学不成"由柳枝的娇柔轻盈，而联想到"楚王爱细腰，而宫中多饿死"的悲惨故事，这绝不是发思古之幽情，而是借物兴感，寄托遥深。或者借柳叶如眉的形容，来写自己亲身的感受和青春的喜悦：如"向我无言眉自展，与人非故眼犹青"，其实"与人"也就是"与我"，这是诗人把主观的感情，完全融入客观的事物之中了。总之，他们写柳的美，就是写春的美，写人的美，写人的心灵的愉悦和愁思。李商隐更是明白地宣称："如何肯到清秋日，已带斜阳又带蝉。"烟笼秋柳，蝉噪斜阳，把秋的寂寥跟春的繁荣加以对照，形成强烈的对比，使读者在巨大的反差中，受到极大的震撼。而写"秋柳"的诗歌，虽然也更仆难数，但我以为真能在"秋柳社中，应推高唱"的，则是明之高启、清之曹溶和王士禛。他们都是托物寓兴，曲折地流露了自己无穷的哀怨和感慨，绝非一般的"咏物诗"所能望其项背的。"攀折竟随宾客尽，萧疏转觉道途寒"，"他日差池春燕影，祇今憔悴晚烟痕"，这是咏柳，更是伤怀；是写物，更是写人。清陈仅《竹林答问》说得好："咏物诗寓兴为上，传神次之。寓兴者，取照在流连感慨之中，《三百篇》之比兴也。传神者,相赏在牝牡骊黄之外,《三百篇》之赋也。"他们的"秋柳"诗之所以能够脍炙人口,正因为他们的诗中有寓兴,诗中有我在,能够移我入物,因物见我,所以有真胸襟、真境界,成为感人肺腑的真诗。请看高启的《秋柳》吧:

"欲挽长条已不堪",是诗人留春不住的惆怅,是"移我入物";"都门无复旧毵毵",是说当时的京师已经笼罩在一片"秋"的肃杀气氛之中,是"因物见我"。诗一发端,就从"长条"已枯、"毵毵"已无的深秋景色中,突出"柳"的凋萎,"秋"的萧瑟,把自己的感情色彩,移注于客观景物之中。"都门"是指明太祖建都的南京,可见此诗当作于诗人与修《元史》,擢升户部侍郎的前后。据说因为他曾在《题宫女图》中写道:"小犬隔花空吠影,夜深宫禁有谁来?"在《题画犬》诗中又云:"莫向瑶阶吠人影,羊车夜半出深宫",泄露了明洪武宫闱中的丑闻,因而引起了洪武的极端不满。明王世贞在《艺苑卮言》卷六中说:"高太史(启)辞迁命归,教授诸生,以草魏守观《上梁文》腰斩。……呜呼!士生于斯,亦不幸哉!"清赵翼《瓯北诗话》卷八亦云:"及洪武初,召修《元史》,史成,令授诸王经,旋擢户部侍郎,青丘(高启)畏祸,力辞而归,可谓明哲保身矣。乃又以诗文招祸,何其不自检耶?"从王世贞和赵翼的话来看,高启早已觉察到洪武对他深致不满,暗伏杀机,所以才"畏祸""辞官",回家"教授诸生"。"履霜坚冰至",此诗人所以有临深履薄的预感。这种危险的预感,移注在客观景物上,便涂抹而成了惨淡的秋色,肃杀的秋意。这便是王夫之所说的"情景名为二,而实不可离。神于诗者,妙合无垠"的道理。可见高启的被腰斩,起草《上梁文》不过是一个"欲加之罪"的借口;而泄露和讽刺宫中的丑闻,才是招祸的实质。"此时愁杀桓司马,暮雨秋风满汉南",是第一、二句的继续深化,是诗人危险预感的进一步写照。桓司马,指晋桓温。《世说新语·言语》:"桓公北征,经金城,见前为琅邪时种柳,皆已十围,慨然曰:'木犹如此,人何以堪!'攀枝执条,泫然流涕。"但桓温是"美人迟暮",年华易老的感慨,而此则是"暮雨秋风",环境凄苦的感受。"满汉南"又用了北朝庾信《枯树赋》中的"昔年种柳,依依汉南"的话,从而使诗人所寓的兴,所抒的情,更富有暗示性。这分明是借古人的酒杯,浇自己的块磊。在"暮雨秋风"中"愁杀"的,表面上是晋代的桓司马,实际上却是生活在明洪武时代的高侍郎。委婉曲折,含而不露,极其真切地表达了诗人内心深处的感受。明顾起纶《国雅品》云:"高侍郎季迪,始变元诗之体,首倡明初之音,发端沉郁,入趣幽远,得风人激刺微旨。"从这首的感情沉郁,寄托深远,而又隐藏着讽谕之意来看,顾起纶的评论,是十分恰切的。(羊春秋)

题古木苍藤图　　蓝　仁

风云气质雪霜踪,独立空山惨淡中。
惭愧藤萝争附托,年年春色换青红。

这首题画诗,题的是一幅画有"古木苍藤"的花卉图。"古木",从诗的描写来看,就是松树。松树是一种常绿乔木,经冬不凋,而且寿命较长,可达千年以上,在古代与竹、梅一起被称为"岁寒三友"。"苍藤"则是一种藤本植物,它的干茎细长,不能直立,靠攀附他物而生长。这幅图所画的，就是苍藤攀附一棵古松而生长的形象。诗人对着这幅图画，从画面形象触发了联想，于是写下了这首诗。

诗的开头两句是描写古松：它经历了风霜雨雪，仍然屹立于气象惨淡的空山之中。这是歌颂它的经得起环境的严酷考验而屹立不移。严冬季节的风霜雨雪是自然界的杀手，多少植物在它的淫威下被摧残了，凋萎了，但是松树却一点不受影响，这就显得非常难能可贵，所以古人对此多有赞美。孔子说："岁寒，然后知松柏之后凋也。"庄子说："天寒既至，霜雪既降，吾是以知松柏之茂也。"三国时的刘桢有一首咏松诗是这样写的："亭亭山上松，瑟瑟谷中风。风声一何盛，松枝一何劲！风霜已惨凄，终岁恒端正。岂不罹霜雪，松柏有本性。"梁代的范云《咏寒松》诗说："修条拂层汉，密叶障天浔。凌风知劲节，负雪见贞心。"蓝仁就是继承这一传统文化心理积淀而写出这首诗的头两句的。而"空山惨淡"四字，又有着杜甫诗的影响。杜甫《四松》诗的结句写道："勿矜千载后，惨淡蟠苍穹。""惨淡"是凄惨暗淡的意思，这是秋冬特有的自然景象；正像欧阳修在《秋声赋》中所写的："其色惨淡，烟霏云敛。"这株古松独立于惨淡的空山之中，不是有一点众芳芜秽、翳我独存的味道吗？这情况，是要令人肃然起敬的。

但是"藤萝"则不然。三、四两句，写它"附托"在古松上，却缺乏古松那种勇抗霜雪的能力，每到冬来，总是凋谢了，等到第二年春天，才又换上一身"青红"的颜色，炫耀一番。"年年春色换青红"，是能处顺境而不能处逆境的委婉说法，是对藤萝的揶揄、讽刺，所以前面用了"惭愧"两字，以示否定。对藤萝的这种描写，是有其植物学的根据的。《南方草木状》载："藤生缘树木，正二月花，四五月熟。"所以，"争附托"，是因它"生缘树木"；"春色换青红"，是因它"正二月花"。而对藤的须靠攀附他物才能生长，前人亦由此联想到人的一种消极品质而予以讽刺。例如唐代费冠卿的《挂树藤》诗："本为独立难，寄彼高树枝。蔓衍数条远，溟濛千朵垂。"说藤是靠了他人才阔起来的。而白居易的《有木诗八首》中的《凌霄》，则致讽尤深：

> 有木名凌霄，擢秀非孤标。偶依一株树，遂抽百尺条。托根附树身，开花寄树
> 梢，自谓得其势，无因有动摇。一旦树摧倒，独立暂飘摇。疾风从东起，吹折不终朝。
> 朝为拂云花，暮为委地樵。寄言立身者，勿学柔弱苗。

"凌霄"是藤本植物的一种。这株凌霄因依托别的树而开花抽条，可是当那棵树被大风吹倒后，它也就成为"委地樵"了。蓝仁的这首诗，当然没有树倒藤死的意思，但是对于"藤萝"的"争附托"，是不是也有与白居易诗意相通的鄙弃之意呢？看来也是有的。再退一步说，"作者未必然，读者何必不然。"（谭献《复堂词话》）从接受美学的角度看，读者尽可以驰骋自己的联想，以丰富诗的意蕴。

综上所述，我们可以看出：这首诗的大旨，是歌颂一种岿然独立的精神，而鄙薄那种攀附依托的品质。联系作者蓝仁一生清高不仕的行径，不是可以看到一点诗品与人品相似的消息吗？（洪柏昭）

挽红桥[①]　　林　鸿

柔肠百结泪悬河，　瘗玉埋香可奈何[②]！

明月也知留佩玦③，晓峰常想画青蛾。

仙魂已逐梨云梦④，人世空传《薤露》歌⑤。

自是忘情非上知⑥，此生长抱怨情多。

> **注** ① 红桥：明代闽县(今福州)良家女子，居红桥之西，因自号张红桥。见《明诗综》。 ② 瘗玉埋香：谓美人之埋葬。李商隐《与同年李定言曲水闲话戏作》："莫惊五里埋香骨，地下伤春亦白头。" ③ 佩玦：古代挂件。《说文》段注："玦，如环而缺。" ④ 梨云梦：谓梦境如缥缈的白云。高启《题美人对镜图》诗："晓院鹿卢鸣露井，玉人梦断梨云冷。" ⑤《薤露》歌：古代的挽歌。崔豹《古今注·音乐》："《薤露》《蒿里》，并丧歌也。……《薤露》言人命如薤上之露易晞灭(晒干)也。" ⑥ 上知：犹上智。《论语·阳货》："唯上知与下愚不移。"

在中国文学史上，自从晋代潘岳《悼亡》诗之后，便出现了无数悼念亡妻的作品。此中多有真感情、真性灵，读之每令人声泪俱下，历久难忘。比较著名的有唐人元稹的《遣悲怀》、宋人苏轼的《江城子·乙卯正月二十日记梦》、清人纳兰性德的《金缕曲·亡妇忌日有感》。在明代，大概就要首推此诗了。它们似百琲明珠，组成了一个闪闪发光的悼亡诗的系列。

本篇的作者林鸿是明初"闽中十子"中的首领，他与才女张红桥由真情相爱到终成眷属，在诗坛上留下了佳话。红桥貌美多情，工诗能文，一时豪右争欲聘之，自称必得才如李白者始嫁。林鸿托邻媪投以七绝，中云："含情欲说心中事，羞见牵牛织女星。"深深打动了她，遂引为知音，相互酬唱。林诗末句必以"红桥"作结，张诗结韵则必落在"鸿"字。定情之夕，林鸿作诗云："谁道蓬莱天样远，画栏咫尺是红桥。"他如"归梦不知江路远，夜深和月到红桥"；"几度踏青归去晚，却从灯火认红桥"……皆在当时读书人中广为流传，被称为"红桥诗"。婚后林鸿宦游金陵，红桥独处小楼，思念成疾，抑郁以终。林鸿从金陵归来，并不知道红桥已死，一路上还兴匆匆写诗述怀："只恐凤楼人待久，玉鞭催马上红桥。"可是到家一看，人去楼空，灵旛飘拂，他火热的感情仿佛被浇上一盆冷水，于是和泪蘸墨，写下了这首挽诗。

本篇首联如哀弦乍拨，直抒心声。在诗人毫无思想准备的情况下，突然听到所爱之人噩耗，不啻晴天霹雳。此处前句写生者之痛，后句写死者之哀。死者"瘗玉埋香"，如一棵玉树，一枝香花，长埋地下。用事有据，丽而能雅。生者柔肠百结，泪若悬河，用语夸张而情真可信。这样的开头，不禁使人想起越剧《红楼梦》中的"哭灵"，呼天抢地，声嘶力竭，感人肺腑，催人泪下。诗人经极度哀伤之后，感情渐渐转为深沉。到了颔联则分别从夜间和清晨写诗人的悼念。触景生情，低回掩抑，令人一唱三叹。据《情史》记载，红桥临终填《蝶恋花》一阕悬于玉玦下，遗赠林鸿。此刻诗人仰视天空，一钩新月高挂中天；俯视室内，一弯玉玦系着词笺。玦者，决也。《荀子·大略》云："绝人以玦，反绝以环。"红桥死了，是为永诀。永诀之际，留下玉玦，寄寓深情。这弯弯的玉玦，不正像天空弯弯的月亮吗？明月有知，给人寰留下永久的纪念；红桥多情，也给诗人留下难以磨灭的赠品。以新月象征玉玦，形象鲜明。以明月象征红桥，尤为莹洁，从而映现了红桥高洁的品格和诗人一颗爱心。细玩此句，似受到了晋人郭璞《江赋》"感交甫之丧珮"的影响。相传郑交甫南游汉皋，巧遇二女。临别，二女解佩相赠，须臾超然而去。(见《韩诗内传》)现在张红桥留词赠玦，溘然而逝，不正像汉皋仙女一样吗？这里诗人化用前人传说，融情于景，寄托遥深，不得不令人叹赏艺术手法之高超。此联从"明月""晓峰"二词来看，足证诗人彻夜未眠。清晨起来，诗人拭目远望，只见远处的峰峦如一抹修眉，露在地平线上。于是他又想到红桥若在，正是揽镜画眉的时候。唐人朱庆余《闺意献张水部》诗云："妆罢低声问夫婿，画眉深浅入时无?"宋人欧阳修以之入《南歌子》词。作为诗人的林鸿不能不想到这些动人的诗词，也不能不想到往昔与红桥共同度过的温馨的时刻。然而此时环顾闺中，奁镜生尘，一片凄凉，他怎能不感到一阵揪心的痛楚，凝望晓峰而陷入沉思。

颈联紧承前句意脉而稍一宕开。"仙魂"句是从张红桥绝笔词《蝶恋花》"漠漠梨云和梦度"来。诗人手捧词笺，缅想爱妻的魂灵已随天空的白云，飘然远逝。句中以"仙"字饰"魂"，以"梨云"饰"梦"，可谓工于修辞。似乎他不用美好的字眼来形容他的爱妻便不足以表达他对妻子之爱。"梨云梦"尤为佳妙，三字两层意思：一谓其梦如云之缥缈；二谓其云如梨花之洁白。张红桥驾着这样的云雾飘飘升天，仙矣神矣! 如此优美的境界，真令人神往。下句是说斯人已逝，我写此挽歌又有何用。语似否定，实际上却含有无限深情。"空传"二字与上句"已逐"相应，意谓挽歌纵然流播人世，也不能起死回生，言外有不尽的怅恨，也隐约透露了人命危浅有如朝露的悲哀。

尾联以婉曲之笔表现了欲罢不能的哀思。《晋书·王衍传》有"圣人忘情"之说。"上知"，这里是圣人，也就是绝顶明智的人。绝顶明智的人为了避免感情的困扰，常常心如古井，一切淡然处之，此所谓"忘情"。诗人这里说自古以来忘情者绝不是高明的圣人，实质是说他不是圣人，所以他不能做到"忘情"，换言之，他对张红桥的思念将是无穷无尽、绵绵不绝的。"此生长抱怨情多"，看来，他的生命将与怀念红桥的一腔怨情相终始了。

此诗为一首标准的七律，在和谐的音韵中糅进悲哀的声调，读之如行云流水，凄婉缠绵，入人至深。中间二联，对仗工稳又很自然，毫无做作之态，盖字字皆出于诗人肺腑。明初闽中十子极重唐人之作，处处以唐调为圭臬，若将此诗与元稹的《遣悲怀》三首对读，便觉中有唐音的浸润了。（徐培均）

夏谷云泉　　高　棅

云影荡山翠，泉声乱溪湍。
长林无六月，萝薜生秋寒。

无论审诗题、揣诗意，这是一首地道的写景诗。但这首诗景中含情，景中有人。诗人着意表现的，又不在字面上的景而在字底下的情与人。而且，这首诗意境幽深高远，不能粗粗一过即能得其旨趣，必须细玩深思。

先说诗题。四个名词加在一起，释为今语，约略相当于《夏日山居风光》。"云影荡山翠"是说：云影浮荡在山谷里的绿树梢头。既是"山翠"，就不是一棵棵一片片的绿树，而是整个山谷长满了绿树，因此"云影"只能浮荡于"山翠"之上，不能直接映射到地面上来。这一句"荡"字下得精警。夏天烈日当空，很少云彩，偶然有几片云，由于没有风，老是在原地徘徊，缓缓飘荡。用一"荡"字，就写出了那云影既不飘走又不固定的情景，"荡"字非常传神。"泉声乱溪湍"，"乱"字同样见出锤炼功夫。"溪湍"指溪水中的急流。凡遇急流，水就激起叮咚之声；溪流中湍急处多，泉声就随处可闻，合起来音量比较大，因此说"泉声乱溪湍"的"乱"字可见出诗人锤炼功夫。"长林无六月":"长林"意为密林。密林之中,不感炎热,不觉六月盛暑之已至。"萝薜生秋寒"又进了一层,夏天这山谷里不仅不热,而且令人感到秋天的寒意。因为,密林中的树干上,爬满了女萝和薜荔;它们垂挂树梢,那饱含水气的绿色藤子临风飘萧,散发着凉气,因此使人觉得季节似乎到了微有寒意的秋天。

居"夏谷"而感到"秋寒",诗着意渲染的便是这种异乎寻常的心理感受。四句诗,句句生寒。"山翠"有阴凉,泉水有冷气,密林挡住了六月的炎威,萝、薜摇曳,散发出丝丝寒意。随诗意进入这"夏谷"之中,我们的心也凉了。可见这诗在造境设色上是非常成功的,它引起了读者视觉与触觉的通感。但是这毕竟是感性的认识。要探究的是:诗人着意渲染这份"寒意"有什么意义?前面说的"景中有情""景中有人",表现在哪些地方?诗里写的究竟是什么情、什么人?

有人打比方说:某些中国诗里有一种密码;通过对密码的破译,才能找到诗的真意。若按这种说法,这首诗的"密码"就在"长林"和"萝薜"两个词上。

"长林"始见于嵇康《与山巨源绝交书》。嵇在信中告诉山涛(字巨源),他读了《老》《庄》之书以后,越发放任难羁,不堪礼法约束。即使给他官做,给他最好的生活享受,他会像禽兽那样,向往山林,"愈思长林而志在丰草"。于此可见,"长林"是隐逸放诞之士追求的逍遥乐土。至于"萝薜",始见于屈原《九歌·山鬼》:"被(披)薜荔兮带女萝",那是高士仙人的装束,后世常用以喻高隐者流。破译了这两个密码,我们终于懂得了:这诗的主旨是歌颂高人隐士的林下生涯。高棅五十多岁才以布衣被明成祖召入翰林;在此以前,他以书画歌诗优游林泉,他向往的是"思长林而志在丰草"的自由自在、抱璞全真的隐士生涯,他追求的是人格的独立和完美,个性的尊严与自由。诗中极力赞美夏谷云泉,并非因为这地方是一个六月生寒的避暑胜地,而是由于这儿是可以避人、避世的幽居,可容他偃仰啸歌,不致为世俗所累。他住在这里,人与自然融合一体,他感到非常满足,乃发而为诗,对"夏谷云泉"作出了热情的赞颂。诗里赞美夏谷云泉的景色,其实都是抒其翛然自适的雅怀。这就是我说的景中有情,景中有人。他为什么要突出夏谷的寒意加以着力渲染?也无非借这份寒意,表明他对世俗名利毫无热衷的追求。

于是我们进一步发现,这首诗以辞旨深隐借景抒情为其显著的特色。诗中寄意遥深,隐然有一个高洁的灵魂在幽谷中自由地长吟永啸。即以写景而论,虽然用密码以蕴深意,但读起来语言非常流畅自然,丝毫不见用事的痕迹。而且,二十个字把"寒意"写得青翠欲滴,一座生寒,情与景如此乳水交融,构成了幽深高远的意境,足见这首小诗在艺术上有很高的成就。读这首诗,使人联想起唐代寒山和王维、刘长卿等人的五言绝句。看来,高棅学盛唐,已涉藩篱。(赖汉屏)

春 雁　王 恭

春风一夜到衡阳,楚水燕山万里长。
莫怪春来便归去,江南虽好是他乡!

大雁在中国古诗中经常出现。通常,人们总是借秋雁南飞的形象,抒发滞留北地的客子对南方家乡的怀念,以及对北方艰苦环境的厌倦。本诗则反其道而行之,写出一番新意。

"衡阳"指衡山之北。衡山有回雁峰,相传雁飞至此,便不再往南去。首句"春风一夜至衡阳",语气中充满欢欣,显得雁儿正久久地等待着春天的到来,因而对此特别敏感,暖风初至,便喜不自胜。为什么如此兴奋?诗中不明说,直接"楚水燕山万里长"。好像雁儿正盘算着路程,准备立刻从楚水之畔(衡山旧属楚地),飞回燕山之旁(今河北北部,代指北方)。这一层跳跃,写出大雁归心的急切,可说是"闻风而动",绝无犹豫。同时,这句还隐含着春风初至衡阳,吹拂至燕北尚待时日的意思,同样表现了大雁的迫不及待之情。

江南春色佳丽,正好流连,为何急于离开?这便是可"怪"之处。雁儿答道:江南虽好,却是异乡;寒北虽苦,却是故土!可见它们飞到南方来,实在是不得已,一旦能够回到家乡,对于江南即毫无留恋。前面说了,一般通过写秋雁南飞寄托乡土之思的诗,大都还包含着关于生活环境方面的考虑。这首《春雁》剔除了环境优劣的因素,表现乡土之情的主题因而显得更单纯、更强烈。四句的结构,从弃优就劣这一违背常情的举动,引出疑问,而后归结到全诗的中心,也有助于将主题表现得更鲜明。

写雁当然是为了写人。作者王恭是福建人,可见诗中的"江南""燕山",也只是比喻。他在永乐初年,被召入翰林,与修《永乐大典》,事毕,即弃职还乡,隐居不出。很可能,这诗便是那时所写,而以"江南虽好是他乡"之句,表达自己不愿享受官场之富贵,宁肯在家啸吟自乐的心情。如果确是这样,诗中着意翻新,又有一番深意在。(骆玉明)

发淮安　杨士奇

岸蓼疏红水荇青,茨菰花白小如萍。
双鬟短袖惭人见,背立船头自采菱。

杨士奇在明朝是个从建文至正统的四朝元老,这一时期政局比较稳定安宁,他的诗歌也多歌讴太平,风格简淡和易,平正安闲,钱谦益《列朝诗集小传》谓其颇见"太平宰相的风度",时人目之为"台阁体"。这首小诗即是杨诗的代表作之一。

淮安,今江苏淮安市,明朝时为淮安府治,地濒运河东岸,也可说是江北水乡。水边长着稀疏的蓼草,其开花多为淡红色。水中植着荇菜,其根茎长青下白;又有茨菰即慈姑,秋季开出小白花,露在水面如缩小的浮萍。淮安草木多矣,而作者选择水生植物作为描写对象,意在突出水乡风貌。淮安水生植物也不止此三种,作者特拈出蓼草花的淡红,荇菜根的碧青,茨菰花的嫩白,意在点缀出多彩的水乡。众多的景物中摄取这三者,亦可见诗人选材的眼力。

底下两句由景及人,自静而动,为水乡图增添了生气。水上驶来采菱船,船上的采菱女头上梳着两个环形的发髻,身穿短袖的衣衫,背对着诗人在船头采菱。这是诗人见到的实情,但一经摄入了艺术的镜头,便具有了诗情画意。诗人看到船上女子倩情的背影,突发联想,说姑娘害羞,不好意思让人见到自己的脸,故背转身子,借以掩饰羞涩之态。"惭"字、"自"字,皆从

"背"字生发,既刻画出水乡女子惹人羡爱的神态,又很富有情味,把观景的诗人与采菱女这两个不相干之人写成一个欲见而招呼,一个因羞而自避,从而使人物立于纸上。我们虽未看到那姑娘的容貌,但从她的神态中完全可以想见其像水乡一样清秀美丽。一个"背"字节省了多少笔墨,给读者留下充分想象的余地,再多的正面描写恐也无法达到这一效果。诗人选取这一角度来写,实具匠心。

全诗表现水乡的宁静和平,风格也一如水乡之水,闲雅清淡,又因选择得当,写来颇见情韵,无怪乎《艺苑卮言》评其诗如流水平桥,粗成小致。(俞灏敏)

归自南阳　李昌祺

去日犹秋暑,归时已冷霜。
江山非故里,人物是他乡。
老态随年出,离愁共路长。
埃尘如见恋,到处扑衣裳。

南阳在明代是河南承宣布政使司的辖府。李昌祺四十九岁出任河南左布政使,驻节开封。这首诗即作于自南阳返开封途中。从内容看,当是晚年之作。

他这次到南阳公干,去时初秋,回来已是冬天。诗的头两句交代来去季节,表明此行离家日久,为后文"离愁"张本。颔联"江山""人物",进一步说明这次到南阳,人地生疏;"非故里""是他乡",一语反复,足见这次出门非常寂寞,心情不快,又为"离愁"加重了分量。其实,他从青年时代起,远离老家庐陵(今江西吉安),游宦北京、广西再转河南,所至之处都非故里,尽是他乡,何以那时并无人地生疏的感觉,现在却感触如此强烈,在诗里反复咏叹呢?诗的颈联有答案:"老态随年出,离愁共路长。"人到老年,心力俱敝,思念故乡的感情就特别突出。这一联中"离愁共路长"出语新颖。"离愁"不能量化,本无所谓长短大小;诗人之意,不过是说客路愈远,离愁愈甚,因此离愁与客路共长。这一句不仅新颖,而且合情理。当时交通那样困难,离家愈远,与家人见面愈益不易,音问愈益难通,所见之"江山""人物",越发生疏,那离愁自然与客路一同增长。结尾一联,更是想落天外。不说人在道途,仆仆于风尘之中;反而说风尘恋客,扑向旅人征衣,用自我解嘲、似谐实庄的语言,以凄然一笑结束全诗,让我们在这一笑中看到了诗人内心的惆怅,取得了强烈的艺术效果。这是本诗最精警的地方。

理解这首诗,有一个难点。诗里的"离愁"之"离"究竟何所指?是说这次南阳之行远离开封使诗人生愁吗?那颔联便不应有"江山非故里,人物是他乡"的慨叹。开封同样不是他的"故里",那里的人物同样是"他乡"的人物。进而细味颈联"老态随年出,离愁共路长","老态""离愁"也不是这次离开封到南阳几个月中的产物。这"离愁"究竟是"离"何处而生"愁"?解开这个疙瘩,得读一读贾岛名诗《渡桑乾》:"客舍并州已十霜,归心日日忆咸阳。无端更渡桑乾水,却望并州是故乡。"贾岛长期生活在长安,以此为家。客寓并州十年,天天想念故乡长安(咸阳即指长安)。结果此愿未偿,反渡桑乾河走向更远的异地;此时回望并州,竟然把它当作故乡了。李昌祺这首诗立意与贾岛相同,既不得已以客地权作故乡,又融进了一生天涯游宦,处处人地生疏,今年事已高,离愁愈炽,亟思致仕、归老家园一层意思。这是诗中的一大曲折。由于这一曲折,加大了诗的容量,加深了诗的感情。

这首诗是老年官吏的倦游之歌。全诗语言朴素,流畅自然,在一路质朴无华中,又间出胜语新意。尽管调子低沉,却不一味枯瘦,惆怅而不流于感伤。李昌祺是明代卓著政声的大官,立身刚廉方直,诗风也敦厚质朴,有大家风范。(赖汉屏)

过　江　钱　晔

江渚风高酒乍醒,川途渺渺正扬舲。
浪花作雨汀烟湿,沙鸟迎人水气腥。
三国旧愁春草碧,六朝遗恨晚山青。
不须倚棹吹长笛,恐有蛟龙潜出听。

“纵一苇之所如,凌万顷之茫然。”雄旷浩渺的长江,激发了多少文人的灵感诗情。这首过江诗,就是一篇得江山之助的佳作。

首联以直叙入题,展示的是一幅江行的画面:江风阵阵,吹送着渡船从渚边出发,向着遥远的对岸驶去。然而字里行间,又隐现出了船上诗人的心态。一方面,“酒乍醒”,精神一振,于乘风破浪中自然生出浩气和快意;另一方面,“风高”必然水急,当是舟行甚速,而诗人却有“川途渺渺”之感,是一种苍凉迷惘的心情。这种既壮又悲的旅感,便为全诗定下了基调。

颔联写目击的江景。陆地渐远,茫茫蒙蒙如笼烟雾,所谓“汀烟”,说明渡船已到江心。此时江浪扑面而来,撞击船身而碎成沫雨,更加濡湿了视界;劈波而行,搅动了水中的腥气,引来了俯冲而至的水鸟。这一联于视觉之外,尚有“湿”的触觉和“腥”的味觉,使人如身临其境;写的虽是“浪花”“沙鸟”之类的船外之物,却现出了船行的动感;风高浪急而唯有“沙鸟迎人”,又进一步印证了“川途渺渺”的孤茫的旅况。从而将“过江”的题面,更加生动、淋漓地表现了出来。

由近瞻转入远眺;更由广袤的空间而及于纵深的时间:这就产生了颈联的神来之笔。长江不仅是时代的见证,而且以其天堑的地位直接影响着人类的历史。江山年年如旧,人事几许盛衰,浩荡不息的大江最善于向人们提醒这种时空的错位。在诗歌的语言中,春草与“愁”、青山与“恨”本有着频繁的联系,而“三国旧愁”“六朝遗恨”与“春草碧”“晚山青”恰又无一不是本地风光,达到了“情”与“景”的完美结合。三国、六朝历史的旧愁遗恨集中反映在长江南岸地区,由此也可推断出诗人的“过江”是由北向南,此时江南已遥遥在望。

尾联借倚棹吹笛的欲望,抒寄诗人的余情。《博异志》:“笛吹三声,水上风动,波涛沉漾,鱼龙跳喷。”苏轼《前赤壁赋》记江夜泛舟,“客有吹洞箫者,……舞幽壑之潜蛟,泣孤舟之嫠妇。”这里的“不须倚棹吹长笛,恐有蛟龙潜出听”,从大江的一面说,益见出江上的波谲云诡,与“浪花作雨”呼应;从诗人的一面说,则是雄豪与悲凉两兼的心情的自然发露,与首联“扬舲”

之初的情调遥映。

这首七律依过江的行程步步展开,而又一气呵成,气局严整而遒劲。尤其是颈联将怀古与即景有机地结合在一起,感慨深沉,意味无尽,足称警策。这首诗曾误入同时人张弼集中,使他意外受惠,以"六朝遗恨晚山青"扬名于世。钱谦益在《列朝诗集小传》中为之辨误,断为钱晔所作。钱晔为牧斋的族祖,《列朝诗集》的说法当属可信。(史良昭)

石灰吟　　于　谦

千锤万击出深山,烈火焚烧若等闲。
粉骨碎身全不怕,要留清白在人间。

"日月双悬于氏墓,乾坤半壁岳家祠"(张煌言诗),于谦是一位与岳飞齐名的民族英雄,又是一位廉洁、正直的清官,可与包拯、海瑞同垂青史。他十七岁时写了一首石灰的赞歌:《石灰吟》,通过对石灰制作过程的拟人化的描绘,表达了他不怕艰险、勇于牺牲的大无畏精神和为人清白正直的崇高志向。

"千锤万击出深山,烈火焚烧若等闲"。石灰是由石灰岩烧制而成。第一句写石灰岩的开采,要经过石工们"千锤万击",将整块块的岩石凿开击碎,然后将它们运出云封雾锁、险峻陡峭的深山。石灰岩之"出深山",要经受"千锤万击",说明这种山石具有何等坚硬的质地!当然,"出深山"还仅仅是开始,一个主要制作过程是:石灰岩要投入石灰窑中煅烧,而且要用高达九百多度的"烈火"才能煅烧成坚硬的生石灰。如果石灰岩有知,遭受如此折磨,又将作何感想?"只等闲"三字则是以拟人化的笔法,写出其面临一切严酷考验时镇定自若的神态,无论"千锤万击"也好,"烈火焚烧"也好,它都感到根本算不得什么,可见其何等顽强、坚贞!

石灰岩经过了火的洗礼,还得经过水的考验。生石灰被投入水中,坚硬的生石灰块经过一阵爆烈,逐渐解体,最终溶化成粉末状的熟石灰,供人们粉刷墙壁,于是在人间出现了一座粉妆玉琢的白色宫殿。"粉骨碎身全不怕,要留清白在人间。"仿佛听到石灰在说话了:"将我粉身碎骨,最后化成石灰浆水,我也全然不怕,我的心愿就是要把清白的本色长留人间呀!"诗人是借石灰之口,表示自己不怕牺牲的精神和执着热烈的追求。

这首诗通篇运用借喻的手法,借物喻人,咏物言志。表面上是写石灰,实际上是写人,写自己,表达自己要以石灰为榜样,能经得起任何严酷的考验,不怕千难万苦,做一个无比坚强的人,清白正直的人。诗人把石灰拟人化,并注入自己的感情,达到了物我合二为一的境界。

于谦青年时代写的这首充满豪气的诗,果然成了他一生的座右铭。其《小像自赞》云:"所宝者名节,所重者君亲,居弗求安逸,衣弗择故新。"一生廉洁奉公,正直不阿。明英宗时,宦官当政,政治黑暗,贪赃枉法,贿赂公行。英宗手下有个大太监王振,飞扬跋扈,权倾朝野。朝中大臣要想见他,要缴纳白银百两,如巴望他留住款待,就得纳银千两。招权纳贿而至于公开议价，在历史上还是不多见的。就在这种极其污浊的空气中，有一次，于谦要入京奏事，有人当面向他提出了送礼的建议，说即使拿不出金子银两去巴结上官，送点合芎（线香）、干菌（蘑菇）之类的土产品也是好的。于谦笑笑，举起两袖说："吾唯有清风而已。"并赋诗曰："手帕蘑菇与线香，本资民用反为殃。清风两袖朝天去，免得闾阎话短长。"于谦后来官至兵部尚书，他身先士卒，挥军抗击瓦剌军入侵，保卫明朝江山立下不朽功勋。但他终不见容于昏君奸臣，被以莫须有罪名杀害了。被害抄家时，查抄者发现他"家无余资，萧然仅书籍耳"。独有一间正室封锁严密，查抄者认为一定藏着金银珠宝，结果打开一看，珍藏的原来是景帝赐予的"蟒衣剑器"等。"粉骨碎身全不怕，要留清白在人间"，这不正是这位一代伟人的自我写照吗？（铁　明）

保定途中偶成　　郭　登

白璧何从摘旧瑕，才开罗网向天涯。
寒窗儿女灯前泪，客路风霜梦里家。
岂有酖人羊叔子，可怜忧国贾长沙。
独醒空和骚人咏，满耳斜阳噪晚鸦。

保定故治在今甘肃泾川县，郭登在英宗复辟初曾被谪甘肃，此诗即途中所作。

郭登是明初武定侯郭英之孙，是明代著名的武将。明正统十四年英宗北征瓦剌，被瓦剌统帅也先所俘。也先军威逼大同，以英宗相要挟。时郭登以都督佥事守之，修城堞，缮兵械，誓死不下。帝遣人谓登曰："朕与登有姻，何拒朕若是？"登回奏道："臣奉命守城，不知其他。"（见《明史》本传）也先阴谋不得逞，乃掳英宗北去，英宗亦以此对郭登怀恨在心。其后景泰帝即位，郭登守大同，屡破也先军，也先俘虏英宗已失去了要挟的作用，遂将英宗归还，当了太上皇。景泰八年，英宗复辟，乃借故将郭登贬谪至甘肃。此诗首二句"白璧何从摘旧瑕，才开罗网向天涯"，所写即是这件事。白璧系白色的美玉，郭登自以为尽忠国事，白璧无瑕，可当事者偏偏要吹毛求疵地罗织他，加以罪名，把他贬谪到僻远的甘肃。当时郭登只身一人去甘肃，妻孥都留在京城，境况甚是艰难，史称其妻"缝纫自给，几殆"。这自然地增添了郭登贬谪途中的忧思。诗中第三、四句非常准确而形象地把这表达了出来，"寒灯儿女""客路风霜"，人间的离愁别恨，莫过于此了。为什么诗人偏偏要遭此厄运呢？难道当日扼守孤城，不受也先要挟有罪吗？难道后来力抗强敌，迫使敌人送还上皇错了吗？想至此，他的心情由忧思转入愤切，诗句也激昂起来。"岂有酖人羊叔子？可怜忧国贾长沙！"羊叔子即羊祜，晋大将，曾率军在江陵与吴陆抗军对峙，讲信修德，不为谲诈之谋。"抗尝病，祜馈之药，抗服之无疑心。人多谏抗，抗曰：'羊祜岂酖人者！'"（《晋书·羊祜传》）酖（zhèn）为毒酒，此引申为暗害。贾长沙即贾谊，汉长沙王太傅，尝上书文帝，历陈政事，以为"事势可为痛哭者一，可为流涕者二，可为长太息者六"（见《汉书·贾谊传》）。这二句，郭登以羊祜、贾谊自喻：心怀坦荡，可比羊祜；尽忠国事，可比贾谊。当时英宗复辟，宠信宦官曹吉祥、佞臣石亨等，并以私愤杀害了于谦及于谦所举荐重用的一些将领、官员，一时志士吞声，群魔乱舞，郭登侥幸地以先人之功免于一死，远谪边荒之地,这时他还能怎么样呢?"独醒空和骚人咏,满耳斜阳噪晚鸦。"只能如屈原那样独自吟唱自己的悲哀,无可奈何地在斜阳下任凭晚鸦在耳边聒噪。末一句是写景,当正是诗人在保定途中吟此诗时的景况,然亦不无象征意味,把在朝的宵小比作晚鸦聒噪吧,这般佞臣嚣张的日子是不会太长的!

明代士子都重文轻武,武将而能诗者不多,因此郭登便显得很突出。《明史》本传称他"能诗,明世武臣无及者"。尤其难得的是,当时台阁体风靡天下,内容空洞,陈陈相因,格力也愈来愈萎弱柔靡,而郭登独能不受束缚,一任胸臆为之,豪迈如其为人。这首诗内容充实,句句都是他此境此情的写照,同时格律精严,亦足见锻炼的工力。陈田评其诗"才力雄博",可谓非常恰当。(刘明今)

折花仕女　　沈　周

去年人别花正开,今日花开人未回。
紫恨红愁千万种,春风吹入手中来。

"仕女",例称画家所绘之美人。图中之美人,低眉含颦,手攀花枝,欲折未折,春风掠过她青青的双鬓,吹入她正待折花的素手,吹动她脉脉的柔情,她不由地触景怀人,凝思驰想。诗为题图之作,所题者正是点破彼美缕缕丝丝的心事,为图传画中之神,故诗为画中之诗。绘画是一种形象的艺术,其中所含的情愫、意象、思维得诗而益彰,故诗意可以入画,画意更可以从诗的语言中再现。请看本诗:

首句回忆去年,"去年人别花正开",花开之时,正当芳春,本应欢欣,本当相聚,而竟于此时,伊人别去,则是去年之花开,正是人愁之开始。次句由今日之花开,忆及去年之人。"今日花开人未回",今日花开,人本该回来,而人却竟未回来,则是今岁之花开,不仅未能给人以重逢的欢乐,更增添了人的新愁。"花开堪折应须折",人既未归来,纵使有花堪折,徒增伤离伤别之情。当时已负花期,今日何堪再负,彼美之低眉含颦,实为新愁旧恨在容颜上之流露。花开有时,人归无日,花尚有恋旧之情,人岂无怀归之意?这两句诗可见女主人公内心之愁思,如丝如缕,袅袅紫怀。但诗的精妙入微、感人深至之处更在于后面两句:"紫恨红愁千万种,春风吹入手中来。"这两句写女主人公内心本已凄伤,她在花间无言悄立,感到眼前这千红万紫,并非红娇紫姹,而是紫恨红愁,撩人意绪。花本无愁,因人之愁而愁;花本无恨,因人之有恨而恨,人之感情一一移注于花,故有"紫恨红愁"之绮叹。于是千红万紫,皆成愁因恨绪,她不能不凝想万千,无限怅惘,她徘徊花前,手拈花枝,正当要折取花枝的时候,多事的春风,却把那些红愁紫恨一起吹入她的手中,于是花与人俱含凄怨,风还是微微地吹着,她惘然地停止了攀折。诗写至此,画中之情意已全盘托出,诗意也入微入化,欲折未折,恰到好处。真是"春风不解人愁恨,欲折花枝不自由,无语惜花花解语,慰花无计为花愁"啊!

全诗只有四句,层次曲折,摇曳多姿,画是俊品,诗是好诗,结句点睛,更见境界之美。(马祖熙)

赠钓伴　　陈宪章

短短蒌蒿浅浅湾，夕阳倒影对南山。
大船鼓枻唱歌去，小艇得鱼吹笛还。

作者陈宪章，明末隐士，作诗主张抒写性情。这首《赠钓伴》，是他垂钓晚归途中的即兴小唱。

诗的首句"短短蒌蒿浅浅湾"，点出垂钓地点是在那长着蒌蒿的大河湾。蒌蒿，水生野菜，春天芽叶香嫩，乃佐酒佳味。苏轼咏春有名句云："蒌蒿满地芦芽短，正是河豚欲上时。"(《惠崇春江小景》)蒌蒿，是春的象征。诗以"短短蒌蒿"起笔，暗示垂钓者是沐浴在和煦的春光中，这就更为惬意。

次句写长河落日的晚景："夕阳倒影对南山。"这里"南山"是指南山倒影(承前省略)。作者的观察点是水上投影。大河像一面清澈的镜子，这时候，夕阳在山，那又大又圆的落日，拖着长长的光柱，倒映在河面上，与那苍翠妖娆的南山倒影，还有那渔舟的倒影，"对"了起来，相映相衬，构成了一幅多么有趣的天然水墨图画啊！诗人徜徉于这幅兴象玲珑、水墨淋漓的天然图画之中，一定是忘怀一切吧？此句白描见神；动词"对"字将诸多景物纽结到一块，构成了一幅统一和谐的画面。

下二句"大船鼓枻唱歌去，小艇得鱼吹笛还"，写晚归。其中"鼓枻""得鱼"互文，是说，那大船、小艇上的钓伴们，携着钓得的鱼，划着桨返航；一路上，有的唱歌，有的吹笛。这里分作上下句句，错综反复地说出来，将钓伴们轻松愉快的心情和欢乐的气氛，格外渲染得淋漓尽致，那长长的河道上，仿佛留下了悦耳的歌声和笛声。

这首诗，抓住垂钓生活中有趣的镜头，信笔勾勒，略加渲染，意趣盎然。笔墨朴素自然，随口曲子自来腔，颇有韵味。（何庆善）

寄彭民望　　李东阳

斫地哀歌兴未阑，归来长铗尚须弹①。
秋风布褐衣犹短，夜雨江湖梦亦寒。
木叶下时惊岁晚，人情阅尽见交难。
长安旅食淹留地，惭愧先生苜蓿盘②。

注　①"归来"句：铗为剑把。《战国策》载，冯谖为孟尝君食客，左右贱之，他倚柱弹剑而歌："长铗归来乎，食无鱼。"又歌"出无车""无以为家"，孟尝君均满足了他，奉为上宾。后冯谖多次为孟尝君解危度难。　②苜蓿(mù xù)盘：苜蓿是一种野菜。唐薛令之为东宫侍读，清贫，因作诗自嘲："朝日上团团，照见先生盘。盘中何所有？苜蓿长阑干。"后因以"苜蓿盘"指小官清苦的生活。

彭民望名泽，湖南攸县人，以举人官应天通判，落魄归。他是当时著名诗人，尤以七律擅场，失志归家后，生计艰难，李东阳闻知，作此诗相寄，表达同情与不平。

诗起句如急雨飘风，拔地而起，气势磅礴，化用杜甫《短歌行赠王郎司直》起句"王郎酒酣拔剑斫地歌莫哀"，表达彭民望英雄失路、托足无门的悲哀，及其胸中万丈勃然不可磨灭之气，睥睨天下的豪兴，一下子提起了全篇。严羽《沧浪诗话·诗法》说："对句好可得，结句好难得，发句好尤难得。"诗发端气魄宏大，即能笼罩全诗，使通篇灵活而有生气。李东阳这首诗起句直劈而下，震撼人心，把彭民望的才力、气魄点染殆尽。对句承出句而来。说彭民望有如此才识，自当回翔公卿，出将入相，现在却失意而归，难遇识家。诗用冯谖典，一是说他有冯谖那样的高才；一是说他目前穷愁潦倒，仍需求助于人，但世无孟尝君那样识才大度的人，使他仍然屈居底层，无人简拔。这样，用一个典，既为彭民望占身份，又写出彭民望的处境，又贯注了自己深深的同情。

颔联承上句。彭民望失意而归，如今已是秋风萧飒之际，他定然无力裁衣，身着粗布短服，生计艰难；而僻处一隅，落落无偶，在瑟瑟夜雨中，无比凄凉，梦中犹有寒意。这两句对偶极工，把所怀对象放入特定的环境中，把气候之寒冷与人之孤寒融合在一起，又用"犹""亦"两个虚字加重语气，使全联融入深沉的情中。而"秋风""夜雨"正是诗人们常用以写湖南的掌故，李东阳信手拈来以怀在湖南的彭民望，使诗工中见巧，大中见细，自然而见圆熟。李东阳学唐诗的宏大与宋诗的精巧，这联是他成功地运用。

颈联在景语中渗入情语，设身处地，从彭民望出发，写他所见所思。诗说，在秋风中，落叶纷飞，他定然由此而生悲，叹年华流逝，回思已往，看尽了世情冷暖，知心朋友，寥寥无几。一句景，一句情，但景中有情，情中见景，语调低沉，是写彭民望，也是诗人在抒发自己的喟叹。

尾联归到自己，说彭民望已失意而归，但自己为了衣食计，仍然淹滞京城，虚糜岁禄，无法与彭民望相对共慰寂寥。诗用"苜蓿盘"典，一是说自己清贫，无法资助他；一是说自己位卑，无法援引他，透出无可奈何的怅惘来。同时，李东阳何尝不是在自叹，自己满腹经纶，未被赏识简拔，也许彭民望的现在正是自己的将来。

李东阳在所著《麓堂诗话》中说：彭民望与他初交时，对他的诗未深许。及失志归，李东阳写了这首诗寄给他，彭民望读后潸然泪下，为之悲歌数十遍不休，对儿子说："西涯（李东阳号）所造，一至此乎！恨不得尊酒重论文耳！"李东阳作诗话时已居高官、执诗坛牛耳多年，所以在这儿举此事标榜自己在诗歌上的造诣。其实，这首诗最成功的不是艺术技巧，而是恰如其分地把彭民望的处境、抱负形诸于诗，自然、诚挚地流露了自己的情感。古人说诗能移情夺志，彭民望之所以读后流泪，是因为在诗中看见了真实的自己，一股知己之感油然而生，在这种情况下，诗的工拙已经是第二位的了。（李梦生）

九日渡江　李东阳

秋风江口听鸣榔，远客归心正渺茫。
万里乾坤此江水，百年风日几重阳。
烟中树色浮瓜步，城上山形绕建康。

直过真州更东下，夜深灯火宿维扬。

成化十六年(1480)，李东阳被派为应天(今江苏南京)乡试考官。放榜后，由南京渡江往扬州北上，时逢重阳，思亲之感油然而生，遂赋此诗。

诗依渡江顺序展开。九日重阳，天高气清，诗人在飒爽的秋风中来到了渡口。船将开了，艄公敲起了船帮，催动着旅人。一句点出了时间、地点、行为，开局严密。鸣榔是船民敲击船帮，有人以为是以声音吸引鱼以便捞捕，实际上旧时渡船常击船帮以表示将开船，犹如现在鸣笛，如解释为捕鱼而鸣榔，与全诗便无关涉了。对句承上，船儿催促行人，而行人想到自己做客在外，全家都在京城，归途遥远，思绪翩翩，行动更为迟缓。

首联已由景入情，次联便即景抒情。江水滔滔，使人感到世界的宽广，而人生百年，又有几个重阳节呢。句中"此"字与"几"字是关键。"此江水"，用"此"限位，便自然由江水的磅礴气势、连天巨浪，联想到乾坤的浩渺，自己漂泊其中，是何等渺小不足道，功名富贵，何必孜孜追求呢？"几重阳"一个"几"字，则更突出佳节难遇，别易会难，增添了无限愁思。这样一作波折，照足了首联的"归心"，诗人急于归家的心情便坦陈而出了。

以上是将渡未渡或初上渡船的所见所思，主要是写"九日"，下半首开始入"渡江"。船在江中行驶，离开了南京。近处，江面弥漫着烟雾，那江边六合县的瓜步镇犹如漂浮在水面，隐隐可见村落人家；远处，那重重叠叠的山峰冈峦，缭绕着雄伟的南京城。这两句气象开阔宏朗，把长江两岸的形势尽收诗中，并为下联预设地步：船就在这样的江景中，飞快航行，过了仪征，夜里在繁灯辉映中，便可到达目的地扬州了。这四句通过一连串地名：瓜步、建康、真州、维扬，流转飞动，细微地表现出船在沿江东下，造语犹如杜甫《闻官军收河南河北》"即从巴峡穿巫峡，便下襄阳向洛阳"句。但杜甫表现的是喜悦之情，李东阳表现的是离愁乡思。船再快，虽然是离家越来越近，但毕竟还是孤独地度过这重阳佳节。

这首诗的颔联是名句，以虚字运用灵妙而脍炙人口。律诗中的虚字很难设置得当，稍乏笔力，便成文语，粘滞空泛，所以诗家素来以为厉禁。至杜甫的一些拗体诗，始时嵌虚字，以作斡旋，如《愁》"盘涡鹭浴底心性，独树花发自分明"，为后人称道。宋江西诗派学杜，为求盘空生硬，有意模仿，如汪彦章《次韵向君受感秋》："何时盛之青琐闼，妙语付以乌丝阑。"又如吕居仁《张祎秀才乞诗》："风尘表物自无意，神仙中人聊与游。"皆烹化浑融。李东阳论诗主张兼唐并宋，学杜而不废江西，于虚字的运用特别注意。谢榛《诗家直说》卷一说李东阳认为诗用实字易，用虚字难；虚字用得好，诗便能开合呼唤，悠扬委曲，否则柔弱缓散，不复不振。谢榛说李东阳最善用虚字，并引夏正夫语，盛赞此诗颔联。(李梦生)

春日醉卧戏效太白　　祝允明

春日入芳壶，吹出椒兰香。
累酌无劝酬，颓然倚东床。
仙人满瑶京，处处相迎将。

携手观大鸿，高揖辞虞唐。

人生若无梦，终世无鸿荒。

梦，除了指生理上的睡梦以外，一般还指各种各样的幻境，以及一切超越现实限制的向往。人生若无梦，将是怎样的呢？那大概就不是人生了。深山里的穷汉，会梦想造几栋大楼房，娶个漂亮老婆，结果只造起三间草屋，娶了个粗手大脚的女人；他儿子会梦想当省长、总统，结果只当了乡长。梦，说起来很可笑，但倘若没有梦，他们什么也不会有。

人类群体又有共同的梦。天堂，桃源，乌托邦，无不是梦。以往凡是关于理想社会的预言，终了都被人发觉是不真实的梦，但那时它已经引导人们走了很长的路。

按照当代最著名的哲学家恩斯特·卡西尔的说法，人之所以区别于其他动物，就在于人能够超越"现实性"的规定，不断地向着"可能性"即理想世界前进。换句话说，人之为人，就因为人有梦。

但梦又是造成冲突的根源。皇帝只有一个，做皇帝梦的人，何止有一万个呢？所以，在人类的社会文化里，又专门有些道理，教人安分守己、规矩老实，少做梦或者不做梦。这种道理好像在中国最发达。

现在再回过头来读祝允明的《春日醉卧戏效太白》诗。这是写独自饮酒的乐趣：在这个春日里，和暖的风吹进了酒壶，把酒香散布在四周的空间，造成迷人的氛围。一杯一杯地喝，虽没有朋友共饮，却也很有兴致。直到酩酊大醉，斜倒在床上。于是眼前出现幻景：仿佛身在仙界，有无数仙人环列四周。便拉着仙人的手，逍遥自得，从天界俯视人间（"大鸿"犹言大荒、大野），感受到超脱之乐。唐尧、虞舜是以禅让天下出名的古代贤君，这时将帝位让给自己，一定高揖不受。比起梦境中的逍遥，帝位有什么味道？最后两句已经是醒来的话了：人生倘若没有梦，永远也不会感受到"鸿荒"的境界！"鸿荒"本来是指世界浑沌未开的状态，用在这里，是指纯然放任、彻底自由、绝无规范的境界。这当然是现实世界里所不可能有的。

这首诗又怎么跟开首提出的问题联系起来呢？

首先，从诗的最后两句可以体味到一种自我辩护、向可能的批评者提出反驳的味道：为什么不能沉湎于酒醉的幻境？不在梦里，哪里找得到自己所向往的"鸿荒"之境？同时，可以注意到这诗是标明效仿李白的，末两句其实也是反驳向来对李白的批评。

这首诗的意境在李白笔下经常可以看到。他爱喝酒："一年三百六十日，一日须倾三百杯"；有酒就豪气倍增："当筵意气凌九霄"；他也常常沉醉在虚幻的梦境里："霓为衣兮风为马，云之君兮纷纷而来下。虎鼓瑟兮鸾回车，仙之人兮列如麻"。这样的例子可以举出很多。

跟李白同时、在诗史上同样有名的诗人是杜甫。李杜优劣的问题，历来争论得很厉害。这样的争论，就像一位茶客与一位酒鬼争论茶与酒的味道哪一样更好，永远不会有结果。有意义的问题应该是：李杜的根本区别在哪里？尊李或尊杜的原因是什么？这样，事情就清楚多了：李白是把个人的自由、尊严看得很高的，在现实的世界中有许多不如意，所以他的诗常以疏放的语言表现狂放的情绪与奇幻的想象；杜甫则注意个人对国家对君主的道德义务，他所想的大都是实际问题，诗歌虽不乏激情，但很注意节制。本来在唐代，李白的地位明显高于杜甫，但到了宋代，杜甫被抬到"诗圣"的地位，又远远高于李白了。李白在宋代受到的批评也特别多。王安石说他十首诗有九首说酒和女人,罗大经说他只是任侠使气,沉醉于花月间,哪里比得上老杜满腔忠愤? 这还不算是最大的问题,整整一代宋诗在尊杜的旗帜下,越来越崇尚知性与冷静的表现,甚至以"平淡"为诗的至境(梅尧臣诗句:"作诗无古今,唯造平淡难"),那才是对李白诗歌的幻想与热情特质的根本否定。

作为一种文化现象来看,宋代抑李扬杜,并不是一个评判两人诗歌优劣的问题,而是中国文化的一次大变。宋代的诗人真是不大做梦的。苏轼(东坡)算是有几分仙气,偶尔也会向着月亮说"我欲乘风归去"。但看他那么善于自我排解,逆来顺受,实在是跟唐人大不相同了。

祝允明是一位思致深湛的哲人,但他很重视感情的价值,厌恶因过于理性化而变为僵死。在明代,他是最早明确提出反拨宋代文化、反对扬杜抑李的人物之一。《祝子罪知录》明白宣称:"称诗不可以杜甫为冠。""李白应为唐诗之首。"同时还攻击宋人自以为独尊杜甫,其实也达不到杜甫的境界,弄得毛病百出,诗不成诗。

所以,这首《春日醉卧戏效李白》并不是简单地描述一场李白式的醉后梦境。诗人是在呼唤社会的热情,呼唤李白式的神奇的幻想,以及这幻想中所蕴藏的创造力。因为没有梦的社会、没有梦的人生,实在是太平板,令人难以忍受。(骆玉明)

桃花庵歌　　唐　寅

　　桃花坞里桃花庵,桃花庵里桃花仙;桃花仙人种桃树,又摘桃花换酒钱。酒醒只在花前坐,酒醉还来花下眠;半醉半醒日复日,花落花开年复年。但愿老死花酒间,不愿鞠躬车马前;车尘马足富者趣,酒盏花枝贫者缘。若将富贵比贫者,一在平地一在天;若将贫贱比车马,他得驱驰我得闲。别人笑我忒风颠,我笑他人看不穿;不见五陵豪杰墓,无花无酒锄作田!

唐寅在科举失败以后,与家人失和,迁居于桃花坞。他的《姑苏八咏》中《桃花坞》一篇,是这样写的:"花开烂漫满村坞,风烟酷似桃源古;千林映日莺乱啼,万树围春双燕舞……"桃花本自鲜丽,一枝二枝,掩映于山石林莽,已有一种媚趣;千树万树地开作一片,更是灿若云霞,令人如痴如狂,欲歌欲舞了。

但是,正因为桃花是如此鲜丽娇艳,容易逗引情绪跃动,所以它并不是高人雅士喜欢的花。他们讲究清高素洁,不同凡俗,而桃花却是太热闹、太俗气了。在中国古诗里,写桃花虽然不算少,但很少同作者的人生追求联系起来。花儿中,兰、菊、梅、莲等,都常常用来象征某种品行,桃花却不行,虽然它是南方最常见的漂亮的花。

唐寅却特别喜欢桃花,甚至拿桃花作为自己的人生象征。他住在桃花坞,在这里所建的一所别业,叫作"桃花庵",又自称"桃花仙人"。他常在这里召请朋友,开怀痛饮,醉后各自歪歪斜斜,颓然花树下。《桃花庵歌》便是这种生活的写照。

诗的后半部分所说的意思,在古诗里也见得多了。所谓"不愿鞠躬车马前",无非是陶渊明"不愿为五斗米折腰"的另一种说法;结束两句,也就是李贺诗所说"酒不到刘伶墓上土"的意思。但这里仍然有些不同的。中国士大夫文化,历来把甘于贫贱、不慕荣华当作一种美德。因而论及贫贱之士,不管是真是假,大都首先从德行上加以肯定,认为这是一种高尚的表现,是为了追求更高的人生精神,才不肯混同于浊流。唐寅却并没有以高尚其志的隐者自居,他认为"贫贱"与"富贵",只是各得其所;与其富贵而奔忙不暇,不如贫贱而悠闲,得赏花饮酒之趣。这是很实际的利益计较,是重视人生真正的快乐。在《把酒对月歌》中,这意思说得更明白:

> 我也不登天子船,我也不上长安眠,
> 姑苏城外一茅屋,万树桃花月满天。

杜甫《饮中八仙歌》夸李白"长安市上酒家眠,天子呼来不上船",唐寅在这里表示:桃花庵的生活美好无比,比做官还舒服,所以不用像李白那样,既要到长安去求官,又要做出一副傲世的派头。他也是傲视富贵,但跟前人以高洁之德为骄傲不同,他以平凡的生活、自由的乐趣傲对官僚阶级。

再看前半部分,日复一日,年复一年,流连醉酒于开开落落的桃树之下,其实也不全是写实,主要是借此表示对人间美好生活的占有。就像《默坐自省歌》所说的:"头插花枝手把杯,听罢歌童看舞女。食色性也古人言,今人乃以之为耻。""食色,性也",语出《孟子》。孟子又说过:"饮食男女,人之大欲存焉。"在唐寅看来,爱好享受,爱好女色,本来是人的本性,用不着像假惺惺的伪道学那样,引以为耻。只要大节不亏,不要存"害人谋"、说"欺心语",尽可快快乐乐地过日子。所以,他说的"贫贱"也只是相对于做官的"富贵"而言,并不是穷得清清光光。要不然,怎么个"听罢歌童看舞女"?至于钱的来处,诗中也说了:"又摘桃花换酒钱。"意思是画桃花卖钱。

由此可知,唐寅是个什么样的"桃花仙人"。他既不羡慕富贵,也不自命清高,他要的是自由自在、尽情享乐,饮食男女无所忌讳。这是个世俗的神仙,兰的幽雅、竹的清拔、莲的出俗、梅的高格,都配不上的,正好配个热热闹闹、红红艳艳的桃花,做个"桃花仙人"。

这诗在当时是一种新格。它语言浅显,差不多完全是白话,音节流畅,首节更有衔连不绝、一气流注的效果,读起来非常爽快。它正好表现诗人真诚坦率的感情和诗中歌颂现世快乐的情调。

唐寅的诗文散失很多。据王世贞《跋伯虎画》说,他曾藏有唐寅手书《桃花庵歌》八首,并评价说:"语肤(浅)而意隽,似怨似适,令人情醉,而书笔亦自流畅可喜。"又说,他从李士牧处见到唐伯虎的一幅图,"深红浅红与浓绿相间,渔舟茅屋,天趣满即,宛然桃花庵景物"。可惜另外七首《桃花庵歌》与桃花庵图都不能见到了。(骆玉明)

月夜登阊门西虹桥　　文徵明

白雾浮空去渺然,西虹桥上月初圆。
带城灯火千家市,极目帆樯万里船。
人语不分尘似海,夜寒初重水生烟。
平生无限登临兴,都落风栏露楯前。

　　明代中叶，吴中文坛，群星璀璨，涌现出一批才华横溢、独树一帜的文人名士。如沈周、唐寅、祝允明、徐祯卿等，他们才艺双绝，能诗擅词，工文善画。其诗作不拘成法，不事雕饰，疏朗开阔，空灵旷逸，自写天真，意境深远，感情朴素真挚，笔调淡雅秀丽。文徵明的这首《月夜登阊门西虹桥》幽怨绵渺、低回留连，很具韵味，便是其中不可多得的佳作。

　　"白雾浮空去渺然，西虹桥上月初圆"，全诗开首，寥寥几笔便生动地勾勒出一幅皎月初上、一扫濛濛烟雾的画面，充满清寂幽远的气氛，超绝市尘的喧嚣纷争，这与诗人淡雅恬静的心境交融和谐。对自然景色的感受和体验，使诗人自身也仿佛要消融于迷濛的烟水中。

　　对烟水迷濛的景致，古代的诗人墨客似乎有一种偏爱。究其原因，一是这种朦胧景象与他们复杂的心态有某种对应；二是这种景象特别适宜表现一种轻微的失落感、漂泊感。在这样一个轻风和煦、清光如水、交相辉映的夜晚，诗人文徵明驻足西虹桥，登高览胜，怎能不心旷神怡、思绪万千呢？

　　"带城灯火千家市，极目帆樯万里船"。极目远眺，诗人面前是吴郡水城的万家灯火，过往商船，络绎不绝，其繁盛景象可窥一斑。早在宋代，苏州西城的阊门就已是水陆交通的总汇；而到明代，商贾客船，骈肩辐辏。文徵明就西虹桥上所见，高度巧妙地描绘了当时苏州的秀美繁华。此句与范成大笔下"人语嘲喧晚凉，万窗灯火转河塘"的生动景象异曲同工，相得益彰。句中"带城"二字下得尤为传神，使人感到入夜姑苏的灯火如带，宛然一串串明珠缭绕着城郭。

　　面对如此流光溢彩的晚景，诗人的思绪却转而变作深沉、凝重，一种凄清、迷离、孤寂的混合感觉油然升起。"人语不分尘似海"，感喟甚深，人多到出语莫能辨听，则这"千家市""万里船"，则带来多少俗尘，怕不是一个"尘海"吧？世俗的繁华，却只令诗人更超脱地看待人生的富贵烟云。"夜寒初重水生烟"，夜色笼罩，霜寒袭人，诗人眼中的景色愈发迷离飘忽，水上刚离去了白雾，一会儿又生起了轻烟，这种苍茫的情调，更衬出诗人心头的惆怅失落。

　　但无论如何，寒夜带来的水上轻烟，已不是月亮初上时的纷浊雾气，它是带着寒色，沁人心脾的，它毕竟会慢慢地浸透寒夜，驱除尘埃的。循着这样的思路，诗人以"平生无限登临兴，都落风栏露楯前"二句收住全诗。楯，亦栏杆之意。时光易逝，美好的事物不可多得，登临桥头，对月抒怀，诗人平生无限的登山临水之兴会，如今都凝结起来，似乎要化为风露，永远停落在栏杆之上。这二句下笔清绝，清"风"清"露"，涤除了"尘海"的一切，洗沐了诗人的身心，也使全诗脱出尘埃之中，转而显得清新可人。当然，对风露的神往，隐隐中也流露出诗人隐息林泉，恬然无争的自然意趣。

　　综观全诗，有景有物，有感有怀，诗由实境中出，但空灵旷逸，不落俗套，抒写真切感受，情致亲人，情景交融，洁白掩映，有余不尽，意在言外，其艺术作品的审美意境令人回味。读一读《月夜登阊门西虹桥》，对文徵明的人品诗风都会有所领略，得益匪浅。（黄　燃）

秋　望　李梦阳

黄河水绕汉宫墙，河上秋风雁几行。

客子过壕追野马，将军彀箭射天狼。

黄尘古渡迷飞挽，白月横空冷战场。

闻道朔方多勇略，只今谁是郭汾阳。

这首诗的题目，钱谦益《列朝诗集》作《出使云中》，汪端《明三十家诗选》作《出塞》，此据邓云霄、潘之恒搜校本《空同集》。诗人在宋孝宗弘治十三年（公元 1500 年）为户部主事时，曾奉命犒榆林军，七律《榆林城》与此诗即作于此次出塞犒军时。《秋望》诗描写战云密布下的塞上风光，抒发对于扶危定倾、安边卫国的良将的向往，风力遒劲，慷慨悲凉，是李梦阳边塞诗的杰出代表。

全诗紧扣诗题"秋望"二字落笔。诗中之景，无非"望"中所见，无不透出凄清肃杀的秋的气息。首句中的"汉宫墙"，一作"汉边墙"，指明代为防鞑靼入侵修筑的九边长城。榆林为九边之一，所筑边墙即今陕西边外之长城，东北起府谷县的黄甫川堡，西至定边县的盐场堡。从首联两句都写到黄河来判断，诗人登临眺望的地点，很可能是在黄甫川堡。这里，边墙在侧，地近黄河，故水绕边墙之景首先映入诗人的视野。次句写秋雁南飞，既点明了节令，也使诗的境界愈见空阔、苍凉。

颔联写备战中的士卒与将军。"客子"指远离家乡戍守边地的士卒。"追野马"与"射天狼"对举，不必作如实的理解。大意只是说，战士过壕越沟，纵马驰骋，其快若风，如追野马。将军则全副戎装，弯弓搭箭，满引待发。"彀"（tāo），弓袋。诗中以"彀箭"表示将军戎服带箭。"天狼"，星名，旧说以为天狼星出现必有外来侵略，故在古诗文中常以"射天狼"喻指出兵讨伐，以战争制止战争。这一联写出了训练场上将士们的活动，表现了他们情绪饱满、意气风发的精神风貌，还揭示出他们行为的思想基础——"射天狼"以保国安民的崇高理想。

颈联上句所写，是诗人视线从训练场移开后在黄河渡口见到的景象。这里，尘土飞扬，运输粮草的车队、船队一派繁忙。"飞挽"是飞刍（草）挽粟（粮）的省说。"迷飞挽"，意谓在滚滚黄尘中难以看清忙碌中的车队、船队。颈联下句所写，时、地都已转换。其时月亮升起来了，诗人的目光从熙来攘往的黄河渡口移到了洒满月光的阒无人声的清冷的古战场上。这是战争爆发前的沉寂，练兵场上的紧张与黄河渡口的繁忙预示着战争即将来临，诗人的心不觉收紧了。一个"冷"字虽是专用以描写古战场的清冷与寒冷，但也隐隐透出诗人心上的那份寒意。

尾联抒情，从前三联见到的望中景象中自然转出。诗人深知，战斗的成败，主帅起着决定性的作用。他想起经常听人说起的北方多有英勇善战而又富于谋略的将军，在唐代平定安史之乱、大破吐蕃的朔方节度使、封为汾阳郡王的郭子仪便是其中最为杰出的一个。诗人感慨当时统兵的将军中再也没有郭子仪那样的人物，不禁为战争的前途充满了忧虑和担心。明代边患严重，瓦剌、鞑靼先后构成明王朝西北和北方的主要威胁，榆林等明朝重要的军镇要地，经常受到袭扰。就在诗人这次犒军期间，所到之处也无不显出大战即将降临的景象。他在《榆林城》诗中说："旌干袅袅动城隅，十万连营只为胡。"又说："昨夜照天传炮火，过河新驻五单于。"李梦阳不希望见到劳师动众、师老兵疲、战火连绵的情况长此下去，对于朝廷用人不当、指挥失宜又多所不满，故而在《秋望》等诗中一再呼唤郭子仪式的人物再世。从《秋望》诗中,我们不仅看到了明代边地动乱的影子,而且还具体感受到了诗人忧国伤时的忠贞情怀。
(陈志明)

林良画两角鹰歌　　李梦阳

　　百余年来画禽鸟,后有吕纪前边昭。二子工似不工意,吮笔决眦分毫毛。林良写鸟只用墨,开缣半扫风云黑。水禽陆禽各臻妙,挂出满堂皆动色。空山古林江怒涛,两鹰突出霜崖高。整骨刷羽意势动,四壁六月生秋飔。一鹰下视睛不转,已知两眼无秋毫。一鹰掉颈复欲下,渐觉飒飒开风毛。匹绡虽惨淡,杀气不可灭。戴角森森爪拳铁,迥如愁胡眦欲裂。朔风吹沙秋草黄,安得臂尔骑四骒①。草间妖鸟尽击死,万里晴空洒毛血。我闻宋徽宗,亦善貌此鹰。后来失天子,饿死五国城。乃知图写小人艺,工意工似皆虚名。校猎驰骋亦末事,外作禽荒古有经。今皇恭默罢游燕,讲经日御文华殿。南海西湖驰道荒,猎师虞长俱贫贱。吕纪白首金炉边,日暮还家无酒钱。从来上智不贵物,淫巧岂敢陈王前。良乎良乎,宁使尔画不直钱,无令后世好画兼好畋!

注　①骒(tiě):赤黑色的马。

　　李梦阳对绘画有很深的爱好,仅就题画诗而言,在现存作品中即有二十多首。《林良画两角鹰歌》是其中较为杰出的一篇,汪端誉此诗为"空同七古压卷"(《明三十家诗选》)。
　　起笔八句借叙画史,将明代百余年来禽鸟画的历史先以简笔概述一番,对吕纪、边昭二画师,化用杜甫《丹青引》"幹惟画肉不画骨"之句,言"二子工似不工意",从而对比出林良的善于写意,并点出其着色简练,尤其擅长放笔水墨禽鸟的特色。接着,诗由"水禽陆禽各臻妙,挂出满堂皆动色"二句过渡,从题前之意渐入本题,由全面的概述转入画幅本身的描写。诗人的笔力集中于画面上的两只角鹰。"空山古林江怒涛,两鹰突出霜崖高",先以奇妙的一笔描绘了苍鹰出现的特定场景,以空旷的山野、古老的树林、江河的怒涛作背景来烘托雄立在高高的山崖上的两只鹰,显示了它们的不凡气概。然后,诗从远眺鹰的全貌转入对鹰动态的细致描摹。先从鹰的整骨刷羽等细微动作来刻画两鹰的姿势神态,再以夸张手法写出这挂在墙上的虽然是画中之鹰,却能使满屋骤生狂风之感,诗笔从人们的观画感受中反写画之逼真传神。紧接着,诗人目光重又落到画面,摄取了两个特写镜头:"一鹰下视睛不转,已知两眼无秋毫。一鹰掉头复欲下,渐觉飒飒开风毛。"一鹰目不转睛俯视下界,从它的眼神就知道明察秋毫,没有一点点尘芥之物逃得过它那锐利的目光。画"龙"点睛的这一笔,使全鹰神采焕发,栩栩如生。画中的另一雄鹰作掉头欲下之状,似可隐隐听到它毛羽蓬松迎风飞动发出的飒飒声。在此,作者又巧用通感手法,将视觉、听觉打通,使画中之鹰更加逼近真实,更加生动传神。分写两鹰以后,又用"匹绡虽惨淡"等四句总说。林良在孝宗弘治(1488—1505)时拜工部营缮所丞,活动时间略早于李梦阳。李梦阳见到的双鹰图,是林良的一幅旧画,故以"惨淡"形容匹绡,并以"虽"字转折,以"惨淡"反跌出"不可灭"的"杀气"。意思是画绡虽然陈旧了,画中双鹰的锐气却丝毫未减。"戴角森森爪拳铁,迥如愁胡眦欲裂",即是对"杀气"的形象展示。角鹰是鸷的一种,头部后面的羽毛长而有白缘,看起来好像戴了一顶帽子,加上它那如铁的尖爪,样子十分阴森可怕。"愁胡"句化用了杜甫《画鹰》诗的"侧目似愁胡"。仇兆鳌注引孙楚《鹰赋》:"深目蛾眉,状如愁胡。"以拟人手法将角鹰喻作碧眼胡人,目光迥远,目眦欲裂,真是神气毕现,十分精妙。

以上是写画中之鹰,以下展开丰富联想,写鹰猎的场面和雄姿。"朔风吹沙秋草黄,安得臂尔骑四骥!草间妖鸟尽击死,万里晴空洒毛血。""四骥",即驷骥。《诗经·秦风·驷骥》传:"骥,骊。""四骥"是说一车四马皆黑色。前二句想象自己有朝一日手臂上托着雄鹰,骑着骏马奔驰秋猎。后两句着力描绘角鹰捕杀猎物的英姿锐气。此处化用了杜甫《画鹰》诗的"何当击凡鸟,毛血洒平芜"。诗人希望画鹰化作真鹰,随作者出猎,振飞天宇,搏击凡鸟,将那些人世间的妖鸟一举歼灭,使它们的毛血洒落在广阔的原野上。诗人托物言志,借鹰之搏击寄寓自己锄奸除恶之雄心。

诗人在驰骋想象、"从画说到猎"(沈德潜《明诗别裁集》)以后,突然将笔一纵,又"从猎开出议论"(同上):"我闻宋徽宗,亦善貌此鹰。后来失天子,饿死五国城。"这几句状似离题,其实笔意较前又深了一层。写徽宗善画鹰而不写其画工技巧,却联想他的耽于逸乐,不恤国事,因而惨遭靖康之变,社稷不保,身死异国,对其可悲下场表示深深的感叹。"乃知图写小人艺,工意工似皆虚名。校猎驰骋亦末事,外作禽荒古有经。"诗笔愈转愈妙,寓意越议越深。借徽宗的遭遇,由暗讽到明说,提出了统治者不能沉溺于淫巧而玩物丧志。"禽荒",沉迷于田猎;"古有经",指《尚书》中的有关记载。《尚书·五子之歌》:"训有之:内作色荒,外作禽荒,甘酒嗜音,峻宇雕墙,有一于此,未或不亡。"诗人引经据典,目的是为了使自己的讽谏之意得以成立,且显得立论坚实,无可挑剔,从而进一步转出对"今皇"的讽谏:"今皇恭默罢游燕,讲经日御文华殿。南海西湖驰道荒,猎师虞长俱贫贱。""今皇",指明武宗或明世宗。"驰道",古代专供帝王行驰车马的道路。"虞长",掌管山泽、苑囿等的官员。"猎师虞长俱贫贱",说明皇帝罢游燕(宴),这些与游乐有关的官吏不再受到重用。这一段诗文写得很奥妙,由感叹古代帝王的荒淫误国转到对"今皇"罢游宴、息畋猎的极力赞颂,表面是颂扬语言,骨子里是讥讽有名的逸游无度的浪子皇帝明武宗,也可能是借武宗的往事对新即位的明世宗进行讽谏。总之是明赞暗贬,正话反说,弦外有音,耐人寻味。诗的最后抒写自己的希望,由另一画家吕纪晚年的嗜酒("金炉边",指常在酒垆边饮酒)与穷困潦倒作过渡,说到林良。诗人表示宁肯林良的画不受人重视,也不要再出现像宋徽宗那样"好画又好畋"的玩物丧志、遭到国破身亡悲惨下场的君王。最后这几句"画猎双收"(沈德潜语),由议论仍回到林良的画上,与开头照应,浑然一体。

这首题画诗不仅以诗赞画,而且联想丰富,寄慨遥深。全诗融描写、抒情和议论于一炉,意到笔随,转折自然,气势奔放,议论纵横,很能体现李梦阳七言歌行豪宕的本色。诗中多处化用杜甫的诗句,这在李梦阳诗中并不少见;这虽不足为本诗的大疵,且古人论沿袭亦有偷语、偷意、偷势之分(《诗人玉屑》卷五),但无论如何,过多的因袭总是不值得赞许的。

(陈志明 谢丹月)

朱仙镇　李梦阳

水庙飞沙白日阴，古墩残树浊河深。
金牌痛哭班师地，铁马驱驰报主心。
入夜松杉双鹭宿，有时风雨一龙吟。
经行墨客还词赋，南北凄凉自古今。

《朱仙镇》是李梦阳传世名篇之一。明代诗论家杨慎称此诗为"空同七言律第一首"（《空同诗选》），钟惺谓此篇"不减杜工部'丞相祠堂'之作。"（《明诗归》）朱仙镇在河南开封西南，相传为战国时朱亥的故里，故名。宋高宗绍兴十年（1140），岳飞大败金兵于郾城，进军于此后，曾大宴三军，慷慨陈词："直抵黄龙府，与诸君痛饮尔！"不意投降派秦桧与高宗合谋，强行召回岳飞，并于下一年将岳飞杀害于临安（今杭州）小车桥畔的风波亭。朱仙镇既关系到岳飞的奇功殊勋，又是一处演出历史悲剧的所在。本篇虽以"朱仙镇"为题，具体的描写对象却是朱仙镇上的岳王庙，原因也正在这里。

首联写眼前所见实景，"水庙"指岳庙，因庙旁有河，故以"水庙"称之。诗人在一个晴日去瞻仰岳庙，谁知忽然间阴云四合，风沙飞扬。庙前的景色也是一派荒凉，令人感伤："古墩——残树——浊河深。"上句用了"水庙飞沙——白日阴"的"4、3"节奏，句中只一顿，却有两个与天时相关的动词"飞"与"阴"（意为变阴），显得节奏急促，适合于表现诗人初来乍到时感情上的激荡变化；下句改用"2、2、3"节奏，且主要以词组组成，我们似见诗人的目光缓慢地在墩（土堆）、树、河上移动，他是看得那样仔细，辨认出墩古、树残、河水又浊又深。他的思绪也随着眼前景物的变化延伸到了历史的深处。

颔联即是触景生情引出的对历史的追忆。史书记载，秦桧为召回岳飞，于一日内连下十二道金字牌，岳飞愤惋泣下，东向再拜曰："十年之力，废于一旦！"班师之日，当地父老倾城出动，夹道相送，有的还拦住马头，痛哭流涕。上句即是这一段史事的概括。下句说岳飞的功勋及其思想基础，既是从正面表彰岳飞，也是从对面强化了"金牌痛哭班师地"一句中所蕴含的悲剧性。

在颔联宕开笔墨说历史之后，颈联重又把笔收回，写眼前的岳庙，所写的时间则已从篇首的白天转到了夜晚。想来诗人在岳庙前浮想联翩，感慨莫名，已徙倚久之了。"入夜松杉双鹭宿"与"有时风雨一龙吟"，写见、闻两面，上句实写，由双鹭来宿，见出香火冷落，古庙凄凉。下句用虚笔，世上本无龙，又何来"龙吟"呢？诗人有感于岳飞含冤屈死，故不妨以自己的独特感受化情为景，设想在风雨天里，不甘于功败垂成的冤魂，有时会发出龙吟。"一龙吟"在形式上与"双鹭宿"对仗，但不指"一龙"发出吟声，而是说龙偶尔吟叫一声，"一"作状语，修饰"吟"字。这一句是神来之笔，诗人将情作景，无中生有，化虚为实，完成了诗境的创造，赋予了诗作深沉的内涵，丰富的意蕴。

尾联说古道今，抒情写怀。前一句映衬，重点落在结句上。意思是：尽管过往文人还在写诗作文凭吊岳飞的英灵，但并不能改变南坟（岳坟在杭州）、北庙被世人冷落的凄凉景象。"经行墨客"是泛说,其中也包括了诗人自己。李梦阳凭吊岳飞,除了这首七言律诗外,还写有五言律诗《朱仙镇》和《朱仙镇庙》。他为人耿介忠贞,不满政治的黑暗,但又无力改变现实,因而一腔忠愤之气常常通过诗文发泄。其中一种重要形式,便是表彰历史上的忠臣直士,呼唤能够力挽狂澜的英雄再世。"几时重起郭将军"(《秋怀》)、"只今谁是郭汾阳"(《秋望》),"杨、石今已无,安得再生此辈西备胡"(《石将军战场歌》),等等,都是发自他肺腑的深情呼唤。但他也深知,文人弄笔,无补于世,故在上句中用了一个"还"字以自嘲、自责、自叹,并在下句中借叹惋南坟北庙的凄凉,传达出内心深处对于岳飞精忠报国的精神久已被世人冷落以至遗忘这一事实的大悲恸与大感慨。钟惺称赞此诗不减杜甫的《蜀相》(丞相祠堂何处寻),想来正是有见于在这两首诗中深蕴着的是同样的精忠之气与抑塞难平的悲愤之情吧?

　　此诗首联写今,次联说古,第三联回到眼前,最后一联古今参半,彼此绾合。古与今的相互关联,交替出现,反复摩荡,使诗境开阔,诗情宏壮,思想深沉,意蕴丰富。诗人以意运笔,不拘形迹的挥写,更使全篇生气充盈,自然,灵动。钟惺说"此诗绝不填塞事实,只淡淡写意,而武穆精爽之气隐隐往来其间"(《明诗归》),说的也正是这一特色。而杨慎盛赞此诗为"空同七言律第一首",当是综合此诗的思想艺术成就做出的一个总体评价。(陈志明)

汴京元夕 (选一)① 　　李梦阳

中山孺子倚新妆②,郑女燕姬独擅场③。
齐唱宪王春乐府④,金梁桥外月如霜⑤。

注 ① 汴京:即今河南开封,五代梁、晋、汉、周及北宋的都城。　② 中山:本为春秋战国时国名,汉以后为郡、府,治所在今河北定县。　③ 郑、燕:春秋战国时国名,郑国境在今河南,燕国境在今河北、辽宁。　④ 宪王:指周宪王朱有燉(1379—1439),明太祖朱元璋之孙,精通音律,是著名的戏曲家。　⑤ 金梁桥:汴梁桥名。

　　李梦阳是明代首倡诗文复古运动的盟主,在前七子中,与何景明并称"李何",一时诗家坛坫,多为"诗必盛唐"之风气所笼罩。他的诗强调格调、法式,在复古中未能求创新,后来颇为钱谦益等人訾病,但他毕竟是明代有影响、有成就的诗人,更何况他刚直不阿的人格力量时常融入作品,为作品生色。沈德潜《明诗别裁集》谓其"七言近体开合动荡,不拘故方",虽主要就七律而言,但应当也兼指七绝。这首《汴京元夕》,便颇有唐人竹枝词风致。

　　前二句,写来自各地的伶人粉墨登场,表演周宪王朱有燉写的杂剧。中山少男、郑燕少女都善演戏曲,说明当时杂剧传布的盛况。诗中"倚新妆""独擅场"应是互文见义。朱有燉的杂剧在体制上基本打破了元杂剧四折一本加一人主唱的成法,经常出现合唱、轮唱,甚至旦唱南曲、末唱北曲或二人对唱等形式,并且他的剧作曲词流畅,音律和谐,着重歌舞,便于演出,所以尽管他的戏内容上无甚可取,却能广为传唱。少年男女争扮周宪王剧中人物,使我们对当时剧界的风气颇能有所领会。而汴京作为古时都会,在历受金元劫难之后,经明初的休养生息而恢复生机,重现繁华,其民俗风情,也通过这两句表露出来。

　　第三句是前二句的拓展。实际上本文前面说到的表演朱有燉的杂剧,至此才正式点出。春乐府,是指朱氏杂剧中点缀太平盛世的"庆贺剧"或宣扬女子守贞的"节义剧"。自宋元以来，乐府常作为词曲的别名，朱有燉的杂剧、散曲集便称《诚斋乐府》。"齐唱"二字，刻意渲染出元宵欢庆，万民同乐的情景，给人的感觉是舞台上伶人的演唱与舞台下观众的和唱一起进行，场面肯定是热闹之极。最后一句笔锋一宕，写起了戏曲表演场地旁金梁桥外的夜景。"月如霜"之清冷幽静，与前面所描绘的欢庆热闹情景似乎不相吻合，然而这一句实际上却是诗人的神来之笔，以淡墨衬浓彩，余韵宛转，余味曲包，深得唐人竹枝词之妙。"月如霜"令人忆起苏东坡《蝶恋花·密州上元》词"灯火钱塘三五夜，明月如霜，照见人如画"数语，二者都写元宵，李诗、苏词中"明月如霜"的意象实有相通处。我们不妨认为：正月十五的团圆明月是喜庆的象征，"明月如霜"的意象，正体现了"但愿人长久，千里共婵娟"，期望人世美好事物永存的普遍心理。

李梦阳晚年在其《诗集自序》中说："今真诗乃在民间（引王叔武语），……予之诗非真也，王子所谓文人学子韵言耳，出之情寡而工之词多者也。"表示了对以前拟古的自我批判。这首有唐竹枝民歌风味的七绝，大约可算他达到这种认识的一座小小的桥梁吧。（庞　坚）

龙潭夜坐　　王守仁

何处花香入夜清，石林茅屋隔溪声。
幽人月出每孤往，栖鸟山空时一鸣。
草露不辞芒屦湿，松风偏与葛衣轻。
临流欲写猗兰意，江北江南无限情。

明正德五年，王守仁由贬所龙场驿起任南京太仆寺少卿，次年，游览了滁州，《龙潭夜坐》就是这次滁州之行所作。

古代文人常常把自然作为自己人格情志的寄托物、避难所、安居地，只有在自然中，才能排解对社会人生的怨愤牢骚，获得情感上的安宁、心灵的自由和认识上的超越。王守仁"天姿异敏"（《明史》本传），青年时就游历关塞要隘，谈兵语战，慨然有经略四方之志，但初入仕途，就因反对刘瑾，远谪龙场驿，后虽起用，仍为闲曹，诗人无用武之地的苦闷便唯有企求借助自然来排解了，于是乃生"龙潭夜坐"的情景。"夜坐"二字耐人寻味。王守仁思维缜密，性爱枯坐勤思，这之前就曾"日端坐"以求格物大旨，龙场驿穷荒无书，他正是靠终日深思，才悟得"致良知"的一家之言。龙潭坐思谛诀，正表现了王守仁"默坐澄心"，治学求解的个性特点。我们联系后面的诗句诗人表现出来的对隐逸的追慕与自然的亲情，以及生不逢时的感慨，正与题目"夜坐"互相表里，暗示了诗人"夜坐"前难以成寐的苦闷。

诗的前四句描写夜里山中的澄澈寂静。诗人夜间独坐，万籁俱寂，花气格外清幽淡雅，远处的潺潺的溪水声隔着石林茅屋，一路传响过来，也十分清脆。头两句以花香、溪声描写山中的静寂、深邃。后两句"幽人月出每孤往，栖鸟山空时一鸣"，幽人谓隐士，也指高人雅士。幽人月出，鸟鸣山空，是对王维"月出惊山鸟，时鸣空涧中"意境的再创造，以声音衬托山静，万物俱静，"时一鸣"的鸟声才能听得见；以人往的动态描写山空，山空无物，孤往之人才显眼。可是反过来鸟声人往愈显得山静山空,与"鸟鸣山更幽"的艺术效果是一致的。"月出"二字使人、山都有了可视形象,静寂的空山在月光下澄澈如水,山空山静都在可视之中。

后四句描写独坐龙潭的心境。"草露不辞芒屦湿,松风偏与葛衣轻","芒屦",草鞋。葛衣,一种粗布衣服。草露打湿芒鞋,说明诗人在龙潭坐了很久,以致于草露浸湿了草鞋。山风吹来,衣服张扬,好像要随风翩翩而起。"草露""松风"本无情感,而诗人觉得"草露不辞""松风偏与",它们主动与诗人亲近。诗人体会到了自然的生命与亲情,感受到与自然默契合一的快意。这两句的"草露""松风""芒屦""葛衣"与第三句的"幽人"相互生发,写出了一派隐逸风度,与陶渊明的"道狭草木长,夕露沾我裳""舟摇摇以轻飏,风飘飘而吹衣"异曲同工,两位诗人对自然的体悟达到了极高的层次。这两句写对自然的感受,后两句转而写从自然中悟到的道理。"临流欲写猗兰意,江北江南无限情","猗兰",指《猗兰操》,琴曲名,相传为孔子所作,说孔子自卫返鲁,见到隐谷之中,香兰独茂,喟然叹曰:"兰为王者香,今乃独茂,与众草为伍",乃援琴鼓之,托辞香兰,感伤自己的生不逢时。"流"与题目的"潭",第二句的"溪声"相照映。诗人静坐龙潭,醉情自然,得味闻声,溪水清悠,只在山中作响,兰花芬芳,入夜清幽,大自然与人有"不辞""偏与"之情,本有一肚皮生不逢时,才不获展的压抑愤懑,龙潭夜坐之后,悟到了大自然的无限亲情,诗人苦闷的心情豁然开朗,超然平静,因此诗的结尾表现出昂扬豁达的心境。

这首诗从表面上看是一首写景诗,其实是一首体悟玄理的诗,诗中写了五个层次:夜坐前纷杂的思绪——夜坐——得自然之表——得自然之亲情——获自然之理,表现了诗人五个递进层次的体会。从人对自然的感觉、体悟来把握人生,是禅宗的思维特点,而禅宗与王守仁的心学有着同体并生的情缘。(孙之梅)

嫦　娥　边　贡

月宫秋冷桂团团,岁岁花开只自攀。
共在人间说天上,不知天上忆人间。

嫦娥奔月是一则美丽的神话传说。说的是远古时代的部落首领从西王母那里要来了长生不老之药,后被年轻美貌的妻子姮娥偷食,于是就飞升月宫,从此年复一年地长久居住在那儿。对于这一传说,人们开始只是津津乐道于嫦娥的美貌和升空的奇特经历,而并没有注意这位月中美人是如何孤独地捱过漫长的岁月的。直到唐代诗人李商隐写出了"嫦娥应悔偷灵药,碧海青天夜夜心"的佳句之后,这一问题才凸显在人们面前,引起了无数心灵的强烈震撼。

从诗的立意来看,边贡这首诗与李商隐并没有什么不同,它表现的也是久处月宫的嫦娥的孤独、寂寞和冷清。但手法却有明显的变化。首先,李诗把嫦娥安排在一个屏风烛影、河落星沉的环境里,这里看不出时令特点和月宫中的其他景物。边诗则不然,它一开始就明确点出"秋冷"和"桂团团"。秋季天高气清,明月当空,这时既有为人艳称的七七牛女之会,又被认为是团圆之日的中秋佳节,因此最容易引起人们的情思。桂树则是传说中月宫内的主要景物,它凝聚着人们对月中阴影和自然界嘉木的丰富联想。诗人正是在这种幽静清新的氛围中,把"岁岁花开只自攀"的嫦娥的孤寂呈现在读者的面前。"桂团团"化用李白《古朗月行》诗中的"桂树何团团"之句,不但切合秋夜月朗、月中阴影清晰婆娑如桂的景象,而且又以树形饱满和花开隐示团圆的美好难得,从而与"只自攀"的嫦娥形成鲜明的对比。

其次,李诗写嫦娥,仅从拟想中的天上着笔,而边诗则一笔映带人间与天上两面。诗人先说"共在人间说天上",表现出凡俗对仙界的揣想与向往,其中不乏羡慕之情,而这种情况多见于月明星稀的中秋之夜。诗人再说"不知天上忆人间",通过反相对比,突出了嫦娥寂寞守空阁的凄清和对美好人间的渴望。在这里,人间和天上既是相通的——嫦娥和凡人一样都盼望团圆;同时又是相隔的——人间仰慕天上,天上却又常忆人间。人间和天上的这种相通和相隔,赋予此诗以热爱人生的无穷魅力。

此诗作者自注:"时外舅胡观察谢政家居,寄此通慰",看来是另有一番寄托的。不过单就吟咏嫦娥来看,也不失为一首难得的佳作。(曹明纲)

石公山　　顾　璘

茫茫三万顷,日夜浴青葱。
骨立风云外,孤撑涛浪中。
若令当路出,应作一关雄。
朱勔真多事,荆榛满故宫。

《中国地名大辞典》中,"石公山"失载。按《越绝书》云:"苏阊门西高颈山东,有巨石人,古名石公。去县二十里。"可知石公山即高颈山,在苏州吴县西部的太湖边上。

"三万顷"指太湖,《越绝书》:"太湖周三万六千顷。""茫茫"写出空间的气势,"日夜"又显示了时间的亘古和漫长。首联从大处落笔,将石公山置于时间、空间的浑浩恢宏的背景之中,是蓄势待发的写法。

次联细加刻画,就让它崭露了头角。前句仰视,后句俯观。前句借风云为布景,写石公嶙峋奇拔的外表。后句以涛浪为衬托,见石公劲崛顽强的气质。合在一起,不正是活脱脱一位饱经风霜,而又顶天立地的斗士形象么?"风云""涛浪",让读者于自然界实景的意义外,联想到社会人生的动荡变迁,仍是空间与时间的凝聚综合。因而"骨立""孤撑"的刻绘,便使它带上了一种动感、一股奇气,实可谓形神兼备。

从"骨立""孤撑"的描写出发,颈联转出了作者的感想。在这里,诗人是将"石公"彻底拟人化了。他不禁想到:像这样一位表然兀立于天地间的英雄,如果遭逢于时,定能成其大用。言下之意,天下不得其所、不遂其志而惨遭埋没的奇才,是太多了!这一联想从所包含的"一夫当关,万夫莫开""何不策高足,先据要路津"等相关意义中,再度充实了"石公"本身的形象。而借景撷怀、托物抒慨,又扩大了诗作的内涵。

尾联宕开,笔锋转向历史上的"花石纲"。北宋崇宁、政和间,徽宗为满足一己的淫佚享乐,在汴京都城大兴土木,建造艮岳。"异花奇石,来自东南,不可名状。"(王明清《挥麈录》)时任置办使的朱勔,就是"花石纲"的始作俑者。大量的太湖石被强运到京城,用作艮岳的点缀。民怨沸腾,国力枯竭,不数年便导致了北宋的灭亡。而今安在?不过"荆棘满故宫"而已。"真多事"三字,诉出了作者的一腔愤慨,同时也冷峭地揭出了造成"石公"不得为时用的命运的历史原因。

　　这首五律通过正面与侧面的描写,运用拟人化的手法,将写景咏物与议论感怀有机地结合起来,首尾照应,挥洒自如。作者的感情一层层释放,作品的意旨一步步深入,很使人回味无穷。(史良昭)

偶　见　徐祯卿

深山曲路见桃花,马上匆匆日欲斜。
可奈玉鞭留不住,又衔春恨到天涯。

　　正如诗题所示,这是诗人在风尘仆仆的旅途中赶路时,由眼前景所触发的一时的感兴。诗人行进在深山中,山道弯弯,迤逦而前。这时他一眼瞥见了灼灼的桃花,不禁喜出望外,单调寂寞的旅程顿时增添了不少情趣。按理说他应当驻足流连,或至少要揽辔缓行,以观览这艳丽的桃花。事实却不是这样。面对这大好春光,他却要策马而行,匆匆赶路,原来是太阳快要西斜,他要赶在天晚之前找到临时的归宿。诗人感慨自己手中的马鞭无奈落日,不能如鲁阳戈之挥日倒行,所以只能衔恨趱行,奔向遥远的天涯。所谓"春恨"实际就是春天的景色所引起的怨恨之情,春色是那样美好,却是步履匆匆,倏忽即逝,因而古来的诗人多会触发惜春伤怀之意,本质上这是一种不可名状的人生感慨,是对人生缺憾的宣泄。回观前面的"留不住",就可见不仅是指落日,也兼容前面的桃花,乃至广义的春色,象征着对美好人生的留恋,对韶华易逝的悲慨。

　　作为绝句,诗人选用的是一种散起散结体,不用对偶,这就便于在起承转合之间抒发内心的曲折情致。首句写山间桃花触发了他的春兴,接着却是写日暮赶路,难赏美景,由欣喜而怅然,形成正反衬跌。第三句进一层发挥怅恨之情,末句以"又"字直贯而下,将春恨申足。这种写法突破了一般绝句的陈套,即以第三句为转折的套路。清人潘德舆批评拘泥这种格套的观点为"臆说","岂首二句便成无用耶?此徒爱晚唐小巧议论,止在末二句动人,而于盛唐大家元气浑沦之作,未曾究心,始有此等曲说"(《养一斋诗话》)。此诗首联即形成转跌,揭示了内心的波澜,三四句循此而将情思申足,无穷感喟,溢于言表。虽如此,其第三句也非泛泛之笔,它以否定句式、感叹语气出之,则日欲斜而人欲留之意自在言外,故顺接之中又有暗转,流露出诗人内心深层的企盼。前人称:"绝句四句内自有起承转合,大抵以第三句开宕气势,第四句发挥情思。"(清·马鲁《南苑一知集》)移评此诗,甚为切当。此诗境界清幽俊妍,细玩有晚唐绝句的风味。即以末二句言,就令人想起韦庄《古别离》的"更把玉鞭云外指,断肠春色在江南"。徐氏虽列名前七子,而其诗之濡染晚唐处仍与李梦阳有别。(黄宝华)

西宫怨　　徐祯卿

兴庆池头漏未阑，梨园子弟曲将残。
花前更奏凉州伎，无那西宫月色寒。

　　徐祯卿诗风神秀朗，早岁即著诗名。这首《西宫怨》，作于明武宗朱厚照正德初，诗题本为旧题，所咏皆为幽居西宫的妃嫔或宫女的幽怨之情，着重写其内心深沉的哀怨。西宫者，别宫也。明武宗本是耽于淫乐的君主，妃嫔内宠极多，失宠者自然更众。作者所咏，虽非实指，但从历代宫廷生活来看，是有客观现实的依据的。

　　唐代著名诗人王昌龄有《西宫春怨》《西宫秋怨》诗，又有《长信秋词》三首，李白亦有《长门怨》二首，"长信""长门"皆宫殿名，所以都是写宫怨之作，为了便于和作者这首《西宫怨》诗对比，不妨先列王、李两家之作，以供读者吟赏比较：

　　　　西宫夜静百花香，欲卷珠帘春恨长。斜抱云和深见月，朦胧树色隐昭阳。（王昌龄《西宫春怨》）
　　　　芙蓉不及美人妆，水殿风来珠翠香，却恨含情掩秋扇，空悬明月待君王。（王昌龄《西宫秋怨》）

前一首写的是春夜之景，故有"西宫夜静"及"斜抱云和"二句，后一首写清秋傍晚之景，"空悬明月待君王"句中之明月，指团扇之形如明月。

　　《长信秋词》其二云："奉帚平明金殿开，暂携团扇共徘徊，玉颜不及寒鸦色，犹带昭阳日影来。"写宫中秋天下午之景，故有"玉颜不及寒鸦色"等两句。李白《长门怨》其一云："月光欲到长门殿，别作深宫一段愁。"其二云："夜悬明镜青天上，犹照长门宫里人。"二首皆写长门宫的月夜。

　　以上作品，有一共同之特点，即皆从失宠而幽居深宫的妃嫔这一方面落笔，以显其寂寞哀怨之情。

　　再看作者之《西宫怨》，首二句云："兴庆池头漏未阑，梨园子弟曲将残。"诗中之"兴庆池"，在兴庆宫中，为唐玄宗时后宫教习歌舞之地。兴庆宫在陕西咸宁东南，本为玄宗为太子时的住宅，玄宗即位后，开元二年改称为兴庆坊，建兴庆宫，"沉香亭""花萼楼""长庆楼"皆在其内，故又称南内。"梨园子弟"，本指乐工和歌者，唐玄宗时曾选乐工三百人，宫女数百人，教授乐曲于梨园，玄宗亲自订正声误，号称"皇帝梨园子弟"。这二句写在春天一个夜晚的兴庆池畔，一片急管繁弦，轻歌曼舞，花前月下，直到夜深漏水将阑，歌舞尚未停止，梨园艺人演唱之乐曲将终，犹未尽兴，显然这是皇帝在这里举行宴乐，陪奉皇帝的，自然是新承恩宠的妃嫔。后两句云："花前更奏凉州伎，无那西宫月色寒。"第三句承前，示前二句所写的歌舞游乐尚未尽兴之后，又在花前招来凉州女乐献伎。在更漏将阑之时，更奏新曲，可见欢乐场景之盛。此句及前二句，皆从君王这边的欢乐着笔，直至第四句之"无那西宫月色寒"，始转写失宠的西宫女子之哀怨。"无那"，意谓无奈。这句是说：可是谁曾想到在那冷寂的西宫里，有人正凝望着清凄的月光，禁受着凄人的寒意呢。一边是花明月艳，尽情欢娱；一边是月冷西宫，无穷哀怨。一样的深宫,一边是欢欣,一边是痛苦;一样的明月,那边是明丽温馨,这边是清凉冷落。两相对比,是何等的惊人心魄啊!不言"怨"字,却是写足了哀怨。由于作者所用的手法不同于前人,就前面所引的前人诸作来看,亦各有其独到之处,但多是从失意者这方面着意写其幽怨,如"玉颜不及寒鸦色,犹带昭阳日影来。""斜抱云和深见月,朦胧树色隐昭阳。""却恨含情掩秋扇,空悬明月待君王,"乃至"月光欲到长门殿,别作深宫一段愁,"何尝不缠绵凄婉,哀艳动人,但用对照的手法来写,显然更会产生感人的艺术效果的。朱彝尊谓"昌穀绝句尤胜诸体,'兴庆池头'等作,虽龙标(王昌龄)、供奉(李白)复生,何多让焉"(《明三十家诗选初集》卷五引)。朱氏所评,并非溢美,作者《迪功集》,佳篇极多,确有不让唐人之处。倘使天假之年,当有更高的成就。(马祖熙)

送韩汝度还关中　　何景明

华岳云台万里情,高秋落日眺秦城。
黄河一线通沧海,身在仙人掌上行。

这首送别诗,是送朋友韩汝度回家乡关中去的。韩汝度,名邦靖,陕西朝邑(今属大荔)人,正德三年(1508)与兄邦奇同举进士,时称"关中二韩"。拜工部员外郎。正德九年,因乾清宫火灾,上疏指斥时政,被系锦衣狱,夺官为民,还乡家居。作者大概就是此时写诗给他送行的。"关中"古代多指陕西一带,就是韩汝度的家乡所在。

诗从想象汝度归去后的情况做文章,主要是抓住华山和黄河来写。"华岳云台万里情"句是说:汝度回到了在华岳、云台之间的家乡,两人相隔万里,但感情还是相连的。这是依依惜别之意。"华岳"即华山,古称西岳,在陕西省华阴市南,海拔二千多米,北瞰黄河,南临秦岭。《水经注》说它"远而望之若花状",故名华(古通花)山,以"奇拔峻秀"著称。"云台"即云台峰,是华山的北峰,悬崖陡峭,险要异常。

"高秋落日眺秦城。"这句应与前句连读。就是说,汝度登上了华山,在秋天落日的傍晚,俯眺关中一带的城郭。那景象,自然是寥廓苍茫的。陕西古为秦地,故泛指汝度所见之地为"秦城"。

"黄河"两句,仍写汝度在华山上所见。"仙人掌"在华山朝阳峰(即东峰),据说,古代黄河泛溢,百姓遭殃,有一位巨大的河神,左手托起华山,右足蹬走中条山,劈出一条通路,排出洪水,救了人民。仙人掌就是那位巨灵神推山时留下的手印。因为这里海拔很高,所以在它的北面像一条线一样向东流向大海的黄河,都可以看得清清楚楚。

这首诗有什么深意没有呢?好像没有。但是洋溢在诗中的登高望远的快意,却充满了"久在樊笼里,复得返自然"(陶潜《归园田居》)的解脱味,这未始不是对朋友罢官的安慰吧?韩汝度的家乡朝邑,就在华山北面不远,写他归去后畅游华山,甚至就在华山上居住,是合情合理的想象,也是送别诗常有的构思模式。

这首诗有居高临下的气势,视野开阔;特别是后面两句,给人以一种壮美感。陆游有"三万里河东入海,五千仞岳上摩天"之句,是囊括中原的河山而写的,气魄极其宏大。何景明这两句气象虽有所不及,但同写黄河与华岳,亦有相似之处;而且变陆诗的平视、仰视角度为俯视角度,还是有其特点的。(洪柏昭)

侠客行　何景明

　　朝入主人门,暮入主人门,思杀主仇谢主恩。主人张灯夜开宴,千金为寿①百金饯②。秋堂露下月出高,起视厩中有骏马,匣中有宝刀。拔刀跃马门前路,投主黄金去不顾。

注　① 寿:祝人长寿。《史记·高帝纪》:"高祖奉玉卮,起为太上皇寿。"　② 饯:饯别,设酒食送行。

　　本诗是一首乐府诗,成功地塑造了一个慷慨任侠、重义轻利而有独立人格的人物形象。
　　诗的开头三句,说早上去主人家,晚上又去主人家,是为了杀主人的仇敌而报主人的恩遇。"朝入主人门,暮入主人门"语言不避重复,颇有古拙之味。"朝"、"暮"一字之差,却暗写出早上"思杀主仇"的请命与晚上已"报主恩"提仇头而归的复命,显出侠客仗义报恩的雷厉风行。"思杀主仇"承"朝入"一句,"报主恩"承"暮入"一句,脉络清晰。下面二句,写主人连夜张灯挂彩,设宴庆贺,以千金为礼祝侠客长寿,以百金作饯别之资。其不惜财帛笼络人心,隐证上文之"恩",而极写酬赠之丰厚,复为下文侠客求义不取利、弃金而辞张目。接着二句笔锋又转到写侠客上。他在觥筹交错中豪饮不醉,对于堆在眼前的金银珠玉视若未见,念念不忘的只是象征自己侠义人格的骏马与宝刀。终于他忍不住离席而出,足踏秋露,头顶明月,到马厩中去省视自己那物化的灵魂——马和刀。"秋堂"一句,虽作景语,但别含深意。露月的意象,既暗示侠客意识的清醒,又暗示侠客对骏马宝刀的眷恋。于是最后二句,作者便让那位觉得恩已报、义已尽、理不可复留的侠客拔刀跃马,弃金不顾,绝尘而去。那一种慷慨豪迈的气概、潇洒不羁的风神,令人叹赏不已。李白《侠客行》中写侠客"事了拂衣去,深藏身与名",行迹与此相近。
　　全诗贯穿了"侠义"二字。诗中将这种侠义从三个层面揭示出来:一是重然诺,轻死生,有恩必报;二是"所为贵于天下之士者,为人排患、释难、解纷乱而无所取也";(《史记》中鲁仲连语)三是进退自主,行藏由我,不作人身依附,追求精神自由和人格独立。这后一点尤其重要。需要指出的是,诗中的"主人",乃主客之主,不是主奴之主,因此侠客的行为完全是己意而非听命。作者何景明性耿介,不阿权贵,尚节义鄙荣利,诗中的人物形象,多少有他的一点影子。何诗风格,沈德潜认为"以秀朗胜",但对此篇,却说是"生气坌涌",(《明诗别裁集》)可见其风格上的多样性。(庞　坚)

明月篇　何景明

　　什始读杜子七言诗,爱其陈事切实,布词沉著,鄙心窃效之,以为长篇圣于子美矣。既而读汉、魏以来歌诗，及唐初四子者之所为而反复之，则知汉、魏固承三百篇之后，流风犹可征焉。而四子者，虽工富丽，去古远甚，至其音节，往往可歌。乃知子美词固沉著，而调失流转，虽成一家语，实则歌诗之变体也。夫诗本性情而发者也，其切而易见者，莫如夫妇之间，是以三百篇首乎《关雎》，六义始乎风。而汉、魏作者，义关君臣朋友，辞必托诸夫妇，以宣郁而达情焉，其旨远矣。由是言之，子美之诗，博涉世故，而出于夫妇者常少；致兼雅颂，而风人之义或缺，此其调或反在四子下与！眼日为此篇，意调若仿佛四子，而才质猥弱，思致庸陋，故摛词芜紊，无复统饬，姑录之以俟审音者裁割焉。

长安月，离离出海峤①。遥见层城隐半轮，渐看阿阁衔初照②。激滟黄金波③，团栾白玉盘。青天流影披红蕊，白露含辉泛紫兰。紫兰红蕊西风起，九衢夹道秋如水④。锦幌高褰香雾浓⑤，琐闱斜映轻霞举⑥。雾沉霞落天宇开，万户千门月明里。月明皎皎陌东西，柏寝岧峣望不迷⑦。侯家台榭光先满，戚里笙歌影乍低⑧。濯濯芙蓉生玉沼，娟娟杨柳覆金堤。凤凰楼上吹箫女⑨，蟋蟀堂前织锦妻⑩。别有深宫闭深院，年年岁岁愁相见。金屋萤流长信阶，绮栊燕入昭阳殿。赵女通宵侍御床⑪，班姬此夕悲团扇⑫。秋来明月照金微⑬，榆黄沙白路逶迤。征夫塞上行怜影，少妇窗前想画眉⑭。上林鸿雁书中恨⑮，北地关山笛里悲⑯。书中笛里空相忆，几见盈亏泪沾臆。红闺貌减落春华，玉门肠断逢秋色。春华秋色递如流，东家怨女上妆楼。流苏帐卷初安镜，翡翠帘开自上钩。河边织女期七夕，天上嫦娥奈九秋。七夕风涛还可渡，九秋霜露迥生愁。九秋七夕须臾易，盛年一去真堪惜。可怜扬彩入罗帏，可怜流素凝瑶席⑰。未作当垆卖酒人⑱，难邀入座援琴客。客心对此叹蹉跎，乌鹊南飞可奈何！江头商妇移船待，湖上佳人挟瑟歌。此时凭栏垂玉箸⑲，此时灭烛敛青蛾⑳。玉箸青蛾苦缄怨，缄怨含情不能吐。丽色春妍桃李蹊㉑，迟辉晚媚菖蒲浦㉒。与君相思在二八㉓，与君相期在三五。空持夜被贴鸳鸯，空持暖玉擘鹦鹉。青衫泣掩琵琶弦，银屏忍对箜篌语㉔。箜篌再弹月已微，穿廊入阁霭斜辉。归心日远大刀折㉕，极目天涯破镜飞。

注 ①离离：历历分明的状态。峤（jiào）：尖而高的山。　②阿阁：四面有檐的高阁。　③激滟：波光流动貌。　④九衢：四通八达的道路。　⑤幌：幔帐。褰（qiān）：揭起。　⑥琐闱：雕绘的门户。　⑦柏寝：春秋齐国有柏寝台，此借指长安城中的高台。　⑧戚里：汉代长安城中外戚聚居之处。　⑨吹箫女：秦穆公少女弄玉，好吹箫，嫁萧史。公为筑凤凰台，夫妇止其上。一夕，升仙而去。事见刘向《列女传》。　⑩织锦妻：窦滔妻苏蕙。滔获罪被徙沙漠，蕙思之不置，乃织锦作回文诗寄之。事见《晋书·列女传》。　⑪赵女：赵飞燕。　⑫班姬：汉班况女，成帝时被选入宫为倢伃，后为赵飞燕所谮，退求供养太后于长信宫。《文选》载其《怨歌行》云："新裂齐纨素，皎洁如霜雪。裁为合欢扇，团团似明月。出入君怀袖，动摇微风发。常恐秋节至，凉风夺炎热。弃捐箧笥中，恩情中道绝。"　⑬金微：即我国新疆与蒙古接境处的阿尔泰山，秦汉时名金微山。　⑭画眉：汉京兆尹张敞多情，常亲自为其妻画眉。事见《汉书·张敞传》。　⑮上林鸿雁：汉武帝时苏武以中郎将出使匈奴，被扣不屈，在北海持汉节牧羊十余年。其后"匈奴与汉和亲，汉求武等，匈奴诡言武死。后汉使复至匈奴，常惠请其守者与俱，得夜见汉使，具自陈道，教使者谓单于，言天子射上林中得雁，足有系帛书，言武等在某泽中。"《汉书·苏武传》　⑯北地：古郡名，在今甘肃东南部和宁夏南部一带，此泛指边塞地区。　⑰流素：月亮洁白而流动的辉光。　⑱当垆卖酒人：据《汉书·司马相如传》，司马相如在临邛日曾以琴挑新寡的卓文君，文君乘夜私奔相如。后二人贫，乃尽卖车骑，置一酒舍酤酒，文君当垆（炉），相如杂作，涤器于市中。　⑲玉箸：玉制的筷子，常用以喻美人流下的眼泪。　⑳青蛾：女子黛色的蛾眉。　㉑桃李蹊：古谚云：“桃李不言，下自成蹊。”谓桃李之果甘美，吸引人们前来，以至树下走出了一条小路。此喻妇人之美色诱人。　㉒菖蒲：草名，生于水边。此以菖蒲描写冷僻的浔阳江头。　㉓二八：十六月圆之夜。　㉔箜篌语：汉相和歌辞有《箜篌引》。崔豹《古今注》云：“箜篌引，朝鲜津卒霍里子高妻丽玉所作也。子高晨起，刺船而棹，有一白首狂夫，披衣提壶，乱流而渡，其妻随呼止之，不及。遂坠河死，于是援箜篌而鼓之，作《公无渡河》之歌，声甚凄怆，自投河而死。”　㉕大刀折：《玉台新咏》卷十载古诗云：“藁砧今何在，山上又有山。何当大刀头，破镜飞上天。”藁砧之歌后语为夫，山上有山为出，刀头即刀身，其上有刀环，谐音还，破镜为半月。全诗大意谓夫出，月半当还。此言“大刀折”，则归无期也。

　　这是何景明的一篇著名的长篇歌行，清代王士禛曾作诗咏道：“接迹风人明月篇，何郎妙悟本从天。王杨卢骆当时体，莫逐刀圭误后贤。”（《戏仿元遗山论诗绝句》）王士禛所咏突出了两点：一肯定何景明《明月篇》有“接迹风人”的优点，即继承了《诗经》风诗的精神；二则袭用杜甫论诗绝句语，既肯定初唐王、杨、卢、骆四子诗为“当时体”，自足流传万古，亦指出以之为刀圭（古时量取药物的用具）准绳，刻意拟效之，也是不必的。王士禛这两点议论都是针对《明月篇》诗的序而发的，故要了解这首诗，必先细读它的序。

　　何景明在这篇序中提出了诗歌创作的两点原则。其一：风人之义。他认为诗歌是本诸性情而发的，而人类最基本的情感是男女夫妇之情，这是“切而易见”，最为人们理解，最能打动人心的。因此创作时尽管内心之意在于君臣朋友，而“辞必托诸夫妇”。这其实即是王逸《离骚经序》所说的“依诗取兴，引类譬喻。故善鸟香草，以配忠贞，恶禽臭物，以比谗佞，灵修美人，以媲于君，宓妃佚女，以譬贤臣。”也即古来谈诗者所高倡的言微意婉的比兴之旨。这一特点在三百篇中的风诗以及汉魏的乐府歌谣中最显著（当然有许多描写男女之情的诗歌并无微言大旨，其所谓君臣大义乃是后来说诗者硬加上去的）。当时何景明与李梦阳、康海、徐祯卿等人同倡复古，提倡写古诗要学习汉魏，何景明认为汉魏古诗的精神正在于此，即所谓“风人之义”。据此他便批评杜甫，杜甫的歌行名篇，如《洗兵马》《哀江头》等，都是以直陈铺叙的手法刻画时事，以赋体为主，而比兴次之，故均不合何景明的标准，乃被讥为“出于夫妇者常少”，“而风人之义或缺”。其二：音节可歌。何景明重视七言歌行可歌可咏的特点。七言歌行盛于唐代，其渊源在汉魏以及齐梁的乐府。由于各家所继承的不同，其特点也不同。要而言之，初、盛唐时期歌行有两派：“李杜歌行，扩汉魏而大之，而古质不及；卢骆歌行，衍齐梁而畅之，而富丽有余。”（胡应麟《诗薮》）何景明作歌行初学杜甫，其名篇如《岁晏行》《玄明宫行》，“陈事切实，布词沉著”，正是典型的杜甫的风格。后来他艺术趣味发生了变化，读初唐四子，特别是卢照邻、骆宾王的长篇歌行，爱其词调流转，音节可歌，乃改而效之，写了《明月篇》《流萤篇》《昔游篇》等诗，风格全然地变了。卢照邻、骆宾王的歌行受齐梁乐府的影响较大，其特点是意旨婉转，词采妍丽，尤其是声律十分讲究，“韵则平仄互换，句则三五错综，而又加以开合，传以神情，宏以风藻，七言之体，至是大备”（《诗薮》）。严格说来七言歌行体诗正是到了初唐四子手中才正式完成，以后岑、王、李、杜，乃至元、白、张、王，都是在此基础上加以变化，发扬光大。当时前七子都提倡复古，溯源探本，师法务取乎上，因此何景明由学杜甫的歌行转而学初唐四子的歌行也是自然的。何景明对自己这一认识的转变相当重视，故不但付诸创作实践，还特意在这首诗前写了这样一篇罕见的长序。

何景明此诗作于正德六年(1511)复官中书舍人之前后。先是正德初年宦官刘瑾擅权,朝政紊乱,何景明曾上书切责之,以是得罪,第二年被罢官。至正德五年刘瑾伏诛后,始因李东阳荐复职,然其时武宗宠信佞臣江彬、钱宁,朝政依旧没有什么起色,何景明在京城仍不能有所作为。正如《昔游篇》所描写的:"金门上书久不报","我在长安嗟系匏","可怜旧宾友,逝者复谁还",于是只得"日与李薛辈,诗酒纵欢歌",借酒消愁,写诗抒愤了。

全诗共七十二句,凡十二换韵,故从音律分可得十二个自然小节。然从文意分,则可分为五段,前三节、末三节各为一段,中间每二节为一段。

第一段从"长安月"至"万户千门月明里",描写长安中秋的月色。长安的月亮,清晰而明彻,在作者的想象中它该是从东海中的小山尖上升起,然后在巍峨的长安城头先露出半面,接着照到了城中高耸的楼阁。它光彩流动,圆满已极,如一面晶莹的白玉盘高高地挂在天空。在它的辉映下,周遭的一切都发生了神秘而奇异的变化:青天似披红蕊,白露含着紫兰,长安城中数不尽的绮窗绣户都似沉浸在一派澄明而又绚丽的光波之中。这段描写想象丰富,词采妍丽,特别是用了如"黄金""红蕊""紫兰"之类的鲜艳的色彩来描写皎洁透明的月光,颇有些匪夷所思,读者在吟诵时自不免要费力地去理解它,尽管不可能有明晰的解释,只能似解非解,但在这理解的过程中,想象力却不知不觉地被激发了起来,在一种缥缈空灵的境界中,随着作者神驰万里,研精于无形。

以上第一段写长安月夜的自然景观,接下自"月明皎皎陌东西"至"班姬此夕悲团扇"为第二段,写月色笼罩下的长安人。月光皎洁,照得长安城中大小街坊如同在白昼一般地清晰。古人诗云:"贫疑陋巷春偏少,贵想豪家月最明",可不是吗?"侯家台榭光先满",公侯贵戚家的杨柳芙蓉、莺歌燕舞,恰与平常人家的蟋蟀悲吟、思妇愁绪,以及深宫偏殿的寂寞凄清,形成鲜明的对照。她们或如求得佳偶的吹箫女,或如伤离恨别的征人妻,或如昭阳殿中得宠的赵飞燕,或如幽居长信宫的班婕妤。人们的荣辱际遇如此地悬殊,又如此地变幻莫测,这便是人生么?作者面对皎洁而有些虚幻的月光、真切而不免令人迷茫的人生,情致越来越深沉,文思却越来越活泼了。正如《文心雕龙·神思》篇所称:"故寂然凝虑,思接千载,悄焉动容,视通万里。"接下第三、四段作者便分别从空间与时间的角度抒写自己在月光下的沉思。

第三段从"秋来明月照金微"至"玉门肠断逢秋色",突出广袤无垠的空间给人们带来的愁思。月光普照大地,它辉映京城,同时也把光芒洒向黄沙莽莽的边塞。千里万里,月光于瞬息间便可到达,而对于人们却是难以逾越的间阻。多少征夫思妇、行人墨客,对月伤怀,把笔零涕,只能藉鱼雁来传书,奏玉笛以抒恨。空间与时间是事物存在的不同的表现形式,空间的阻隔必然地加强人们对时间流逝的感叹。深闺少妇在离愁别恨中春容迅急地消逝了,远在边塞的征夫也是年复一年地为秋色而肠断。以下遂很自然地转入第四段,"春华秋色递如流,东家怨女上妆楼",这段共十四句,集中地以"东家怨女"为对象,抒写她对岁华流逝的怅惘。尽管"流苏帐卷""翡翠帘开",因为没有如司马相如那样"援琴客"的陪伴,一切都显得寂寞而空虚。九秋七夕,时节如流,盛年一去,永不再回复了。

自"客心对此叹蹉跎"以下为最后一段。作者写至此,心情已十分激动,既为古往今来千千万万的征夫怨女一掬伤心之泪,也不禁为自己的身世际遇而感叹。"客心对此叹蹉跎,乌鹊南飞可奈何!""乌鹊南飞"是曹操《短歌行》中的诗句,"月明星稀,乌鹊南飞,绕树三匝,何枝可依?"作者引此是写"客心"的彷徨无依。此"客心"之客,指的是谁呢?或泛指伤离恨别之客,或启下文，为浔阳江头夜送客之白居易，或者竟是作者自谓。通观全诗，作者都是采取第三者的口吻对月光下的众生百象作客观的描绘，至此似乎情有所不能抑，乃在此"客心"一词中稍稍逗露出诗人自己的形象。故以下借用白居易《琵琶行》的故事写浔阳江头商人妇的幽愁暗恨，其声凄怨，似已把客观的描绘与主观的抒发融合在一起了。诗人先以"垂玉箸""敛青蛾"四句极言商妇的愁态，然后以"丽色"以下六句作今昔对比。当日姿容美丽，如春日之桃李，引得王孙公子追逐不已，如今则似西斜的夕阳，只能在冷僻的浔阳江边展示它那行将消逝的余晖。当日也曾在月圆之夜"相思""相期"，充分享受过爱情的熨帖，如今则往事如烟，空自在琵琶弦上诉说相思之苦了。人间的离情别绪是如此浓烈，欢娱之日常少，而离别之日苦多，真如辛弃疾《贺新郎·别茂嘉十二弟》所咏："啼鸟还知如许恨，料不啼清泪长啼血。"长安秋色的月光再圆美再清彻，能不为人间如许的情愁而伤心吗？在诗人的想象中，随着琵琶与箜篌的泣诉，月色渐渐黯淡，月轮也渐渐残缺。"君问归期未有期"，极目天涯，团圆之日正未可期待呢！

何景明这首诗有意识地在意调上"仿佛四子"，其艺术风格与卢照邻的《行路难》《长安古意》，骆宾王的《帝京篇》《畴昔篇》确实很相像。其一，意象妍丽，词藻华艳。譬如卢照邻《行路难》通过"娼家"与"公子"的悲欢离合来写"人生贵贱无终始"，何景明这首诗则通过赵飞燕、班姬、东邻女、商人妇来写人生的离愁别恨。他们又都重视并追求词汇的音声色调，如这首诗中的"黄金波""白玉盘""红蕊""紫兰""流苏帐""翡翠帘""扬彩""流素""玉箸""青蛾""贴鸳鸯""擎鹦鹉"等，这样便使全诗呈现出一种婉柔繁缛之美。其二，音节婉转、流畅。诗中不但运用了许多双声、叠韵的语词，以及六朝民歌中常用的连珠顶真之格，还大量地叠字叠词，如"濯濯""娟娟""年年岁岁"，如"紫兰红蕊西风起""春华秋色递如流""书中笛里空相忆"等句均与前句之语词重复，在诗意上前后呼应。还有一种发语词相同的叠句，如"可怜扬彩入罗帏，可怜流素凝瑶席"，"此时凭栏垂玉箸，此时灭烛敛青蛾"等。以上这些词式、句式，既加强了语气，突出了诗人的感情焦点，又使读者在反复咏叹中感受到一种流转往复之美，使人回肠荡气，为之陶醉。此外全诗很长，但句式有参差，尤其是注意用韵的变化，每隔数句必换韵，平仄互间，使整齐中寓变化，诗虽长而不显得单调。

当然，何景明写这首诗并不以音节可歌，仿佛四子意调为满足，他还追求"风人之义"，要求在夫妇男女之词外，见出君臣朋友之义。故这首诗的字面义是歌咏男女离别之恨，其深层的意蕴实指向时事与朝政。结合前面关于这首诗创作背景的介绍，作者感叹世事多变及自己不能为朝廷所用的意旨是十分明显的。

何景明这首诗的写作总的说来是相当成功的，继承了初唐体歌行的风格，完成了自己在诗序中提出的两点创作意图。正因为此，王士禛称赞他"接迹风人明月篇，何郎妙悟本从天"。但是他在序中过分地贬抑另一类以杜甫为代表的"陈事切实，布词沉著"的歌行体诗，则是不妥的，诗歌的道路应当是宽广的，各体有各体的优点，必以为"义关君臣朋友，辞必托诸夫妇"，显然是片面而狭隘的观点。当时李梦阳便批评他一味"清俊响亮"，而没有"柔澹沉著含蓄典厚之义"。总之《明月篇》词采繁缛，意旨隐约，这既是优点，也是缺点。何景明写完这首诗后，想必也有所感觉，故在序的末了又自称："摘词芜紊，无复统饬"。确实是这样，诗中大量相类似的词采、意象交替递进，或反复出现，自然易于使人产生"芜紊"而无"统饬"之感，同时讽谕之义也易于被美丽的藻饰、繁复的意象所淹没，然这正是初唐体歌行易于犯的一种通病。正

因为此王士禛在赞美了《明月篇》之后，还要谆谆地再加上一句："王杨卢骆当时体，莫逐刀圭误后贤。"（刘明今）

柳　杨　慎

> 垂杨垂柳管芳年，飞絮飞花媚远天。
> 金距斗鸡寒食后，玉蛾翻雪暖风前。
> 别离江上还河上，抛掷桥边与路边。
> 游子魂销青塞月，美人肠断翠楼烟。

从《诗经》开始，在中国历代诗歌中，吟咏杨柳的诗篇不胜枚举，但直至明代杨慎咏《柳》之作出，清代评论家沈德潜才认为他把柳写活了。兹将这首被称为"是一株活柳"（王夫之《明诗评选》）的诗录之于上，以供欣赏。

低垂的袅娜的柳丝，在春风中轻轻摆摇，似乎多情地绾系着人类美好的春天。飞飞扬扬的柳絮，似花非花，漫天飘舞。首联两句写杨柳在整个春天何其得意。每年冬尽春来，柳树最先抽芽，"何处生春早，春生柳眼中"（元稹诗），好像是她迎来了春天。杨柳在春天的大地上又是无处不在，那春风杨柳千万条的景象，可谓占尽春色。直到春尽的时候，柳絮如花似雪，把春天点缀得更加妩媚了。垂杨垂柳，你是春天的宠儿，似乎整个春天都是属于你的。在这两句中垂杨即垂柳，飞花即飞絮，而一经重叠使用，眼前仿佛出现处处垂柳成行，满天柳絮飘飞的开阔景象，而又使诗句富有委婉抒情、一唱三叹的韵致。

颔联"金距斗鸡寒食后，玉蛾翻雪暖风前"是紧承首联，进一步渲染杨柳的"管芳年"和"媚远天"。在清明节快要来到的早春时节（寒食节在清明前二三天），柳树开始冒出嫩黄色新芽，就像人们在斗鸡时套在鸡脚上的金属套。而暮春时节的柳絮，则像白色玉蛾在漫天飞雪中翻飞。诗人用"金距斗鸡"形容淡黄色柳芽，兼备柳芽的色、形、神，堪称精妙。而用"玉蛾"形容一团一团的柳絮，极形象，而在漫天大雪中飞舞，又写出了柳絮"媚远天"的气势。你看，柳丝摇金，是春天的序幕，那柳花飞雪，则是春天的尾声了。它不是管领着整个鸟语花香的春天么！

以上二联写尽杨柳的绮丽风光，春风得意，可是，它在世人的眼里，总是扮演着悲剧的角色，总是作为人生别离的象征而存在的。自从《诗经》"昔我往矣，杨柳依依"的诗句一出，从此，杨柳和人间离别之事结下不解的情缘。正如唐代诗人说的"长安道上无穷树，只有杨柳管别离"。汉唐以来，又有了折柳赠别的风俗。

你看那"别离江上还河上，抛掷桥边与路边"，年年柳色，灞桥伤别，那"江上河上"的依依杨柳啊，多么使人黯然伤神！那桥边路边抛掷的折断的柳枝啊，意味着人生多少伤心泪！在这一联里，"江上还河上"，"桥边与路边"，又用字句重叠的手法，造成了一种咏叹抒情的风调，自古多情伤离别，这是一种多么深广的人生痛苦啊！

尾联紧承上联并进行引申，由写柳的悲剧色彩，转而正面写人的悲剧命运："游子魂销青塞月,美人肠断翠楼烟。"在那"江上河上""桥边路边"折柳分别以后,关山远隔的心爱的人过着怎样凄苦的岁月啊!远客边关的游子有多少夜晚望月伤心,思念亲人。而空闺思妇啊,年年陌头柳色唤起她多少愁情。青楼远望,而那拂郁的柳丝又如轻烟遮断了她的视线。此情此景,令人伤心断肠。结尾虽写人事,又紧密联系着杨柳来写,揭出咏柳题旨,堪称点睛之笔。

这首诗摹物工巧,思致悱恻,声韵流转而不伤靡弱,语词绮缛而不失清新。全诗八句皆对,工整自然,不愧是杨状元大手笔也!杨慎,号升庵,四川新都人,出身书香门第,从小饱读诗书,二十四岁高中状元,是当时翰林院大才子。他写诗醉心六朝,一时艳情丽曲,流布天下。最难得的,他还找到了一位情投意合的红粉知己,他的夫人黄峨是一位工诗文,擅词曲而又温柔多情的女诗人。这位状元郎走着如花似锦的人生道路。这位历史上罕见的幸运儿,该为多少人羡慕。但谁也没想到的事发生了,朝廷大臣在皇统继承"大礼"的问题上意见分歧,这位书生气十足的杨状元卷进这场斗争,结果激怒了嘉靖皇帝,两次廷杖,把他打得死去活来,然后撵出朝廷,发配充军云南。从此,杨慎和他的夫人唱起了悲苦的人生的离歌。这支离歌他整整唱了三十四年,最后死于贬所。杨慎悲欢的一生不也很像他笔下的柳树么?"游子魂销青塞月,美人肠断翠楼烟。"不就是这对长期分离的文学鸳侣的写照么?沈德潜称赞杨慎这首《柳》诗"是一株活柳",我想也许其中还隐约可见一个"活人"呢!(铁 明)

无 题 杨 慎

石头城畔莫愁家,十五纤腰学浣纱。
堂下石榴堪系马,门前杨柳可藏鸦。
景阳妆罢金星出,子夜歌残璧月斜。
肯信紫台玄朔夜,玉颜珠泪泣琵琶!

这是一首无题诗,它像其他无题诗一样,诗中有所寄托而不明白说出,需读者自己去体味和理解。但这首诗后面有一条原注,却为我们理解这首诗的内容提供了一条重要线索。注文云:"丁丑岁同何仲默、张愈光、陶良伯作,追录于此。"这就告诉我们,它作于丁丑岁,即明武帝正德十二年(1517);作者除杨慎外,还有当时著名诗人何仲默(景明)、张愈光(含)等。在正德十二年究竟发生了什么大事,使这些诗人在一起写了这首无题诗?这就必须去查对一下当时的历史记载。

在正史和野史上都记载着:这一年的八月,明武帝朱厚照突然"急装微服,出幸昌平。"朝中一班大臣们急坏了,随后追去,请他回宫,他不听。幸好把守居庸关的巡按御史张钦坚持原则,紧闭关门,硬是不放他出去,他方才悻悻而还。但他并没有死心,隔了几天,换了一个太监代替张钦守关,然后在夜间溜出关去,来到宣府(今河北张家口市宣化区,明代边防重镇之一)。他到宣府干什么呢?原来,这位"正德天子"一向喜欢寻花问柳,在京城时就常常私出宫门,在外嫖妓宿娼,后来京城玩腻了,同时又顾忌大臣们"谏劝",便由佞臣江彬为他在宣府建造了名为"镇国将军府第"的行宫,以便在此更加肆无忌惮地玩乐。到宣府以后,他经常带了江彬等人，夜入民家索取妇女，大乐忘归，于是便把宣府称作"家里"。嫖妓宿娼，更是家常便饭。晚明沈德符的《野获编》："今宣府镇城，为武宗临幸地……至今二三妓家，尚朱其户，尚枢已脱，尚可辨认，盖微行所历也。"堂堂"大明天子"，做出如此荒唐可恶之事，自然要使朝野震惊，引出轩然大波。杨慎与何景明等诗中所咏，当即此事。

诗中的"石头城畔莫愁家"用来隐喻妓院。莫愁，古代乐府诗中善歌的女子，一说石城（今湖北钟祥）人，一说洛阳人，也有人误石城为石头城，称其为金陵。这里采用后面一说是因为石头城（金陵）是明朝初期的京城，后来的南京，可以用来影射北京。"学浣纱"暗用"西施浣纱"典故，把武宗比作古代荒淫失政的吴王夫差。颔联"系马""藏鸦"二句均从六朝古诗中化出。梁简文帝有"宜城醞酒今行熟，停鞍系马暂栖宿"之句，故"系马"一词有留宿娼家之意。简文帝《乌栖曲》又云："青牛丹毂七香车，可怜今夜宿倡家。倡家高树乌欲栖，罗帏翠帐向君低。"同时乐府《杨叛儿》也有"暂出白门前，杨柳可藏乌"之句。本诗"门前杨柳可藏鸦"句糅合以上诗意，含蓄地写出了妓院中的旖旎风光。

如果说前面四句还只是一般地描写妓院、妓女的话，那么颈联两句就明白地写出了皇帝与妓女之间的关系。"景阳"，楼名，南朝齐武帝建。《南史·裴皇后传》记载："宫内深隐，不闻端门鼓漏声。置钟于景阳楼上，应五鼓及三鼓，宫人闻钟声，早起妆饰。"这里把"景阳妆罢"的典故用在妓女身上，作者的用意自不难想见。"子夜歌"为六朝民间艳曲，常用于歌楼舞榭。"璧月"一词出于陈后主宫中艳曲"璧月夜夜满，琼树朝朝新。""子夜歌残璧月斜"句形象地描绘了明武宗征歌逐舞，以至通宵达旦的荒淫生活，并把他与亡国之君陈后主相比，显然是有意进行讽刺。

尾联两句一改前面那种隐晦含蓄的写法，变成直截了当的批评。"肯信"即哪儿会相信。"紫台"指皇帝住所，"玄朔"指极北之处；"玉颜"句用西汉乌孙公主和王昭君远嫁"和亲"的典故。《古今乐录》云："初（汉）武帝以江都王建女细君为公主，嫁乌孙王昆莫，令琵琶马上作乐，以慰其道路之思；送明君（昭君）亦然也。"这两句的意思是说：这位荒唐的皇帝哪里会相信，他这样胡作非为下去，必然会引起政治腐败，国势危殆，以致出现不得不向外邦乞求"和亲"，造成像汉代乌孙公主、王昭君那样的悲剧。这两句虽然还是采用借喻的手法，但明眼人不难看出，这是直接针对明武宗的十分严厉的批评。

自然，在封建专制君王的淫威下，杨慎他们在当时不可能公开此诗。但杨慎对明武宗荒淫无耻生活的愤恨，却通过此诗充分表现出来。正是出于这种愤恨，他在这一年上了一道谏疏，进行恳切的规劝，规劝无效，他索性"养疾乞归"，实际上是以此表示抗议。（范民声）

泛　舟　薛　蕙

水口移舟入，　烟中载酒行。
诸花藏笑语，　沙鸟乱歌声。
晚棹沿流急，　春衣逐吹轻。
江南采菱曲[①]，　回首重含情。

注　① 采菱曲：南朝梁武帝所制乐府《江南弄》七曲之一。

本诗以轻松、舒缓的调子,记述了春日泛舟的愉快经历。

诗歌一开头,作者就交代了这是一次放情怡性的"载酒行"。在岸边轻轻把船划入水中,在烟云朦胧中徐徐前行。一个"烟"字,为此次泛舟渲染了一个迷蒙的背景,正如"载酒"两字,为全诗定下一个轻松、欢快的调子。紧接着两句,具体描述了这欢快的场景。水中的小洲布满野花,其间有欢声笑语摇曳;沙渚上飞鸟振翅鸣叫,搅乱了飘荡于水上的歌声。这里"藏"与"乱"两字,用得可谓警精。它或使本来静止的自然之物,具有一种顽皮的动感,或使人与自然的交融,成为一种不待言说的彼此因应,以至我们无法知道,是歌声"乱"了本来憩息着的沙鸟,还是鸟声搅乱了人声。颈联言此次泛舟已整整一天,归返途中,一任水送轻舟,风吹春衫。说流急,是因春天多雨,水势上涨;说衣轻,也正道出春天节令的特点,且穿着质地轻薄、色彩光鲜的春衫欢游,其情志怡悦,神态飞扬,不正可以想见了么?读到这里,一种闲适安恬的感觉已几乎溢满心头。此时,一阵《采菱曲》的悠扬歌声响起,更增人怡悦之心,流连之意。"回首重含情"一句,既可理解为作者及其友人听曲起情,流连忘返,也可以为是其归返途中,遇船女轻奏小曲,顾盼生情的情态。至其格调,都是一样的安雅、祥和,闲适至于脱尽尘嚣。

钱谦益《列朝诗集小传》说:"君采(作者字)为诗,温雅丽密,有王孟之风",并说他"貌癯气清,行己峻洁,屏居西原,陂鱼养花,著书乐道"。读罢此诗,我们于此当有更深切的了解。
(彭 牧)

秋闺曲　谢 榛

目极江天远,秋霜下白蘋。
可怜南去雁,不为倚楼人。

古往今来,抒写闺情的诗词成千上万,作者们各展机杼,各显才情,写的人多了,也就增加了创作的难度,容易显得平庸而泪没在同类创作的海洋中。谢榛的这首《秋闺曲》,却以其凝练含蓄而给人留下较深的印象。

闺情,因良人(或所欢)离去而引起的深切思念的感情,照理一年四季都可能发生;但闺情诗却大多喜欢以春或秋为背景,这大概是春荣秋悴的自然景物,更加容易引发、烘托出凄凉的况味吧?在闺情诗中,似乎春闺多以白昼为背景,秋闺多以夜晚为背景,这不知是否又同"春花秋月"易于惹恨牵愁有关?例如梁简文帝萧纲的《秋闺夜思》中就有这样几句:"迥月临阶度,吟虫绕砌鸣。初霜陨细叶,秋风吹乱萤。"唐张仲素《秋闺怨》说:"碧窗斜月霭深晖,愁听寒蛩泪湿衣。梦里分明见关塞,不知何路向金徽。"明孙贲《秋闺》说:"凉夜萧萧处处过,玉楼高起逼天河。西风瘦尽梧桐叶,添得西窗月影多。"冷清的秋月,分明是触起思妇愁怀的媒介,但也有以白昼为背景的,谢榛的《秋闺曲》,便是其中的一首。

从诗所显示出来的画面看,《秋闺曲》描写的是:一位妇女伫立在楼头,凭栏凝眺,愁思郁结;她目光所注的远处,江天辽阔;岸边白蘋覆上了一层秋霜;空中大雁南翔。画面是疏朗淡荡的,与那些堆砌景物、浓得化不开的闺情诗相比,便有清疏与滞密的区别,境界自然属于上乘。

除了构图的清疏以外,意蕴的深长、含蓄更是使这首诗获得成功的重要之点。例如:"江天远"加上了"目极",就有伤心良人离去之渺远的意味。"白蘋"这一意象,则有传统惹愁意识的积淀。《楚辞·九歌·湘夫人》说:"登白蘋兮骋望,与佳期兮夕张。"(据王逸本)说的是湘君登上长满白蘋(王逸注:"蘋草秋生,今南方湖泽皆有之。"《尔雅》和《说文》都解释为一种大的浮萍)的地方等候湘夫人。唐赵征明《思归》诗:"惟见分手处,白蘋满芳洲。"宋柳永《玉蝴蝶》词:"水风轻,蘋花渐老;月露冷,梧叶飘零。""白蘋"在这些作品中出现,都有惹愁的作用。故此诗的"秋霜下白蘋"句,也是蕴含着愁情的。而作者在描写空中去雁时,更是充满了"情语":一曰"可怜",二曰"不为倚楼人",实是暗用了"雁足传书"的典故,而喟叹此"南去雁"之不能为捎书信,以倾诉自己的思忆之情。这样经过情景的相互渗透作用,诗虽不着一"怨"字,而思妇的愁怨心曲,连同其发露于外的动作举止,却都含蓄地表现出来了。

谢榛是"后七子"的代表人物,他作诗以模仿盛唐为鹄的,这首诗确也格高调远,音节响亮,有点似李白的《玉阶怨》:"玉阶生白露,夜久侵罗袜。却下水晶帘,玲珑望秋月。"甚至还可上溯到曹植的《七哀》诗:"明月照高楼,流光正徘徊。上有愁思妇,怨叹有余哀。"但不管作者愿意不愿意,我以为它更像两首唐宋人的词。其一是温庭筠的《梦江南》:"梳洗罢,独倚望江楼。过尽千帆皆不是,斜晖脉脉水悠悠。肠断白蘋洲。"闺中人登楼所见的水天悠悠与"白蘋"引起的"肠断"之感,谢诗与其全无二致,只不过易归帆为去雁而已。其二是张耒的《风流子》:"楚天晚,白蘋烟尽处,红蓼水边头。芳草有情,夕阳无语,雁横南浦,人倚西楼。"除抒情主体一为女性、一为男性的不同外,谢诗、张词的意境亦基本相似。这大概是作者始料所不及的吧? 文学上的现象有时就是这样不可思议的。(洪柏昭)

塞上曲　　谢　榛

旌旗荡野塞云开,金鼓连天朔雁回。
落日半山追黠虏,弯弓直过李陵台。

《塞上曲》属乐府《横吹曲》之"新乐府辞"(《乐府诗集》),在唐人特多名作,宋以后无继之者。而明代边防力量较强,边塞诗有所振兴,谢榛此诗便是佳作。

"旌旗荡野塞云开,金鼓连天朔雁回。"二句烘托战场气氛。每句都包含两种意象。"旌旗荡野""金鼓连天"是战场景象,分属视觉和听觉。军队作战,"旌旗"有号令指挥三军的作用,而"金(铮镯)鼓"则是节制进退的信号。"旌旗荡野"则见战阵摆开,"金鼓连天"偏义于击鼓进军,虽不具体写两军厮杀搏斗,但字里行间已充分暗示了这样的场面。"塞云开""朔雁回"是自然景象,云开则日出,雁回见春至。本来它们与战争无关。诗人将它们与战场景象两两并列组合起来,就有了新的意味。仿佛是战阵拉开,杀声震天,使得塞云惊退;鼓鼙连天,响震林木,使得雁群惊回。这就烘托出战斗激烈的气氛。绝句体小,正面描写往往不如侧面烘托,如这里的写法，就事半功倍。

"落日半山追黠虏，弯弓直过李陵台。"二句写战斗的结果。"李陵台"在燕然山（《唐书·地理志》"云中都护府燕然山有李陵台"）。这里的"半山"，即指燕然山而言。战斗进行了多久不知道，只见落日时分敌军败北，而大明官军则乘胜追击。这是一幅令人振奋的胜利图面。李陵为西汉败降匈奴的将军，后人用李陵事或"李陵台"入诗，多为反衬忠贞不屈或忠勇无畏的民族气节。此诗也不例外。"落日半山追黠虏，弯弓直过李陵台"，就有以彼败反形此胜，彼懦反形此勇的作用，使读者觉得诗中的将军不但英勇善战，而且在任何情况下决不降敌。"弯弓直过"的形象描述，又生动地展示了人物的雄姿。而"弯""直"二字无意映带，又富有唱叹韵味。"黠虏"即狡猾的敌人，这一措辞，则突出了将军料敌如神，即所谓"狐狸再狡猾，也斗不过猎手"！

诗中写的不一定是某次具体的战役，倒很可能是作者对当时边塞战争生活的一种概括。"弯弓直过李陵台"便可能出于艺术虚构。正由于有这样的概括和虚构，它才比生活本身更集中，更典型，更理想，因此也更带普遍性，总之，无论就此诗的造境，炼字炼句而言，都有值得称道之处。（周啸天）

舟中对月书情　皇甫汸

不识别家久，但看明月辉。
关山一以鉴，驿路远相违。
影落吴云尽，凉生楚树微。①
天边有乌鹊，思与共南飞。

> **注** ① 吴、楚：古地名，诗中分别代指长江的下游、中游地区。

一个常年奔波仕途的人，当他在长江水路上伫立船头仰望中天明月的时候，会有怎样的思绪呢？皇甫汸的这首五言律诗，对此作了艺术性的回答。

首联"不识别家久，但看明月辉"，点明了诗人的宦游者的身份：自己连离开家乡多久也似乎记不清了，只知道在外不止一次地看到过清朗的秋月。颔联"关山一以鉴，驿路远相违"，接着从写舟行入手，强调自己再次远离了故乡：站在行舟上一路看尽了两岸连绵的关山不断地被行舟推开，可知距上船的驿站越来越远了。而颈联"影落吴云尽，凉生楚树微"，则是通过描绘诗人在舟中所望见的大江两岸的风光，自然地抒发了作者奔波仕途的感受：月光下，下游一带的云影渐渐隐去，中游一带萧瑟的秋林也变得模糊不清了。再看尾联，"天边有乌鹊，思与共南飞"，这里化用了曹操《短歌行》的诗句典故（"月明星稀，乌鹊南飞，绕树三匝，无枝可依。"）。由南飞的乌鹊联想到自己的宦游者身份，委婉地诉说了诗人有家难归而又书信难托的那种凄凉伤感的心境。

以上是就诗歌内容来说的，而所谓"艺术性的回答"，即是说此诗不仅艺术构思巧妙，且艺术表现手法又独具匠心，这两者的结合，在最充分地表达思想内容的同时，也营造了深邃幽远的诗歌意境。诗题为"舟中对月书情"，关键词无疑为"舟""月""情"三字，而全诗的叙事、写景、抒情,正是紧紧围绕这三个字,做到环环相扣,有机统一:写月,为的是点出"对月"的特殊场景(在舟中);写舟,又是为了揭示"对月书情"在舟行中的特殊感受;至于抒情,则择选了与"月""舟"有密切关系的触发物——天上的云影、江岸的树林和江面上的乌鹊等等。唯其如此,全诗的情景交融就显得格外的自然和谐。

从全诗来看,最值得玩味的,也最富有艺术魅力的是颈联两句——"影落吴云尽,凉生楚树微"。这两句作为全诗的"诗眼",不仅写出了秋月下的江面那种开阔的场景和奇异的景致,更通过这一组富有动感的意象的提炼,烘托了诗人此时此地面对此景此物的特殊情感。诗中言"吴云",着眼其"影落"而突出"尽",言"楚树"则渲染其"微"而诉诸"凉生"的感觉。很显然,这里在对自然景物作描绘时,有机地融入了诗人的感情色彩:惜"吴云"之"尽",正是对远离家乡的感慨;觉"楚树"之"凉",乃表明对于宦游之地缺乏亲近感,联系到诗的首联和尾联,这样一种情感表露方式,使全诗也更具艺术感染力了。(文　华)

送别袁永之　　高叔嗣

怜君方迁戍,况我婴愁疾①。一别若流云,相从竟何日?平生重交游,弱冠弄篇帙,书愿藏名山,功期铭石室。安知事不就,跌宕情如一。已矣复谁陈,今亦返蓬荜②。

注　①婴:缠绕、患。　②蓬荜:蓬,蓬蒿;荜,荜茇,均草名。蓬荜,蓬门荜户,贫者所居。

袁永之,名褧,嘉靖五年(1526)进士,选庶吉士,因得罪权臣张璁,出为刑部主事,改兵部。上任未久,兵部失火,下狱问罪,高叔嗣时为吏部员外郎,素与袁褧相善,曾作《简袁永之狱中》诗赠之,写道:"本同江海人,俱为轩冕误。子抱无妄忧,余有多言惧。"高叔嗣与袁褧生性都比较淡泊,好文艺,入宦后又遇上了嘉靖前期的议礼之争。当时张璁、桂萼等新贵得势,党同伐异,"日以报怨为事","廷臣莫不畏其凶威"(《明史》卷一九六),因此他们便萌生了退志。不久袁褧论罪谪戍湖州,高叔嗣便写了这首诗送他。

全诗十二句,分三层写来。首四句写别情,袁褧谪戍湖州,前途难卜,作者自己又少年多病(高叔嗣三十七岁病卒),因此今日如流云一别,南北漂泊,日后能否再见就难以估计了。中间四句写二人平生志向,高叔嗣与袁褧俱少年有诗文名,早登高第,也都曾期望建功立业,以文章传后世。但是事与愿违,接下末四句遂转写今日之情怀,二人在备遭困厄后,空自忧思难抑,已没有什么再可申说。如今袁永之谪离京城,作者也无意于仕途,欲戢影乡园了。

高叔嗣以五古擅长,沈德潜评其诗"冲淡得韦苏州体"(《明诗别裁》),这首诗正体现了这一风格。全篇不假藻饰,吐言成章,句句出自胸臆,读来则饶有兴味。苏轼称韦应物诗"发纤秾于简古、寄至味于淡泊",用来评高叔嗣此诗亦十分恰当。高叔嗣少曾受知于李梦阳,然作诗风格却与李梦阳迥异。嘉靖初年诗坛上复古之风正盛,李梦阳等以汉魏盛唐之音倡,其弊流于肤廓叫嚣,因此高叔嗣的诗便显得十分突出,能于平淡中见情致。当时人对他的诗评价颇高，陈束称其诗"词质而腴，兴近而远"（《苏门集序》），王世懋评云："诗有必不能废者，……我明其徐昌毂、高子业乎？二君诗大不同，而皆巧于用短。徐能以高韵胜，有蝉蜕轩举之风；高能以深情胜，有秋闺愁妇之态。更千百年，李、何尚有废兴，二君必无绝响。"（《艺圃撷余》）读这些评论，可助读者品赏本诗淡而有味的艺术风格。（刘明今）

江南曲　黄省曾

旖旎绿杨楼，侬傍秦淮住。
朝朝见潮生，暮暮见潮去。

江南民歌，多以短小的形式、多种修辞手法、含蓄巧妙地抒写纤弱娇柔的男女艳情。"自从别郎来，何日不咨嗟。黄檗郁成林，当奈苦心多。"以相关、隐喻等手法，描写了一女子和情郎分别后的相思之苦。"春林花多媚，春鸟意多哀。春风复多情，吹我罗裳开。"以比兴手法，刻画了青春女子春心萌动时的细腻情怀。

这首文人诗，形式简洁短小，言情含蓄，颇有江南民歌风味。含蓄，是此诗的最大的感情表达的特点，但它的含蓄，不是像江南民歌那样借助某些修辞手段来实现的，而是故意地"意不尽言"，用足以启人联想的诗境，让读者于联想中去感受诗人要表现的感情。

此诗以一青楼女子的口吻，道出了这类女子独处时的失落感和怨恨之情。

金陵是六朝时的所谓"金粉"之地，秦淮河畔则又是这个金粉之地中豪富权贵、文人骚客们寻欢作乐的场所，声色歌舞，纸醉金迷，代代如此。诗没有直写青楼女子，仅点明"秦淮"之地，以"旖旎""绿杨"略作点缀，便概括了"秦淮"在历史上特有的脂香粉气，诱使读者去想象，去确定抒情主人公，去体味这一青楼女子此时此境的特有情怀。

更能让人产生联想的是后两句，诗意为从早到晚，她都在听着秦淮河水的潮生潮去。"朝朝""暮暮"是互文手法的运用，互文见义，表明这是充塞此女子一天的生活内容，突出了其生活的单调、无聊及忧伤、怨恨。诗人将这种生活稍微一点即搁笔，留给了读者丰富的联想内容和广阔的想象空间。实物之潮，有起有落，有恒有信，非常忠实地在她的楼下来去巡回；而她呢，却没有一个守时守信的情人，有的只是每日走马章台的匆匆过客、轻薄儿郎。才听到的甜言蜜语犹在耳，转瞬便杳如黄鹤不见踪迹。这些无信无义之徒，真不及有恒有信之潮，可她只能伴着那些人，以获生计。潮水，使她生起了深深的失落之感、幽怨之意；潮水，又一回回加剧了她的这番失落和幽怨。这就是"朝朝见潮生，暮暮见潮去"这看似简单重复的句中的深切含义，是对青楼女子生涯之苦的曲折体察。在这二句前后背景的衬托下，又能令人生发一种多方想象的诗境：青楼女子，达到了整日注目于潮生潮去的生活状态，该是一种怎样的心情？如此地打发日子，她能心甘情愿、忍受得了吗？她想不想改变、能有什么办法改变这种生活呢？……

短短的四句二十字，以风光柔美的环境、秦淮之地的住址、独处高楼的生活力基础，以听潮为引爆点，诗给读者插上了纵横驰骋联想的翅膀，让读者想象到这女子"衣带渐已缓""人比黄花瘦"的柔弱体态,处境难改、忧伤难奈的怨恨声。诗中虽未明言、尽言这一青楼女子的此种感情,但诗人用了启人联想的含蓄表现手法,便使诗具有了让人遐想不已、反复体味的艺术感染效果。(马开吉)

塞上曲送元美　　李攀龙

白羽如霜出塞寒,胡烽不断接长安。
城头一片西山月,多少征人马上看。

《塞上曲》是古乐府诗题,以唐代李白、王昌龄诸作最为著名,此诗如隐去作者姓名,置于唐诗之中,亦可乱真。开篇"白羽"两字就点明边塞军情紧急,古时军事文书插上鸟羽,表示此书十万火急,须像飞鸟一样迅速传递,故称羽书或羽檄。"霜"字既形容鸟羽之白,又烘托塞外之寒,而且还暗含形势险峻的意味。读了首句,我们可以想见一位信使带着那份如含严霜的羽书,冒着塞外的寒风策马飞奔。他为何如此疾行呢,原来是"胡烽不断接长安"。烽,即古代边防报警的信号,也代指战争,"胡烽不断"形象地点明外族屡侵边境。长安是唐代国都,"接长安"应前句"出塞寒",表示边境频频告急,战报直入朝廷,军情之峻急尽在不言之中。前两句使人想起左思《咏史诗》中的"边城苦鸣镝,羽檄飞京都",两者的语义非常接近,而本诗读来更具急迫感。

后两句写军士出征应战。月,可以说是写边塞的诗作中最常见的意象之一,如王昌龄的"高高秋月照长城",李白的"明月出天山",高适的"明月羌笛戍楼间",岑参的"城头月出照凉州",等等。月照边关,使塞外景色壮阔而悲凉,朦胧而凄清,颇具边塞情调;而征人看月,则又交织着怀念家乡的愁情与立功边塞的雄心。"马上看"就含蓄着这种情感,战士们骑马奔赴塞外或巡逻边境中,抬头看望高悬空中的明月,既思念亲切的家乡,留恋美好的人生,又准备为保卫祖国的大好河山而誓死战斗。因此,后两句既带有唐代边塞诗中常见的那种雄豪悲壮的格调,又有一种缠绵的情致,实为不可多得的佳句。

这首诗其实是明人李攀龙写的一首送人诗,元美即王世贞,与李攀龙齐名,同为"后七子"领袖。王世贞此次出行,与防务有关,故诗人送诗为其壮行,诗中"征人"句即点送行之意。此诗虽貌似唐诗,但也透露出作者对现实的担忧。明代边事屡起,北方的鞑靼多次入侵,直接威胁国都北京。诗中以长安代喻北京,"胡烽不断"实非虚写。西山指北京西郊的群山,征人在马背上看西山之月,既是勉励王世贞勤劳边务,以分国忧,同时也期望守边将士不忘京城,御敌保国。

李攀龙诗刻意规模唐调,乐府诗尤多割剥古人字句,但此诗笔调凝练,意境雄阔,风格劲健,颇得唐代边塞诗的神韵,做到了神与貌合。清沈德潜谓此诗"可使乐人歌之",可见其非徒袭字句的乐府诗所能比。作者学习古代文学遗产,并非一无所得,《四库全书总目》谓其"才力富健,凌轹一时,实有不可磨灭者,汰其肤廓,撷其英华,固亦豪杰之士",诚为公允之论。
(俞灏敏)

杪秋登太华绝顶（其二）　李攀龙

缥缈真探白帝宫，三峰此日为谁雄？
苍龙半挂秦川雨，石马长嘶汉苑风。
地蔽中原秋色尽，天开万里夕阳空。
平生突兀看人意，容尔深知造化功。

　　明世宗嘉靖三十七年(1558)秋末，李攀龙即将从陕西辞官归里之际，游览西岳华山。他登高望远，遥望秦川汉苑，胸襟开阔，驰骋想象，欣然命笔，作《杪秋登太华绝顶》七言律诗四首，这里所选是其中第二首。诗中描绘了祖国西北山河阴晴风雨变幻、宏丽奇特的秋色，抒写了个人探究社会人生与大自然奥秘的情怀。

　　破题出句用"真探"，表明登临华山绝顶，透露出久已仰望，如今终于探访名胜古迹，了却宿愿的愉悦。白帝是我国古代神话中五大帝之一，西方之神。供奉和祭祀主宰西方之神的白帝宫在华山山顶上。"缥缈"形容其高，云雾缭绕，隐隐约约，像是神秘的仙境。对句设问，显示居高临下的气派，并用拟人化手法，化静态为动态，使高耸入云、时隐时现的三峰（华山莲花峰、仙人峰、落雁峰三大主峰），如同今日为迎接诗人的到来在争雄斗胜。作者《太华山记》有一段具体描述："南望三公山三峰，如食前之豆（古代盛食品的器皿），是白帝之所觞百神也。从上望壁下大溪，溪肆无景，即日中窈窈尔。久之，一山出，其末若镞矢，顷即失之矣，是为南峰（落雁峰）。南峰前出南壁上。东峰（朝阳峰）出东南隅壁上。西峰（莲花峰）出西北隅。从下望之，五千仞一壁矣。"参阅此文，可以帮助理解本诗。

　　诗人豪情注笔端，写景亦壮观。中二联大笔挥洒，一展华岳雄视关中平原的宏阔气势。"苍龙"，华山有苍龙岭，高峻狭长，青翠苍郁，如龙横卧，半挂天际。"石马"，华山玉女祠前洞穴中有石如马。诗人见而生发奇想，由龙主云雨的神话联想到关中平原的雨幕皆是苍龙所挂下，由洞穴生风的常识联想到关中平原的长风皆由石马所嘶出。关中平原是秦、汉帝国的发祥地，多皇家林苑，曰秦川，曰汉苑，与唐人"秦时明月汉时关"一样，沟通现实与历史。连接空间与时间，仿佛华岳不仅俯瞰千里沃野，而且阅尽万代沧桑。至此，登临之初的愉悦，转换为怀古伤今的感慨。诗人遥想历史风雨，极目关中天地，只见平原天高地迥，秋色无边，沐浴在夕阳的余晖中，更显得万里开敞，旷远空阔。诗人情系雄壮之景，思极邈远之古，其胸襟之宏宽，情感之昂扬，读之自可想见。

　　登高望远，览关中之寥廓，益觉华山之高峻，天地之广博，作者遂由流连景色转而思索人生。"突兀"本可形容山之高耸，此处移写人的兀傲，由山及人，正显露这一转折的轨迹。作者才思劲骛，名高当时，故也意气凌盛，睥睨世人，史载其告归，"宾客造门，率谢不见，大吏至亦然，以是得简傲声"。可是登临华山看到华山之高能涵容关中广袤平原时，他也不能不爽然自失，不得不承认只好让华山独得天地造化的奥秘。他在《太华山记》结尾说得更明白一些："余既达削成四方中，不复知天不可升矣。余夫善载腐肉朽骨者乎？及俯三峰，望中原，见黄河从塞外来，下窥大壑精气之所出入，又未尝不爽然自失也。"（《沧溟先生集》卷十九）尾联也是作者的自勉之词,因为出于自我自省,故颇能启人深思,也使诗意更加深沉。

《明诗别裁集》评"沧溟诗有虚响,有沉著",《抄秋登太华绝顶》确是李攀龙诗歌沉著雄浑风格的代表作。(黄祖良　俞灏敏)

平　凉　　李攀龙

春色萧条白日斜,平凉西北见天涯。
唯余青草王孙路,不属朱门帝子家。
宛马如云开汉苑,秦兵二月走胡沙。
欲投万里封侯笔,愧我谈经鬓有华。

明世宗嘉靖三十六年(1557)春,李攀龙在陕西按察司提学副使任上,曾经到过平凉府。平凉府治所在今甘肃省平凉市。站在古老的平凉城上,极目远眺风沙弥漫的西北边塞,俯览城内外自然界和社会变迁的景象,他内心深处激起沉郁已久的满怀忧愤,抚今追昔,抒写了这一首七言律诗。

破题出句用"萧条",显示诗人心目中所感受的平凉春色十分冷落、寂寥,毫无勃发的生机。"白日斜"不仅点明时间推移,日过中天,夕阳残照,而且渲染了凄迷、惘然的气氛,更使那荒芜的边城蒙上一抹灰暗、冷峻的色调。诗人写眼前景,却寄情于景,因此景中有情。对句用"天涯"拓展空间,开阔视野,抒发诗人放眼西北穷边极塞,关心国家社稷安危的情怀。平凉城在汉唐盛世时并不属于边塞地界,可是,明王朝自永乐年间弃大宁徙东胜,宣德年间又迁开平于独石,嘉靖时复弃哈密、河套,嘉峪关以外大片土地尽失,疆域日蹙,这怎能不使诗人在平凉城头遥望西北时,徘徊终日,黯然神伤,发出天涯路尽的感慨!

颔联对仗工整,用事自然,不露雕琢痕迹。从平凉城上俯视阡陌纵横,却只有青草萋萋,昔日横行霸道的帝子王孙,已不见踪迹,表明这里不再是属于他们的封疆领域了。诗句貌似平淡无奇,实则在特定的图景中,蕴含着诗人对人世沧桑的深沉回顾和感叹。《明史》卷一百十八记载,朱元璋第二十二子安惠王朱楹于永乐六年(1408)就藩平凉,十五年(1417)去世,无子,封除。朱元璋第二十子韩宪王朱松封国开原,永乐五年(1407)去世,时弃大宁三卫地,开原逼塞不可居,二十二年(1424)改封朱松子韩恭王朱冲域于平凉,就安王邸。弘治间,"建宁王旭楠至,以所受金册质于宗室偕洗,事闻,废为庶人。诸贫宗往往凌劫有司,平凉知府吴世良、邝衍、任守德、王松先后被窘辱。嘉靖十三年(1534)昭王旭樻薨,子定王融燧嗣,惩宗室之横,颇绳以法。不逞者怨之。三十二年(1553),襄陵王融焚及诸宗二百余人讦奏王奸利事。勘无实,革融焚等禄……"亲王贵胄的衰微、败落,如同明王朝的边防日益削弱,使关注国事的李攀龙触景生情,借景抒情,感慨系之。

李攀龙的视线由远及近,从上到下,思绪随之起伏、推移。思绪翻腾之际,从历史与现实交叠之中闪耀新的更高、更美的雄奇境界。颈联转折得好,体现了诗人力求另辟蹊径的艺术构思。他由边防、时事到缅怀远古,心灵中映照出梦寐以求的美好理想。他抚今追昔,借助想象,用精练的语言,描绘出期望明王朝能像秦汉强盛时扬威塞外的图景。"汉苑"原指汉朝的马苑,这里借写明代平凉府的大牧马场。平凉府西有群牧监。"宛马"原为汉代著名的大宛马,这里借指当地饲养的西北良种战马。"如云",形容其多,其奔跑迅猛似天上彤云翻滚,有强烈的震撼人心的动态感。"开"更具动作性,马苑开放,意味着骑兵部队的行动,一马当先,万马奔腾,战旗迎风招展。陕西为古秦地,"秦兵"指明王朝的军队。"走胡沙",形容部队在边关塞外广袤的沙漠中驰骋作战。全诗的情调,由低回宛转至此一变为昂扬振奋。沉郁的忧愤,得以暂时获得舒畅。明代西北边境几乎烽火不断,且多被动挨打,屡遭侵扰,很少出击获胜。因此,无怪乎李攀龙曾经怀着殷切的期望和深深的祝愿,在《送太医令周一之从大将军出塞》一诗中,吟诵出这样的诗句:"二百年来无一战,今日王师遂北征。便当灭虏始朝食,不系单于不解兵。"(《沧溟集》卷五)

结句又转为咏叹的低调。从遐想中回到薄暮的平凉城,面对现实,他引用班超投笔从戎的典故,表示愿意效法班超,在保卫祖国的征战中,建功立业。可是,自己感到惭愧的是,大半生空谈治国济民的经术,坐以论道,如今已经双鬓花白,心有余而力不足了。这一年,李攀龙四十四岁,人到中年,要投笔从戎,谈何容易。全诗展现的抒情主人公,是一个缅怀往昔、关注时事、立志报国却又力不从心的封建士大夫形象。他的感叹是真诚的。(黄祖良　黄幼珍)

严先生祠　　徐　渭

大泽高踪不可寻,古碑祠木自阴阴。
长江万里元无尽,白日千年此一临。
我已醉中巾屡岸,谁能梦里足长禁?
一加帝腹浑闲事,何用傍人说到今。

东汉初年有一位隐士名叫严光,原来与光武帝刘秀是同学。刘秀建立东汉王朝后,派人把严光从他所隐居的齐国(今山东北部)某处大泽中找来,请他做朝中的谏议大夫。严光不肯答应,又跑到浙江一带仍旧当他的隐士去了。至今在桐庐县南的富春江边,仍留有一座严子陵钓台(严光字子陵),据说是他当年钓鱼的地方;台下有专为纪念他的祠堂,也就是本诗所说的"严先生祠"了。

这首诗头两句仿杜甫《蜀相》的首联,意思加以翻新。"大泽高踪"指严光最初隐居于齐国的行迹,"古碑祠木"指严光再度隐居富春江畔和后人对他的尊崇与怀念。然后转到自己的登临凭吊。"长江"是说富春江。江水滔滔不绝,时光也流淌不尽,隔着千年的历史,自己又来到这里。前四句,以祠堂为中心,将严光一生主要事迹和千古以来对严氏高风亮节的怀想统括在内,笔力显得很雄健。但这还是常见的写法,其作用主要在交代背景和渲染气氛。后四句专论一事,才是重心所在。

严光有一桩著名的传闻:他入京时曾与刘秀共寝,把脚搁在皇帝的肚子上,次日,负责观察天文星象的太史奏告:"客星犯御坐(代表皇帝的星座)甚急。"这事正式载入《后汉书》,表明古人对此是很认真的。它告诉人们：天命所系的皇帝是何等神圣，凡人的脚搁在皇帝的肚子，就在天象上反映出来！但徐渭不仅不相信那个神话，还对人们津津乐道于此提出质疑：我现今喝醉了酒，就已经屡屡"岸巾"（头巾戴不正，露出额头。这是一种率意放任的姿态），谁还能在梦中管住自己的脚？偶然把脚搁在皇帝肚子上，完全是一桩琐碎小事，哪里用得着当作一件大事，从古说到今？

这里，诗人论说古史，首先是从自己说起，等于是说：若换了我，也难免有此一搁。由此将一桩历史故事变成一个与现实相关的问题。末句的责问，更包涵了深刻的言外之意：千余年来，人们对这么一件小事说个没完，实在是一种荒谬的心理。这又把问题引伸得更远了。

徐渭的思想，有些是相当深刻而尖锐的。他在《论中》一文中说：所谓"圣人"并不是那么几个人，从君主到马医、铁匠，"凡利人者，皆圣人也"。这实际是否定了超于常人的"圣人"的存在。他又在《赠礼师序》一文中说：所谓"君君臣臣父父子子"的美德，只是儒家学说中粗浅的东西，这也是变相的否定。孔子所说"君君臣臣父父子子"，即社会不同等级与不同身份的人，要各守本分、各尽其职的"名分"观念，原本是传统政治制度、伦理道德的基础，徐渭竟也投以蔑视，可以说是很大胆的了。《严先生祠》，正是借议论古史，批判"名分"观念，表述平等意识，所以这诗才写得如此豪放而英锐。

在徐渭所生存的环境中，公然对现实中的君臣名分问题提出怀疑是危险的，因而他只能用借古讽今的办法。不仅是这首《严先生祠》，在其他许多咏史诗中，都有类似情况。不妨再读一首凭吊伍子胥的《伍公祠》：

> 吴山东畔伍公祠，野史评多无定时。
> 举族何辜同刈草，后人却苦论鞭尸。
> 退耕始觉投吴早，雪恨终嫌入郢迟。
> 事到此公真不幸，镯镂依旧遇夫差。

伍子胥原是春秋时楚国人。他的父亲伍奢得罪于楚平王，遭灭族之祸，伍子胥只身投奔吴国。他帮阖闾夺得吴国王位，又发展了吴国的军事力量，受到重用。后率军队攻破楚国，开棺鞭笞楚平王尸骨以泄仇恨。最终却被吴王夫差疏远，以致被迫自杀。

徐渭此诗围绕伍子胥复仇和入吴后最终仍遭不幸两件事开展议论，词锋十分犀利。伍子胥复仇一事，在早期似乎并未受到严厉的指责，至少在屈原的作品中还是把他当作正面人物看待的。但随着君主专制的强化，伍子胥的行为越来越受到非议。因为按照严格的"名分"观念，不管君主有什么过错，臣都不可表示不敬，何况鞭尸？徐渭针对这种意见，把"举族何辜同刈草"与"后人却苦论鞭尸"两桩事实对举，以事实本身揭示后者的荒谬：难道伍氏一族的性命，竟不如楚王的尸骨重要吗？下面他更进一步代伍子胥着想："雪恨终嫌入郢迟。"意思是：要论报仇雪恨，本该生擒平王才能满足，开棺鞭尸，实在已经太迟了！这一句说得很"辣"。

至于伍子胥投吴，始受任于阖闾，末受害于夫差（"镯镂"即属镂，剑名，夫差以此剑赐伍子胥死），说明为臣不易，无论在楚在吴，终究都是一样，也深涵着历史的感叹。

还有好些例子可以作为旁证。譬如关于项羽的诗，徐渭强调他杀死反秦义军名义上的领袖义帝根本不足为过，以此指责项羽是一种酷吏判狱式的作法；关于韩信的诗，又说韩信早该背离刘邦自立等等，都表明徐渭在君臣名分问题上的特殊敏感和强烈的批判态度。

怀古、咏史一类诗篇,大多有些议论,做翻案文章也很常见。但是,只有当诗人站在新的高度上,以新的历史意识衡量古人古事时,这种议论、翻案才格外有生气,给人以启发。
（骆玉明）

登云门诸山　宗　臣

山头月白云英英,千峰倒插千江明。
手把芙蓉步石壁,苍翠乱射猿鸟惊。
谁知云外吹紫笙,欲来不来空复情。
天风吹我佩萧飒,恍疑身在昆仑行。

　　云门山位于广东乳源县北,山势绵延,山色清秀,为岭南的游览胜地。这首游览云门山之作写于作者贬官福建时,一路攀登,顺序写来,很见情趣。
　　首句写山顶之景,一轮皎洁的明月挂在山头,周围缭绕着簇簇玄云,"英英"形容云兴涌堆积之貌。攀月吻云的山峰之高耸,射云泻山的月光之清辉,遮山烘月的云雾之漂浮,三者融汇成一个幽静而朦胧的境界,同时也表明登山的时间是在夜晚。然而,登山初始,人在山中,又岂能见到山头景色? 如此起笔,突兀得不免有点怪。若谓是写山外远望所见,下句接写山中近观,则又平常得很。观次句"千峰倒插千江明",可以想见诗人在山中蜿蜒登涉,江水曲绕,千回百转,每翻梁越冈,辄见一条江水,仿佛山中有千江之多,江水澄碧清澈,晶莹明亮,倒映出峰峰峦峦。"千峰"正扣题中"诸山",千峰插水,好似一个倒悬的天地盆景,极其秀丽,而且"插"字与纯属被动之态的映字相比,更使这一山水映辉显得富有生气活力。那傍依山峰的明月,簇拥山峰的云雾,原来也都是倒挂、倒浮于千江之明中,山、水、云、月,构成一幅完整而幽谐的水墨画。这样读来,才觉得平中有奇,奇而不怪,自然生趣,味之饶有情韵。
　　诗人江边观赏之后,接着攀高登险,故三、四句集中写题中的"登"字。"芙蓉",此处非指水中的荷花,而是长满山中的木本植物,其性耐寒,故有拒霜之名。"苍翠"写出它的本色,这里是以颜色代指事物本身,同时也描绘遍野芙蓉、满目苍翠的云门山色。拉紧芙蓉树枝才能在陡峭如壁的山石上步步攀登,可见山势的险峻。"乱射"两字传神地状出手一松开,被拉紧的树枝迅速反弹弹回,左右颤动,乱打身旁的枝叶,激起林中一片嘈响的情景,故惊动了栖睡的猿鸟。鸟兽之惊正反衬出山中的幽静,颇有"鸟鸣山更幽"的韵致。
　　登山越险越有趣,越幽越生情,登上山顶,此情此趣又该是如何呢? 五、六句并不直接描述,而是虚宕一笔,写云外笙乐。"云外"应首句,表明已至山顶,兼暗点山名"云门"。山为入云之门,登上山顶,即身在云中,忽又听到云外紫笙之音,更有飘飘欲仙之感。"紫笙"本指仙乐,此处实写山高风劲,风吹入岩穴石孔发出声响,那悦耳的天籁之音若断若续、欲来不来,真似云外仙乐缥缈恍惚。它不仅渲染出高山之巅幽静神秘的趣意,也表露了诗人身入云门,心想云外的情致。游览山水而入此境界,也是一大审美享受。
　　结尾两句即抒发了这种如游仙境的登山快感。"萧飒",即萧瑟,像秋风之声,宗臣登游云门诸山或在秋季。山顶秋风似从天外吹来,力大劲强,吹在衣佩上发出萧飒之声,诗人迎立受风,畅快淋漓到了竟恍惚以为身处昆仑仙境的地步。传说中昆仑山八面生风,故作者有此联想,且也顺前两句心想云外,飘飘欲仙的感受而来,将登山的情趣推至更高一峰。

　　本诗虽为登临游览之作,却不刻意摹山范水,而是借状形写景表现登山者一路观赏山水自然美而体验到的情趣,反过来也以主观情趣折射客体之美,故而与一般的融情入景,借景抒情又有不同。全诗扣题而不死于题下,笔法变化臻妙,前四句以实笔写山之实景,后四句以虚笔写风之虚致。实以虚染,山空灵,诗也空灵;虚有实垫,风真切,情也真切。因此读来,形不碎,景不繁,趣有味,情有韵,四者互融映辉而神全。宗臣为"后七子"之一,诗学李白,虽意境未深,但也不失俊逸婉秀,吐属风流,这首七古写得流转自如,气韵完足,可见其不愧作手。
(俞灏敏)

登太白楼　　王世贞

昔闻李供奉,长啸独登楼。
此地一垂顾,高名百代留。
白云海色曙,明月天门秋。
欲觅重来者,潺湲济水流。

　　长期以来,明代"后七子"领袖王世贞一直被文学史家们视为复古摹拟派的代表而予以抨击,然而,细读他的诗,辨析他的文学思想,却感到世人未必真正理解他,对他的评价未必公允。且让我们来读他的这首《登太白楼》。

　　这首诗大约作于明嘉靖三十二年(1553),此时王世贞在北京任刑部员外郎,借出差机会回太仓探亲,这年秋天,从运河乘船北上,途经济宁州(今山东济宁市),登太白酒楼,因有此作。济宁太白楼是唐代大诗人李白当年客游山东的遗址之一。李白于天宝元年应召入京,待诏翰林供奉,不为权贵所容,天宝三载"赐金放还",漫游山东、河南、河北一带,一度隐居任城(即济宁州)。他曾在济宁州南城上饮酒赋诗,这里遂被称为"太白酒楼",成为后代骚人墨客登临游览的胜地。

　　此时王世贞与李攀龙主盟文坛,名重天下。今日登太白楼,追寻前朝天才诗人的足迹,心中有多少感想。所以,诗的一开头就写当年李白登楼情景:"昔闻李供奉,长啸独登楼。"不称"李太白",而称"李供奉",称李白刚刚去职的官衔,这就巧妙地交代了李白登楼的时间和背景,李白到山东任城,是在任翰林供奉之后,并说明他虽然被"赐金放还",却满不在乎,照样地纵情诗酒,放浪山水之间。"长啸独登楼","长啸"是魏晋时代阮籍、嵇康的名士风度,撮口发出悠长清越的声音。这个细节描写,突出了李白的潇洒风神。一个"独"字,更写出其超逸不群和"眼高四海空无人"的气概。

　　"此地一垂顾,高名百代留。"山不在高,有仙则名,水不在深,有龙则灵。这座本来不为人注意的济宁南城小楼,一经大诗人"垂顾",从此百代留名了。这里流露了王世贞景慕、缅怀李白之情,在无限景慕中,也隐隐蕴蓄着作者追踪比附之意。《明史·王世贞传》说:"世贞始与李攀龙狎主文盟,攀龙殁,独操柄二十年。才最高,地望最显,声华意气,笼盖海内。一时士大夫及山人词客衲子羽流,莫不奔走门下,片言褒赏,声价骤起。"俨然一代文宗的王世贞此时想的是:当年李太白垂顾此地,百代留名,我王世贞如今也来步他的后尘了。明里是颂扬前贤,暗里寄寓着个人的抱负,细心的读者自然心领意会。

"白云海色曙,明月天门秋。"王世贞写自己登楼望断天涯的情景。可是诗人笔下之景,并非全是济宁城楼即目所见,而更多的是作者心中想象的一种海阔天高的境界。此时登上太白楼的王世贞思接千载,多么想与才华盖世的李太白精神上千古相接。于是,他也像李白那样,运用充满神奇幻想的浪漫主义笔法表现自己对这位天才诗人的神往。李白《登太白峰》云:"太白与我语,为我开天关。愿乘泠风去,直出浮云间。"王世贞在登临凭吊之际,也似乎进入李白写的那种幻觉境界:仰望海天,明月当空,曙光朦胧,仿佛自己也听到诗仙李白的召唤,即将凌虚乘风而去,进入天界之门,去与他"相期邈云汉"了。

当他猛然从幻境中清醒过来时,又从天上跌落尘寰,不禁产生一种失落感。"昔人已乘黄鹤去,此地空余黄鹤楼。黄鹤一去不复返,白云千载空悠悠!"他感叹像李白这样的天才多少年才出一个,酒楼啊酒楼,自李白光临之后,还会有像他这样的人再来登临,使酒楼重新蓬荜生辉吗?"欲觅重来者,潺湲济水流。"他心潮澎湃,望着东流入海的济水出神:那滔滔江水啊,洪波涌起,后浪逐前浪,一浪高一浪。"逝者如斯夫,不舍昼夜",人类发展史,文学发展史,不也是这样么!他那无限感喟的神情中,大有"江山代有才人出,各领风骚几百年"之概!

这首《登太白楼》写作上一个显著的特色,把李白当年登楼和自己今日登楼捏合到一起写,明写太白,暗写自己,写得极有才情,极富个性,表现了王世贞敢于与李白攀比的雄心、气魄。李贽称王世贞"少年跌宕,……气笼百代,意不可一世"(《藏书》卷二十六)。王世贞这种个性,在这首诗中表现得很突出。这首诗写得也像李白,海阔天空,气豪调古,颇得李白诗歌的神韵。

由此可见,对一个人,听其言,观其行,不能简单地肯定或否定。应该说,前后七子在明代文学史上是有贡献的,特别是他们反对唐宋以来的道统文学观,反对将文学作为政治、教化的工具,重视文学作为艺术创造的独立价值,表现了明代文学的新精神。但他们又片面地将古代某一时期的文学作为标准的文学范本,要求从严格的摹拟中求脱化,又束缚了诗的个性表现。作为这一文学流派后期的主要理论家王世贞已经认识到这一点。所以他提倡学古而不泥古,求"真"而去"似"。他反对死板的摹拟。"全取古文,小加裁剪""割缀古语,用文己漏,痕迹宛然",乃至"名为闰继,实则盗魁,外堪皮相,中乃肤立"等种种方法,他都认为是诗之大病。在这些地方,他已突破了李梦阳、李攀龙的论点。后来他更提出诗情说,主张写诗要"有才情""见真情",提出"有真我而后有真诗"等等,而上面这首《登太白楼》正是最好地体现了"有真我而后有真诗"的主张,成为王世贞最得意之作。像这样的文学家能说他是复古摹拟派的代表吗?(高　　原)

陪段侍御登灵岩绝顶　　王世贞

径折全疑尽,峰回陡自开。

苍然万山色，忽拥岱宗来。
碧涧传僧梵，青天落酒杯。
雄风别有赋，不羡楚兰台。

　　这首诗围绕着"登灵岩绝顶"而展开。"灵岩"：即灵岩山，又名方山。在山东济南长清区东南九十里。首联写登攀中的所见所感："径折全疑尽，峰回陡自开。"山径曲折，疑若无路，突然又峰回路转，豁然开朗。此二句诗在章法上颇似陆游的名句"山重水复疑无路，柳暗花明又一村"（《游山西村》）。却是目击成诗、即景会心之句。颔联写刚刚登上灵岩绝顶时所见到的景象："苍然万山色，忽拥岱宗来。""岱宗"，即泰山，古人以为诸山所宗，故称"岱宗"。这二句承接首联中的"开"字而来，眼界大开，气象开阔。从写景的布局来说，"苍然"句从"面"上着色，"忽拥"句在"点"上渲染，点面结合，主次分明。从景物所处的状态来说，"苍然"句偏于静态，"忽拥"句富有动感，动静结合，生气昂然。从景物的时空关系来看，诗人以瞬间的视觉（快镜头）"拍摄"广阔空间的景象，以少（时间之少，即瞬间）总多，以瞬间的直觉反映雄伟壮阔的自然美。颈联写站在灵岩绝顶上的所见所闻："碧涧传僧梵，青天落酒杯。""梵"，梵音。"僧梵"，指灵岩山下寺庙中僧徒诵经的声音。"碧涧"句是俯视，也是实写，是说溪涧碧水流淌，仿佛传出僧徒诵赞之声。"青天"句是仰视，也是虚写，是说登上灵岩山绝顶，仿佛觉得青天落入酒杯之中。李白《把酒问月》诗中有云："青天有月来几时？……月光长照金樽里。"李贺《梦天》诗中有云："一泓海水杯中泻"。对此，王世贞有借鉴，也有融合与创造，不无浪漫色彩而境界焕然一新，实现了他自己追求"片语峥嵘意象新"（《孝丰吴稼镫故中丞峻伯子也……》）的愿望。诗中写涧之碧、天之青，还有梵音声声、流水潺潺，色彩美中交织着音乐美，野趣中交织着禅趣，令人流连忘返。尾联写登山游赏之感："雄风别有赋，不羡楚兰台。"（"雄风"：语见宋玉《风赋》。）《风赋》对楚王享受"雄风"和百姓享受"雄风"的不同情景作了具体形象的描绘。其中写宋玉等人陪同楚襄王游兰台宫苑，忽然刮起风来，楚襄王敞开衣襟而迎受，说："快哉此风！寡人所与庶人共者邪？"宋玉对曰："此独大王之风耳，庶人安得共之？""兰台"，楚国宫苑名，旧址在今湖北省钟祥市。"雄风"二句说明王世贞不赞成将风人为地分为雌雄，也不羡慕宋玉在《风赋》中所写的兰台宫苑的"雄风"，而是"别有"所爱，那就是苏轼《水调歌头·黄州快哉亭赠张偓佺》词，其中有云："堪笑兰台公子，未解庄生天籁，刚道有雌雄。一点浩然气，千里快哉风。"王诗隐括苏词，意在神往"天籁"——自然界的音响。因为领会山川自然之美，可以扩展胸襟，开畅情思，升华境界，充实人生。显然，"雄风别有赋，不羡楚兰台"，寄寓着诗人不满当时朝政、追求精神自由的思想。应该说，尾联荡开一笔，由眼前之景上溯到宋代苏轼的词乃至先秦时楚国宋玉的赋，从而以宫苑之风反衬山野之景，既提高了前三联中所写的山水之景的审美价值，又深化了诗歌的思想内涵。

　　值得注意的是，在诗中借鉴陆游诗、隐括苏轼词的，乃是倡言"文必秦汉，诗必盛唐"的明代后七子中的执牛耳者王世贞。其实，无论在诗歌创作或理论批评上，王世贞既有恪守"诗必盛唐"、因袭模拟的一面，又有突破"诗必盛唐"的樊篱而师心独造的一面。当他在拟古中转向自赎与变异时，便比较清醒地认识到："剽窃模拟，诗之大病。亦有神与境触，师心独造，偶合古语者。"（《艺苑卮言》）本诗中借鉴陆诗与隐括苏词，便是他跳出"诗必盛唐"的窠臼而在"师

心独创"中"偶合古语"的例证。（陈书录）

塞上曲　　王世贞

旌旗春偃白龙堆，教客休停鹦鹉杯。
歌舞未残飞骑出，月中生缚左贤来。

　　诗题"塞上曲"，在唐代本为新乐府歌辞的一种，内容多写边塞风光、军中生活，借以鼓舞士气，因此这类诗是属于边词的范畴。其风格皆以高迈雄浑为主。盛唐诗人如贾至之《出塞》、王昌龄之《出塞》、《从军行》，王之涣之《出塞》、常建之《塞下》等诗，虽未标题为"塞上曲"、"塞下曲"，但其诗气魄雄伟，音调铿锵，所抒发的都是塞上从军的爱国激情，实即此类作品。大诗人李白有《塞下曲》六首，又有《塞上曲》，列入乐府，但其诗皆为五言，前者为五律，后者为五古。稍后常建有《塞下曲》，王涯亦有《塞下曲》、王烈有《塞上曲》，则皆为七言绝句，这些诗在唐代都能歌唱，所以有些被收入新乐府。
　　作者在明代诗人中为"后七子"之领袖，他和李攀龙齐名，并称"王李"，他们继承着"前七子"李梦阳、何景明等人对于诗文的主张，即"文必秦汉，诗必盛唐"。李攀龙、谢榛等人皆有《塞上曲》、《塞下曲》之作。作者于隆庆初官大名兵备副使时，李攀龙曾作《塞上曲·送元美》诗。（作者字元美）他们的诗有拟古之处？即在形式上刻意模拟盛唐格调。在内容上既有拟古的一面，也有些诗句具有写现实的成分。而以写边塞风光与战争生活为主题则一。作者这首《塞上曲》，虽亦模拟盛唐，但能不露痕迹，显得气势奔放，写边塞将士英勇善战的豪雄气概栩栩如生，并能突出主将能防能战指挥若定的精神，所以汪瑞在《明三十家诗选初集》中曾有"奇气勃勃"之评。
　　诗的前二句："旌旗春偃白龙堆，教客休停鹦鹉杯。"表明这首诗是作于塞北战事暂时停息的一个春天，但塞上防守甚严，军容甚盛，军中旌旗偃息，前方将士严阵以待。"白龙堆"，本指新疆东部的"白龙堆沙漠"，亦称"龙堆"或"龙沙"，这里用以比喻塞上砂碛之地。（按：李白《塞下曲》云："将军分虎竹，战士卧龙沙。"常建《塞下曲》其二云："北海阴风动地来，明君祠上望龙堆。"其"龙沙"、"龙堆"，皆用以喻塞外沙漠地带。）"白龙堆"，始见《汉书·西域传》："楼兰国最在东陲，近汉，当白龙堆，乏水草。常主发导，负水担粮，送迎汉使。"作者诗句中之白龙堆，实际上是指云中（即大同）以北的边塞。次句写镇边的将军，置酒饮客，并且招呼前来塞上巡边的客人不用停杯，只管开怀畅饮。"鹦鹉杯"，是用海螺壳琢磨而成的一种酒杯，其杯以金银为足，螺色如霞，杯形如鸟，头向其腹，状如鹦鹉，故名。这句含有一段事实：此诗原题"饮欧阳镇朔即事有赠"，按作者于隆庆三年（1569）曾官山西按察使，次年（1570）到任，作者在任期间一次北巡，镇将欧阳将军，设宴款待作者，当时整个北边形势，渐趋平静。戚继光将军调镇蓟州，节制蓟州、昌平、辽东、保定四镇军事。曾修治长城居庸、古北、喜峰各口关隘，斥堠烽燧并兴，军令严明，北方鞑靼俺答所部，惮于威势，不敢东侵，纷纷远窜漠北。云中（大同）延绥两镇，布防亦甚周密。隆庆三年，明廷遣还俺答之孙巴噶奈济，河套一带实行互市，次年俺答进表，表示归顺,受封为顺义王,边境一时宁靖,所以镇守朔北的欧阳将军(此人名字待详),能够从容宴客,并在帐中设有轻歌曼舞。然而前沿的逻卒和北方鞑靼小部队的接触还是不断发生的。从"教客休停鹦鹉杯"这一诗句来看,一是表明欧阳将军胸有成竹,对前沿军务早有安排;一是劝客畅饮,也显示其人之豪爽,具有镇将的气度。因此这句诗,确以写实为主。

后两句"歌舞未残飞骑出,月中生缚左贤来"。这两句展示了一个极为动人的场面,不仅威武雄壮,而且有声有色。显示将军是一位极有谋断的人。他一边劝客痛饮,一边已命令预先安排的飞骑,乘着月色,搜索前沿部分企图前来掩袭的敌军。席上还未撤去歌舞,突骑就以迅雷不及掩耳之势,在前方生缚了敌部的首将归来。可见将士的英勇善战,将军的谋略惊人。"左贤",原指匈奴单于手下的左贤王,左贤王在汉代是位次仅低于单于的主将,这里用以指代鞑靼的将领。(按:在明代中叶北方蒙古族最强的是瓦剌、鞑靼两个部族,其首领称号为"可汗",并没有左右贤王的设置,所以"左贤"只指敌军的将领。)"月中生缚"这句,气势英迈。读了之后,令人兴奋鼓舞,并且感到欧阳将军,确实称得上是一位料敌如神的镇将。就全诗而论,也是神完气足,自然浑成,有不让古人之概。虽然诗中借用了"白龙堆"、"鹦鹉杯"、生缚"左贤"等词语,规仿盛唐诸公,但能自出新意,不袭其貌而备其神,因之不失为佳作。

作者博学多才,晚年颇以倡言复古自悔,诗文、戏曲,都有很高的造诣,对于当世文坛,曾产生极大的影响。其诗七律高华,七绝典丽,如《书庚戌秋事》(七律)、《戚将军赠宝剑歌》皆感慨深沉,气度雄浑,自铸伟词,确能领袖一代。这首《塞上曲》,虽未脱拟古之迹,但并非剽袭。高适《燕歌行》云:"战士军前半死生,美人帐下犹歌舞。"作者则云:"歌舞未残飞骑出……"同为帐前之歌舞而命意不同,一则写边将自耽逸乐,不顾前方浴血抗敌之战士,两相对比,可见边将之全无心肝。一则谓军中虽设歌舞,但将军对战事早有戒心,故能出奇制胜。王昌龄《从军行》其五云:"前军夜战洮河北,已报生擒吐谷浑。"作者则云:"歌舞未残飞骑出,月中生缚左贤来。"笔意虽然近似,但词意并不相袭。岑参《封大夫破播仙凯歌》云:"洗兵鱼海云迎阵,秣马龙堆月照营。"作者则云:"旌旗春偃白龙堆,教客休停鹦鹉杯。"常建《塞下曲》云:"左贤未遁旌竿折",作者则云:"月中生缚左贤来。"以上所举,可见作者在艺术造境上,多能化用前人诗意,以表达自己的才情,这是他的成功之处。若谓其一味模拟盛唐,是显然失之浅鄙的。

再则此诗虽然对云中(大同)将士有其褒扬的一面,但细玩此诗,仍有对镇将规诫之意,一是提醒他们,不能对北敌掉以轻心,在明英宗朱祁镇之世,瓦剌首领也先,也曾受封为顺宁王,但在正统十四年(1449)仍发生"土木之变"。俺答此时虽已归顺,但只是迫于形势,何况此时前沿,仍有暗袭的可能。一是对帐前之歌舞,虽在明代边镇,习见不鲜,但并非相宜,因为纵酒作乐,也能导致兵骄将悍,故宜勤于谨饬。不过作者没有明言罢了。(马祖熙)

独 坐 李贽

有客开青眼,无人问落花。
暖风熏细草,凉月照晴沙。
客久翻疑梦,朋来不忆家。

琴书犹未整，独坐送晚霞。

　　思想家的欣悦，莫过于作为时代的伟大先驱，最先预见了新时代的曙光；思想家的痛楚，莫过于作为时代的少数先觉，最先承受着现实社会的孤独。明代杰出思想家李贽大胆怀疑封建社会的传统教条，执着追求自由思想。为了探索真理，他弃家流寓四方，尝尽世间孤寂。他曾慨叹："斯文太寂寞，古道罕从入。悠悠天地间，念我终孤立。"这种人生况味和精神苦痛，常在他的诗中流溢。这首五律《独坐》，就是他长期客子生活的真实写照，集中表达了常人难以体味的深刻孤独。

　　"有客开青眼，无人问落花。"首二句以有客衬无人，托出独坐时的心境。有客时，诗人兴高采烈，眼神中闪烁出欢欣和喜悦；无客时，诗人愁闷无遣，只能与花为伴，向飘零的落英倾洒心头的孤苦。"开青眼"，传出意外的惊喜，呈示热切的企盼；"问落花"，透出沉挚的情愫，表现丰富的情感波涛。"无人问落花"，意蕴丰厚。其中，有"落花人独立，微雨燕双飞"（五代·翁宏《春残》）时的孤独感，更有"夜来风雨声，花落知多少"（唐·孟浩然《春晓》）般的感伤情。落花暮春，象征美好时光的流逝，正与诗人风烛残年的境况相似。诗人向落花询问，这份痴情中积淀着多少人生凄楚，又有谁说得清、猜得透呢！诗人惜花，实则是自悲自怜。

　　"暖风熏细草，凉月照晴沙。"三、四两句拈出春风秋月，以季节转换展现终年独坐的情景。春风骀荡，温暖细弱的嫩草；秋月皎洁，朗照平旷的沙滩。这两句寓理于景，把独坐时凉暖自知的人生体验和细微深广的思想活动具象化，给人以清新的艺术感受。暖风细草，体察专注，恰能排遣孤寂无聊；凉月晴沙，视野廓大，正可驱使思想驰骋。诗人在与传统思想的斗争中孤军作战，势单力薄，就像柔弱的细草，幸有客人带来友情的暖风，温热孤独的心。诗人寻寻觅觅，上下求索，幸有明月洒下真理的光辉，照亮黑暗的路。

　　"客久翻疑梦，朋来不忆家。"五、六两句点出"客久"引起的"忆家"是独坐的原因所在。"客久翻疑梦"，客居他乡久了，反而疑心自己身在梦中。这一句化用南唐后主李煜《浪淘令》词中"梦里不知身是客"句，意谓"客里不知身在梦"，是人生如梦的深长感喟。"朋来不忆家"，这一句措语洒脱，却浸满人生酸辛。表面看，亲朋好友来了，就不思念家乡；实则是无时无刻不在思念家乡，只是在朋友来时，海阔天空，畅谈社会和人生，诗人才暂时中断无穷无尽的思家情。侧面着笔，把刻骨铭心的思情表现得酣畅淋漓。

　　"琴书犹未整，独坐送晚霞。"尾联摄取独坐黄昏的即景，表现烈士暮年、壮心未已的情志。琴以娱情，书以励志，琴书为伴，是诗人晚年客居生活的主要内容。"琴书犹未整"，说明诗人刚抚过琴，刚读过书，只是被满天璀璨绚丽的晚霞吸引，他才抛开琴，丢下书，独坐观赏晚霞。"独坐"二字点醒题面，是全诗之眼，全诗之神，也是全诗之魂。诗人对晚霞是充满感情的，他等不及整理琴书，正是为了这红透天边的晚霞。"送"字别情依依，尤为诗人传神写照。在诗人的精神世界中，自然有"夕阳无限好，只是近黄昏"（唐李商隐《登乐游原》）的哀叹和感伤，但更多的则是"莫道桑榆晚，为霞尚满天"（唐刘禹锡《酬乐天咏老见示》）的乐观和豪情。

　　李贽不以诗擅胜场，但这首诗却写得沉郁顿挫，锤炼精致。他抓住客居他乡极平常的独坐情景，展示意象丰赡而富象征意味的"落花""晚霞""暖风""凉月""细草""晴沙"，深刻地抒写了自己对来客的渴望，对朋友的思慕，对家乡的怀念，对生活的信心，是诗人晚年生活的真

实记录。整首诗内涵丰富，诗情深至，是李贽诗中少有的佳制。（林　笛）

盘山绝顶　　戚继光

霜角一声草木哀，云头对起石门开。

朔风虏酒不成醉，落叶归鸦无数来。

但使玄戈销杀气，未妨白发老边才。

勒名峰上吾谁与？故李将军舞剑台。

　　戚继光是明朝一代名将，他领导东南沿海军民抗倭斗争，历时十余年，前后数十战，"飙发电举，屡摧大寇"（《明史》本传），建立了盖世奇功，戚家军名闻天下。戚继光在荡平东南沿海一带倭寇后，于隆庆二年（1568）五月调蓟门，总理蓟州、昌平、保定三镇军事，加强北边对蒙古鞑靼的防御。上面这首诗即作于蓟门总兵任上。

　　盘山，在今天津市蓟州区西北，平地拔起，四无依傍。有五峰、八石、七十二寺庙，山上有历代名人刻石题咏，亭台楼阁掩映其间。景点分上中下三盘，层峦叠嶂，气魄雄伟，古有"京东第一名胜"之誉。

　　戚继光不仅精于韬略，诗也写得很好。此诗前四句写登盘山所见景色，描绘了一幅典型的北方边塞风光。"霜角一声草木哀，云头对起石门开。"诗人登上盘山之巅，顿感高天空阔，远处军营中号角声清晰可闻。仿佛随着一声号角凄厉悲鸣，漫山草木纷纷枯黄凋落了。号角染霜，时已深秋，自然透出边地的萧瑟氛围。然而，在山顶上看那浓云会聚的奇观，颇为赏心悦目。从盘山绝顶往下看，下面是一片云海。众多陡峭的石崖和山峰如春笋拔尖般耸起，云雾萦绕，开合变幻，隐约显现出对峙的山峰，犹如洞开的石门，逗人遐想。

　　经过好一阵攀山越岭，终于登上盘山绝顶，且让我将息一下，喝杯酒吧。"朔风虏酒不成醉，落叶归鸦无数来。"可是，在这绝顶处，风特别大，而且又是凛冽的北风。且不管它，举起酒杯，开怀畅饮。可是，这边地美酒（虏酒，少数民族地区所酿制的酒）总觉得不够味儿，叫我难以一醉尽兴。只见强劲的北风卷起满山落叶，飘舞不停。天边无数归巢的乌鸦飞集山顶，聒噪盘旋。北方深秋山川虽然壮美，然终不免使人感到一种边地的荒寒。

　　诗的后四句转入抒怀。诗人一边观赏风景，一边想到边地艰苦生活与自己长期从军生涯，感叹不已。但作为一个将领，保卫祖国江山是神圣职责。于是他说道："但使玄戈销杀气，未妨白发老边才。"只要我手中玄戈（一作"雕戈"，雕有花纹的兵器）能够有力地制止战祸的话，即使叫我终身守卫边疆又何妨呢！他不由想起古代名将的榜样，东汉时大将军窦宪为保卫西北疆土，大败匈奴，登燕然山（今蒙古国杭爱山），刻石记功。从此，后代将军们都以立功"勒名"山峰为无上光荣。就在此山中，前人刻石留名者不少呢。他观赏着这些刻石，不禁反躬自问："勒名峰上吾谁与？"又自己立即作了回答："故李将军舞剑台。"在历代前贤中最值得我敬佩的是谁呢？当然我最崇拜汉代飞将军李广了。而眼前在盘山遗迹中，就有一位值得我敬仰的李将军，他就是唐代开国名将李靖，唐太宗时，他先后率兵击败东突厥和吐谷浑的入侵,屡立战功,被封为卫国公。就是这位李将军,曾在这座盘山顶上舞剑,至今还留有他的舞剑台呢!

戚继光是文化素养很高的儒将,有着宽阔的胸襟和诗人的雅趣。他的志愿是平定四边,拱卫朝廷,为社稷百姓力尽绵薄,然后功成身退。他在自己的书斋里有自题诗云:"封侯非我意,但愿海波平"(《韬铃深处》),他在《宿阿育王寺》诗中又说:"不因国愤冲双鬓,便与支公老翠微。"他军务之暇,不忘山川名胜,所以才给后人留下这首登盘山诗。戚继光这首诗意境开阔,形象鲜明,豪放洒脱,格调高昂。山川风光与金戈铁马陶冶了他,诗中自然流露出一种不可控制的壮志豪情,颇见一位将军的气质,读来如见其人。清宋长白《柳亭诗话》称戚继光诗"超放自如",读此诗使人感到确有此种风调。(铁　明)

塘栖道中　　王穉登

水阔雨冥冥, 帆飞去不停。
人声两涯断, 鱼市一江腥。
云已辞吴白, 山初到越青。
侯芭数行泪, 千里吊《玄经》。

塘栖在今杭州市北。诗人从江苏到浙江凭吊师友,舟行水上,途经此地,写下了这首描写吴越江行的诗。

"水阔雨冥冥,帆飞去不停","冥冥",晦暗。诗的起首开门见山,紧切题目的"道中",落笔水上之行。"水阔"点出了塘栖这段水路的特点,"雨冥冥"指出在塘栖的天气特征。天气骤变,又在塘栖镇上,本应停船靠岸,以待雨过天晴,但诗人此行是去浙江吊唁亡故的师友,内心之急迫可想而知,因此诗人的船便冒雨满帆疾飞了。这两句描写中夹有叙事,词语平淡无奇,顺笔拈来,但落笔点很好,为下面的描写张目。

接着,诗人将镜头摇向两岸:"人声两涯断,鱼市一江腥。"涯,边,岸;鱼市,买卖水产品的集市。由于天气骤变,两岸集市上嘈杂的叫卖声、讨价还价声、呼三喝五声汇成的声浪顿然消失,鱼市上飘过来的腥味弥漫于江。"人声断"对第二句的"去不停"形成反衬。"一江腥",不仅写腥味之广,也有味浓的意思。诗人舟行水上,自然不能对鱼市作精细的描绘,但诗人别出心裁,从声息、气味上着笔;而声息气味又不从市肆繁忙时正面描写,却是从雨时歇市这一角度生发,骤断的人声,满江的腥味,不是更有江南水乡的风味么?鱼市的兴隆已尽在不言之中。

五、六句诗人又转换了视角,写天空的白云和远处的青山。"云已辞吴白,山初到越青",吴,指江苏苏南一带;越,指现在的浙江一带。雨过天晴,天空的白云特别洁净,远处的青山也更加清新滴翠,这种景象是常见之景,也是静态的景,诗人把"云白""山青"拆开对偶,中间以动词"辞""到"过渡,新颖奇巧,诗意别出。诗人舟中江行,仰望远观看到的仿佛不是自己的船在动,而是白云、青山在行走;再从"辞吴白""到越青"看,诗人观望时的姿势一定是站在或坐在船头,面向前时所得之景,这样才会有白云随船而行的舒卷之态,青山扑面而来的迎迓之状。姿势表现一定的心理。诗人的这种姿势正是第二句"帆飞去不停"的继续,见出诗人急切的神态。由此看来,这两句不仅是造句新奇,也写出了行程中的实情实景。

最后两句,"侯芭数行泪,千里吊《玄经》",侯芭,汉代人,曾跟扬雄学《太玄》和《法言》,扬雄死后,侯芭为他居丧三年,这里是诗人自比。《玄经》,指扬雄著的《太玄》,这里以《玄经》指代扬雄。这两句交代了诗人此行的目的是去凭吊师友。这位师友是谁,现已不可考知了。不过,死者必是诗人的至友无疑,不然,诗人决不会冒雨奔丧,千里奔波的。句中的"数行泪",也与第一句的"雨冥冥"造成意念上的相似,使晦暗的雨意和"千行泪"的悲情互为渲染,情境也更加醇浓。

在这首诗中,有时空的转换,天气的阴晴,色彩的变异,以及诗人情绪的起伏,读来异象纷呈,目不暇接,而且诗人手法多变,或正面叙写,或侧面勾勒;取景角度也流转灵活,或状其貌、或传其声味、或绘其色,移步换形,形各传神。此外,这首诗的起首两句看似开得平平,但开得有纲有目;结句也优游不迫,显出了身份。(孙之梅)

奉和诸社长小园看牡丹枉赠之作(选一)　　马湘兰

春风帘幕赛花神,别后相思入梦频。
楼阁新成花欲语,梦中谁是画眉人?

马湘兰是晚明的名妓,钱谦益《历朝诗集小传》说:"(马)姿首如常人,而神情开涤,濯濯如春柳早莺,吐辞流盼,巧伺人意,见之者无不人人自失也。所居在秦淮胜处,池馆清疏,花石幽洁,曲廊便房,迷不可出。……性喜轻侠,时时挥金以赠少年,步摇条脱,每在子钱家,弗顾也。"可见其为人。她才艺出众,诗画俱精,我们这儿选的一首七绝,便是其集中佳作。

诗是和诗社社长看牡丹花相赠所作,虽是寻常题材,却寄托深意,身世之感充盈楮墨,读之令人良用慨然。诗的首句,写看牡丹花的场合。赛神,是古时对还愿酬神仪式的称呼,清郑珍认为"赛"字汉以前作"塞",六朝时才从贝作"赛"。唐白居易《春村》诗云:"黄昏林下路,鼓笛赛神归",可见赛神在古代早具有一定的娱乐性质。"赛花神"当然是指酬迎花神的活动,因牡丹花有花王之称(宋李格非《洛阳名园记》:"洛中花甚多种,而独名牡丹曰花王。"),所以这花神便似乎就是牡丹之神了。春暖花开,正是爱情萌动的佳时,所以第二句便要说到"相思"。"别后",自可有二种理解:明是牡丹谢后,暗是恋人去后。故而频频入梦的思念也具有双重含义:既是思念牡丹更是思念恋人,"春风"句不妨认为是一种"兴"。第三句又与第一句相绾合,"楼阁新成"见出赛花神的目的不光是应时,也有庆贺花神阁落成的意义。"花欲语"的"花"在此虽仍是牡丹,却已是诗人的自况,古代流落风尘的女子,常有烟花之目,所以"花"的意象在一定语境中总会使人联想到妓女。末句以问句作结,含意凄婉,与首句"春风帘幕赛花神"的明快适成对比,充分凸显出诗人自叹时乖命蹇、难得真情相待的苦涩心境。"画眉人"指汉代的名臣张敞,他在家为妻子画眉的故事向来是一大佳话。但女诗人连梦中都难以遇到这样识趣知心的"画眉人",只能托花寄语,聊抒一种爱的饥渴之情。联想到第二句的"别后相思",可以说与牡丹别后之相思是实写,而与恋人别后之相思似乎只是诗人的幻想,这岂不更令人悲慨。

清汪中《经旧苑吊马守真文》曾说:"夫托身乐籍,少长风尘,人生实难,……婉娈倚门之笑,绸缪鼓瑟之娱,谅非得已。在昔婕好悼伤,文姬悲愤,矧兹薄命,抑又下焉。……嗟乎!天生此才,在于女子,百年千里,犹不可期,奈何钟美如斯而摧辱之至于斯极哉!"马湘兰的遭遇,钱氏文中所云,为其面;汪氏文中所云,为其里。知其面可以论其艺,知其里可以会其心,三百年后,读其诗者,又当怅触何如?马湘兰的身世,实际上不正是历朝历代有着同样命运的众多红颜薄命故事的缩影吗?(庞　坚)

黄金台[①]　　汤显祖

昭王灵气久疏芜,今日登台吊望诸[②]。
一自蒯生流涕后,几人曾读报燕书[③]!

注　① 黄金台:又称黄王台、燕台、金台,故址在今河北易县东南。相传燕昭王筑台于此,置千金于台上,延请天下士,故名。　② 望诸:即乐毅,燕昭王与齐有怨,乐毅为昭王谋画,策动赵、楚、韩、魏等国与燕国联盟,于是,昭王使乐毅为上将军,总领五国兵马伐齐,攻下齐都临淄等七十余城。昭王卒,惠王即位,齐行反间计,惠王便召回乐毅,使骑劫代将。毅惧,出奔赵,赵封毅于观津,号望诸君。　③ 报燕书:指乐毅给燕惠王的信,乐毅亡赵后,齐将田单大破燕军,燕惠王深悔毅之出走,使人责备乐毅,并陪罪,想请乐毅重返燕国,乐毅因此回信给惠王,说明了出走的原因及不能回国的苦衷。

这是一首咏史诗,诗人有感于战国时著名军事家乐毅的坎坷经历而作。诗的前半段感慨明君难得。燕昭王是个很有才干的政治家,能礼贤下士,知人善任。据说他曾筑黄金台延请天下英雄,此事虽不可信,但在他执政期间,"乐毅自魏往,邹衍自齐往,剧辛自赵往"(见《史记·燕召公世家》),确实聚集了一大批有才能的人。正因为如此,乐毅才有可能一展抱负,建功立业。然而,在历史上,像燕昭王这样的明君毕竟太少了,乐毅所主持的伐齐大业,最终因惠王的猜忌而功败垂成。乐毅的悲剧是很有典型意义的,在专制政体下,知识分子想要施展自己的才华,只能寄希望于统治者的赏识,而历代统治者又偏偏是平庸的居多,重奴才而不重人才。于是,千余年来,同样的悲剧在同样的土地上便不断地重演着,黄钟毁弃,瓦釜雷鸣,谗人高张,贤士无名。诗人独自在荒台上漫步,由乐毅的悲剧,联想起自身的遭遇,怎么能不感慨万千!这两句诗,一句写古,一句写今,给人以沉重的历史感,自战国到明代,已有一千多年,时间仿佛凝结了,空气之沉闷,简直令人窒息。

诗的后半段含意十分复杂,"蒯生流涕"事见《史记·乐毅列传》:"始齐之蒯通及主父偃读乐毅之报燕王书,未尝不废书而泣也。"为什么蒯通读了报燕王书之后要痛哭流涕?为什么诗人对此会有特别深的感触?原来,在报燕王书中,乐毅以伍子胥为例,对君臣关系作了十分透彻的剖析:"昔伍子胥说听于阖闾,而吴王远迹至郢;夫差弗是也,赐之鸱夷而浮之江。吴王不寤先论之可以立功,故沉子胥而不悔;子胥不早见主之不同量,是以至于入江而不化。"并由此进一步说明了自己出走的原因:"夫免身立功,以明先王之迹,臣之上计也。罹毁辱之诽谤,堕先王之名，臣之所大恐也。临不测之罪，以幸为利，义之所不敢出也。"(《史记·乐毅列传》)显然，诗人是在借古人杯酒，浇自己胸中块垒，在他晚年弃官归隐时，也曾面临过同样的困境，一方面，他很有政治才干，也很想以此来报效君王，任遂昌知县期间，政绩斐然，"一时醇吏之声为两浙冠"(邹迪光《临川汤先生传》)；但另一方面，朝政日非，邪佞压正，诗人在京的挚友中，不少已被构陷入狱，作者本人也因为官清正而受到来自上层的种种压力，当时形势正如他在信中所说"上有疾雷，下有崩湍，即不此去，留能几余？"(《答郭明龙》)因此，诗人之弃官归隐与乐毅的出走，有某种程度上的相似性。空怀一腔报国热情，却不得不遁迹山林，与草木同朽，世俗之人不可能理解他，即使在朋友中，真正能理解他的又有几个呢？这真是诗人的悲哀所在。"一自蒯生流涕后，几人曾读报燕书！"全诗以反问句结尾，语气十分强烈，由此，我们可以清楚地感觉到诗人内心的愤懑与不平。

这首诗融古今为一体，不枝不蔓，文笔极其洗练，笔笔似在写史，又笔笔都在述怀，是咏史诗中不可多得的佳作。（黄锦章）

寄　弟　徐　火勃

春风送客翻愁客，客路逢春不当春。
寄语莺声休便老，天涯犹有未归人。

徐火勃与其弟、藏书家"红雨楼"主人徐𤊹(字兴公)，都是明朝后期闽中才子，徐𤊹声名尤大，诗为后进所推，号"兴公诗派"；其交游也更广，一时名士如屠隆、曹学佺、钱谦益辈皆与之游。这首小诗，作年未详，玩诗意，当是徐火勃寄给正在客游途中的兄弟、望其早日归来聚首的。

前二句里，重叠着"春""客"各三字，一时令人眼花缭乱，但细细读时，却只觉诗意层层迭变，全无重复之感。"春风送客"，佳事也，身在客途，有春风一路相送、殷勤追随、慰我寂怀，如何不佳？如何却是"翻(反)愁客？"起句虽不设问，而疑问已在其中。次句答得更巧。"客路逢春"，其实与"春风送客"只是一事；但虽是一事，两样说之，滋味便全然不同。有春一路"送"我，固然良慰；但春者，当是于安闲悠然中所赏所玩者也，今在"客路"，正尔奔波，有何闲逸心思赏玩？故客路所逢之春，在客子眼中，自然是"不当春"——算不得春，彼虽欲慰我，却终不能慰我；彼既一路送来，却时时令我不得慰，又如何不愁？

上二句一问一答，已于重叠用字中曲尽变化之妙，但仅此而已，尚不过小巧手段，此诗之妙，更在后二句。然最妙处虽在后二句，其草蛇灰线，仍出于前二句。请再细想之："不当春"，客固可作如是观，但春毕竟是春，不论你说它"当"得不"当"得，春风依旧骀荡，春光依旧汩汩流逝——这，恐怕才是客愁的更深处吧？诗人唯因窥到了这客子在漫言"不当春"背后的深愁，故而于第三句才突发奇想；他把目光投到了象征春日的娇啭黄莺儿身上，他要那黄莺儿声音别变，还是嫩嫩的、娇娇的，千万别马上变得老腔老调，千万别把春天也啼老了，啼尽了——因为，此际天涯正有一位未归的客子，正被算不得春的春光紧紧包裹着，为无法享有真正的、安闲的、故乡的春光而愁上加愁。如果,黄莺儿声音真的老了、春光真的逝尽了,那客子天涯归来,他还能赏玩到什么呢? 他岂不是要在"不当春"之外,更增一层"不见春"的悲哀?

诗中的"客",当然是指徐𤊹,诗人寄诗给乃弟,而不称"弟"称"客",且一篇之中三致意焉,无非是为乃弟点醒客子身份,望他莫要久恋梁园,迷失故园。诗中言徐𤊹"逢春不当春",自是诗人的揣测;诗人要莺声不老、春光莫逝,自也是诗人的痴想。一篇之中,皆为揣测和痴想;一篇怀人盼归之文字,却皆为"愁客""未归"充满字面,诗旨并不显露;这般落笔,是诗的出人意表处,是诗的不落旧套处,更是诗的尤可收取招人归来之效处。试想:若徐𤊹看破了兄长的痴想,顿悟到莺声其实不得不老、春光其实不得不逝,他能不早作归计么? 他能让企望于故园的兄长,在春尽之际长吁短叹、失望独归么? 故本诗非但着想新奇,其念弟望归之情,也表现得十分巧妙而可味。(沈维藩)

宫人斜　　徐　𤊹

空山溟溟夜沉沉,多少芳魂不可寻。
莫怨埋香在黄土,长门深比墓门深。

宫人斜,也叫玉钩斜,地在扬州,《广陵志》云:"府治西北玉钩斜,隋炀帝葬宫人处。"后人遂以宫人斜名宫女墓。而凭吊宫人的墓地,感慨宫人的不幸,似从中晚唐开始,陆龟蒙、窦巩都有此题,此后,本题代有作者。徐𤊹的这首《宫人斜》与前人和明人的几首同题作品比较,主题深刻,感慨沉痛。

"空山溟溟夜沉沉"是全诗唯一写景的句子。前人描写宫人斜,着眼于衰草枯树,愁烟晚莺,如陆龟蒙"草树愁烟似不春,晚莺哀怨问行人",宋张侃"淡烟衰草为凄然",总是当面描写实景,景象明则明矣,但难以表观深远的历史感和沉重的现实感。这首诗的作者索性以虚写虚,描写沉沉的夜色和溟溟的空山,历史驻足,空间凝滞,眼前的景象仿佛是宫人们数千年不幸的历史凝聚而成。这一句描写以虚写虚,化虚为实,效果似比实写更好。

第二句紧承前一句而来:"多少芳魂不可寻","多少"感慨数量之多,"不可寻"与上文"夜沉沉"相应,又暗示宫女们死后的寂寞。皇帝后妃们有专陵营葬,又有专人照料,墓冢垒垒,豪华气魄无可比并,还有何不可寻? 而宫女们的墓地衰草凄凄,愁烟缭绕,正是"蓬科栖烟窜狐鼠,萧飒酸风远楚雨。"(明·张灿《宫人斜》)那数不清的国色天香、美貌丽人都化为黄土,怎不令人悲叹感慨!

黄土埋香,触目惊心,令人感伤,陆龟蒙云"须知一种埋香骨",吴兆云:"埋骨埋香却怨谁,"徐𤊹却一反其意,把宫人生前与死后作一对比,把埋骨黄土与幽禁深宫作一对比:"莫怨埋香为黄土,长门深比墓门深。"长门,汉宫名,《汉书》记载汉武帝宠幸陈皇后十余年,后将她废居长门宫。《乐府解题》说陈皇后退居长门后,愁闷悲思,无以达情,以重金请司马相如写《长门赋》,此后,乐府诗有《长门怨》一题。诗中用长门指代历史上所有的皇宫。绝句"宛转变化,工夫全在第三句,若此转变得好,则第四句如顺流之舟矣。"(杨载《诗法家数》)如果诗人顺着第二句写下去,必然是发发黄土埋香的议论,诗意便落入常人窠臼。诗意贵新,第三句"莫怨"二字,诗意顿转,另辟新论,把长门之深与墓门之深作一比较。从词语的表面看,是比较长门和墓门的实地距离,当然诗人意不在此,但诗以形象来感知读者,引发读者的联想;从诗意看,则是在比较宫人居于长门和墓门与皇帝的距离。我们知道人进墓门便是最后的归宿,已谈不上得宠幸,获君恩,尽管如此,墓门之深还是不如长门之深,且看那"春苔暗阶除,秋草芜高殿,"(陆机《班婕妤》)"长门与长信,日暮九重空",(孔翁归诗)宫人们生时虽与皇帝居于同一宫殿,邈如河汉,皇帝不给她们恩幸,也不给她们享受天伦之乐的自由,"绿衣监使守宫门,一闭上阳多少春",有的宫女终身"未容君王得见面",她们生活在宫中犹如一座监狱,一座活坟墓。那孤寂的夜晚,悠悠的岁月靠宫人们"长夜缝罗衣","耿耿残灯背壁影,萧萧暗雨打窗声"来打发,她们虽然活着,但早已成了没有人生乐趣、人生自由、被世人忘却了的活僵尸。这样看来,宫女们的死倒是她们的一件幸事,长门确比墓门深。这一对比两种比物中间留下了极大的空白、丰富的历史内容,耐人寻味,语浅意丰。

这首诗虽写宫人墓,也应归入宫怨一类,但诗人把宫女们死后的不幸当作她们的幸事,来反衬她们生前的大不幸,较之同题作品的感君恩,思君宠的主题要深刻得多。(孙之梅)

枕 石　　高攀龙

心同流水净,身与白云轻。
寂寂深山暮,微闻钟磬声。

这首小诗写傍晚时分作者在深山中头枕山石休憩的片刻所体会到的快感和宁静淡远的意趣。诗写得质朴自然,空灵剔透,含蕴无限,是十分耐人寻绎的。

高攀龙所生活的晚明时代政治上十分黑暗,对正直人士的迫害经常发生。作为思想品格耿介超拔的东林领袖人物,诗人政治上失意,仕途坎坷,又处在同权奸集团和阉党斗争的政治漩涡中,因此,当他来到清静的深山,自会获得许多新鲜的感受。潺潺流水,悠悠白云,多么清澄莹澈,令人心旷神怡。这里远离污浊的世俗,更与黑暗的官场隔绝,周围没有人事的烦扰,没有任何潜在的威胁,枕卧偃仰于山石之上,顿感安恬舒展,尘虑皆空。在这样一片安宁幽美的天地里,诗人完全为空明、寂静的大自然所陶醉,不仅把政治上所遇到的挫折、把名利得失忘却了,甚至连自身的存在也忘却了。"心同流水净,身与白云轻",这纯净的石上清泉,这轻飘的空中白云,不正是自己所追求的理想境界吗?水,玲玲淙淙,自由流淌,形迹毫无拘束;云,本来就给人以悠闲的感觉,也给人以无心的印象,因此陶潜才有"云无心以出岫"的话(《归去来兮辞》)。此时诗人怡悦而安详地观赏、领略着深山中闲适的风光,襟怀纤尘不染,似乎自己业已"物化"作那清净的流水、那纯洁的白云。质言之,诗中流水白云的意象,作为诗人理想境界的环境烘托,向我们展现了抒情主人公天性淡逸、超然物外的风采。同时,它也是心志高洁的象征,是诗人高尚情操的写照。

“寂寂深山暮，微闻钟磬声”，进而渲染出一种幽深静谧的氛围。“寂寂”二字是形容词重叠，表示程度加深，这里强调对尘嚣的摆脱滤净。诗人的身心既已得到净化和解脱，而与自然化合同一，便于身外之境一无所知，耳中只有天籁，就连深山古寺那远扬的钟磬声也似闻无闻了。“暮”字点明闻钟磬的时刻，闻钟磬则愈显出了境界的空阔深远，令人想到空间的无垠，时间的永恒，与人世的龌龊渺小及不足道。“微闻”二字，其意绪实由心之“净”、身之“轻”，亦即诗人断绝尘想、神往物外的心境自然逗出。总起来看，诗中所渗透的闲逸高远的出世之情，说到底还是反衬出了作者对黑暗现实的厌恶情绪。

这首诗以冲淡的风格抒写作者的逸兴幽怀，诗境宁静超脱，安闲悠远。诗的内容单纯而丰富，诗义容易理解却又令人体味不尽，诗人所没有说的比他已经说出来的要多得多。表面看来，四句诗的用字造语平平无奇，像是随意写出，行云流水，纯任天然，但合起来却妙谛自成，达到了司空图所谓“俯拾即是”“着手成春”的化境。（尹芳林）

北地晓征　　归子慕

夜半寒鸡不忍听，主人炊熟梦初醒。
出门不复知南北，马上持鞭数七星。

题目点明，诗写旅宿者早起赶路。首句写报晓的鸡鸣将客子惊醒。从鸡声，暗示出客子投宿之处，不是繁华的城市，而是僻静的村店。不说“鸡鸣”，而说“寒鸡”，“寒”字突出了荒村静夜的凄凉气氛，也将听鸡者的心境显示出来，可见其跋涉异乡，形单影只，举目无亲，内心凄苦。正因为如此，所以夜半鸡声入耳，分外生寒“不忍听”。“不忍”二字，概括了客子的跋涉之苦，羁旅之愁。次句“主人炊熟梦初醒”，更是意味深长。由句中描写，让人想见村店主人为旅客准备早餐的繁忙景况；把“炊”与“梦”联系起来，不禁又令人会联想起黄粱美梦的故事。故事中那位旅宿邯郸的穷书生卢生，当店主炊黄粱饭时，他正做着荣华富贵的美梦；可黄粱尚未熟，他已从美梦中醒来。后因以黄粱美梦感叹富贵虚幻，人世无常。这位“北地”旅客也在“主人炊熟”时“梦初醒”。什么梦？诗中未点破，但读者自可想见。他梦醒后，一定也像邯郸卢生一样的懊恼和沮丧吧？此句实中寓虚，暗中用典，进一步显示出客子的穷愁潦倒和内心的怅惘。

后二句写客子出门晓行。“鸡声茅店月，人迹板桥霜”，这是古人写客子晓行的名句，后人写诗常常袭用。本诗的作者另辟蹊径：“出门不复知南北，马上持鞭数七星。”七星，指北斗星。北斗星仍可“数”，可见此时尚在黎明前，夜色仍旧苍茫，因而出门晕头转向，只好凭着北斗星分辨方向。诗中通过“马上持鞭数七星”这一细微动作，将晓行者摸黑赶路的特有神情，写得活灵活现。至于“出门不复知南北”，除了天色原因，恐怕也与这位孤征者投奔无门的迷惘心情有关，所以这里的眼前景，也显示出人物的心中情。

这首诗，以幽清淡雅的笔墨，真实生动地将旅人的道路辛苦、羁旅愁怀勾勒出来。写景新鲜，用典灵活，含蓄有味，称得上“意象具足”。（何庆善）

题长蘅次醉阁^①　　程嘉燧

为爱檀园开北阁，两回三宿小房栊。
坐深曲洞香灯焰，睡美疏櫩晓日烘^②。
白拂花飞方丈雨，素屏滩响一床风。
但名次醉犹嫌俗，合作禅栖住远公^③。

注 ① 长蘅：李流芳字。李万历丙午(1606)举人，与程嘉燧、唐时升、娄坚等均有诗名，时称嘉定四先生。　② 櫩：窗格。　③ 远公：慧远，东晋高僧。

　　程嘉燧与李流芳为诗画友。李流芳以时局纷乱，中举后再上公车不第，遂绝意进取，返故里嘉定南翔筑檀园，"水木清华，市嚣不至"，"琴书萧闲，香茗郁烈，客过之者恍如身在图画中"。程嘉燧亦是淡于功名者，弃制义不学，刻意为歌诗，"缘情拟物"，旷日而不倦，乃作此诗题檀园次醉阁。

　　程嘉燧诗以七言近体为最工，所作主要有两个特点：一是清丽温婉，娟秀少尘；二是词琢句炼，工于诗律。因此他虽然"精熟李、杜二家"（《列朝诗集小传》），诗风却与李、杜不同，而接近于刘长卿。这首诗正体现了他的典型风格。

　　首联点题，突出一"爱"字。李流芳在檀园的北面新筑了一间小阁，作者两次去檀园游赏，就有三夜是睡在这间小阁的，足见喜爱之深。以下颔、颈二联均描写阁中景物，作者没有纯客观地去铺陈，既然写"爱"，那就要写出作者自己的感受，自己的强烈的主观印象。"坐深曲洞香灯焰，睡美疏櫩晓日烘。"小阁有曲廊相通，幽邃曲折，故称"曲洞"。夜间阁中点了香油灯，焰火幢幢，更显得格外幽深静寂，于是作者一坐下去，便深深地为之陶醉，长久地不舍得离开，此之谓"坐深"。次醉阁有幽寂之趣，亦有疏朗之美。那就是在早晨旭日高升之时，因为阁子的窗格稀疏，大而透光，太阳照来暖洋洋的，使人可以美美地高眠，故称"睡美"。"坐深"与"睡美"概括了作者在小阁三日的感受，不论白天还是黑夜，总使人流连忘返，不忍遽去。句中"深"字与"美"字为诗眼，为全句的精神所在，是作者刻意锻炼的结果。按通常诗中语词的顺序，此二句应是："疏櫩晓日春睡美，曲洞香灯夜坐深。"然作者颠倒了词序，把"睡美"与"坐深"提到句首，加以强调，全联顿然地便活了起来。

　　接下颈联仍写自己对次醉阁的感受，但更加深入细腻。一般写楼台亭阁总习惯于把它们放在山川湖海、风花雪月等大自然的景观中去描写，如唐孙逖《宿云门寺阁》："悬灯千嶂夕，卷幔五湖秋。"宋米芾《望海楼》："三峡江声流笔底，六朝帆影落樽前。"均是如此。程嘉燧此句则别出心裁，他把眼光仍局限在小阁内，不假阁外景物，自有风雨之感。"白拂花飞方丈雨，素屏滩响一床风。"拂为拂尘，用芦花等物做成的清洁器具。拂尘花飞，竟似乎满室皆雨。阁内有素色屏风，其上画着河滩急湍，画得实在逼真，画中急流的气势竟使人感到河水击石的喧豗之声，由喧豗的水声又引起空气流动、满床风生的感觉。这一现象，现代美学谓之通感，程嘉燧并不理解这道理，他是从禅悟中得来的。他平日喜读内典，自称"晚遇禅老，皈心空寂"（《松寥诗引自序》），诗中这种灵明空妙的感觉大概便是他的禅机吧！故诗的末联他提出以"次醉"名阁还有些"俗"，因为"次醉"无非是景色可以醉人之意，而神妙灵奇的通感便不是醉意可以仿佛，而是一种悟境，唯有谈禅者可以领悟到。故末句说："合作禅栖住远公。"（合，应当）唯有像慧远这样的高僧才最适宜住在这间阁子中。如此结尾,看似是有所不满,其实正是提高了次醉阁的身价,也把先前各句的景中所具精神升华到了新的高度:曲洞、疏灯、拂花、滩风,都具有禅机的灵光了。这是极高妙的结尾收束,有此二句,全诗亦变得曲折有深致了——对次醉阁,诗人的态度经历了赞美、不满、再深一层(升华性地)赞美三个过程。

程诗以七言近体为最工,本诗正体现了他清丽温婉、娟秀少尘和词琢句炼、工于诗律的典型风格。(刘明今)

萧皋别业竹枝词　　沈明臣

青黄梅气暖凉天,红白花开正种田。
燕子巢边泥带水,鹁鸠声里雨如烟。

《竹枝词》本出巴渝民歌,带有浓厚的乡土气息和地方风味。自唐代刘禹锡以来,仿作者极多。大都用写一方风土人情及城乡风光。形成七言绝句中一大专题。"萧皋别业"是作者友人李宾父的别墅名称,此诗就写江南梅雨季节当地农村景象。其韵味和宋人翁卷的《乡村四月》颇为接近:"绿遍山原白满川,子规声里雨如烟。乡村四月闲人少,才了蚕桑又插田。"然而对比玩味,沈明臣此诗自有新意。

"青黄梅气暖凉天,红白花开正种田。"开篇两句描绘萧皋别业所在的郊野春光,就有美不胜收之感。与翁诗的"绿满山原白满川"比较,更为色彩绚丽。显然沈诗所写的不是初夏四月的乡村,而是春二三月的乡村。这里不仅排开了四种色彩;"青""黄""红""白",较翁诗的"绿""白",色彩的冷暖变化更大。而且出现了三个结构相同的排比的片语:"青黄梅","红白花","暖凉天"。每个片语中的名词性主语前,都有两个不同,甚至对立的形容词("青""黄"是不同色,而"红""白"是对比色,"暖""凉"是对立感觉),它恰到好处地写出了乍暖还寒的早春天气及相应的景物特征:桃李刚刚开花;而梅子尚小,黄里带青。这里辨味之细,只有晚唐韩偓绝句差可仿佛。诗人下字也很精确,如果在别人笔下,首句也许是"青黄梅子"而不是"青黄梅气"。那个"气"字多么虚,感得到,摸不着。前两句之妙,就在于不仅写出了视觉色彩,比翁诗多写出了人的感觉(冷暖)。这时还不是农忙时节,没有"才了蚕桑又插田"那末紧,只说"正种田",恰到好处。

"燕子巢边泥带水,鹁鸠声里雨如烟。"这两句最惹人喜爱的是后一句,它在感觉、视觉形象外又添了听觉,雨声和鹁鸠声。然而,它毕竟是有意无意落到了翁卷那个得意之句的窠臼里。这里不过不是"子规声",因为子规是迎春的鸟儿。鹁鸠羽毛黑褐而胸部淡红,喜欢在春雨中鸣叫。在一片迷蒙的烟雨中,鹁鸠柔声呼侣,倍觉迷人。沈诗的独创性,尤见于上句"燕子巢边泥带水"。前人咏燕之作多矣,谁曾拈出"泥带水"三字?那是来源于精细生活观察的一个发现。原来"芹泥雨润",水分特多,使得燕子窝边的泥土湿漉漉的。"泥带水"不是"拖泥带水",而是一个充满生气的形象。因为这是春雨,是好雨、喜雨。"晓看红湿处,花重锦官城"是杜甫的奇妙发现,"燕子窝边泥带水"则是沈明臣的奇妙发现。

翁卷的《乡村四月》在形式上是四句散行的,而沈明臣此诗则以骈句为主。它不仅下联对结;上联有三个排比片语,同时上下句也似对非对。这就使它在形式上更有锦绣成文之感,这正是春天给人的感觉,而不是初夏给人的感觉。和同一作者的《凯歌》(衔枚夜度五千兵)相比,诗的风格判若两人,使读者不禁要模仿胡宗宪大人的口气赞叹:"何物沈生,清绮乃尔!"(周啸天)

渡汶河　　谢肇淛

霜飞月落野鸡啼,雾锁长林水拍堤。
夹岸人家寒未起,孤舟已过汶河西。

这是诗人在游宦途中所作的一首纪行小诗。题中的汶河,今名大汶河,发源于山东莱芜市北,流向西南,经汶上县入运河。吟罢全诗,眼前仿佛展开了一幅水墨山水。这是一个寒冷的拂晓,月亮落下去了,太阳显然还未升起,凛冽的寒气凝成一片严霜,诗人设想它们是像雪一般飞落下来的,野外的鸡已早早地开始啼叫了。弥漫的雾气升腾在河边上,笼罩着荒寒的树林,仿佛将它们封锁住了,河水在单调地拍打着堤岸。这两句写景通过声色的渲染营造出一种凄清幽寂的氛围。在其笔下,一切妍丽的色彩均被摒弃,只是水墨的浓淡不等的晕染,诗人似乎有意在让这种黑白效果发挥至于极诣,以求画面透出荒寒枯寂的清气幽韵。荒野的鸡鸣和拍岸的水声则以声衬静,更突出了境界的幽寂。这样的境界不禁令人想起张继的"月落乌啼霜满天"(《枫桥夜泊》),但谢诗更具北方原野荒寂旷远的特色。如果说以上两句尚是为渡河作背景描绘的话,那末三四两句则是正面写其渡河。诗人以正反衬跌的手法来表现:汶河两岸的人家因天寒还未起身,而诗人的孤舟已渡过汶河向西而去了,第三句为渡河作了铺垫,全力托出这最后的一笔,境界的孤寂又较前进了一层,而羁旅行役的艰辛也自在不言之中了。这最后两句的手法无疑借鉴自宋人徐俯的《春日游湖上》:"双飞燕子几时回?夹岸桃花蘸水开。春雨断桥人不度,小舟撑出柳荫来。"二诗的末两句皆是以反衬正,以动显静。

从这首不起眼的小诗中,我们也可窥见谢氏诗歌的美学趣尚。他对七子之拘泥盛唐气象,一味追求雄浑高华,颇致不满,而是走清淡空灵一路。他在《小草斋诗话》中提出:"诗境贵虚","诗情贵真","诗意贵寂","诗兴贵适"。这首小诗基本上体现了这些特点:它境界空寂,神清意远,刊落华藻,摒去色彩,纯用景语,而个中况味读者自可去寻味把玩,在想象中加以丰富补充。这正应了诗人自己所说的"无色无著"。他认为:"古今谈诗如林,然发皆破的,深得诗家三昧者,昔惟严沧浪,近有昌毂而已。"诗人服膺自己的同乡前辈(严羽为福建邵武人),而在诗歌的理论与创作中踵武其道,这首小诗也可作为其嗣响严氏的佐证。(黄宝华)

东阿道中晚望　　袁宏道

东风吹绽红亭树,独上高原愁日暮。

可怜骊马蹄下尘，吹作游人眼中雾。
青山渐高日渐低，荒园冻雀一声啼。
三归台畔古碑没，项羽坟头石马嘶。

　　这首诗是万历二十三年(1595)袁宏道虚龄二十八岁时，从京都至吴县任县令，道经东阿所作。虽然写的是路途景色，实际上却充分反映了他的兀傲与孤独。
　　诗的开头两句显然具有象征意义。东风吹得红亭的树上绽开了花朵，这本是一种美丽的景色；但暗夜却已经要来到了。没有人感觉到这繁华中潜伏着的危机，只有他一个人为此而忧愁。为什么，就因为他远远高出于众人之上：他站在山顶。
　　下面两句，进一步表现出对"游人"——众人的轻蔑，他们只不过是一些在贵人所骑的骊马边讨生活的可怜虫，他们为骊马所扬起的灰尘迷住了眼睛，什么都看不见。而那些骑在骊马上的贵人呢，当然也都处于这位"独上高原"的诗人的脚下。他可怜这些卑贱的人物，他是高踞于他们之上的智者。——不过，这同时也是写实，写出了他从高原往下望的感觉。
　　再往下的两句，"青山渐高日渐低"只是一般性的过渡，交代其在高原上时的时间流逝，"荒园冻雀一声啼"则是点睛之笔。这句不仅极写景色的萧杀、荒凉，同时也是诗人的自我写照。这个高出于众人的智者，在现实中却又是如此地遭到冷遇，如此凄凉，不过是荒园的一只冻雀，他的啼声虽然划过了垂暮的天空，引起闻者的战栗，但他的啼声又能传到多远，引起多少人的注意呢？这里，诗人从极度的自尊转到了极度的自卑，但在自卑中仍然显现出兀傲不平。
　　最后二句，上句极写荒凉，是"青山渐高日渐低"的引伸，下句进一步写至死不渝的兀傲、永不屈服的精神，是"荒园"句的引伸。石马的嘶鸣固然出于想象，但在这想象中却正显示了诗人至死也不甘雌伏的斗志，不过这同时又是绝望的挣扎；因为这到底只是一种没有现实性的想象。
　　早在《庄子》或《楚辞》中就已第一次出现了高出于众人的独醒者的形象，但写出这样的自尊与自卑相混合的感情，反映出这样的绝望挣扎的心情，塑造出荒园冻雀、嘶鸣的坟间石马的尖锐形象，在我国诗歌史上却似尚属初见。因而它具有独特的魅力和开创的性质。（章培恒）

游虎跑泉　袁宏道

竹床松涧净无尘，僧老当知寺亦贫。
饥鸟共分香积米，落花常足道人薪。
碑头字识开山偈，炉里灰寒护法神。
汲取清泉三四盏，芽茶烹得与尝新。

　　虎跑泉，也是杭州一大名胜了，然而，浑忘了作诗绳墨规矩的袁中郎，走进虎跑泉所在的虎跑寺，一不谈"虎"的典故，二不忙着说"泉"，自己倒前后乱"跑"了一气，随手抓住些东西写下来，也不管合不合章法、成不成方圆，写出的东西像不像虎跑应有之景、称不称虎跑的身份，反正，一管笔写到哪里是哪里。

也许是寺院的清冷、泉水的清冽，让中郎发热的头脑少许清醒了些，本诗的措辞，倒不似《戏题飞来峰》那么浅俗了，还像是文人之笔；不过，思路的七颠八倒，却还是依然如故。"竹床松涧净无尘"，起笔先写寺外，松荫下、清涧边，僧人的竹床（大约是榻吧）干干净净地躺着，没一丝灰尘。那么，下文要说竹床主人的清高超尘了吧？"僧老当知寺亦贫。"他的眼光，却盯在和尚额上的皱纹上了——老和尚，穷寺庙，他这么揣摩着，为自己的联想之丰富、思路跳跃之快得意，也不曾想想，别人读了他的诗，将有何等的疑惑："僧老"一定"寺贫"么？"僧老"和竹床又有什么关系？或许，他的"老"应该改成"瘦"吧？可他没功夫琢磨了，一脚就迈进了寺里。

"饥鸟共分香积米"，什么不好看，偏去看寺里的香积厨？什么不好留心，偏去留意那些野鸟？殿上的庄严宝相为何不看？虎跑的悠远传说为何不听？他只顾证明他的"寺贫"，便把饥鸟也拉来了，好像它们饿肚子也是寺里的罪过，说不定，他还想暗笑老僧们有气无力、抢米也抢不过饿急了的鸟儿呢！这等心思，还能替虎跑生色么？

可是，正说他不好，好的却又来了。"落花常足道人薪。"这句倒真有点巧思了：落花时常飘下来，道人空落落的柴堆添上些落花，香积厨的柴火倒也不愁了。这落花，倒是颇"有情"的，可谓"化作柴薪更护寺"（套用清人龚自珍诗句）了。无奈，这样的巧句，在本诗里太孤单、太突兀、太刺眼了，反而添了许多不协调，实在不能将全诗带进"佳作"之列。更何况，焚烧落花，到底不雅；还有中郎的用心，也未必可嘉：他只是想借着"道人薪"的短缺，更深一步证明"寺贫"罢了。

"碑头字识开山偈。"总算跑到了寺后，在旧碑前站定，抹去青苔，辨一辨碑上本寺开山老祖的偈语：这么构想，也算是"起承转合"里的"转"吧？可是，他怎么才转出寺后，又转进寺里，"炉里灰寒护法神"，竟然又在大殿上的护法天尊前出神、直勾勾地瞧着泥塑前香炉里的冷灰了呢？

尾联又转到了寺外，读者跟在他屁股后转，大约已经转得晕乎乎了吧？"汲取清泉三四盏，芽茶烹得与尝新。"谢天谢地，转了一大圈，他总算想起"泉"来了，汲了几杯水，把茶尖儿放下去烹了，尝尝新鲜——真不知他是为尝泉水而来的，还是为尝遍地都有的新茶而来的；至于这"泉"是不是虎跑泉，若遮去了诗题，是一星儿也看不出的。

这样看待天下著名的虎跑胜景，倒像一个无知无识的乡下人的眼光；可真是乡下人倒不打紧，他不会作诗，不会把自己的感观去影响士林。袁中郎则不然，他已是有点名气的人了，这种信手涂抹的诗流布出去，若给人效仿起来（肯定会有人效仿，因为信手涂抹人人都会），那诗道还成了什么面目？作诗还讲不讲布局、讲不讲点题，要不要境界了？故而，当时就有人深虑于此，像苏州大名士、也是中郎好友之一的张献翼（字幼于），就委婉地致书中郎，先恭维他的诗似"唐诗"，又小心翼翼地建议他不要去作不似"唐诗"的东西。结果，给中郎碰了一鼻子灰：

"公谓仆诗亦似唐人，此言极是。然要之幼于所取者，皆仆似唐之诗，非仆得意诗也。夫其似唐者见取，则其不取者断断乎非唐诗可知。既非唐诗，安得不谓中郎自有之诗，又安得以幼于之不取、保中郎之不得意耶？仆求自得而已，他则何敢知。近日湖上诸作，尤觉秽杂，去唐愈远，然愈自得意。"（《解脱集》卷四）

本诗也是"近日湖上诸作"之一，他人视之，必谓"秽杂"，但中郎却自得其乐：连唐人都可以打倒,"诗必盛唐"的假古董还不会倒么?写吧,大胆写吧,放手写吧,随心写吧,要扭转时风,去伪扶真,没这般"过正"的胆,又怎能"矫枉"呢?(沈维藩)

夜　泉　袁中道

山白鸟忽鸣,石冷霜欲结。
流泉得月光,化为一溪雪。

这首小诗,必须反复吟味,才会觉得意趣深长。

诗题为《夜泉》,主要写的却是对月色中的山水景物的感觉。"山白"是山在月光沐浴下呈现的色调。一声鸟鸣划破寂静,反而更衬托出寂静,正像王籍所描绘的"鸟鸣山更幽"的境界。山白而鸟忽鸣,不管两者有无联系,总让人联想到王维的诗句:"月出惊山鸟,时鸣春涧中。"这里没写月,但诗人已向我们暗示了月光,下面的景色都由此而生。

"石冷霜欲结",表现由视觉引起的对触觉的联想。清幽的月色洒在石头上泛起一片冷光,青白青白的像是要凝作霜花。这一句写得非常虚,由月色在石上的反光产生冷的感觉,同时又由冷和白色幻化出霜的想象,作者在此巧妙地运用了通感的艺术表现手法。

诗人置身于朗月的清辉中,山看上去是白的,石也泛着冷光像要结霜,而石下的泉水呢,被月华映照,银光闪烁,简直像是一片雪。古人写夜泉的诗句很多,因为是在夜里,一般都用听觉来表现它,写它的淙淙流声。而本诗的作者却独从视觉来表现它,不能不说是别出心裁的艺术创造。雪的比喻不仅生动形象,而且暗应上文的"冷""霜",承接十分自然,作者的心思绵密由此可见。(蒋　寅)

过古墓　孙友篪

野水空山拜墓堂,松风湿翠洒衣裳。
行人欲问前朝事,翁仲无言对夕阳。①

> **注** ① 翁仲:传说为秦时巨人名,此指墓前石人。

《红楼梦》中癞头和尚的《好了歌》说:"世人多晓神仙好,唯有功名忘不了,古今将相在何方,荒冢一堆草没了。"指出浮生若梦,功名皆幻而以俳谐出之。这首《过古墓》意思与之差近,但要凝重蕴藉得多。

题曰"过古墓"可知并非专程前来凭吊,只是出门旅次偶然路过而已,所以也不必考究这墓的主人姓甚名谁,有何官爵,也许作者根本不认识此墓的主人,也许墓碑上的文字早因风雨剥蚀漫灭难辨。总之,墓中长眠的是何人,对于作者来说,并不重要,诗人感怆的是古墓所包容的历史文化的意蕴。所以,开头二句"野水空山拜墓堂,松风湿翠洒衣裳"。所表达的氛围情致不是对故人已逝的悲哀,而是感伤古今的历史沉思。因此,首句中的"拜",其意义就超乎一般的祭奠,而是发思古之幽情的即景抒怀。诗人伫立于野次水滨,面对空山,但闻风涛阵阵,悲鸣林间,只见松柏苍翠,沾衣欲湿,而古墓掩映其间,作者拜祭荒茔残碑,不禁心绪难平。这座古墓,依山傍水,擅地理形胜,当时也许颇费了堪舆家的一番心思,而墓前石像,亦说明墓主在世时不是等闲之辈,然而,昔日的显贵在漫漫的历史中都化作了过眼烟云,前人的遗迹只留下串串问号,既不见墓主所托庇的子孙后代来凭吊,也不见四方人士的礼敬香火,只有两侧的翁仲(石人)在忠诚不渝地守护着墓主棺椁中早已朽腐的躯壳和九泉下的灵魂。一个人的历史与业绩就在这无声无息中终结,只有一抹残阳,日复一日,年复一年地照临着空山荒坟。"行人欲问前朝事,翁仲无言对夕阳。"末二句是全诗之关键,可谓无声胜有声,尽在不言中。以"行人欲问"对"翁仲无言",将诗人对历史茫昧人生虚无的感怆充分地表露出来了。然而,此诗的意思尚不止于此,艺术的张力使我们读者感到,作者在此不仅是悲古更是伤今,通过凭吊前人抒发自己的人生感慨,因为历史是连续的,每个人都逃脱不了埋身黄土的归宿,古来将相贤达尚且只留下一堆无人知晓的荒冢,而今日之平民布衣更是形同蝼蚁,卑微不足道了。所以全诗笼罩着一派凝重凄清的氛围,通过"低回往古,感慨系之"(王文濡《历代诗评注读本》)在历史与现实、时间与空间的交汇中,诗人感到了人生的悲剧。钱谦益《列朝诗集小传》引王寅语说作者"好神仙,山居独行,洞箫在佩,不顾俗诮,飘然自怡。故其诗任性放吟"云云,亦不能一概而论。从这首诗看来,作者是有深沉的人生体验的,他的放浪形骸,只是他眷恋生命的一种特殊形式。(祝振玉)

夜 归　钟 惺

落日下山径,草堂人未归。
砌虫泣凉露,篱犬吠残晖。
霜静月逾皎,烟生墟更微。
入秋知几日,邻杵数声稀。

钟惺的这首《夜归》诗,写诗人傍晚归家时一路所见到的景物,仿佛一幅乡村夜景图,给人以清新的美的享受。

诗的首联交代归家。展示的形象是:夕阳西下,一位神态悠然的诗人,从山路上下来,慢慢地向自己住家的方向走去。"落日"二字,既呈形象,亦表时间,点出了题目中的"夜"。"草堂人"是作者自指。农村一般人的住屋比较简朴,例如陶渊明,住的就是"草屋八九间";诸葛亮隐居隆中,住的也是草堂;大概是一种茅草盖顶的泥木结构建筑,据说还是冬暖夏凉的,杜甫在成都住的也是这种房子。可能因为"草堂"总是和高士、隐者、诗人发生瓜葛吧,它的名字带有一点雅,所以钟惺也就乐得借用来显示自己诗人的身份。"草堂人未归"这一句的意思,实际上是"人未归草堂",正说明这个"人"是在向归家的路上走,于是也就点出了题目中的"归"字。"人"在这两句中是一气贯串的主语,因而首句"下山径"的是"人",而不是"落日",这是需要注意的。

　　颔联以下，写的都是归家路上的所见所闻。"砌虫泣凉露，篱犬吠残晖。""残晖"是太阳的余光，与首句"落日"相呼应。因为有人经过，篱笆里的狗就吠起来了。这当然不止一只狗，也不一定是冲着诗人吠的。黄昏是"日入而息"的时候，人们匆匆归去，"篱犬"出于看守的本能，也就汪汪地吠起来了。这是农村傍晚一景，多少给人带来一点慌乱感。汉水北岸（钟惺为湖北天门人，其地在汉水北岸）入秋天气已凉，随着黄昏的到来，"凉露"也就沾湿了阶砌；这时候，砌中的蟋蟀等秋虫也鸣叫起来了，声音有点悲切，像是在哭泣似的。这联诗提供的意象，颇为苍凉。

　　"霜静月逾皎"两句，所写景物在时间上已经有了推移。这时候，月亮升起来了，一层薄霜静静地覆盖在地上。有霜，表明这是个晴朗的夜晚，因而月亮也就显得更加光明皎洁，这一句描写，表现了作者体物的细致。下面一句也铢两悉称："烟生墟更微。"这里要注意的是一个"微"字。"微"有微小、微细、稀微、隐匿诸义，这里可以综合用上。"烟"指黄昏的云气，《西厢记·长亭送别》有"淡烟暮霭相遮蔽"之句，可为佐证。整句诗的大意是说：暮烟生起，村子（"墟"是村落之意）在其笼罩下，显得稀微隐约，表现出一种朦胧美。"微"字在这里起了"着一字而境界全出"的作用，是这句诗的"眼"，表现出作者炼字之巧和体物之细。

　　最后两句，"入秋知几日，邻杵数声稀。"是听到砧杵之声而联想到秋日的捣衣。"杵"是捣衣的槌棒，和"砧"相配；用槌棒敲打垫石上的衣物以去污，就是"捣衣"。古代习惯，入秋以后，就要准备寒衣过冬，所以家家户户，都要把隔年穿过的寒衣拿出来捣洗一遍，或者捣洗绢帛以缝制新的寒衣；有男人在外征戍的，就更要提早准备，以便送去。人们听到这种杵声，联想到冬天即将来临，往往会产生萧瑟感；而许多描写妇女为郎准备寒衣送边关的《捣衣曲》，更形成了淡淡哀愁的心理积淀。这里描写的杵声是"稀"疏的，原因是"入秋"才几天，捣衣不过刚刚开始，因而哀愁萧瑟感也就显得比较淡薄。

　　这首诗，结构规整，点题后即描写景物。作者按照时间和行进的顺序，把初秋农村从黄昏到月上的景色，淡淡绘出，意境幽静宁谧而略带凄清，反映出秋之色彩，也烙印着诗人"幽深孤峭"的特色。中间两联对仗工整，用字造句，都有成就。从艺术渊源来说，陶渊明、王维、孟浩然、李白田园诗的影响是比较明显的。（洪柏昭）

前懊曲（三首选一）　　钟　惺

畏君知侬心，复畏知君意。
两不关情人，无复伤心事。

　　"前懊曲"为南朝乐府吴声歌曲名，内容多写男女私情。此诗仿古代民歌写男女初恋心理，颇为真切有致，在诗意上可分为两段：前两句少女诉说心中的矛盾；后两句则写少女对此矛盾的自嘲式的"解决"办法。

　　先看前两句："畏君知侬心，复畏知君意。"两句诗中出现两个"畏"字。第一个"畏"，从少女自己着眼，是怕对方知道自己的心思。少女分明是私下爱上了对方，但纯情少女天然的羞涩心理使她羞于让对方识破自己的心思。这个"畏"道出了主人公的真纯。而现实的情爱毕竟是要相互作用的。少女自是不甘于单方面的相恋,她更希望对方情感的回报。她急切地想知道对方对自己的态度,但又生怕对方对自己无心。"复畏知君意",这第二个"畏"字是着眼于对方,是怕对方不钟情于己。这个"畏"更写出少女爱之深切。

这两句诗看似平常,实则颇可玩味。它们道出了初恋少女情感活动的真实性。本来,少女深深地爱上了对方,时时刻刻想知道对方对自己是否有意。按照常情,应该是"盼君知侬心,复欲知君意。"但一方面是少女的羞怯,不敢公然表露;另一方面,又害怕对方不钟情于己,怕自己徒有投木桃之心,而对方无报琼瑶之意。爱得愈炽热,这种担心忧虑就更强烈,感情就越向两极发展,形成既想知道,又怕知道的矛盾心理状态。于是"盼君知"变成了"畏君知";"复欲知"变成了"复畏知"。这种看起来似乎完全出乎常情的句子,恰恰最真实、最深刻地揭示了初恋人儿的微妙心理。透过两个"畏"字,我们可以强烈地感受到女主人公强自抑制的急切愿望和由此而造成的精神痛苦。而"畏"的实质恰恰是"爱"。这两个"畏"字,把少女对"君"的一片痴情刻画得入木三分。宋之问有诗曰:"近乡情更怯,不敢问来人。"(《渡汉江》)极写乡思之急切,富有情致,在构思上,此诗与之有异曲同工之妙。

深层的"爱"与表层的"畏"错综交织,在这样一种矛盾状态中,主人公情思缱绻,难以解脱。何以解忧?诗中的少女似不是个优柔脆弱的女子。矛盾的心情使她苦恼万分,索性气恼道"两不关情人,无复伤心事"。关情,关心、牵挂。"伤心事"三字暗绾前二句,使读者感受到少女被爱所折磨的巨大痛苦。为解脱起见,她想倒不如作个两不"关情"之人,就再也没有此等伤心之事了。话说得干脆利落,似乎毫不犹豫,毫无留恋,但真能这样吗?作为怀春的少女,她需要的是真诚而炽热的感情,她对意中人深挚的爱是坚如磐石的。主人公明明知道这是不可能的,这恰是她的无奈之辞啊!在斩钉截铁的决绝之辞中,蕴藏的恰是火一般的至死靡改的真情。女主人公那娇嗔气恼的神情口角,亦使读者如见如闻。就全诗来看,三四两句一方面承一、二句诗意,暗示上述的"畏"是由于自己"关情"所致;一方面也暗示,这"伤心事"实在是不能,也是不愿了结的。读来仿佛能感受到,女主人公在伤心中毕竟亦体会到了些许的"甜蜜"。由于后两句的语气反跌,使全诗前后一弛一紧,跌宕起伏,更具韵致。

这首仿民歌的小诗未像一般民歌那样以热烈炽盛之词直抒相思相爱之情,而是以明白晓畅语言,和民歌中惯用的白描手法,捕捉住初恋少女真实而典型的心理活动,传达出那种"在甜蜜中痛苦,在痛苦中甜蜜"的初恋人儿的复杂心态,道出女主人公的"爱"、"愁"、"畏"、"恼"等种种复杂心情。虽然整体风格上近于民歌,但在具体遣词造句上,如"复""无复"等词的运用,及语气的巧妙转换等,无不体现出文人的加工,从而使全诗不落浅显俚俗,"新隽"(纪昀语)有余,颇值把玩。这在尚"深幽孤峭"的钟诗中是不多见的作品。(徐定祥 姚静波)

无 题　王次回

几层芳树几层楼,只隔欢娱不隔愁。
花外迁延惟见影,月中寻觅略闻讴。

> 【注】 ①楚梦:用宋玉《高唐赋》序所写楚王遇巫山神女事,指男女幽会。

吴歌凄断偏相入，楚梦微茫不易留①。

时节落花人病酒，睡魂经雨思悠悠。

　　这是一首失恋的悲歌。诗人与诗中切切牵念的女子有过一番亲密的欢乐的交往，不知是什么原因，被迫分离。在憔悴痛苦中，他眼前所见的一切仿佛与恋人紧密地关联在一起，那在一起度过的美好的日子成了追忆的主要内容，诗人苦苦地思恋着，他的心沉痛地哀鸣着，吟叹出哀哀欲绝的诗句。

　　诗一开始就把自己置身在十分孤寂悲怆的境地中。他无意识地向远处眺望，恰恰总是把目光投向恋人居住的地方，那儿，相隔了多少重芳树？中间有多少幢楼馆？看不见恋人的情影，这树、这楼只隔绝了欢乐，而我的愁绪却与之紧紧相连。诗人魂不守舍，漫无目的地搜寻着往日：在花前徘徊流连，这里似乎还剩有她的芳影；在月下搜索，空中依稀还回荡着她的情歌。他深深地陶醉了，痴迷了，偏偏不知从哪儿飘来了一阵阵缠绵凄凉的吴歌，把他从回忆中拉了出来，反顾自己，只剩下了孤孑一身，分外伤心。前六句把过去与目前迷离交织，完全是一派惆怅与朦胧。所写的芳树、楼台、花前、月下，无一不是美好的事物，但这些美景只是勾起回想的媒介，是过去甜蜜的见证，在现在失恋的感伤中，这些景色只给他带来痛苦。因此，诗在写景的同时，冠以一连串强烈的语词，否定景色的美好，充分呈现自己的无奈与失落。

　　尾联两句是全诗的总结。诗人从往事的追忆中苏醒，正逢这足使人生愁的落花残春，由于病酒，恹恹无神，而思绪仍然沉浸在梦般迷离的向往中，无尽的风丝雨丝，伴随着诗人抽不尽的愁思。出句"落花时节"用现成语，既感叹春色将尽，又暗示自己爱情之花受到摧残，随风飘落；"病酒"则点明自己心中苦闷，因而借酒浇愁。对句写睡魂，紧扣上文"楚梦"，进一步总结前六句刻骨铭心的相思。

　　这首诗把情感借景流出，带有强烈的主观性，一切事物、声音均随着诗人的愁苦而披上黯淡的色彩。诗用大量笔墨，在惆怅的回忆中寻觅过去，语调凄丽哀婉，酸辛悲苦，表达了对所恋女子的赤诚与痴迷，以及失恋后的灰心与迷失。

　　王次回诗学晚唐，艳丽处追踪韩偓香奁体，但写爱情的一些无题诗则脱胎于李商隐。李商隐也有一首怀念别离的恋人的无题诗，诗云："来是空言去绝踪，月斜楼上五更钟。梦为远别啼难唤，书被催成墨未浓。蜡照半笼金翡翠，麝熏微度绣芙蓉。刘郎已恨蓬山远，更隔蓬山一万重。"王次回此诗从立意造语谋篇，都与李商隐诗有惊人的相似。唐以后人学李商隐，大都从用典用事出发，宋初诸人偏重堆砌，成西昆体；元、明诗人则取径李商隐以摩杜甫之垒，而爱情诗篇，则以王次回成就最高。（李梦生）

留别金陵　　曹学佺

微月斜阳影已低，霜风四起夕凄凄。

乌生两翼不飞去，只在白门城上啼。

崇祯末年,曹学佺曾有江南之行,留下了许多与之有关的诗,此诗即其一。留别诗一般无非写一些地方风物,友朋情谊,惜别之情以及再造之期。这首诗却不同,它与其说是留别诗,不如说是诗人为即将灭亡的明王朝唱的一首挽歌。

首二句写景。写景本应描写金陵的景致。金陵为六朝佳胜,明朝陪京,佳丽金粉,富甲天下,不知有多少有特色的景观令人流连沉迷,而诗人于此已难以留意,他笔下的景色似与金陵无关,那"微月""斜阳""影低""霜风"都不能表现金陵的特征,但合起来又无不是形容金陵的神。初升的微月,一抹斜阳残辉,低垂的影子,都是一些不成气候的景象、又被那四起的北风凌逼,这是一幅秋去冬来、日薄西山的景象,给人的感觉就是"夕凄凄"。"微月"从东方写起,"斜阳"从西方摄景,"影已低"从下面着眼,造成一种左右上下笼罩天地的暗淡、衰落、抑郁的情景,"已"字下得十分沉重,说明局面已成,难以逆转。"霜风四起"增加了这幅景象的衰飒、萧瑟。以残秋晚景来形容明末的局势,也是当时诗人常用的手法,如钱谦益的《题石崖秋柳小景》写明王朝的苟延残喘:"分明一段荒寒景,今日钟山古石头。"诗歌中的物象常常是和诗人的深沉意识产生了共鸣,经过诗人过滤,能够传达时代征兆和文化的感受才进入诗歌的。明末的局势北面建州虎视眈眈,腹地农民起义军攻州略府,朝廷内部党争剧烈,吏治腐败,整个王朝气息奄奄,与寒风裹袭的残秋一样毫无生机。明朝斜阳残秋的时代特征给诗人们的创作打上了深深的烙印,即使写景中也有意无意地流露出来。

末两句抒情,写自己对金陵的眷恋。白门,指金陵。这两句诗用了一个典故,古乐府里有《乌夜啼》的诗题,多是写女子听到乌鸦夜鸣而引起的离愁别绪,后来"乌啼"遂成为渲染离情别绪的意象。诗曰:"乌生两翼不飞去,只在白门城上啼",这里的"乌啼白门"已不是渲染而已,诗人直以"乌"比自己。"乌生两翼不飞去",可见不愿离别之情。此时的诗人已年近七十,改朝换代已在隐微感觉之中,此别金陵,也许是永诀,乌在白门城上的哀鸣表达的正是诗人的沉痛之情。这两句诗还化用了张继《枫桥夜泊》中"月落乌啼霜满天"的句子,与第一句的"斜阳",第二句的"霜风"照应,使四句诗的写景抒情融为一个画面,景语即是情语,情语亦成景语。诗人明为惜别金陵而作,实为明王朝的衰亡唱了一首挽歌。(孙之梅)

过皋亭龙居湾宿永庆禅院同一濂澄心恒可诸上人步月

李流芳

每多方外游,见僧即如故。灯明一龛下,夜长惬深晤。不知山月上,千林已流素。出门寻旧溪,爱踏松影路。气和空宇澄,寒魄如春露。幽泉洗我心,微钟杳然度。

原题共两首,前首记述到皋亭(在今浙江杭州市东北)龙居湾永庆禅院的情景,此为第二首,扣合题面中的"宿"与"同诸上人步月"。

作品一开始,先写留宿永庆禅院时,与久违的众多院僧故交,围坐于佛龛灯下,欢晤夜话。"每多方外游,见僧即如故",是由"一濂、澄心、恒可"等僧友济济一堂、"惬深晤"所生发的感想,而"如故""深晤",也透露出作者与他们已经很久没有见面了。"灯明一龛下"是典型的禅室环境,唐李郢《长安夜访彻上人》"闻说天台旧禅院,石房独有一龛灯",贯休《游金华山禅院》"薄岚常翳一龛灯",都突出了这一特征。在这样的环境中,宾至如归,又是与一群"方外游"静夜长谈,自然是俗氛全消。充溢于作者心中的,是一派亲切、欢畅的感觉。这就为下文所展开的"步月",定下了祥和的基调。

"不知山月上,千林已流素",是绝妙的过渡。"不知"回应前段的"深晤",欢谈使人忽视了"夜长"因素的存在;而终究意外地发现了"山月上",而且皎洁的银光已经洒满了遍山的树林,惊喜之状不难想见。"千林已流素"的美景,自然使人们的情兴由室内转向了户外。作品的下半段,就细腻地绘画了"出门"所见的优美景色。这里有熟悉的溪流,小路上松影槃跚;空气和畅,天宇旷朗,一轮明月流光四溢,给人带来无比清新怡爽的感觉。尤其是结尾的"幽泉洗我心,微钟杳然度",不仅在画面上添增了泉色钟声,而且表现出一种禅味,诗人此时的身心与之融汇为一,真可谓迥非尘世之境界了。

这首诗写良辰、美景、赏心、乐事的"四美并",字字从肺腑间流出,亲切自然,毫无做作。景语流美,更以其神韵取胜。陈田《明诗纪事》谓作者诗"清迥出尘",殆非虚言。沈德潜《明诗别裁》评此诗说得好:"如见东坡承天寺夜游光景。"苏轼《记承天寺夜游》述中夜步月,风神清逸、脍炙人口。本诗意兴、境界、风韵俱各超妙,确令坡公不得专美于前。(史良昭)

书项王庙壁　　王象春

三章既沛秦川雨,入关又纵阿房炬,汉王真龙项王虎。玉玦三提王不语,鼎上杯羹弃翁姥,项王真龙汉王鼠。垓下美人泣楚歌,定陶美人泣楚舞,真龙亦鼠虎亦鼠。

王象春"雅负性气,刚肠疾恶"(《列朝诗集小传》)。睥傲流辈,常出骇人之言,为此仕途多困踬,官也只做到南京考功郎,此间他游览乌江和项王庙,写下了这首咏史诗。项王庙即项羽庙,在今安徽和县乌江镇凤凰山上。

楚汉之争,项羽以盖世英雄兵败乌江,自刎垓下,而刘邦终以一无赖小儿夺取天下,对此后人多有议论,而于项羽则更多惋惜之情,杜牧《题乌江亭》认为项羽应听从亭长的建议,"包羞忍耻"以期"卷土重来"。王安石则把项羽兵败的原因归结到范增身上,《范增》诗中指责范增不知引导项羽争取民心。李清照更是从当时的形势出发,极力推崇项羽不肯苟全性命的英雄本色。咏史贵在"出己意"(吴乔《围炉诗话》),王象春面对乌江这片勾人心魄的古战场,霸气萦绕的项王庙,奇论突发,不为前人之见所缚,对刘邦、项羽这两个叱咤风云的人物作了崭新的评价。不管是成王成帝的刘邦,还是"人杰""鬼雄"的项羽都在他笔下呼唤出了新的色彩。

立论要有根据,诗人截取了刘邦、项羽一生中最能体现他们个性、最能引触读者生发历史感慨的事件,从人物的表现中剖析他们的功德、才能。

诗每三句一层，第一句，"三章"，指刘邦进兵秦川，攻入咸阳，与咸阳父老约法三章："杀人者死，伤及盗抵罪。"（《史记·高祖本纪》）秦川，指陕西、甘肃秦岭以北的平原地带。沛，水多，沐浴意。这一句是说刘邦进入咸阳，废除秦朝苛政，和百姓约法三章，军士不能骚扰百姓，秦川人民如久旱逢雨。第二句"阿房炬"，阿房，即阿房宫，秦宫室。公元前二〇六年，"项羽引兵西屠咸阳，杀秦降王子婴，烧秦宫室，火三月不灭，收其货宝妇女而东"（《史记·项羽本纪》）。刘、项同入咸阳，但所作所为截然相反，由此看来"汉王真龙项王虎"。古人常以龙、虎、狗、鼠比喻人的才能，《世说新语·品藻四》："诸葛瑾弟亮及从弟诞并有盛名，各在一国，于时以为'蜀得其龙，吴得其虎，魏得其狗'。"这里的龙、虎、狗均是褒义，用以区别才具的等级。由西入咸阳一事看，刘邦的政治韬略的确高出项羽一筹，项羽充其量是一虎而已。以"龙""虎"比喻刘、项的才能，抓住了特征，形象准确，如见其人。龙腾云驾雾，可屈可伸，能隐能显，这些也都是刘邦的政治才能，而虎虽张牙舞爪，为兽中之王，才能却不过"一扑、一掀、一剪，三般提不着时，气性自没了一半"（《水浒传》第二十二回），正如项羽不过是"力拔山兮气盖世，时不利兮骓不逝"的一匹勇夫。这一层评论刘、项才具，有褒有贬，先将项羽一抑。

中间三句是第二层。第一句"玉玦"，佩玉。这一句说项羽在鸿门宴请刘邦，谋臣范增欲杀刘邦，"数目项王，举所佩玉玦以示者三，项王默然不应"。第二句写楚汉两军对峙广武（今河南荥阳东北广武山上），只隔一涧，项羽虏刘邦父为人质，将其置高俎之上，告汉王曰："今不急下，吾烹太公。"汉王曰："吾与项羽俱北面受命怀王，曰'约为兄弟'，吾翁即若翁，必欲烹而翁，则幸分我一杯羹。"从图王图霸的角度看，鸿门宴上项羽不杀刘邦，算不上高明，故范增称他为"竖子"，刘邦为了霸业，抛弃父母也算不上失策，但诗人这一次转换了议论的角度，着眼于信义人情，从人的血性、情感、人格上看其高下。鸿门宴上，项羽不杀刘邦，认为刘邦"先破关中而有大功，杀之不义"，可见项羽不仅是一披坚执锐的英雄，也是一个讲究信义的义士；项羽不杀刘邦，还因为他相信了刘邦的巧言表白，低三下四的奉承，表现了这个人政治上的单纯和人品的质直。而刘邦则正好相反，面对父亲被高置肉俎，即将被烹的事实，不但没有怒发冲冠，出兵来救，反而嘻谑调侃，还要分吃一杯羹，无情无义的无赖嘴脸千古如新。项羽为了信义可置个人王霸之业不顾，而刘邦则为了逃避决斗，竟要分享父肉，真乃禽兽不如。故诗人斩钉截铁地下了结论："项王真龙汉王鼠。"从人的角度看，项羽为人中之龙，他起于陇亩，三年而灭秦，分割天下，自号"霸王"，为人血气方刚，个性鲜明，生为人杰，死亦鬼雄。和项羽相较，刘邦遇危而无勇，临辱而愈卑，见父危而不救，只是人中之鼠。此三句，对项羽由抑而扬，对刘邦则一贬到底。

最后一层第一句："垓下美人泣楚歌，"写项羽兵困垓下，四面楚歌，哀叹大势已去，遂与美人虞姬悲歌泣别，虞姬以歌相和。第二句"定陶美人泣楚舞"，刘邦的宠姬戚夫人是山东定陶人，故称"定陶美人"。刘邦曾有意立戚夫人所生子如意为嗣君，后来太子刘盈得张良之谋，羽翼已成，刘邦无可奈何，只能在戚夫人泣诉时，敷衍她说"为我楚舞，吾为汝楚歌"（《史记·留侯世家》），以二人的歌舞相和、聊表宠爱之意。但后来太子即位，戚夫人与如意均被吕后害死。一个是成者为王，一个是败者为寇，但在不能保护心爱的美人这一点上，刘、项却何其相似乃尔。拔山扛鼎的"虎"也罢，"豁达大度"的"龙"也罢，末路都是与女子相对泣泪，全无丈夫气概，只值得"鼠"的恶谥——首鼠两端，不能决断（刘）或不能了断（项）。如果说，前六句的评价，仅是出语之奇，未能于史实上翻出新意；那么，这最后三句的立论，更是佳作中的精华，不但语奇意奇，而且独具只眼，在成败殊途的两雄中窥到了共同之点，将常见的史实比并观之而推出新意，真是发前人之所未发、见前人所未见。

全诗第一层褒刘贬项，第二层扬项抑刘，第三层则一体贬之。虽褒贬不同，却有根有据，顺理成章。如此，全诗亦见波澜起伏，跌宕生姿。读其诗，想见其人。前人咏史多用七绝，而王象春不仅诗意独特，而且形式新颖，显示出作者"才气奔轶、时有奇气，抑扬坠抗，未中声律"（《列朝诗集小传》）的特点。（孙之梅）

读《牡丹亭》绝句　　冯小青

冷雨幽窗不可听，挑灯闲看《牡丹亭》。
人间亦有痴于我，岂独伤心是小青。

晚明西泠女诗人冯小青，小名玄玄，相传是武林名士冯千秋从镇、扬携回杭州的一个小妾，其时她才十六岁。上面这首诗描绘出了她来杭州之后的处境和心情。

传说她到冯家后为大妇所不容，被迫幽居在孤山脚边一所旧屋里。明朝时候的孤山，几乎四周皆水，陆路难通，那个妒妇既不让小青出来，又不让冯千秋去探望她。每到夜晚，她孤身一人，青灯一盏，形影相吊。"冷雨幽窗不可听"，是这种寂寞凄凉的环境的写照，也是这位红颜薄命女子心境的写照。《红楼梦》中黛玉《葬花吟》有句云："青灯照壁人初睡，冷雨敲窗被未温"，描写的颇类小青此时此刻的情怀。"幽窗"外自然界淅淅沥沥的"冷雨"，一声声敲打在她的心坎上，这不正象征着她经历的一场人生的凄风苦雨吗？如今她成了被遗忘的人，陪伴她的只有这幽窗冷雨，而这凄凉的雨声更勾引起她多少身世之感！"已觉秋窗秋不尽，那堪风雨助凄凉"！所以，她不想去听，不愿去听，可那无情的冷雨啊，一任阶前点滴到天明！

怎样消磨这百无聊赖的漫漫长夜？于是小青"挑灯闲看《牡丹亭》"了。所谓"闲看"，本来只是为打发时光、消闲解闷而已，谁会想到"借酒浇愁愁更愁"，《牡丹亭》——这部明代大戏剧家汤显祖的杰作更加触动了她的心弦。小青像世上其他女子一样，渴望美满的爱情和婚姻生活，可是旧时代男人可以纳妾的封建婚姻制度，铸成了这位可怜的贫家女的悲剧。她幽居孤山，过着与世隔绝的生活。左近有一所观音庵，可怜的女子只好向菩萨求救，她常常痴痴望着佛的庄严妙相，俯首合十，以诗向佛祈祷说："稽首慈云大士前，不生西土不望天。愿祈一滴杨枝水，遍洒人间并蒂莲。"她多少渴望爱情的幸福啊！可是现实却是这样的冷酷无情。有时，只有冯千秋的瓜葛亲杨进士夫人泛舟来看她。杨夫人十分怜爱她，同情她，劝她另配佳偶，莫辜负青春年华。小青说，人生辛酸，一嫁足矣，"宁作霜中兰，不作风中絮"。她哀叹自己的命运，认为自己是世上最痴情的女子，因而也是世上最痛苦的人儿。现在出乎意外的是，她在《牡丹亭》中看到了自己的影子，找到了一个相同的"我"，她情不自禁地写道：

人间亦有痴于我，岂独伤心是小青。

原来《牡丹亭》写的是美丽多情的少女杜丽娘在游园时梦中和书生柳梦梅相爱，醒后感伤致死。三年后，柳书生偶然发现丽娘自画像，深为爱慕，丽娘又感而复生。小青感佩不已：丽娘啊丽娘，你执着追求理想的爱情，生可以死，死可以生，比我小青还要痴情呢！

　　冯小青《读牡丹亭绝句》曾被后人编成一折昆剧，剧名《题曲》。剧中有小青几句独白，颇能道出她在诗中所表现的凄怆感情。剧中小青说："丽娘姐姐，你不过做了一个梦，何致于对梦中人如此眷恋以致病到如此地步……"，接着又说："啊，小青呀小青，人家还有过一个梦，你……你连梦也未曾有一个啊！"上一句可说是"人间亦有痴于我"的最好注脚，下一句则是伤心人别有怀抱了。虽说杜丽娘为心爱的人伤心致死，但她毕竟还做过一个绮丽温馨的梦，而自己心爱的人，明知自己幽闭孤山，却不见他人影儿，连魂魄也不曾来相会，自己的命运比丽娘还可悲呢！

　　事实也是如此，杜丽娘在历经艰辛后，最后还有一个大团圆的结局，可是小青就更可悲了。实在不堪大妇的折磨和虐待，终以诗诀别杨夫人，含恨而终，时仅一十八岁。等杨夫人闻讯赶来时，小青的遗作已被侍候她的老妪付之一炬，只剩下一些糊窗户的残稿了。所以后人将其辑为一集，名曰《焚余集》。小青死后葬于孤山北麓玛瑙坡。清初女诗人张惠题诗吊祭云："重到孤山拜阿青，荒荆茅棘一沙汀……劝君更礼慈云侧，莫堕轮回作小星。"

　　小青这首《读牡丹亭绝句》很有名，相传《牡丹亭》问世后，先有娄江俞二娘为之断肠而死，后有杭州女伶商小玲在演此剧时当场恸绝于舞台上。冯小青夜读《牡丹亭》的故事，更成为戏曲创作的热门题材。南社诗人柳亚子把冯小青作为一个被封建制度迫害致死的典型，将有关她的材料辑成《小青遗事》一书，由京剧名伶冯子和搬上舞台，轰动杭州。后冯子和将演剧所得，重修小青墓，柳亚子书其墓碑曰："明诗人小青女史之墓"。墓修成后数年，诗僧苏曼殊故世后，亦择葬于冯墓之侧，成为湖上又一千古胜迹。"文革"中，此一女一僧亦未能幸免于难，并附近苏小小之墓均不存焉。（之　江　铁　明）

瓶　梅　谭元春

　　入瓶过十日，愁落幸开迟。
　　不借春风发，全无夜雨欺。
　　香来清净里，韵在寂寥时，
　　绝胜山中树，游人或未知。

　　这首咏物诗也与大多数咏物诗一样，起首先点明所咏对象，即著题。诗说这枝梅花插在瓶中已经超过了十天，因为恐怕它早早的凋落，反而因为它比寻常梅花开得晚而暗暗庆幸。这种珍惜心理与辛弃疾《摸鱼儿》词所云"惜春常怕花开早"同调，说出诗人异乎旁人的鉴赏情趣。

　　接着，诗描写瓶中梅与开在野地树上的梅的不同。历来咏梅诗都几乎一致地称赞梅花不畏风雪的品格，如林逋《山园小梅》："荒邻独映山初尽，晚景相禁雪欲来。"《梅花》："宿霭相黏冻雪残，一枝深映竹丛寒。"这首诗为了达到歌颂瓶梅的目的，一反前人，说瓶梅生活在室内，感受不到室外的寒冷，用不着和暖的春风催发，也受不到野外料峭夜雨的摧残，悠闲自在地在房间里散发着沁人的清香,一枝横斜,孤高寂寥,独具风韵。

瓶梅与野梅的最大区别在于一处野地,不为人知,耐得寂寥;一处室内,与人相对,沾染了世俗的烟火气。自古以来,咏梅诗也几乎千篇一律地歌颂梅花孤标轶群、洁身远俗,如黄庭坚《次韵赏梅》:"淡薄自能知我意,幽闲元不为人芳。"韩涧泉《探梅》:"纵许老干摧幽谷,也胜繁华倚市门。"谭元春这首诗的尾联偏从此切入,把瓶梅与野梅进行比较,说它虽然离开了本枝,但能供人赏玩,远远胜过野梅避处深山,默默无闻。这样,诗人所想表达的物为世用的观念也就显露无遗了。

宋曾几也有一首《瓶中梅》诗,云:"小窗冰水青琉璃,梅花横斜三四枝。若非风日不到处,何得色香如许时。神情萧散林下气,玉雪清映闺中姿。陶泓毛颖果安用,疏影写出无声诗。"诗除了点出瓶梅所处的环境与野梅不同外,均是以普通赞梅句赞瓶梅,没有新的发明。谭元春这首诗在组织上有意选取野梅所陪伴的自然条件来与瓶梅对比,从而发掘出瓶梅的异趣与可爱,可以说是独具一格。

梅在山中,得自然清气,与万物化一;一移入屋内,则未免因为追求观赏价值,如同龚自珍《病梅馆记》所说,经过"斫其正,养其旁条;删其密,夭其稚枝;锄其直,遏其生气",成为病梅。一个人的好恶反映了他的处世观。谭元春生活在明末政乱时,无缘步入仕途,性格孤傲,所以常常寄情于孤寂的景物,颇多奇思僻见。他在这儿赞扬瓶中梅的寂寥,以为它只是对着欣赏他的主人发着幽香,正是在发泄自己不为人知的孤愤。钱谦益《列朝诗集小传》说钟惺、谭元春所创的竟陵派诗,"惟其僻见之是师,其所谓深幽孤峭者,如木客之清吟,如幽独君之冥语,……抉摘洗削,以凄声寒魄为致,此鬼趣也"。冯班《钝吟杂录》也说竟陵派诗"如屠沽家儿,时有慧黠,异乎雅流"。从这首诗来看,批评得不无道理。试想一下,寒风劲吹,瑞雪普降,山奥小村,一树横倚,万花怒放,这样的"韵在寂寥时",岂是围着火炉、插在瓶中的三四支病梅所能比拟的?(李梦生)

春 别　沈宜修

　　帘前残月五更风,江上征帆挂碧舸。客路片云随远望,镜中双鬓叹飞蓬。萦愁芳草千山绕,送恨啼莺万里同。待约芙蓉秋水绿,莫教黄菊冷烟尘。

《西厢记》"草桥"一折,崔莺莺的魂灵私逃离家,在旅途追上张珙彼此相随依依,成为情真而思巧的一段戏。古代有不少叙事作品的情节出自同一想象。也许古人真的相信:人相互思念到忘我的地步,果然会出现这样天遂人愿的奇迹!

古代不少诗人也不约而同地把思远之情表现为"设身处地"的形态,这首诗就采用了这种表现形态。"帘前残月五更风",比较起柳永的名句"杨柳岸晓风残月",大相仿佛(固然意境不及),而柳词是写在客的心情,这里却是写在家的人。"江上征帆挂碧舸"(舸是一种船),这就开始所谓"灵魂的追随"了——诗人并不曾眼见载着离人的白帆出没在烟波里,正如"客路片云"同样是一种推近及远的想象一样。这两句诗的内容、心理正与"隔千里兮共明月"等等相同，表达着那种人们用作自我抚慰的遥感、默契式的心灵体验。"片云"较之"征帆"，更是一种"虚象"，它是诗中亦情亦境的一类因素。"境"的逐渐虚化，暗示着征人远去，也显现着诗人主观上怅惘情绪的加深。诗人的一片痴心，仿佛要舍弃自身的依附，随着那片若有若无的云影而远去了。然而"镜中双鬓叹飞蓬"，又把远行的思绪拽回幽闺之中。"飞蓬"，出自《诗·卫风·伯兮》："自伯之东，首如飞蓬"。女诗人在感叹，自爱人别后无心栉沐，鬓发如同心绪一样散乱。很明显，至此，诗的思绪脉络是诗人的自顾和悬想的一次回环：由此而彼，由彼而此。而再往下，主体仿佛忽地跳出主观意识的"三界"，立身于"天人感应"的高空之上来慨叹人间情侣的疾苦了："萦愁芳草千山绕，送恨啼莺万里同"，不仅是说，远在天涯的夫君，在万里之外见了这熟识的、寄愁传恨的芳草、啼莺，该会像我那样睹物思人、触景伤情？而且有如下一层意思：秘不可知的造物主，既然化育了芸芸的下土众生，又何苦太无情、太不与人为善，总是让命运错忤、人事参商，让这大千世界处处充满着离愁别苦、充塞着这象征愁与苦的芳草、春莺呢？芳草萋萋、莺声渐炽，都是春老春残的景象，由此直接触及诗的题旨：别离在春天，对于人该有多么冷酷！

诗的末联写得十分工巧。说它工巧，是因为布置得相当工整的形式，并没有十分损害颇经推敲的双关寓意。"芙蓉秋水"当是指芙蓉湖，湖在作者家乡江苏省。这两句的大意是：待到秋色如酒的时节，你会翩然归来么？可别辜负了那些热情的秋菊啊！然而，如果仅仅是这样，末句未免纤弱。这里的"黄菊"是别有所指的，即指诗人自己：一个脉脉含情地期待着丈夫的妻子的形象。菊花是易逝而难留的，由它人们想到"相逢不用忙归去，明日黄花蝶也愁"（苏轼），想到"莫道不消魂，帘卷西风，人比黄花瘦"（李清照）。女人们用它自喻，来劝谕劬劳在野的丈夫珍视殊难再得的青春和情爱，不是再合适不过了么？

全诗写得回环多致，是必出于女诗人的手笔的柔肠百折之作。诗以颈联为佳，芳草莺啼，皆是春思中的常见物，但使之遍及千山，啼遍万里，为使二者工巧相对，则是女诗人的独创，是其兰质蕙心的流露。（徐　炼）

渡易水　　陈子龙

并刀昨夜匣中鸣，燕赵悲歌最不平。
易水潺湲云草碧，可怜无处送荆卿。

本诗作于崇祯十三年（1640），作者母丧服满入都途中，既是怀古，也是伤时。

相传并州（含今山西大部与内蒙古、河北一部）出产的刀，以锋利著称，人称"并刀"。并刀夜鸣于匣中，是因其有所郁结，有所忿懑；燕赵自古多义士，慷慨悲歌，意气难平。起首两句，作者即写出豪迈之士壮怀激烈的意气。当日，荆轲提一利刃入强秦，临行前，意气慨然，义无反顾，是何等的壮举啊！后两句是前两句的对比，时隔千余年，易水河边竟蔓草青青，铺展如云，寒冽的易水也安详地潺湲流淌，不再兴些许波澜，更遑论急湍的巨涛。纵令还有勇武如荆轲,欲寻觅昔日燕太子携群臣白衣相送的故地,是再不能得的了,这又是何等令人懊丧并为之扼腕叹息的事啊! 按崇祯十三年,建州军队尚在山海关外,他们冲入长城,威胁北京,以后南下进犯,目的尚只为了掳掠,待饱掠之后,仍退回原处,恰如汉初匈奴与唐初的突厥,还没有吞并中国的野心,故此不存在易水改色的问题。但作者偏偏如此写了,显然,其用意是为了对当政者治国无方,御敌失当,文武大臣阔于大局,未能齐心合力,共谋退敌,以及当时使英雄一无用武之地的昏暗政治氛围予以讥讽。因此,全诗于沉痛、慷慨之外,还有一种愤慨和嘲弄。
(汪涌豪)

秋日杂感 陈子龙

　　行吟坐啸独悲秋, 海雾江云引暮愁。
　　不信有天常似醉, 最怜无地可埋忧!
　　荒荒葵井多新鬼, 寂寂瓜田识故侯。
　　见说五湖供饮马, 沧浪何处着渔舟?

　　陈子龙是明末“复社”分支“几社”的创始人之一,又是在清初从事抗清斗争而被捕牺牲的殉节诗人。他的文学观点和明代前、后七子一样主张复古,通常被人奉为明诗之殿军;但他入清之后,在时代社会的作用下,诗风却发生了显著的变化,形式主义的因素日渐减少而现实主义的成分迅猛增加,使后期诗歌放射出更为灿烂的光辉。上面这首《秋日杂感》,就是陈子龙后期诗歌的代表作。原题十首,此为其二。
　　这首诗约作于顺治三年。题注说:“客吴中作。”“吴中”指苏州。当时苏州一带已被清兵占领,诗人客寓此地,触景生情,作诗抒写亡国之痛,表达抗清之志。
　　首联“行吟坐啸独悲秋,海雾江云引暮愁”。上句,“吟”“啸”合起来是一个词,意即悲叹,《后汉书·隗嚣传》有“吟啸扼腕,垂涕登车”之语。“悲秋”典出宋玉《九辩》:“悲哉! 秋之为气也。萧瑟兮,草木摇落而变衰。”秋天本来就是一个万物凋零,令人兴悲的季节,何况诗人又面对着中原板荡、故国沦亡的惨痛现实,难怪乎是行是坐,都要一个人在那里悲叹了。下句,“海雾江云”,看似写景,其实是说当时南明武装力量正在东南沿海和内地江湖中坚持与清兵作战。这种艰难处境更引发了诗人日暮的忧愁。这两句在结构上起着点明题意,总领全诗的作用:“秋”即“秋日”,“悲”“愁”即“感”。
　　颔联“不信有天常似醉,最怜无地可埋忧”。上句本于张衡《西京赋》:春秋时代,秦穆公梦朝天帝,天帝醉了,于是以鹑首之地赐秦。下句本于仲长统《述志》诗:“寄愁天上,埋忧地下。”两句典故都出自东汉。陈子龙在这里是反用其意,说自己不相信苍天会长久昏聩如醉而让清人统治中国,最可怜的只是目前大片江山已被清兵践踏,没有一个地方可以埋葬自己的忧愁。这两句在首联的基础上,进一层地深化了主题,在因清秋、日暮而兴起的“悲”“愁”之“感”中加入了现实性的内容,抒发了亡国的悲痛心情,也表达了抗清的坚强意志。
　　颈联“荒荒葵井多新鬼,寂寂瓜田识故侯。”这两句具体描写亡国惨景。上句,“葵井”典出梁代诗人何逊《行经范仆射故宅》诗:"旅葵应蔓井,荒藤已上扉。"这里是泛指长满了野草的水井。全句意思是说,眼前满目凄凉,一片荒芜,许多人做了清兵的刀下之鬼。此景此情,只要联系当时"扬州十日""嘉定三屠"等骇人听闻的大屠杀事件就可以明白。下句写贵族。"瓜田""故侯",原指秦亡之后,东陵侯邵平在长安城外靠种瓜为生;这里是说,明朝灭亡之后,原来的大批贵族也都沦为平民。两句诗从下层百姓写到上层贵族,反映了明清易代造成的普遍灾难。

尾联"见说五湖供饮马,沧浪何处着渔舟?""五湖"泛指江湖;"供饮马"是说被军队也就是清兵占领;"沧浪"为水青色,也指江湖,和"着渔舟"都出自《楚辞·渔父》。两句连起来,有两层含义。一层是表面上的,意思说现在江湖都为清兵所占,自己想泛舟隐居也不可能了。这是抒发家国沦亡之感。另一层则是实际上的,意思是说现在江湖都在清兵控制之下;自己想从事抗清复明活动也没有一个根据地了。尾联这两层含义,联系首联来看,前面一层写故国灭亡,与第一句"行吟坐啸独悲秋"相应;后面一层写抗清失利,则与第二句"海雾江云引暮愁"相应。前者侧重在"悲",后者侧重在"愁"。但事实上,两者又是互为表里,不可截然分割的;合在一起,便构成总的"感",从而紧扣题目,完成全诗。

这首诗抒写亡国之痛,反映出清初诗歌的一个普遍主题。全诗首尾呼应,层次分明,结构十分谨严,主题也非常突出。运用典故的巧妙,也为前人所称道。钮琇《觚剩》续编卷一《言觚·脱换法》曾经称赞这首诗颔联两句的翻用典故,说它"一经脱换,便成佳句"。

朱庭珍《筱园诗话》卷二评陈子龙,说他"雄丽有骨,国变后诗尤悲壮"。从上面这首诗来看,陈子龙入清以后的作品确实喷发着一种郁勃之气,格调悲壮沉雄,不愧大家。(朱则杰 胡红斌)

重游弇园　　陈子龙

放艇春寒岛屿深,弇山花木正萧森。
左徒旧宅犹兰圃,中散荒园尚竹林。
十二敦槃谁狎主? 三千宾客半知音。
风流摇落无人继,独立苍茫异代心。

江苏太仓隆福寺西,有一座清幽秀逸的园苑。园中亭池掩映、花卉缤纷;更有弇山三峰高矗其中,实为文人墨客雅集之佳境——它就是明代南京刑部尚书王世贞修筑的"弇(yān)园"。

陈子龙的诗文创作,曾一度受到前后七子"文必秦汉、诗必盛唐"复古主张的影响。特别是后七子领袖王世贞,更是他倾心仰慕的文坛先辈。由于这个缘故,太仓的弇园,也便成了他一再游瞻、流连低回的地方。这首七律,即作于崇祯十一年诗人重游此园之际。

"放艇春寒岛屿深,弇山花木正萧森。"诗人上一次到弇园,大约在十年之前,而且还有友人夏允彝相陪,兴致自然很高。而今,夏允彝早已南赴福建长乐;"志动日月、气厉风云"的诗人,却还郁郁困守家中,本已深感痛苦;此次又是独游,心境更觉苍凉。时令虽当初春,但湖风吹拂之中,大约还颇有几分寒意。诗人"放艇"于湖中的幽深岛屿间,眺望那弇山上错落耸立的林木花丛,仿佛也都神情黯淡、蹙然含悲。这两句抒写诗人重游旧园的郁悒心境,妙在全从眼前风物中传达,落墨萧淡,为全诗染上了一重悲凉的氛围。

然后舍舟上岸,漫步于弇园的旧宅、竹、圃之间。这里曾是王世贞当年的居处之所,而今宅存人空,处处给诗人留下一种失落的惆怅和孤清:"左徒旧宅犹兰圃,中散荒园尚竹林。""左徒"指楚国诗人屈原,他在长诗《离骚》中,曾以种植兰蕙喻比培植后进贤才,有"余既滋兰之九畹兮,又树蕙之百亩"之句。"中散"即三国时代的中散大夫嵇康,"龙章凤姿""恬静寡欲",常与阮籍、山涛诸人"集于竹林之下,肆意酣畅",故有"竹林七贤"之称。在诗人看来,王世贞之峻洁忠贞恰似屈原,雅韵高致又不让嵇康。故在漫步先辈的故园之时,恍若置身在左徒的"兰圃"、中散的"竹林"之中,自有一种清幽庄肃之感。然而当年的"兰圃"犹在,"竹林"之飒飒依然,却再见不到主人艺植芳卉的身影、酣歌竹下的音容。面对这一片"荒园""旧宅",诗人又感到分外的忆念。由于诗人对眼前之景的展示,交汇着对"左徒""中散"这些古贤事迹的浮想,便把诗人对弇园的昔盛今衰之感,抒写得更其深沉;那在园中消逝的先辈,也因叠印着古贤的身影,便变得更加庄严而令人怀想。

"十二敦槃谁狎主?三千宾客半知音"二句,即由眼前之景,沉入对此间主人的悠然缅怀之中。"敦槃"即玉敦和珠槃,乃古代天子与诸侯会盟时所用的礼器。"狎主"有更替为主之意。史载王世贞"始与李攀龙狎主文盟,攀龙殁,(世贞)独操柄二十年。才最高,地望最显"。那气象正与春秋时代的晋、楚两国,更替主宰十二诸侯之盟一样,该有何等风光!"三千宾客"用的是战国春申君之典。据《史记》记载,"赵使欲夸楚,为瑇瑁簪,刀剑室以珠玉饰之,请命春申君客。春申君客三千人,其上客皆蹑珠履以见赵使。赵使大惭"。而王世贞"声华意气,笼盖海内"之时,"士大夫及山人、词客、衲子、羽流,莫不奔走门下。片言褒赏,声价骤起"(见《明史》本传)。那景象正可与门客三千的春申君相轩轾。前句叙群彦之驰笔文坛,而以"十二"诸侯的争雄春秋为比,再以"谁狎主"的喝问顿断,气象恢宏而笔势夭矫。然后在"三千门客"的簇拥之中,从后句推出王世贞这位"操柄二十年"的文坛盟主,更觉有一种辉光照耀之盛。表达了诗人对这位"弇园"主人的多少敬慕和推崇!

诗之结尾,诗人终于从缅怀中回到现实:"风流摇落无人继,独立苍茫异代心。"而今,那在昔日辉耀文坛的风华,已随着这弇园主人的逝去而"摇落";放眼当世,更有谁能承继这位先辈的流风?正如陈子龙在另一首歌咏王世贞的诗中所说:"寥寥代兴者,蚍蜉安足争。"当今的文坛,实在已寥落太久!诗人独立弇园,仰对苍茫的暮色,愈发感到一种失去先辈的凄怆和悲凉。不过在"独立苍茫异代心"的感叹中,似乎又隐隐透露着,我们的诗人虽与先辈生不同时,但在振兴文坛的志向上,却又是与这位前贤声气相应、"异代"同心的。这大概正是诗人重游弇园,所要告慰先辈英灵的心愿罢?

诗人对王世贞的推崇,在今天看来似乎很难理解。因为前后七子的文学主张,其实并未给文坛带来多少生气。而陈子龙的诗作,之所以能"光芒腾上""破尽苍蝇蟋蟀之声",而成就"摧廓振兴之功",恰恰在于他能"吐纳百家""自为雄丽之作",绝不是亦步亦趋、一味"仿古"的结果。诗人写作此诗的时候,正处在诗风转变的重要时刻。从这一点看,结句的"风流摇落无人继",似乎又是连诗人自己都没有意识到的一个预言:它预告着一个前后七子统治文坛时代的结束,一位虽还打着"复古"旗号,却已带着巨大创新精神的新诗人正在崛起。从此以后,他

将以志士之心,操持诗人之笔,以清刚雄迈之作,接替先辈的位置,开创晚明诗坛的崭新生面! (潘啸龙)

西湖漫兴（十首选一）　　陈子龙

虫怨秋山万木空,渔灯明灭小亭红。
焚香永夜愁难梦,人在西陵风雨中。

杭州西湖孤山旁,有座西泠桥,桥畔旧有苏小小墓。苏小小是南齐人,为钱塘名倡,才情风貌俱佳,在当时及后世均享盛名。古乐府有《苏小小歌》:"我乘油壁车,郎乘青骢马。何处结同心? 西陵松柏下。"历代文人题咏或感吟其人诗词甚多。陈子龙游西湖咏十绝句,此诗背后也隐约有苏小小的影子在。

《苏小小歌》的意境是欢乐,此诗的基调是悲哀,地点同在西陵,而遭遇迥然不同,有意形成鲜明对照。漆黑的风雨之夜,秋山万树凋零,木叶尽脱,一派荒凉萧索景象,四周只有虫声唧唧,在倾诉悲怨。诗的首句仿佛是欧阳修《秋声赋》的浓缩,拟人写景俱有韵味。从四际的山由远及近写到眼前的湖,次句只见渔船的灯火在风雨中摇曳不定,即使有那么一星星光明,但也可能随时熄灭。在红色小亭里看到和听到这一番凄苦的夜景,已透露出主人公心情多么抑郁寡欢。白天到西陵松柏下结同心的苏小小决不会如此孤寂。

三四句由景而转写人。小亭中的女子在焚香祷祝,她没有古代妇女焚香拜月陈说三个美好愿望的奢想,只希望能在夜间做个好梦。可是长夜漫漫何时旦,忧愁复忧愁,久久难以入梦。"愁"是一篇的主脑,而"难梦"则是愁的具体内容。梦的对象是谁? 从末句特拈出"西陵"地点看,当然是那能与之"结同心"的情人。遗憾的是,偏偏"西陵不许结同心"(作者同题另诗)。这末句的意境,又出之于李贺的《苏小小墓》诗:"西陵下,风吹雨。"

这首漫兴诗,借西陵苏小小的酒杯,浇自己胸中的垒块,诚如宋存楠在《陈李倡和集序》中所说:"卧子弱年孤露,心多伤悼,遇物缠绵。"用旧酒杯盛新酒,推陈出新,构思是比较巧妙的。如果我们从屈原"美人香草"寄托手法的角度去品赏此诗,则诗中"万木空""渔灯明灭"的风雨漂渺境界,不啻是明末社会昏暗荒乱景象的艺术再现,而那位永夜不寐的女子,也可称得上是忧国忧时志士的化身。而这也同样切合陈子龙的思想和身世。(于　洁)

雨夜闻箫　　叶小鸾

纱窗徙倚倍无聊①,香烬熏炉懒更烧②。
一缕箫声何处弄,　隔帘微雨湿芭蕉。

> 【注】①徙倚:流连徘徊。　②熏炉:用来熏香或取暖的炉子。

明代女诗人叶小鸾的一生虽然很短,只活了十七年,但其惠承家教,聪颖好学,因此甚有诗才。她的诗，风格清丽，笔法细腻，擅写愁情，这首诗，便描写了一种莫名的闲愁。

"纱窗徒倚倍无聊"，首句从人物的外形举止写起，伊人在窗前徘徊久之，坐卧不宁，说明心有所思；"无聊"二字，又点出此种思绪乃无可言状，不知所由，它不像乡愁、边愁、离愁、春愁等有确指，而是一种说不出所以然的闲愁。尽管闲愁的特点是又轻又淡，没有大悲大喜的强度，却整日价撩不开，扫不尽，搞得人心灰意懒，无精打采，次句"香烬熏炉"都懒得再添一把，便是闲愁者颇为形象的写照。这里所写的慵懒情状，是否主人困倦将睡的征兆呢？第三句即可找到问题的答案：远处传来的箫声虽只是"一缕"，但丝丝入耳，听得清清楚楚，使主人公不能入眠，这真是既恼人又撩人的声音，且不知是何人于何处抚弄着玉箫在吹奏。传说，春秋时萧史善吹箫，和秦穆公之女弄玉情投意合，结为夫妻，从而有吹箫引凤，双双成仙的结局。当此声飘来之际，它是勾起了对美好传说的回忆，抑或引发了少女些许怀春之思？尽管不得而知，但箫声使原来的闲愁上又添了些新的烦恼，则是一定的。结句"隔帘微雨湿芭蕉"，是诗的传神之笔。表面上看，此句似与上文不相连属，其实，诗人在此正是巧借前人诗句之境，进一步深化了闲愁的程度。唐代杜牧诗《雨》云："一夜不眠孤客耳，主人窗外有芭蕉。"谓雨点打在芭蕉叶上，发出点点滴滴的声响，引得羁旅之客彻夜不眠。这一情境，和此诗中闲愁无聊、徒倚不定的主人公状况是相贯通的。不同的是，这里不是雨打芭蕉，而只是微雨洒落在芭蕉上、湿濡了芭蕉，其声更细更微，而从"纱窗徒倚"看，此际也不是在深夜，因为夜太深了，囿于礼法的少女是不会走动的；因此，这样的微雨声，俊爽的杜牧是听不到的，只有感觉更细腻、更敏锐的少女诗人，才能辨出，而她竟能隔着疏帘，又是在箫声呜咽之中，辨出如许的微响，则她愁思的深浓，易于触发，也就尽可想象了。所以，雨声愈是"微"，愈能显出听雨的主人公心思之深切、细密，这是此句的绝妙之所在。另外，此句与上句合在一起，所构成的意境更为引人寻味。女诗人才闻到一缕箫声，才想辨一辨是何人在弄箫，她的思绪才起步，箫声——她思索的对象已消失了；于是，她凝聚起她的听力，本来是要捕捉箫声的来源的，却碰上了芭蕉上的微响——如前所说，她可能在箫声中生起的春情，也就在尚未自觉的时候，就立即被漠漠的雨声打断了，她又回到了闲愁无聊之中。这微不足听的雨声，此际却成了阻碍少女春情萌发的厚壁，然则这雨声中所含愁苦的分量，又能因其"微"而小看吗？

这首写闲愁的小诗，记室内和写户外结合，状实况和拟虚境穿插，全诗不着一个"愁"字，但处处皆有愁在，时时皆为愁思，且一句深似一句。诗歌的情调虽不异于昔人，但精巧的构思和虚处传神的手法，是很值得玩味的。（丁　仪　沈　价）

甲辰八月辞故里　　张煌言

国亡家破欲何之？　西子湖头有我师。
日月双悬于氏墓，　乾坤半壁岳家祠。
惭将赤手分三席，　敢为丹心借一枝[①]。
他日素车[②]东浙路，　怒涛岂必属鸱夷[③]！

注 ① 一枝:语出《庄子·逍遥游》:"鹪鹩巢于深林,不过一枝。"喻栖身之所。 ② 素车:即白色灵车。枚乘《七发》形容江水逆流,海水上涨的波涛"如素车白马帷盖之张"。 ③ 鸱夷:原为皮制口袋,诗中指伍子胥魂。《史记·伍子胥传》说子胥死后,吴王取其尸,"盛以鸱夷革,浮之江中。"《录异记》说子胥魂怒,驰水为钱塘江潮,"常乘素车白马,在潮头之中"。

张煌言是与郑成功齐名的南明抗清人物,鄞县(今宁波市鄞州区)人,崇祯举人。清兵南下,他偕人于浙东起兵抗清,奉鲁王监国,官至兵部尚书。他曾与郑成功一起率南明水师攻入长江,恢复大批州县,江南半壁为之震动。旋失败,郑退守台湾,张则在浙东山区和沿海地带坚持抗战。至康熙三年(1664)见大势已去,遂解散义师,隐居南田县悬嶴岛(今浙江象山南),不久被官方侦获。上面这首七律是作者被捕后解送杭州,途中经过故乡鄞县时写下的。

张煌言作为南明抗清的最后一面旗帜,虽然已经失败,但在广大人民心里,永远是一面不倒的战旗,它象征着一种永不屈服的民族精神。所以,即使当他作为一名阶下囚解往杭州的时候,鄞县父老挥泪送行者几千人。据清全祖望《神道碑铭》记载:在押解张氏去杭州的船上,有个叫史丙的守卒,夜间在船头吟唱苏武曲,意在激励张氏保持民族气节。煌言对他说:"吾志已定,尔无虑也!"上面这首绝笔诗实际上也是自述怀抱,给鄞县父老和史丙们的回报。

"国亡家破欲何之? 西子湖头有我师。"诗一开始就提出自己关于生与死的抉择,如今国已亡,家已破,自己打算往哪里去呢? 自己又还能往哪里去呢? 言下之意,现在国家已不存在,我自然只有一死了。语气中含有不容置疑的坚定和决绝。接着向人们透露自己的意向:在杭州的西子湖畔,有我的老师,他们是我学习的榜样。话语带有暗示性质,具体所指还不够清楚,老师究竟是谁呢? 于是作者于颔联两句点明:"日月双悬于氏墓,乾坤半壁岳家祠。"我要学习的人就是安睡在西子湖畔两座高坟里的英雄。在西湖西南的三台山中,有明代于谦的墓,此公与张煌言一样,做过兵部尚书,当蒙古瓦剌兵入侵,英宗被俘的危急关头,他毅然拥立代宗,击败瓦剌,捍卫和保全了明朝江山。他的光辉业绩有如日月双悬,光照千秋啊! 在西湖北面的栖霞岭上有宋朝岳飞的坟。岳飞一生英勇抗金,独撑南宋半壁江山,他的丰功伟绩更是人所共知的。

我张煌言如今作为一个被解送杭州的战俘,向二位英雄学习什么呢? 又怎样学法呢? 颈联作者婉曲地表达了自己的遗愿:"惭将赤手分三席,敢为丹心借一枝。"今天对我这个囚徒来说,只有用自己的生命来效法前贤。我深感惭愧的是,自己两手空空,没有于、岳二公那赫赫功勋,却也要在西子湖畔占一席之地,真使我愧与二位英雄的墓鼎足而三啊! 我只敢凭自己一寸丹心,追随二公,英勇不屈地走向死亡,这或可稍慰忠魂,让我在二位墓前借取一席灵魂栖息之所吧!

这首诗是在"辞故里"时写的,作者在申述自己的遗愿后,又寄言破亡的故家旧国:"他日素车东浙路,怒涛岂必属鸱夷!"我虽葬身西子湖畔,但我抗清的精魂不会泯灭,必像伍子胥那样,化为钱塘江的怒潮。你们会看到素车白马,乘风破浪,震撼着我当年曾经鏖战过的浙东大地。

这首诗全篇都是写自己殉国之志,从国亡被俘,说到自己决心一死,再说到此去杭州,准备就在那里就义,希望葬在西子湖畔。最后告慰乡亲,说自己的灵魂,永远不会离开生我育我并曾经在那里战斗过的浙东故土。字字都是真情实感的吐露,可以看出张氏写这首诗时,有着极冷静的头脑,而又有着慷慨深沉的感情,使我们看到一个人自觉地走向死亡时的真实心态，看到一个真正的英雄，一个完美的人格，听到了一支人世间最壮美的歌。

张煌言不但是抗清的民族英雄，也是一位很有成就的诗人，他曾作绝句《忆西湖》云："梦里相逢西子湖，谁知梦醒却模糊。高坟武穆连忠肃，参得新祠一座无？"可见他踵继于、岳，葬于西湖，是早已萦怀的宿愿。后张氏解抵杭州，果然拒绝了清廷种种威胁利诱，慷慨就义。他牺牲后，鄞、杭士人重金购其首级，遵其遗愿，营葬于西湖南屏山荔子峰下。绿水青山埋忠骨，西子湖边好墓田。这一座又一座高坟象征着中华民族之魂，它们为西湖山水增添了光彩。后人作诗云："赖有岳于双少保，人间始觉重西湖。"有机会游西湖的朋友，切莫忘记去凭吊这些历史胜迹啊！（高　原）

钓台怀古　　戴　冠

《赤伏符》兴罢战争，　钓竿三尺足平生。
远携仙女桐江隐，　　深悔羊裘大泽行。
一夜星辰凌帝座，　　九重贵贱见交情。
请看七里泷中水，　　未到钱唐彻底清。

更始三年(25)，刘秀的一名同学进上《赤伏符》，中有"刘秀发兵捕不道，四夷云集龙斗野，四七之际火为主"的谶言，四七二十八，释为汉高祖建业二百二十八年后炎刘将中兴帝业。借此依据，刘秀登上了帝座，是为东汉之始。而当这位汉光武帝一统天下后，他的另一位老同学、老朋友严光却变易姓名，隐居不出。使者报告有人披着羊裘在大泽垂钓，光武帝凭此线索找到了严光，却不能说服他出仕。晚上两人同卧，严光把脚压在了皇帝的腹上，次日天文官报称"客星犯帝座"，引起一场虚惊。严光终于谢绝了刘秀的优礼，归隐富春江七里泷，为后人留下了隐逸高蹈的佳话，以及子陵濑、钓台等凭吊的遗迹。——了解了这些故事，也就基本上理解了这首《钓台怀古》。至于诗中"远携仙女桐江隐"之句，则是因为相传严光的妻子乃南昌尉梅福的女儿，而梅福在王莽篡汉时已修成了神仙。南宋徐照《题钓台》："神仙梅福者，新知是妇翁。"清纪昀评："宜有注，不尔则不知所出。"看来这一传说知道的人还不很多。桐江，即分水江，是富春江的支流，与七里泷毗邻。

这首诗前六句追怀和歌颂严光的高风亮节，使用了衬托的手法，即以光武帝刘秀作为陪主之宾。刘秀"奉天承运"，成就了统一天下的大业，"《赤伏符》兴罢战争"，写得何等隆重，而严光却是飘然远隐，三尺钓竿甘寄平生。刘秀以帝王之尊优待故人，"一贵一贱，交情乃见"，态度不可谓不诚恳，而严光却是"凌帝座"，根本不把权势和富贵放在心上。在大段驰笔，缅怀历史和人事之后，尾联两句飘然转回钓台之下的七里泷水，一结绝妙。七里泷一带的富春江水，其"彻底清"是古今有名的，南朝吴均《与宋元思书》中就有"水皆缥碧，千丈见底"的描写，诗中将它与作为红尘繁华象征的"钱唐"对举，正是所谓"在山泉水清，出山泉水浊"之意。这一联既是钓台的本地风光，又对严光守素不渝的高洁情操，作了意味深长的总结。

沈德潜《明诗别裁》选入此诗，后记云："南枝《钓台诗》多至千余章，皆潦倒浅率，此择其尤雅者,首尾浑成,精神满腹,可以传世。""首尾浑成,精神满腹",确是本诗艺术风格的的评。《钓台诗》的数量,朱彝尊《静志居诗话》则谓"累百首",其实当为三十首(见《明遗民诗》小传),沈、朱的误会,是因为戴冠以"钓台"名集的缘故。"潦倒浅率"的说法亦嫌武断,此处不妨再例示一首:"滩响潺潺七里流,双峰高并白云浮。人生东汉身堪隐,客到西台泪未休。战伐几同湟水日,流离已甚汴京秋。霜风落尽衰林叶,日暮长歌卧小舟。"作者对钓台怀有特殊的感情,与前贤高躅在精神上融为一体,这正是《钓台诗》成功感人的根本原因。(史良昭)

别云间　　夏完淳

三年羁旅客,今日又南冠。
无限河山泪,谁言天地宽?
已知泉路近,欲别故乡难。
毅魄归来日,灵旗空际看。

永历元年(1647)秋,夏完淳因倡议反清,上表鲁王事泄,终于在家乡被捕,时距陈子龙壮烈殉国不到二月。被捕时,诗人意气从容,慨然而呼:"天下岂有畏人避祸夏存古(诗人之字)哉!""我得归骨于高皇帝孝陵,千载无恨。"此诗就是在他拜别故乡(松江古称"云间")、押解上路时吟成的。

全诗在抚今追昔的深沉慨叹中开篇。自1645年南京陷落,诗人以十五之龄投入反清复明事业,算来已经"三年"。而今,复国大业未竟,自身反成了"南冠而絷"的楚囚,诗人能不为之悲慨?开篇两句抒写自己的被执,结合着"羁旅"三年的难忘经历叙来,诗面上虽未展示具体往事,诗行间则隐隐摇曳着诗人颠沛于戎马倥偬之途、出入于义师幕府之中的轩昂身影。可以想见,当松江起兵的猎猎旌旗,"长白荡"之战的如云帆樯,交汇着惊天动地的鼓音和呐喊,伴随"三年羁旅客"的深情追忆,重又浮现在诗人耳目之际时,将激得他怎样心血翻涌!想到自身从此被系,再不能为国效力,诗人又该怎样哀愤,"今日又南冠",一个"又"字,传达了诗人心中,此刻正激荡着多少不甘垂翼之情!

令诗人哀愤的,当然不只是个人的被执。家国沦亡,志士拭泪。三年来的反清斗争虽曾风起云涌,毕竟大多遭遇了挫败。嘉定、松江、杭州、福建,义师旗旌相继倒偃;侯峒曾、吴易、黄道周、陈子龙,多少抗清志士淹没于血泊之中!放眼风光无限的山河,此刻似乎全都神色黯然,在默默无语中堕泪;这高天大地,旦暮间竟变得如此狭窄,何有志士伸背举足之处?"无限山河泪,谁言天地宽?"这两句怆然问叹,吐露了诗人在暮色中环顾四野、俯仰天地时的多少悲哀。

在家国沦亡的伤心时刻离别故乡,本已教人不胜痛苦的了,何况又是在这样的被系之中!作为爱国志士夏允彝的后人,夏完淳从参加反清活动的第一天起,就已将生死置之度外。"人生孰无死?贵得死所耳。父得为忠臣,子得为孝子。含笑归太虚,了我分内事。"(《土室余论》)这掷地可作金石声听的话语,虽写于诗人绝命前夜,却是他平生之夙志。所以,"已知泉路近"——死,对于诗人来说,非但不惧,而且甘之如饴。但故乡尚存白发之母(母亲、岳母),室中还有怀孕之妻。"嫡母慈惠,千古所难。大恩未酬,令人痛绝"(《狱中上母书》);夫人"青年丧偶,才及二九之期","茕茕一人,生理尽矣"(《遗夫人书》)! 我们从诗人后来所留的遗书中,可以真切地感受到,当其诀别亲人、离开故乡之际,是怎样"欲书则一字俱无,欲言则万般难吐"了。但这一切酸楚悲苦,在诗中只以"欲别故乡难"一语叙及,即又收止——诗人实在不肯在敌人面前示弱,纵有万般痛苦,也要强自抑制的呵! 理解了这一点,则此两句看似吐语平平,读来更令人歍歔泪集了。

但诗人并没有在哀伤中低回多久。在诗之结尾,他又昂然抬起了不屈的头颅:"毅魄归来日,灵旗空际看!"此去虽已抱必死之心,但反清复国之志,却是死亦难泯的。倘若真如迷信者所说,死去还有魂魄游离于天地之间;那么,我就是去到九泉,也还要高举着征伐之旗回返家园。当万里空中云雷翻腾之日,那就是我灵旗招展横扫敌寇之时! 这充满豪情的悲壮之思,正如震开江雾的朝日,刹那间升腾直上,将《别云间》全诗照耀了。一位少年志士,正是怀着这种"今生已矣,来世为期。万岁千秋,不销义魄;九天八表,永厉英魂"的不泯之志,踏上了壮烈殉国之路。"双慈善保玉体,无以淳为念。二十年后,淳且与先文忠(父亲夏允彝)为北塞之举矣! 勿悲勿悲!"——数月后诗人"长笑就刑"时写下的铮铮之语,正可作为上述悲壮结语的隆隆回应,一起震荡于故乡云间的上空!

南朝江淹名作《别赋》,曾以歍歔凄怆之词,抒写过母子、官宦、刺客、夫妇、男女、使者、道士的种种别离之悲。并称"有别必怨,有怨必盈,使人意夺神骇,心折骨惊。"可惜他没有触及爱国志士慨然赴死前的别乡之怀,贸然作出了"有别必怨"的断言。夏完淳这首《别云间》,以"三年羁旅"之客,写"南冠"离乡之情;将山河沦丧的悲愤,寓于拜别妻、母的哀痛之中。"别"而无"怨","悲"而能壮。令人读之,有抆泪扼腕、怫然奋起的报国赴死之思,又岂是寻常琐屑之"别"所可同日而语! 如此说来,《别云间》一诗,正可与文天祥《正气歌》、张煌言《甲辰八月辞故里》等一起,作为"烈士之别",填补《别赋》之空白,而照耀千秋诗坛的了! (潘啸龙)

长 歌 夏完淳

　　我欲登天云盘盘,我欲御风无羽翰,我欲陟山泥洹洹,我欲涉江忧天寒。琼弁玉蕤珮珊珊,蕙桡桂棹凌回澜。泽中何有多红兰,天风日暮徒盘桓。芳草盈箧怀所欢,美人何在青云端。衣玄绡衣冠玉冠,明珰垂纶乘六鸾。欲往从之道路难,相思双泪流轻纨。佳肴旨酒不能餐,瑶琴一曲风中弹,风急弦绝摧心肝,月明星稀斗阑干。

熟悉《楚辞》的人,很容易感觉到这首《长歌》深受屈原的影响。确实,夏完淳的全部作品表明,他是崇敬屈原,并从屈赋中汲取营养的。

《长歌》不是骚体,而是七古,它借鉴张衡的《四愁诗》而又有所变化。说它继承屈原,是指屈原作品中运用想象、比兴和铺陈的艺术手法以及由于这些而形成的令人目眩神移的浪漫色彩,也是指屈原作品中的锲而不舍、念兹在兹、"虽九死其犹未悔"的爱国主义精神。

屈赋的浪漫色彩是和现实紧相联系的,他所悲叹的是楚王的昏庸和楚国的沦丧。夏完淳的《长歌》所寄托的是什么呢?结合其人其事,细玩全篇,是不难理解的。

开头四句直抒胸臆,登天而云岚回旋曲折,御风而身无羽翼,陟山而泥途难进,涉江而天寒水冷,四句一个意思,欲有所行动,存在困难和障碍,而不能如愿。语句重叠,显示出一往无前的气势,非同寻常的决心和毅力。

紧接着的"琼弁玉蕤珮珊珊,蕙桡桂棹凌回澜",写仙子的服饰、舟楫、行动,实即作者的自我描绘。铺叙自己的服饰之美,并借以暗喻襟怀、品德,是屈赋所常用的手法,如"高余冠之岌岌兮,长余佩之陆离"(《离骚》),"带长铗之陆离兮,冠切云之崔嵬"(《涉江》),都是。在完淳的笔下,一位头戴冠缨下垂的玉冠,身系珊珊作声的玉珮的仙子,驾着桂树、蕙草作成的彩舟,向着回旋的波澜驶去。这情景多么优美生动!这情景岂非暗示其人品的高贵和芳洁!

"泽中何有多红兰,天风日暮徒盘桓",一丛丛开着红色小花的兰草,映照于一片碧波当中,好一幅鲜明、美丽的画图!然而仙子似乎意有所注,无心欣赏,对着天风暮色,不过聊且盘桓而已。从看上去不经意的描写当中,透露出主人公幽思绵邈的风标。

笔锋一转,"芳草盈箧怀所欢",使人们领悟到仙子面对美景而不欢,由于专心一意怀念"所欢",进而悬揣,其"所欢"究竟是什么人呢?下面的答案是"美人何在青云端,衣玄绡衣冠玉冠,明珰垂缦乘六鸾"。作者不说明他是什么人,却告诉人们他在什么地方,他着什么样的装束;而且在什么地方也没有明说,"青云端",不可捉摸,至多可以解作遥远的地方。这就予人们以驰骋想象的大片"空白"。笔墨精炼之至,空灵之至!

《长歌》所写是相思而不相见的爱情故事么?不是,绝对不是。

"美人",在屈原笔下,多指君王,具体指楚怀王。如"思美人兮,揽涕而伫眙"(《思美人》),"结微情以陈词兮,矫以遗于美人"(《抽思》)之类皆是。所以,王逸《离骚序》云,"善鸟香草,以配忠贞","灵修美人,以比于君"。夏完淳的《长歌》,正是继承屈原"香草""美人"的遗意,以"美人"喻君王。从诗中描写"美人"服饰、车乘的"衣玄绡衣冠玉冠,明珰垂缦乘六鸾"之句,恰好可以得到证实。玄衣,为天子、卿士大夫所通用。"玄绡衣",为黑色花绢所制。《礼记•玉藻》指明"玄绡衣"为"君子"之服。"六鸾",可不是六只形似凤凰的神鸟,乘坐于六只鸟之上,那是不可想象的。实则,"六鸾"就是一种帝王所乘的鸾车。车上设铃,行时有声如鸾鸣,故名鸾车,设六只鸾铃的马车,即称"六鸾"。

夏完淳生当天崩地解的明清之际。1645 年夏,清兵渡江以后,十五岁的青年诗人夏完淳,就慷慨从军,投入江南人民抗清斗争的洪流。他和父亲允彝一道,发动吴志葵军,进行规复苏州之役。志葵兵败被执,就义;允彝也自沉殉国。1646 年,完淳遵父遗命,再度从军,入吴易军中担任参谋。吴易中计被捕就义后,完淳漂泊于苏、松地区,继续进行抗清活动。这两年间,完淳和南明隆武帝、监国鲁王暗通声气,准备南归故国。不幸,在 1647 年夏间被捕,就义于南京。完淳南归故国的意愿,在诗作中时有流露。"九死不回归国意,百年重见中兴时"(《蒋生南行歌》),这是对蒋平阶矢志归国,终于南行入闽的热烈赞赏和祝贺;"羡尔千金生意气,芙蓉阙下空群骥"(《送伟南南行兼讯王玠右》),这是当顾开雍南行入浙时表露出的艳羡、向往的心情;"岁华忽已晚,归国计何如"(《夏日杂作》),"未申归国意,徒有报君心"(《重过曹溪》),"平生湖海意,三绕向南枝"(《旅夜闻雁》),则是反复多次直接表露诗人自己南归故国的素志和决心。

《长歌》之作,当在 1645 年秋江南义师失败以后。我们完全可以确认,诗中的"美人",指南明君王;诗中的"登天""御风""陟山""涉江"之喻,指奔赴南明抗清政权;"欲往从之道路难",则指欲追随隆武帝或监国鲁王,因道路艰难而未能实现。

曾见选本在《长歌》注释中强调此诗用《离骚》香草美人譬喻追求高尚的理想,大旨虽然不错,但却把"美人"指君王这点含糊遮掩过去。大约注者受忠君不等于爱国的简单、片面的观点的影响,出于好心,特意为完淳隐讳。殊不知这样一来,既无法自圆其说,更不符合作品原义和作者本来面目。"美人"指君王是屈原遗意,已为历来学者所共认,并为历来作者所沿用;"美人"指理想,则绝无先例,在逻辑上也说不通。其实,效忠君王原为完淳的一贯态度,诗文中屡见不鲜。如《狱中上母书》云:"淳之身,君之所用。"《御用监被鞫拜瞻孝陵恭纪》云:"孤臣瞻拜近,泉路奉恩晖。"《西华门与同难诸公待鞫》云:"相对银珰趋右掖,梦中犹作侍臣看。"都是。这是历史原貌,不应当为之遮掩,也不可能遮掩过去。

忠君诚然不等于爱国,但在特定条件下,如民族、国家危难时期,君王成为全国上下御侮图存的象征,忠君、勤王成为号召远近、发动群众进行抗暴卫国的旗帜,此时此境,忠君和爱国是一致的,也是交织而不可分的。在夏完淳这样的爱国诗人的作品中或多或少地出现忠君思想,不但毋须隐讳,还应当有所肯定呢。

最后四句,极写仙子的实即作者的忧伤之情。"佳肴旨酒不能餐",可见其哀愁痛楚之深。"瑶琴一曲风中弹,风急弦绝摧心肝",弹琴本想遣愁,而急风忽至,琴弦骤绝,更加悲不自禁,心肝如割。"月明星稀斗阑干",借景写情,以苍凉景色,衬托忧伤心情,这样结束全篇,达到情景交融的境地,含蕴余音袅袅的意味。

自述心志的诗篇,易致真切,但往往失于浅率,有一览无余之感。而《长歌》由于它的美妙新奇的想象,异彩纷呈的比兴,华丽丰富的铺陈,出现一种迥别于寻常的色彩、氛围和意境,引人入胜,耐人寻思,予人以意味深长的审美享受。其艺术感染力,比起他的另一些直书"亡秦""复楚""汉腊""胡沙"的诗篇,看来要胜过一筹。读罢全篇,一个才华横溢、激情如火、长歌当哭的爱国诗人形象,深印于脑际而难以消除。

以"美人"喻君王,表面上大都牵涉男女之情。以男女之情寄托家国之情,在完淳的词作中,也往往有之。《长歌》用"所欢""相思"字样,自然和爱情相关,然诗中人物形象的性别,却不十分鲜明。"琼弁""蕙桡"之句,人们只感到一个飘飘欲仙的形象,视为女性,自无不可。"衣玄绡衣""冠玉冠""乘六鸾"者,自是男性帝王形象,但作者给他加上了"明珰垂绖",即垂挂着明珠作成的耳饰,又似为女性的装束。也许是不愿囿于一格,故意写得迷离扑朔吧。这样,更增添了作品的浪漫、瑰奇的色彩。继承屈赋的浪漫、瑰奇的色彩,正是《长歌》的动人之处。

《长歌》受《四愁诗》的影响是明显的。《四愁诗》共四节,第一节开头为"我所思兮在泰山,欲往从之梁父艰",以下三节,分别改"泰山"为"桂林""汉阳""雁门"。《长歌》化用其意,活用其体,全篇一气呵成,开头连用四叠句,词复意切,力透纸背,可谓"青出于蓝";又沿用其句句协韵之法,节拍谐和,声韵铿锵,有涌泉泻玉的音乐之美。这是《长歌》的又一动人之处。

总之,《长歌》应推为夏完淳的优秀代表作之一;在古往今来的众多爱国名篇中,它放射出璀璨夺目的光辉。(白　坚)

清　诗

金陵后观棋六首（选一）　　钱谦益

寂寞枯枰响泬寥①，秦淮秋老咽寒潮②。
白头灯影凉宵里，　一局残棋见六朝③。

注　① 枯枰：指棋局。古人对围棋有"三百枯棋"之称。泬（xuè）寥：空旷萧条之状。　　② 秦淮：秦淮河，流经南京市西南，为著名的歌舞繁华之地。　　③ 六朝：孙吴、东晋、宋、齐、梁、陈六代均建都金陵，统称"六朝"。

钱谦益并非围棋高手，却喜欢作看客。这有他的《棋谱新局序》为证："余不能棋，而好观棋。又好观国手之棋。"看了，不免发些议论。作为诗人，议论自然又发到诗里。他一生写过多组"观棋绝句"，如此前已有《观棋绝句六首为汪幼青作》，顺治四年（1647）又作了这一组诗，故题为"后观棋"。

观棋比之下棋，品量着黑白子之间的捉对厮杀，思索的空间广阔，自由度也大，因而常有"旁观者清"的乐趣。但观棋却需要环境和心绪，否则思绪便要逸出棋外。钱谦益的前次观棋，由于"时方承平"，所以那六首绝句便就棋论棋，且颇带些专业眼光。而这一回却迥然不同。一是南明弘光小朝廷新亡，自己做了降臣。二是辞官归里后，又因牵涉抗清活动被"下江宁（南京）狱"。三是南京既是金粉繁华，却总是盛产亡国之君的"六朝"故都，又是弘光朝旋生旋灭的所在。四是钱氏虽有降清之失，终究为信守传统道德的前朝旧臣，亲历了地解天崩的改朝换代，心头不免创巨痛深。在此时此地，以此心此情去"观棋"，那棋局自然便叠映出历史和现实中的一切。所谓"对局旁观意不同"是也。

就本首言，其最显著的特点，乃在于观棋的描写中，包含了巨大的历史容量和深沉的现实情感容量。首句不只是棋局的直观描写，每个字都几乎同时透发着作者情感的主观色彩，寂寞、泬寥，以及不称"棋枰"而称"枯枰"，这些措辞，都鲜明显示了故国旧臣了无意绪的冷寞心境。次句对弈的大环境上双叠了两个方向的开拓。"秦淮"本身就有三重意蕴：观棋的地点，六朝嬗替的见证和南明弘光朝灭亡的所在。而"秋老"更增添了萧条肃杀之气，"寒潮"鸣咽，又强化着战后残破衰落的悲慨之情。如此渲染，并不仅在呼应"枯枰"冷落之声，其对历史和现实感觉的着意突出，一望即知。"白头灯影凉宵里"，"白头"自然是观棋者阅尽沧桑的表征，而"灯影凉宵"又何尝不是历史明灭和人生冷暖的映照？这一句从观棋者的观棋"现实"，透过故国沦亡的"现实"，遥伸向历史的"现实"，于是便逼出末句："一局残棋见六朝"，将这三重"现实"一并豁然呈现出来：六朝嬗替之繁，弘光灭亡之速，尽囊括于眼前的"一局残棋"！

明清之际，诗人抒写故国铜驼，黍离麦秀之悲者，弥望皆是。而以金陵故地为背景者尤为集中，可称名篇络绎。这首诗，以"观棋"的独特视角去写，形象和氛围，都同时浓缩着多重意蕴，具有丰富的审美内涵。以限制极严的精悍绝句，在小小的"枯枰"上竟"观"出这许多棋局外的"经纬"来，这对棋手们也许无大帮助，但在诗家看来，却是别具眼力的高手。至于全诗笔意的老到圆熟，遣词着色的炉火纯青，都充分展示了一个领袖两朝诗坛宿将举重若轻的深厚艺术功力。（魏中林）

和盛集陶落叶① 　　钱谦益

秋老钟山万木稀，　凋伤总属劫尘飞②。
不知玉露凉风急③，　只道金陵王气非。
倚月素娥徒有树④，　履霜青女正无衣⑤。
华林惨淡如沙漠⑥，　万里寒空一雁归。

注 ①盛集陶：盛斯唐，字集陶，安徽桐城人，清初寓居南京，常以诗与林古度、钱谦益唱和。　②劫尘：即劫灰，佛教中指烧毁一切的大火之后所剩的灰烬。　③玉露：白露。　④素娥：即嫦娥。　⑤履霜：踩着霜。《易经·坤卦》："履霜坚冰至。"意谓踩霜即预示严寒将至。青女：主霜雪的女神。　⑥华林：曹魏时的皇家园林，此泛指美好的树林园苑。

　　清兵攻破南京城后，钱谦益率先迎降，被授礼部右侍郎、明史副总裁，任职六月，告病归里。顺治五年（1648），凤阳巡抚陈之龙擒获黄毓祺，搜出他身上藏有与反清义军郑成功交通的书信，有人告发钱谦益也参与其事，遂将他逮捕至江宁，月余，改狱外看管。其时，他的朋友盛斯唐、林古度、何疏明等常"相与循故宫，踏落叶，悲歌相和"（《安方氏伯仲诗序》），此诗就是他和盛斯唐《落叶》诗二首中的第二首。诗虽是咏物的题材，其中却抒发了作者的故国飘零之悲。

　　秋已深了，远望南京城东的钟山，万木凋零，寒山肃杀，犹如劫后余烬，一片寥落荒芜的气象。首二句紧扣题面，从落叶下笔，"万木稀"三字说明已是落叶纷飞的时候了。"秋老"的"老"字下得很重，表明金陵一带笼罩在萧飒的气氛之中，而"劫尘"二字已逗出易代的沧桑之痛。杜甫本有"玉露凋伤枫树林"的句子，但如今木叶尽脱的景象使人感到的并不是风霜之侵袭，而是作为帝王之都的金陵气数已尽。所以三、四两句更明显地揭出政治的变幻是诗人悲秋感伤的真正原因。就是在三年以前，清军南下的铁蹄践踏了这紫金山前、玄武湖畔的大好河山，弘光政权随之倾覆，钱谦益虽然靦颜事敌，偷生苟活，而心中却也充满着矛盾与苦痛，故他于诗中每每发泄其故国之思。"金陵王气"显然是用了刘禹锡《西塞山怀古》中"王濬楼船下益州，金陵王气黯然收"的句子，而这里分明是指明王朝的衰败。故这两句中对明亡的叹惋是十分清楚的，说叶落缘于王气衰竭而非关金风秋露，自然是故作痴语，但用以寄托自己的故国之思却是十分沉痛的。

　　李商隐的《霜月》中说："青女素娥俱耐冷，月中霜里斗婵娟"，即借咏物而表现处于严峻环境中的乐观态度，然钱谦益则反其意而用之。嫦娥独自依月，徒有桂树相伴，青女履霜无依，倍感凄寒。五、六两句由落叶而想到月中的桂树，想到摧落黄叶的严霜，然分明以素娥、青女自况，暗示了自己于严峻肃杀的政治氛围中所感到的孤独与忧伤。最后两句归结到落叶上，原先一片葱翠茂密的树林，如今已荒败如沙漠，在那广漠无垠的寒空中一只孤雁掠过，更增加了秋林的荒寒落寞之感，给全诗平添了低沉灰暗的调子。而那寒空中孤独的飞雁，岂不是诗人自身的象征吗?

这首诗借咏物而自抒怀抱,表现了钱氏此时的故国江山之思。这一方面自然出于他降清后未得重用而又身系缧绁的处境;另一方面也有感于清政府的残暴肆虐,因此他的心情是颓丧的。

王士禛论明末清初诗有三派,以为"虞山源于少陵,时与苏近"(《分甘余话》);钱谦益的弟子瞿式耜也说"先生之诗,以杜、韩为宗"(《牧斋先生初学集目录序》),都说明钱氏的诗源本杜甫,即以此诗为例,风格沉郁顿挫,遣字造句、用典使事都极娴熟,也近于杜甫的诗风,所以向来被视为钱谦益的代表作之一。(王镇远)

留题秦淮丁家水阁　　钱谦益

苑外杨花待暮潮,隔溪桃叶①限红桥②。
夕阳凝望春如水,丁字帘前③是六朝④。

注 ① 桃叶:即桃叶渡。相传东晋王献之于此送其爱妾桃叶而得名。旧址在今南京市秦淮河与青溪合流处。　② 红桥:桥名,在扬州,此为泛指。　③ 丁字帘:地名。在南京秦淮河上利涉桥边,明时为乐户聚居之地。　④ 六朝:秦淮河为六朝繁华之地,因以六朝代指秦淮。

此诗原题为《丙申春就医秦淮,寓丁家水阁,浃两月,临行作绝句三十首留别,留题不复论次》。作为题目,它是够啰嗦的,当作小序看,却为我们理解此组诗提供了很有价值的线索。丙申即顺治十三年(1656),此时离钱谦益降清,因未得要职而告病南归,已经整整十年。这十年间,钱氏自知大节有亏,进退失据,渐生愧悔之情。除平日念经礼佛外,也外出参加一些活动,与抗清志士暗中有过联系。此次从常熟家中到南京,一待就是两个月,恐怕不单纯是为了就医。陈寅恪《柳如是别传》认为这留题丁家水阁的三十首绝句,"大抵为当日南明作政治活动者,相往还酬唱之篇什",是很有道理的。

这里选的原列第四首。从字面上看,它写的是从丁家水阁纵览历史名城金陵的春光与暮色:丁家花园外的沿江杨柳,正在飞花飘絮,等待着晚潮的到来;青溪对面的桃叶古渡被一道道卧波的画桥所阻隔,却仍依稀可见。在如血的夕阳下凝神地望着这千年古都,春色倒是和别处没有两样,有着水一般的清明与温柔;只是面对着一些历史陈迹不免使人感慨万千,像我眼皮底下的这丁字帘前面,就是往日热闹非凡的秦淮河,如今却是另一番冷清清的面目。作者就中寄托的故国之思、愧悔之情是显而易见的。

这首诗如果只作上述理解,也是思深笔婉,自成境趣,秦淮风味十足的。史学泰斗陈寅恪先生更透过一些字眼,认定此诗是作者为其第二夫人柳如是而作,说"杨"即"柳","苑外杨花"即指不在身边的柳如是,"前二句谓河东君(柳如是)此时在常熟(钱氏家中),与己身不能相见。'暮潮'有二意,一则用李君虞(益)《江南词》:'嫁得瞿塘贾,朝朝误妾期。早知潮有信,嫁与弄潮儿。'言己身不久归去,不致如负心之李十郎(益)也。"(陈寅恪《柳如是别传》)柳如是本为明末秦淮名妓,年轻貌美,多才多艺,深得钱的宠爱;同时又有爱国之心,清兵渡江时,曾劝钱谦益殉国,自身也曾投水自尽以明志,被侍女救起,以此钱谦益不能不敬畏她三分。此次阔别数月，题诗存念自是情理中事，此诗的深微不露也符合老夫(钱当年 74 岁)思少妻(柳当年 38 岁)的表述方式。所以陈寅恪的解释也是站得住脚的，这样就又为此诗抹上了一种熔心事、家事、国事于一炉的混合色调，符合钱诗思沉色丽，托旨遥深的特色。至于陈说的"暮潮"暗喻"明室将复兴，如暮潮之有信"，则有刻意求深之嫌，不可从。(谢楚发)

春日我闻室作呈牧翁　　柳如是

裁红晕碧泪漫漫，南国春来正薄寒。
此去柳花如梦里，向来烟月是愁端。
画堂消息何人晓？翠帐容颜独自看。
珍重君家兰桂室，东风取次一凭阑。

柳如是为晚明名妓，容色俏丽，才藻博洽，名噪一时。在经历了一段坎坷的生活后，在崇祯十三年十一月男装乘舟到常熟访钱牧斋于半野堂，从此，年岁、地位大相悬殊的钱牧斋和柳如是不顾世俗的偏见，结缡同居，因而传为文坛佳话。柳如是的《春日我闻室作呈牧翁》就是作者婚后同钱牧斋的唱和诗之一。此时，数度人生、几经飘零的柳如是，安居于钱牧斋特辟的我闻室中，诗酒唱和，感新怀旧，因而有作。开头两句感时伤事，凄婉深沉。"南国春来"既同诗题的"春日"呼应，更点明早春的料峭薄寒，而巧于装饰的作者却又长泪漫漫，伤感不已。诗作的遣词造语似乎是不经意的直叙，然而诗人的感情内蕴却已袒露无遗，而且也为下文的出现作了铺垫。三、四两句"此去"对"向来"，"柳花梦里"对"烟月愁端"，堪称工整，自然而然地烘托出了一种愁绪如缕、前路缥缈的情思，而且是那样的沉重、那样的难以排遣、那样的难以捉摸。阴云笼罩下的月亮一向容易搅动不幸者的愁肠，嫩黄美好的柳花俨然是梦中景况。经过自己的选择而新嫁的柳如是，虽然称不上已经获得了幸福，但确凿无疑的是她那生命的孤舟到底已经驶进了宁静的港湾。因此，当读者细细咀嚼的时候，便会品味出作者的复杂心态：身处新生活中的作者，一方面怀有对过去痛苦年月的辛酸，另一方面怀有对未来岁月的憧憬与不安。但此诗是"呈牧翁"的，对于其中所表达的感情，实在也是一种消息，钱牧斋是心领神会的，所以他的和诗题目就称："河东春日诗有梦里愁端之句，怜其作憔悴之语，聊广其意"，表示了宽慰之意。

诗的五、六两句用了一个典故，即王昌事。据《天禄识余》载："唐崔颢、王维、李商隐诗中多用王昌，其事不可考。"按《襄阳耆旧传》，"王昌字公伯，为东平相、散骑常侍，早卒。妇任城王曹子文女。钱希言《桐薪》曰：'意其人为贵戚，出相东平，则姿仪俊美，为时所共赏可知。"查李商隐《代应》诗，有云："本来银汉是红墙，隔得卢家白玉堂。谁与王昌报消息，尽知三十六鸳鸯。"而李诗又化用古乐府旧事："黄金为君门，白玉为君堂。入门时左顾，但见双鸳鸯。鸳鸯七十二，罗列自成行。""河中之水向东流，洛阳女儿名莫愁。十五嫁为卢郎妇，十六生儿字阿侯。卢家兰室桂为梁，中有郁金苏合香。人生富贵何所望，恨不早嫁东家王。"盖钱牧斋在柳如是初访半野堂时，曾有"但似王昌消息好，履箱擎了便相从"之句，故柳如是结合感情上的困惑，再加生发，一以表达其惶恐犹疑之情，一以试探钱牧斋之诚意。

诗的结末两句"珍重君家兰桂室,东风取次一凭阑。"看似随意点染,实则紧扣作者的感情,兰桂之室自应珍重,春日来时亦可随意凭阑,然而,这都是"君家"的,以此进一步伸述了身入室中、心在室外的疑虑。

这首夫妻唱和诗不同于他人的作品,不含艳情,充满凄苦,这是柳如是的特殊身世和钱柳的独特结合决定的。(魏同贤)

有　赠　冯　班

隔岸吹唇日沸天①,羽书惟道欲投鞭。②
八公山色还苍翠③,虚对围棋忆谢玄。④

> **注** ① 吹唇:吹口哨。《南齐书·魏虏传》:"吹唇沸地。"《资治通鉴》胡三省注谓:"吹唇者,以齿啮唇作气吹之,其声如鹰隼。" ② 羽书:插鸟羽以示军情紧急的文书。《后汉书·西羌传》:"羽书日闻",李贤注:"羽书即檄书也。《魏武奏事》曰'边有警急,即插羽以示急'也。"投鞭:《晋书·苻坚载记》:"坚曰:'以吾之众旅,投鞭于江,足断其流。'" ③ 八公山:山名,在安徽寿县北,淝水之北。《晋书·苻坚载记》:"坚与苻融登城而望王师,见部阵整齐,将士精锐;又望八公山上,草木皆类人形;顾谓融曰:'此亦勃敌也,何谓少乎?'" ④ "虚对"句:《资治通鉴》:"谢安得驿书,知秦兵已败,时方与客围棋,摄书置床上,了无喜色,围棋如故,客问之,徐答曰:'小儿辈遂已破贼。'"小儿辈指东晋车领谢安侄谢玄等人。

冯班诗以七言绝句最出色,朱彝尊《静志居诗话》、潘飞声《在山泉诗话》已先后言之,此诗风格与义山、牧之为近,为其集中佳作。诗写于1645年(清顺治二年)5月清军南下攻破扬州、南京之前。诗人怀古念今,借淝水之战抒发自己的深沉感慨,既刺清军气焰之嚣张,又惜南明弘光小朝廷不能抗清,在交织希望与失望的矛盾心情中,唱出了一曲惆怅之歌。

前二句叙昔日曾经发生之事,也道出今日正在发生之事。诗人借当年苻坚率前秦大军浩荡南下的历史故事暗指清军迫近长江的险恶时局。"隔岸"一句,写前秦军队的口哨声震天价响,而不写他们旌旗如云、刀枪如林的军容,更能显其骄横猖狂、咄咄逼人的盛气。用《南齐书·魏虏传》"吹唇沸地"典故而加以变化,有青出于蓝而胜于蓝之妙用。冯班雅不喜江西诗派,然此处实与黄山谷所谓"夺胎换骨"法为近。"隔岸"二字亦似有这样的言外之意:苻坚昔日耀武扬威只能限于江北,淝水一战即铩羽大败;现在清军也已兵临长江,结果又将如何?"羽书"句谓报急军书中传来苻坚自夸"投鞭于江,足断其流"的消息,表明形势的严峻。史传中苻坚自己说投鞭断流与此诗中晋军羽书传言敌军投鞭断流,一是直接引语,一是间接引语,意义有颇为微妙的不同,加上虚字"惟",隐隐透出对南明军只见清军之气势而不见己方之力量的不满。

后二句由古事引出今情,表现出诗人渴望有谢安、谢玄那样的政治家、军事家来稳定全局、克敌制胜的心愿。八公山上草木森森,仍像淝水之战时一样苍翠,它令诗人想起昔日东晋军的辉煌胜利,也令诗人产生八公山上,草木皆兵,又让敌人惊惧的想象。但严酷的现实,却只能使诗人空对一局残棋,缅怀谢安那样沉着有方的主帅与谢玄那样英勇善战的大将。棋局往往用来比喻时局,此处也是如此。而以虚字"还""虚"斡旋语气,令诗意余味曲包,更见出诗人的匠心。大家知道,南明弘光政权内讧颇烈,对抵抗清军全无方略,所以诗人有这样沉重的感受。诗中没写淝水之战的战况,正显出他对将进行的抗战早有一种悲剧意识。此后不久,扬州、南京相继沦陷,诗人又有《江南杂感》叹道:"王气消沉三百年,难将人事尽凭天。石头形胜分明在,不遇英雄亦枉然。"

　　吴乔《围炉诗话》以为本篇有"不着议论而含蓄无穷"的"唐人妙处",曹弘《画月录》亦谓此诗"如书家之敛笔藏锋,歌者之潜气内转,最为含蓄有味",良然。附带提一下,冯班的诗,多学晚唐体,每伤纤仄,但在伤时忧国内容的诗作中,则没有这种毛病。（庞　坚）

圆圆曲　　吴伟业

　　鼎湖当日弃人间,破敌收京下玉关;恸哭六军俱缟素,冲冠一怒为红颜。红颜流落非吾恋,逆贼天亡自荒宴;电扫黄巾定黑山,哭罢君亲再相见。相见初经田窦家,侯门歌舞出如花;许将戚里箜篌伎,等取将军油壁车。家本姑苏浣花里,圆圆小字娇罗绮;梦向夫差苑里游,宫娥拥入君王起;前身合是采莲人,门前一片横塘水。横塘双桨去如飞,何处豪家强载归;此际岂知非薄命,此时只有泪沾衣。薰天意气连宫掖,明眸皓齿无人惜;夺归永巷闭良家,教就新声倾坐客。坐客飞觞红日暮,一曲哀弦向谁诉;白皙通侯最少年,拣取花枝屡回顾。早携娇鸟出樊笼,待得银河几时渡;恨杀军书底死催,苦留后约将人误。相约恩深相见难,一朝蚁贼满长安;可怜思妇楼头柳,认作天边粉絮看;遍索绿珠围内第,强呼绛树出雕栏。若非壮士全师胜,争得蛾眉匹马还。蛾眉马上传呼进,云鬟不整惊魂定;蜡炬迎来在战场,啼妆满面残红印。专征萧鼓向秦川,金牛道上车千乘;斜谷云深起画楼,散关月落开妆镜。

　　传来消息满江乡,乌柏红经十度霜;教曲妓师怜尚在,浣纱女伴忆同行;旧巢共是衔泥燕,飞上枝头变凤凰;长向尊前悲老大,有人夫婿擅侯王。

　　当时只受声名累,贵戚名豪竞延致;一斛珠连万斛愁,关山漂泊腰肢细;错怨狂风飏落花,无边春色来天地。尝闻倾国与倾城,翻使周郎受重名;妻子岂应关大计,英雄无奈是多情;全家白骨成灰土,一代红妆照汗青。君不见,馆娃初起鸳鸯宿,越女如花看不足;香径尘生鸟自啼,屧廊人去苔空绿。换羽移宫万里愁,珠歌翠舞古梁州。为君别唱吴宫曲,汉水东南日夜流。

　　吴梅村的《圆圆曲》,以其特有的艺术魅力蜚声文苑,它是继白居易《长恨歌》以后最值得注意的歌行体长诗之一。

　　《圆圆曲》写的是明末清初著名妓女陈圆圆的事迹。史载:崇祯年间,田畹以重金购买了苏州名妓陈圆圆,献给皇帝解闷。但崇祯皇帝不感兴趣,田畹就娶她回家,自己享用,后来又赠给吴三桂为妾。当时,社会矛盾趋于激化,明朝、清兵、农民起义军三方对峙。指挥大军镇守山海关的明将吴三桂,是一支举足轻重的力量。吴三桂本来曾有归附李自成起义军的打算,但他得悉起义军攻入北京,陈圆圆被刘宗敏掠去,便立刻改变主意,转向清廷,演出了勾引清兵入关的一幕。在满、汉地主武装的联合攻击下,农民起义被镇压下去,但明朝江山也从此改变颜色。曾经为崇祯皇帝所倚重的吴三桂,成了清朝的开国功臣。

吴梅村是明朝的榜眼,当过翰林院编修。明亡时,他曾想上吊自杀,但被家人劝阻,苟且偷活,后来还不得不出仕清朝。这位著名诗人的思想十分矛盾。在特定的环境中,他不敢对清朝的统治说三道四;而作为明朝遗老,对故国故君则不能忘情。明朝的灭亡,和吴三桂变节有直接的联系。吴梅村憎恨吴三桂引狼入室,于是写了讽刺吴三桂的《圆圆曲》。但吴三桂是清朝新贵,投鼠忌器,诗人对他的鞭挞,只能化之为婉曲的冷嘲。因此,《圆圆曲》写得纵横捭阖,却又烟水迷离,读者需要仔细咀嚼,才能理解其中真意。

《圆圆曲》开始的四句是:

> 鼎湖当日弃人间,破敌收京下玉关;恸哭六军俱缟素,冲冠一怒为红颜。

吴梅村劈头就"掉书袋",却不是卖弄才学。因为,他要说崇祯皇帝的死,可又不便明写,只好借用黄帝升天的故事。传说黄帝铸鼎于荆山,鼎成,黄帝便骑龙离开人间。后来因称黄帝升天为鼎湖。第二句,作者即写吴三桂打败了李自成。当时,吴三桂的胜利,靠的是满洲铁骑,不过作者绝不涉及人尽皆知的事实,这有意的回避,明眼人都懂得是怎么一回事。第三、四句,写得绝妙。诗人说:为了给崇祯报仇,六军恸哭,全师戴孝;而作为主帅的吴三桂,冲冠一怒,却是为了一个女子。自然,吴梅村把明朝士兵写成为对崇祯皇帝无限忠心的一群,实出于阶级偏见,如果群众拥护崇祯,何来农民起义? 不过,作者夸大了士兵的"忠",便孤立了为红颜而"怒"的吴三桂。一经对比,吴三桂的庐山面目立即暴露,这拉大旗作虎皮的主帅,原来是个只顾一己之私的小人。当然,吴三桂的降清,是由其阶级本性决定,绝不能仅仅归结到一个女子的得失上去。这是我们阅读《圆圆曲》时所要注意的,而吴梅村写作"冲冠一怒为红颜",也是含有讽刺意味在内的。以上两句,是全诗的主旋律。下文"若非壮士全师胜,争得蛾眉匹马还";"全家白骨成灰土,一代红妆照汗青"等句,就是主旋律的逐级递进,它们前后呼应,一步步深化主题。

更妙的是,吴梅村扯下了吴三桂的幌子,又赶紧给他穿上堂而皇之的衣服:

> 红颜流落非吾恋,逆贼天亡自荒宴;电扫黄巾定黑山,哭罢君亲再相见。

这几句话,以吴三桂的口吻道出。吴三桂谴责农民起义军荒唐宴乐,表示要为崇祯皇帝报仇,为被杀的父亲报仇,"哭罢君亲",才见美人,气壮如牛,俨然是个忠孝两全的人物。实际情况又是如何呢,诗人一句不说,却转过笔去写吴三桂与陈圆圆最初相见的情景。

> 相见初经田窦家,侯门歌舞出如花;许将戚里箜篌伎,等取将军油壁车。

田窦,是汉代的田蚡和窦婴,他们是朝廷贵戚,这里借指崇祯皇帝的岳父田畹。吴三桂是在田畹家里见到陈圆圆的。那时,田畹宴请吴三桂,宴会间,姬妾们花明雪艳,歌舞翩跹,吴三桂一眼看中了陈圆圆。田畹为了笼络他,只好割爱,让这会弹箜篌的美人,等候吴大将军派出华美的车子来迎娶。

这一幕,倒叙吴、陈相见,引出了陈圆圆。诗人索性把读者的视线再拉后一点,来一个倒叙中的倒叙,介绍了陈圆圆未遇见吴三桂之前的生活。

家本姑苏浣花里,圆圆小字娇罗绮;梦向夫差苑里游,宫娥拥入君王起。前身合是采莲人,门前一片横塘水。

史载:陈圆圆原籍苏州;浣花里,则是唐朝名妓薛涛在成都居住的地方。作者把姑苏和浣花里牵合在一起,借以点出圆圆作为姑苏名妓的身份。陈圆圆曾经作过一个奇怪的梦,她梦见自己被一班宫娥拥进吴王夫差的宫苑里,好色的夫差色授魂与,禁不住起身迎接。"前身合是采莲人"一句,更坐实陈圆圆是西施转世。作者由陈圆圆出生于姑苏,联想到曾在姑苏建都的吴王夫差,虚构出一个梦境,这固然是赞美陈圆圆有像西施一样的容貌,更重要的是,把"荒宴"亡国的吴王夫差与平西王吴三桂扯到一块,又表现出对人物的评价。真是一石二鸟,出神入化。"门前一片横塘水"一句,似是闲笔,但它像现代电影的"空镜头"那样,颇能启发读者的遐想。

写了陈圆圆的身世,作者顺笔再写她的经历:

横塘双桨去如飞,何处豪家强载归;此际岂知非薄命,此时只有泪沾衣。

想当初,陈圆圆被田畹载走,侯门一入深如海,她只有暗自悲伤。岂知道,事情的发展很难预料:

薰天意气连宫掖,明眸皓齿无人惜;夺归永巷闭良家,教就新声倾坐客。

首先,吴梅村记述了陈圆圆碰上一连串不幸的遭遇。她被送入宫廷,不见天日,这已经够糟了,而皇帝对明眸皓齿的她不肯爱顾,她被接回"良家"去陪伴田畹老头子,则更加倒霉。不过,经过高手指点能歌善舞倾倒了吴三桂的陈圆圆,不久命运就改变了。

写长诗,讲究抑扬开阖,何况陈圆圆遭遇的本身也相当曲折。由于她曾经是"贡品",是田畹的"禁脔",作者虽然没有正面描绘她的容貌,但人们却可以想象出她的绰约丰姿。吴三桂为了她不顾一切鲜廉寡耻的原因,也不言而喻。另外,写陈圆圆接二连三的倒霉,也为她后来的飞黄腾达作蓄势。

坐客飞觞红日暮,一曲哀弦向谁诉?白皙通侯最少年,拣取花枝屡回顾。早携娇鸟出樊笼,待得银河几时渡;恨杀军书抵死催,苦留后约将人误。

这一段,是对上文"相见初经田窦家"的回应。作者细腻地敷写吴、陈初见的细节:在宴会上,坐客们飞觞醉月,开怀豪饮;陈圆圆轻弹一曲,楚楚可怜。少年将军吴三桂忘乎所以,和她眉目传情。"拣取花枝",是说他在群雌粥粥中选中了陈圆圆。据清代陆次云写的《圆圆传》说:"圆圆至席,吴语曰:'卿乐甚!'圆圆小语曰:'红拂尚不乐越公(隋朝的杨素),矧(况)不逮越公者耶!'吴颔之。"圆圆说自己的命运比不上私奔的红拂,用意非常明显,她是希望吴三桂把她携出"樊笼",渡过"银河",与意中人相聚的。当然,她如愿以偿了,只是军情紧急,吴三桂把她留在北京,匆匆奔赴战场。此一去,出了大问题。"苦留后约将人误",这"人",指的是谁?是陈圆圆?是吴三桂?是明朝君臣?是广大百姓?是作者自己?抑或包括上述的一切?作者没有指明,他故意含糊其词,让读者自去揣测。这一来,下笔愈泛,也愈耐人寻味。

相约恩深相见难,一朝蚁贼满长安;可怜思妇楼头柳,认作天边粉絮看。遍索绿珠围内第,强呼绛树出雕栏。

"蚁贼",是作者对起义群众的污蔑。李自成攻下北京,陈圆圆便成了"思妇",楼头柳絮,纷纷扬扬,她会认作是山海关上的飞雪。就在这时候,陈圆圆为刘宗敏所获。绿珠,是晋代权贵石崇的爱妾;绛树,是三国时代善舞的美人,诗人把绿珠、绛树比喻陈圆圆,说刘宗敏包围吴府,把她架走。

> 若非壮士全师胜,争得蛾眉匹马还?

在吴三桂的追击下,农民起义军溃败,陈圆圆重归吴三桂的怀抱。在诗人看来,壮士们全师西指,餐刀饮箭,为的是陈圆圆的回归,这实在不值得称道。而作者不满之情,却又变个花样,以赞扬的口吻说出,似乎他在赞吴三桂的决心和魄力。这样的写法,显得笔势飞动,灵心四映。

> 蛾眉马上传呼进,云鬟不整惊魂定;蜡炬迎来在战场,啼妆满面残红印。

流落关山的陈圆圆,云鬟蓬松,惊魂甫定;她梳着"啼妆"(一种发式),残脂未褪。吴三桂高烧银烛,让她骑马进入军营,此情此景,自然十分隆重体面,可是,在尸骨纵横的战场上举行迎亲典礼,实也不伦不类,所谓"哭罢君亲再相见"云云,终于成了笑柄。

> 专征箫鼓向秦川,金牛道上车千乘;斜谷云深起画楼,散关月落开妆镜。

随后,诗歌转入写吴三桂陈圆圆相携入陕。一路上,大军吹吹打打,车马如龙,神气得很。到了四川,吴三桂在白云深处建起亭台楼阁,安置陈圆圆。每天,月牙儿落下,陈圆圆便对镜梳妆,开始了悠闲的生活,秦川、金牛道、斜谷和大散关,是川陕地名。这一带是军事要冲,比较荒凉。吴三桂于此营造金屋,安享温柔与尊荣,气氛很不协调。作者以不协调的色调互相反衬,与其说是赞美吴三桂对陈圆圆的宠爱,不如说是对他"荒宴"生活的感慨。

> 传来消息满江乡,乌柏红经十度霜;教曲妓师怜尚在,浣纱女伴忆同行;旧巢共是衔泥燕,飞上枝头变凤凰;长向尊前悲老大,有人夫婿擅侯王。

在云南,吴三桂当了平西王,陈圆圆也当了王妃。消息传到她的故乡,引起了种种反响,岁月悠悠,一切依旧,浣纱女伴,蹉跎白首,而陈圆圆则飞上高枝,人的命运,不同如此。这段话,诗人通过姑苏人的感叹,从侧面表现陈圆圆的遭遇。

> 当时只受声名累,贵戚名豪竞延致;一斛珠连万斛愁,关山漂泊腰肢细。错怨狂风飐落花,无边春色来天地。

在苏州,陈圆圆当然想不到会"飞上枝头",当初,她作妓女时,贵戚名豪,纷纷纳聘,搅得她不胜其烦。后来,又颠沛流离,关山漂泊,谁知道时代的狂风把她吹落地下,又把她送上青云,让她享受铺天盖地的春光。命运之难料,一至于此。很明显,上面几句,是诗人通过旁人对陈圆圆的回忆、叹息,记叙她的身世。由于吴梅村具有纯熟的创作技巧,能够不断地变换着记叙的手法,使读者感到诗歌的情节腾挪变化,摇曳多姿。

在写了旁人赞叹之后,作者直接站出来说话了。

> 尝闻倾国与倾城,翻使周郎受重名;妻子岂应关大计,英雄无奈是多情!全家白骨成灰土,一代红妆照汗青。

倾城倾国指美人,周郎即周瑜,这里借指吴三桂。"重名",说的却是反话。因为,按道理,为人臣者,应以家国为重,岂能以妻子影响大局,但"英雄"情多,那也无可奈何。这番话,诗人表面上是替吴三桂分辩，其实是不动声色地无情鞭挞。紧接着，作者索性挑明：陈圆圆成了历史的人物，吴三桂则全家毁灭，就是这桩风流韵事的代价。在这里，诗人连用两个对偶句，逐级推进，把怨恶之情引上高峰。

诗的末章，诗人放眼古今，一唱三叹，让感情的激流回旋而下：

> 君不见，馆娃初起鸳鸯宿，越女如花看不足；香径尘生鸟自啼，屧廊人去苔空绿。

所谓"卒章见其志"，写到最后，吴梅村回顾吴王夫差的下场，预示吴三桂绝没有好的结果。馆娃、越女、香径、屧廊等典故，都与夫差有关。历史上，夫差何尝不盛极一时，他建了"馆娃宫"，供越女西施居住，宫里有"采香径"，"响屧廊"，后来人去楼空，一切烟消云散。正在享受着无边春色的吴三桂将如之何，这是不言而喻的。

> 换羽移宫万里愁，珠歌翠舞古梁州。为君别唱吴宫曲，汉水东南日夜流。

这段是临去秋波，纯粹是愁怀抒发。换羽移宫，指奏乐。梁州，既是乐曲名，又是吴三桂驻地云南的别名，诗人说，奏起梁州一曲，引起无限愁绪，另唱一首新的吴宫曲，更使人愁似汉江之水，日夜奔流，无穷无尽。整首诗，就在低回的旋律和含蓄的意境中结束。

如上所述，《圆圆曲》通过叙述陈圆圆传奇式的遭遇，讽刺了不顾大义的吴三桂。当然，吴梅村把吴三桂的背叛，仅仅归结为好色，这远不能揭示出他的本质，同时，诗人也表现出对女性狭隘观念和对农民起义的反动观点。但是，吴三桂确是历史的罪人，他给人民带来了苦难，因此，诗人对他鞭挞揭露，也有积极的意义。根据诗中"有人夫婿擅侯王"，"乌桕红经十度霜"等句，我们可以大致推断《圆圆曲》作于顺治十年左右。那时，吴三桂尚是声威显赫，气焰熏天。吴梅村竟敢在太岁头上动土，这说明他颇具胆识。据说，吴三桂托人送去厚礼，要求吴梅村删去此诗，看来，《圆圆曲》诛心之论，使作贼心虚的吴三桂狼狈不堪。至于吴梅村后来顶不住清朝的压力，应诏出山，则是作者晚节不终的问题，与《圆圆曲》的创作无关。

在艺术上，《圆圆曲》有自己明显的特色。第一，它用典巧妙。吴梅村临终时说："吾诗不足以传远，而是中之寄托良苦。后世读吾诗而知吾心，则吾不死矣！"可见，在特定的环境中，他不能不以用典转弯抹角地表达自己的难言之隐。当然，用典过多，会使诗意失诸晦涩，但若运用得当，也能推动读者的联想。《圆圆曲》反复运用有关夫差、西施的故实，在扑朔迷离中透露真意，就是成功的一例。其次，《圆圆曲》构思奇谲。它有叙事，有抒情，时而旁敲侧击，时而倒叙插议，整个作品的格局，变化莫测，适足表现阴晴不定的时代以及吴三桂反复无常的性格。作者甚至把事件发展的线索打乱，根据主题思想的需要，纵横捭阖地挥写。与此同时，巧妙地应用民歌的"顶真"格，像"冲冠一怒为红颜"，紧接是"红颜流落非吾恋"；"教就新声倾坐客"，紧接是"坐客飞觞红日暮"。这样，诗的各个片段便勾连起来，收到了变化错落而又气足神完的艺术效果。（黄天骥）

过吴江有感　吴伟业

落日松陵道，堤长欲抱城。

> 塔盘湖势动，桥引月痕生。
> 市静人逃赋，江宽客避兵。
> 廿年交旧散，把酒叹浮名。

本诗约作于康熙七年(1668)春，时吴伟业从家乡江苏太仓往浙江吴兴，途经吴江(位于江苏南部)。诗歌扣住吴江的地理形势和有关的历史事件，巧妙地融写景、叙事、抒情为一体，寓意深刻，感慨良多。

此诗上半部分描写吴江自然景色，首联所说"松陵"，为吴江旧称。吴江县城东南旧有一条长堤，界于松江与太湖之间，蜿蜒八十余里。诗人走在黄昏的吴江道路上，远远望去，这堤好像要抱住整座县城一样。一个"抱"字，把长堤拟人化了，不仅形象生动，而且写出了它对吴江县城护拥偎倚的情态。首联是对吴江的远眺，颔联两句，则由远而近，进一步作具体刻画。上句之"塔"，原在吴江东门外的宁境华严讲寺内，共七层，高十三丈，形方，故名方塔。方塔在湖中各处均可看见，而其自身位置又是固定不变的，这就仿佛湖势在围绕着方塔移动。下句之"桥"，一名垂虹桥，俗呼长桥，东西百余丈，多至七十二孔，中间有垂虹亭；前临太湖，横绝松陵，湖光海气，荡漾一色，旧称"三吴绝景"。由于桥身很长，所以给人这样一种感觉，似乎淡淡的月痕是由它牵引而生。两句抓住当时吴江最具特色的景物，做了典型的概括描写。诗中有塔有湖，有桥有月，动静相宜，交相辉映，组成了一幅空明清旷的图画。同时，颔联这两句除了写景之外，实际上还另有某种深刻的寓意蕴藏在内，这得结合下文颈联来考察。

颈联"市静人逃赋，江宽客避兵"，这两句为全诗关键，它描写了吴江在赋税重压、战乱摧残之下的萧条景象。市集沉寂，是由于百姓忍受不了重敛苛征，被迫逃亡；江面空阔，是由于行客为了躲避兵火战事，隐身遁迹。这"市"和"江"的萧条景象，一方面和前面"湖"和"月"同样开阔，另一方面却又使得原来的秀丽景色整个地为之黯然，蒙上了一层凄清惨淡的色调，从而产生了对照鲜明的艺术效果。

现在重新回过头来看上文颔联"塔盘""桥引"两句。所谓"湖势动"，既可以视为写自然之景，也可以看作是对下文的"逃赋"和"避兵"的人间风波的一种形象的暗示。所谓"月痕生"，则在写景之中隐寓清兵南下之意。月属阴象，因而在古代诗词中往往用来比喻外族。远的不说，清初著名女词人徐灿的《踏莎行》即云："碧云犹叠旧山河，月痕休到深深处！"这里的"碧云"典据梁朝江淹《休上人怨别》诗："日暮碧云合。"意思说当时的南明小朝廷虽然已经日薄西山，但毕竟还在坚持；"月痕"则指清兵，希望它不要消灭南明。吴伟业和徐灿是同时代人，并且还是儿女亲家。他作《过吴江有感》时，明朝政权已经彻底覆亡，所以一开头写的就是"落日"而不是"日暮"；因此诗中的"月痕生"，也同样应是暗指清兵到来，而下文的"避兵"，由此也不显得突兀而出了。如此，全诗的结构脉络便可一目了然。首联总起，概括吴江形势，兼明时代背景；颔联、颈联由暗而明既是写景，又分别暗示了清兵南下、人民离散。最后，诗又合二而一，归结为故国沦丧，交游零落，身世凄凉，唯有感叹而已的悲凉情怀——这就是尾联。

尾联"廿年交旧散，把酒叹浮名"，这里的"廿年"不一定是确指，它可以包括清兵南下至写作此诗这二十余年的时间。"交旧"即旧交，故友。"散"字承上文"逃""避"二字而来，"人逃""客避"，故友自然也都离散了。这句虽然说得较虚，不过，此中仍有本事可稽。明朝既亡，许多爱国文士相率结为诗社,遁迹林泉,砥砺气节,暗图匡复。顺治七年(1650)开始出现的吴江"惊隐诗社",在当时尤为著名。吴江的吴炎、潘柽章,昆山的顾炎武、归庄等人,都是它的主要成员。康熙二年(1663),庄廷鑨"明史案"兴,清王朝借机大搞株连,屠戮遗民志士,"惊隐诗社"亦被迫停止,吴炎、潘柽章也惨遭杀害,顾炎武曾做诗文吊之。而吴伟业同他们都有交往,因此,"廿年交旧散"云云,大概正是"有感"于这一事件吧!至于"把酒叹浮名",则是吴伟业本人的身世之感。他在明朝少年高第,前程似锦,而明亡以后,由于"浮名"太盛,被迫出仕清廷,晚年才得以回乡家居。"浮名"之累人如此,反不及故友们或死或遁,名节不堕,这怎能不令诗人深为叹息,借酒浇愁!

纵观全诗,前半首写"过吴江",是叙事;后半首写"有感",是抒情。然而,抒情之中,兼有叙事。首联"落日",诗人离吴江还较远;颔联"月痕生",渐渐接近吴江;颈联"市静",表明已经上岸;尾联"把酒",则是住下之后发现"交旧散",才对"酒"兴"叹"的。全诗按照时间先后依次描述,层次分明。因此,后半首既是写"有感",又是续写"过吴江"。同样,前半首的"落日"、"月痕生",暗示了明朝的覆亡、清兵的入侵,所以,它既是写"过吴江",又是预写"有感"。可见,在本诗中,叙事与抒情,"过吴江"与"有感",已经达到了相互渗透、不可截然分割的地步了。(朱则杰)

琴河感旧(四首选一)　　吴伟业

休将消息恨层城,　犹有罗敷未嫁情。
车过卷帘劳怅望,　梦来携袖费逢迎。
青山憔悴卿怜我,　红粉飘零我忆卿。
记得横塘秋夜好,　玉钗恩重是前生。

此诗写于清顺治七年(1650)秋,为名妓卞玉京作。玉京原名赛,字赛赛,号云装,入清后为免遭蹂躏,改著道人装,称玉京道人。她明慧绝伦,善画兰,能书,好作小诗,琴亦妙得指法,为明末江南才艺双绝的青楼女子,与李香君、柳如是、陈圆圆、顾横波、寇白门、马湘兰、董青莲齐名,人称"秦淮八艳"。

明朝末年,名士与名妓相恋,似为当时社会风习。侯方域与李香君、钱谦益与柳如是、龚鼎孳与顾横波等的爱情故事,在当时文坛传为佳话,而吴伟业和卞玉京也有一段难解的因缘。吴在《过锦树林玉京道人墓》序中曾回忆当日的情景:"(玉京)与鹿樵生(吴伟业号)一见,遂欲以身许。酒酣拊几而顾曰:'亦有意乎?'生固为若不解者,长叹凝睇,后亦竟弗复言。"虽然由于某种原因,吴伟业佯装不解,不敢大胆接受对方抛来的炽热的爱情彩球,没能与她成为眷属,但从他后来为玉京而写的数首诗词中,仍强烈感受到诗人对卞玉京难以割舍的绵绵情意,用"藕断丝连"来形容他们之间的感情,恐怕是再恰当不过了。

在明清易代之际,因受动乱影响,这一对昔日的情人各奔西东,音讯全无。顺治七年深秋时节,吴伟业在常熟钱谦益处作客,意外听说玉京自南京来到此地,便急于要和她见一面。主人钱谦益特派车去接她,但当她来到后,却托病不出见。她的不露面,实出意料之外,令梅村万感交集,怅然若失,于是沉埋已久的感情在胸中复萌,且化为笔底波澜,全部倾注在《琴河感旧》四章中。

这里选录第三首。一对曾经相亲相爱的恋人,尽管由于某种原因而未能结合,但他们依然将这美好的感情藏在心中,时间的流逝往往也不能冲淡这刻骨铭心的感情。此诗首联就是写他们两人虽相隔层城,天各一方,但旧情难忘。"层城"为古代神话中神仙所居之处,有九重,分为三级,上层称层城,中层称玄圃,下层称樊桐。后亦喻高大重叠的城阙。"罗敷"为古代美女名,这里指卞玉京。"犹有罗敷未嫁情",既表达了作者对玉京的眷恋,也写出玉京对梅村的钟情。

颔联表白自己对卞玉京的眷恋之深,几达到日思夜想的程度。"车过卷帘"用唐韩翃故事。韩与妓女柳氏相恋,后柳氏为番将沙吒利所劫,翃怅然难舍。一日,韩在城中偶遇柳氏乘坐的辇车,柳披帘相问,并约明日再见。次日柳氏果至,韩恋恋不胜情。这句是想象之词,诗人想象,玉京虽不面见自己,但她必定暗中窥看,关怀自己,还不胜惆怅呢。用一"劳(有劳)"字,使那想象中的玉京的"怅望"变得生动起来,此字极见才气。"梦来携袖费逢迎",是说白天思念而不可得,则寄之于梦,在梦境中他们终于携手相会。这句也是虚象,而以一"费"字点活,如果说"劳"字体现了诗人对玉京的崇拜,"费"字则体现了诗人的殷勤,这样就把作者的痴情淋漓尽致地表达了出来,想卞玉京读及此诗,恐怕也容不得她不动情。这二句虽写艳情,却以清丽委婉出之,笔淡意浓,犹如咬橄榄,愈嚼愈觉有味。

颈联为全诗中心所在。"青山"一作"青衫"。青衫为古代八品九品文官所服,后也泛指官卑职微。这里喻作者自己。"青衫憔悴""红粉飘零",不但对仗工整,而且内涵极其丰富,前者概括了作者入清之后的身世经历,后者则写出卞玉京的不幸遭遇,非常巧妙地表达了"同是天涯沦落人"的心境。钱谦益在读《琴河感旧》后,和诗四首,其《序》云:"顷读梅村艳体诗,声律研秀,风怀恻怆,于歌禾赋麦之时,为题柳看桃之作。彷徨吟赏,窃有义山、致光之遗感焉。"他明确指出,此诗缠绵悱恻,看似题柳看桃之作,实则有所寄托,一片身世之感,皆于言外见之。诗中反复咏叹"卿怜我","我忆卿",感情真挚,语言质朴,只这六个字简直胜过千言万语,读之令人凄然欲绝。

此诗前三联,作者让自己的感情肆意流淌,无所控制,就像山间溪流一般,汩汩而下,时舒时急,不时发出淙淙声响,引起人们的共鸣。然后尾联一个转折,好似溪流冲至潭底,汇成一泓清水,渐趋平静。"记得横塘秋夜好"二句,以回顾之笔,兜裹全篇,可谓情韵兼胜。"横塘"在今江苏苏州市吴中区西南,为当年卞玉京侨居之处,或是他们最初相见的地方。顺治八年(1651)初春,吴伟业再以扁舟见访,共载横塘,并将《琴河感旧》四首书以赠之。可见横塘为他们两人值得纪念的地方。"玉钗"指卞玉京。"前生"云云,则是诗人感慨之语,实指明亡以前。整首诗于爱中见怨,于恨中见怜,将儿女情长溶化在一片身世之感中,它虽是情诗,然不可以一般情诗视之。(高章采)

过淮阴有感　　吴伟业

登高怅望八公山①,琪树丹崖未可攀②。

莫想阴符遇黄石③，　好将鸿宝驻朱颜④。

浮生所欠止一死，　尘世无由识九还⑤。

我本淮王旧鸡犬，　不随仙去落人间⑥。

注 ①八公山：在安徽省寿县北五里，凤台县东南，山上有刘安庙。相传刘安门客有"八公"，能炼丹化金成山，埋金于地，白日升天（见《水经注·淝水》）。山因以得名。　②琪树丹崖：山中胜境的树石。琪树：玉树。孙绰《游天台山赋》："琪树璀璨而垂珠。"丹崖：朱红色的石崖。《晋书·宋纤传》："丹崖千丈，青壁万寻。"　③"莫想"句：阴符，即《阴符经》，我国古代论兵法的书。遇黄石，汉张良在下邳（今属江苏省）圯（yí，桥）上遇黄石公，传授《太公兵法》，阴符即指此。　④鸿宝：淮南王有《枕中鸿宝苑秘书》，言神仙使鬼物为金之术，见《汉书·刘向传》。驻朱颜：谓青春不老。　⑤九还：道家炼丹，循环九次而成丹中之珍者。　⑥"我本"二句：《神仙传》"淮南王好道，白日升天，时药置庭下，鸡犬舐之，尽得升天。"

　　甲申事变，崇祯自缢于煤山。曾世渥明朝隆恩又亲受崇祯顾遇的吴伟业，在家中"闻信号痛欲自缢"，因家人牵累、个性软弱而未果。后又与朋友相约剃发入山，亦未能践。为有这些背叛自己所认同赞赏的社会价值观的行为，他常沉浸于深深的愧疚与自责之中。甲申以后的十年间，他一直企图隐居乡曲，以减轻不能为明朝殉节的不安，并勉强保全自己的青史之名。然而清政府和一些下首阳的官僚并不愿让这样一个社会名流成为离心力量或独擅清名。终于，他无法抗拒清廷的征召，无法抗拒生存的挽留而去做"贰臣"了。从此，人格分裂的巨大痛苦更进一步煎迫着这位软弱而真诚的诗人，直到带着无限沉重的精神镣铐进入"诗人吴梅村之墓"（他既无颜署明朝官衔又不愿署清朝官衔）。这段应召赴京途中过淮时的感想，正是他晚年无休止的自责忏悔之一。

　　诗以淮南王升天故事作为抒情依托。诗人行次淮阴，想起了淮南王刘安升天之事，由刘安升天及鸡犬随去，想到崇祯"升天"而自己这个"旧鸡犬"却留在人间。他因怅而登高望远，远望又愈增其怅，遥望远方八公山上的树木山崖，他想象着传说中的当年发生在这里的故事。故事的神仙意味使他眼前望见的树石都带着海市蜃楼般的神仙色彩，成了"琪树丹崖"。当他做梦一般连想带望地对着这时空睽隔的神仙胜境时，心中交织迭现着升天和炼丹求仙两种神仙活动，在遇黄石、得阴符，起兵反清这样的事已不可再想的情况下，自己所值得追求的不也是得鸿宝、服食成仙吗？然而事实是什么呢？他不仅不能反抗清廷，今天反而还要被迫出仕，做背叛明朝的贰臣。琪树丹崖既离自己那么杳远，这尘世之中，哪里可觅能致长生的九还丹呢？想到人还是要死，今天却没有死，名裂而身仍将败，两无所得，他简直要哭，可是欲哭无泪，哭又有什么用。"淮王"升天了，我不随他去，落到今天的地步，然而不随不也是自己选择的吗？随，就要死！死得了吗？为什么这个人间最大的二难选择偏偏降临到我的头上。从诗的最后两句中似乎可以看到，诗人心中的"怅"此时又一次无限膨胀，他简直要发疯了。

　　本诗的故事外壳是因地起兴造成的，同时也是正要仕清的诗人应有的口吻。在当时的现实条件下，借事抒情应是诗人习惯性的口吻，直接讲自己心系故国显然不合时宜。不过这个外壳没有减弱情感的强烈程度，反而使情感显得更加深沉。皇帝的死常被称作升天，诗人所作《圆圆曲》的第一句亦云"鼎湖当日弃人间"，以淮南王升天故事作喻，并将自己比作鸡犬，取譬是巧妙的，它既确切地表达了诗人自己心目中的君臣关系，又浑成地传达了诗人要表达的"我不应还活着"这样一种感情。诗的中间两联有较大跳跃，情感流动没有明显的线索可以寻

绎。这种跳跃正是诗人生与死、灵魂与肉体的强烈矛盾冲突纠结的反映。（沈金浩）

登金山寺塔　　杜　濬

极目非无岸，沧波接大荒。
人烟沙鸟白，春色岭云黄。
出世登初地，思家傍战场。
咄哉天咫尺，消息转茫茫。

崇祯十四年(1641)，张献忠再度攻破襄阳东进。作者避兵离开湖北家乡，流落江宁、扬州一带。游经镇江时，曾作金山、焦山诗多首，本诗即为其中之一。

首联是登上金山寺塔后的初眺。塔在金山顶上，而金山其时还在江中，尚未与南岸完全毗连。登塔俯眺，尽管两岸都在视野之内，吸引着目光的却首先是滔滔的长江。"极目""沧波""大荒"，从气势上映示了塔势的高峻，也显示了诗人心宇的浩茫。

次联是塔上的进一步所见，目光渐及江岸的人境。塔下新长成的沙地上，鸥鸟出没；城中露现的座座峰头，黄尘漫漫。诗中有意将实际存在的"人烟""春色"处理为一种隐约的感念、抽象的背景，而以"沙鸟白""岭云黄"的直观印象与之搭配和叠加，暗喻了人烟的冷落、春光的惨淡，更见出了苍凉的心绪。

"初地"为释教术语，意谓初得真念之处所。"出世"云云，扣合"金山寺"的题面，又与金山寺塔塔势的凌空相应。然而诗人登上寺塔，不仅没有消释尘世之念，反而更强烈地思怀故乡，忧念战火中的家园。他奇怪的是，尽管此刻去天咫尺，为何家乡的消息转觉茫茫了呢！"茫茫"二字，与前四句的眺望所见遥遥呼应。作品的这一结尾，点明了登塔"极目"的真实意向。

这首五律前半写景，后半抒怀，然而每一联中都隐然可见金山寺塔的孤标高峻，每一联中也都可读出作者登高心情的沉郁悲凉。杨际昌《国朝诗话》谓："杜茶村《金山》诸律，……胸孔眼界，超出寻常。"这正是因为作者"伤心人别有怀抱"，而又以情景交融之笔曲曲表出的缘故。吴梅村为五言近体的大家，但他自己承认："吾于此体，自得杜于皇金、焦诗而一变，然犹以为未逮若人也。"（见杜濬《祭少詹吴公》)此诗的影响于此可见一斑。（史良昭）

扬州访汪辰初　　钱澄之

关桥乍泊旋相访，问遍扬州识者疏。
市井草深寻巷入，江城花满闭门居。
僮惊客到饶蛮语，箧付儿收只汉书。
我过七旬君逾八，笑啼同是再生余。

　　钱澄之早年曾在南明永历朝从事抗清斗争,失败后归隐田园。《扬州访汪辰初》作于康熙二十二年(1683),写诗人自家乡安徽桐城往扬州访问当年的抗清战友汪蛟(辰初其字)。原题凡二首,此为其一。诗歌表面上看似不经意,实际上却处处有讲究。

　　首联"关桥乍泊旋相访,问遍扬州识者疏"。两句字面点题,内部却如苏州狮子林布局,层层转折。诗人坐船刚刚靠岸,就马上去寻访汪蛟,这是一层转折,反映出诗人迫不及待的急切心情。但诗人问遍了整个扬州,认识汪蛟的人却很少,这又是一层转折。"问遍扬州",不免有点夸张,然而正表明诗人访友怀着极大的耐心,可见其对友人感情之深;"识者疏",则暗示汪蛟在埋名隐姓,坚持做遗民。上、下两句之间,又构成一层大的转折,即诗人急欲访友,却又不容易访得着。如此写法,波澜起伏,语意拗峭,见出诗人无限笔力。末了"识者疏"的"疏"字尤具匠心,假如改用"无"字,那么认识汪蛟的人既然没有,诗也就做不下去了;正因为尽管少,但毕竟还有那么几个人知道,所以才可能有下文访问的具体过程。

　　颔联"市井草深寻巷入,江城花满闭门居"。两句写访问途中。所谓"市井草深"、"江城花满"云云,一方面形象具体地写出了汪蛟的隐居生活,另一方面客观而又曲折地反映了经过清兵大屠杀之后的扬州的萧条景象。这里特别值得注意的,是"草"与"花"二字相对举。在古代诗词中,"草"和"花"这两个意象同时出现,往往有它特定的含义,那就是借以抒写今昔盛衰之感。如明初曾棨《维扬怀古》:"楼台处处迷芳草,风雨年年怨落花。"这是在扬州凭吊隋炀帝之作。又如清初吴伟业《鸳湖曲》:"芳草乍疑歌扇绿,落英错认舞衣鲜。"此诗为明末大官僚吴昌时而作,说他起初飞黄腾达,后来却被逮捕处斩;昔日"舞衣""歌扇",最终都化为"芳草""落英"。此外如屈大均《春日步出青溪寻东园故址》:"芳草又教南苑失,飞花曾拂翠辇过。"《旧京感怀》二首之一:"燕雀湖空芳草长,胭脂井满落花肥。"乃至《红楼梦》第十八回大观园"文采风流"对联"绿裁歌扇迷芳草,红衬湘裙舞落梅"等等,都是这样一种用法。因此,钱澄之在这里用"草"和"花"而不用"树""藤"之类,实际上也深寄着诗人国破家亡、沧海桑田的无限感慨。至于"闭门居"云云,则回过头来交代了所以"问遍扬州识者疏"的原因,与上文相照应。

　　颈联"僮惊客到饶蛮语,箧付儿收只汉书"。两句写抵门入室。上句说的是"客"即诗人自己,但却从汪蛟的家僮着眼。家僮吃惊,其"惊"者有二。一是"客到"。平素"识者疏"、"闭门居"的家里,这天竟突然来了一位客人。其次是此"客"又"饶蛮语",亦即异乡口音很浓。钱澄之长期追随永历朝廷,浪迹闽粤滇桂,自然难免多"蛮语"。本句中,"僮"安排得特别好,如果换作汪蛟,那么老友之间就没有这类可"惊"之事了,同时,"僮"先出现,既符合当时的社会礼仪,又引出下文的主人汪蛟,叙述更有层次。此联下句是写汪蛟的为人和气节,但又联系其儿子来表现。汪蛟和钱澄之一样曾在永历朝做官,并且"甚显赫",但回家以后,箱子里交付儿子收藏的却只有一部《汉书》,由此可以想见其旧日为官之清廉。当然,书决不会真的只有一部《汉书》,那么诗人为什么偏举《汉书》而不举《尚书》之类的其他典籍呢? 这里至少有两个原因。一是以《汉书》作一般史书的代名词,借指汪蛟记载南明抗清历史的《滇南日记》,如《扬州访汪辰初》第二首所云"难危纪事异时传"。二是借《汉书》表现汪蛟的民族气节,关键在于"汉"字。汪蛟只付《汉书》给儿子,不仅反映了他本人的坚强气节,而且还暗示了他用这种气节来教育后代,从而进一步烘托出这个爱国遗民的坚贞形象。

　　尾联"我过七旬君逾八,笑啼同是再生余"。两句写会面情景。一对抗清战友,钱澄之年过七十,汪蛟年过八十,如今白头重逢,这是一件值得高兴的事,所以"笑";而他们坐在一起,势必为故国沦亡而感叹,所以"啼"。一个"同"字,既指两个人都是身经患难,死里逃生的抗清志士,又指两个人的"笑啼"具有共同的内容和感情。灵犀一点,息息相通,两位爱国遗民的松雪清姿,宛然如在目前。至此,访问也就结束了。

全诗扣住一个"访"字,顺序描写,层次分明,条理清楚。第一句的"访"字,勾联访问者钱澄之自己和被访问者汪蛟。第二句一分为二,前四字"问遍扬州"的人是自己,后三字"识者疏"的人是汪蛟。中间四句依次分述二人。第三句"寻巷入"写自己,第四句"闭门居"写汪蛟;第五句承第三句,写"客"自己;第六句承第四句,写主人汪蛟。第七句前四字"我过七旬"是自己,后三字"君逾八"是汪蛟,重新合二为一。至第八句,用一"同"字收拢。全诗从合到分,又从分到合,构成一个首尾相应、完美无缺的艺术整体。可见,这首诗从具体叙述到整体布局,都值得我们细细品味。(朱则杰)

落花诗（选一）　　归　庄

江南春老叹红稀,树底残英高下飞。
燕蹴莺衔何太急,溷多茵少竟安归?
阑干晓露芳条冷,池馆斜阳绿荫肥。
静掩蓬门独惆怅,从他江草自菲菲。

归庄是明代著名文学家归有光的曾孙,身处明清易代之际,其诗颇有磊落不平之概,悲歌慷慨之情,当时人们将他与同邑友人顾炎武并称为"归奇顾怪"。《落花诗》乃是诗人在清朝统治已渐巩固时所作,共有十二首,这儿选的是第一首。据归庄自序说:"我生不辰,遭值多故,客非荆土,常动华实蔽野之思;身在江南,仍有大树飘零之感。以至风木痛绝,华萼悲深,阶下芝兰,亦无遗种。一片初飞,有时溅泪;千林如扫,无限伤怀!"可知他写这组诗实是为了抒发亡国之痛。

首联便直切诗题,描绘了江南春天即将过去,群英凋残飞落的一片凄凉景象,与杜甫《曲江二首》之一开头两句"一片花飞减却春,风飘万点正愁人"机杼略同。诗中春老红稀的境况实是抗清运动趋向衰落,抗清志士或死或散的隐喻,透过一个"叹"字,我们便已看出诗人内心的悲苦之情。应当注意的是:"春老"非春尽,"红稀"非红灭,"高下飞"犹言上下飞,也不是直接坠落,这表现诗人似乎尚未对抗清事业完全绝望。

颔联二句,诗人道:燕子蹴踢花枝,莺儿叼啄花朵,摧残好花是多么急切,而粪坑般秽浊之地是那么多,锦茵般雅致之地是那么少,让那些芳洁的落花坠向何处?"燕蹴莺衔"语出杜甫《陪诸公上白帝城头宴越公堂作》"燕蹴飞花落舞筵"与常衮《咏玫瑰》"莺衔入夕阳",但一反原文的柔婉轻快而予人一种恻怆沉重之感。"溷多茵少"则用《梁书·范缜传》典故。按范缜曾说:"人之生譬如一树花,同发一枝,俱开一蒂,随风而堕,自有拂帘幌,坠于茵席上;自有关篱墙,落于粪溷之侧。"此处化"坠茵落溷"为"溷多茵少",意义自有改变,不是对人生的一般感叹而是对现实的直接谴责。二句充分写出了在清朝残酷镇压下志士无处容身的险恶形势。

颈联语势渐转。"阑干"句以落寞栏杆畔的"冷"芳枝比喻全节守志者，"池馆"句以华贵园墅中的"肥"绿叶比喻屈节降志者，一正一反，对比鲜明，言辞虽不涉褒贬，但字里行间，爱憎自见。"晓露"既以"露"清而洁暗示仁人志士的坚贞，又以"晓"隐寓恢复神州仍有一线希望。"斜阳"则既讽刺仕清降清者"夕阳无限好，只是近黄昏"，又诅咒清朝异族统治"日薄西山，气息奄奄"。

最后，诗人以其诗句表现出他"苏世独立，横而不流"的坚定意志和"众芳芜秽，美人迟暮"的悲凉感情。"静掩"句上应"阑干"句，一个"静"字、一个"独"字，分明刻画出诗人"义不帝秦"的高尚人格。"江草菲菲"喻不讲气节的小人，则与上文"绿荫肥"绾合，见出其对"兰摧玉折，萧艾为荣"的极端鄙夷。全诗以叹群芳凋零起，以慨江草菲菲结，语语紧扣主题，诚如吴伟业评语所云："流丽深雅，得寄托之旨，备体物之致。"而宋琬"以磊落崎嵚之才，为婀娜旖旎之词，兴会所至，犹带英雄本色"之誉美，则有助于我们从《落花诗》的字面下感受到归庄那一股倔强不屈之气。（庞　竖）

精　卫　顾炎武

万事有不平，尔何空自苦。长将一寸身，衔木到终古？我愿平东海，身沉心不改。大海无平期，我心无绝时！呜呼！君不见西山衔木众鸟多，鹊来燕去自成窠。

这首诗作于顺治四年（1647）。精卫是上古神话中的神鸟，又名"誓鸟""志鸟"。《山海经·北山经》说它原为"炎帝之少女，名曰女娃。女娃游于东海，溺而不返，故为精卫，常衔西山之木石，以湮（填）于东海"。诗歌即借咏精卫，来抒写诗人坚定的抗清复明之志。

这首诗可以分为三个小节。第一小节四句，是问精卫，大意说，天下许多事情都有不平之处，看开些算了，你为什么唯独要白白地自己受苦——总是以小小的躯体，永远不停地叼衔木石呢？第二小节四句，是精卫答，大意说：我的志愿是要填平东海，纵然力竭身沉，心也决不改变；大海不出现填平之日，我的心也就不可能有断绝之时！第三小节即最末三句，诗歌荡开一笔，引其他鸟类来作对照，感叹西山衔木之鸟虽多，可是那些燕、鹊之类来来去去，却一个个都只是为自己做窝。

这首诗取材于《山海经》，但艺术构思却与《山海经》不同。它运用对话的形式、对比的手段，来刻画、塑造精卫的形象。《山海经》只是对精卫的行为做叙述；这首诗前面两个小节，却采用了一问一答的对话形式，以此明确揭示了精卫的内心世界，直接反映了精卫矢志平海、不惜捐躯的崇高精神。同时，《山海经》除精卫之外，也还写到了其他许多的鸟类，但只是"各自为政"，分别叙述；这首诗后面第三小节，却有意拿这些只顾"自成窠"的"众鸟"来同立志填海的精卫进行对照，从而进一步反衬出精卫之伟大，塑造了"志鸟"这个光辉的艺术形象。

这首诗题咏精卫，寄托着深刻的寓意。清兵入关以后，广大汉族人民纷纷奋起抗清，许多爱国志士甚至不惜献出生命。但是,也有那么一些人在这民族危亡之际,只顾图谋个人利益,甚至屈膝投降,腆颜事清,如顾炎武在其他有关诗作中所感叹的:"千官白服皆臣子,孰似苏武北海边?"(《千官》二首之一)"谷口耕畲少,金门待诏多!"(《关中杂诗》五首之三)不言而喻,上面这首诗所写的精卫,实际上就是爱国志士的化身;而燕鹊之流,则可以说是民族败类的喻体。从这个意义上来讲,这首诗不妨称之为寓言诗。诗人正是通过这样一个寓言,热烈讴歌了爱国志士志"平东海"的崇高精神,无情鞭挞了民族败类只顾"自成窠"的可耻行径。

　　这首诗的深刻寓意,还体现在一些用法微妙的典故之中。如上文已及,《山海经》说精卫是由"炎帝之少女"变化而来,而根据古老的传说,汉族人民都是上古炎帝和黄帝的后裔,也就是通常所说的"炎黄子孙"。所以,诗歌借"炎帝之少女"衔木填海、立志复仇的神话故事,来象征汉族人民抗清复明、报仇雪耻的现实壮举,显得分外贴切。此外,如末尾引"众鸟"与精卫作对比,特地拈出"鹊"和"燕",也暗合了《史记·陈涉世家》之语"燕雀安知鸿鹄之志哉?"("鹊"、"雀"同音。)这是秦汉之际陈胜(即陈涉)年轻时说的一句话。所谓"鸿鹄之志",就是要推翻秦王朝之志。而"鹊来燕去自成窠",也就是说那些民族败类不懂得"鸿鹄之志",根本不想匡复故国,而甘心做亡国奴。由此可见,这些细微之处,都体现了诗人的用心深远,不可忽视。诗人在明亡之后,把自己的原名"绛"改作"炎武",联系上文所说的"炎帝"来看,这一改动,正证明了他坚定的民族立场。而从诗人的经历本身看,他早期从事抗清斗争,失败后又著书立说,为后人提供反清的历史规鉴,整个一生,都毫无懈怠地为自己的民族奉献着心力,完全具有"精卫"的"我心无绝时"的精神。因此,可以说,诗人笔下的"精卫",虽然不仅仅是他一个人的形象,但诗人的一生所为,使他本人也完全有资格充任"精卫"的化身。(朱则杰)

又酬傅处士山次韵①　　顾炎武

清切频吹越石笳②,　穷愁犹驾阮生车③。
时当汉腊遗臣祭④,　义激韩雠旧相家⑤。
陵阙生哀回夕照⑥,　河山垂泪发春花。
相将便是天涯侣⑦,　不用虚乘犯斗槎⑧。

注 ① 傅处士:傅山,字青主,山西阳曲人。明亡后着道士服,隐居土穴,以医为业。康熙中征举博学鸿词,不应。 ② 清切:形容乐声悲切凄凉。越石笳:晋刘琨字越石,据《晋书·刘琨传》中说,他曾在晋阳(今山西太原)被胡骑围困,城中窘迫,于是他中夜奏胡笳,贼又流涕歔欷,有怀土之切。向晓复吹之,贼并弃围而去。 ③ 阮生车:阮生指阮籍,字嗣宗,三国时魏人,司马氏篡魏后,他愤然抱不合作态度,常独自驾车出游,但不循路径,走到无路处即痛哭而返。 ④ 腊:岁终祭祀。据《后汉书·陈宠传》载,陈宠的祖父陈咸在汉成帝和哀帝时为官,王莽篡帝位后,他辞官归里,闭门不出,在家里仍用汉家祖腊。有人问他,他说:"我先人岂知王氏腊乎!" ⑤ "义激"句:张良祖上五世相韩,韩国被秦灭亡后,张良悉以家财求客刺秦王,为韩报仇。 ⑥ 陵阙:指明代帝王的陵园宫殿。 ⑦ 相将:相互扶持。 ⑧ 犯斗槎:张华《博物志》:"近世有人居海渚者,年年八月,有浮槎去来不失期。人有奇志,乘槎而去,十余月,至一处,有城郭状,居舍甚严。遥望宫中多织妇,见一丈夫牵牛渚次饮之。问:此是何处?答曰:君还至蜀郡问严君平。因还至蜀问君平。曰:某年某月日,有客星犯牵牛宿。记其年月,正是此人到天河时也。"

　　康熙元年(1662)秋,顾炎武由河北入山西,在太原结识了著名的诗人和书画家傅山,由于两人思想、学问上颇多共鸣之处,因此一见如故,成为知交。次年春天,顾氏外出回家,途中遇见傅山，傅山遂作了一首《晤言宁人先生还村途中叹息有诗》，其言曰："河山文物卷胡箛，落落黄尘载五车。方外不娴新世界，眼中偏认旧年家。乍惊白羽丹杨策，徐领雕胡玉树花。诗咏十朋江万里，阁吾伧笔似枯槎。"顾炎武因此写了两首答诗，这是其中之一。

首联说傅山在明亡之后犹感念前朝，往往中夜啸歌，慷慨述志；驾车出游，穷途而返。这里用了刘琨和阮籍的典，虽是称赞朋友，然也隐然自况。颔联也用了两个典故，进一步说明傅山心中悲愁与不平的原因：就像王莽篡位后仍坚持用汉朝腊祭仪式的陈咸和韩亡以后毁家纾难、为韩复仇的张良一样，傅山也时时不忘前朝，愿为恢复朱明而奔走出力。颈联由述情而宕开笔去，勾勒出一派悲凉的景象：在夕阳的斜晖中陵阙显得一片凄凉，艳丽的春花像是由河山的泪水浇灌催发。这两句其实也是虚写，只是作者的拟想之辞。李白的《忆秦娥》词中有句："西风残照，汉家陵阙。""陵阙"句即由此化出，这里也暗指明朝皇帝的陵园与明朝的宫殿，表达了深沉的故国之思。"河山垂泪"一句则本于杜甫的"感时花溅泪"，然感情沉挚而自铸新词，可谓巧于变化。作者于此著一景语，不仅说明江山易主，时事日非的现实，而且通过"生哀""垂泪"等语抒发了自己与傅山的遗民情绪。尾联谓只要相互扶持勉励，便如漫游天涯的同道之人一样，何必一定要去作乘槎渡海之行呢！这里顾氏谓朋友之间的勉励胜过远行遁世，似有委婉的劝告之意。

这首诗体现了顾炎武诗歌的艺术成就，这首先表现在用典的精到贴切。此诗的前四句连用四典，"陵阙"一联变化李、杜诗句而来，最后用张华《博物志》上的故事，真可以说无一字无来历，表现了顾氏对历代典籍的烂熟于心。而且用典极为切当，如首句用刘琨事，因此时作者正在太原，所以就首先用了有关太原的典。其次，语言的古雅凝练而富于形象也是本诗的特点。不少句子十分警策，如"时当"一联虽然纯以咏古出之，然一种不仕新朝的遗民忠节显然可见。"陵阙"一联熔铸前人诗句而不露痕迹，而且将自己的感情融入景中，形象与感情交织在一起。另外，此诗是次韵之作，即必须按照傅山原诗的韵脚用字来押韵，顾氏却能不受束缚而挥洒自如。有人说格律诗如戴着脚镣跳舞，那么此诗便是跳得十分成功的一例。
（王镇远）

舟中读书　　宋　琬

久抛青简束行縢，白鸟苍蝇甚可憎。
身是蠹鱼酬凤债，黄河浪里读书灯。

这首诗前三句平平：诗人说自己已经好久抛开了青简（竹简，这里指书籍），腰束行縢（téng，干粮袋）四处奔波，加上路途上白鸟（蚊子）和苍蝇之扰，其实也无法读书；但他毕竟是一条蠹鱼（书蛀虫），读书是他前世欠下的债，为了还这个债——于是，结句"黄河浪里读书灯"就跳出了！这一跳出，潇洒雄丽、境界大开，不得不令你拭目相看了。

"河出伏流，一泻汪洋。"到过黄河的人们，谁能不被它九曲横空、万浪啸天的气势和力量所震慑？它那狂放无羁的暴烈和雄奇，也似乎只有同样狂放无羁的诗仙李白，才足以挥动如椽巨笔,为之写照传神——

>"黄河万里触山动,盘涡毂转秦地雷。""巨灵咆哮擘两山,洪波喷流射东海"(《西岳云台歌送丹丘子》)!

这就是李白描摹过的那水来"天上"、波颠万里的壮奇黄河。

而今,正是从这一派震荡天地的黄河浪影里,驶出了一艘傲岸不驯的行船。时令正当秋夜,水天一片迷蒙。但在波涌浪叠的船窗前,却可见到我们的诗人宋琬,正须髯飘飘,就着高烧的烛灯,执卷诵读!

倘若这是在庐峰月下,对茅窗孤灯,聆松涛千仞,那境界一定将格外清美幽纱的吧? 倘若这是在西子湖畔,仰修竹数竿,听游鱼唼喋,于执卷吟赏之际,也一定会更添几分韵致的吧? 但"黄河浪里读书灯"之句,却把这"读书"的背景,转换在了壮奇雄阔的浪涛之间,而且是在烛照浪影的舱间"灯"下,那境界又岂是上述二境所可比拟?

此刻的舱中当然也是幽清的,幽清得连一只令人憎厌的蚊子苍蝇都没有。然而这幽清,又是以何其惊心动魄的舱外之景为陪衬的呵:浩荡的黄河在夜天下狂暴喧腾;荧荧的船火,还可照见一阵又一阵掀天浊浪崩裂眼前;涛声隆隆,如疾雷碾过船之两舷! 正是在这样的背景上,突然推出挑灯抚髯、执卷而诵的诗人近景,那气度和仪态,该带有怎样一种睥睨古今、笑傲万浪的沉静和潇洒!

如果说"黄河浪"所蕴含的,是极大的动荡之境;那么"读书灯"所显示的,则是迥然相异的静谧之境。这两者本来很难相容,诗人却以身临的浪舟读书之兴,将它们奇妙地组接在了一句诗中。大"动"与大"静"由此相反相成,雄奇的"黄河"夜浪之涌,与潇洒的诗人"读书"身影,由此相叠相印,辉耀了整首诗行。一个为前人意想不到的崭新诗境,在行舟黄河的诗人宋琬笔底,就这样兴象峥嵘地创生了!

这诗境的创生虽说出于偶然,却是宋琬悲苦生涯中哀愤之情的必然触发。倘若不是在顺治七年、康熙元年"两度系狱",饱尝过宦海沉浮的险恶"风涛";倘若不是憎恶于"白鸟(蚊子)苍蝇"式谗人的陷害,厌倦于"久抛青简束行滕"的仕途奔波,而向往着一种放浪无羁的自由生活——那么,宋琬又怎么会觉得,黄河的"掀天浊浪",并不比"人间"的风涛险恶(见《渡黄河》诗)? 又怎么会激发在"黄河浪"中化身"蠹鱼",挑灯诵书而一"酬凤债"的豪兴?

由此反观此诗之前三句,你便不会因为它们的吐语平平而以为无足轻重了——其实,"久抛青简束行滕"之卑陋,"白鸟苍蝇甚可憎"之烦嚣,恰都是运笔上的一种铺垫和反衬。它们之存在,正是为了在结句中造成诗情的巨大逆转,以翻出一个与之截然不同的人生境界。有了这卑陋和烦嚣的反衬,"黄河浪里读书灯"之境,便愈加见得雄奇潇洒、超世脱俗,而令你无限神往了。(潘啸龙)

初秋即事　　宋　琬

瘦骨秋来强自支,愁中喜读晚唐诗。
孤灯寂寂阶虫寝,秋雨秋风总不知。

宋琬才气充沛,作诗往往"举头天外,才许落墨,不愧五岳起方寸语",故沈德潜《清诗别裁》盛推其诗"以雄健磊落胜"。

不过诗人一生遭遇,毕竟"丰少屯多",影响到他的创作,于雄健磊落外,便又"多愁苦之音"(邓之诚《清诗纪事》)。这首《初秋即事》,正是诗人落魄晚景中的"愁苦"之作。

题目标明"初秋",从诗中所述看,又是在沉沉夜分。这对一位老年诗人来说,无疑更多了一重哀冷凄衰之感。起笔"瘦骨秋来强自支",即以萧瑟的笔意,为自己勾勒了一幅神情索漠的肖像:秋风初起,衰飒满庭。"瘦骨"嶙峋的诗人,正强支羸弱之体临窗而坐。在如此风声淅沥的夜晚,就着一炬摇曳的灯烛执卷诵读或伏案疾书,大抵已是宋琬常年形成的习惯了吧?回想他才气初露的青年时代,值此把笔临风之际,该是何等意气雄迈——那荧荧的烛火,曾照见多少奇文佳句,从他笔底挥洒而出!而当他高中进士、官授户部主事以后,又曾多少次烛灯高烧,神色庄重地端坐窗下,披阅着来自各地的公文?

然而,接着而来的"被诬系狱"、"流寓江南",很快就将他青春的梦想、半生的追求破碎了!人生本就短暂,又怎经得起这许多祸难的折腾? 当宋琬历尽宦海"风涛",再度在秋气凛凛中临窗执读时,竟已成为如今这样巍巍颤颤,需要"强自"支撑的老人——那"瘦骨"凸露的弱躯,又何堪再对飒飒满窗的秋风!

由此品味诗之起句,便觉在萧瑟的笔意中,实包含着这位暮年诗人"秋来"临窗的几多悲凉和无奈。而随着次句"愁中喜读晚唐诗"的跳出,你还可知道,诗人此刻正在灯下诵读唐诗。但他所读的,既不是"颠风簸海"、豪逸狂放的李白诗,也不是瑰奇雄俊、"气格遒上"的岑参诗,更不是"沉雄博大"、浩荡八极的杜甫诗——这些表现着奋扬的人生意气、高亢的事业追求和热烈的情感宣泄的"盛唐之音",似乎再也不能激发宋琬的壮心,而只能成为他平生蹉跎和老来潦倒生涯的一种辛酸、苦涩的反讽了。

宋琬现在"喜读"的,恰正是如他的人生一样步入衰暮的"晚唐"之诗,即充满了理想破灭、盛时不再的哀慨和忧思的感伤之作。这其中是否有杜牧那"仙掌月明孤影过,长门灯暗数声来"的《早雁》之咏? 或是李商隐那"秋阴不散霜飞晚,留得枯荷听雨声"(《宿骆氏亭》)的感怀之叹? 或是杜荀鹤那"今来县宰加朱绂,便是生灵血染成"(《再经胡城县》)式的忧时悯乱之慨? 这样的"晚唐诗",当能更契合同样饱经祸乱的诗人宋琬的心境,而引起他的"含思悲凄"和"流情感慨"(徐献忠评晚唐诗人杜牧语)吧?

而且读者须注意:诗人宋琬之"读晚唐诗",恰又是在"愁中"。则这样的"喜读",又何"喜"之有! 只能在本已撩拂不去的愁思中,更增添几分哀慨和忧伤罢了。此刻"孤灯"幽幽,庭院"寂寂",连阶下常闻的虫鸣,也久已"寝"声。唯有屋外的秋风,忽又挟带着急骤的夜雨,叮叮地扫往窗、门。但我们的诗人却全然不觉——他是在愁苦的朦胧中睡去了? 还是因为"读"诗入神,已完全沉浸在了"夕阳无限好,只是近黄昏"(李商隐《乐游原》)、"月落子规歇,满庭山杏花"(温庭筠《碧涧驿晓思》)的酸楚吟哦之中,乃至于"秋雨秋风总不知"了?

这结句当然还可从另一意义上涵泳。一位在宦海浮沉中消尽意气的"瘦骨"老人,带着步入衰秋的不尽"愁"思,在沉沉夜分读那充满感伤韵味的"晚唐诗"。这其间的凄冷和酸楚,幽幽"孤灯"虽然照见,却只能无语垂泪;阶下的秋虫虽然感受,也只能悄然寝声。倘若"秋雨秋风"能知晓诗人的心境,便不该在这样的夜分飒然并作。但风雨毕竟是无情之物,又怎能理解诗人的凄苦,而从此在窗头静歇? 如果诗人之意真是这样,则诗至结句,更将愁苦的诗境,交

汇在了一派无可告语的凄风苦雨之中了！（潘啸龙）

上巳将过金陵　　龚鼎孳

倚槛春愁《玉树》飘，空江铁锁野烟销。
兴怀何限兰亭感，　流水青山送六朝。

　　金陵，东吴、东晋、南朝的宋齐梁陈均建都于此。隋唐以后，政治中心往北转移，自刘禹锡《石头城》的"山围故国周遭在，潮打空城寂寞回"起，金陵几乎成了咏史怀古的一个专题。在本诗中，诗人于阴历三月三日（上巳日）过金陵，触景生情，抒写他的幽怨暗恨，兴亡之感，但不止于吊古，更有伤今的寓意在。

　　怀古寄慨的诗一般写得比较虚，这首诗更为空灵。作者采用了近似意识流的艺术手法，把六朝的兴亡故事按自己意识流动的顺序组合在一起，展开一幅似断似续的历史长卷，有意造成一种如梦如呓的情调气氛，从而让我们从诗人暗示给我们的重重历史帷幕中体味他的深意。

　　第一句"倚槛"二字，是诗中唯一直接描写作者的词语，槛，栏杆。这槛，恐怕也是前朝遗物，"雕栏玉砌应犹在，只是朱颜改"的伤感顿时把作者推进那过去与现实混杂的梦幻中去。此时已是暮春时节，萦怀的春愁，此时也变得具体了，似乎陈后主制作的《玉树后庭花》的亡国之音，正在金陵城内飘萦。是啊，六朝荒唐的君主们，陈后主算是典型的一个，他自谱新曲，填以绮语，谁料楼头笙歌未彻，隋兵已迫都门，南朝就在歌舞淫乐中消亡了。

　　第二句仍是诗人"倚槛"时意识的流动。诗人从陈后主又想到了东吴。东吴的亡国之君孙皓凭借长江天险，江中暗置铁锥、铁链横锁江面，自以为固若金汤，可以高枕无忧。但晋朝的大将王濬用大筏冲走铁锥，以火炬烧断铁锁，顺流鼓棹，直取金陵，东吴也就可耻地灭亡了。"空江铁锁野烟销"概括这一历史事件，同时也抒发作者的历史感慨。"空江铁锁"，即"千寻铁锁沉江底"，"野烟销"，江上的烟火早已消失，东吴也早已变成了历史，空空的江面，宁静的原野，让刚经历了易代的作者感到困惑、迷惘，还有几分失落感。

　　诗的前两句看似随手拈来，其实剪裁上颇具工力。东吴虽有防御而灭，陈因无抵抗而亡，正反两个典型，阐明了"兴废由人事，山川空地形"的深刻道理。更重要的是，怀古必得伤今，这在第三句中将得到说明；其实，本诗为六朝而说，更是为南明王朝而说。历史的顺序先吴后陈，诗却先陈而后吴，这表现了作者对南明王朝的评价。南明弘光帝在金陵即位，不仅不思恢复，连半壁江山也不图治理，只顾选歌征色，淫纵无度，以至清兵挥师南下，长江防线将孤兵寡，清兵势如破竹，弘光朝顷刻灭亡。本诗的前二句的顺序，正是对这个小朝廷覆没的原因作了探索：对弘光朝来说，"玉树飘"是因，"野烟销"是果，唯有荒淫在先，始有国亡在后。

　　第三句是全诗的关键。"兴怀"，心中引起感触；兰亭，在浙江省绍兴市西南。东晋永和九年(535)上巳日，王羲之和友人于此修祓禊之礼，写下了著名的《兰亭集序》。本诗正作于上巳日，作者由此想起兰亭的雅会，触动《兰亭集序》中的兴怀，这是诗的表面意思，也是作者设置的又一历史烟幕,使诗意更加深奥曲折。这里的"兰亭感",是指《序》中所云:"后之视今,亦犹今之视昔,……虽世殊事异,所以兴怀,其致一也。"作者正是由此引发出他的兴亡之感。明朝覆亡,后人将如何评论?会不会像我们今天感叹六朝的衰亡一样?是否会在丧国失地的金陵昏君行列里又加上明朝末年的一位呢?作者是降清的贰臣,所以他自然不像遗民诗人那样为故国哭泣;但明朝的灭亡,毕竟也是必然之势,作者从历史的宏观来评论刚发生的易代事变,虽缺乏对故国的感情,但不能不说是具有冷静的史识。

最后一句是第三句的进一步申发。长江依然东去,山峦依然青翠,它们永远是金陵的主人。一个"送"字写出了六朝的短促,它们如同匆匆的过客,转眼间烟飞云灭。山河依旧,人事已非,是一个永远令人伤感困惑的主题,"人世几回伤往事,山形依旧枕寒流"(刘禹锡《西塞山怀古》),"江山不管兴亡恨,一任斜阳伴客愁"(包佶《再过金陵》),都是这个主题下唱出的佳篇,比较之下,"流水青山送六朝",更含蓄,更寓意悠长:金陵的流水青山送走了六朝,又怎能保证永远挽留明朝呢?它们都如《玉树》歌曲之飘散、江上野烟之消逝。六朝距今远些,明朝距今近些,但从历史长河的角度看,它们均不脱匆匆过客的身份,那么,人们若对六朝的兴亡故事已经淡漠了,又何必为明朝的灭亡悲戚呢?还是想开一些吧,不必为消逝的一切而哀伤,应该看到青山不老、绿水长在,振作人的精神,继续生存下去。"青山流水"的结句,把历史和现实联结起来,看成动态的长河,既表达了作者比较通达的历史观,也使人读之有超然于王朝争斗之外的感觉:对人来说,最亲近的朋友是自然山水,而不是什么一姓一朝。撇开此诗的作者是谁不谈,我们如承认"青山依旧在,几度夕阳红"是佳句,就不能不认为此句中是有着深刻的历史哲理的。(孙之梅)

由画溪经三箬入合溪　余　怀

画舫随风入画溪,秋高天阔五峰低。
绿萝僧院孤烟外,红树人家小阁西。
箬水长清鱼可数,篁山将尽鸟空啼。
桃源仿佛无寻处,枫叶纷纷路欲迷。

岭南诗人在明代诗坛占有很重要的位置。他们的创作不仅为明诗起了绚丽的开端,同时又为明诗作了光辉的结束。作为福建莆田人的余怀虽然存诗不多,但也不乏清丽工巧之作,此诗即可为代表。

这首七律写作者舟行于江南水乡,所见之景宛然如画。画溪、三箬和合溪都在今浙江长兴县境。画溪即罨画溪,据《弘治湖州府志》载,溪在长兴县西八里,"古木夹岸,丛篠翳其下,朱藤施其上,故名"。三箬在画溪下流,因箭箬夹岸,其南曰上箬,北曰下箬,合溪而称三箬。合溪则在县西二十里,其流由合白岘诸山之水的杨店涧和出苍云岭的梓方涧二水会合而成,其东经罨画溪入长兴西南门,东出入太湖。这一带山清水秀,景色十分迷人。

诗从舟入画溪写起,"随风"二字颇可注意。从舟行的路线来看,方向是由西南往东北,可知当时刮的是西南风,正是秋季。故舟一入画溪,不久便可见耸立于县西一里处的五峰山。因为是在天高云淡的秋日,远山入目一望无余,所以显得并不高峻。颔、颈二联写景,着色清淡,富有动感。诗人坐在舟中,放眼眺望两岸景色,先是在一缕孤烟外掠过一处绿萝环绕的僧院,然后是小阁西闪出几个红树点缀的农家。这时小舟已在不知不觉中由画溪进入了箬溪,俯看水中,游鱼粼粼,清澈见底;仰望溪岸,长满翠竹的青山渐渐远去,只留下鸟儿的声声空啼。这些描写使人不觉置身其间,尘心尽洗。对于这一带的秀美景色,前人也曾留下了由衷的赞叹。如刘焘《游罨画溪诗》云:"竹林深处杜鹃啼,两岸青青草色齐。欲识人间真罨画,朱藤倒影入清溪。"皎然《箬溪春兴诗》云:"春生箬溪水,雨后漫流通。芳草行无尽,清源去不穷。野烟迷急浦,斜日起微风。数处承流望,依稀似剡中。"可见这里的青山绿水早就令人流连忘返了。

尾联由眼前景逗出心中情。"桃源"即桃花源。陶潜《桃花源记》云:"晋太元中,武陵人捕鱼为业。缘溪行,忘路之远近。忽逢桃花林,夹岸数百步,中无杂树,芳草鲜美,落英缤纷……"后寻所自,竟"迷不复得路"。由于诗人缘溪乘舟一路行来,与武陵人"缘溪行"十分相似,而眼前所见之景,尤其是"枫叶纷纷"宛如前人所见之"桃花林"的"落英缤纷",便很自然地产生了"桃源仿佛"的错觉。诗人在这里利用眼前的景色,巧妙地引典入诗,托出舟行水乡的观感,从而拓宽了这首写景诗的思想内涵,从一个更高更深的意义上赞美了浙北地区的优美景色,表现出一种追求理想境界的美好愿望。

沈德潜《明诗别裁集》以"晚唐风格"四字评此诗,在艺术上是很有道理的。此诗写景清丽,用语工致,化典无迹,都堪与晚唐诗作媲美。（曹明纲）

绝　句　　吴嘉纪

白头灶户低草房,六月煎盐烈火旁。
走出门前炎日里,偷闲一刻是乘凉。

入清以后,吴嘉纪绝意仕进,局处海滨。平日与他交往的,许多是以煮盐为生的穷灶户,他们受尽官吏与盐商的重重剥削,加上水灾军输,一直过着人间地狱的悲惨生活。而煮盐,又是一种十分辛苦的工作,再因条件简陋,所以,如果不是生计所迫,常人很难忍受。《如皋县志·盐法论》曾记载描述道:"海滨壮丁,缚草堤坎,数尺容膝,寒风砭骨,烈日铄肤;藜藿粗粝,不得一饱,此居食之苦也。海沙渺漫,人畜窃践;欲守无人,不守无薪,此积薪之苦也。暑日流金,海水百沸,煎煮烧灼,垢面变形,此煎办之苦也。寒暑阴晴,日有程课;煎办缩额,鞭挞随之,此征盐之苦也。春贷秋偿,盐不抵息,权及母子,束手忧悸,此赔盐之苦也。秋潮忽来,飓风并作,田薪立槁,庐舍蓬飞,露处哀号,不识所在,此遇潮之苦也。逃亡则丁口飘零,住业则宅器荡尽。"这是全面的记述,吴嘉纪此诗,则截取了灶户煎盐的一个场景,从侧面反映了他们的痛苦遭遇。

"白头灶户低草房,六月煎盐烈火旁。"先交代环境,着意烘托出艰苦的氛围:六月,酷暑盛夏,要在熊熊烈火旁不停操作,又是在低矮的草房里。作者写人,用"白头"一词作借代,使读者体会到灶户因恶劣的工作条件和过度的劳累而未老先衰。一"煎"字,既是言熬盐,又暗示了灶户在经历着人生的煎熬。诗的后二句,进一步渲染出炎热的程度,语言触目惊心。"走出门前炎日里,偷闲一刻是乘凉。"灶户实在忍不住低矮草屋中的煎熬,到户外喘息片刻,此时天空仍是骄阳如火,但对灶户来说,这骄阳下已是百般阴凉,来到户外已算是惬意的"乘凉"了!这不是天方夜谭,不是灶户精神异常,这是炉火的烤人,要比毒晒的日头强上万倍!作者不言炉火如何、户内如何,却以"炎日"来比较之、反衬之,给人的感觉更强烈、使人的想象更深切,这真是极为老辣的手笔。

这首诗完全采用了白描的手法,题目也径用《绝句》,看似措辞平平,随手拈来,其实却是作者独具匠心的安排,由于是写下层人民的生活,作者也使用了一种质朴的笔法,使他所要反映的现实赤裸裸地凸显出来,更具有震撼人心的力量。因此,尽管这是一首七言小诗,但却因其内容与表现形式的高度统一,被许多评论家看作是吴嘉纪的代表之作。(马卫中)

送贵客　　吴嘉纪

晓寒送贵客,命我赋离别。
髭上生冰霜,歌声不得热。

吴嘉纪穷居乡间,但其无丝毫俗韵的诗歌,却使其诗名远播,慕其高风亮节而与之晤面订交者,络绎不绝。其中亦不乏好事者,甚至沽名钓誉者。《康熙重修中十场志》即称嘉纪"性不喜近轩冕,久之,声闻籍甚。海内巨公名流,咸乐与订交……先后造访驰函无虚日,以得识其人为快"。又据邓孝威《慎墨堂笔记》载,当时任户部侍郎的周亮工曾"急欲一见,曰:'使宾贤病且死,而吾终不得识面,岂非生平一大缺事!'比相见,乃极欢,且选梓其诗以行,宾贤由是知名当世"。故王士禛曾感叹过:"一个冰冷的吴野人,亦弄得火热。"(见康发祥《伯山诗话后集》)

但是名流的纷至沓来,并非吴嘉纪的本意,对那些挥之不能去的俗客,他自有对付的办法。这首小诗,便透露出其中消息。

此诗写于顺治十八年(1661),通篇隐含着讽刺的意味。"晓寒送贵客,命我赋离别。"作者没有直接描写这位贵客,但通过一"命"字,贵客的骄横态度便形象地刻露出来了,可见,贵客并没有将作者放在与自己平等的地位上。而后面的"赋离别",因此也就显得毫无真情,因为,贵客只是想得到作者的一纸诗笺,拿回去招摇于人,卖弄他的附庸风雅,作者被迫赋诗,当然也不会有什么激情。诗的后二句,巧妙地道出了作者的对应的态度:"髭上生冰霜,歌声不得热。"因为是"晓寒",所以作者的胡须也结冰了,他歌咏的"离别",其声当然没什么热气。但这还是诗的表面含义。其实,作者结冰的何止是胡须,歌为心声,他的心也是冰霜凝结,歌声还能"热"么?这就是作者对贵客针锋相对、有理有节的态度:你既慕名而来,我也不妨相"送";你若要"命"我行事,我就给你冷面孔看看、给你点冷语吃吃!至此,作者在礼貌周到、不动声色之下的冷淡态度,乃跃然纸上,可以想象,此际贵客的无趣,要比受一顿迎头痛骂更甚。

五言绝句的体裁最小,要扩大其容量,在表现手法上就要尽量蕴藉,使诗歌能够含不尽之意于言外。在这些方面,此诗可称典范。由于剪裁得当,在短短的二十字中居然刻画了两个人物,并且均有鲜明的个性,两者对比,造成强烈的反差。这首诗歌的主旨其实是"嘲贵客",但作者只是在字里行间不时流露,于是,留给读者想象的余地便显得宽富,而读者的憎爱之情,也将随着这种想象而加深。(马卫中)

燕子矶　　施闰章

绝壁寒云外，　孤亭落照间。
六朝流水急，　终古白鸥闲。
树暗江城雨，　天青吴楚山。
矶头谁把钓，　向夕未知还。

丰子恺先生在谈中国画的构图问题时,曾经提到"绘图中物体的重量"。他说在一切物体之中,动物最重,动物中又以人为最重;次重的是人造物,如车船、房屋、桥梁等等;最轻的是云烟、山水一类的自然物。所以一幅画中,青山绿水尽可以作为主体,家屋舟车就不宜太近画边;而倘把人物也描在画边,则整幅画一边轻、一边重,就要失却平衡了。清初著名诗人施闰章并不是一位画家,然而他这首描写南京燕子矶的小诗,却仿佛深得了画中三昧似的。

"绝壁寒云外,孤亭落照间"这一联起得突兀,仿佛画手只在挥笔之间,就让燕子矶那三面悬绝的气势升腾于纸上了。那陡峭的岩壁,宛如斧劈刀削一般,好不摄人心魄。一抹铅色的"寒云",盘桓在嵯峨绝壁之间,缥缥缈缈,使这块突出江边的巨岩,显得更加峻拔高远,像险峰一样逼人仰视了。在空阔疏朗的矶顶,诗人还精心描画了一座危亭。它"孤"零零地挺立在落日的余晖中,悄然对水,既衬出了燕子矶的奇绝,又使画面于寒冽中增生了许多暖意。

南京是著名的古都。在这座江浪涌撼的石头城里,不知演绎了多少悲恨相续的历史古事:那六朝的兴废,王谢的风流,秦淮的艳迹,总会引起后世凭临者的悠然遐想,令他们生出些苍凉和凄清的感怀。然而浩瀚的江水,却仿佛对这一切都全然不顾,依然不舍昼夜地匆匆前行。雨后的急流挟裹着飞腾的浪花,拍打着坚硬的矶石。几千年了,江水幽幽好像从没有过多少变化。而江上的白鸥,尽管不知已改换了多少世代,却也还是那样的翩翩闲闲。"六朝流水急,终古白鸥闲"两句为我们勾勒的,正是词家也曾描摹过的"满江急水,几处白鸥"的江上近景。疏劲的笔触中不失优柔之致,赋予了空阔的画境以错落有致的层次感。透过"六朝"、"终古"这些表现悠远时空的字眼,人们虽也感受到了一种历史沧桑的淡淡思绪,但更多的则是"江天物色无人管"式的闲适和自得。

画完了眼前风物,诗人又着意濡染画幅的背景。"树暗江城雨,天青吴楚山"的景象,大约是诗人极目远眺时见到的:一场秋雨过后,石头城里、吴楚一带群山中的树木,都消减了些许绿意。在暮霭中望去,便变得有些幽暗了。然而落照辉映的天空,却要比以往更觉蔚蓝、深邃和美丽。青天绿树的背景,为画幅衬上了清幽明丽的底色。画面中央的绝壁和孤亭,也因此显得愈加朗畅了。

纵笔至此,诗意纯为写生。山水树木等自然物占了画面大部,落照中的"孤亭"(人造物)则占了画面的主位。如果说在这幅画中,山水好比是人的面影,亭台犹如是面上之修眉,那么"矶头谁把钓,向夕未知还"一句,无疑就是这幅画的"点睛"之笔,也是这首诗的"诗眼"所在了。此句一下,整首诗立时变得气韵生动,连静寂的大自然也恍若有情了。在这两句中,诗人勾勒出了一个悠闲的"把钓"者形象:他孤身独坐于燕子矶头,已经很久了,还未曾离去。夕阳西下,暮霭渐浓,他却好像完全没有感觉到一样——只是手把钓竿,默然无语。他是在俯赏悠悠的长流,顾盼翩飞的白鸥,还是在领略青峰、绿树向晚的肃穆和安馨? 这是诗中最富于意蕴的一刻,令人感到:无限的时空,连同江、云、鸥、树和远处的石头城,此刻似乎全都凝聚、流散在了这位披着霞彩悠然"把钓"者的竿头了。

《芥子园画谱》中曾说,"山水中点景人物","全要与山水有顾盼。人似看山,山亦是俯而看人;琴须听月,月亦似静而听琴。方使观者有恨不跃入其内,与画中人争坐位"。——是的,面对施闰章写就的这样一幅走笔飘逸的画景,谁不想置身其中,而与画中人一"争座位"呢? (张　巍)

泊樵舍　施闰章

涨减水逾急,秋阴未夕昏。
乱山成野戍,黄叶自江村。
带雨疏星见,回风绝岸喧。
经过多战舰,茅屋几家存?

这大约是在康熙六年(1667),施闰章正从江西参议任上被裁归乡。"顷年在官,引疾不许",现在能有"裁归"之机,诗人的心情无疑是舒快的。"官拙长怀《遂初赋》,敬亭山下梦吾庐"(《别湖西父老》)——他身未离官,梦魂却早已萦绕在故乡宣城的青山、草庐间了。

但当他来到南昌,却因时局动荡、"江干驻兵",而迟迟不能发舟。面对着"城上乌啼月,洲前雁带霜"的凄清秋景和"天涯更兵甲""羁栖鼓角惊"的黯淡时局,诗人的心境顿又变得苍凉、沉重了。《泊樵舍》便正是他带着这种心境,在归乡途中夜泊的感喟之作。樵舍,谓打柴人家。

一杆孤独的帆影,在阴郁的秋空下飞驶。这时正当潮落("涨减"),浩荡的江流挟裹着滚滚的浪波,愈加见得汹汹湍急起来。倘若是在晴日,则船浮碧流、帆飞青缈,展开在诗人眼际的,该是当年王勃领略过的"落霞与孤鹜齐飞,秋水共长天一色"的绚丽晚景了。但诗人此刻置身的,却是阴沉沉的雨秋,还不到傍晚时分,天色就已一片昏暗。此诗起笔"涨减水逾急,秋阴未夕昏",正以黯淡的色彩,给全诗笼罩了一重拂不去的愁思。它似乎预示着,诗人的这次途中夜泊,绝非如他所想象的那般舒快。

当诗人在薄暮的阴郁中放目江岸时,这愁思便因萧条的岸景,而变得更其惨淡、苍凉了。

"乱山成野戍",展出的是岸上的连绵山影。它本该如辛弃疾《贺新郎》所说"我见青山多妩媚,料青山见我亦如此"的;而今却成了驻守江岸的清兵"野戍"之地！旌旆处处、剑戟森森,简直把山野搅得一片凌乱。句中以一个"乱"字状貌岸山,正隐隐传达着诗人目击中的这种震愕之感。"黄叶自江村",则是在"乱山"映衬下的江岸近景。那江边的小村,本来也该有"平冈细草鸣黄犊""青旗沽酒有人家"式的宁和欣悦之境的,现在却一片死寂,见不到几处炊烟,只有疏落的杂树和风吹瑟瑟的黄叶,在勉强标志着这里曾是一个村落。这句中一个"自"字,读者须作耐心的咀嚼,须品出其中的深义:衰黄的树叶能自成一村,可见这江村中,竟没有比黄叶更具生气的象征了！

时间就这样在暮色中延续,诗人却还久久地伫立船头沉思。忽然听到细微的淅沥之声,原来已下起了稀疏的雨。举首仰天,沉沉夜空还剩下几颗暗淡的星,仍在迷蒙中幽幽闪烁。它似乎在诗人黯然的心上,投进了几丝希冀和亮色。这大约就是"带雨疏星见",所带给诗人的渺茫感觉吧？可惜江上的风,却又猛烈刮起,向着高高的江岸撞去,终又逆折而回,发出一片凄厉的喧鸣。这打破幽寂的喧声,无疑也惊醒了诗人的凝思,把他从悠远的仰望中,拉回到凄苦的现实。风声呜咽,诗人的心也经不住哀哀欲泣了！

施闰章是位颇关注民生疾苦的清吏。他在驻守临江时,曾为地方办了不少好事,致被百姓呼为"施佛子"。"及奉裁东去,父老夹道焚香,泣送数十里",竟也使诗人"泫然"流涕而"不能禁"(见《别湖西父老》注)。而今,当他夜泊樵舍,亲眼所见沿江一带的民生凋敝景象时,又怎能不感到深切的哀愤？这一路船行所经之处,只见官家"剿乱"的幢幢舰影,无辜的百姓则屡遭劫难,更有"几家"茅屋得以在战火下幸存？——这便是诗之结句所发出的诘问和慨叹。它交融在雨声淅沥的秋夜,绝岸"回风"的喧鸣之中,听来更显得凄怆、哀凉……

诗人善于造境。此诗所描摹的,几乎都是夜泊所见之景,而绝少诗人情感的直接抒写。然而,阴郁的秋夕,湍急的江流,与"乱山"、"黄叶"、苦"雨"、凄"风"的交织相汇,又无处不浸染着诗人那黯然神伤的情感色彩。这情感本来很容易引向一般的客旅孤清之思,但诗人却在关键处着以"野戍""战舰"之语,便揭出了凄凉岸景与动乱时局间的内在联系,从而将情感内涵,升华为远比一般的客旅之思深沉广大的忧时悯乱之慨了。(徐旭文)

钱塘观潮　　施闰章

海色雨中开,涛飞江上台。
声驱千骑疾,气卷万山来。
绝岸愁倾覆,轻舟故溯洄。
鸱夷有遗恨,终古使人哀。

康熙七年(1668)秋,诗人因在家闲居无事,曾赴杭州一带旅游,这首五律即描写此行观钱塘江八月大潮所见所闻的雄壮声势。钱塘潮乃闻名天下的奇观,每逢农历八月十八前后,杭州湾钱塘江口涌潮袭来,波涛万丈,气势磅礴,令人惊心动魄。观潮以在浙江海宁所见最为壮观,故钱塘潮一名"海宁潮"。此诗所写即于海宁之所见。

诗人观潮时恰逢秋雨,故所见又别具壮采:"海色雨中开,涛飞江上台。""海",指东海;"台",指观潮台。首联写大海的景色在秋雨中显示,变得更加浩渺迷蒙,这是写壮阔的远景;江涛从海面卷来,直溅到观潮台上,又显得汹涌澎湃,这是写惊心的近景。首联把江"涛"与"海色"联系起来,交代出钱塘潮深远的背景;同时亦暗示诗人登台观潮之意。

那么,这从海上滚来的"涛飞"即潮头,到底是什么样的景象呢? 颔联乃承首联"涛"意,以夸饰、比喻之法,尽力渲染、描摹:"声驱千骑疾,气卷万山来。"前句着眼于听觉角度:钱塘潮涛声犹如千匹骏马疾驰而来,使天地为之摇撼。后句着眼于视觉角度:钱塘潮气势仿佛卷裹着万座大山一起压来,使风云为之变色。这一联写钱塘潮之"声"与"气"皆充满千钧之力,足以令人"意夺神骇,心折骨惊"(江淹《别赋》),叹为观止!

颔联写钱塘潮本身之声势,属正面描写钱塘潮。颈联则转写在钱塘潮前人之心态,属侧面描写钱塘潮:"绝岸愁倾覆,轻舟故溯洄。""溯洄",逆流而上。前句写立在绝岸上的观潮人担心江岸会塌裂,有性命之险,故望潮而生畏,这就间接地写出了钱塘潮之伟力;后句则写弄潮儿之小船在江中故意溯洄而上,无所畏惧,显示出勇气与技艺。此句与潘阆所写"弄潮儿向涛头立,手把红旗旗不湿"(《酒泉子》)有异曲同工之妙;但后者点出人,诗意豁朗,前者以"轻舟"代人,语意较为含蓄。这"故溯洄"之"轻舟",又为钱塘潮增添了豪壮的风采! 颈联前后两句以对比的手法写人,从不同的方面进一步衬托出钱塘潮之声势。

在前一联充分实写景观之后,尾联乃以抒怀之虚写结束全诗。诗人借钱塘潮之典故寄寓了对世事的感慨,使诗意得以深化:"鸱夷有遗恨,终古使人哀。"这里用了伍子胥死后化为钱塘江潮神的传说。据《吴越春秋》、《史记·伍子胥列传》等记载:春秋吴国大夫伍子胥因谏吴王夫差应防备越国的报复,吴王乃疏远之,最后赐剑命他自杀。伍子胥临死时,嘱其家人把他的眼睛挖出来(或曰把头颅砍下)悬挂在姑苏城南门上,好看来日越国的进攻、吴国的灭亡。吴王大怒,下令将他的尸体用鸱夷(皮袋)包裹,投入钱塘江。后伍子胥化为潮神,乘素车白马于潮头上,因此钱塘怒潮又被称为"子胥潮"。"鸱夷有遗恨"实指潮神伍子胥有遗恨——恨自己忠而被谤乃至被杀。这历史的悲剧则千古以来都使人哀痛。诗人观钱塘潮而想到潮神伍子胥的"遗恨"是十分自然的:诗人在一年前于江西分守湖西道时,竟被裁决归里,忠而见疑,有志难伸,心中岂会没有其"遗恨"? 更何况这样的历史悲剧一直在重演! 至此,诗不仅由写景转为抒怀,而且感情由豪壮而陷入悲慨,诗意因此变得沉郁深刻。

一首诗之风格往往决定于题材。施闰章诗虽以平淡素雅著称;但此诗题材奇特,当诗人面对拍天大潮时,客观景象与主观感受都不容他再平和冲淡。为生动准确地写出钱塘潮的雄壮声威与磅礴气势,诗风不能不随之而变得雄浑豪宕。由此诗亦可见诗人不止具一副笔墨,其笔下乃是"春兰秋菊,各有一时之秀"(袁枚《随园诗话》卷三)。　(王英志)

正落花诗　　王夫之

弱羽殷勤亢谷风,息肩迟暮委墙东。

销魂万里生前果，化血三年死后功。

香老但邀南国颂，青留长伴小山丛。

堂堂背我随余子，微许知音一叶桐。

王夫之先后曾写过六组共九十九首《落花诗》，以合阳九之数。《正落花诗》作于顺治十七年(1660)，为其中第一组，"以嗣有众什，尊所自始，命之以'正'"，凡十首。因为花色红，红即朱，所以诗歌借咏落花，凭吊朱明王朝的灭亡，同时抒写自己的民族气节。上面这一首在组诗中原次第一，主题则以抒写民族气节为主。但它的具体表现相当曲折隐晦，需要细致分析方能明了。

首联"弱羽殷勤亢谷风，息肩迟暮委墙东"。"弱羽"指羽毛单薄的鸟，借比飞花；"亢"同"抗"；"谷风"语出《诗经·邶风·谷风》："习习谷风，以阴以雨。"原意是东风，这里借其"阴""雨"隐指清朝。"息肩"是放下担子，"迟暮"指晚年，"委"即委弃，丢落。上句借漫舞空中的飞花努力抗御谷风，比喻诗人自己早年曾积极参加抗清斗争；下句借飞花委落，暗示自己晚年隐居著述，归做明朝遗民。末了"墙东"一词出自《后汉书·逸民传》："避世墙东王君公。""汉"字喻明，"逸民"指遗民，"王"字则切合诗人自己的姓氏。这些措辞，看似寻常，实际上却也是很有深意的。

颔联"销魂万里生前果，化血三年死后功"。上句意谓，落花想到自己零落之前，曾在万里之外有所成果，如今都不复存在，不禁黯然魂销。诗人早年曾从事抗清活动，这句中包含着他对事业失败的深重感喟。下句语本《庄子·外物篇》："(周人)苌弘死于蜀，藏其血，三年而化为碧。"后世敷衍其说，谓苌弘化为杜鹃、滴血成杜鹃花(另一说是蜀王望帝化为杜鹃)。诗人称落花的"化血"是其"死后功"，正表现了他生死不渝的坚定民族气节。此意若参看他的词作《鹧鸪天·杜鹃花》之句"红泪滴，血函埋，他时化碧有余哀"，便可更易理解了。

颈联"香老但邀南国颂，青留长伴小山丛"。上句，"但"意为只，仅；"邀"，招来之意；"南国颂"指屈原的《橘颂》，其中有"受命不迁，生南国兮"之句。在屈原的本意是指楚国，这里用来比喻故国，与来自北方的清朝相对举。落花虽然残香已老，但它只招来南国的颂歌，来安慰自己的寂寞，这正象征了诗人忠于故国、决不变易的决心。下句，"青"是指花虽落，但树长青；"小山丛"用汉代淮南小山《招隐士》中的典故："桂树丛生兮山之幽。"这显然是指南明永历帝桂王。当时桂王尚未被杀，诗人虽然因为永历小朝廷的内部矛盾而归隐家乡，但仍然不能忘怀这个为遗民希望所系的末代君主。花落了，红色蚀尽了，但树的青色仍然留着，还永久地伴随着小山上的桂树丛——这，不正是诗人永远忠于故国旧君的象征么？

尾联"堂堂背我随余子，微许知音一叶桐"。"背我"意为背离我，唐代薛能《春日使府寓怀》诗有"青春背我堂堂去"之句；"余子"指平庸之辈，所谓"余子碌碌，不足道也"(《后汉书·祢衡传》)。群花凋谢，象征春去；桐叶飘零，得知秋来：二者都忠实于一个季节，而不像其他花叶，对季节的更换麻木不仁。诗人以落花自喻，而又慨叹知音稀少，因此，桐叶虽然不是春天的产物，也只能勉强许为知音，聊慰愁寂。这个结尾，是非常忧伤的，但诗人如此孤独无友，不亦正反衬出他的坚守节操的难能可贵吗？

这首诗形式上是咏物诗，但实际上却是托物言志，诗歌通过赞美落花的高尚品格，曲折地抒写了自己的坚贞气节，也使读者看到了遗民志士的光辉形象。王夫之的其他近百首《落花诗》,大抵也都和这首诗一样,杂有寄托。其中有的词旨实在过于隐晦,不容易领会其中的真正含义,令人有隔雾看花之憾。这一方面是王夫之个人诗歌创作风格的一种具体体现,另一方面也是清初那个时代社会的一个特殊产物,因为在那种恐怖的历史环境中,诗人不能够说得太显露。但这一首《正落花诗》,含义还是相当明确的,诗的字面句句不脱离落花,诗的含义则处处在表达情怀,因此,它可说是《落花诗》中较好的一首,也是显示诗人功力的一首。(朱则杰)

吴宫词　　毛先舒

苏台月冷夜乌栖,饮罢吴王醉似泥。
别有深恩酬不得,向君歌舞背君啼。

李白有乐府诗《乌栖曲》,起句云:"姑苏台上乌栖时,吴王宫里醉西施。"毛先舒这首《吴宫词》的开篇,稍稍更易李诗字句而别出新意。李诗写吴王夫差宠西施,陶醉于醇酒妇人之中,终致国破身亡,意在讽唐玄宗宠杨妃事,重点写吴王。毛诗的主人公是西施,写西施报吴振越的内心矛盾。作意不同,起笔的色彩氛围便大异其趣。读李诗前两句,仿佛见姑苏台中,暮色渐起,灯红酒热,一派温柔绮靡。毛诗用了"月冷"二字,便觉得欢宴已过,丝竹沉寂,唯有夜月凄迷,照在西施身旁沉醉如泥的吴王身上。这样的环境气氛,酝酿出西施许多心事。如此起笔,便为后两句——诗的主旋律的出现敷上了遥夜岑岑、幽思悄悄的神秘色彩,给主人公纷繁杂沓的心理活动作好了铺垫。

古人论诗,有"袭辞""袭意"之说。毛先舒如此开篇,与李诗辞同而气象不同。后面两句,更是辞意俱新,闪现出崭新的思想光辉。

西施自越入吴,是奉有越国的特殊使命的。越人想用西施的美艳柔媚,迷惑夫差,隳其心志,乱其朝政。西施对这一特殊使命,起初她是乐于接受的。但一旦到了吴国,夫差对她百般爱幸,居姑苏之台,擅专房之宠,还为她建"馆娃宫",作"响屧廊",修"消夏湾"给她避暑,筑"鱼城""鸭城"以满足她的口腹之好。几年的朝夕相处,宠爱不衰,西施感到吴王对于她的情意已超乎一般的淫乐之上,对此她不能毫不动心。眼前看着这位被她迷惑、愚弄得一醉如泥的吴王,她不能不感到几分怜惜,几分内疚。何况,当年越国破吴,杀伤吴王阖闾致死;现在夫差报父仇,破越国,却并未诛杀越王勾践。虽羁辱于石室,最终还是释放他回到越国。这位吴王夫差的为人,在愚昧荒淫中究竟还有几分宽厚。在这月冷乌栖的晚上,西施想到自己既不能负越国的重命,又难忘吴王的深恩,她的内心是十分矛盾痛苦的,因此,宴中"向君歌舞",宴后则不能不"背君啼"。

西施是古代中国著名的美女,她身不由己地卷入了当时的政治斗争和诸侯矛盾之中,作了牺牲。唐人咏西施的诗不少。李白五古《西施》结句云:"一破夫差国,千秋竟不还",哀其破吴后被越后负石沉江,只是泛泛的同情。王维《西施咏》,也不过借"艳色天下重",写世情冷暖,发个人感慨;这位曾经同情息夫人的大诗人,却没有赐给西施多少同情。到了晚唐,皮日休《馆娃宫怀古》"越王大有堪羞处,只把西施赚得吴";陆龟蒙《吴宫怀古》"吴王事事堪亡国,未必西施胜六宫",一个讽刺越王勾践用美人计,不知羞耻;一个批评吴王夫差自取灭亡,即使没有西施,一样会亡国。千百年来,人们似乎把西施看作一件报仇复国的秘密武器,忘记了她是有血有肉、有丰富感情的女人。时代在前进,价值观念在更新。到清代,是毛先舒,第一个把西施当作普通、善良的少女来看待,承认她有被人爱也能爱人的权利,理解她承受的理性与感情矛盾冲突的痛苦;懂得爱火可以融化仇恨。又过了将近一百年,袁枚写的《西施》,承此一意而手法上更创新意:"妾自承恩人报怨,捧心常觉不分明。"我深深感激吴王对我的恩宠,我有自己的感情;你们越国君臣却只想到利用我报覆国之怨,双方立场不一样,对吴王的心情也就不同。当我心痛发作的时候,连自己也弄不清究竟是疾病作祟还是感情上的矛盾害得我痛苦捧心。袁枚用"西子捧心"这一形象写西施的矛盾痛苦,比毛先舒"向君歌舞背君啼"更切合西施的典型形象。但,这种识见毕竟比毛先舒晚了一百年。是毛先舒,最先承认了这个少女的感情权利,宣告了人性的萌动与觉醒。这就是前面说的"辞意俱新"。无怪乎王士禛《渔洋诗话》说:"予最喜毛武林(先舒字)咏西施句云:'别有深恩酬不得,向君歌舞背君啼',此言未经前人道过。"(赖汉屏)

秦淮晓渡　潘　高

潮长波平岸,乌啼月满街。
一声孤棹响,残梦落清淮。

　　这是一首描写金陵(今南京)秦淮河景色的绝句。作者潘高是清初诗人,据说作此诗时金陵诗社诸名流都在,人人以《秦淮晓渡》为题赋诗,一争优劣。当潘高出示此作后众人皆敛手叹服,一致推为绝唱。这首诗写得极短,只用了淡淡几笔便勾画出一幅动人的秦淮晓渡图,情意绵邈,韵味悠然。
　　诗的前两句扣住了题目上的"晓"字,为后面描写渡船创造了一个特有的环境。清晨的河面雾气很重,远处境况朦胧不清,只看见脚下河水漫长上来,与岸沿相平,由此可知河水正涨早潮。第一句从岸边落笔,写出了凌晨的河面景象,用墨精炼。下一句写岸上的景色。残月未隐,清辉满街,街上寂静无人。只有栖在树头的乌鸦偶尔发出几声啼鸣,乌鸦的叫声更增加了街面的冷落气氛。此时整个金陵城都还在沉睡当中。这一句借岸上的空寂来表现环境的宁静,一个"晓"字已呼之欲出。
　　诗的后两句扣住了题目上的"渡"字。诗人从桨声着笔,独具慧眼。因为清晨的声音是最有穿透力和表现力的。"一声"不够再缀以"响"字,生动地描绘出船桨划碎河面宁静的那一瞬间的情景。桨声传送得很远很远,回荡在空寂的水面上,具有特殊的渲染气氛的效果。句中的"孤"字并不是重复词,它描绘的是一只孤舟独自在河面上漂流。如果联想到这里曾是六朝旧都所在地,联想到诗人刚刚经历过的明清鼎革的动乱,"孤"字所蕴含的意义就异常丰富、深刻了。末句是全篇的点睛之语,"残梦落清淮"。"残梦"是被桨声惊醒的,谁的残梦呢?诗人的,也是秦淮河的。诗人的残梦是兴亡的演变和历史的重温,秦淮河的残梦则是消散的晨雾和天边的淡月，它们合而为一了。"落"字更是千锤百炼，精湛无比，将无形的梦幻形象化了，一方面表现了残夜的消失和拂晓的来临，与前三句的描写相呼应；另一方面遐想与现实在这里交汇，此起彼落，体现了一种感情上的跌宕和对比，情感与景物完全融合不分了。

沈德潜评价潘高的诗说"绝无雕饰而自然合度"，确为中的之言。（王小舒）

金陵旧院　　蒋　超

锦绣歌残翠黛尘，楼台已尽曲池湮。

荒园一种瓢儿菜，独占秦淮旧日春。

旧院是金陵（今江苏南京）妓院的所在地。余怀《板桥杂录》说："旧院，人称曲中，前门对武定桥，后门在沙库街。妓家鳞次比屋而居，屋宇清洁，花木萧疏。"曹大章《秦淮士女表》说："当时二十四楼，分列秦淮之市，其后遂毁，所存独六院而已，所艳独旧院而已。"此诗以旧院的残败显示明亡以后金陵的衰落，曲折地寄写诗人对明亡的感慨。

四句都作景语，全在空间上展开，但又处处暗寓着昔盛今衰的对比，时时流露诗人浓重的感伤情怀。"锦绣""翠黛"，身穿锦绣衣裙、以墨绿颜料画眉的女子，诗中专指往日居于旧院的歌妓舞女。首句说，当年旧院的主人早已化为尘土，再也听不到她们的歌声了。次句接写她们旧日的居处，"楼台"已荡然无存，后花园中蜿蜒曲折的池塘也已干涸湮没。后两句，视野进一步拓宽，审视整个园林，当年花木茂盛之地，如今见到的竟然是清一色的瓢儿菜——一种叶子似瓢的嫩绿蔬菜。春天已经降临秦淮，而在往昔秦淮最为繁盛之地，却只有一种供食用的瓢儿菜装点春光。在和煦的春阳照耀下，这填塞画面的绿色，写尽了诗人叹息金陵繁华消歇的感慨。

这是一首即小见大、以景传情的好诗。伤悼明朝灭亡，叹惋金陵衰败，正面写去需要何等规模、多少篇幅，不是一首短小的七绝所能包容的。故诗人从金陵旧院落笔，以旧院的兴替从侧面见出金陵的变化。旧院可写的内容，也非三言两语所能道尽，故又有待进一步的筛选，既要照顾全面，显示出所写的确是金陵旧院，又要突出重点，写出旧院富于特征性的变化。因而诗人在相当全面地写出旧院其人（首句）、其地（次句）、其物（三四句）的同时，又将重点放到对瓢儿菜的描写上。写瓢儿菜的三四句，是一个两句一意的十四字句，句意紧凑，内容单纯，笔力全集中在对瓢儿菜的描写上。这两句的用字也很有讲究：数量词"一种"，有"唯一""只有"的意思，强调荒园处处所见唯有瓢儿菜而已；"独"字与"一种"相呼应，再次强调除了瓢儿菜再无其他花草；秦淮之"春"用"旧日"加以修饰，暗寓今昔对比，并泄出诗人的嗟叹之情。施闰章称蒋超作诗"匠心独运"，"不肯一语近人"，此诗也正好表现了他的这一创作特色。（陈志明）

题息夫人庙　　邓汉仪

楚宫慵扫黛眉新，只自无言对暮春。

千古艰难惟一死，伤心岂独息夫人！

息夫人即息妫，又称桃花夫人，春秋时息侯之妻（息，古国名，今属河南省息县）。《左传》庄公十四年载，楚王听说息夫人美貌异常，便欲占为己有，因而发起战争，"遂灭息，以息妫归，生堵敖及成王焉，未言。楚子问之，对曰：'吾一妇人而事二夫，纵弗能死，其又奚言？'"息夫人虽为楚王生育二子，但并不能抹消掉内心的羞愧和悔恨，只能以无言表示自己微弱的抗议。此事引起众多人们的兴趣，唐代还有祭祀她的"桃花夫人庙"，庙在湖北武汉市汉阳区北桃花洞。不少文人墨客专门到此游谒并有题咏传世，唐代著名诗人杜牧的《题桃花夫人庙》诗更为后人所称道，诗曰："细腰宫里露桃新，脉脉无言几度春。至竟息亡缘底事？可怜金谷坠楼人！"杜牧此诗之所以为人推重，是因为深刻地揭示出了息夫人内心的创伤。息国的灭亡正因息夫人的容貌引起，她虽无言苟活，又岂能问心无愧？相比之下，那愤然以跳楼自尽抗议权势淫威的绿珠不更让人感到可敬可佩了吗？赵翼《瓯北诗话》对此赞道："以绿珠之死，形息夫人之不死，高下自见而词语蕴藉，不显露讥刺，尤得风人之旨耳。"

邓汉仪的这首诗即步杜牧诗原韵而成，杜牧诗已取得很高成就，要想再翻出新意难度极大，何况还要步其原韵。但是我们欣喜地看到，邓汉仪的诗不仅进一步挖掘了息夫人的内心世界，而且由此引申开去，使之具有了普遍的人生哲理和浓厚的时代气息。

首句"楚宫慵扫黛眉新"，凝重肃括地描画了息夫人被俘入楚宫后的境况。她无情无绪，心烦意乱，本无心施朱抹粉，但在荒淫好色的楚王逼迫之下，又不能不强打精神，梳妆打扮。着一"慵"字，虽未直接描写息夫人的内心，却将她那复杂微妙的精神情感轻巧含蓄地托出。第二句"只自无言对暮春"，"无言"是息夫人本事中的重要情节，故杜牧在诗中加以引用；邓汉仪在此又一次引用，因为这两个字实在是对息夫人心境与处境的最好形容。故国故君之思，失身失节之痛，尽在这"无言"之中。暮春的景色，万花纷谢，更易伤情，同时也暗示息夫人容颜衰老的忧虑。

三、四两句"千古艰难惟一死，伤心岂独息夫人！"委婉地揭示了某些人面临死境时的内心矛盾。在有些情况下，忍辱苟活也确是不得已之事。《红楼梦》最后一回关于花袭人出嫁的情节便是一例。当袭人从贾府出来时"怀着必死的心肠"，但看到哥哥待自己很好，只得忍住，心里另想到夫婿家后再作打算。及至过了门，见那家"全都按着正配的规矩"，"欲要死在这里，又恐害了人家，辜负了一番好意"。尤其得知夫婿正是宝玉的好友蒋玉菡，对她又非常温柔体贴，"弄得个袭人真无死所了"。于是，作者高鹗就很有感慨地引用了这两句诗。袭人的出嫁与息夫人的"失节"固有不同之处，但她们都有一个共同的特点，这些人的内心，都未忘旧主，她们的改适，毕竟有不得已的苦衷。以"大义"责人，以"不死"责人，以"殉节而死"为唯一出路，固是持论甚高；但责人以必死，不许心念旧主者有生存权利，这也太不近人情了。本诗与杜诗相比，少了传统观念的头巾气，多了贴近人情的味道。这大概就是本诗的价值所在吧。

其实，"千古艰难唯一死"又岂独巾帼，须眉何尝不然？明清之际，陈子龙、夏完淳慷慨赴死，固然可敬；钱谦益、龚鼎孳委曲求全，虽有"失节"之过，但谓其必死、非死莫赎，当然过分。人生实难，人生实在复杂，本诗揭示了这种复杂性，否定了"死"的简单处理方法，这当更是此诗所言的人生哲理之所在吧。（王　平）

咏　史　　陆次云

儒冠儒服委丘墟，文采风流化土苴。
尚有陆生坑不尽，留他马上说诗书。

　　秦始皇为巩固其封建专制，推行愚民政策，焚书坑儒，造成一代知识分子和文化的空前浩劫，结果加速了秦王朝的灭亡。后代诗人对此往往以激烈的感情，予以无情的嘲讽。唐章碣《焚书坑》、明袁宏道《经下邳》、清陈恭尹《读秦纪》与陆次云本篇，都是传诵之作，可以参看。

　　《史记·秦始皇本纪》："（李斯进言）'臣请史官非秦记皆烧之。非博士官所职，天下敢有藏诗（《诗经》）、书（《尚书》）、百家语者，悉诣守、尉杂烧之。有敢偶语诗、书者弃市。以古非今者族。吏见知不举者与同罪。令下三十日不烧，黥为城旦。……'制曰：'可。'"又有侯生卢生者不愿为始皇求仙药，"于是（秦始皇）使御史悉案问诸生，诸生传相告引，乃自除犯禁者四百六十余人，皆坑之咸阳。"此诗的前两句就是对上述史实的概括："儒冠儒服委丘墟，文采风流化土苴（jū，枯草）。"上句言坑儒，下句兼言焚书。"文采风流"兼指诗书。

　　尽管秦始皇实行了如此严厉的文化专制政策，然事与愿违。文化与学者皆未绝种。到汉初，学术文化很快得到复兴。传习诗经者就有齐、鲁、韩、毛等流派。前三者皆立于学官，置博士弟子；"毛诗"经东汉马融、郑玄等推重，且为之注、笺，遂盛行于世。还有一位不怕死的伏生，在秦火中将尚书藏于屋壁。汉初尚遗二十九篇，教授于齐鲁间。文帝时遣晁错往学，伏生已九十余岁，经其女通传口授，即"今文尚书"，立于学官。而陆次云在此诗中单单举出一位陆生，即汉高祖谋士陆贾，是大有缘故的。《史记·陆贾列传》载"陆生时时前说诗、书，高帝（刘邦）骂之曰：'乃公居马上而得之，安事诗、书！'陆生曰：'居马上得之，宁可与马上治之乎？'"可见陆生虽非大儒，但敢于纠正汉高祖轻视文化的偏见，是很有胆识的。"尚有陆生坑不尽，留他马上说诗书"语意之妙，一在"说诗书"于"马上"，以见"马上得天下，不可与马上治之"之意；二在"坑不尽"三字，使人联想到"烧不尽"（白居易："野火烧不尽，春风吹又生"），表现出文化传统顽强的生命力。又以"尚有"、"留他"相勾勒，亦有"秦法虽严亦甚疏"（陈恭尹）的冷嘲意味。最后，作为一位与"陆生"同姓的后代读书人，他举出这位汉代先人而表彰之，又未尝没有引以为荣之意。凡此，都增加了此诗的涵味。

　　清人王文濡评此诗云："始皇焚书，则犹有黄石公授张良之兵书；销锋镝，则犹有博浪沙之铁椎；坑儒生，则犹有说诗书之陆贾。始皇愚处，一经拈出，真觉可笑。"全诗一句说坑儒，二句说焚书，三、四句则总就焚书坑儒而反唇相讥，章法也很严密。（周啸天）

舟发闿水至饶阳道中作八首（其四）　　梁佩兰

小雨湿自好，秋花鲜向人。
秋花照江水，一片江南春。

　　白露节未降，白云怀已新。
　　扁舟语舟子：花下且垂纶。

　　清康熙三年(1664)，梁佩兰北行入京应试，初秋，至江西饶州(治今鄱阳)乘船入鄱阳湖。途中作组诗八首，写江南美好的秋光，中颇有代易时移之悲。诗人的感情是矛盾的，他一方面汲汲于仕进，投靠新朝，另一方面又长嗟短叹，缅怀故国。在组诗中，他再三吟道："苦被浮名遣""往来空自笑，前后不堪思"，但他还是选择了与屈大均、陈恭尹不同的道路。

　　组诗是梁氏的力作，八首曲折回环，写景抒情，含蓄有味。清新澹逸，颇似王维、孟浩然的风格。这里选的一首更是一片神行，于诗情画意中寄寓了诗人高洁的情怀，可与王维《山居秋暝》诗同读。

　　"小雨湿自好，秋花鲜向人"，两句合作一意。微雨沾润了秋花，使它更鲜艳地向人盛开，"好"字的意蕴，至第二句才生出。两句音节极美，首句五字皆仄声，次句"平平平仄平"，于不和谐中见和谐，更显出天然化机。秋花不独摇曳向人，而且还低映着江水，酿就了一片美好的江南春色！秋花，开遍原野，开遍闉水的两岸，乘船一路行来，所见的都是鲜艳的秋花！第四句末着一"春"字，把江南秋日的丽景生动地托出，诗人在舟中，满怀欣悦地观赏着，尽情领略大自然的美。用淡笔写浓情，不须词藻的堆砌，不须刻意地雕琢，而有悠然的远致。两句不用对偶，单行直下，上句拗三、四字，下句用三平调，以古诗句法入律，反觉一片空灵，真得齐、梁古乐府的遗意。

　　"白露节未降，白云怀已新"，写时节气候，亦写自己的怀抱。白露，是秋季的当行节令，已到白露节了，而秋露仍未降下，江南的初秋，仍是天气和暖。"白露"句照应"江南春"之意。诗人仰望着天上悠悠的白云，神思也不禁悠悠飘忽，生起了归隐山林的遐想。"白云"一词，语意相关，这里亦暗指山中隐居之所。想要进入白云深处，过着恬淡而闲适的隐居生活，这是封建时代许多读书人在失意时无可奈何的选择，何况明、清易代之际，在满族统治者的高压下，岭南不少诗人蛰处山林，拒绝跟清政权合作，孤芳自赏，别有怀抱。梁佩兰与他们过从甚密，此时浮起"白云"之怀也是很自然的，正如他在组诗中所写的"菊花天气好，最忆是东篱"，秋花勾起了诗人对故乡的怀恋。他就在船上吩咐船夫：暂时停下来，让我们在花下垂钓吧！"花下且垂纶"，是诗人偶然触发的思想。王维《清溪》诗云："我心素已闲，清川澹如此。请留磐石上，垂钓将已矣。"以清川之澹印证自己闲逸的襟素，并准备隐居垂钓以终其生。而梁佩兰也希望在花下垂纶，暂得遂白云之愿。全诗清新素雅，以自然之美来表现内心的感情，以赋为比，诗格颇高，末句更含蓄不尽，可谓"意余于象"了。(陈永正)

马草行　　朱彝尊

　　阴风萧萧边马鸣，健儿十万来空城。角声呜呜满街道，县官张灯征马草。阶前野老七十余，身上鞭朴无完肤。里胥扬扬出官署，未明已到田家去。横行叫骂呼盘飧，阑牢四顾搜鸡豚。归来输官仍不足，拥金夜就倡楼宿。

清王朝豢养了几十万铁骑军,马高士壮、旗盔鲜明,实在威风极了。只是,军将爱粱肉,铁骑好刍豆。这起起马兵所到之处,老百姓可就遭了殃:不仅要出饷供粮,还得为那些昂头扬鬣的畜生输送草料。这便在饱经战祸的江南,又演出了"当时碛北起蒲梢,今日江南输马草"的可怕闹剧。太仓诗人吴伟业,就曾激于江南百姓"推车挽上秦淮桥"、"十家早破中人产"的惨景,对"辕门刍豆高如山"、"忍令百姓愁饥寒"的冷酷当局,作过愤慨的揭露和抨击(《马草行》)。朱彝尊的这首同题之作,更以冷峻、辛辣的笔墨,勾勒了里胥爪牙在催逼马草中的丑恶嘴脸。

这一幕闹剧是在"阴风萧萧"的傍晚开场的。一座在战乱中本已疮痍满目的小县城,突然闯入了黑魆魆、闹哄哄的"十万"马兵!静寂的街道上,霎时间人喧马嘶;从未见过如此阵势的草民、市人,能不如见到凶神恶煞一般胆战惊心?分明是一班在"阴风"中降临的鬼蜮,诗中却着以"健儿"字样,明赞暗讽,读之顿觉有一股鄙夷之气升腾笔端。最妙的是"角声呜呜满街道"一句,描述马兵来入平民所居"空城",竟还吹角"呜呜"如临大敌,更显得不伦不类——你们既有这么一股狠劲,大可到边关外去"御敌保国";却煞有介事地闯到平民街巷上来发泄,不觉得可笑复可耻么?辛辣的嘲讽,借助于张扬其事的描摹,正强烈传达了诗人对马兵入城的无比憎恶。

然而,这对于"征马草"的闹剧来说,毕竟还只是开场。当马兵们在街头巷尾收金歇角、解马卸鞍的时候,另一批丑类便又上场了。首先惊动的当然是县太爷。这位平素日上三竿,还决定不了究竟先喝早茶还是先食燕窝的芝麻官,此刻却要不辞劳苦、连夜办公了!"县官张灯征马草"一句,传神处恰在"张灯"二字:大兵珍爱的畜生急需进餐,他县太爷还能不趋之若鹜?于是黑乎乎的官衙,里里外外灯火齐燃,堂上庭除役吏如林。征草严令早已传达四乡,竟还有那么个"七十余"岁的不知趣的"野老",还想倚老卖老、为民请命、拒交马草?那就把他抓起来,"王法从事",恰可收"杀鸡儆猴"之效!"阶前野老七十余,身上鞭扑无完肤"二句,即以欷歔堕泪之语,再现了鬼影幢幢的县衙前,所发生的逼征马草之惨象。

接着演出的是里胥(乡吏)"横行"乡里的丑剧。催征马草对于草民来说,无疑如平地炸惊雷一样,是做梦也想不到的飞来横祸;但对这批官府爪牙来说,恰是喜从天降的搜括良机!你看他喜气洋洋踏出"官署",故作矜持的嘴角,掩不住浮上眉眼的笑意。恐怕连那施施而行的步武,也有些轻飘飘了吧?"未明已到田家去":行动之神速表明,为了中饱私囊,他已怎样急不可耐。于是寂寂沉睡的农家村落,顿时响彻了一片立眉竖眼的喝骂之声。忠厚的读者也许以为,这里胥又是"横行"、又是"叫骂",定是在卖力呼喝乡民速交"马草"罢?谁知诗中跳出的却是意想不到的三字:"呼盘飧"。诗人的运笔简直如锐利的刀锋,直透这位催草恶吏的心腑深处——马要吃草,人要吃饭,他大爷"未明"赶来"田家",岂能不先谋它个鸡豚酒鸭的饕餮一饱?难怪他尚未在院里坐定,那一对贼亮的老鼠眼,早已向鸡棚猪圈搜索不停了。"阑牢四顾搜鸡豚",就是对里胥那令人作呕的馋涎之相的入神写照。

这场闹剧的尾声已在次日傍晚。意气轩昂的里胥,押解着成车成船的马草来归县衙。车屁股后自然还哼哼着顺手牵带的鸡豚,衣兜里依稀可闻银子铜钱的振响。但车装船载的马草,竟然"仍不足"供应十万畜生之需。看来那县太爷还得彻夜"张灯"分派任务了。至于里胥,却是毫不慌张:大不了明天再到"田家"叫骂几声,再享受一番鸡豚酒鸭的"盘飧",何乐而不为?只是此刻,大爷却要放松放松去了,那"倡楼"的娘们见了满兜的大钱,能不服服帖帖伺候大爷到天明？初看起来，"拥金夜就倡楼宿"的结句，似与"归来输官仍不足"不接，成了逸出正题的闲笔。然而也正是这闲逸的一笔，入木三分地揭示了：在这征收"马草"的闹剧中，与无数"田家"飞来横祸所伴随的，却是多少官家爪牙的大发横财！里胥的"拥金"宿倡，便是诗人描述中最辛辣，也是最意味深长的画龙点睛之笔。（潘啸龙）

鸳鸯湖棹歌一百首（之十）　　朱彝尊

穆湖莲叶小于钱，卧柳虽多不碍船。
两岸新苗才过雨，夕阳沟水响溪田。

鸳鸯湖就是名闻遐迩的嘉兴南湖，也是诗人朱彝尊的故乡之湖。诗人爱在这和风秀水的湖上泛舟，他耳濡目染着故乡湖水的美好风情，竟采用民歌之调，一气写下了《鸳鸯湖棹歌》百首。本诗是其中第十首，读这首诗，你仿佛就置身在南湖的小船之中，摇荡着船桨，听娉娉婷婷的船娘，唱那语音温婉的美妙船歌。

"穆湖莲叶小于钱，卧柳虽多不碍船。"当翠亮的歌声从船头响起，雨后的南湖便以其最旖旎的风姿，徐徐展开在袅袅的歌韵之中：新雨方收，鲜绿的湖面显得愈加温柔、和穆。细细的涟漪上，晃漾着一小片、一小片晶莹碧绿的莲叶，正如谁在不经意中，撒向湖面的千百枚小小青钱。它们虽还尚未"一一风荷举"，却已经大有"水面清圆"的韵味了！船儿缘岸缓缓驶行，那"碧玉妆成"的岸柳，是舞得倦了呢，还是正情意绵绵，想抚弄清柔的湖水，牵依近岸的游船？它们宛如一群衣衫飘拂的少女，或俯或"卧"，探向清绿的湖上，真有说不尽的风韵！如此痴情的"卧柳"，就是再多，又有什么妨碍？它们倒恰可给你的浏览，增添几分依依难舍的牵思呢。

仿佛只展现湖上之景还不够让你尽兴似的，船娘的歌儿，又带着你把目光投向湖岸远田：那里散发着芳馨的，是小麦、水稻，还是油菜、玉黍？它们刚经过一场夏雨的洗涤，全都绿汪汪的，如青云乍展、水波轻飏，无边无际，似乎要把辽远的天空都给染绿了！

这几句短短的歌词，简直就如丹青妙手流洒飘逸的彩笔，描画出了南湖仲夏所特有的美。诗中所用的色彩，几乎都是绿色，却又是浓淡有序，毫不雷同；浅浅的淡绿是湖水，莹莹的碧绿是新荷；嬉水的卧柳是如烟的青绿，带雨的新苗是如云的翠绿……种种不同的绿，伴和着船娘亲昵的歌，错落有致地展开在你眼前，化出了微波荡漾的湖，化出了青青如钱的荷，化出了飘曳湖面的卧柳和田垄上无穷无尽的新苗！在这样美的湖面上泛舟，又怎能不令人陶醉呢？

船娘的歌韵，唱不尽鸳鸯湖的美景。在绿色画境中流连的诗人，忽然又被一派淙淙的水声惊醒。此刻已是夕阳下山的时分，落日的霞彩辉映得湖水一片绚烂，而后一切都显得朦胧起来：悠悠的昼日过去，黄昏的苍茫引人遐思。抬眼望去，岸田畔正有一带清溪，满载着才歇的雨水，注入田野的沟溪之中。那惊动诗人的，便正是这无数垄沟汇泻清溪的欢乐水声；如串串笑语，滚滚流珠，传响在夕阳下，欢腾在岸田间。这就是奇妙的诗之收结处。它紧承上句之意，抓住新雨"才过"的特点，在傍晚的宁静绿色上，添加了一派和谐的声响。

一支充满江南风情的船歌,至此戛然而歇。但那鸳鸯湖上满沟流转的水声,却还在你耳际久久传响。正如歌女怀抱着琵琶,歌声早已歇止,却还在弹奏着悠悠的尾声……(张　巍)

秣　陵①　　屈大均

牛首开天阙,龙岗抱帝宫②。
六朝春草里,万井落花中③。
访旧乌衣少,听歌玉树空④。
如何亡国恨,尽在大江东!

注 ① 秣陵:今南京市。　② 牛首:指南京市南的牛头山。东西双峰并峙,如宫前阙楼,又称天阙。龙岗:指钟山。
③ 万井:形容都市中庭户繁多。　④ 乌衣:指南京市乌衣巷。东晋及南朝时,王谢名门大族多聚居于此。这里借指明末贵族。玉树:指陈后主的《玉树后庭花》曲。后主在金陵歌舞寻欢,荒于政事。后因以为亡国之音的代称。

　　清初的遗民诗人抒写亡国之恨,无论在量和质上都集历代遗民诗之大成。其中,南京又为他们寄寓历史沧桑巨变的显要载体。究其原因大约有三:一则南京乃六朝故都,而六朝之际的兴亡陵替,在中国历史中又极突出,以盛产"亡国之君"闻名;二则南京又是明王朝开国建都之地,虽以后迁往北京,但向有"南都"之称,故对刚逝去的那个王朝有象征意义;三则由于崇祯帝在北京毕命后,福王旋即又于南京建立了短命的弘光朝,史称"南明"。这样,集历史与现实的沧桑巨变于一身的南京,自然便成为遗民诗人们遣发故国黍离之悲的理想对象。此一题材下,颇产生了一些脍炙人口的名篇。屈大均的这首诗,即其中之一。
　　这首诗的显要处,首先在结构安排对主题的突出和强化。首联极写南京地势形胜,是得天独厚的帝王兴业之都,起笔一扬。颈、腹两联却陡然一跌:"春草""落花""乌衣少""玉树空",一副凋残破败气象,物去人非,无复往日繁华。全诗的立意不在抒写一般的黍离之感,也并非泛泛遣发一个遗民的故国之思,而是透过这一切,向历史和现实发出双重叩问,去追究造成这一切的历史责任。天设地造的东南形胜之中,从六朝到眼前,何以总是落得"无可奈何花落去"的结果呢?前六句结构上一扬一跌造成的强烈反差,正暗中包含了这一诘问。于是尾联的愤然一问,既自然,又极有力,具有"卒章显其志"的艺术效果。从全诗结构看,前六句是从正、反两个方向,包含着肯定和否定的描写,乃在为末两句蓄势。末两句是情辞俱烈的议论,在前六句盘马弯弓情势下一发中鹄,是对前六句的高度概括和升华。这样,全诗的主旨便越过通常遗民情感的抒发,表现出厚重而又警拔的历史理性意识,从而同单纯囿于明遗民情感天地的作品,在审美内涵上拉开距离。
　　本篇的另一个特点,是历史意象和现实意象的双重叠加。诗作于明亡后作者游金陵之际。因此从前六句的描写看,当属身临其境的"寄目直寻"。但作者却大量使用了作为六朝故都的历史意象去展开,以亡国为契合点,在同一意象上叠映了历史和现实的双重意蕴。题目"秣陵"即晋朝旧称。六朝之首"吴"亡于晋,而明末清初大部诗作写南京多称"金陵"。作者专用"秣陵"旧称,暗含着从历史纵深追寻起步的意思。三国时,诸葛亮谓吴孙权所居南京地形为"钟阜龙蟠,石头虎踞,真帝王之宅"(见《六朝事迹》)。历尽兴亡变迁,至今其地势形胜依然如故。"牛首""天阙""龙岗""帝宫",这些意象所包含的双重指向自不待言。"春草""落花"是眼前具体所见,"六朝"又是历史意象,"万井"同"六朝"为互文,历史意象与现实意象构成了交织的重叠组合。而且,"落花"又隐括了南唐后主李煜词《浪淘沙》"流水落花春去也,天上人间"句意,强烈暗示出亡国之痛对这两重意象组合的绾结。下面的"访旧"与"乌衣"、"听歌"与"玉树"是两重意象的同样组合。比起前两句的笼罩性描写来,这两句具体写作者行迹,表现出理性与情感的复杂交错。一方面,亡国乃贵族子弟歌舞行乐,荒淫误国所致,从六朝中被称为"团扇才人"的王、谢后裔,迷于声色的陈后主,直到南明福王,莫不如此。"乌衣""玉树"这两种典型意象的选用,"少"和"空"的措辞,以浓郁的嘲讽意味,透露出深刻的理性评判。另一方面,两者的现实指称,终究属于作者所依附的先朝,而今"访""听",连这些都既"少"且"空",那种怅惘、失落、追怀、眷恋的情感也是极明显的。这两句不仅具有历史理性与个人情感的深沉内涵,而且典型体现了一个遗民的心态。所以末尾"亡国恨"的"恨"字,既哀其不幸,又恨其不争,倾重尤在后者,因为答案是已然包含于诘问之中的。"尽"字可以说,是前面双重意象最后概括性的凝聚,故极具力度。

朱庭珍《筱园诗话》推"翁山五律"为岭南三大家中之一绝,又说:"翁山五律,忽而高浑沉着,忽而清苍雅淡,气既流荡,笔复老成,不拘一格,时出变化。"这段话是可以作为这首诗其他方面艺术特点的补充去读的。(魏中林)

鲁连台[①]　　屈大均

一笑无秦帝,飘然向海东[②]。
谁能排大难,不屑计奇功?
古戍三秋雁,高台万木风。
从来天下士,只在布衣中[③]。

注　① 鲁连:鲁仲连,战国时齐人。终生不仕。游赵国时,适值秦兵围赵。他力斥魏将辛垣衍说服赵国尊秦为帝的主张。秦将得知赵国在鲁仲连鼓励下决心死拒,退兵五十里。又以魏国信陵君带兵救赵,秦遂撤兵而去。赵平原君以重金酬谢,鲁仲连辞而不受。为纪念他,后人在古聊城东筑鲁连台,高七丈。　② 无秦帝:使秦王不能肆意称帝。③ 天下士:《史记·鲁仲连列传》载,对平原君的酬谢,鲁仲连说:"所贵于天下之士者,为人排患释难解纷乱而无所取也。既有取者,是商贾之事也。"

屈大均无论人格气质,还是诗歌风格,均染有太白风范,这已是论屈诗者共识。对诗友们的推崇,他虽自谦"犹太白之衙官,青莲之厮养"(《复汪扶晨书》),却也时有得色:"自谓五律可比太白。"(陈田《明诗纪事》引《广东诗粹》)确实,两人相似之处极多,其中突出的一点,都倾慕历史中的英雄、名士,并发诸吟咏,而且心仪的对象有许多都是共同的。屈大均这首五律乃怀古之作,写鲁仲连。巧得很,李白《古风·十》写的也是鲁仲连。其诗云:"齐有倜傥生,鲁连特高妙。明月出海底,一朝开光曜。却秦振英声,后世仰末照。意轻千金赠,顾向平原笑。吾亦澹荡人,拂衣可同调。"

相比之下,两首诗对鲁仲连义不帝秦的历史功绩与功成不受封赏的高标人格都十分激赏,着力加以突出。两诗中那种潇洒飘逸的风格,以及所透出的个性气质,也极有"神似"之处。说屈大均其人其诗深受李白濡染,于此亦不难见。但这只是一方面。另一方面,屈诗又能独出机杼,有自身艺术视角的深入开掘。

从总体结构看,李白诗前八句主要描写鲁仲连其人与事,末两句引之为同调。故方东树《昭昧詹言》说:"此托鲁连起兴以自比。""顾向平原笑"是李白描写鲁仲连事迹的末句,而屈诗正从这"一笑"起笔:"一笑无秦帝,飘然向海东"。《史记》载,对平原君千金之赠,"鲁连笑曰"之后,"遂辞平原君而去,终身不复见"。前此他力斥辛垣衍时有"连有蹈东海而死"之句。也就是说,李白八句诗主要所写的鲁仲连不帝秦、不受赏的内容,屈诗只用开篇两句概括,且概括得是如此凝练传神——"一笑""飘然",足以令人想见其风范与神情。之所以这样写,是由于鲁仲连事迹在当时已成为常识不必多着力,若要超越前人,须倾重笔力,在此基础上作深入开掘。

屈诗开掘的视点,乃在鲁仲连功成不受赏的人格。"谁能排大难,不屑计奇功?"说的就是这一重意思。李白诗"意轻千金赠,顾向平原笑"的描写也包含了同样的内容,但屈诗的两句则进一步以反问的语气加以突出、强化,并说透了这一重意思。而更深入的开掘,尤凝结在末两句。末两句之前,有"古戍三秋雁,高台万木风"一联。因诗题为《鲁连台》,所以这一联写登台所见,意在扣题。议论之中,间入写景,使诗境顿然荡开,具有避免平滞、呆板的艺术效果。就写景看,作者的视野极是辽远,境界阔大,笔力沉雄遒壮。但这又不是单纯的写景。"古戍""高台"均透达着一种深沉的历史悲慨,掩有陈子昂《登幽州台歌》的意致,所以它同时展示了辽远的历史空间。末联的"从来"两字,正是顺这一重意脉接续的,故读去极觉自然。

"天下士"隐括了鲁仲连的一段话,"布衣",又点出鲁仲连的平民身份。这都是李白的诗里所不曾触及的。李白诗的结穴,如方东树所指出,是以鲁仲连"自比"。屈大均当然也有以"天下士"自居的意思。明亡后,他数度为抗清事业奔走,正是以天下为己任的实践。但这里却主要不在突出自身,而是通过对鲁仲连的歌颂,概括出一个显要的历史现象:自古以来,"天下士"即胸怀天下的人,不是那些大权在手,可以操宰天下的帝王将相,却"只在"无权无势的布衣平民之中!这就使全诗超越了具体的鲁仲连,升华为对古今所有鲁仲连的赞美,而同时又包含了对那些国家危亡之际,却蝇营狗苟,致使亡国的达官贵人们的讥刺。从整体看去,屈大均的这首诗,不仅从鲁仲连本身深入开掘了其人格中的固有含义,而且在飘忽流走的笔致下,格外融入了发自历史也映照着现实的苍莽悲慨的风格色彩,这也许就是一个"亡国遗民"同一个"盛世诗仙"的区别所在。(魏中林)

摄山秋夕　　屈大均

秋林无静树,叶落鸟频惊。
一夜疑风雨,不知山月生。
松门开积翠,潭水入空明。

渐觉天鸡晓，披衣念远征。

钱林《文献徵存录》亟称屈大均的山林、边塞诗，《摄山秋夕》即是其中最出色的一首。

摄山，一名栖霞山，在今江苏南京市江宁区东北。清顺治十六年(1659)，为逃避清兵迫害已削发为僧九年的屈大均在南京稽留时，曾至此游览，写下了这首山林五律佳作。因此，沈德潜《明诗别裁》即以其今种的法名把此诗编入"方外"一类。

从诗题来看，是写秋夜的山林。在一般诗人、特别是僧人的笔下，这自然是无比的安宁、静谧。在这一方面，王维曾作过非常绝妙的描写，"明月松间照，清泉石上流"(《山居秋暝》)；"人闲桂花落，夜静春山空"(《鸟鸣涧》)。但这里，作者给我们展示的却是完全不同的另外一番景色。"秋林无静树，叶落鸟频惊。"在秋夜的山林中，没有一棵树是安静的。起句即凝练、遒健，为全篇之警策。"叶落鸟频惊"，就具体地描绘了这不平静的山林。每一棵树上的叶片都纷纷坠落，因而使得那栖息在树上的鸟儿都不得安宁，被频频惊起。这里用鸟被落叶惊起来描写山林的不宁静，构思奇特，想象丰富，读来别有意趣。一个"频"字，用得极妙，它非常生动地突出了山林的不平静。这两句是从空间上，从对树木、落叶、惊鸟的具体描绘中来渲染秋夜山林的不宁静。下面"一夜疑风雨，不知山月生"两句，则是从时间上，从人的感受上来进行烘托。落叶淅淅沙沙，一夜都未曾停止过，使人感觉到仿佛一晚上都在刮风下雨。既以为是风雨，当然也就不会有月亮了，所以连山月已经初升都不知道。这两句委婉回环，折旋有致，与首联两句刚柔相济，相得益彰，生动、形象地给我们描绘出了一个极不宁静的摄山秋夕。屈大均是一个有民族气节的诗人，十八岁就参加了陈邦彦、陈子壮、张家玉等人领导的反清武装斗争。1650年清兵再陷广州时，他反对垂辫，不得已在番禺县雷峰海云寺削发为僧。他的为僧不是为了求得清闲，仅仅是为了避害。其《别王二丈于安》诗云："圣人耻独善，所贵匡时艰。""箧中有阴符，余生焉得闲？"他虽然已为僧九年，但"六根"并未曾清净，国难家仇一刻也不曾忘怀。他在与此诗同一时期的《秣陵》诗中就谈道："如何亡国恨，尽在大江东。"所以，这山林的不宁静正是作者不平静的心绪的自然流露。

"松门开积翠，潭水入空明。"山林的不平静，或者说心绪的不宁，使作者整夜都无法安睡，于是他起来打开用浓密青翠的松枝搭成的柴门，眼前出现的是一汪通澈透明的潭水。多么的安谧，多么的恬静！这是不平静的秋林中唯一的一角静谧的所在，它足以使人神志清爽、心脾俱澈。但是这并非作者所要追求的，这清澈平静的潭水压不住作者心中的波澜。"渐觉天鸡晓，披衣念远征。"天鸡已经报晓，天渐渐亮了，作者披上衣服，心里又挂念起远行的事来。这是作者第一次远行，曾远至山东、河北、东北，在南京稽留时间较长。他曾与朱彝尊、王士禛等著名诗人交游，并积极联络抗清志士，密谋策划反清。所以，"披衣念远征"，这是全诗画龙点睛之笔，它揭示了全诗躁动着的力量之所在以及作者尔后行止之所由起。两年后屈大均即蓄发归儒，随后又第二次远行西北，与抗清志士顾炎武、李因笃等人交游。顾炎武曾赠诗云："弱冠诗名动九州，纫兰餐菊旧风流。"(《屈山人大均自关中至》)认为他的诗继承了屈原的遗风。"披衣念远征"，不正是体现了屈原"路漫漫其修远兮，吾将上下而求索"(《离骚》)的精神吗？

潘来《广东新语序》称屈大均的诗"祖灵均而宗太白"，《晚晴簃诗汇》亦称屈大均"诗自谪仙人"。这首诗兼具气韵声色之美，隽妙圆转，"天机自流"(沈德潜《清诗别裁》评此诗语)，的

确具有李白诗流转自然的特殊风韵,实实耐人寻味。(刘益国)

夜　行　　吴兆骞

惊沙莽莽飒风飙,赤烧连天夜气遥。
雪岭三更人尚猎,冰河四月冻初消。
客同属国思传雁,地是阴山学射雕。
忽忆吴趋歌吹地,杨花楼阁玉骢骄。

　　作者此诗写于宁古塔(今黑龙江宁安)戍所,在描绘北国风情的同时,寄寓了赦还的希望和对江南家园的思念。

　　首联和颔联均为写景句,但在意象上却有不同。惊沙蔽天,狂风怒卷,烧荒草的野火远连天际,与遥远的夜气相融合:其意象境界阔大,豪气充溢,反映了东北平原特有的景色。三更过后,雪岭上还有人在打猎;四月已到,冰封的河流方始解冻:颔联在写景的同时描绘了当地的民俗风情和物候特征,虽然取景的视角同首联相比相对缩小,但诗句中传达的"信息"却更加具体。这些当地人眼中习以为常的风物景色,在长于江南水乡的作者看来,便无一不显示出充满北地风情的新鲜感。

　　颈联和尾联的侧重点在于抒情,同时又处处联系首联和颔联,以壮阔、肃杀的北地风光为背景。属国指汉朝的苏武。他受汉武帝之命,出使匈奴。匈奴贵族多方威胁诱降,又把他迁到北海(今贝加尔湖)边牧羊,始终未能屈其志。后来,汉昭帝得知苏武尚在人世,就对匈奴谎称在上林苑射雁,得系于雁脚的苏武书信,这样匈奴便只好把扣留了十九年的苏武放还。归国后,苏武任典属国。当时,作者的处境与苏武有某些相似,一个是发配塞外的罪犯,一个是囚禁番邦的使者。诗中的"客"字,措辞独具匠心。明明是被囚之身,却偏偏说是异乡作客,从中既隐隐可见作者无罪被遣的遭遇,又透露出一种苦涩的诙谐,可谓诗中的"春秋笔法"。"思传雁"三字,表达了作者盼望沉冤昭雪的心情。作者希望远在紫禁城内的大清皇帝和达官贵人不要把他遗忘,有朝一日放他回乡。然而,事实上真正为他的南还不懈奔走的是他的好友顾贞观。康熙十五年(1676),顾贞观进京,在当时任武英殿大学士的明珠家中设馆,很受明珠及其子纳兰性德的礼遇。于是,顾便乘机进言,请明珠相助,设法让吴兆骞早日南还。当时,明珠并未答应。顾贞观一时意气风发,挥笔写下了两首极其出色的《金缕曲》,"以词代书",寄给远在塞外的吴兆骞,发誓一定要营救好友南归。据说后来纳兰性德读了这两首词,"为泣下数行",答应"此事三千六百日中,弟当以身任之,不俟兄他嘱也"。顾贞观又说:"人寿几何,请以五载为期。"纳兰性德又去恳求父亲,总算见许。五年以后,吴兆骞果然被放南归。这段逸事是"题外话",但有助于理解这首诗的写作背景。"地是"句在记录作者流放生活一个侧面的同时,也透露出作者颇为洒脱的心境:他并未被厄运击倒,而是正视现实,"入乡随俗",在阴山脚下学习射雕。

　　尾联是作者夜行途中突然忆起的往事。据崔豹《古今注》记载:"《吴趋行》,吴人以歌其地。"又唐代诗人杜牧《题扬州禅智寺》诗云:"谁知竹西路,歌吹是扬州。"作者忆起的并不是一时一地的生活片断,而是他在"江南佳丽地"度过的少年和青年时代。末句可析为三个意象,每一意象都有其各自的表意功能。杨花,暗示暮春时节,与颔联的"冰河四月"相对应;而冰河的凝固与杨花的漫天飞舞恰成反衬:一个充满了沉沉死气,另一个则洋溢着活泼的生机。楼阁,指江南鳞次栉比的建筑,暗示其富饶和繁华,与首联荒凉、肃杀的景象相映衬。玉骢骄,谓骏马驰骋春郊。很显然马上骑手的心情是愉快的,闲适的,与"思传雁""学射雕"的作者显然不同。总之,死气与生机、楼阁与惊沙、玉骢骄与思传雁和学射雕的对比,其实正是现实与梦想所形成的强烈反差的缩影;在此对比之中,作者心情的痛苦以及对赐还的盼望,已隐隐地暗示读者。(王兴康)

读秦纪　　陈恭尹

> 谤声易弭怨难除,秦法虽严亦甚疏。
> 夜半桥边呼孺子,人间犹有未烧书。

陈恭尹是清初著名的遗民诗人,他的诗歌以怀古之作最为突出。这首诗是他关于司马迁《史记·秦始皇本纪》的读后感,实质也是一首咏史诗。它具体针对秦始皇焚书一事,来抒发诗人自己的感想。

第一句"谤声易弭怨难除",意思说,人们抨击秦王朝暴政的言论,是很容易通过焚书这种高压手段来消弭的,但是,人们心底的怨恨却很难消除,依旧存在。"弭谤"语出《国语·周语》,周厉王镇压民众舆论,"国人莫敢言,道路以目",而没几年即被国人推翻。诗人用这个词,其实也暗指了秦朝的皇运不长。

第二句"秦法虽严亦甚疏"。《秦始皇本纪》记载焚书的法令云"史官非秦记皆烧之",其他各种书籍除"博士官所职"者外也都要"杂烧之",甚至连偶然谈论也得杀头。此句是说,这种法令虽然严厉细密,但它事实上却也十分疏阔,漏洞很多。为什么呢?接下去两句,就用具体的事实说明这个看似矛盾的说法。

第三句"夜半桥边呼孺子"。"孺子"是小伙子之意,指西汉张良。据《史记·留侯世家》,张良年轻时曾在下邳的一座桥上遇见一个由黄石变来的古怪老人,老人称他为"孺子",在一天夜里送给他一部《太公兵法》;他经常研读,后来果然辅佐汉高祖刘邦推翻了秦朝,被封为留侯。

第四句"人间犹有未烧书",即由此证明,人间还有未曾烧掉的书,至此,全诗的含义也就明显了;秦法难道不是很"疏"的吗?秦王朝不以善政消除人们的怨恨,而企图借焚书来消弭人们的议论,结果非但焚不尽书,反而更加激起人们的反抗,导致彻底的灭亡。

在清初诗歌当中,"秦"往往暗指清朝,所以,这首诗表面上写的是秦朝,实际上写的却是借古讽今;它针对焚书抨击、讽刺秦朝的暴政,其实就是对清王朝大兴"文字狱"、实行文化专制、思想禁锢等类似的高压政策表示极大的不满;特别是它有意拈出张良所读《太公兵法》未被焚毁一事,更曲折地表达了诗人矢志推翻清朝、匡复故国的决心和信心是无法被摧毁的。对于咏史诗来说,关合现实无疑是非常重要的。这首诗的好处,主要也就在这里。(朱则杰)

虎丘题壁　　陈恭尹

虎迹苍茫霸业沉,古时山色尚阴阴。
半楼月影千家笛,万里天涯一夜砧。
南国干戈征士泪,西风刀剪美人心。
市中亦有吹篪客,乞食吴门秋又深。

陈恭尹,生于明崇祯四年(1631)。十二岁丧母,十四岁明亡,十五岁补南明唐王朝诸生而同年唐王兵败被杀;十七岁时父亲陈邦彦因参加桂王朝抗清被捕就义,全家遇难,只他一人幸免逃匿。顺治八年,清兵陷广州,他失去与桂王的联系。明年,他出游闽浙赣等省,一方面为了避难;一方面想与郑成功、张煌言等联系,共同抗清,没有成功。他终生不在清朝应试和出仕,保持遗民志节。《虎丘题壁》是他这次出游路过苏州时作。虎丘,苏州西北的名胜,内有春秋吴王阖闾墓,《吴越春秋》载阖闾葬三日而有白虎踞其上,因而得名。

恭尹的诗,沉着蕴藉,清新自然,七言律在苍凉感慨中,又富和婉流动的圆美。《虎丘题壁》是他著名七律之一,这种优点,得到充分的表现。

起联,从写景点地。说苏州虎丘的山色,到来只见到"阴阴"一片;旧时吴国的"霸业",已经消亡,所谓"虎迹",也已旷远迷茫,成为历史梦影,无可觅求。点地之外,又借吊古以伤明亡及明亡后的南方形势不振、气象萧然。这联写实,但联系史事,已实中有虚,表现在时间的跨度上。以下各联,景事情结合,有对当前的实写,有对远处的想象,更是虚实结合,主要表现在空间跨度上。

第二、三联由虎丘拓展到苏州,到整个南方地区,兼写人心和国事,范围、意境,大大加广加深。"万里天涯一夜砧",说万里天涯,在"一夜"之间,到处都可以听到"砧"声响动。古时秋风一起,妇女们在"砧"上捣布,准备为家人缝制新衣,其"砧"声不但添人寒意,更添人愁思,读李白《子夜吴歌》的"长安一片月,万户捣衣声。秋风吹不尽,总是玉关情!"杜甫《秋兴》的"寒衣处处催刀尺,白帝城高急暮砧"。都不能没有这种感受。何况联系后一联,这些"砧"声,又恰恰多半是为制"征士"的寒衣而响起的,更能触动作为遗民的作者的心事,怎能不倍增其伤感呢?本联出句:"半楼月影千家笛",对砧声而吹笛的,还有"千家"万户,人数很多,其中可能有感于家国之事而奏怨的;但更多的该是"不知亡国恨"而在歌楼酒榭吹弹助欢的人。是前者,能勾人愁恨;是后者,更能添人悲愤。诗不明言,但无论如前者为补充,如后者为对照,都一样能触动作者心中的痛楚,增添诗歌的感染力。第三联出句:"南国干戈征士泪",是透露心事、透露历史背景的关键之笔,也是联系四、六两句的点睛之笔。原来当时北方领土虽为清朝所统一;而南方遗民的抗清斗争,还在艰苦地进行,清朝消灭这种反抗力量的战争,也在加紧进行。所谓"征士",有抗清的义军,也有被清朝征召去镇压义军的士兵,同族同室,操其"干戈"，战争不已，苦难甚多，怎能不使这些人痛心流"泪"不止呢？对句："西风刀剪美人心"，所谓"美人"，正是为那些"征士"而捣"砧"，而动"刀剪"的人，她们的"心"中之痛，不异"征士"，而更加深埋和缠绵。诗中这两联，全用名物性词语组成，没有形动词，没有谓语，浓缩充实，曲折跳跃，意境极为深沉丰富。这是我国古典诗歌的一种特殊句法，极有民族特色，极具精炼性。作者在诗中运用这种句法，极为自然，极为含蓄，极有深情余韵，故耐人寻思，传诵一朝。

春秋时，楚人伍员（子胥）的父兄为楚平王所杀，他逃亡吴国，吹箫乞食，终为吴王所用，为父兄复仇。第四联，诗人以伍员自况，写他身负国难家仇，落拓苏州，所志无成。用典贴切，寄慨遥深，并点明时令和地点，呼应上文，章法严密。

诗篇词语浅显明白，组句曲折绵密，用典恰切，意境深沉，情韵悠远，既容易接受，又能得到无穷的回味，真是清初不可多得的七律佳作。（陈祥耀）

秋柳四首　王士禛

秋来何处最销魂？　残照西风白下门。
他日差池春燕影，　祇今憔悴晚烟痕。
愁生陌上《黄骢曲》，　梦远江南乌夜村。
莫听临风三弄笛，　玉关哀怨总难论。

娟娟凉露欲为霜，　万缕千条拂玉塘。
浦里青荷中妇镜，　江干黄竹女儿箱。
空怜板渚隋堤水，　不见琅琊大道王。
若过洛阳风景地，　含情重问永丰坊。

东风作絮糁春衣，　太息萧条景物非。
扶荔宫中花事尽，　灵和殿里昔人稀。
相逢南雁皆愁侣，　好语西乌莫夜飞。
往日风流问枚叔，　梁园回首素心违。

桃根桃叶镇相怜，　眺尽平芜欲化烟。
秋色向人犹旖旎，　春闺曾与致缠绵。
新愁帝子悲今日，　旧事王孙忆往年。
记否青门珠络鼓，　松枝相映夕阳边。

这四首一组的《秋柳》诗，是清初王士禛的成名作，也是最能体现其诗风的代表作之一。

作这一组诗时,他还是个虚龄二十四岁的青年。那是清顺治十四年丁酉(1657)的秋天,为了参加乡试(省一级的科举试),在作为山东省会的济南,名士云集,年轻的王士禛也是其中之一。一天,他们会饮于大明湖的水亭中。亭外有杨柳千余株,枝条及于水际,树叶却已开始发黄,染上了秋色,行将摇落。他看到后,怅然有感,便写下了这四首诗,并获得了广大的读者,有许多人写了和诗。王士禛后来成为当时的诗界泰斗,《秋柳》对他的这种地位的奠定起了不可忽视的作用。至于这组诗的写作经过,可参看他的《菜根堂诗集序》。

诗前有他自己写的小序。在短短的数十字中,渗透了感伤的情调,低回欲绝:

　　昔江南王子,感落叶以兴悲;金城司马,攀长条而陨涕。仆本恨人,性多感慨。情寄杨柳,同《小雅》之仆夫,致托悲秋,望湘皋之远者。偶成四什,以示同人,为我和之。丁酉秋日,北渚亭书。

在这里他一连用了好几个典故,且都很切合他当时的情况。"江南王子"指六朝时的梁简文帝萧纲,他的《秋兴赋》以秋日凄凉的景色衬托悲哀的感情,其中有"洞庭之叶初下,塞外之草前衰"之句,这就是所谓"感落叶以兴悲";而王士禛自己也是为柳叶的秋色而引发了悲感。"金城司马"指东晋时担任过大司马(官名)的桓温。他在晚年经过金城时,见其早先在当地所种的杨柳,皆已十围。慨然曰:"木犹如此,人何以堪?攀枝执条,泫然流涕。"(《世说新语·言语》)他是从杨柳的老去,意识到自己生命的迟暮。假如说小序开头两句的着眼点是"秋",紧接着的两句的着眼点就是"柳";前两句是以悲凉的秋天的来到隐喻一年中的美好时光已经逝去,后两句则是以桓温见杨柳而自伤老大隐喻一生中的最好的年华已经丧失。所以,作者从"秋柳"所联想、体味到的,是美的东西的消逝,是由此所导致的深沉的幻灭感。而这也就是《秋柳》四首的共同主题。

现在让我们依次分析一下原诗。

第一首的"白下门",指今江苏南京。后来虽也是有名的城市之一,但比起将其长期作为首都的六朝时代来,当然可说是没落了。因此,在古代的诗词中,经常被用来作为抒发今昔盛衰之感的对象。例如,李白的《金陵》:"地拥金陵势,城回江水流。当时百万户,夹道起朱楼。亡国生春草,王宫没古丘。空余后户月,波上对瀛洲。"就是把昔日的繁华和今日的衰落相对照,以表现诗人的悲感。而在王士禛的时代,南京又经历了一番剧变。原来,在李自成起义军攻陷北京后,明的宗室朱由崧即皇帝位于南京;但到第二年南京就被清兵占领,并遭到严重破坏。所以,诗的开头二句暗示:昔日富丽无比,不久之前又成为政治、经济中心、冠盖云集的南京,转瞬之间,只剩下了西风残照,一片荒凉。这是怎样地令人销魂、断肠!换言之,此诗从一开始就把读者带进了巨大的幻灭感中。下面两句,又运用典故,把昔日的充满生命力的景象"杨柳垂地燕差池"(此为沈约《阳春曲》中语,也即"他日差池春燕影"句之所本)与而今的憔悴、迟暮相对照,以进一步强化幻灭感。但是,秋天之后又是春天,那么,这样的憔悴、迟暮是否会一旦又转为兴旺呢?不。黄骢是唐太宗的爱马;此马死后,太宗命乐人作黄骢叠曲,以示悲悼。乌夜村是晋代何准隐居之地,其女儿即诞生于此,后来成为晋穆帝的皇后。对这位皇后来说,这个普通的农村乃是其日后的荣华富贵的发祥地。诗人在此句中加上"梦远"二字,则意味着这样的繁华之梦已永远不可重现,正如死去的骏马黄骢已永远不可复生一样。所以,诗人所感到的、并用来传送给读者的,乃是不存在任何希望的幻灭。于是,剩下来的唯一的路就只能是逃避："莫听临风三弄笛"。也就是说,不要再听那悲哀的音乐,想那些悲哀的事情吧!然而,"玉关哀怨总难论"。幻灭的哀愁是深深潜藏在心底,又怎能逃避得了?逃避本身也不得不归于幻灭。——最末两句,暗用盛唐诗人王之涣《凉州词》中"羌笛何须怨杨柳,春风不度玉门关"的典故。这不仅把笛声与杨柳关合了起来,以与诗题的"秋柳"相应,而更重要的是,借此点明了"玉关哀怨"乃是"春风不度"的哀怨,进一步突出了繁华的春天不会再来的伤痛。

第二首开头的"娟娟凉露欲为霜,万缕千条拂玉塘",似乎是写眼前景,——他们会饮的大明湖水亭外不也正有千余株杨柳,枝条低拂水际吗?但第四句的"江干"(长江边上)一词却暗示了此首所写仍是第一首所歌吟的"白下门",诗人只是从眼前的景色联想到南京的杨柳罢了。其下四句则曲折地显示南京的破败与荒凉。把"荷"与"镜"联系起来,出于梁代诗人江从简的《采莲词》:"持荷欲作镜,荷暗本无光。"那是讽刺当时宰相何敬容的无能的,以"荷"影"何"。王士禛却只是利用"荷"与"镜"的这种关联,由"浦里青荷"想到了妇女用的镜子。"中妇"一词出于陈后主《三妇艳词》的"大妇上高楼,中妇荡莲舟,小妇独无事,……"是姒娣三人里的中间一人,并不意味着她已经到了中年。诗题为"三妇艳",这当然也是一位艳妇。第四句则出于古乐府《黄竹子》:"江干黄竹子,堪作女儿箱。"所以,这两句是说:在南京,伴随着万千杨柳的,是可以使人想到年轻、漂亮的妇人所用镜子和少女箱子的青荷与黄竹。南京本是有许多美丽的女性的地方,她们也常见于诗人的歌咏;而今却只能由青荷而想象对镜的"中妇",由黄竹而想象使用箱子的少女,却再也见不到那许多美艳的妇女了。"隋堤",本指隋炀帝所开通的运河堤岸,在堤上筑有供其行幸所用的道路,路边植有很多柳树。这里借指南京杨柳众多的水边大道。第六句"不见琅琊大道王"下有王士禛自注:"借用乐府语。""乐府"指古乐府《琅琊王歌》:"琅琊复琅琊,琅琊大道王。阳春二三月,单衫绣裲裆。"此处以"琅琊大道王"借指穿着华美衣衫的贵家少年。总之,以前在南京经常看得到的艳丽妇女、贵游子弟,现在是再也看不到了;只有行将摇落的大片杨柳,伴随着青荷与黄竹,满目荒凉。末两句则用唐代白居易《杨柳枝词》的典故。白居易的原诗是:"一树春风千万枝,嫩于金色软于丝。永丰西角荒园里,尽日无人属阿谁?"永丰坊为唐代东都洛阳的坊里名,白居易曾寓居洛阳。又据孟启《本事诗》:"白尚书姬人樊素善歌,妓人小蛮善舞,尝为诗曰:'樱桃樊素口,杨柳小蛮腰。'年既高迈,而小蛮方丰艳,因为《杨柳》之词以托意。"孟启所说是否可靠且不论,它在古代文人中却广泛流行。因此,这两句是说:像过去那样的生长着娇嫩的杨柳——丰艳的青年女性——却令人深感青春的浪费、夭阏的悲惨场所,现在也已成了值得羡慕的"风景地",倘若有幸经过,就应"含情重问"。因为那里还有青春,虽然是悲凉的青春;而今却已压根儿没有青春了。——此处需要补充说明的是:"洛阳"实暗寓南京。洛阳为唐代的第二个首都,南京则为明代的第二个首都。

第三首的开头两句,以柳絮随风点染人衣的美好春日与萧条的秋景相对照。接着的四句,则是说上至宫闱("扶荔宫""灵和殿"),下至一般的老百姓("南雁""西乌"皆喻指漂泊异乡的人民),都已神索气尽,好景难再。末二句进而以汉代全盛之时(即枚叔作赋之时)与衰败的今日相对比,隐喻整个社会都已进入了萧索的秋天。

第四首的大意是说:美好的时日如今只剩下了一片荒凉,而且连这荒凉似乎也要化为轻烟,消失得无影无踪。怀念着往昔绮丽的杨柳,在即将摇落的今天仍然保持着过去的旖旎,那些为今天的新愁而悲伤着的上层女子,回忆着昔年旧事的公子王孙,是否还记得在他们没落前的辉煌日子里伴随着他们的杨柳的倩姿呢? 这里所显示的,是对逝去的美好时光的深切怀恋和极其沉重的失落感,归根到底也还是幻灭的悲哀。因为,"秋色向人犹旖旎",在秋色的笼罩下,面对着即将来到的枯萎,仍力图体现出自身的美,这固然是顽强的挣扎,但其结局,自必为无可避免的失败,因而只能希望在没落者的心中还保存着自己旧日的美。然而,既然只是保存在没落者的记忆里,那又怎能躲脱最终的没落命运——随着没落者的消亡而消亡呢?

总之,一切美好的东西都已逝去,到处是幻灭的悲哀。

王士禛的这种幻灭感、失落感当然与他的时代有关,那本是一个幻灭的时代。尽管他的时代当然只是历史长河中的一个短暂的阶段,然而,只要马克思和恩格斯所指出的社会上的异化现象还没有消灭,人在社会生活中总是或多或少地具有导致失落感、幻灭感的遭遇,至于自然对人类的至今尚不能克服的沉重打击——例如佛家所说的生老病死苦——更不能不常常使人产生幻灭感。因此,尽管王士禛的时代早已过去,但他的幻灭之歌仍对读者具有不同程度的吸引力。

然而,它们的吸引力的存在,并不仅仅在于幻灭感的易于引起读者共鸣,更在于王士禛那种表现幻灭感的独特方式。

他所要表现的内容,本是可以令人痛彻肺腑的创伤:美丽、荣华、欢乐都将匆促地逝去,只有逝去后的无尽伤痛才是真实的存在;释迦牟尼之所以毅然出家,其故也即在此。但王士禛却用漂亮的字眼和句子、委婉曲折乃至朦胧的表现手法、灵动多变的思路,形成一种独特的优美。这种刺心的疼痛穿上了优美的外衣,就减少了强度和力度,转化为一种迷人的——或者说甜蜜的——忧伤。

漂亮的字眼和句子在这四首诗中触目皆是。它们不仅出现于对过去繁丽的追忆中,也见于对今日衰败的描绘里。前者如第一首"他日差池春燕影"的后五个字,第三首的"东风作絮糁春衣",第四首的"桃根桃叶镇相怜""春闺曾与致缠绵"等,所显示给读者的是美妙的情景和生命的活力。后者如第一首的"祇今憔悴晚烟痕","烟"在一般人的印象里是灵动的或迷蒙的美(至少对常读古代诗词的人是如此),例如陶渊明的"依依墟里烟",司空曙的"湿竹暗浮烟",就分别抒写了这两种不同形态的美,所以王士禛的这句诗给人一种"美人迟暮,风韵犹存"的感觉,展现的是美的残余而不是美的彻底破灭,它使人低回、惆怅,却非悲痛欲绝。再如第二首的"娟娟凉露欲为霜,万缕千条拂玉塘",以"娟娟""玉塘"之美,来减轻杨柳即将摇落的悲惨;第三首的"扶荔宫中花事尽",以"扶荔宫"这一优雅的名词和"花事"所蕴含的蓬勃生机,来冲淡整个句子的肃杀之气;第四首的"秋色向人犹旖旎",以"旖旎"来缓解"秋色"的凄凉:也都是漂亮字眼在发挥作用。

他那婉委曲折乃至朦胧的表现手法,跟他的使用漂亮字眼和句子一样,都大大降低了没落所带来的刺激性。最突出的是第二首的"浦里青荷中妇镜,江干黄竹女儿箱"。如前所述,这两句原意是说:在南京再也见不到以前的那许多美丽的女性了,只有"浦里青荷"与"江干黄竹"还能使人联想起"中妇镜"和"女儿箱"。其中所包含的,是极惨痛的经历;但这两句在字面上却极为绮丽。因此,它们首先给人一种很可爱的印象。自然,再仔细想一想以后,读者仍会了解其实际内涵而憧憬于往日的繁华,但衰败的今天既然在字面上仍有相当的魅力,这种今昔盛衰之感就只会引起沉重的叹息,却不会诱致心头的剧痛。

婉委曲折的表现手法的另一类型,是着力于描绘事物曾经存在或如今还多少保留着的美,以此来直接或间接地展示目下的凋谢,却并不写及凋谢本身。如以"犹旖旎"暗点其已开始变衰,以"曾与致缠绵"表明其已无昔日风姿,都能使人感到它们的没落,却又不致带来很强的刺激。再如"梦远江南乌夜村"、"扶荔宫中花事尽",也都和"曾与"句异曲同工,用"梦远"和"尽"轻轻一点,对于与"梦"相对立的现实,"花事尽"后的惨状,则不作具体刻画,以免酸心怵目。

对王士禛来说,这种手法的一个重要方面就是典故的运用。"浦里青荷"一联之所以能如此婉委曲折乃至朦胧,就是依靠用典。他如"梦远"句、"扶荔宫"句、"空怜板渚隋堤水,不见琅邪大道王"等句,无一不是用典。可以说,倘若没有典故,他的这种手法绝不能使用得如此巧妙。但若不是他的思路灵活,典故也不会发挥这样大的作用。

这四首诗在用典上有一个共同特点,就是对原有的典故加以引申或创造性的发展,而不胶执于原来的意义。如第一首的"愁生陌上《黄骢曲》",《黄骢曲》本是哀悼唐太宗的爱马的,既与杨柳不相干,和第一首所歌咏的似也无直接关联,王士禛用在这里,实已把它的意义从原先的追悼个别的宝贵事物的消逝扩大为一般性地哀悼宝贵事物的消逝,以此来表明南京往日的繁华已经一去不复回地消逝了,再也不能复活。又如同一首的"玉关哀怨",虽源自王之涣的"春风不度玉门关",但王之涣此句原是用来形容塞外生活的凄苦的,南京显非塞外;王士禛用这典故,只是抓住了原句中的"春风不度"四字,把"玉关哀怨"转化成了"春风不度"的哀怨,这就与当日南京的情况密合无间了。

他在用典上的另一个特点,是善于捏合。如第四首的桃根、桃叶,本是六朝时王献之的两个爱妾,与杨柳并无关系,但桃和柳却常被作诗人连用,如元代周权的《桃柳词》就说:"灼灼绛桃花,袅袅黄柳丝。风流少年场,妖冶不自持。春风日夜变,点拂飞故枝。飘红惹飞絮,流水同天涯。……"就把桃、柳作为同荣同落、命运和遭际都共同的植物。这很能代表一般人的看法。王士禛此处虽未必是直接受周权的影响,但却巧妙地利用了这种颇为流行的观念,以"桃根""桃叶"代表桃的整体,"桃根桃叶镇相怜"说的乃是桃柳同类,因而经常彼此相怜。但既用了"桃根""桃叶",读者自然也就很自然地联想到了历史上这两位年轻而美丽的女性,因而下句的"眺尽平芜欲化烟"固然使读者进一步产生美人黄土的悲哀,再往下的"春闺曾与致缠绵"也就不致令人有突兀之感了。在用典上的这种善于捏合,一面显示出他思路的灵活多变,给整个诗带来一种流动的美,另一面也使他在用典时不致产生窒碍,信手拈来,即是妙谛,而且整篇诗都具有挥洒自如,演化无端之致。

所有这一切的综合,就成为王士禛诗歌的独特的美。(章培恒)

真州绝句五首(其四)　　王士禛

江干多是钓人居,柳陌菱塘一带疏。
好是日斜风定后,半江红树卖鲈鱼。

上面这首诗是清代诗人王士禛最为脍炙人口的名作。宗梅岑《读阮亭先生真州绝句漫作》云:"板桥山色晚秋初,楚泽真州画不如。我爱新城诗句好,半江红树卖鲈鱼。"的确,人们有一个共同的感受,士禛真州诗,诗中有画,而且远胜于画,它有一种韵味是任何丹青妙手画不出来的。

就以上面这首小诗来说,四句诗都是描写真州一带长江边上的渔村晚景:柳陌、菱塘、渔家茅屋、夕阳下卖鱼的人……这些我们常见到的风景,而一到了王士禛笔下,立即变得富有神韵了。

"江干多是钓人居",仿佛使我们看到江岸上那幢幢茅舍、袅袅炊烟和静泊岸边的小小渔舟。诗人称渔家为"钓人",很有意思。笔者曾多次舟行长江,遥见岸边高张渔网,临江垂钓的情景,犹如看到了国画中充满闲适雅趣的垂钓图,油然而生欣羡向往之情,王士禛此时也是这种心情吧?

"柳陌菱塘一带疏",诗人描绘渔村美丽的环境,也不只是画出柳陌菱塘等实景而已,而是使你像在欣赏一幅画,画上一幢幢渔家茅舍与一排排柳陌、一方方菱塘,都安排得疏落有致,显现出一种宁静、优美的境界,透出一种平淡悠闲的风致。这样的美景已经够令人神往了,其实,这不过是走马观花式的远远一瞥,如果你再走进江岸村边去看看,就会发现还有更动人的一幕呢!

"好是日斜风定后,半江红树卖鲈鱼。"渔村最令人陶醉的时刻,是当夕阳西下的时候,江上风平浪静,落日的余晖染红江畔的柳树,倒映在澄清的江水中,"半江瑟瑟半江红"。"钓人"打鱼归来,在"红树"下叫卖鲈鱼,夕阳也给渔人披上一身霞光。"半江红树",是极美的想象,极有诗情画意的境界,生活其中该多好!何况这里不仅风景美,还有活蹦乱跳的鲈鱼可供下酒呢!这是极有神韵的一笔,真州江边小小渔村,鱼虾自然丰富,但未必常有鲈鱼。而诗人独独拈出鲈鱼,显然不是"有闻必录"式地写一般卖鱼情景了。晋代张翰,江苏吴县人,在洛阳做官,因秋风起,思念故乡菰菜、莼羹、鲈鱼脍,遂弃官回吴。白居易有"秋风一箸鲈鱼脍,张翰摇头唤不回"的名句,王士禛写"卖鲈鱼",未必就没有一点"味外之味"吧?

王士禛一生模山范水,写下大量山水诗,他喜爱借助自然来感悟内心,以山水景物观照人生。他有诗表白说:"静坐岩户间,纷纭观物情。观物即观我,忘机自沉冥。"王士禛所处的时代是明清鼎革之后趋向稳定的过渡时期,汉族士大夫处于一种精神上的矛盾与失落感之中;更由于明代后期已经有了资本主义萌芽,一度出现新的思想和新的追求,到明末清初遭到了明显的挫折,使人感到精神上的压抑和窒息。处于这一特定时代的诗人王士禛,在创作上自然趋向与现实保持一定的距离。人们说他善于捕捉微妙的自然现象,擅长发现美的瞬间,表现自己的心灵感受,实际上他始终在追求着社会生活中已失去而在大自然中尚存的美好的生活理想。他承接司空图、严羽一派诗论,提倡神韵妙语,在静观山水中,与景物发生一种物我对应,借景言心,机锋不露,达到"羚羊挂角,无迹可求""不着一字,尽得风流"的境界。就以上面这首真州绝句来说,他描绘渔村柳陌菱塘、江边日斜风定以及红树下卖鲈鱼的情景,整个画面呈现一派和谐、安宁和满足。诗人在眼前景物中发现了自己长久向往的生活,也为之感动和陶醉。"观物即观我",他在审美过程中,把发现自然与寻找自我完全统一起来了。而这首诗最大的成功之处,就在于它既是客观景物的再现,也是诗人理想的再现,意在言外,情韵淡远,是最富有神韵的杰作。 (铁 明)

冶春绝句(其四)　　王士禛

三月韶光画不成，寻春步屐可怜生。
青芜不见隋宫殿，一种垂杨万古情。

　　扬州不在江南，却是令无数骚人墨客梦魂牵绕的美好去处。且不说它奔腾澎湃的"曲江"烟涛，当年曾怎样涌升、飞洒于西汉辞赋家枚乘笔底，使千古读者为之神旺；也不说它春风中的十里长街，"珠帘"卷处，曾有多少美女绰约弄姿于楼台栏杆，使唐代诗人杜牧也不免心旌摇荡；单说它的"明月"，映漾着"二十四桥"的船灯渔火，袅袅不绝的"玉人"吹箫之音，如慕如诉地流转于沉沉夜天，那情景就够你神魂迷醉的了！所以殷芸《小说》叙昔人言志，便有"腰缠十万贯，骑鹤上扬州"之奢望；唐人徐凝赋诗，更有"天下三分明月夜，二分无赖是扬州"之惊叹。王士禛《冶春绝句》组诗，吟咏的就是这风光旖旎的扬州春景。

　　那正是暮春三月的上巳佳节，在扬州城西北那"朱阑跨岸，绿杨映堤"的红桥酒楼间，正有八九位文士欢聚"修禊"。这其中既有"邛竹方袍"、年过九旬的老诗人林茂之，亦有被沈德潜赞为"是畸人，是豪士，是诗老"的俊爽豪客杜于皇，更有睥睨一世的"西陵十子"之"佼佼者"张祖望。而最为风流潇洒、顾盼生辉的中心人物，便是年方二十五六的扬州推官王士禛了。

　　此刻他正背手临窗、逸兴遄飞，吟过了那"狡狯"喜人、"弄晴作雨"的春日"东风"，画过了"一株低亚隋皇墓，且可当杯酒入唇"的红丽"桃花"；还以"如垂虹下饮于涧，又以丽人靓妆袨服流照明镜中"的"红桥"为题，咏成了"日午画船桥下过，衣香人影太匆匆"之奇句，博得了席间诗侣们的阵阵喝彩。

　　东风、桃花、画船、人影，交织在"早有人家唤卖饧"的风俗画中，映漾在青山迷蒙、风动"留犁"的水光之间：如此美妙的春日之景，就是锦心绣口的诗人王士禛，也感到诗思之难以为继了吧？所以咏到此诗起句，即由实入虚，化作了"三月韶光画不成"的悠悠感叹。这感叹倘若没有前面数首绝句铺垫，便不免显得太虚；目睹着窗外如画美景的席间诸人，该会大声评曰"取巧弄虚"，而罚以"浮一大白"了！但有了前几绝的美妙画意衬托，此句虚领一笔就恰到好处——它正如徐徐推开的电影镜头，使刚才还如霞如燃的桃花，彩虹卧波中的画船、人影，渐远渐隐，终于只留下一片虚境。令你对扬州的"三月韶光"，生出无限葱茏的怀想和恋思。

　　然后镜头一转，展开在你眼前的，已不是楼花、桥影，而是春风吹拂中的可爱绿野了。在欢聚酒楼之前，诗人大抵曾与友人们在扬子津一带踏青而行，领略过杜甫当年"步屐随春风，村村自花柳"的美好意兴。清初的士人，是否还有古人那种脚踩木板拖鞋"寻春"的雅致？但即使脚穿的是布履，又有何妨！在春风得意之中，想象自己脚着木屐，悠悠然举步于充满生机的绿草丛中，那一种走出寒斋的怡悦、踏向无限春色的欣喜，实在是无法形诸于笔墨的！"寻春步屐可怜生"一句，妙在只把镜头对准一双忽行忽住的可爱"木屐"，而将空阔的世界、不尽的春色，全留在了画面之外。但透过"可怜生"(可爱的模样，"生"为语助)三字，你不还看到了主人公那衣袂飘洒顾盼于青山绿野间的忘形笑意？

　　在这样美好的春景里，诗人最容易勾起联翩浮想。扬州之繁丽，早在千年之前就已名闻遐迩。那位荒唐的隋炀帝，当年不正为了观赏扬州的琼花，便曾兴师动众，在锦帆簇拥中驾莅此城，还在扬子津修筑了江都行宫？而今，隋皇的"宫殿"虽然早已消失在一片"青芜"（青草）之中，但那满堤的"垂杨"，似还带着绵绵不尽的思恋之色，梦想着当年的彩丽和繁华？"青芜不见隋宫殿，一种垂杨万古情"二句，便正是诗人"兴会神到"中生发的妙思：隋炀帝的荒唐固不足以训，但扬州之可爱毕竟因了他的南游，而增添了悠悠千年的风流古韵。当你的"步屧"行走在青芜、绿杨之间时，便仿佛走进了一个云烟缥缈的往昔之梦——那富丽的隋皇宫殿似现似隐，就是这如梦如幻的垂杨，不也仿佛栽自"万古"，正欣喜牵依着刚刚驰过的銮驾扈从……

　　王士禛论诗讲究"神韵"，追求的是一种"古澹闲远""神到不可凑泊"之境。这首绝句虽不能说是完全实现了他的主张，但取景状物兴趣天成，今古相映意韵袅袅。全诗借一双"寻春"木屧，展出扬州郊外葱翠可爱的一派春景，并在悠远的缅怀中，把你引向缥缈的历史轶境，也确有一种"色相皆空""兴会超妙"的韵致。难怪后来诗人每到扬州，总要忆及王士禛"红桥"赋《冶春绝句》故事，并评之曰"采明珠，耀桂旗，丽矣。或率而儿拜，或扬袂从风，如欲仙去，《冶春诗》独步一代"（《香祖笔记》引刘公𪱘语）了！（潘啸龙）

邯郸道上[①]　　宋　荦

　　邯郸道上起秋声，古木荒祠野潦清[②]。
　　多少往来名利客，满身尘土拜卢生[③]。

注 ① 邯郸：古都邑名，周、秦、汉时为黄河北岸最大的商业中心，亦为中原交通要冲。故址在今河北省邯郸市西南。② 潦：雨后地面积水。　③ 卢生：据唐沈既济《枕中记》载，少年卢生在邯郸客店中叹息不得志，道士吕翁给了他一个枕头使之入睡。结果卢生在梦中享尽荣华富贵。及醒，店主所蒸黄粱尚未熟。后人称此为"邯郸梦"或"黄粱梦"。

　　邯郸不仅是我国古代中原的交通要冲，也是黄河北岸的商贾辐辏之地，历史文化在这里交汇，折射出多少世态人心，诗人身行古道，油然而生历史人生之慨叹，是为作诗之缘起。

　　"邯郸道上起秋声，古木荒祠野潦清"。开首二句从表面看是绾合题目描绘景色，但暗中却包含着咏史之意。物换星移，春秋代序，邯郸古道又到了金风摧折的时光，秋色秋声"凄凄切切，呼号愤发"，"草拂之而色变，木遭之而叶脱"（欧阳修《秋声赋》）。它充溢于天地宇宙，弥漫于六合四野，一派肃杀凄凉，广袤的原野上，只有阅尽沧桑的古树，被人弃置的祠堂，一汪清冷的碧水，点缀这荒远寥廓的古道秋色。但是，作者在这二句中的寓意，并非仅仅是悲秋而已。古木荒祠，本是历史的遗踪，它在当年，或许是伟人业绩、先祖功德的见证，但历史与时间的长河终于湮没了过去的一切，昔日神像牌位前的俎豆香火早已消歇，所有的神圣功德惊人伟业均已被人们所忘怀。邯郸古道上的兴衰际遇变迁存亡只留下凄切号发的秋声与被人遗弃的古树废祠。俱往矣！

　　作者正是怀着这种深沉的人生历史之悲慨，转入对眼前人间社会众生相的描写，与自然之凄清肃杀与历史之绵渺虚无相比，古道上南来北往的人流却是如此热闹非凡，他们不惜背井离乡客游在外，他们栖栖惶惶，熙熙攘攘，或为名来，或为利往，尽管一路劳顿满身风尘，然自古而今,曾无已时。"多少往来名利客",是诗人无限感叹之词,而"满身尘土拜卢生"更是作者指迷起顽的主旨所在。卢生之典,最早出于东晋干宝《搜神记》之"卢汾梦入蚁穴",尔后又见诸刘义庆《幽明录》之"焦湖庙祝"。唐代文学家沈既济据此写成传奇小说《枕中记》,这个流传久远的故事说的是在邯郸的一个客店中,少年卢生因功名未就,郁郁寡欢,叹息不已。道士吕翁看到后,便从囊中取出一枕,给卢生垫在脑后以使入睡。卢生熟睡后做了个青云直上,飞黄腾达的美梦,正当他在梦中尽享天上人间的荣华富贵之时,却被人唤醒,自己睁眼一看,发现仍睡在简陋的客店之中,而店老板所蒸的黄粱小米饭尚未熟透。这个故事比喻人生功名富贵之短暂虚幻。但世上又有多少人能明白道士之苦心,参破其中之机关,"拜卢生"一"拜"字,可谓境界全出,说明古往今来无数名利客都在步卢生之后尘,陷于虚幻的富贵梦中而不自醒悟,一"拜"字还活画出痴迷而虔诚的人间众生相。

这首诗正以自然之凄清历史之虚无反衬人间追名逐利而终归黄粱一梦的可笑闹剧,于是邯郸古道上的秋色人情成了古代中国历史文化心态的一个缩影,作者构思之深刻,诗笔之冷峻,也正体现在这里。(祝振玉)

次青县题壁　　吴　雯

去年九月长安来,鲤鱼风起船旗开。
本年三月旧山去,马上绿杨掠飞絮。
旧山风景复何如?昨日家人有报书:
当门万里昆仑水,千点桃花尺半鱼。

吴雯家居山西蒲州中条山南麓永乐镇。其地南滨黄河,境内有玉溪,为唐代诗人李商隐居处之地,故商隐号"玉溪生"。吴一生游食于燕赵齐鲁吴越秦楚,足迹几遍天下。他早年到过北京;三十七岁时,应征召二至京师;十多年后再游帝都。虽诗名倾动一时,却始终未得跻身仕途;一代才人,终于饮恨西还,老死牖下。这首诗是他游京津将返故乡、途经河北青县时题写在旅邸壁上的。揣摩诗意,当是第二次到北京应征召时的作品。诗中"长安",代指北京。

从字面看,这首诗写的是天涯倦旅后对家乡的向往情怀;骨子里却含有求仕不遇、惆怅西还的情绪。尽管诗人把这种情绪写得很隐约,细细品味还是可以触摸得到的。

先看诗的前四句。去年九月,他被褐怀玉,从家乡初到京师,应博学鸿辞科的征选,对前途原本是充满了信心的。这种心情的表达,虽不同于李白受唐玄宗征召入都时写的"仰天大笑出门去,我辈岂是蓬蒿人"那样欣喜若狂,毫无掩饰;但"鲤鱼风起船旗开",那飞扬的景象已暗暗透出消息。"鲤鱼风"是九月的风。风起旗飘,征帆似箭,不隐然可见"乘风破浪会有时,直挂云帆济沧海"的意气吗?及至今日应征落选,重返旧山,当初"风起船旗开"的飞扬意气,已化作"绿杨掠飞絮"的暮春景色。此时百花凋尽,芳菲已歇,自然界只剩下"唯解漫天作雪飞"的柳絮飘扬了。这种景象的变化,不分明是诗人惆怅、失意心情的折光吗?但是诗人写来极有分寸。他这次考试落榜,是由于"耽寂守素",不愿与"宛颜低眉、望门求知者竞驰逐"(王渔洋语,见《带经堂诗话》)。因此他虽然落选,却保持了高蹈的人格,赢得了士林的推重。而且,他这次上北京,结识了一代诗豪王渔洋这样的平生知己;何况自己年龄才不过三十多岁,来日方长;因此,"马上"仍有"绿杨掠飞絮"。一个"掠"字,表明他的心情虽然惆怅却不是沉重的,他依然没有丧失信心。这前四句诗,用景色变化写应举落选前后不同的心情,有失望,也有希望;有惆怅,也有慰安。那种复杂的情怀,藉一个"开"字,一个"掠"字,隐隐透露出来,极见炼句炼字功夫。再说,四句诗中,一三句用叙述性的常语,二四句出以形象鲜明的隽句,一常一隽,平奇间出;在章法上,也富于起伏变化。

后四句写诗人对"旧山"的向往,依然隽常并陈,雄秀互见。"旧山"二句较平,言诗人的仆人来信报告家乡的情景,而尾联"当门万里昆仑水,千点桃花尺半鱼",则奇句振起,是全诗中最精警的一联。据王渔洋《池北偶谈》所记,吴雯另一首七绝《答人》,也用这两句作结,可见诗人对这两句诗多么自负自珍。渔洋激赏这两句诗,在其《分甘余话》、《池北偶谈》中再三称引,并向同僚刘体仁、汪琬、叶方蔼诸大佬一再推荐,不无偏爱地称吴雯为继曹子建、李太白、苏轼之后的唯一"仙才",使吴的诗名大噪都下。究竟这两句诗好在哪里呢?依我看,好就好在既切地望时令,又意象高远,涵蕴丰腴。吴雯住在黄河岸边,古人以为黄河之水来自万里昆仑,所以说"当门万里"切于地望。三月间回旧山去,正值晋地桃花盛开,因此说"千点桃花"切合时令。进一步分析:"万里昆仑水",有黄河之水天上来,万里奔腾,不舍昼夜的气概,象征诗人胸襟气局依然恢宏。"桃花尺半鱼",化用张志和"桃花流水鳜鱼肥"句意,暗示诗人有高隐渔樵,啸傲山水的襟怀。再说,这两句描写的景象,前者壮美,后者优美;一见雄肆,一见娟秀;那气韵也是兼具抗坠抑扬之美的。这两句诗气象之高华,蕴涵之丰腴,你细细咀嚼,层见迭出不尽。无怪乎王渔洋要逢人推荐,称引再三了。

这首诗还有一个突出的特点必须拈出:它极具整体美。从格律看,八句中两用三平调,韵脚平仄更迭,七古中近乎乐府歌行。从语言看,隽常并出,似绝不经意,自然浑成。从风调看,清新飘逸,仿佛有灵气流荡其间。讽诵回环,但觉和谐流贯,诗中有一股清泉,沁人心脾,而不是靠一句之奇、一字之巧取媚凡俗。赵执信称吴诗"千顷之陂,不可清浊;天姿国色,粗服乱头亦佳。皆非有意为之也"(《谈龙录》),是很有眼光的。吴诗的佳胜,就在于无意中得自然、完整之美。大概,这就是王渔洋所艳称的"仙才"的不可及处。(赖汉屏)

钓 台 洪 昇

逃却高名远俗尘,披裘泽畔独垂纶。
千秋一个刘文叔,记得微时有故人。

这首七绝题为"钓台",咏东汉严光事。严光,字子陵,会稽余姚人,少有高名,与光武帝同学,及光武即帝位,乃变姓名,隐身不见,帝思其贤,令人于州郡访之。后齐地有人上言,见一男子,披羊裘,钓于泽中。帝疑为光,乃备安车玄纁,专使往聘,三反而后至、舍北军客馆中,车驾即日临幸。光卧不起,帝即其卧所抚光腹曰:"咄咄子陵,不可相助为理耶?"光眠不应,良久熟视曰:"尧著德位,巢父洗耳,士固有志,何至相迫乎?"帝曰:"我竟不能下汝耶?"于是升舆,叹息而去。除为谏议大夫,不屈,乃退隐于富春山(在今浙江桐庐)。后人称其游处之地为严陵山、严陵濑。垂钓之处,称严陵钓台。事见《后汉书·隐逸传》。钓台,下瞰富春渚,有东西二台,各高数百丈。

诗的前两句:"逃却高名远俗尘,披裘泽畔独垂纶。"概说严光能逃却高名,甘心披羊裘独自在富春渚垂钓,对世间荣禄,毫不动心。堪称特立独行之士。因之后世咏其人其事者,多以赞颂为主,如李白《古风》其十二咏严陵事云:"昭昭严子陵,垂钓沧波间。身将客星隐,心与浮云闲。长揖万乘君,还归富春山。清风洒六合,邈然不可攀。"对他表白高度崇敬的心情。范仲淹《严先生祠堂记》赞其高风亮节云:"云山苍苍,江水泱泱,先生之风,山高水长。"可见其事迹感人之深。

然而严光的行事,如果拿儒家的标准来衡量,也还有可议之处,儒家以利济天下为目的,所以有"达则兼济天下,穷则独善其身"之说。严光当国家中兴之际,民生凋敝,人才寡少,为君者,虑恐德薄才浅,致生民之受患,礼贤之心甚切,是以致光于朝,而光乃飘然以往,不以天下苍生为念,唯以栖岩滨水为乐。中国非不可有为之世,光武非不可共事之君,而光以逃名为高,虽说士各有志,殆亦昧于行藏出处之理者。所以作者在这首诗中对于严光,只说他"逃却高名""远离尘俗",不作更多的称誉。

再看诗的后两句:"千秋一个刘文叔,记得微时有故人。"这两句以重笔表彰了严光的故人——刘秀。也是这篇诗命题的主旨。作者感念三千载以来,历史上的君主,能不忘微时故人者,只有刘文叔一人,"文叔"为汉光武帝刘秀之字,光武即位独能不忘贫贱之交,礼贤访士,希望旧时相知之故人,能助其为治,这在历史上实属罕见。以视越王勾践、汉高祖刘邦等人在其尊显之后,就残害其共处贫贱、患难时之故人,尤为不可同日而语。即以严光而论,倘非刘文叔三次遣人礼聘,未必能留下高世绝俗的清名,纵使隐居岩壑,垂钓水滨,久后也不过与蒿莱一同归于自然而已。作者如此着笔,可谓独具只眼,善于立言。宜乎沈德潜评此诗云:"表彰光武帝,正所以感叹在贵忘贱者之古今皆然也。"(《清诗别裁集》)(马祖熙)

广 武　潘　耒

盖世英雄项与刘,曹奸马谲实堪羞。
阮生一掬西风泪,不为前朝楚汉流。

这首咏史诗,题为"广武",是从阮籍"广武叹"着笔。广武在今河南荥阳市东北,汴水自三室山广武涧绝流,广武山隔涧各有城堡,东为楚王城,西为汉王城。秦末,项羽、刘邦曾隔涧为阵。魏、晋易代之际,阮籍尝登广武山,观楚汉交战处,叹曰:"时无英雄,使竖子成名。"(见《晋书·阮籍传》)前人多谓阮籍之叹,是说刘、项之争,刘邦本为竖子(为人瞧不起的小子),但竟成帝业,可见时无英雄,乃使刘邦得以成名。作者洞察史事,一反此说,在诗的起句,斩钉截铁地肯定刘、项皆为盖世英雄。刘邦当秦末群雄并起之时,利用时机,使萧何、张良、韩信等并世英杰皆为所用。韩信且以偏裨得拜大将,至今流传着"登坛拜将,一军皆惊"的故事,可见刘邦知人善任,因而终成帝业,算得上是英雄。项羽为人慷慨英迈,勇冠三军,披坚执锐,力摧秦军主力,钜鹿之战,更使秦军丧胆。虽在秦亡之后,短于谋略,不肯用范增之计除掉刘邦,但其人光明磊落,仍然称得上盖世英雄。所以阮籍所称的竖子,断非刘项。

　　次句"曹奸马谲实堪羞",阮籍生当魏晋之际,亲眼看到曹操父子以权奸篡国,司马懿父子以诡诈起家,对曹马二家,都很鄙视。所以作者认为广武之叹,乃是阮籍为忧时而发,时无英雄,乃使"曹孟德,司马仲达父子以狐媚得天下"(用石勒语)。所谓"竖子成名",竖子当指曹丕、司马昭之流。他们虽然称帝称王,权倾一世,迹其行事,阴险狠毒,只能使正直之士为之含羞。曹丕的母亲卞氏,就曾骂过曹丕说:"狗鼠不食汝余!"司马昭处心积虑,阴谋篡位,无恶不作,大杀曹魏集团中的人士,禁锢曹氏宗室,魏帝曹髦就曾指出过:"司马昭之心,路人皆知也。"可见其阴谋变节,行为卑鄙到何种程度。作者如此论断,确能令人信服。

　　后两句云:"阮生一掬西风泪,不为当时楚汉流。""阮生",自然是指阮籍,阮籍生于建安十五年(210),卒于魏常道乡公曹奂景元四年(263),他的父亲阮瑀是建安七子之一。阮籍一生自十一岁以后都是在曹魏度过的,曹魏自明帝曹叡之后,大权旁落,朝政已为司马氏集团所控制。阮籍在《咏怀》诗中,多次表示对时局的忧虑。《咏怀》"驾言发魏都,南向望吹台"一首,借战国时代之魏,比喻曹魏。"战士食糟糠,贤者委蒿莱,歌舞曲未终,秦兵已复来。夹林非吾有,朱宫生尘埃"诸句,指出魏明帝末年,歌舞荒淫,不知求贤讲武,以致国家日趋衰微。他对司马氏以礼教掩盖篡夺的丑行,也曾在诗中警告他们说,作威作福,好景不长,如《咏怀》五十四:讽刺他们是"不见日夕华,翩翩飞路旁"。《咏怀》六十七指责司马氏集团是伪善在貌,蛇蝎为心,他们是"外厉贞素谈,户内灭芬芳,放口从衷出,复说道义方"。在外标榜仁义道德,私下里则丑态百出。司马氏最终以"禅让"取代了曹魏,阮籍在诗中的揭露,正击中了他们的要害。阮籍本为英迈之士,他在年轻的时候,也曾有济时之志。在《咏怀》诗中,就有所流露,后来感到时危世艰,环境险恶,内心充满痛苦郁抑,他才酣饮放达,时而惊恐不安,若大祸之将至。他很想远离统治阶层斗争的漩涡,他徘徊歧路。欲诉无门,像"生命辰安在,忧戚涕沾襟","殷忧令志结,怵惕常若惊","羁旅无俦匹,俯仰怀哀伤"这样的诗句,触处可见。相传他尝独自驾车而行,途穷则痛哭而返,表现了志士失路的悲哀。由此可见,他临风洒泪,穷途痛哭,皆为忧时而发。广武之叹,更是悲从中来不能自已的伤时之语。"阮生一掬西风泪,不为当时楚汉流。"作者如此论断,信而有徵地道出了"广武叹"的深沉命意,阮嗣宗临风浩叹,其伤时之泪,固非为前朝楚汉而流也。

　　凡作咏史诗,贵有新意,尤贵有真意,作者这首《广武》,力破旧说,既有新意,又符合当时历史的真实,可谓上乘之作。(马祖熙)

王昭君(二首选一)　　刘献廷

汉主曾闻杀画师①,　画师何足定妍媸②?
宫中多少如花女,　不嫁单于君不知③!

注 ① 汉主:指汉元帝。本句为"曾闻汉主杀画师"的倒装。　② 画师:指毛延寿。妍媸:美丑。　③ 单于:匈奴首领呼韩邪单于稽侯珊。

汉代王昭君远嫁匈奴首领呼韩邪单于的故事,长期以来流衍为中国文学中的传统主题之一。在此之下,发展为几个不同的侧面。其中之一,是说王昭君由于不肯以黄金贿赂宫中画师毛延寿,故毛延寿积恨于心,故意丑画昭君,使其不得宠幸于汉元帝。待她自请远嫁之时,元帝方知昭品貌非凡,但后悔已迟,于是昭君走后,一怒之下,杀了毛延寿。这一情节不见于正史记载,最早见于传为晋人葛洪但一般认为南朝梁人吴均所作的《西京杂记》中,而且在晋宋以前的诗歌中也没提到。现存梁代范靖妻沈氏的《昭君叹》中"早信丹青巧,重货洛阳师。千金买蝉鬓,百万写蛾眉"大概是此事的最早诗歌表现。可见,画师受贿事大约在梁代才流传民间,而《西京杂记》当是这一民间传说的辑录。

此后历代骚人墨客对这一情节表现了历久不衰的浓厚兴趣,只要写到昭君,多触及之。有的谴责毛延寿,以为其可杀:"何时得见汉朝使,为妾传书斩画师。"(唐·崔辅国)有的叹怨君王轻信画师:"画工虽巧岂堪凭,妍丑何如一见真?"(宋·徐均)有的惋惜昭君不肯贿赂画工:"明妃恃有倾城色,不贿画工空自惜。"(明·李学道)等等。刘献廷的这首诗,有含于此前之说,又别有开掘。

"汉主曾闻杀画师",首句点出这件事,以为后面议论之基。但其中"曾闻"两字极可品味。"曾闻"是曾经听说,并不确定。这一方面切合野史笔记记载;另一方面,传出作者并不相信,表示怀疑的意思。作者所怀疑的是毛延寿丑画昭君前后事情的存在,并不单指"杀画师"的结局。"杀画师"只是以偏概全的诗家笔法。起句立足点已自不同。次句"画师何足定妍媸"以顶针格对首句词句中暗含的怀疑作出解释,其中又包含了两重内容。"何足"是怎么能够的意思。毛延寿只是宫中的一个小小画师,在作者看来,他既无权力,又没有胆量去决定谁美谁丑的,因而毛延寿丑画昭君并不可信。这一层内容直接解释了"曾闻"所包含的怀疑。那么退一步说,就算"杀画师"实有其事,毛延寿也确曾丑画了昭君,但君王竟何以如此不察,被画师欺骗了呢?须知昭君的"妍媸"是客观存在,并不以画师的丑画而改变。如果君王不是只见画而不见人,又怎么会上当受骗呢?这是"何足"的又一重含义。

后两句承上意脉深一步宕开:"宫中多少如花女,不嫁单于君不知。"意思说后宫里有多少像昭君一样如花似玉的美女,没有遇到出嫁单于这样的事,君王不是都不知道嘛!如果说,昭君由于被画师丑画而"君不知",那么,那么多"后宫佳丽"并非个个都被画师丑画,不是照样君王不知吗?这就申足了次句"何足"的意思。昭君嫁单于而有幸被君王一见,发现其如花之貌,而那许多宫女竟连这样的机会都难以遇到,默默生灭。"故国三千里,深宫二十年",多少良家女子,一朝选入深宫,以备君王淫乐之需,而其中大多数人既不得君王宠幸,又不能出宫归去。她们终生幽闭,葬送青春,罪责又岂是"画师"所能担承!这既指出了封建社会宫女们的普遍性悲剧命运,同时又表现了对君王的明确指责。

本诗虽一洗归咎毛延寿的向来传说,主旨却并不在为他平反"冤假错案"。其实,写昭君,尤其是写昭君为毛延寿丑画所误,早已超出了历史故事本身。诗人们并不格外措意这件事实际的有无,而多借传说中所包含的某一侧面表达一种思想感情。或从昭君不肯贿赂画师因而得不到君王赏识联系到社会黑暗,贿赂公行;或从毛延寿丑画昭君而兴起对小人残害忠良的谴责;或借昭君的"不遇"来寄托个人的愤慨,等等。这首诗同样使我们联想到封建社会中大批才杰之士,空负怀抱,不被识用,横遭埋没的普遍状况。所不同的是,作者没有像前人那样将责任归咎于毛延寿一类的小人弄权或惋惜昭君自己的命运不济,而是矛头直指"君王",从而揭示了封建社会中这类悲剧的底蕴,这正是本诗较同类题材其他作品别有开掘的所在。
(魏中林)

中秋夜洞庭湖对月歌　　查慎行

　　长风霾云①莽千里,云气蓬蓬天冒②水。风收云散波乍平,倒转青天作湖底。初看落日沉波红,素月欲升天敛容。舟人回首尽东望,吞吐故③在冯夷宫。须臾忽自波心上,镜面横开十余丈。月光浸水水浸天,一派空明互回荡。此时骊龙潜最深,目炫不得衔珠吟。巨鱼无知作腾踔④,鳞甲一动千黄金。人间此境知难必,快意翻⑤从偶然得。遥闻渔父唱歌来,始觉中秋是今夕。

注　①霾(mái)云:阴云。　②冒:覆盖。　③故:乃。　④腾踔(chuō):跳跃。　⑤翻:反。

　　这首诗作于康熙二十一年(1682)。查慎行于康熙十八年(1679)以诸生身份从军,担任贵州巡抚杨雍建的幕僚。三年后自贵州回故乡海宁,船过洞庭湖作此诗。诗中描写了中秋夜在湖中观月的情景。

　　这是一首堪称宏伟的山水诗篇,景象壮观宏丽,意境开阔,显示出诗人雄厚恣肆的才力。全诗共二十句,大体可分成三个部分。前四句写天气变化情况,中间十二句描绘日落月升的湖光夜景,末四句总结游兴,并点明时在中秋。

　　诗篇开头即从大处落笔,写得气势磅礴,格调雄浑。第一、二两句写初始时气候不佳,"八百里洞庭"风劲云黑,苍茫无际。湖面上云气升腾,烟水迷濛,浩浩湖水澎湃动荡,与天相接。这是何等浑涵的气象!然而大自然仿佛是一位神奇莫测的魔术师,刚才还是风起云涌、浊浪拍天的洞庭湖,转瞬间便长烟一空,风敛云散了。紧接着,第三、四两句诗人笔锋一转,写出洞庭湖的别一种风貌来,同时为下文描写平湖秋月的图景作了铺垫。"倒转青天作湖底"一语可谓神来之笔,十分生动形象地摹绘出湖平映天的壮丽景色。浩瀚无垠的湖面风静浪止,波澜不兴,清明宽广的天宇倒映湖中,水色天光浑融一体,天水莫辨。至此,开端四句已把读者带入浩阔澄澈的境界中来,令人不得不叹服诗人超绝的造境之功。

　　第二部分具体描写洞庭月景。随着时间的推移,景致的转换,诗人陆续向读者展示了三幅既相互连属又相对独立的画面。首先展示的是一幅洞庭日落月上图。"敛容",本指正容,严肃其容,这里指天空暂时一片昏暗。冯(píng 平)夷,是传说中的水神。"冯夷宫",指湖水深处。天色渐晚,一轮夕阳缓缓西坠,没入水中,将满湖碧波浸染得通红。这时,日已落,月未升,天空顿时昏暗无光。浩渺大水,一叶扁舟。船上的人们尽皆回首眺望,翘盼玉兔快快东升。而同一时刻,一场壮丽的月出正在湖水深处酝酿。诗中"吞吐"二字下得极妙,把明月初上时与湖水相依相托、难解难分的形态状写得真切动人。

　　第二幅画面展示出月亮从已倒转在"湖底"的"青天"中升起,光照湖上的宏丽气象。诗人把明净澄澈、波光晶莹的湖面比作一面硕大无朋的镜子。随着一轮玉盘自水中腾跃而出,人们眼前展现出一个"镜面横开十余丈"的奇丽景观。月轮渐升渐高,湖水清湛,玉宇澄净,蟾光空明。月华如泼如泻,与水色天光交相辉映,广阔无边的湖面俨如琼田玉鉴,是一派空灵、缥缈、宁静、和谐的境界。在这个神异的画境里,读者似乎还能隐约感受到一种水国之夜的节奏——诗人甚至把演漾的月光与湖水吞吐回荡的韵律也微妙地传达出来了。

在第三幅画面中,诗人通过对月明时湖中鱼龙活动情状的描绘,进一步将读者带入一个美妙的神话境界。骊(lí 离)龙,是黑色的龙。传说在九重深渊,骊龙额下有"千金之珠"(见《庄子·列御寇》)。皎皎月光直射湖底,致使潜藏湖波深处的骊龙也觉眼花,不能含珠而吟。湖上一片寂静。素月清辉柔和美丽,天空湖面弥漫在静谧幽雅的氛围里。偶或有几条大鱼跃出水面,鳞甲晶亮闪烁,金光点点。整个画面瑰丽变幻,恍若仙境。能够把湖光月景描写得如此高旷清超,这正是诗人性格、情操和美学趣味的反映。

面对大自然宏奇伟丽的景象,诗人从中感受到无比快慰,并由此生发出"人间此境知难必,快意翻从偶然得"这一带哲理意味的慨叹。诗人到洞庭湖,特别是中秋夜游的机会本不多,而遇到今夜此景的机会只此一次,不可能有第二次了。所谓"知难必"的,便只能从"偶然得";而正因"偶然得",所以才"知难必"。我们不难想象,这种"快意"的心境使诗人不能自已,完全沉浸在他的视野里了,直到忽闻渔歌,方才遽然顿悟此时此景此身正处人间中秋佳节。

全诗意境广阔而清丽。诗人好像一位高明的电影师,把摄影机对准景物推、拉、摇、跟,一个画面接着一个画面在读者眼前放映出来,展示出一种极富层次感的动态美,同时亦使诗篇遂生波澜,开阖动荡,将诗情推向更深远的境界。诗人以他纯熟的艺术功力,在诗中把古代山水诗重在状景图貌和重在造境写意两种倾向高度结合起来,并发挥到了极致。王士禛为诗人早年的诗集作序,谓其古体"丽藻络绎,宫商抗坠"。赵翼在《瓯北诗话》中指出,"初白(诗人号)……当其年少气锐,从军黔楚,有江山戎马之助,故出手即沉雄踔厉,有幽并之气"。细味此诗,皆剀切之论。(尹芳林)

晓过鸳湖　　查慎行

晓风催我挂帆行,绿涨春芜岸欲平。
长水塘南三日雨,菜花香过秀州城。

在查慎行的写景诗中,这一首写得尤其亲切,以情韵取胜。因为诗中注入了对家乡的挚爱和依恋之情。

鸳湖,即鸳鸯湖,也就是浙江嘉兴城南著名的南湖,离查慎行的家乡海宁只几十里地。诗人是游春到此的。这一年诗人已经六十四岁了,他的心依然被青春所激动,被乡情所陶醉,也许正因为到了晚年,这感情才格外醇厚浓郁。

首句的诗眼在一"催"字。谁在催,清晨湖上的晓风。这一句既点明了时间,与诗题呼应,也交代了诗人自己所处的地点。他此时身在船上,也许刚刚迈出船舱,如果不是清凉沁人的晓风,还不会这么早就挂帆起航的。"催"字把景物和人物的关系传达出来了。

　　第二句写湖景,描写舟行所见。湖水在潮汛期,长得很快,几乎要和两岸齐平了。满眼望去,似乎与辽阔的平原混为一片。"绿"字下得极好,和"涨"字结合在一起,给人丰富的色彩想象和运动感,那碧色的湖水仿佛就在眼前漾动,晃你的眼睛。水色苍翠,原野才能与之一色,"平"字也才更好落实。用色彩词代替名物词是古典诗词最具表现力的手法之一,这里可谓一个典型例证。

　　下面两句是全诗的精粹所在。第三句承上启下,为末句作铺垫。长水塘处于嘉兴之南,由杭州、海宁一带山区发源,注入鸳湖。诗人正由此水坐船到达嘉兴。一路上春雨连绵,水势迅涨。可以想见雨过天晴之后,诗人从船舱中跨出来,那种新鲜、清爽的青春感受。这时他写下了最传神的一句:"菜花香过秀州城"。这一句全写感觉,然而容量也最大,写出了诗人对家乡最独特的那种感受。诗人没有写其他的鲜花,却把那带着泥土芳香的油菜花味凸显出来。这花味把诗人浓厚的乡情全唤起来了,简直像醇酒一样令他陶醉其中。在一片菜花清香中诗人驶过了秀州城(秀州即嘉兴),这个"过"字既是船过,也是香过,更是情过,里面蕴包多少联想,引发出多少新的体验,足可令读者作无穷的想象和伸发。(王小舒)

舟夜书所见　　查慎行

月黑见渔灯,孤光一点萤。
微微风簇浪,散作满河星。

　　这首五言绝句的题目的意思是,诗人在船上过夜,记下见到的景物。

　　他见到了什么呢? 先是沉沉黑夜,然后在夜幕上亮起了一盏渔灯。这是他见到的第一个画面。"月黑"与"见渔灯",有着前因后果的关系,如果是朗月高照,渔灯就无从见出了。同时,"月黑"不仅衬出渔灯,而且也为下文的描写涂上了底色。

　　次句是补笔,是为首句中的"渔灯"所作的特写,说明渔灯只有一盏,而且暗得很,像是一点萤火。这一句以"一点萤"作比,极写灯光的幽暗。同时,"孤光"与"一点萤"在句中形成自对。传统上把这种对偶称作"当句对"。"当句对"借助形式上的对称,使诗歌形象得以鲜明地呈现出来,较之平铺直叙,给人的印象更为深刻。

　　第三句作忽然荡开之笔。诗人的视线从灯亮处移开,转写微风吹起的细浪。"簇"是堆起的意思。为什么突然掉转笔锋呢? 读了最后一句就会明白,原来是为了进一步为灯光绘形绘色。在行文变化上,第三句属于"开",是为了开出新格局,然后在末句中"合",使诗以崭新的面貌收拢来。第三句在绝句中是转折,最难写好。怎样把握住转化的契机,要由诗人的思想水平、生活体验、艺术素养等多方面的总汇来决定。这一句的转折,由于诗人体察入微,写得是十分成功的:为了写出水中灯影的变化,必得写浪。无风不起浪,所以在第三句中不忘先写风。风太大,即使不会吹灭渔灯,起码在掀起的风浪中是看不到灯影的变化的,所以诗人又细致地揭出吹起的是微风。微风像画家高明的调色笔,在"月黑"的底色上,在灯光的倒影处,抹上了无数粼粼的细浪,从而展现出了一幅极为动人的新的画面。

这就是末句所描写的情景:"散作满河星。"不难想见,灯影由静止而晃动,由一点散作千万时,诗人是何等地兴奋。诗作也就在此最精彩处戛然作结。这一句的妙处,不在于"满河星"的比喻——这是人们所习见的,而在于散作满河星时的动态变化,从一点化为成千上万的那种流动的美。

这首诗的结构层次十分鲜明:黑夜——渔灯——风浪中灯影的变化。诗人是顺着时间的先后来加以表现的,但又并非毫无取舍地铺叙。可以看出,他的侧重点在于捕捉住最有包孕的片刻,最富于诗意的刹那,即由静而动、由一化多的那一瞬间。其余无关的笔墨,一律都被舍弃,因而诗作在满盈诗情的同时,又显出了极为凝练的特色。(陈志明)

秣陵怀古　　纳兰性德

山色江声共寂寥,十三陵树晚萧萧。
中原事业如江左,芳草何须怨六朝?

康熙二十三年(1684)九月,清圣祖玄烨南巡,纳兰性德以侍卫身份扈从。十一月到达秣陵(即江宁,今南京),玄烨曾诣明太祖朱元璋陵墓致奠,纳兰性德自然随行。这首诗当是诗人在护驾祭明陵后所作。

怀古诗在内容上,贵立意深刻,具有犀利洞彻的历史眼光,能发人之所未发。在艺术上,要求简而能赅,概括古今,又切忌作枯燥史论;贵能寓议论于形象之中,寄感慨于烟水之表。南京原是明代朱元璋首建帝业的都城,到成祖才改都北京。后来崇祯覆国,满清入主中原,福王朱由崧再建南明首都于此。可以说,这里是明代兴亡之所寄。清初不少亡明遗老,每歌咏南京,总离不开黍离麦秀之悲,荆棘铜驼之怨;唏嘘凭吊,情见乎词。纳兰性德这首《秣陵怀古》,持论与他们完全相反。他认为,明朝后期在北京的所作所为("中原事业"),和建都南京的六朝以及南明流亡政权("江左")一样,都是上下贪图享乐,昏庸腐朽,它的灭亡是理所当然的,无须怨天尤人。因此说:"中原事业如江左,芳草何须怨六朝"。性德是满洲贵族,他自然认为明朝的灭亡咎由自取,满清取而代之顺应天意民心。何况他身处康熙盛世,目睹玄烨这位英主励精图治,百废俱兴,清王朝比起偏安江左的六朝以及明末政权来,确实进步得多。因此,他的立论,就不仅仅是站在本朝立场褒贬抑扬,而是站在历史发展的高度来评价兴替变化,其持论已在许多秣陵怀古诗之上。

这首怀古诗的价值,又不仅在立论上能发人之所未发,在艺术上也有独到的地方。这方面,至少可以提出两点:一是概括力特强,二是议论出以形象。

"山色江声共寂寥,十三陵树晚萧萧",前句写南京眼前风物,后句写北京明代陵寝气象(十三陵在北京)。两句诗,总揽南北两地,空间跨度广袤万里,景象混茫。三四句"中原事业如江左,芳草何须怨六朝",总结了建都北京的朱明王朝与建都南京的六朝乃至南明政权许多亡国之君祸国殃民的乱政,笔触自南明上溯到三国的孙吴,历史的跨度超越千年以上。四句诗,地域纵横万里,时间度越千年,读之使人仿佛置身苍茫宇宙之间,俯瞰历史的兴亡变化,诗的概括力可以说横绝今古。

再看形象气韵。首句写南京,着眼"色""声",虚处落笔,大气包举;更用"寂寥"一词渲染,像画家以泼墨写烟云风雨,满纸惨淡阴沉。次句写十三陵上护墓长楸,萧萧落叶,再添一个"晚"字,染出苍莽暮色,一派萧瑟混茫。结句"芳草"二字引入韦庄"江雨霏霏江草齐,六朝如梦鸟空啼"(《台城》)诗意,用间接的形象描绘出空旷缥缈、如烟似梦的南都景象。全诗读之恍如登高望远,在万象萧疏中看到历史发展的雄健步伐,时代前进的宏伟画图。诗人指点江山,议论今古,寓兴亡于山色江涛、夕阳草树之中,苍茫的形象衬托着他明锐的历史眼光。故无论心胸气象,本诗都称得上怀古诗中的佳唱。(赖汉屏)

道旁碑　　赵执信

　　道旁碑石何累累,十里五里行相追。细观文字未磨灭,其词如出一手为。盛称长吏有惠政,遗爱想像千秋垂。就中行事极琐细,龃龉不顾识者嗤。征输早毕盗终获,黉宫既葺城堞随①。先圣且为要名具,下此黎庶吁可悲。居人遇直聊借问,姓名恍惚云不知。住时于我本无恩,去后遣我如何思?去者不思来者怒,后车恐蹈前车危。深山凿石秋雨滑,耕时牛力劳挽推。里社合钱乞作记,兔园老叟颐指挥②。请看碑石俱砖甃③,身及妻子无完衣。但愿太行山上石,化为滹沱水中泥。不然道傍隙地正无限,那免年年常立碑!

> **注** ① 黉(hóng)宫:古代学校名。　② 兔园:本汉梁孝王园名。唐李恽(太宗子)命僚佐杜嗣先编了一本应付科举考试的启蒙课本,取其为名曰《兔园集》,当时士大夫以其内容浅陋颇轻视之。后来文人遂将"兔园"作为一种贬词,形容那些才学平庸之徒。　③ 砖甃(zhòu):砖砌,此指盖碑亭。

　　康熙二十三年(1684),作者任山西乡试正考官,自北京出发去太原,乡试结束后,又从太原南下,经太行山区,于年底回到故乡探亲。这首诗就揭露了他行经太行山一带时所见的一种怪现象——"思政碑"之虚伪与害人。

　　所谓"思政碑"就是封建时代为卸职的地方官在路旁立碑,歌颂其功德,又称"去思碑"。诗的一开头就单刀直入,从道旁之碑写起,十里五里便可见一座座碑亭,相互追随,好不热闹,"何累累"极言其多,"行相追"则分明对此有一种揶揄嘲笑之意。再细看那文字,遣词造句,千篇一律,事迹也大同小异,就像出于同一人之手,无非是称赞地方官的施行仁政,有德于民,人们将千秋万代地思念他,具体的事迹也都琐细无聊,前后不一,漏洞百出,难免遭到有见识的人之嗤笑。其内容不外乎是说他们如何及早地征收赋税,输送给上级政府,地方上的盗贼终被捕获,学校如何修整,接下来便是修理城墙。"征输"两句中连用"早"、"终"、"既"、"随"等表示时间的字,意在说明这已是老生常谈的套语,不读也可知其大意。"先圣"二句则鞭辟入里地抨击了这种现象,作者意谓地方官修葺学校,本是分内之事,但现在却成了邀取名誉的手段,那供奉于学宫中的孔子,岂不成了官吏们追名逐利的工具。先圣况且如此下场,百姓的备受欺凌也就更可悲叹了。

如果说自开头到"下此黎庶吁可悲"十二句是作者自己看碑的感受,那么以下便是通过居民之口来揭露立碑的危害。诗人拉住一位行人问那碑中之事,但他却对此茫无所知,连这位"长吏"的姓名都模糊不清。这正是对上文"盛称长吏有惠政,遗爱想像千秋垂"二句的绝妙讽刺。连姓名都不知,何来"遗爱",正是一针见血,入木三分。于是下文直接以居人的口吻说那官吏在时本没有恩德,走了以后自然也不会留下思念。但之所以要给他树碑立传,是因为不这样做,现任的长官就会大发雷霆,因他唯恐自己日后受到冷落,这样到头来倒霉的还是百姓。"深山"以下六句便是人们对树碑的控诉,碑石要深山开凿,秋雨路滑,自然是辛苦危险的;开采下来的石头须用牛拉回,因此影响了耕种;乡里凑钱请人写碑文,又要看那浅陋迂腐的塾师的脸色;碑树好了,还得用砖砌个碑亭,但居人和妻子儿女却衣不蔽体;可见这一块小小的道旁之碑浸透着百姓的血泪。诗人最后感叹道:但愿太行山的顽石化作滹沱河中的污泥,这样那些庸官就不能再让百姓去为他们凿石建碑了。不然的话,道旁的空地尚多,年年立碑,岂有止尽。诗人对庸官的一腔愤恨与对人民的无限同情在这最后四句中表现得淋漓尽致。然而太行之石怎能化为污泥!说明百姓的苦难没有穷尽,遂加重了此诗批判现实的意义。

诗写得通俗明了,作者力求以简明生动的语言揭示一个虚伪的社会现象,其讽刺的矛头直指官僚集团,这在以官为主体的封建社会中无疑是大胆的行为。作者采取了对比的手法,用碑文中的歌功颂德与现实中百姓对此深恶痛绝构成强烈对照,使官吏的丑恶嘴脸暴露无遗;诗人又直接引用居人之语,令诗意更为逼真而具有说服力。(王镇远)

秋暮吟望　　赵执信

小阁高栖老一枝,闲吟了不为秋悲。
寒山常带斜阳色,新月偏明落叶时。
烟水极天鸿有影,霜风卷地菊无姿。
二更短烛三升酒,北斗低横未拟窥。

人言执信诗善于造景抒情,这首《秋暮吟望》堪称"造景抒情"的代表作。

从诗意推断,这诗当是他晚年之作。诗中"一枝",出自《庄子·逍遥游》:"鹪鹩巢于深林,不过一枝。""老一枝"即终老山林之意,"高栖"的"栖"字正与"鹪鹩"关合,可为佐证。诗从自甘终老山林入笔,次句又承以"闲吟了不为秋悲",点题中"秋""吟"二字。"了不为秋悲"即丝毫不为秋天到来而悲怆。若单从这两句判断诗情,则望中秋色对这位诗人已全是身外之物,他毫不为这"萧瑟兮草木摇落而变衰"(宋玉《九辩》)的景物所动,写这首诗也不过是"闲吟"而已。看来,诗人真正甘心终老于这山林小阁,他的心已经如此超脱,或者已经像槁木死灰了。但你一路读下去,便会觉得诗人是在说假话——不,说反话。他的心,在"了不为秋悲"的反面!

让我们先对中间两联略加品味。因为,这是律诗的核心内容之所在。

　　这两联四句都写了些什么？寒山、斜阳、新月、落叶、烟水、鸿影、霜风、残菊！将这些景物组织入诗，加起来便形成了意境。"寒山"和杜牧"远上寒山石径斜"的"寒山"同义，指高山，因山高而望之似有寒意。为什么说"寒山常带斜阳色，新月偏明落叶时"？要注意深孕诗情的"常"字和"偏"字。山是四时、朝暮都存在的，晦明朝夕，仪态万方，绝非"常带"斜阳之色。诗人这样说，无非表明，他只是在这暮色苍茫之际才远眺寒山，这时的寒山已被夕阳染上昏黄黯淡的颜色。"夕阳无限好，只是近黄昏"，诗人望中自不免生迟暮之感。更何况山高秋晚，望之一派森森寒意，这"寒山""斜阳"，给诗人带来什么感受，还用费辞吗？至于"新月"，是上弦的弯环恰似钩的月亮。新月亮度不大，只有当木叶尽脱、野旷天清的秋天，才会觉得它"明"。但新月之明，为时很短，很快就会西沉。假如在春夜，是满月，或滟滟随波，或月照花林，那自然很美；现在却是昏黄的上弦月，而且偏偏照临在"无边落木萧萧下"的疏林之上，飒飒秋风之中（无风何至落叶！）这位偃蹇老去的诗人，看了那些落叶，已不胜摇落之悲，更何况又敷上新月的凄迷昏黄之色？那个"偏"字，不正和苏轼中秋词"不应有恨，何事长向别时圆"的"偏"字同一意蕴，透露出诗人心中的怨悱惆怅么？"烟水极天"是湖上月夜景色，"极天"言其浩渺无边。试看，在月夜，清明的秋水之上，笼罩着一层烟雾；有孤鸿掠空，投影水上。这"鸿影"，即使你没有记起"谁见幽人独往来，缥缈孤鸿影"（苏轼《卜算子》）的名句，那种超旷之境，"幽约怨悱不能自言之情"（张惠言《词选序》），你能不感受到吗？秋天正是菊开的时候。现在，菊花都被卷地而来的霜风所凋残，黄金委地，全无姿态。我国古典诗词中，向以菊为傲霜君子的象征，诗人望着眼前这严霜凋后的残菊，心里是什么滋味？他虽然不说，却尽得"不落言诠，方为上乘"的妙谛。

　　以上颔联、颈联四句中提供的意象，空间从远到近，从高到低，从水上到陆上；时间从黄昏到月明，从月明到深夜，无一物不是令人望而兴悲之色，无一时不是令人难以忘悲之时，诗人为什么偏偏说"了不为秋悲"？难道说，"不为秋悲"是"深为己悲"的另一说法么？"他人有心，予忖度之。"作如是观，不无佐证。试看——

　　"二更短烛"，他深夜还坐对短烛，无法入睡；"三升酒"：一个人在喝闷酒，浇此万斛秋愁；"北斗低横"：已是快天亮的时候了；"未拟窥"：诗人连看都懒得看，一任时间推移，自黄昏直至东方欲曙。之所以"未拟窥"，是因为他从黄昏到月夜，已经看了许多，感受强烈，心已经难以承受了。可见诗开头说的"小阁高栖老一枝"，他的心其实是难以安然老死在山林的一枝之上的，正所谓"诗情如夜鹊，三绕未能安"。

　　我说这首诗堪称赵执信"善于造景抒情的代表作"，除了前面已经粗略品析过颔联、颈联引进的那些饱含诗情的意象之外，还因为结联写的"短烛"和"酒"，极富涵蕴暗示。许多烦闷难以言传的情意，全部浓缩在这两者之中。全诗意境高远，也赖这结联轻轻一点。一枝短烛，一壶残酒，一个不安的灵魂，尽陈读者眼底，深得欲言而不言，不言而无不言的艺术效果。

（赖汉屏）

江　村　　沈德潜

苦雾寒烟一望昏，秋风秋雨满江村。

波浮衰草遥知岸，船过疏林竟入门。

俭岁四邻无好语，愁人独夜有惊魂。

子桑卧病经旬久，裹饭谁令古道存？

沈德潜的一生可以乾隆四年(1739)他六十七岁中进士为界分成前后两个阶段，前期的诗大多为叹老嗟贫的愁苦之言，体现了一个下层知识分子对个人与时代的悲惘。后期则备受乾隆皇帝的礼遇殊恩，君臣酬唱，极一时之盛，沈氏也便成为一个御用文人的典型。此诗从其愁苦郁闷的基调来看，分明为其前期的作品。

诗写自己乘船入江村去探望一个贫病交加的朋友，全诗通过气氛的渲染、景色的描绘与诗人自己的感触和议论，描写了穷苦知识分子的凄清生活，并以悯人自悯，寄寓了作者个人的身世之感。

诗的前两句既是破题，又描绘了一幅凄风苦雨中的江村画面。苦雾寒烟，四顾茫茫，令人惆怅，望中所见，似乎都蒙上了一层灰暗凄凉的冷色调。这是一种典型的中国绘画中的荒寒景象，也许我们在当时查士标等人的水墨画中可以见到，然沈德潜以他那枝疏淡而老成的诗笔，在"苦雾寒烟一望昏"七字之中为我们勾勒出了一幅现实中的荒寒景象。"秋风秋雨"一句则点破"江村"的题目，也说明了产生"苦雾寒烟"的原因。这两句渲染出一种愁苦悲凉的气氛，尤其是"满江村"的"满"字，令人感到这种气氛铺天盖地地笼罩着整幅画面。

"波浮"二句写船行近朋友家的情景：水波中飘浮的衰草，告诉诗人船将到岸了；船划过一片稀疏的树林，哪知竟已到了朋友的家门口。这两句写眼前之景很有特色，是作者行船的真实经验。江南的水泽，近岸处总是浮荡着水草，而人家的居处，门前也往往栽上一片疏林。此两句虽是写景，然行舟的动态与诗人的感受也包融其中，颇得景中有人的妙理。然"衰草""疏林"也暗示着江村生活的冷落凄清，毫无生机，就像这满目秋色一般，处在一种凝滞与衰败之中，由此便预示了朋友生活的潦倒与悲苦。

如果说前四句主要着眼于写景与气氛的烘托，那么后四句则转到了对人事的描写与感叹。"俭岁"指年成歉收，由于歉收，自然给人们的心上投上了浓重的暗影，因而邻居们之间也失去了往日那种融融洽洽的欢声笑语，维持生机的沉重负担压得人们无心再互通声息。"愁人"就是指诗人所访的朋友，因邻人无语，故只能孑然一人挨过这漫漫秋夜。这两句由江村之景而写到了江村之人，然其中也暗寓诗人舍舟登岸，趋谒友人的情状，于是很自然地过渡到最后两句的感叹。

据《庄子·大宗师》中所说，子舆和子桑是好朋友，子桑生活贫困，某次大雨十日，子舆担心子桑得病，故"裹饭而往食之"。这里沈德潜借用《庄子》中的这则典故，慨叹世风日薄，裹饭赒济朋友的古道于今安在？然其言外之意是说自己远道来访贫困中的朋友，符合朋友间重视道义、互相接济的古风，隐然以子舆自况。这两句是由访友而生的感叹，一方面说明朋友的穷愁潦倒，一方面表达了与之相濡以沫的真挚情感。其中也不无自身的悲叹。沈氏于六十七岁以前，屡试不第，生活在苦闷与失意之中，故诗中对古道的渴望，也包含着他本人对知己者与援助者的企求。

此诗虽题名《江村》，实叙述了一次访友的过程，其中时间的顺序在景色的变换与叙事之中可以见到。首联写舟行所见,颔联写将近朋友居处的情景,其中写景状物既能切合实情,又能曲曲传神。颈联写登岸访友,尾联则是表明自己此来的用心,诗的脉络是颇具匠心的,诚古人所谓草蛇灰线。沈德潜论诗以唐为归,故最讲究格法技巧的完美与表现的蕴藉之美,我们于此诗中也可见一斑。

沈德潜论诗主张"一归于温柔敦厚",即要求诗歌不宜表现牢骚与愤懑,不宜用激烈的笔调来进行抨击与讽刺,而须采取"怨而不怒"、"哀而不伤"的表现方式。本诗也正是他此种理论的实践。本诗旨在悯惜朋友的贫病穷困,然全诗中绝无愤激地指责时弊之语,而是极委婉地表达出此种意见,如"俭岁四邻无好语"一句中,作者只是将病痛的症结归于歉收,而没有涉及任何人事的因素。结语中叹息"古道"之不存,其实正是对现实生活中人心不古的叹惋,然也以极温和的态度出之,正契合其"温柔敦厚"的论诗宗旨。我们借此可见沈氏诗歌的特点,其成功在此,其失败也即在此。(王镇远)

杨 花 黄 任

行人莫折柳青青,看取杨花可暂停。
到底不知离别苦,后身还去化浮萍。

黄任的这首《杨花》诗,以见解新颖、篇法圆紧显示出自己的特色,诗人本人也因此诗的成功而获得"黄杨花"的雅号。

"杨花",即柳絮。诗咏杨花,却从劝说"行人莫折柳青青"说起。行人折柳是怎么回事?杨花与折柳又有什么相干呢!原来,在古人心目中,"柳"字的读音谐"留"字,送别时折柳相赠用以表示挽留之意。李白的"春风知别苦,不遣柳条青",其中即包含有这一层意思。本诗作者黄任却一反传统,标新立异,劝人在送行时不要折柳,原因是诗人从杨花身上受到了启发。因而在首句大声喝起之后,便于次句揭出原因,点到杨花。"看取"之"取"作语助,表示动作的进行;"可暂停",回应上句"折柳"二字。意思是如果看到了杨花,了解到了杨花的本性,那就不会再去折柳了。三四句作进一步的申述,补足第二句的意思。诗人像是指着杨花在说:你看,杨花本身即是不知离别之苦的。否则,它在飘落水中之后不会化为浮萍了。关于杨花化为浮萍的说法,并不科学,但古已有之。苏轼《水龙吟·次章质夫杨花词》:"晓来雨过,遗踪何在?一池萍碎。"自注:"杨花落水为浮萍,验之信然。"浮萍是随风浪飘动的水草,萍踪不定,正如游子一样。这怎能让人相信生出杨花的柳枝会成为多情挽留行客的象征呢?诗人的议论绕了一圈,最终又回到开篇的"行人莫折柳青青"这一层意思上。就议论而言,全诗的重点无疑是在首句。但若对全诗细加品味,则又不能不承认感情的泉眼却是在第三句的"离别苦"三字上。有了"离别苦"的体验,才会对折柳赠别的习俗产生疑问,也才会引出柳絮化浮萍的联想和议论。只是诗人对"离别苦"的表达,不采取直抒的方式而是借助于逻辑严密的议论罢了。

此诗篇法圆紧,一气蝉联而下,句句相承,首尾呼应。诗人不断提出论断,造成悬念,又不断加以说明,在所作的说明中又有新的悬念,还需再次加以说明,直到末句,才算将谜底完全揭开。一如抽蕉、剥笋,剥去一层,又见一层,而非一语道破。谢榛在《四溟诗话》中曾把诗的写法分为两类,一类是"一句一意","摘一句亦成诗",如杜甫的"日出篱东水,云生舍北泥。竹高鸣翡翠,沙僻舞鹍鸡"(《绝句六首》之一)与"两个黄鹂鸣翠柳,一行白鹭上青天。窗含西岭千秋雪,门泊东吴万里船。"(《绝句四首》之三)另一类是"一篇一意","摘一句不成诗",如金昌绪的"打起黄莺儿,莫教枝上啼。啼时惊妾梦,不得到辽西"(《春怨》)。黄任的这首《杨花》诗,也是"一篇一意"的一个典型的例子。(陈志明)

灵隐寺月夜 厉 鹗

夜寒香界白①,洞曲寺门通。
月在众峰顶, 泉流乱叶中。
一灯群动息, 孤磬四天空②。
归路畏逢虎, 况闻岩下风。

> 注 ① 香界:佛地,诗中指佛寺。 ② 四天:即四禅天,佛教用语。诗中泛指天空。

厉鹗是一个幸运的诗人,因为他的家就在杭州,可以饱览天下第一山水,尽情享受大自然的恩赐。他也没有辜负家乡,在诗中写出了杭州山水特别的美。山水之美融进了他个人的体验,人格与山水合一了,还有比这更令一个诗人满足的么?

灵隐寺是人们熟悉的杭州一景,坐落在西湖西北的灵隐山麓,寺前冷泉飞度,古木苍深,不远处飞来峰如巨石飞坠,屹立寺门,环境幽静、清雅。这次诗人找了一个恰当的时间,踏着月光游山,全诗的韵味就在这月色当中。

首联写初到灵隐的感受。用一个字概括就是"寒"。秋夜入山,自有寒气袭人,本属正常。但寒意不仅仅来自秋气,更多的来自月光。山谷和佛寺都浸沐在白光之中,如霜似雪,如临冰界,能不寒气凛然吗? 这个"寒"实际上更多是来自心理上的。第二句的描写使我们想起唐代诗人常建的名句"曲径通幽处",作者用冷泉曲洞代替了曲径,别有一番幽意,幽与寒本来是相通的。

第二联写山间的景色。首先是月,月已升起,高悬空中,这样便看见了森然的众峰。夜间看山,有一种异样感受,一切都是陌生化的,既觉得有某种亲切之感,又觉得十分遥远,恍如梦境。一切都是月光的温柔和朦胧造成。然后是声音,流水之声分外的清晰,能听到冲刷落叶的音响,可见众响都消歇了,写泉流之声也就写出了山间的幽静,静得让人惊奇,让人超然神远。

第三联写寺院。勾勒过灵隐一带的环境,寺院的存在就别有意味了。佛寺与整个山间的气氛恰好相通,它没有归于沉寂。一盏长明灯发着微光,衬现出它四周的静,孤独的击磬声弥漫在夜中,清音袅袅,愈觉空阔,也许这就是佛家的境界吧。禅宗将其妙义真谛比之为灯,喻其能照亮人心,有"心灯"、"传灯"之说。在这样一种氛围中,诗人不由产生万念俱空之感,王士禛所谓的诗可悟禅,就是指的这种体验吧。诗人所写的这种境界美则极美,不免过于孤深。

寒意又上来了。

　　末联写归途，完成了夜游的全程。诗人畏虎是有根据的，灵隐一带古代有异虎出没，故又称虎林。想到这一点，在山路上不觉毛骨悚然，闻风而色变。虎其实早已匿迹了，诗人写畏虎实际上表现了夜游后的一种感受。作者毕竟是个凡心未泯的人，清冷的月夜，孤峭的山门，毕竟不比家居灯下的温馨，他不觉生出畏惧孤寂的感觉，归心油然升起，不可遏制，"归来归来兮，西山不可以久留"。全诗一直寒到了最后。

　　这首诗通篇寒意料峭，幽韵孤深，表现出诗人矛盾的审美体验，然作者的诗笔，实在是可赞叹的，有了他的这份描写，灵隐寺的月夜，必定会平添了几多让人向往的韵味，成为令人难以忘怀的西湖一景。（王小舒）

晓登韬光绝顶①　　厉　鹗

　　入山已三日，登顿遂真赏②。霜磴滑难践，阳崖曦乍晃。穿漏深竹光③，冷翠引孤往。冥搜灭众闻，百泉同一响。蔽谷境尽幽，跻颠瞩始爽。小阁俯江湖，目极但莽苍。坐深香出院，青霭落池上。永怀白侍郎④，愿言脱尘鞅⑤。

注　①韬光：寺名，在今浙江杭州西湖畔北高峰南，因唐代僧人韬光居此而得名。　②登顿：登临。遂真赏：满足领略山水之美的愿望。　③穿漏：指阳光穿过竹林稀疏之处。　④白侍郎：白居易，曾任刑部侍郎，故称。他在杭州刺史任内，曾与僧韬光有诗唱和。　⑤言：语助词。脱尘鞅：摆脱尘世的羁绊。鞅，套在马颈上的皮带。

　　厉鹗是杭州人，又性喜山水，因此家乡的自然风光便成了他诗中的一个重要题材。韬光寺在西子湖畔的北高峰南、灵隐寺西北的巢构坞，据说唐代的高僧韬光在此结庵说法，山间翠竹丛生，山上有观海亭可望钱塘江入海，故西湖的风景里有"韬光观海"的景目，厉鹗自然不会错过这一景观。

　　诗从游山写起，说入山已有三天，三日中饱览了山水的奇姿逸态，登临骋目，真正领略到了自然之美，满足了自己寻幽探胜的愿望。这一天清晨，诗人再度出发去登山，晨霜覆盖着石阶，湿滑难行，而向阳的山崖上已晃动着曦微的晨光。晨光透过稀疏的竹叶射入到竹林深处，那清冷的翠色吸引着诗人独自前往，去追寻幽深之境。四处一片岑寂，各种声音似乎都潜匿起来，唯有山间的清泉玲琮作响，如一曲清歌，沁人心脾。山谷中林木掩映，遮天蔽日，所到之处，尽是清幽之景，直到登上山顶，极目四望，始觉豁然开朗。那韬光寺的小阁就坐落在山顶上，俯视着钱塘江和西湖，嘘吸于山光水色之中；极目远眺，只见一片苍茫寥廓的景象，恍如置身于人寰之外。韬光寺是个登览远望好去处，观海亭上至今还写着宋之问的"楼观沧海日，门对浙江潮"的名句，所以诗人流恋忘返，久久不肯离去。在小阁中坐久了，似乎闻到了寺院里缓缓飘出的香气；那山间的青烟随着太阳的升起散落在池上了。面对着如此清幽绝俗的景象，诗人便产生了与古人为友、超尘脱俗的念头，他想起了曾在此地与释韬光酬唱的大诗人白居易，但愿能摆脱尘事的羁绊，长久地栖息于山巅水涯，放情于自然之中。

　　厉鹗的诗以幽新隽妙、刻琢研炼为特色，其五言尤工，大抵取法陶渊明、谢灵运及王维、孟浩然等人，但更注重追求清窅幽邃之趣。如本诗中的"穿漏深竹光，冷翠引孤往"、"坐深香出院,青霭落池上"等都有王维诗的韵味,但比王诗更注重锻炼而较少自然浑成。这明显地表现在他对选字用词的刻意求新上,如诗中的"登顿""穿漏""灭众闻""同一响""跻巅""坐深"等词都戞戞独造,生新而不艰涩;又如以"霜"字来描绘山间石磴,以"晃"字来表现晨光乍明乍暗的景象,以"冷"字来形容山间翠色的幽冷,以"蔽"字来形容山谷的树木掩映,枝叶交加,以"落"字来写青烟笼罩池塘,都体现了诗人工于炼字,避熟避粗的祈尚。

另外,这首诗所追求的是冷隽幽深的意境,如"霜磴"两句刻画了早行时的冷霜铺地、人迹罕至和空中晦明变幻的情景,"穿漏""冷翠"则通过光和色的描绘来形容山间的幽冷,而"孤往"二字更增添了独行无偶的凄清,与幽深的景色融合无间。"冥搜"两句更从声音上落墨,虽然一路上回响着淙淙的泉声,却更表现出万籁俱寂的感受。至于"蔽谷境尽幽"一句就直接地描述了山间的幽趣,而那一阵幽香、几缕青烟更渲染出宁静清莹的气氛。全诗烹字炼句,刻意表现一种山间的幽寂之美,力求自辟蹊径,不作寻常铺叙,这也正是厉鹗乃至浙派诗歌的典型风格。(王镇远)

湖楼题壁　　厉　鹗

水落山寒处,盈盈记踏春。
朱栏今已朽,何况倚栏人!

这首诗也是为悼念亡姜朱满娘而作。厉鹗与满娘的相识相伴与湖水有着密切的关系。在碧浪湖口,厉鹗将满娘迎娶回家;厉鹗的家,又在杭州的西子湖畔。因此,两人都对湖水有着特别深厚的感情,共同登上湖畔楼亭,共同在湖边踏春游览,这是多么惬意愉快的岁月啊!满娘自雍正乙卯(1735)年嫁给厉鹗,至乾隆壬戌(1742)年正月三日病逝,前后仅七年时间,满娘也不过才二十四岁。这毕竟是太残酷、太让人难以接受了。就在满娘去世的当年冬,厉鹗登上湖畔楼亭,伤心悼念之情油然而生,在湖楼墙壁上题写了这首五言绝句。

第一句"水落山寒处",点明题诗的时间。冬天湖水下落,四周的山峦也显得寒冷萧条。这一特定的季节与诗人冷清寂寞的内心相一致,自从满娘去世之后,厉鹗感到无比的悲怆与冷落。他在悼念满娘的诗中写道:"梵夹呼名翻满字,新诗和恨写回文";"几度气丝先诀绝,泪痕兼雨洗芭蕉";"再世韦郎嗟已老,重寻杜牧奈何春";"何限伤心付阿灰,人间天上两难猜",这些诗句可以说是和着泪水写成。到了冬天,思念之情更加浓重。第二句"盈盈记踏春",可谓思极成幻,在诗人眼前,又映现出满娘轻盈俊秀的仪态,漫步在春天的湖畔。这两句形成了鲜明的对比;满娘在时,周围的一切是那么美好,充满春的气息;而今满娘已经诀别,诗人只感到冬日的严寒,毫无生机活力。

"朱栏今已朽,何况倚栏人",这两句本自苏轼《法惠寺横翠阁》诗句:"雕栏能得几时好,不独凭栏人易老。"又与欧阳瞻《太原道上》"高城已不见,何况城中人"的诗句相似,都是慨叹人生短暂、年华易逝。厉鹗的这两句含义更为深沉,实际上是说满娘去世之后,自己感到衰老得特别快。尽管写这首诗时满娘去世还不到一年,但诗人看到红色的栏杆已经朽败,联想到已是五十岁的自己，便发出了人已老去的感慨。失去了满娘，诗人预感到晚景将会更加凄凉孤独。

这首诗虽只有二十个字，却包容了极丰富的思想情感，故清人严长明评曰："可谓情深。"（王 平）

竹 石　郑 燮

咬定青山不放松，立根原在破岩中。
千磨万击还坚劲，任尔东西南北风！

郑燮是清代中叶著名的诗人和艺术家，素有诗、书、画"三绝"之目。这首《竹石》，即为题咏竹石图之作。它侧重写竹，兼及于石。大意说，竹子紧紧地咬定青山，毫不放松，这是因为它原本就扎根在岩石的破缝当中；它经历过自然界的千磨万击反而更加坚劲，任凭你来自东西南北的狂风！

这首诗的语言十分通俗晓畅，但它的意义却非常深刻宏远。诗歌描写的是竹子，赞颂的却是人。写竹子"坚劲"，也就是写人的坚韧劲拔。诗中以屹立的青山、坚硬的岩石为背景和基础，说竹子"咬定青山"，"立根"于"破岩"，经得起"千磨万击"，受得住四面狂风，即象征着一个人不怕社会上和生活中的种种艰难困苦和排挤打击。可以说，这首诗通过咏竹，塑造了一个百折不挠，顶天立地的精神强者的形象。它的立意构思，同明代于谦的《石灰吟》颇有相通之处。

竹子在古代与梅、兰、菊一起被人们誉为"四君子"。在它的身上，具有许多的美好品德。这些品德，通常主要是指凌云冲霄的进取精神，虚心善待的谦逊态度，并兼备梅、兰、菊诸物的"清高""幽洁""隐逸"等高风亮节。而郑燮这首诗，则着重写竹子的"坚劲"，赋之以又一种美德。这在他的另一首题画竹诗"秋风昨夜渡潇湘，触石穿林惯作狂。惟有竹枝浑不怕，挺然相斗一千场"中，也有着类似的表现。由此可见，郑燮对于竹，是尤其看重和推崇其坚劲一面的。

郑燮之所以如此推崇竹子的"坚劲"，恐怕同他个人的性格有关。他生性正直倔强，同情劳动人民，不怕达官权贵。早年在山东潍县做知县时，他就曾在一幅送给山东巡抚的竹画上题过这样四句诗："衙斋卧听萧萧竹，疑是民间疾苦声。些小吾曹州县吏，一枝一叶总关情。"从中即反映出关心民生疾苦，愿意为老百姓做些好事的进步思想。任职期间，遇到灾荒年头，他为民请命，力争赈济，所请不获允，便毅然拂袖而归。晚年他寄居扬州，生计艰难，靠写字作画，糊口谋生。他是当时著名的"扬州八怪"之一，这个"怪"，恐怕就包含倔强不屈的坚劲性格在内。因此，我们可以说，竹子的"坚劲"，其实也是他个人性格的生动写照。（朱则杰）

寄松风上人　郑 燮

岂有千山与万山，别离何易来何难。

　　一日一日似流水，他乡故乡空倚阑。

　　云补断桥六月雨，松扶古殿三时寒。

　　笋脯茶油新麦饭，几时猿鹤来同餐。

　　此诗为寄方外友人松风上人而作，"上人"，是对僧人的敬称。郑板桥多方外交。诗集中如《赠瓮山无方上人》《赠博也上人》《弘量上人精舍》《赠巨潭上人》《别梅鉴上人》《寄青崖和上》《法海寺访仁公》等诗，不一而足，盖以作者出身孤贫，读书时尝寄居寺庙，对于闲云野鹤，松声清梵的生活，习以为常，且其所交之方外人物，类多能诗善画，蔬食野饭，超然尘表。因此寄情禅悦，托意烟霞，借以清净性根，怡心凡俗，遂成为作者生活中不可分割的部分。他们之间，虽在别后，并非断然忘怀，而在诗歌中却又往往表达其互相忆念之情，这首《寄松风上人》正是这样的作品。因为在佛家看来，凡是最能忘情的人，也是最有情的人，全然无情，也便无所谓"忘情"了。

　　此诗首二句："岂有千山与万山，别离何易来何难？"即以深示别后相念之忧为主旨。"千山万山"句，谓彼此相距，本无千山万山之隔，但人世聚会，原自不易，这其中含有一定的缘分：聚，固然是缘；别离，也并非无缘再见。然而别易来难，则又是一种事实。这两句是虚中有实，大意是说：我们之间，并没有千山万山的隔离，但分别倒很容易，重来相会就很难了。是我们之间没有相亲相近的缘分吗？不是，倘若无缘，也不会有当年的聚会了。

　　三、四两句承前，进一步表白相念之殷，并申述"来何难"的语意。时光的流逝，日复一日，虽不能说是转瞬沧桑，但确如流水一样，愈逝而愈远，别离的时间也随之而愈逝愈长。在别后的期间，不论在他乡或是故乡，作者因怀念上人，常是倚阑相望，而天各一方，又常有望而不见空自倚阑之叹。日复一日的久别，他乡故乡之倚阑，都是实况，但实中有虚。"似流水"之"似"，"空倚阑"之"空"，都是虚拟。"似"，以显示时光流去之速，竟如流水之一去不复返。"空"字，表示徒然，以示虽然倚阑相望而人终未来。时光之逝，本属无情，而人之念友又为有情。因时光之逝而加深念友之情，并经常凭栏相望，作者对松风上人之友情，可以说是真挚的。以上二联都是从作者自己这方面着笔。

　　第三联乃转从松风上人方面作想："云补断桥六月雨，松扶古殿三时寒。"松风和作者别后，当是挂锡在杭州西湖，因而断桥一带成为松风游憩之所。上人孤栖崖壑，当云补断断之六月，又不期而落雨，未必能有独游的逸兴，而古殿清寂，禅榻萧疏，青松高耸，白云在天，上人又能耐三时之寒，故而出游甚少。作者在这二句中，不写"云漫断桥"或"云起断桥"，而用"云补断桥"。在另一首《山寺》诗中，也有"寒墙补破云"之句，这个"补"字，用得很新奇，是作者用字和他人不相同之处。不写"松依古殿"，而谓"松扶古殿"，可见此古殿也是年久失修之佛殿，故用"松扶古殿"以见若非松之能禁受清寒，扶着此殿，那就更加显得荒凉破旧了。这两句旨在表明松风上人自有清高孤峭之性根，故能耐得三时之清寒而自甘空寂。作者试想松风上人之不经常出游，乃在于六月间之为雨阻，而在春秋冬日，又宁愿禁受三时之寒，而与孤松为侣，所以杖锡云游之志不兴，而未能与自己时相聚晤。

　　末尾两句，再写自己盼望其来，和起笔之"别易来难"及次联之"空倚阑"相应："笋脯茶油新麦饭，几时猿鹤来同餐。"时间正当夏令，笋蔬尚美，新茶早经上市，麦饭正好尝新，加上乾脯油料可以佐膳,作者多么希望这位古庙老僧,能前来尝尝新啊!"几时猿鹤来同餐"一句,更是充满友情的话语:"猿鹤",旧时用以比喻隐逸者的伴侣。(孔稚圭《北山移文》云:"蕙帐空兮栖鹤怨,山人去兮晓猿啼。")这里用"山猿野鹤"指如松风上人之旧友,"几时来同餐",显示相望甚为殷切。

　　全诗表意明显、层次井然,先说"别易来难",次言别后怀念深至,再言上人之不能来或有原因,末后以殷望其来作结。虽说两人之间,一则栖身空门,一则为托迹红尘之文士,但两者之友情,还是可以互相沟通的。此诗多用拗句拗字,如次联本应作"平平仄仄平平仄,仄仄平平仄仄平"之句,拗为"仄仄仄仄仄平仄,平平仄平平仄平",前句连用五个仄声字,后句之第三字"故乡"之"故",本属可平可仄,实际上也等于连用五个平声字。第三联"六月雨"之"六",应用平声字而用仄声,"三时寒"之"三"字,应用仄声字而用平,亦使两句皆成拗句、盖格律诗中亦有拗体之一种,诗家偶或为之,初学诗者不可不察。

　　昔人谓"板桥于诗词皆为别调而有挚语,又能不为当时风气所囿,抒情写意,痛快淋漓。"观于此诗,益信所评之确当。(马祖熙)

秋夜投止山家　　严遂成

山当面立路疑穷,　转过弯来四望通。
凉月满楼人在水,　远烟着地树浮空。
熊黑之状乃奇石①,　鹳鹤有声如老翁②。
清福此间殊不乏,　可容招隐桂花丛③。

注 ①黑(pí):熊一类的野兽,又称人熊,能直立行动。　②鹳鹤:鸟名,似鹤而顶不丹,颈嘴亦长,全身灰白,翼尾黑色,巢于高树。　③招隐:征召隐士出仕。《楚辞·招隐士》:"桂树丛生兮山之幽。"

　　白天旅途疲困,急急于寻找打顿之处,而就在这"投止山家"的过程中,诗人面对奇丽山景,别生出一番遐想。诗一开头将自己置于夜幕降临、山高路穷的时空背景里,虽不加渲染,但秋寒、山阻给夜行者带来的焦虑、苦惑却可以想象。继而另开一境,因山路之转,得"四望"皆通的广阔天地,诗情也随之由抑而扬,由塞而畅。首联明显取意于陆游的名句"山重水复疑无路,柳暗花明又一村"(《游山西村》),不同的是,陆诗是明媚春光下的游村体验,严遂成这两句则是秋夜求宿时的意外感受,就其实境来说,迷惘和欣喜的对比更加鲜明。备遭山路困扰的诗人,来到突兀而现的空旷地,登高望远,免不了会雅兴大发,感慨自然与人生的倏忽变化。

　　由于意外的惊喜,诗人似乎已忘却了一日的风尘,全身心地沉浸在满目山景之中。凉月当空,楼与人全为银辉所披覆,由于月华如水,人亦似浮游于粼粼秋水之中。远处烟云蒸腾,弥漫于平地之上,使平地消失了根基,那原来扎根于地上的树林,此际只有梢头浮在云上,望之有"浮空"之感。正是"四望"一无阻隔的原因,上下远近之景可尽收眼底。这二句写景一清澈,一悠远,"人在水""树浮空",都是不可多得的好喻。

　　再看在这空蒙的月夜里,山石奇异,若熊黑之状;鹳鹤鸣叫,如老翁之声。如果说颈联主要将多种客观物象的予以组合来描绘山景之清,那么颔联则通过诗人的主观臆想,来突出山景之奇。清吴应和称:"五六一联,的是夜行景象,见闻所及,得无心有恐惧耶?"(《浙西六家诗钞》)其实,诗人取柳宗元《钴鉧潭西小丘记》之意,将山石比作"熊罴",以拟物手法写出山石的"奇"状,使其富于动态,并不是为了制造恐怖之气。另外前人诗赋,多有视鹳鹤鸣叫为"清音"者,苏轼《石钟山记》中将鹳鹤叫声比作老人的咳笑,也是以拟人法展示游山奇趣,增添文章妙趣。严遂成信手拈来入诗,更无"恐惧"之意。不过,吴氏"的是夜行景象",说得还是不错的。

自汉淮南小山作辞赋《招隐士》以来,陆机、左思也都有同题的五言诗。淮南之作叙写山中景物的险恶可怖,招寻隐逸之士走出山林。陆、左之作反其命意,极言山隐生活的淳朴、闲适,表达的是求隐的愿望。就严诗而言,明白发出了对"清福此间殊不乏"的仰羡。在肯定、颂扬隐逸生活这一点上,应该说是与陆、左的《招隐诗》相通的。严遂成长于史识,从所为咏史诗可以看出,对历朝人物的荣辱升沉有广泛深刻的理解。本人虽中雍正二年进士,但需次二十余年始补县令,仕途很不得意。当他受到外界环境的触发,便指望投身到如此清奇的世界中去,不再愿被"召隐"而出,也是很自然的一时感慨。

这首诗写山路的绝径逢通,山景的幽远清空,山石、山鸟的奇异形声,和谐地围绕"秋夜投止山家"而展开,亦实亦虚地将人置于特定时地背景,并引出对社会、人生的思考,收到了此时此境必生此情的艺术效应。全诗字字有来历,但用典全无斧凿之痕,贴切自然,反映了严氏的诗学功力。(张修龄)

晓 行 　胡天游

梦阑莺唤穆陵西①,驿吏催时雨拂衣②。
行客落花心事别,　无端俱趁晓风飞③。

注 ① 梦阑:梦将做完。穆陵:关隘名,在今山东省临朐(qú)县南大岘山上,春秋时为齐国南境,地势险峻,素有"齐南天险"之称。　② 驿吏:管理驿站的官吏。　③ 无端:没料到。

唐宋有好多诗人写过以"早行"、"晓行"为题的诗,其中温庭筠的《商山早行》最为人们所传诵。沈德潜读到"鸡声茅店月,人迹板桥霜"两句时,拍案叫绝:"早行名句,尽此一联。"然而,好诗并未被唐宋诗人做完。胡天游的《晓行》这首绝句,写得新颖别致,风韵独绝,堪与唐宋名篇媲美。

诗的开头两句写晓起早行的情景。第一句,"梦阑莺唤"暗点诗题中的"晓"字。本来,黄莺啼晓是无心的。孟浩然在《春晓》中曾写道:"春眠不觉晓,处处闻啼鸟。"这儿不说"莺啼",而说"莺唤",一字之变,顿使诗中意象情趣横生:黄莺鸟生怕行客贪睡误时,在他还没做完好梦时,便一迭连声地把他叫醒了。不仅如此,读者还可想见,行客被叫醒后,自然不像金昌绪《春怨》中女主人公那样恼怒:"打起黄莺儿,莫教枝上啼",而是赶紧起身,并对及时报晓的懂事的黄莺鸟奉上一声"谢谢",因为才到了穆陵关的西面,离此行目的地还远着呢,非得起早赶路不行。第二句,先用"驿吏催"进一步渲染赶路急的气氛。接着描写晓行上路时的情景:天上下着濛濛细雨,雨丝随着风片轻轻地拂擦着行客的春衫。"雨拂衣"三字展现了诗人冒雨趱行的生动意象,暗示出他当时那种凄苦纷乱的心境。

　　诗的三四两句写晓行时的心事。第三句,先点逗一下行客是有纷乱"心事"的,却不明言,只是告诉读者,同落花的心事是不一样的。这样写,给读者留下了想象的余地。结句,忽发异想,创造了一个灵动而有奇趣的意象:行客和落花不同的心事,竟一齐乘着晓风翻飞。在这个意象中,行客和落花的心事仍都含而未露,然而并非真的无迹可求。韩愈曾这样咏落花:"已分将身著地飞,那羞践踏损光辉。无端又被春风误,吹落西家不得归。"(《落花》)胡天游笔下的落花意象显然脱胎于韩诗。原来,落花的心事就是担忧被风次落他处,有家归不得,而写落花的心事意在反衬行客的心事,这就给我们想象行客的心事暗示了思路。我们知道,胡天游仕途失意,生活维艰。从乾隆元年离开故乡,旅食京师多年,又为了糊口,先后奔走于河北、山东和山西等地。联系诗人的经历,似可对诗中行客的心事作这样的探测:身在异地,想念家乡,但是,为了谋个饭碗,不得不一清早冒雨趱行,客游他方!或者是:寄人篱下,身不由己啊!路程尚远,一定要赶在限期之内办完差使,否则回去不好向主人交代。当然,"诗无达志"。行客究竟有怎样的心事,读者尽可发挥想象,做出各自的探测。(陈少松)

题余舫　　王又曾

　　闲身天地沙鸥似,借得溪堂畅远襟。
　　白日尽吹残雨冷,碧梧高坐一蝉吟。
　　狂来飞动江湖思,懒极生疏礼法心。
　　枕上红酣秋梦阔,窈然三十六陂深。

　　这首七言律诗系王又曾为其书斋余舫所题,抒写了他闲居时的心情。清王昶《湖海诗传褐山房诗话》云:"至补刑部主事,谷原(王又曾号)以律例向非素习,且病,遂乞假归。性喜饮,谈笑风生,神情潇洒,虽漂泊江湖,而东南长吏晋接者多。赋诗斗酒凡十余年,卒憔悴偃蹇而没。"以诗中对礼法律例的厌恶,对江湖生活的思慕和对江南故乡的怀念等推测,诗当作于补刑部主事后、以病乞归前,是诗人当时思想情绪的真实写照。
　　首联出手擒题,借书斋写心境。诗人偶尔凭借水边书斋舒展一下远大襟怀,忙里偷闲,觉得此身恰好似天地间一只自由翱翔的沙鸥。"闲身"句显然是化用杜甫《旅夜书怀》诗中"飘飘何所似,天地一沙鸥"句意。颔联以景色衬情绪。整日残雨吹洒,一阵阵冷意袭人;一只秋蝉高坐在梧桐树上,声声低吟,听来顿生丝丝忧愁。"冷"字一笔两到,既写天气,又状人的情绪。"白"、"碧",设色清冷,与诗人心境谐和。颈联从性情见心态。狂放的性情,慵懒的情态,表达诗人对江湖自由生活的追羡和对封建礼仪法度的抗拒。颔联借景透出凄清情绪,是环境使然;颈联由景及情,直抒愤激心志,是诗人本色的流露。"狂"来自内心按捺不住的刚烈和血性,"懒"出于对礼法的鄙夷和对抗。"飞动"状出翻滚难平的思想波动。"生疏"传出对礼法由恪守到怠慢的心灵历程。尾联托梦境寄乡思。宋王安石《题西太一宫壁》诗云:"柳叶鸣蜩绿暗,荷花落日红酣。三十六陂流水,白头想见江南。"汴京和扬州天长县(今属安徽)都有三十六陂。王安石重游汴京的三十六陂,想起自己曾游赏过春水弥漫的江南三十六陂(其实天长县在江北,靠近江南,这里概而言之)。诗人斜倚枕上观赏秋日水上红酣的荷花,渐入梦境,梦中,又看到日思夜想的江南故乡那幽深的三十六陂流水。

诗人曾自谓:"我诗适兴而已。诗家精深华妙,森严密栗之境未能到也,然天真烂漫,随手拈得,颓唐中见风致,古人佳处往往在是。"(引自徐世昌《晚晴簃诗汇·诗话》)此诗亦"适兴"之作,唐宋名家诗句"随手拈得",驱使自如,略加点化,便臻妙境。风调似颓唐,却风致宛然,景中藏情,佳处不减汉魏六朝及唐宋诸家。(林　笛)

经天姥寺　　王又曾

> 天姥峰阴天姥寺,竹房涧户窈然通。
> 老僧敲磬雨声外,危坐诵经云气中。
> 禅榻茶烟成夙世,天鸡海日又春风。
> 回头却忆十年梦,梦与山东李白同。

天姥寺在今浙江嵊州和新昌两县交界处的天姥山上,寺因山得名。《太平寰宇记》九六"越州"引《后吴录》云:"剡县有天姥山,传云登者闻天姥歌谣之响。"山又因人得名。唐白居易《沃洲山禅院记》云:"东南山水,越为首,剡为面,沃洲、天姥为眉目。"可见天姥山是当时东南游览胜地。天姥山临近剡溪,剡溪附近名山甚多,自晋代以来就是名流隐居的地方。唐代大诗人李白深情地表白过"自爱名山入剡中"的愿望,又以梦游驰骋想象,写下《梦游天姥吟留别》这样奇异瑰丽的诗篇。这些无疑给天姥山披上了神奇虚幻的色彩,自然驱使诗人王又曾登临览胜。这首《经天姥寺》便记录了他行经天姥寺时的所见、所闻和所思。

"天姥峰阴天姥寺,竹房涧户窈然通。"首联记所见:描写天姥寺的环境和建筑。寺位于天姥峰的北麓。诗人未正面描绘天姥峰的雄姿,但人们仍可从谙熟的李白《梦游天姥吟留别》诗中想见其"连天向天横,势拔五岳掩赤城(天台山的一部分)"的气势。寺的周围,竹建的房屋远远地和山涧人家的门户相通,显得幽深古朴。诗人也未正面描写山竹和山涧,但透过竹房和涧户,修竹的挺劲,清涧的流响,已不难想象。这是诗人诗笔简省精妙处。

"老僧敲磬雨声外,危坐诵经云气中。"颔联叙所闻:突出敲磬声和诵经声。磬是佛寺中敲击以集合僧众的鸣器。淅沥的雨声外,传来嘡嘡敲磬声,那是老僧在集合僧众;虚渺的云气中,飘出朗朗念经声,那是僧众端坐诵读经文。"雨声外",衬出磬声传响悠远;"云气中",写出寺庙高入云表。"老僧敲磬""危坐诵经",均非诗人亲眼目击,只是凭着对寺庙的熟悉,出于悬想,却使人身历其境,感受到佛寺的庄重肃穆和僧人的清静虔诚。

"禅榻茶烟成夙世,天鸡海日又春风。"颈联怀古:追思唐代诗人李白和杜牧。杜牧游禅院时,曾留下"今日鬓丝禅榻畔,茶烟轻飏落花风"(《题禅院》)的诗句。禅榻是僧人用以坐禅的矮而小的床。禅僧焚香坐禅,每焚完一枝香,就要饮茶,以提神集思。茶烟当指热茶蒸发的水气。杜牧躺在寺院的禅床上,慨叹自己鬓如白丝,凝视风儿吹落片片花瓣,香茗散发袅袅烟气,在风中轻轻飘飏,一种感怆悲凉的意绪袭人心扉。这是一种万念俱寂的"悟道"境界,是杜牧晚年生活的一个真实写照。李白梦游天姥山时，有"半壁见海日，空中闻天鸡"（《梦游天姥吟留别》）的诗句。天鸡是神话中天上的鸡。《初学记》三十晋郭璞《玄中记》云："桃都山有大树曰桃都，枝相去三千里，上有天鸡。日出照木，天鸡即鸣，天下鸡皆鸣。"李白描述梦中在悬崖峭壁观海上日出，在天姥绝顶听天鸡啼鸣的情景，无疑为天姥抹上了一种神奇壮观的色彩。如今，诗人经过天姥寺，未必坐禅榻，观茶烟，却由寺庙联想到杜牧当年游禅院的情形，那"禅榻茶烟"的诗句便油然浮上脑际，他也进入了那种万念俱寂的悟道状态。诗心相同，禅心相通，他甚至认定杜牧就是自己的前世了。诗人登上天姥，春风满怀，又是一番壮美景象。眼前未必真有"天鸡海日"的景观，他只是用"天鸡海日"指代天姥风物，或者更确切地说，他是以此怀想李白的豪迈浪漫，表明与李白异代同游的心迹。

"回头却忆十年梦，梦与山东李白同。"尾联抚今：回首过去十年的生活历程。杜牧《遣怀》诗有"十年一觉扬州梦"句，"十年梦"当本此。诗人对"十年梦"未用"觉"而用"忆"，这就少了一点杜牧那种忏悔的意味。山东是李白中年寄寓之地，李白有"学剑来山东""我家寄齐鲁"的诗句。诗中"山东李白"当指中年李白。诗人回首十年往事，一言以蔽之曰"梦"，一种"人生如梦"的感喟自在不言之中；检点"梦"中情境，竟与中年李白相同，这就多了一份欣慰的情味。李白在《梦游天姥吟留别》中叙述了梦游的历程后高唱道："世间行乐亦如此，古来万事东流水。别君去兮何时还，且放白鹿青崖间，须行即骑访名山。安能摧眉折腰事权贵，使我不得开心颜！"他向往到名山去求仙，而决不愿忍辱受屈地事奉权贵。诗人把李白引为异代知己，李白的这些诗句道出了诗人的心声。他官刑部主事后，乞告归，漂泊江湖间，他的心是与李白相通的。

这首七律在艺术上很具特色。颔联"老僧"两句流贯而下，又不乏对偶的韵致。尾联"回头"两句，"梦"字重出，且前后相衔，读来不觉重复，只觉情韵袅袅，意味无穷，句法为律诗中所罕见。诗的后半部用典不露痕迹，含蕴婉曲。吴应和、顾澜《浙西六家诗钞》评此诗曰："通体峭健，无对偶之迹。'老僧'十四字作一句读，是律诗创格。结局尤奇横，是律诗创调。"前人是注意到此诗格调的峭拔挺健和句法的奇横新创的。（林　笛）

到家作四首（其二）　　钱　载

久失东墙绿萼梅，西墙双桂一风摧。
儿时我母教儿地，母若知儿望母来。
三十四年何限罪，百千万念不如灰。
曝檐旧袄犹藏箧，明日焚黄只益哀。

本诗作于清乾隆三十九年，久宦在外的诗人，在回京途中，路过家乡秀水（今浙江嘉兴）。此时，距乾隆六年其母朱氏去世，已经三十四年过去了；诗人自己，也是六十八岁的望七老翁了。但尽管母亡已久，自身亦垂垂老矣，但母亲抚育的昊天罔极之恩，仍时刻不能去诗人之怀。其实，他这次返京，本可由江西径直北上，而无须取道秀水；之所以要特意绕道返里，无非是因为想一省先人庐墓,聊尽自己的哀思。诗人的拳拳孝心,真可谓无论是童是叟,都无时而易。这一组到家之作,大抵皆为亡母所发,共有四首,此选第二首。

"久失东墙绿萼梅,西墙双桂一风摧。"到家了,但是多年在外,故宅的一切都物换星移了。老年人的心思总是怀旧的,故宅未必没有新事新物,但惹他注意的,却只是旧物的消逝。那东墙边开着绿色花萼的梅树,对于诗人来说,似是多年失散的老友了,如今虽然重逢,彼此却添了许多苍老,老树尚能婆娑生萼,人老则不能复稚,睹树抚己,能不怆然?至于西墙下的一对桂树,则更令诗人凄然:不知何时来的一阵疾风,已将它们枝杆摧折、现在只剩下枯槁形骸了;人称家道兴隆,辄曰"兰桂齐芳",而今见双桂摧折,念及堂上双亲见背已久,自不能不悲从中来、老泪不禁。首联二句,全从旧宅草木着笔,然睹物之中,已含思人,并非单纯为景物变迁叹息,由此过渡到次联,意脉之延续,踪迹可辨。

"儿时我母教儿地,母若知儿望母来。"此梅老桂摧之地,更是诗人儿时母亲教养他的所在;而今,母亲的身影已不复可睹,母亲的英灵或许还能知道诗人返里吧?垂老的诗人,仿佛又回到了幼年,生起了童稚的痴想:母亲,你的亡灵若有知,就望您回来一趟吧!自然,诗人很快就会从痴想中醒来,此时,身站母亲昔年教养之所,念及慈母永无望再来,他的悲情之难堪,当更甚于初睹梅桂之时吧。诗意至此,较上联更转深一层。次联二句最可瞩目的,自是"儿""母"的反复出现、处处相对,如此不避重叠,却不觉单调枯燥,反令人想象到为儿的声声唤母之切,这全是因为二句乃诗人的至情流露、无意工拙,故不求工而反工,出语纯朴无华而反足以动人。此二句更有一个佳处,或许读者尚未留意:二句对仗虽工整,意义却不并行,上句是实,下句是虚,上句是身在,下句是神往。故二句平朴之中,并非不寓变化,虽是至情流露,毕竟是才人之笔。

"三十四年何限罪,百千万念不如灰。"颈联二句,乃痴想已定之余的自责自哀,极其沉痛,读之令人心折。母亲亡故,已经渺焉三十四年过去了,这些年来,诗人奔走王事,不能长久恋慕于母亲庐墓,使墓前洒扫无人,祭享不时,念兹在兹,真感有无限罪孽,无颜以对亡母之灵。常言道:"万念皆灰",而今,想到母亡不能复赎、大痛将抱终身,诗人三十四年间纵生过千百万个经邦济世之雄心、立言不朽之宏愿,到此亦不免尽付之灰飞烟灭——不,灰飞尚有痕迹,诗人之心灰,直如一片白茫茫大地,又岂是灰飞可比?上句,是过甚的自责,但唯因过甚,更见诗人的恋慕之深。下句,是有阅历老者的慨乎言之,因阅历深,故得言"念"之多;而唯因"念"之多,一旦弃之,更可见诗人的痛定思痛、大彻大悟。当然,钱载此后又在仕宦上逗留了九年,直至乾隆四十八年始以礼部侍郎乞休致仕,本诗所言,或乃一时痛切之词;但无论怎样,就本句而言,其痛彻心肺之感还是足以动人的。此二句句节上有明显的特征,变传统的二、二、三句节为三、一、三句节,"三十四年""百千万念",极言其久、其多,拗折的句节,正传达出诗人心灵的扭曲。钱载的诗,素以盘崛见奇,但在这里,他却不是有意为崛,而是诗情到了悲摧心折的地步,诗的句式也随之自然诘屈,可谓内容与形式获得了高度的和谐统一。

本诗以中四句为佳,不假一实物,仅以抽象之词,即传达出诗人心曲。尾联则又回到实物上,呼应首联。"曝檐旧袄犹藏箧,明日焚黄只益哀。"曝檐,谓在屋檐下晒太阳取暖。焚黄,指扫墓时在墓前焚烧追赠母亲诰命的文书(用黄纸缮写)以祭告亡母。母亲生前,倾全力养育了诗人,而自奉至俭,冬日只有一领旧袄,只得倚日取暖,何其清贫。如今,为人子者仕途显达,给母亲挣得了一纸诰命,使其克享哀荣,本是良可欣慰的事。但是,当诗人蹰踞旧屋、打开遗篓、目睹旧袄犹存之际,他的心却再也无法有快慰之感了:母亲一生贫寒、劬劳以终,何曾享过一日清福?如今安人、宜人之类的称号,荣耀则荣耀矣,却又何补母亲生前?看来,明天扫墓焚黄时,自己也只有更增哀思了。结句再荡开一笔,遥想来日之哀,使弥漫全诗的沉痛之气,又涌向未来、流于无穷,一结余意不尽。

昔人评此诗云:"字字沉实,字字动荡。"(张维屏《国朝诗人征略》)"如怨如慕,如泣如诉,真是血性所发,故沉痛若此,不必于字句论工拙、气体辨家数。"(吴应和《浙西六家诗钞》)皆道出了本诗的特质。其动人之因无他,唯一真情而已。(沈维藩)

小 店　钱 载

小店青帘又夕阳,儿童竿木也逢场。
丁丁弦响村风急,灼灼桃开水岸香。
富厚易传苏季子,是非难管蔡中郎。
不成买醉欣然坐,摇鼓冬冬自卖糖。

表现乡村生活的作品在古代诗歌中是很多的,作家们往往站在不同的角度,用不同的眼光去观照乡村,所以诗人笔下的乡村是各不相同的。同样的景象由于审美态度的不同,其意味也会有别。这一点在阅读古典诗歌的时候尤其不能忘记。

这首诗是以一个庄稼老汉口气写的,洋溢着浓厚的农家气氛,诗人的目的就是让你感受到这种气氛的亲切。要知道他并不是一个庄稼老汉,相反,他是当了几十年朝廷要官之后,刚回到家乡不久的。作为过惯了另一种生活、有着丰富经历的人,他来体验农家生活,这里的滋味就不是一个庄稼老汉所能领略的了。所以这里双重的观照,就使得全诗透露出一种特别的滋味。

首联简笔勾勒村头的场面。这是庄头上的一块空地,有一家小酒店坐落在场地边上,夕阳斜照,青帘高挑,是村民们聚集娱乐的时间。拿着竹竿的孩子们在空地上互相追逐着,像是逢场作戏一样。喧闹的气氛全出来了。劳作了一天之后,这是农民们唯一感到轻松的时刻。

颔联描写盲人来演唱故事。盲翁沿村说唱是乡间常有的事,陆游在《小舟游近村舍舟步归》诗中写道:"斜阳古柳赵家庄,负鼓盲翁正作场。身后是非谁管得,满村听说蔡中郎",此地和陆游描写的情况相似。丁丁的琴声随着村风飘出场外,也许正说到高潮的时候,远处也能听到这种急促的弦声。"急"字表面上是说风力大,其实暗含着弦声激荡风声之意,用得含而不露,耐人品味。村边上桃花正在盛开,小河两岸飘满了花香,村里村外构成一种和谐的春天的气氛。只有老人才会把注意力移到盲人的故事之外,用局外人的眼光来打量这一切,他对盲人的故事早已经听惯了,故事并没有真正吸引他,老汉感兴趣的是讲故事和听故事的人,以及周围的景色。

颈联写盲人所讲故事的内容以及诗人对故事的态度。这两句带有评论的口气,是过来人的经验之谈。苏季子就是苏秦,战国时候,他先以连横之策说秦王,不被采用,潦倒归家,"妻不下衽,嫂不为炊,父母不与言",后来以合纵之策说赵王,大得信任,挂六国相印回家,妻嫂争着奉承,向他赔罪。他感叹说,"人生在世,势位富贵,盖可以忽乎哉!"(见《战国策》)"易传"说这类故事容易传播,是因为世人向往富贵,这里也表现了老人不以为然的态度。蔡中郎就是汉代的蔡伯喈,传说他做官以后把糟糠之妻赵五娘给遗弃了,五娘弹着琵琶上京城去找他。这个故事与史实不合,所以诗人说"是非难管蔡中郎",与陆游的诗正好相符。总之,这类故事只能够吸引那些无知的村民,而对有阅历的人来说,则显得很好笑,不过逢场作戏而已。这里有两重意思,老汉以无意于富贵的庄稼佬身份表现了暮年的看破一切,而诗人则借老汉的口气表现了他对自己过去经历的某种态度。一种晚年回归乡里,返归朴实的心态就通过这双重的态度渗入场面描写之中,使全诗显得意味深长。

尾联转向写老汉自己。老汉虽不能买酒一醉,但他却仍是欣然自得,摇着鼓向儿童兜售自制的小糖。这两句与首联相呼应,艺术上尤其显出特有的严谨性。老汉的行为有明显的自得其乐感,而他究竟乐的是什么呢?是与儿童相类的一种乐吗?显然不是,是超然物外的一种乐吗?似乎也不是。可以说这是全诗最富意味的一笔。这是投入与旁观两种态度掺杂的愉悦,是老汉自得其乐,而诗人又乐其所乐的一种双重体验。这种心境,没有丰富生活感受的人是很难体会的。

不过,正因为诗人意识到了这点,他才采取了最通俗的形式,采取了双重的抒情手法,使不同层次的读者都能从这生动的乡村图景当中找到各自的乐趣。这正是诗人笔法的老到之处,读者切不可因其字面的通俗而忽视之。(王小舒)

马　嵬(四首选一)　袁　枚

莫唱当年《长恨歌》,人间亦自有银河。
石壕村里夫妻别,　泪比长生殿上多。

这首诗作于清乾隆十七年(1752)作者赴陕西任职途中,诗题"马嵬"即马嵬坡,在今陕西兴平县西25里,唐代天宝十四载(755)发生安史之乱,唐玄宗自京都长安逃往四川经过马嵬坡时,禁军哗变,杀死宰相杨国忠,并迫使唐玄宗命杨贵妃自缢。历代诗人对这一历史事件多有题咏。其中最著名者为白居易的长篇叙事诗《长恨歌》。诗人缅怀历史,自然想到《长恨歌》,乃赋此诗以"借古人往事,抒自己之怀抱"(《随园诗话》)。

白居易《长恨歌》主旨在于通过描写唐玄宗与杨贵妃的爱情悲剧,对杨贵妃之惨死与唐玄宗的悲思,寄予其深切同情,如"六军不发无奈何,宛转蛾眉马前死。花钿委地无人收,翠翘金雀玉搔头。君王掩面救不得,回看血泪相和流",写得缠绵悱恻,哀婉动人,因此感染了一代代读者。唯独袁枚别具只眼,对《长恨歌》同情玄宗与杨贵妃永别之题旨不以为然,竟冒天下之大不韪,敢于声称"莫唱当年《长恨歌》",这显示出诗人不肯从众而超越世俗的胆识。诗人之所以不同情帝王的爱情悲剧,是因为他有一个参照是:"人间亦自有银河",意谓普通百姓也有像牛郎织女被银河阻隔一样分离的悲剧。诗人把目光投向"人间""银河",不仅是慧眼独具,更是关怀苍生的体现，正如他《寄梅岑》诗所云："苍生我辈忧。"袁枚并非只是吟风弄月，表现自我的诗人。在帝王与苍生的感情天平上，他的砝码倾向于后者。这种民为贵、君为轻的民本思想无疑是值得肯定的。诗人之所以更同情人间百姓，是因为百姓的苦难远比帝王深重。他在想到《长恨歌》的同时，更想到唐代诗圣杜甫《石壕吏》一类关心民瘼的名篇，因为它们是苍生"泪比长生殿上多"的生动例证。"长生殿"在陕西骊山华清宫内，是当年玄宗与杨贵妃的居所，《长恨歌》所谓"七月七日长生殿，夜半无人私语时"，他们曾在这里海誓山盟："在天愿作比翼鸟，在地愿为连理枝。"可惜未能如愿。这虽然也令人"长恨"流泪，但与《石壕吏》所描写的石壕村里老翁与老妇"二男新战死"，又"有吏夜捉人"，使"老翁逾墙走"，老妇被官兵捉去从军的痛苦遭际相比，简直是微不足道了。许许多多像"石壕村里夫妻别"一样的百姓痛苦之泪水远比帝王爱情悲剧之泪水流得多。诗的结尾饱含着作者对人民的同情。吴应和评此诗写得"沉痛"，"足以动人"，可与杜牧、李商隐"咏古诸作并传无疑"（《浙西六家诗钞》），并非虚誉。

　　这首诗以议论为主，但由于所选取的材料《长恨歌》与《石壕吏》都是生动形象、感情浓郁的名篇，因此能给人以丰富深远而具体的联想，何况诗人又注意采用"银河""泪"等比喻象征手法，使抽象的情感具象化，读来就不觉枯燥；而全篇以帝王悲剧与石壕村的百姓苦难相对照，亦颇具匠心，耐人寻味。（王英志）

同金十一沛恩游栖霞寺望桂林诸山　　袁　枚

　　　奇山不入中原界，走入穷边才逞怪。桂林天小青山大，山山都立青天外。我来六月游栖霞，天风拂面吹霜花。一轮白日忽不见，高空都被芙蓉遮。山腰有洞五里许，秉火直入冲乌鸦。怪石成形千百种，见人欲动争谽谺。万古不知风雨色，一群仙鼠依为家。出穴登高望众山，茫茫云海坠眼前。疑是盘古死后不肯化，头目手足骨节相钩连。又疑女娲氏一日七十有二变，青红隐现坠云烟。蚩尤喷妖雾，尸罗袒右肩。猛士植竿发，鬼母戏青莲。我知混沌以前乾坤毁，水沙激荡风轮颠。山川人物熔在一炉内，精灵腾踔有万千，彼此游戏相爱怜。忽然刚风一吹化为石，清气既散浊气坚；至今欲活不得，欲去不能，只得奇形诡状蹲人间。不然造化纵有千手眼，亦难一一施雕镌。而况唐突真宰岂无罪，何以耿耿群飞欲刺天？金台公子酌我酒，听我狂言呼"否否"。更指奇峰印证之，出入白云乱招手。几阵南风吹落日，骑马同归醉兀兀。我本天涯万里人，愁心忽挂西斜月。

　　作者于清乾隆三年（1736）赴桂林探望在广西巡抚金𫔶幕府中供职的叔父，是夏六月的一天，他与排行第十一的金沛恩（疑为金𫔶之子）出游桂林城外栖霞山上的寺庙与山洞等名胜，并环顾桂林群山而有此作。这首诗采用参差不齐的歌行体，并以轶群之才、腾空之笔，驱遣古代神话传说与佛道典籍中的奇人异事，比喻之，铺写之，赋予了"桂林诸山"以神奇的色彩和飞动的气势,使"桂林诸山"具有了新奇炫目的灵性,同时亦显示出当时年仅二十一岁的袁枚壮阔的胸襟与非凡的才思。

诗头四句先概括性地总写桂林诸山之奇特风貌。前两句意谓如此"奇山"在中原是看不到的,它只在广西这边远之地"逞怪",一落笔山即具有了灵性。后两句则突出桂林山之大与高,以"山"与"天"相对照:因为山大而多故天显得小,因为山高故刺破"青云",写得壮阔而有气魄。

接下四句写作者于六月出游栖霞山所感所见。"天风拂面吹霜花",形容风寒,六月酷暑而觉风吹霜花,可见栖霞山之高,真乃"高处不胜寒"(苏轼《水调歌头》)。"芙蓉"形容栖霞山如莲花状,遮满了高空,连"白日"都"忽不见",即被群山吞没,此亦是夸张栖霞山之高大。

再接下六句转写进入山腰七星岩溶洞之景象,极力描摹山洞的阴森冷寂与神奇古老。"洞五里许"可谓深长,须"秉火直入"可见洞中之昏黑阴冷。这里"万古"与世隔绝,是"乌鸦"与"仙鼠"(即蝙蝠)的领地,因此一见生人闯进,则乌鸦冲突,蝙蝠纷飞,甚至连千百种"怪石"亦成了精怪,"见人欲动争谽谺","谽谺(hān xiā)",形容怪石好似张牙咧嘴来吓唬生人。作者入洞不啻探险,但若没有"入虎穴"的精神,又怎能一睹如此罕见的自然奇观呢?

后面十句继写作者出洞后"登高望众山"之状,诗人以如椽之笔极力铺排其非凡的想象:在"茫茫云海"之中,众山有的像神话中开天辟地的盘古死后所变,"头目手足骨节相钩连",写出山势峻嶒瘦硬之状,此用《述异记》典;有的山势像神话中的炼石补天的女娲善于变化,山上花草则"青红隐现"于云雾之中;有的像传说中的九黎族首领蚩尤喷出团团妖雾,像沐胥国的术士尸罗,"喷水为氛雾,暗数里间"(《拾遗记》),此写山被奇云怪雾笼罩;有的山上树木茂盛,似古代传说中的猛士夏育、乌获"植发如竿"(张衡《西京赋》);有的如传说中的南海小虞山的鬼母"一产十鬼"(《述异记》),正与小鬼嬉戏,此写大山被小山环绕之状。此十句皆与神话传说相联系,为桂林名山涂抹上浓厚的神奇色彩,使人为作者想落天外之构思而惊叹不已。

最为精彩的是作者接下以十四句描述对桂林山水"奇形诡状"之形成的神思奇想。他认为眼前凝固的山峦都是原来有生命的"精灵"所变。所谓"我知"实际是"我想象",在天地混沌不分以前,河水激荡,狂风大作,那时"山川人物熔在一炉内",有无数"精灵"跳跃,"彼此游戏相爱怜",充满了生命的活力。但是自从盘古开天辟地后,忽然"刚风"即道家所谓高空的劲风一吹,"清灵"都"化为石",清气化为天,浊气化为地。于是"精灵"乃"欲活不得,欲去不能,只得奇形诡状蹲人间"。这是说桂林众山有如此"奇形诡状"乃是天地自然形成,否则造化即使有千手观音一样的"千手眼"亦不能雕刻成这样的千姿百态,群山亦不可能心怀怨气欲飞刺青天。这段奇想虽然荒诞不经,但说明桂林诸山在作者心目中是有灵性的,而他对灵性之被扼杀是充满同情的,因为他本身就是自由旷达之人。

诗最后八句又回到现实,主要写他归去时的心态。"金台公子"即指贵公子"金十一沛恩",他边听作者"狂言"边劝酒。当他听罢作者上述的"狂言"却连声否定,可见他是个缺乏幻想的实在人,作者乃故意戏弄他:"更指奇峰印证之",并"出入白云乱招手",即向众山打招呼,仿佛众山确是"精灵"。当日落西山时,两人才喝得醉醺醺骑马同归。"几阵南风吹落日"一句颇妙,好像太阳不是自己落下,而是被南风吹落,这是夸饰山风之烈。作者于饱览桂林诸山奇观之后,忽然产生一种愁绪。因为桂林虽美,不是久居之地,故有"我本天涯万里人,愁心忽挂西斜月"之句。后一句乃从李白《闻王昌龄左迁龙标遥有此寄》"我寄愁心与明月"一句化出。

作者身在"穷边"桂林,只能把其"愁心"寄托于"西斜月"。因为此"月"既照着桂林,亦照着故乡,是唯一可寄托乡思的景物。

这首歌行,作者以独特的审美眼光,展开上天入地的神思,借活脱的意象、奇妙的比喻,描绘出桂林诸山鲜明的审美特征;桂林诸山是人化的自然,诗人把自己豪放不羁的个性对象化,借以抒写性灵。此诗堪称极具诗人创作个性的性灵诗。(王英志)

登华山　袁　枚

　　太华峙西方,倚天如插刀。闪烁铁花冷,惨淡阴风号。云雷莽回护,仙掌时动摇。流泉鸣青天,乱走三千条。我来蹑芒蹻,逸气不敢骄。绝壁纳双踵,白云埋半腰。忽然身入井,忽然影坠巢。天路望已绝,云栈断复交。惊魂飘落叶,定志委铁镣。闭目谢人世,伸手探斗杓。屡见前峰俯,愈知后历高。白日死崖上,黄河生树梢。自笑亡命贼,不如升木猱。仍复自崖返,不敢向顶招。归来如再生,两眼青寥寥。

　　华山又名太华山,位于陕西华阴市南,古称"西岳"。为我国五岳之一。诗人于乾隆十七年(1752)赴陕西任职,途经华山而有攀登之举。此诗描写诗人登华山时的所见所感,笔墨重在表现其处于险境中的内心体验,写得细致真切,使人读后如同身历其境。

　　华山素以峻嶒险峻闻名天下,但古人的题咏多是从旁观角度写华山之高峻,而写亲身体验者少见。此诗属于后者,故构思遣词都别出心裁,显示出诗人独抒性灵的创新精神。诗前四联先写登山前对华山总体风貌的审视,造成一种先声夺人的气势,为描写登山作铺垫。首联堪称妙喻,形象地勾勒出华山拔地而起、突兀陡峭、几乎无路可攀,充满惊叹之感。这就为攀登之难埋下伏笔。第二联之"铁花"是指山石岩壁上的表层物,这两句渲染出华山气候的阴冷凄惨。第三联夸饰云雷鲁莽地在山上四处撞击,似在保护这一层铁的山表;在雷声轰响中,巨大的仙人掌时时摇动,这又突出了华山四周环境之险。第四联描绘出华山流泉纵横,水势湍急,天空中一片泉鸣之声。这一切,都预示着登华山障碍重重,非比寻常。何况,"华山自古一条路",诗人别无选择,只有踏碎艰难险阻而前行。前四联把文势蓄足后,接下八联,则转入具体展示登山时的情景,这是诗人以身历其境的角度来表现出了华山之险峻无比,描写角度有了变换,也避免了全诗的单调之感。第五联是过渡,承上启下。"蹑芒蹻(jué)"即踏草鞋,此联写自己思想上对登华山之艰难早有准备,不敢掉以轻心。接下诗人跳脱了攀登的起始阶段,直接推出登上半山时的惊险镜头:"绝壁纳双踵,白云埋半腰。"诗人一双脚跟嵌在绝壁之上,随时有跌入深渊之险;白云缠绕着腰际,又仿佛已登上了九霄云外。这一联的描写令人为之屏声静气,手捏冷汗。而"忽然身入井,忽然影坠巢"一联则是虚写,两个比喻,表现山径之曲折及诗人忽下忽上的心理感受:登攀时,忽而身如落深井,觉山谷黑暗阴冷;忽而影如坠鸟巢,更显崖端高峻险峭。这种心理感受,非亲身登华山者不能道出。接下二联"天路"、"云栈"皆是形容华山之路与栈道的高入云霄,它们忽断忽交,令人望而生畏,以致"惊魂"像树叶一样飘落,稳定心志全靠路边的铁镮。这种对华山之路的心理体验也十分真实,前句的比喻则非常精警。尽管征途险境层出不穷,一路攀登亦胆战心惊,但诗人仍顽强地前进,要在征服自然中体会造化之工。当他愈登愈高,终于享受到一种神奇的境界。"闭目谢人世,伸手探斗杓"一联使人想到李白《蜀道难》"扪参历井仰胁息"之境,"斗杓"是指北斗星中的斗杓三星(玉衡、开阳、摇光)。诗人此时仿佛脱离尘世进入仙界,伸手可触摸星斗,这是华山对他这位登山探险者的酬报。而每登上一座高峰则见前峰俯首,由此可知后登之山峰更高峻,这种感受,则是华山给他的哲理性启迪。诗人最后登到一个悬崖上,具体何崖不言,总之是华山一高绝处。在这里诗人登高壮观天地间,欣赏到天下奇景:"白日死崖上,黄河生树梢。"此联意境清旷深远,前一句有王之涣《登鹳雀楼》"白日依山尽"之意,但用一"死"字却别具意味,构成一种凝固的氛围。后一句又有李白《西岳云台歌送丹邱子》"黄河如丝天际来"的意味,化大为小,黄河仿佛在树梢间流过,又反衬出诗人立脚处之高。诗人攀到"崖上",已经精疲力尽,何况以后的路程更加难于上青天,因此知难而退。最后三联写返回的感受:"自笑亡命贼,不如升木猱。仍复自崖返,不敢向顶招。"自我调侃,诙谐幽默。写返回后的感觉则耐人寻味:"归来如再生,两眼青寥寥。""再生"意谓此次华山之行如同下地狱,历尽九死一生之险,因此能"归来"简直是死而复生,值得庆幸。但是两眼仍觉"青天高寥寥"(韩愈《感春》),仿佛此身还在天路云栈之上,看到的依然是一片青天空洞,令诗人心有余悸。诗人虽未能写出登上华山顶端的艰险,但是由此及彼,一切均可以想象了。

此诗最大的成功,是把描写华山自然之险境与揭示诗人的心理体验结合起来,二者相得益彰,既使读者如临其境,又如见其人,与诗人同惊同喜,共同体验登华山之艰险。徐世昌称袁枚诗"能状难显之境,写难喻之情"(《晚晴簃诗汇》),此诗足以当之。(王英志)

鸡 袁 枚

养鸡纵鸡食,鸡肥乃烹之。
主人计自佳,不可使鸡知。

这首咏物小诗作于乾隆四十一年(1776)。袁枚于咏物诗主张"其妙处总在旁见侧出,吸取题神,不是此诗,恰是此诗"(《随园诗话》卷七);又云:"咏物诗无寄托,便是儿童猜谜。"(《随园诗话》卷二)他强调咏物诗不能单纯为某物写照,而应寄寓某种深意,力求能予人思想上的启迪。这首《鸡》就是一首既咏鸡,又含"寄托"的佳作。

此诗着眼于"鸡"与"主人"的关系上构思立意。它的表层含义很浅显:鸡的主人"养鸡纵鸡食",即任凭鸡吃饲料,不加限制。但"主人"之慷慨大方,为的是"鸡肥";而把鸡养得肥肥的,最终目的则是"烹之",即把它烧煮了美餐一顿。养鸡者的"计自佳",即其策略自然是十分高明,但此计又"不可使鸡知",否则它是不肯敞开肚子催肥的。诗称"主人计自佳"寓有讽刺意味,"佳"者,阴险毒辣也。其计"佳"在使鸡能安于其暂时的"优裕"地位,而对其最终被"烹"的命运却懵懂无知。"鸡"被蒙蔽,则只知"饱食终日,无所用心",甚是可怜复可悲。这本是日常生活之小事,不足为奇。

但此诗之"吸取题神",却旨在表现其对封建社会中人际关系的一种深刻认识,自有其深层含义。这种"主人"与"鸡"的关系会使人悟出一种人生哲理,从中约略可看到了封建社会中许多君与臣、主与奴之间欺骗与被欺骗,利用与被利用的可憎的关系,可以说,其中也积淀着老诗人六十余年的人生经验与教训。

此诗体现了作者所谓"意深词浅,思苦言甘"(《续诗品·灭迹》)之旨。尽管全是口头语,大白话,但对现实中人与人之关系的洞察可谓深入骨髓。凡有一定人生体验的读者都会从中有所醒悟,有所警惕,有所启发。所以后来刘大白《旧诗新话》惊叹道:"一切资本家豢养劳动者,男性豢养女性,军阀豢养兵士……的阶级豢养底背景,都被这几句诗道破了。不料旧诗中竟有这样的象征文字!"(王英志)

杭　州　　蒋士铨

桥影条条压水悬,凤山门外带城偏①。
一肩书剑残冬路,犹检寒衣索税钱。

注 ① 凤山门:杭州城门之一,在城南。

杭州自古是东南佳丽地,山川形胜,四时美景招来多少文人墨客为之吟咏不已。这些诗词名篇,表达了人们对杭州风光的由衷赞美之情,不过,也并不是所有文人墨客来到此地都会留下同样美好的印象,作者于乾隆十二年曾来杭州,虽然是匆匆路过,但感觉并不好,于是就写下了这首诗。

作者取道凤山门进入杭州,首先看到的是城外环绕的河水及水上的座座桥梁。这些景物,并没有引起作者丝毫的美感,"桥影条条压水悬"与"风帘翠幕,珠帘画桥"(柳永《望海潮》)的美丽描写相比,显得是如此突兀与新怪,这并不是作者审美意趣的偏离,故意标异立奇。而是传达出作者的一种情绪。河水本自周流畅达,但桥枕河上,在作者眼中,却给人以阻隔压抑之感,这句关键在于一"压"字,它在空间上造成一种强烈的负重感,一座座桥,远近参差,连同水中倒影,犹如一道道障碍,悬在水上,压入河中,令诗人心中感到梗阻不快。所以开首二句中的桥影流水,不过是一种意象,带有诗人主观感情的深深烙印。

如果说此诗的前二句是写乍入眼际的杭州风物,那么后二句是写初次接触的杭城人情。"一肩书剑残冬路,犹检寒衣索税钱。"这座"市列珠玑,户盈罗绮"的繁华名城,人情却是如此之薄,在荒疏的残冬景色中,诗人风尘仆仆来到凤山门,然首先遇到的是守城关吏的挡驾,他们吆五喝六,向作者索要卖路钱,而诗人所有,不过肩挑之书、剑而已,但关吏不肯通融,竟然要他解开寒衣搜身。一介贫寒书生在冷风中抖索,更遭此人格污辱,情何以堪!

作者这次客游来杭,本不是来赏玩西湖风景的,他于乾隆十二年秋闱中式,别母北上,赴京参加会试,拟在杭州作短暂停留,由于前程未卜,关山重重,诗人本无甚好心思。而眼前亲历,更油然而生仕途曲折、人生压抑、世情如纸之感,所以,这首小诗的可注目之处,就不在于他写景的萧索逼仄,而在于其中沉重的人生体验了。(祝振玉)

漂母祠　　蒋士铨

妇人之仁偶然耳，不遇韩侯何足齿？
鬼神默相饭王孙，齐王不死楚王死。
千金之报直一钱，老母庙食今犹传。
丈夫箪豆形诸色，饿莩纷纷亦可怜。

漂母祠在淮阴市望云门外。据《史记·淮阴侯列传》载，韩信微贱时，贫不能治生，有一次垂钓于城下，诸母漂于旁，有一母见韩信饥饿，拿饭给他吃。韩信说："我一定会好好报答您。"漂母怒曰："大丈夫不能自食，吾哀王孙而进食，岂望报乎？"后韩信封楚王，以千金报答漂母。

乾隆二十九年（1764），蒋士铨因耿直敢言得罪上司，被迫告长假离开京城，携家南下，准备寄居南京。途经淮阴，凭吊漂母祠，想到自己年已四十，仕路迍邅，无人见赏，有感于漂母饭韩信事，叹世道艰难，人情凉薄，写下了这首诗。

诗起句突兀拔起，出人意表，说漂母饭信只是妇人偶然动了恻隐之心，如果没有遇到韩信，那么她也就默默无闻，何足道哉！只不过鬼神暗中保佑，让她给韩信吃饭，而韩信不死在天下大乱、自称齐王时，而死在衣锦还乡、被封楚王后，得以千金报恩，遂传下这段千古佳话。"千金"二句盛赞韩信以千金报答只值一钱的饭食，使得漂母的祠庙至今享受香火，流传不衰。末尾二句就韩信漂母事生发开去，漂母饭信不望报，而今天英雄大丈夫穷途末路，求望报而施一饭一羹的人也没有，得不到施舍而饿死的人却到处都是，令人伤心垂怜。"箪豆"见《孟子·尽心下》："好名之人，能让千乘之国；苟非其人，箪食豆羹见于色。"喻好名之人可恭让国家利益，但如果对象不同，则施舍饭食也要给人看脸色。

蒋士铨在清中叶以古体著名，七言尤不主故常，沉雄生辣，意境深厚，朱庭珍《筱园诗话》说他"学昌黎、山谷而上摩工部之垒"。这首诗写得盘诘生硬，有识有力，有声有光，把自己胸中不可磨灭之气一寄于诗，是他七古中较有代表性的作品。（李梦生）

响屧廊①　　蒋士铨

不重雄封重艳情②，遗踪犹自慕倾城。
怜伊几緉平生屧③，踏碎山河是此声。

注　① 响屧廊：《姑苏志》："响屧廊，在灵岩山。相传吴王建廊而虚其下，令西施与宫人步屧绕之则响，故名。今灵岩寺圆照塔前小斜廊，即其址，亦名鸣屧廊。"屧，古代的木底鞋。　② 雄封：强大的国土，指吴国。封，诸侯的封地。　③ 緉：双，计算鞋的单位。几緉平生屧，语出《世说新语》阮孚好屧故事。

这是一首登临怀古之作，诗以西施亡吴的历史故事为题材，而吟咏的重心落在亡国的君王身上，具有强烈的警示作用。蒋士铨游览苏州灵岩山写下此诗时，已离开官场，乞假奉母，这位擅"班(固)、(司)马(相如)之才"的诗人,以旁观客的身份回首吴越春秋,有着他独特的内心感受。

诗一开始正面着笔的是称雄一时的吴王夫差,将强国之君因沉湎女色而招致国破身亡的历史事实揭示于篇首,有如当头棒喝。"雄封"与"艳情",对清醒的政治家来说,孰重孰轻,不难定夺,但偏偏在夫差身上被头末倒置了。诗人在鲜明的对照中,自然流露出对糊涂君主的憾恨。更为可悲的是,在昔日吴王寻欢处,人们还在那儿一味追羡西施的"倾城"之貌,重美人而轻家国,几乎演成古今的通病。诗人那看似平正的叙写,正蕴含着对仍然"重艳情"的今人的怜悯。

此诗的佳处是在后二句。诗人以"响屧廊"为题,当然须切合其境,而西施的步屧声,不但为廊名所藉,也是当年吴王"重艳情"的突出象征。吴王宠爱西施,已到了因人及履的地步。"几纳"则从量的角度突出当年西施的步履之多,屧声之响;当然,也暗示了吴王的耽恋声色,在香云艳雨中迷不知返。"廊虚应屧鸣,响细织腰轻。"(高启《响屧廊》)西施轻盈清脆的屐声,本来多少有悦耳之处,但由于追随响屧而来的竟是听赏者的覆亡,诗人笔下的绕廊屧鸣,便幻化为"踏碎山河"的金戈铁马之声。两种极不和谐的声响,如此巧妙地融成一体,令人不得不信服诗人的构思刻意生新而又贴近事理。诗中有关声音的联想,仍然以吴王的昏聩为依据,亦实亦虚地再现历史的悲剧,并以此警策世人。

本诗不但史识卓越,且着想亦高人一筹。他人咏响屧廊,大抵是见此廊今日之冷落,遥想当年之盛况,发一通吊古议论而已。若高启的《响屧廊》,虽然也提到"谁道吴强国,唯销举足倾",说西施在廊上一"举足"而倾覆吴国,其意与本诗接近;但在声响的形容上,他仍说"此夕人空听,山僧曳履行",以僧人的履声代替西子的屧声,仍不出今昔对比的套路。而本诗则不然,并不写现实之声,而于现实之无声中,听出往古之有声;又从往古的悦耳鸣响中,辨出其中的亡国之音。有比较才有鉴别,本诗的高超处,即在这些方面胜得前贤一筹。(张修龄)

渡太湖登马迹山　　赵　翼

元气混茫间,雄观上碧屛。
无边天作岸,有力浪攻山。
村暗杨梅树,津开苦竹湾。
离家才廿里,垂老始跻攀。

这是一首写景抒慨之作,在内容安排上基本上是按题目所示的次序,写景由大至小,最后在写景的基础上以陈述句含蓄地抒写了意味深长的感叹。

诗第一句写渡湖。"元气混茫"形容湖的浩大壮阔,"元气"是传说中的天地未分前之气。在此,诗人是因周围浩茫的水气而想到元气的。用"元气"而不用"水气",主要是为增强湖作为自然物的特性及湖的壮美。诗人在元气混茫间穿过,到达耸立在元气混茫间的马迹山(山在湖中)。"碧屛"形容山的颜色和状貌——葱绿而高耸(屛通巘),"雄观"与"上碧屛"语序似倒,但这样安排不仅是平仄的需要,也可由语序的拗峭增强语言的力度,还可以传达出雄观不仅到山巅感觉到,即使在"上"的过程中也已让人感到这一层意思。这两句前一句写湖大,后一句写山高,两者相辅相成,构成雄。唯开阔,登高始觉天地宽;唯高峻,极目才能湖天舒。

中两联写登山所见,是定点观看,故较第一句所见具体。"无边天作岸"是大景远景,极写湖之大,目力不能及其对岸,只见远处水天相连;"有力浪攻山"是脚下或左右之景(对面的景象上句已写),"攻"字可见浪的大而有力。诗人此游不会是大风天气,如果是大风天气他就没法渡湖,然而非风天也有浪攻山,足见湖的阔大,无风三尺浪。"无"与"有"各形容一物,义相反而用词目的相同。三、四两句纯是自然景观,五、六句自然中含人文,相对于一三句而言,四五六句都是中景、近景。"村暗杨梅树",可见村与诗人间的距离,也可见树之多。"津开苦竹湾",可见津渡的位置,"苦竹湾"有两解,一说是水港名,一说是苦竹(一种竹)长在湾边。何者为确未详。从对仗需要和艺术美感方面看,理解成后者较好,因前者太实造成质实感。

以上六句写景,前四句似作画之大笔挥洒,五六句似小心收拾。画面统一于冷色调中,"暗"和"苦"传达了一种抑制感,为结句提供了情绪基础。诗的结尾很耐人寻味,可品出多层意思。一般人都有这样的生活经验,贵远贱近,以致错过周围值得珍惜的东西,或以为反正就在身边,因而一直忽视,结果差点没机会得到;诗人为功名和生活而奔走四方,结果连"离家才廿里"的胜景也至今才有时间、机会亲临一睹,真是可惜可叹;人生像一个怪圈,年轻时苦苦追求某些梦幻般的理想,而到老了就像走完这个怪圈又回到了起始点,只觉得过去的一切都是虚妄,洞天福地、佛祖菩提不就在当下眼前么?! 这几层意思都可能是诗中所包含的。即使作者不然,读者也可未必不然。

本诗的题材是临大湖而登高,这种题材的诗也可谓"早有崔颢在上头",唐孟浩然《临洞庭赠张丞相》、杜甫《登岳阳楼》都以此类题材而写出千古名作,再写这个题材就颇难避免落套或无奈的相似。本诗前四句即有与孟杜之作相似者,景物安排似孟,均是先模糊后清晰,先大后中,都写气、浪(波),"雄观上碧屏"又与杜的"今上岳阳楼"处在相同句位。虽如此,本诗与两唐诗还是有别,前半首章法似而描写则同中有异;从全诗看两唐诗均前半写景后半抒情(言志),而赵诗五六句仍写景;孟杜诗有志士、官僚气,赵诗有平民气;孟杜之诗直露,赵诗蕴藉深永。孟杜诗写景特点在壮,赵诗壮美而兼优美。(沈金浩)

赤 壁 赵 翼

依然形胜扼荆襄,赤壁山前故垒长。
乌鹊南飞无魏地,大江东去有周郎。
千秋人物三分国,一片山河百战场。
今日经过已陈迹,月明渔父唱沧浪。

乾隆三十七年(1772)底,赵翼因广州谳狱旧案部议降一级调用,他于是以老母年高为辞,由广西弃官归乡,次年自常德经洞庭湖入长江,经过当年三国鏖战的赤壁,遂写下这首吊古伤今、抒怀遣兴之作。

　　全诗完全从历史与现实的差异,时间与空间的对照来表现今昔之感,并逗出自己淡于名利的归隐之志。首联破题,从山河形胜落笔。赤壁扼守着通往荆州和襄阳去的道路,因而成了古代兵家争战之地,三国时修筑的战争营垒依稀可辨,山川依然,地形奇险。"故垒"自然是用了苏轼"故垒西边,人道是、三国周郎赤壁"(《念奴娇》)的名句。这两句虽为写地理,但"依然"、"故垒"等词已引出一种深沉的历史感。颔联则巧妙地运用了曹操《短歌行》中"月明星稀、乌鹊南飞"和苏轼《念奴娇》中"大江东去,浪淘尽千古风流人物"的句子,貌似写景,其实隐寓曹操在此兵败而周瑜得胜成为英雄的历史画卷。"乌鹊南飞"和"大江东去"是万古如斯的自然景象,但在作者笔下借用了典故的联想而各自带上了丰富的意蕴,而且对仗工巧,绝去斧凿之痕,可见作者驾驭文字的能力。颈联则以时间和地理自然成对。孙权、刘备、周瑜、诸葛亮、曹操这些风云一时的历史人物流传千年,赤壁一战之后,奠定了魏、蜀、吴三分天下的鼎足之势;眼前的山河即是当年历尽无数战斗的地方。出句是缅怀历史,对句是即目所见;表现古今时代的纵贯,山河遗迹的感喟。于是自然过渡到尾联的自我抒怀。此日经过赤壁,多少英雄已成陈迹,只有在明月照耀的江上,时时传来渔翁的晚唱。"唱沧浪"云云自然是用了《孟子》里头"沧浪之水清兮,可以濯吾缨;沧浪之水浊兮,可以濯吾足"的意思。与萧散自在的渔父相比,那些在政治上曾一度风云显赫的人们岂不也显得可怜可叹吗?结尾这两句不仅与前六句的宏阔气象形成一鲜明对照,以冷静幽远的笔墨结束全诗,令诗意波折,更具回味;同时也与诗人此时弃官归乡、淡于名利的心境暗合,从而起到借古喻今的作用。

　　全诗一气流走,虽点化成言,然清新畅达,境界辽阔,感情激荡,不失为咏史诗中的佳作。
(王镇远)

夜起岳阳楼见月[①]　　姚鼐

高楼深夜静秋空,　　荡荡江湖积气通。
万顷波平天四面,　　九霄风定月当中。
云间朱鸟峰何处[②],　水上苍龙瑟未终[③]。
便欲拂衣琼岛外,　　止留清啸落湘东。

❶[①]岳阳楼:在湖南省岳阳市城西门上,下临洞庭湖。　[②]朱鸟:神话中的南方之神,又是南方七宿的总称。　[③]苍龙:指湘水之神。《楚辞·远游》"使湘灵鼓瑟兮,令海若舞冯夷",又钱起《省试湘灵鼓瑟》"曲终人不见,江上数峰青"。此处描写幻想之境。

　　自从孟浩然写下著名的《临洞庭湖赠张丞相》,接着杜甫又创作了名垂千古的《登岳阳楼》之后,一般的诗人都不敢在岳阳楼上临湖题诗,即使题了诗也难以超越二作,只得甘受湮没无闻的命运。姚鼐不甘沉寂,作了这首七律。他是花了大气力的,究竟功力如何,经过一番比较自会清楚。

　　孟、杜二作是五言律,姚的这首却是七律,体裁上有所区别。此外孟作写于秋八月,杜诗写于冬季,姚之作作于秋季,恰好与孟相同。姚作有一最大的特点,与孟、杜二作相区别的,即他的诗作于夜间,而且是有月光的晚上,孟、杜都是作于白天,这一点使姚作别开生面。最后,孟、杜二诗都侧重抒发现实的感受,姚则侧重于超脱尘世的玄想,此与观照景物的时间不同恐怕有很大关系。然而不管怎么说,从审美的角度还是可以进行比较的。

下面逐联分析。

第一联写登楼,总领全篇。开句描写夜间的气氛。四下万籁俱寂,城楼显得特别高,四周特别空旷,令人有天地孤独之感。首句已奠定了全篇的抒情基调。所谓"积气"指天空中之大气,洞庭湖湖面开阔,湖上雾气蒸腾,以白昼为最。孟浩然诗有"涵虚混太清"、"气蒸云梦泽"两句,姚鼐用"积气通"三字表现湖天相接,极目无碍,气势也不小。"荡荡"与前句的"空"字相呼应,把秋季天高气爽、视野开阔的景象表现得很形象。如果说孟诗注重"气"的混和蒸,姚诗则侧重于境的清和空。一白昼,一夜晚,特点很分明。

第二联描写湖面景色。这是写景部分最关键的一联。孟浩然《临洞庭》诗有名句"气蒸云梦泽,波撼岳阳城",为人称颂不绝。杜甫则以"吴楚东南坼,乾坤日夜浮"超而上之,气魄更大,意蕴无穷,被誉为绝唱。姚鼐这两句别有特色,他是把湖、天分开来写的。前一句写湖面,突出湖水的辽阔与平静,波平万顷,可以想见湖水平坦如镜,在月光下波光粼粼的情景。水势一直铺向天边,令人感到空旷无比。后一句写天空,突出了月亮的主体地位。空中了无尘滓,风静无声,唯有一轮朗月,清光四溢。天水空灵一片,上下澄澈,令人幽然神远。孟、杜二诗都有很强的运动感,力度非凡,具有一种震撼力量,姚的这两句则相反,侧重于静。一动一静,差别也就出来了。

第三联写由景物生发的想象,实际上也就是写感受。姚鼐进入了自由联想的世界,他引用了两个神话典故,从夜空中的七宿想到朱鸟主宰衡山的传说(衡山在岳阳市南九百里),又从湖波中幻起湘灵鼓瑟的想象,神骛八极,心游万仞。这种想象既是眼前景物的自然触发,也是诗人心中久已埋藏着的某种潜在心态的显露,心与景是彼此呼应的。全诗因此增加了一层神秘色彩。

第四联直接抒发感慨,是全诗的归宿。当负担一概卸去,精神得到自由之后,诗人不由升起拂衣飞去、遗世羽化的念头,他要长啸升空,与宇宙同化。李白、苏轼过去都曾有过这种念头,这是古代诗人的才志在现实中得不到实现时经常出现的幻想。正因为是幻想,所以才显得特别美,特别潇洒。诗人的胸怀至此得到了充分的展现。

最后两联姚比孟写得好,孟浩然的议论显得生硬,与写景部分衔接不够自然。而姚显然不如杜,杜甫是以他沉痛无比的人生感慨作结的,"亲朋无一字,老病有孤舟。戎马关山北,凭轩涕泗流。"作为一种涵盖时代的肺腑之音,他的悲剧感受登上了难以企及的高峰。如果说孟浩然的成就主要在前两联,写出了洞庭湖非凡的气魄,表现了盛唐时期人们壮丽的心怀的话,那么杜甫则融景入情,以沉郁顿挫的总体风格独占鳌头。姚鼐的这首诗玄想超然,写景清隽,自有神外之韵。但感情的力度和体验的独特性方面都似不够,显得比较平板和纤弱。尽管如此,它仍然不失为是一首有特点的好诗。(王小舒)

金陵晓发　姚鼐

湖海茫茫晓未分,风烟漠漠棹还闻。

连宵雪压横江水，半壁山腾建业云。
春气卧龙将跋浪，寒天断雁不成群。
乘潮鼓楫离淮口，击剑悲歌下海濆。

　　以司空图《诗品》中属于阳刚之美的诸品来比照，这首诗主要表现为"雄浑""劲健""悲慨""沉着"等风格，符合作者于《复鲁絜非书》所述的"阳与刚之美"的意境开阔，情思激荡，气势浩瀚雄劲等风格特征。但还应看到，此诗又时有阴柔之美以济之，并非"一有一绝无"，因此没有"刚者至于偾强而拂戾"之弊。（见《复鲁絜非书》）

　　此诗写诗人于初春的一个拂晓从金陵（今南京市）上船出发时的所见，借以抒发内心郁积的一种壮美兼悲慨之情。诗人仿佛挥动一杆如椽大笔，一落笔就渲染出"湖海茫茫"、"风烟漠漠"全景式的"晓发"图，显示出雄浑之美。诗人此时东望大海，但觉辽阔深远，一片迷茫，还区分不出晨光；而宽广的江面上雾气弥漫，寂静幽邃，不时听到早行船的击水之声。应该看到的是，这两句境界阔大雄浑，诚然有阳刚之美；但仍以阴柔之美济之，其意境还有静穆平柔之一面。"湖海"之"茫茫"、"风烟"之"漠漠"，分明浸润着诗人的孤寂之感，但这种感情含而不露，表达上又是颇为"沉着"的。

　　"连宵雪压横江水，半壁山腾建业云。""横江"在金陵上游、安徽和县东南，素以风高浪险著称，李白《横江词》云："人道横江好，侬道横江恶。一风三日吹倒山，白浪高于瓦官阁。"此处用"横江"的意象指代金陵长江之恶浪。"半壁山"指"建业"（南京）附近的山峰。当诗人看到江水恶浪被"连宵雪"压平，附近高耸的山峰腾起团团云雾时，他不禁感受到一种伟壮之力。这两句显示出姚氏所谓"阳与刚之美"之诗风那"如霆，如电"的力度。"雪"虽轻盈，但"连宵"降落则可以压服"横江恶"，此情此势，足可使诗人胸中涌起一种力量感和崇高感。从诗人的感情流程来看，至此产生了一个小高潮，因为首联暗寓的孤寂茫然之感由于外物的刺激已转向奋发进取的热情。这"雪压""山腾"实为诗人内在力量的外射。这两句堪称达到"刚"而"足以为刚"之极致。

　　正因为诗人此时内心充满阳刚之气，颈联才发出"春气卧龙将跋浪"之豪雄语。将于"金陵晓发"的诗人亦大有"跋浪"之气概！此句之雄劲堪与老杜"鲸鱼跋浪沧溟开"（《短歌行》）诗句之奇壮媲美。不过诗人的孤寂感并未真正消除，一旦冷静下来，他又从想象中跌落到现实："寒天断雁不成群。"这一句既是写景，又是诗人心绪的象征，此刻诗人的感情流程一时间又陷于低潮。首联的孤寂之感又重新浮起在心头。诗人的内心一直处于矛盾斗争之中，他欲进取，又感到孤立无援，因此时而有豪情胜慨，时而觉低沉悲凉。正是两种感情的交汇冲击，使诗显得跌宕不平，又增加了诗的思想容量与深度。

　　低沉与昂扬的感情经过交锋，后者还是占了上风，不过并未把前者彻底击溃。因此在颈联中，诗人的昂扬进取精神涂有较浓的悲慨色彩，并不能与乐观向上画等号。然而，尽管"湖海茫茫"，前程吉凶未卜，尽管春寒浓重，"断雁"独飞；诗人既然已经登上航船，他就义无反顾，决然鼓楫进发了："乘潮鼓楫离淮口，击剑悲歌下海濆。"诗人的感情流程至此又高涨，并达到了最高潮。这尾联有李白七律飞动之势，充分显示出"阳与刚之美"。"乘潮"的意象已颇有"弄潮儿"之勇；"鼓楫"即"击楫"（击桨），暗用《晋书·祖逖传》"中流击楫"的典故，更有志节慷慨之壮。"离淮口",指船驶离秦淮河口进入长江,既入长江则可直下东海万顷波涛了,所谓"下海澨"也。此行中的"击剑"之举,"悲歌"之声,固然蕴含着"断雁"孤飞之悲慨,但更有杜甫"浩歌弥激烈"(《自京赴奉先县咏怀五百字》)之意。因此总的来看,其"晓发"仍然是豪壮之行,他的思想之船毕竟已进入到一个更壮美的境界中去了。

这首诗在感情抒发上明显具备姚氏所说的"大抵文章之妙,在驰骤中有顿挫"的特点。其"顿挫"时表现为感情的低沉,"驰骤"时表现为感情的高涨。"驰骤"使诗风豪放气健,"顿挫"使诗风沉着悲慨,皆可医滑俗之病。这样的阳刚之作更能激发人的感情共鸣,给予人深刻的哲理启迪。此法显然得杜诗之神。而更令人感佩的是:诗人于"晓发"这一短暂的时间里,包含了无限广阔的空间,揭示出内心不尽的波澜,该是何等的艺术功力!(王英志)

望罗浮　翁方纲

只有濛濛意,人家与钓矶。
寺门钟乍起,樵客径犹非。
四百层泉落,三千丈翠飞。
与谁参画理?半面尽斜晖。

罗浮山,在广东省东江北岸,增城、博罗、河源诸县间。山多洞壑飞瀑,道教称为"第七洞天",自古为粤中游览胜地。这首五言律诗写罗浮山,作者选取了远望的空间角度,又是在黄昏的特定时间,因此写来颇有特色,自出新意。

诗首联"只有濛濛意,人家与钓矶",是写对罗浮山的远望,此时的罗浮山笼罩在一片迷茫的暮霭之中,虚无缥缈;只有高处几家人家与钓鱼台,还隐约可见,但也披上了一层朦胧的外衣。颔联"寺门钟乍起,樵客径犹非"承首联意,继续描写罗浮黄昏景物的静寂迷茫。前一句写山上远处寺院的晚钟突然敲响,余音袅袅,更衬托出罗浮山的幽静。后句写山上樵夫砍柴的小路还分辨不清,因为那里雾气缭绕。颈联"四百层泉落,三千丈翠飞",则转而写远望罗浮山之泉水飞瀑,这更是罗浮山的奇观。如果说前两联显示罗浮阴柔之优美,那么此联则写罗浮的阳刚之壮美,从而也显出了罗浮多层次之美。前一句写罗浮飞泉之多,罗浮山有峰峦四百余座,峰峰有泉水跌落,故有"四百层泉落"这样的壮观;后一句写飞泉之高,李白《望庐山瀑布》有"飞流直下三千尺"之名句,罗浮山的飞瀑则"三千丈",高度胜于庐山瀑布,当然"三千丈"也是夸张之词。"翠飞"形容瀑布倾泻,如翠玉飞溅,又可见瀑布的色彩美。这一联意境壮阔,气势飞动。亦唯有"望罗浮"才能写出罗浮飞泉广度与高度的全景,故这二句更显得切题。诗的尾联"与谁参画理?半面尽斜晖",又总写罗浮的西半面被夕阳映照,这样罗浮山就如同一幅画卷被涂抹上一层金色斜晖,更加壮丽非凡。此时诗人独自"望罗浮",他遗憾的是不能把观赏这幅天然图画的奥妙向人表述,以共享罗浮之美。这种心情同样是含蓄地赞美罗浮山景观。

这首五律纯然是以白描手法描写罗浮,形象亦较为鲜明,特别是颈联更出色,并无"误把抄书当作诗"(袁枚《仿元遗山论诗绝句》评翁诗)之弊。(王英志)

梅 花 汪 中

孤馆寒梅发，春风款款来。
故园花落尽，江上一枝开。

汪中是清代中叶著名的经学家和文学家，他一生命运坎坷，七岁丧父，二十五岁应省试落第，又得了怔忡之病，于是绝意科举，而过着为人作嫁的幕僚生活。晚年多病，在杭州文澜阁校书时积劳死去，年仅五十岁。"少苦孤露，长苦奔走，晚苦疾疢，……未尝有生人之乐焉。"汪喜孙（汪中之子）《容甫先生年谱》中的这几句话，概括了他的一生。因此，汪中的诗，同乾隆时代另一位薄命诗人、他的好朋友黄仲则一样，充满了感伤的情调。但是这一首《梅花》诗，却在寒冷中透露出春意，在凄寂中泛溢着憧憬，与其他作品有别。

这首诗究竟写于何时，作于何地，不大能够说得十分确切。《容甫先生遗诗》是把它编在庚寅即乾隆三十五年（1770）的，这是汪中省试落第后的第三年。据《年谱》，他这时正在太平府（今安徽当涂）太守沈业富处入幕，已经是第二个年头了。离乡背井、俯仰因人的幕客生涯，当然不是自视颇高的汪中心甘情愿地乐就的，何况扬州家里还有一位历尽艰辛把他抚养成人的老母！这年春天再度离家时，他写了一首《别母》诗："细雨春灯夜欲分，白头闲坐话艰辛。出门便是天涯别，明日思亲梦里人。"情调颇为感伤。《梅花》诗是编在这首《别母》诗后面的，也许，这是他从扬州回到当涂后，在春寒尚厉的时候写的吧？在没有别的反证材料之前，我们姑且这样认定。

这首诗前面两句，是诗人看到梅花开放而发出的喜悦。"孤馆"是他所处的环境。一个人作客在外，孤零零地住在馆舍中，是难免要产生寂寞、凄清的情怀的，何况是春寒料峭的时分！柳永《戚氏》词说："孤馆，度日如年。"秦观《踏莎行》词说："可堪孤馆闭春寒，杜鹃声里斜阳暮。"可为佐证。然而在这令人愁苦的环境中，忽然看到一树梅花，顶着寒气，冉冉地、苗壮地开放了，这景象，怎能不使他感到分外的喜悦！这喜悦，有着丰富的文化心理内涵，我们在阅读的时候，切不可轻轻放过。

这两句诗的文化心理内涵是什么呢？第一，梅花的出现，使诗人获得了朝夕相对的伴侣，可以破除孤寂。第二，自六朝以降，不断增加的诗人的吟咏，使梅花成为傲寒的象征。何逊称赞它"衔霜当路发，映雪拟寒开"（《咏早梅》）；阴铿称赞它"春近寒难转，梅舒雪尚飘"（《咏雪里梅》）；王安石的《梅花》说得更好："墙角数枝梅，凌寒独自开。遥知不是雪，为有暗香来。"尔后陆游、高启等都有脍炙人口的咏梅名作，梅花傲寒的象征意象，遂成为强大的文化心理积淀；汪中这位多才的诗人自然接受了这一集体无意识的影响。他此时正处在人生挫折的初期，与命运作斗争的意念尚未消失，故见到梅花的凌寒开放，自不免因内模仿作用而产生兴奋之情。第三，伴随着"寒梅"的花发，"春风"也"款款"（缓慢）地来了。春风是唤醒万物的天使，是给大地带来生气的力量。"暗添芳草池塘色，远递高楼箫管声。"（罗邺《春风》）"暗入畦园里，潜吹草木中。兰荪才有绿，桃杏未成红。已觉寒光尽，还看淑气通。"（陈九流《赋得春风扇微和》）汪中写出"春风款款来"这一"象"的时候，其所蕴含的"意"自亦包括这些内容。以上三个内涵是互相关联、有序递进、由浅而深的，表现出一个冲破严寒、生机勃发的含蓄的意境。

诗的后面两句，是由此及彼，因己地之"春意"而联想到家乡的"春意"。前面说过，汪中写这首诗时刚从扬州回到当涂不久，别母的感伤还萦回在脑际，现在得到寒梅开放的欢乐信息，振奋之余，自不免亦对家乡——更具体的是对老母，生发同样的期望和祷祝。这两句诗，因为对比鲜明，令人十分惊喜。"故园花落尽"，冬天，故乡的花卉都凋谢了，大自然脱去了它的彩衣，一片荒凉，一片衰飒——这是诗人不久前在家乡看到的情景。现在呢？"江上一枝开"，傲寒的梅花，一枝独秀地在江上开放了(扬州在长江边，故云)，它打破了严寒的统治，它带来了春天的消息，这形象是多么的美啊！——这是诗人的想象之词。汪中的诗思，就这样从"孤馆寒梅发"而联想及于"江上一枝开"，沟通了当涂和扬州的"春意"，亦即对自己对家人都充满了希望和憧憬。

众花落尽、梅花独放的景象，前人亦曾有所描述。梁简文帝《梅花赋》说：他宫中的奇花异木，到了冬天"并皆枯悴，色落摧风"，而"梅花特早，偏能识春，或承阳而发金，乍染雪而披银。"林逋《山园小梅》说："众芳摇落独暄妍，占尽风情向小园。"写得都颇为鲜明生动。唐僧齐己的《早梅》诗，更是汪中此诗的蓝本，诗云："万木冻欲折，孤根暖独回。前村深雪里，昨夜一枝开……"据说"一枝"原作"数枝"，是郑谷建议改的，确能更为精警传神，令人惊喜。汪中此诗以大江作为背景，境界又更为开阔了。

综上所述，这首诗，篇幅虽短，而风格清刚，意境开阔，内涵丰富，抒情含蓄，在容甫诗中别开一境，是耐人咀嚼的好诗。(洪柏昭)

松树塘万松歌　　洪亮吉

　　千峰万峰同一峰，峰尽削立无蒙茸①。千松万松同一松，干悉直上无回容。一峰云青一峰白，青尚笼烟白凝雪。一松梢红一松墨，墨欲成霖迎赤日。无峰无松松必奇，无松无云云必飞。峰势南北松东西，松影向背云高低。有时一峰承一屋，屋下一松仍覆谷。天光云光四时绿，风声泉声一隅足。我疑瀚海黄河地脉通，何以戈壁千里非青葱？不尔地脉贡润合作天山松，松干怪底一一直透晨辰宫。好奇狂客忽至此，大笑一呼忘九死。看峰前行马蹄驶，欲到青松尽头止。

注 ① 蒙茸：又作蒙戎，即蓬松。此指草木。

作者于清嘉庆四年(1799)八月曾向朝廷上《极言时政启》，大胆抨击时弊，矛头直指当朝天子，因此获罪，几被处死，后改发配新疆伊犁戍边。作者"万里荷戈"，诚然是人生之不幸，但西域之奇景异物、壮丽风光却给诗人提供了新鲜而丰富的诗料，使他享受到西北大自然之壮美，又是诗家之大幸。这正如赵翼所评："出塞始知天地大，题诗多创古今无。"(《瓯北集》卷四十二)此诗就是作者途经大戈壁天山脚下之松树塘时所作。诗人以奇警雄放之笔描绘了松树塘的奇松，勾勒出天山之麓的壮丽景色，从而抒发了作者面对西域奇美的自然风光的狂喜之情。

此诗虽题曰"万松歌",但并非单纯、孤立地写松,那样写诗的意象会显得单调呆板,亦难以体现"松树塘"之松的独特风貌。诗头八句写松树塘万松,采用了以万松与天山万峰相映衬的构思,即以"万峰"之形态、色彩衬托"万松"之形态和色彩,使"松树塘万松"之伟岸身姿与奇光异彩更加鲜明突出。诗中天山的"千峰万峰"是背景,松树塘的"千松万松"则是前景主体,我们看到的画面是:天山的峰群座座直立如削,山脚的松林株株亦都笔直入云,它们似在相互竞争,而在"削立"之群峰的陪衬下,"直上"之松林更增添了凌云之气。诗之画面亦显示出层次。诗在描写了万松之形态后,又改为从色彩角度描写:群峰或青或白,笼烟凝雪,松林则或红或墨,迎日成霖,青、白、红、墨四种颜色交相辉映,构成一个瑰丽夺目的色彩世界。第九至十六句,诗人又进而把松之意象与云、峰之意象交叉、联系起来,具体描绘了松之"奇"。细味诗意,诗人笔下的松已非"千松万松同一松"的松林,那些松具整齐划一之美;此时的松是松林之外的孤松,有奇特之美,所谓"无峰无松松必奇"也。这些孤松因为四周没有群峰与松林遮挡,它可以任意生长,如同"无松无云"处的"云"可以自由飘游一样。这些孤松有的长势与峰势成垂直,松影与云影相映衬,显得别有奇趣。有的单株怪松竟长在承受着山峰重压的小屋之下,枝杈盖着峡谷,更是兀傲不凡。"松树塘万松"从整体上看,则使"天光云光四时绿",戈壁上空亦映得生机盎然、四季常青,天山之一角又回荡着"风声泉声",真是有声有色,壮观奇丽! 在前十六句对松树塘之松兼峰、云绘形绘色的描写基础上,诗最后八句乃抒写诗人感想与喜悦。前四句作者展开想象的羽翼,从正反两方面产生奇思:他先是怀疑"瀚海"即戈壁沙漠与黄河地下水流是否相通(意即不相通),不然为何戈壁千里不见青翠之色? 这是写戈壁整体之干燥缺水。然后一转折,他又认为与地下水流还是通戈壁的,因为地脉毕竟献出水分浸润着沙漠、滋养出天山松了,不然松干怎么会直插云天之星辰宫呢? 这是指松树塘这特殊的风水宝地有水有松。有了前面的奇思,就更显得松树塘这块沙漠绿洲的可贵。因此当作者即"好奇狂客"经过此地,意外见到如此奇境而满足了他的"好奇"的审美心理后,就不禁要"大笑一呼忘九死"了。"九死"指自己原本犯有死罪而被流放,现在居然忘掉自己的处境与身份,而忘情地大笑狂呼,这固然显示出作者豪放的胸襟、性情,同时亦反映了松树塘风光之令人激动与陶醉。作者大笑之后,又策马在松树塘道上驰骋,欲饱览这松树云石,直到尽头,他是何等的欣喜与向往啊! 前面尽头处一定有更壮美的景观,这一切就留待人们去想象了。

此诗编在作者记录戍边生活的《万里荷戈集》中。吴嵩梁曾评《万里荷戈集》云:"留得新诗光万丈,夜郎争看谪仙还。"(《更生斋诗集》卷一编后)谓洪亮吉有太白之风。此诗写得天才卓越、放逸不羁,确实颇近李白古诗风貌。另外,其奇情壮采、奇景异物又与岑参边塞诗亦有相通之处。洪亮吉评岑参边塞诗"奇而入理,乃谓奇"(《北江诗话》卷五),因为其所写风物皆亲眼所见,所以奇而真。此诗写松树塘风光亦堪称"奇而入理"。诗通篇白描,几无一处用典,读来明快流畅,生气灌注,真可谓"天生奇境待奇才,抉透灵光笔端使"(杨元锡题赞《万里荷戈集》)。(王英志)

观夜潮　吴锡麒

高楼极目大江宽,为待潮生夜倚阑。

> 隔岸忽沉灯数点，如山涌到雪千盘。
> 鱼龙卷地秋风壮，星斗摇天海气寒。
> 明月渐低声已歇，一枝塔影卧微澜。

　　这首诗写月夜观潮，从待潮写到潮至再写到潮歇，章法井然。且首联平平而起，后三联胜境递进，结体严谨而无呆滞之病，是一首典型的、具有整饬之美的七言律诗。

　　说首联平平而起，绝不意味着这一联只是平庸的叙述。一起诗人立足高楼。唯其楼高，乃能"极目"，为下面三联展开描写提供了条件。接着写诗人面对的是"大江宽"。唯其江面宽广，江水浩瀚，海潮到来时才有鱼龙卷地、星斗摇天的气象，可见这起首一联在平平中已孕育了动荡风雷，为下文作好了铺垫。

　　但是，首联究竟只是序曲，诗人用力处在中间正面写海潮的两联。"隔岸忽沉灯数点，如山涌到雪千盘"，"忽"字承上"待潮生"的"待"字，表现出诗人心中乍惊乍喜的震颤，这好理解。为什么说"忽沉灯数点"？难道灯光竟然沉没于潮水之中？细细一想：诗人既站在高楼上极目远望，自然看得见对岸人家的灯火。当波涌涛起，浪尖高卷，超出江岸时，有些灯光被浪头遮住，仿佛突然沉没。说"数点"，因浪尖究竟只能遮住极少数的灯火；说"沉"，仿佛不是潮涨而是岸沉，更见出潮初来时声势力量令人恍惚聊栗的紧张心态。这里的"忽沉""数点"，下字非常生动准确。但这句还是从对比物的忽然消失写潮至，是暗写；下一句才是正面写海潮到来时的形象。"如山"言潮头之高，"涌到"见潮势之猛，"雪千盘"写潮之色，状潮之形——波浪是圆形的。雪白的浪头一个托着一个，就像白雪一盘接着一盘，层层迭迭而至。关汉卿《关大王独赴单刀会》里的"水涌山迭，年少周郎何处也"，写的也是这种景象。这两句由于"忽沉""涌到"勾连紧密，显得承转迅速，气象飞动。下联"鱼龙卷地秋风壮，星斗摇天海气寒"，"卷地""摇天"，声势横暴，"秋风""海气"，意象浑茫，更是好句。"鱼龙"状潮之形，"卷地"见潮之力；"星斗摇天"写出海潮的声威影响，仿佛整个宇宙都因它的到来而动摇不安，惶恐颤栗。"秋风壮"何止写出潮如秋风之壮，也表现了诗人观潮时心怀的壮阔；"海气寒"同样不仅写出海潮带来的一片寒意，也包含了观潮人"一座凛生寒"的心理感受。这中间两联，上联用流水对，下联用工对；上联写潮之形，下联写潮之神；既写足海潮的形与神，又传出了诗人观潮时动荡不安的心态，这就景中有情，物中见人了。

　　再看结尾"明月""塔影"一联。海潮因日月的引力而生。每当望日（农历十五）潮水涨落最大，古人观潮多选在这一天晚上。十五夜晚月色皓明，故观潮的诗又往往连带写到月色。苏轼《看潮五绝》就是用"定知玉兔十分圆"开篇的。潮来天地动荡，声容壮美；潮去明月幽冷，脉脉盈盈，两者形成极大的反差。诗人抓住这种壮美与优美，动境与静境的反差，描绘出"明月渐低声已歇，一枝塔影卧微澜"的境界，绾结全诗，深得动静变化互相映衬的艺术效果。这里的"一枝塔影"，尤见炼字功夫。塔本是一层层迭上去的锥体，塔层之间有短的飞檐侧出。映在水中，远远望去，那塔影像树枝，那飞檐则恍如树干上旁生枝节留下的丫杈。称塔影为"一枝"，准确描绘出远望中水面塔影的形象。但这"明月""塔影"，又并非在观潮之外另出一境，仍然是在写海潮。诗人描绘的是万马奔腾后的平静，他笔下的"微澜"依然是海潮的荡漾余波。这结联使人在"明月""微澜"中回味刚刚过去的惊心动魄的情境，一如在"江上数峰青"

中蕴涵着袅袅余音。（赖汉屏）

村　饮　黎　简

村饮家家酿酒钱^①，　竹枝篱外野棠边。
谷丝久倍寻常价，　　父老休谈少壮年。
细雨人归芳草晚，　　东风牛藉落花眠。
秧苗已长桑芽短，　　忙甚春分寒食天^②。

> **注** ①酿（jù）：凑钱喝酒。　②春分：二十四节气之一，在阳历的三月二十、二十一或二十二日。寒食：节令名，在清明前一天或二天。春分、寒食期间正是插秧大忙季节。

　　古代的习俗，在春秋两季的社日里，村民们凑钱备了牲酒，先祭土神，祈求丰年，然后聚在一起欢饮，有时还热闹一番，开展各种娱乐活动。晚唐诗人王驾的名篇《社日》曾从一个侧面含蓄而生动地写出了春社之日的欢乐景象："鹅湖山下稻粱肥，豚栅鸡栖半掩扉。桑柘影斜春社散，家家扶得醉人归。"黎简的这首诗看来也是写春社之日的村饮，但意境和写法都不相同，可谓别开生面之作。

　　诗的前面两联写村饮时情景。诗人一开篇便点明题意。"家家"，表明村民凑钱聚饮的普遍。"竹枝篱外野棠边"，是对村饮地点的素描，不仅缴足了"村饮"的题面，而且给诗的意境增添了野趣。从首联所写来看，似乎村民们开怀畅饮的场面即将出现。然而第二联两句，诗人用笔来个奇峰突起：不提如何饮酒，却写村民们围绕物价飞涨进行话苦忆甜的场面。"谷"和"丝"关系到千家万户的吃饭穿衣，这些东西的价格长久以来成倍地上涨，谁家能够承受得了？怪不得父老们要回忆过去的日子，对康熙时代的东西便宜絮谈不止。可年轻人听听以后有些不耐烦了，他们觉得老谈这些有什么用！还能叫谷价丝价跌下来？于是站起来说："老人家，你们不要再谈年轻时候过的好日子了。"父老们的絮谈和年轻人的厌听，不同的情态，其实是反映了共同的心理：对"谷丝久倍寻常价"的现实深表不满，读者由此可以想见当时"家家"所过的苦难日子。"父老休谈少壮年"，这一句真可说是生趣飞来，余味无穷。

　　诗的下面两联写村饮后景象。村饮结束时天色已"晚"，诗中只说"人归"，而不是王驾诗中所写："家家扶得醉人归"，说明这次村饮时间虽长，大家都没喝醉。原因不言而喻："谷丝久倍寻常价"——一来各家没多少钱好凑，打来的酒只能"意思意思"；二来物价飞涨像一团阴云压在村民们的心头，谁还有豪兴贪杯？在第三联中，诗人转以较轻松的笔调描写村饮结束后即目所见：细雨濛濛、芳草萋萋、东风拂拂、落红无数、牛垫花眠，一派寒食节来临时的村野暮春景象，字里行间流露出欣赏、赞美之情。另一方面，诗人在这一联中所描绘的妍秀景色与村民们在归来路上稍稍宽慰的心绪也是融洽的：东风化雨，老天给安排了插秧的大好时节；牛眠养神，正可作春种的得力助手。可以想见，此时此刻，在村民们阴沉的心田透出了亮色，他们把希望寄托在夺取今年的好收成上。结尾二句再拓展一步，写到了"村饮"之后。此时，田里秧苗已初长，还需辛勤护育；桑树则才出短芽，更当着力培养。看来，在春分、寒食两个节令之间，正有一场大忙在等待着乡人们，这一场聚饮，只是让他们暂且松一口气罢了。"忙甚（忙得厉害）"二字，也透露出这样的意思："村饮"看似是"闲"，其实正是大忙的前奏。所以，这一句虽然表面上与上文不同调,其实正是上文的自然延续,也是上文的总结。

这首诗中"谷丝久倍寻常价,父老休谈少壮年"两句乃一篇之警策。就思想内容而言,这一联尖锐而深刻地反映了所谓乾隆盛世时代物价飞涨、百姓不堪承受的现实。就艺术表现而言,这一联平中见奇,隽妙峭异,被凌扬藻称为"绝妙"之句(见《国朝岭海诗钞》卷十四)。

黎简的诗往往千锤百炼而出,近体多奇崛之作。这首《村饮》描绘风土人情,却写得纡徐婉挚,秀丽自然,代表他诗歌创作的另一种风格,故受到评论家们的特别注意。屈向邦在《粤东诗话》中就赞美此诗"工丽绝伦,深类晚唐名作"。(陈少松)

二月十三夜梦于邕江上^①　　黎　简

> 因友人归舟作书,寄妇梁雪。百端集于笔下。才书"家贫出门,使卿独居"八字,以风浪大作,触舟而醒。呜呼!梦而不见,不如其勿梦也,况予多病少眠,梦亦不易得耶!辄作诗寄之,得五绝句云尔。(选一)

一度花时两梦之,一回无语一相思。
相思坟上种红豆,豆熟打坟知不知?

注　① 邕江:在今广西南宁市。

黎简与他的妻子梁雪伉俪情深,非常恩爱,然为了生计,黎简经常出门,与妻子的分离成为他生活中的憾恨,这在他的不少诗中都有所表现。梁雪自二十岁来到黎家,一直体弱多病,煎服汤药,家中的阁名"药烟"就是为此而起,到了乾隆四十九年(1789),梁雪病逝,黎简悲痛欲绝,铸成"长毋相忘"一枚铜印系于妻子臂上作为殉葬品,于是悼亡又成了他诗中的一个重要内容,如长诗《述哀一百韵》等。就在他妻子病亡两年之后早春(二月十三日)的夜间,诗人梦见了自己在广西南宁邕江上,因有朋友回乡,于是赶紧写封家书托朋友带给妻子,才写了"家贫出门,使卿独居"八字,骤然梦醒,于是诗人抑制不住心中的悲痛,写下了这首哀毁忧伤的小诗。此诗的题目犹如一篇小序,如怨如诉,读来恻恻感人。诗共五首,这是最后一首。

"花时"是指春天,南国的花讯来得早,正月至二月已是百花争艳的时节了。就在这"一度花时"之中诗人却已两次梦见亡妻。第一次的梦中虽然见了面却没有说话,只留下"梦中草阁垂寒袖,竹里梅花忽故人"的惆怅。这是第二次,可连面都没有见着,只是想寄给她自己的相思,但相思未达,已梦回人醒,空留惆怅,徒增悲伤。于是诗人忽发奇想,要在亡妻的坟上栽一棵红豆,等到红豆结籽,纷纷落地的时候,那泉下之人知是不知呢?红豆是爱情的象征,王维的诗说:"红豆生南国,春来发几枝?劝君多采撷,此物最相思。"因此有人将红豆称为"相思子"。所以这里的红豆打坟,正比喻诗人对亡妻的相思之情。

此诗写得真率平易,然洋溢着出自肺腑的一片至情。前两句中连用三个"一"字,不忌重复,正所谓至情无文,"相思坟上种红豆"的奇想,完全是由想象落笔,为情造文,使无可奈何的情思得以表现,而一种迷惘痛苦的哀思于此可见,所谓一字一泪,点点滴滴,都是诗人纯情所化。(王镇远)

昨梦李昌谷弹琴　　黎　简

　　年无几梦十九恶，昨夜何人媚魂魄？长爪诸孙秀眉绿，围玉神麟腰一束。鸣弦古寒动秋屋：陇山月黑叫孤鹦，昌谷云深啼老竹。红丝剩血弹涩吟，千年以还吾识音，车行确确雷碾心。行云已去银浦浅，出门独愁碧海深。

　　黎简于前代诗人中最倾心于李贺，他曾用红、蓝、黑三种笔色精心批点过李贺的诗集，后毁于灾。乾隆四十八年(1783)他又重批《李长吉集》并自题说："余幼好长吉，非长吉诗不读，且学为之，甚肖也。……长吉诗似小古董，不足贡明堂清庙，然使人摩挲凭吊不能已，其体未纯而情有余也。"可见他对长吉的爱好与推重。就在这年的某晚，他忽然梦见李贺弹琴，次日写下这首诗，诗可谓道地的长吉体，酷似李贺诗风。

　　首四句写他梦见李贺。起二句先作一跌宕，说一年中难得有梦，即使做梦也十次中九次为噩梦，可见好梦难能可贵，因此又说不知谁昨夜进入了我的梦境，令我满心欢喜。次二句即形容此人的容貌：修长的手指，秀丽的眉毛，腰间束着一条雕有麒麟的玉带。据李商隐的《李长吉小传》说："长吉细瘦，通眉，长指爪。"而杜牧的《李长吉歌诗叙》又说他为"唐皇诸孙"，可见黎简梦中之人分明就是李贺了。中间五句写李贺的弹琴。他拨弄琴弦，奏出古怪凄寒的调子，声振屋宇，犹如陇山的孤鹦在漆黑的夜晚发出哀切的鸣叫；又像昌谷的老竹在阴云密雾的笼罩中滴洒清露，摇曳悲啼。这两句的比喻灵妙而警策，给人以很深的印象；于是又说他在血丝般殷红的琴弦上弹出幽咽艰涩的曲调，正有惊心动魄的力量。"千年"一句收回目前，说自长吉身后，千年以来只有自己才是他的知音。最后三句写自己梦回后怅惘。车声辘辘，像沉雷碾过天心，行云已去，银河顿觉清浅，"车行"二句写李贺乘车远去，乐声消歇，然其实各有所本。李商隐的《李长吉小传》中说李贺死时"常所居窗中，焞焞有烟气，闻行车嘒管之声。"即为"行车"之本；李贺自己的《天上谣》中有"银浦流云学水声"句，即为"行云"句之本。斯人已去，惟余银河浅淡，诗人推门而出，欲寻找其遗踪，但见天宇澄碧，辽阔如海。末句以景语作结，然分明以青天碧海喻自己愁思的深沉无垠，一种对梦境憧憬与对现实的不满之情见于言外。

　　这首诗的风格纯然效摹李贺。古人贵在述某人之事，能以某家笔法出之。如李商隐的《韩碑》诗即能以韩诗的古拗奇险出之；黄景仁的《太白墓》也不乏太白古诗的豪放雄奇。黎简这里既述昌谷事，故诗也用长吉体。如诗中怪怪奇奇的描述，便类似李贺笔下的形象。"长爪诸孙秀眉绿"、"红丝剩血弹涩吟"、"车行确确雷碾心"等都绝似贺诗中语；又如用鸟鸣、竹啼来比拟音乐，也显然是受了李贺《李凭箜篌引》中"昆山玉碎凤凰叫"及"江娥啼竹素女愁"等句的启发；再如此诗中用了"绿""黑""红""碧"等色彩秾艳的字眼，造成强烈的感官刺激，也是李贺诗惯用的手法。本诗的押韵，除了第六句和第十一句外，前七句用入声韵，后五句用平声韵，契合前半梦境的奇诡与后半梦回人醒的情形。通首有一种奇崛不平的声调，也是长吉体的一种表现方式。总之，在李贺身后的千余年中，学长吉体的人不少，然像这样神形逼肖的作品实属罕见，故黎简也确可谓是长吉的知音了。（王镇远）

癸巳除夕偶成(二首)　　黄景仁

千家笑语漏迟迟，忧患潜从物外知。
悄立市桥人不识，一星如月看多时。

年年此夕费吟呻，儿女灯前窃笑频。
汝辈何知吾自悔，枉抛心力作诗人。

癸巳即乾隆三十八年(1773)，诗人二十五岁。这一年岁末，他从安徽归家。除夕之夜，瞻前顾后，不觉忧从中来，诗思扰人，便以"偶成"命题，写成了这两首抒写寂寞抑郁心情的小诗。

前一首，写自己站在桥上看星。他看星星，不是为了欣赏夜景，而是由于内心忧思郁结，对着星星出神。首句写环境气氛，"千家笑语"是诗人周围的现实情景，"漏迟迟"是说其时已经夜深。"漏"，古代的计时器漏壶的简称，这里指代时间。从第二句开始说自身。先说心情："忧患潜从物外知"。"物外"，世外，超脱于围绕自己的现实环境，如眼前的千家笑语，自身的家事之累，等等。由于对环境保持距离，才得以摆脱世俗的种种具体考虑，才能对现实与人生的根本问题进行客观而全面的冷静思索，"忧患"便是冷静思索以后的感悟。"忧患"什么，诗人并不明白说出。从诗人所处的时代及其经历来看，几年来，他的足迹及于大江南北数省，这一年除夕返家以前，还到过庐州、泗州、徽州、杭州等地，所见盛世疮痍的种种景象，难免会在他内心深处积累起愈来愈深重的隐忧。诗人多次应试，连连失意，身体又虚弱多病，怀才不遇的事实与将不久于人世的预感，又进一步增强了他思想感情中的伤感成分。"忧患"于冥默之中悄然呈现，既深且广，诗人无法摆脱，又不知如何是好，便独自一人到市桥之上，长久呆立，凝视天上的一颗亮星。后两句是诗人所作的一幅自画像，借景传情，显示的是深陷于忧患之中的诗人的情状。洪亮吉在《北江诗话》中称这两句为"豪语"。诗人忧患若此，何豪之有呢？说是"痴语"，倒很合适。诗人忧患至深，无以自解，唯有悄然呆立，痴望星空而已。末句中的"一星"，指金星，其亮度仅次于日、月。迷信的说法谓金星比常年明亮是祸事将临的征兆。有人即据此解释三四句说："向来平平阅过，顷吴太令山锡语余：'此诗题癸巳除夕，乾隆三十八年也。其明年有寿张之乱，金星先期骤明，作作有芒角，作者盖深忧之，非流连光景之作也。'余嗟赏其言，以为读古人诗，皆当具此手眼。"(陆继辂《合肥学舍札记》)其中提到的历史事件，是指乾隆三十九年八月，白莲教首领王伦等人在寿张(旧县名，今分属山东阳谷县与河南范县)等地的起义，一个多月后失败。上述引文旨在说明作者对国事的忧虑，此诗"非流连光景之作"。但认为诗人是由星象而生隐忧，客观上将诗人归入了天人感应论者的行列，抹杀了引起诗人"忧患"的深广的社会内容，是无助于对此诗作正确理解的。"悄立"二句的写法，与唐代诗人元稹的七绝《智度师二首》相近。该诗第二首中说："天津桥上无人识，闲凭栏干望落晖。"此二句在好事者伪托的黄巢《自题像》七绝中曾予袭用。在黄景仁笔下，前两句抒情与后两句写景一气呵成，"悄立"二句与元稹诗相类似，当是意到笔随、客观上形成的近似而不可能是有意的仿效。

　　后一首，说自己后悔当了诗人。地点不再是市桥之上，而是在家中，其时已经掌灯，儿女与自己正围坐在桌旁。诗人于乾隆三十二年十九岁结婚，至乾隆三十八年写作此诗时生有一女一子，女六岁，子三岁，都还在懵懂无知的年龄。故而当诗人一如往年灯下敲韵，为捕捉诗情沉思默想以至眉头紧蹙时，小儿女辈见了，毫不理解，只是掩口而笑。"窃笑"，显得小儿女似懂非懂，"频"字则又带出诗人"吟呻"费时之久。面对此情此景，诗人不觉悲慨顿生，便用一半责备一半自责的语气倾诉了自己内心的苦闷。"汝辈何知"，说儿女，对儿女因不理解而窃笑，责备中有宽宥。儿女毕竟太幼小了，怎能从自己热衷吟诗的表象中体察到后悔写诗的另一面呢？"吾自悔"，转说自己，自悔不该写诗，故末句说"枉抛心力作诗人"。"抛"字意味着自己作诗花去的精力都白白浪费了，毫无价值。"抛"前加一"枉"字，进一步强调了对白费精力感到的惋惜、痛心。其实，诗人并不是真的后悔写诗。他在《杂感》中说："莫因诗卷愁成谶，春鸟秋虫自作声。"又在《送春三首》中说："此身卑贱无一能，矫吭但欲为新声。"可见，写诗简直成了他的一种本能，只要心有所感，他是无法已于言而不发而为诗的。那么，他为何又要表示"自悔"并沉痛地喊出"枉抛心力作诗人"呢？这也可以从他的诗里找到答案。《春城》说："一身尚乞食，所遇犹迍邅。"《杂感》说："十有九人堪白眼，百无一用是书生。"尽管诗人名噪一时，但他并不因此而见重于朝廷、做出一番轰轰烈烈的事业，他个人穷困潦倒的处境也并不因此而有所改变。可知"自悔""枉抛"，乃是诗人沉痛已极的激愤语，是对埋没人才的黑暗政治的曲折抗议。如果联系"枉抛"句的出处，隐含于其中的这一层意思就更加明显。此句语本唐代诗人温庭筠的七绝《蔡中郎坟》。温诗说："今日爱才非昔日，莫抛心力作词人。"原来诗人之所以后悔写诗作词，是由于当路者不爱惜人才之故。文人之不受重视，自古而然，故杨炯表示"宁为百夫长，胜作一书生"（《从军行》），李贺伤感地唱出"不见年年辽海上，文章何处哭秋风"（《南园》）。这样看来，诗人在这首诗中喊出的，又不仅仅属于他所处的特定时代，而且也是历史上所有的怀才不遇的文人学士的共同心声。"莫抛心力作词人"与"枉抛心力作诗人"之具有很大的感染力，原因也正在于此。

　　以上两首诗，所写时间相同，都在除夕。"霜鬓明朝又一年"（高适《除夜作》），当迈向新年门槛的时候，思前想后，容易感慨万千，故诗人"年年此夕费吟呻"，于癸巳除夕写成了这两首小诗。两诗所写地点，各不相同，一在市桥，诗人悄立，天上有星；一在屋内，儿女围坐，桌上有灯。市桥上，"人不识"，更是此心无人会得；在室内，儿女频频窃笑，也不理解自己的苦闷。真是"冠盖满京华，斯人独憔悴"（杜甫《梦李白》），诗人几乎要喊出"知我者谓我心忧，不知我者谓我何求。悠悠苍天，此曷其人哉"（《诗经·小雅·黍离》）了！此二诗在艺术表现上的共同特色是言近旨远，二诗均意象鲜明，贴近生活，而又都诗意含蓄，寄情远大，诉说的是对整个现实、人生的忧虑与感愤。钟嵘评阮籍的"言在耳目之内，情寄八荒之表"（《诗品》），也正道出了这两首《癸巳除夕偶成》的神韵。（陈志明）

杂　感　黄景仁

仙佛茫茫两未成，只知独夜不平鸣。

风蓬飘尽悲歌气，泥絮沾来薄幸名。

十有九人堪白眼，百无一用是书生。

莫因诗卷愁成谶，春鸟秋虫自作声。

近四十年来，文学史家们论及清代诗人黄仲则，都认为他的诗内容窄狭，只是透露了一点"士大夫的苦闷"，写写个人的穷愁而已。因此，黄仲则的诗长期来一直受到冷落。这样的评价是否公正呢？

诚如史书记载，黄仲则的一生确是极其凄苦的，四岁丧父，在成年前，祖父、祖母、兄长相继去世，家徒四壁。然而这位穷苦孩子却是个天才，九岁时就能做出"江头一夜雨，楼上五更寒"的诗句。十六岁，在三千人中取得童子诗第一名。可是就以他这样的才华，又当乾隆盛世，终其身还只是个秀才。他十九岁那年，初次参加江宁乡试，名落孙山，于是愤激地写下了上面这首《杂感》。这是他刚踏上人生征途时写下的孤愤诗，却是奠定了他一生诗作的基调，是他后来一系列孤愤诗的前奏。

诗一开始说：自己在这个苦难的人世，想去成仙成佛，以摆脱尘世烦恼，都没有成功，只好在漫漫长夜，独自发出愤愤不平的悲鸣。诗中"不平鸣"三字很值得注意。我们知道，所谓"乾隆盛世"，文字狱很可怕，一般士人噤若寒蝉，而黄仲则身上却有一种抗争的"野性"。这种抗争，当然是从个人仕途遭遇引起的，他"六赴乡试，概报罢"。只好长期游幕，依人为生，心中自有一股对社会的不平之气。他慨叹："长铗依人游未已，短衣射虎气难平"，后来越来越激愤，他要像祢衡、嵇康那样骂人了。他在《钱百泉杂感》中这样写道："臣本高阳旧酒徒，未曾醋醉起乌乌。弥生漫骂奚生傲，此辈于今未可无！"他甚至在看《林冲夜奔》这出戏时，也因愤懑不平，起而作《金缕曲》曰："不到伤心无泪洒，洒平皋那肯因妻子？惹我发，冲冠起！"这种对社会的"不平"已到了忍无可忍的地步了。

当然，长期游幕的生活，使诗人唱出了更多的凄悲的调子，如《杂感》颔联所写："风蓬飘尽悲歌气，泥絮沾来薄幸名。"这两句诗概括了诗人一生飘零痛苦的身世和他那与世落落寡合的个性。对于黄仲则，现实是严峻的，时代是冷酷的，命运是不公正的。诗人像风中蓬草，到处飘零，慷慨悲歌之气消磨殆尽。他有一种深深的寂寞感和伤感情绪："病马依人同失路，寒蝉似我只吞声。""怕听歌板听禅板，厌看春灯看佛灯。"诗人的生命简直是忧愁之网织成的。然而，即使如此，他在这"侏儒太饱臣饿死"的世道里，依然一副铮铮傲骨。据说他居朱竹君幕时，与同事议论偶不合，买舟竟行，翌日追之，已不及矣。其标格清峻如此。"泥絮沾来薄幸名"，正是他感到自己不可一世的诗名，只不过如同坠落在泥淖里的柳絮，难以飞举，而自己与世的落落寡合，被一些权贵们认为高傲的不识抬举和不近人情的"薄幸"之人！

实际上他之所以如此，正是因为胸有不平之气，他打心底里就厌恶当时整个腐败的官场和儒林。所以《杂感》颈联这样写道："十有九人堪白眼，百无一用是书生。"他清醒地认识到：他面对的"乾隆盛世"，实际上是一个是非不分、人情险恶、倒行逆施的世道。"穷途日暮皆倒行"，"悲来举目皆行尸"。他曾在"何事不可为"的诗中，揭露了那批不惜认人作父，攀龙附凤的官迷。他还写了一首《圈虎行》，表面上写杂技，实际上也是讽刺嘲弄那些朝中文武大臣——他们得了"骨头"，丢了"骨气"，貌似"老虎"，实系"斑奴"。当今显官，名儒十之有九都是这类货色,诗人对他们自然要投之以"白眼"了!

而作为一个有操持的才志之士,在如此结党营私,尔虞我诈以追逐权势和财富的风气面前,只能"雨云翻覆随流辈,裘马轻肥让市儿"了。诗人"奋飞常恨身无翼",慨叹这个世界不是属于我们这类书生的,"识字多真累,为儒例合轻",在世人眼里,书生只是"百无一用"的大傻瓜! 显然,"百无一用是书生"这句是反语,是牢骚,是愤世嫉俗的"不平鸣"!

真的"百无一用"吗? 否,我有笔如刀,黄仲则说:"此身卑贱无一能,矫吭但欲为新声"。他要用自己的"新声"去抗争:"避人偷作文弹鼠,厌俗频将剑逐蝇,莫话单寒向行路,季裘虽敝尚能胜。"《杂感》尾联更向世人公开宣称:"莫因诗卷愁成谶,春鸟秋虫自作声。"此句下有"自注"云:"或戒以吟苦非福,谢之而已。"古人有"诗谶"之说,如果写诗作不吉利之语,往往在作者身上得到应验。因此有人劝他不要多作"幽苦语"。黄仲则表示不相信这种迷信,他的诗要像春天的鸟鸣,秋天的虫吟那样,发出的都是天籁之音。"莫因诗卷愁成谶"的"谶"字,实际上是"文字狱"的一种巧妙暗示。人们劝他谨防文字贾祸,而黄仲则表示不作迎合"盛世"的莺歌燕语,他,"只知独夜不平鸣"!

包世臣在《齐民四术》中说黄仲则"生性豪宕","慨然有用世之志,而见时流龌龊、猥琐,辄使酒恣声色,讥笑讪侮,一发于诗。"包世臣是很有见解的。时人及后来一些评论家往往只注意到黄诗"好作幽苦语",而视为唐代孟郊之类的"寒虫",他们实际上是忽视了黄诗"豪宕"和"讥笑讪侮"的一面。还是诗人张维屏看到了这一点,他说:"黄生抑塞多苦语,要是饥凤非寒虫。"正由于他是诗人中的"饥凤",才能"声称噪一时,乾隆六十年间,说诗者推为第一。"这位"饥凤""自作声"的精神在当时极其难能可贵。郁达夫早在三十年代就看到了这一点,他在《关于黄仲则》一文中说:"他(黄仲则)的诗格,在社会繁荣的乾隆一代之中,实在是特殊得很的,我们但须看看他的许多同时代人的集子,就能明白。他们的才能非不大,学非不博,然而和平敦厚,个个总免不了十足的头巾气味。要想在乾嘉两代的诗人之中,求一些语语沉痛,字字辛酸的真正具有诗人气质的诗,自然非黄仲则莫属了。"这话说得极其深刻中肯,遗憾的是近若干年来,我们的文学史家们竟没有注意到这一点。(高　原)

秋　夕　黄景仁

桂堂寂寂漏声迟,一种秋怀两地知。
羡尔女牛逢隔岁,为谁风露立多时?
心如莲子常含苦,愁似春蚕未断丝。
判逐幽兰共颓化,此生无分了相思。

这是一首哀感顽艳的情诗。据诗意推测,是作者早期的作品。郁达夫先生的小说《采石矶》中对此诗的创作作了很凄艳的描述:"仲则(景仁字)竟犯了风露,在园里看了一晚的月亮……他忽然感触旧情,想到少年时候的一次悲惨的爱情上去。"这显然是从本诗中"为谁风露立多时"一句想象出来的故事。

桂木筑成的堂中静寂无声,只听到更漏滴滴。诗人遥想远处的恋人,虽异地相隔,然而人心心相印,相思之情是一致的。诗人凭借想象,突破了时空的限制,将恋人间两心相契的心理浓缩在"一种秋怀两地知"一句之中。如此凄清寂寥的秋夜,怎能抑制住对远方情人的刻骨相思呢?诗人于是走到园中,那秋夜的星空又令人想起牛郎、织女,他们还可以在每年的七夕相逢一次,而诗人如今在这风露中伫立多时,又是为了谁呢?这里,诗人以极平淡质朴的语言为自己勾勒了一个剪影:伫立凝想,默默无言,举眼望天,心沉神驰。一个多愁善感而痴情的年轻诗人形象于其中已呼之欲出了。他的另一首诗中有"似此星辰非昨夜,为谁风露立中宵"之句,与此句同一意境,说明这是诗人自己反复描绘的自画像。

诗人在爱情的追求与失望的痛苦中挣扎,于是他感叹道:我就像莲子那样永远藏着一颗苦涩的心;愁思像春蚕的丝绵绵不断,无法排遣。我的一生注定逃脱不了这相思之苦的命运,任凭自己的生命随着幽谷之兰的萎谢凋零而逝去吧!黄仲则少年多病,常有年寿不永的自悲自叹,他似乎已预见到了自己的早逝,然而又无法摆脱相思之情,最后两句便是他对至高无上的爱情的礼赞,表达了自己对此执着的追求。他希望上苍判给他这样的命运:永远追逐着兰草幽远的芬芳,即使与兰草一起凋落化为泥土亦不辞。生命何足惜,而相思之情永不会完结。这里的"幽兰",虽然诗人没有明言所指,但我们大致可以揣想到,那就是他的爱人的化身。

爱情是诗歌创作中永恒的主题,然而表现爱情主题的方式是千变万化的,中国古典诗歌中也是如此。南朝民歌以质朴无华的语言来表达男女间的思慕,李商隐的艳诗则以秾艳晦涩的笔调抒写自己的恋情,而黄景仁的这首情诗却以清新而强烈的表现方式抒写自己的恋情,带有明显的个人特色。此诗也显然有脱胎于李商隐诗的痕迹。如开头的"桂堂"一词,就使人想起义山《无题》中的"昨夜星辰昨夜风,画楼西畔桂堂东"两句,唤起了男女幽会的联想。又如"心如莲子"一联,也显然取法于李商隐"春蚕到死丝方尽,蜡炬成灰泪始干"的名句。然而我们读黄景仁的诗,却没有义山那种朦胧神秘的色彩,代替它的是一种深切真挚的美感。如此诗一气流走,畅达明晰,而情深一往,感人肺腑。语言是晶莹透明的,没有些许费解晦涩之处,然意蕴却并非一览无余,而是随着感情的波澜深婉激荡,如第一句中"漏声迟"三字,暗示出诗人于孤独寂寞中倍感长夜难度的心态。第二句中"一种"与"两地"可谓当句成对,构成了强烈的时空交错的效果。总之,语言的明畅与感情的强烈在此诗中达到了高度的统一,前人所谓语浅情深,此诗堪当。(王镇远)

入洞庭　宋　湘

客自长江入洞庭,长江回首已冥冥。
湖中之水大何许,湖上君山终古青。
深夜有神觞正则,孤舟无酒酹湘灵。
灯前欲读悲秋赋,又怕鱼龙跋浪听。

因地怀人,由古及今,是中国古代诗人习惯性的情感生成、抒写方式。幽州思昭王,长沙悼贾谊,宣城忆谢朓,岘山怀羊祜,赤壁想三国,台城叹六朝,这些在古代诗歌中简直是代代相承的写法。宋湘"于古人每喜自比屈宋"(邱炜萲《五百石洞天挥麈》),他的姓和名都和屈原、宋玉有联系,入洞庭而想起屈宋,"欲读""家先贤"的悲秋赋,自然更是顺理成章的事了。

　　诗前半首扣题,写入洞庭及所见。宋湘的七律"气体雄浑"(林昌彝《射鹰楼诗话》卷九)"独往独来,全在意兴,不于中两联对仗争工拙,以古诗之法为五七律"(何藻翔《岭南诗存》),这首诗也体现了他这种风格。律诗一般都避免同一首中有重复的词语,中两联一般都讲对仗,但这一首一、二句重复用"长江",三、四句重复用"湖",把离长江、入洞庭、后顾长江、前瞻洞庭这一过程写得一气贯穿。"入""回首"都是十分质直的动词,"长江""洞庭"这些词义本身就传达给人一种广阔感,这样的动词和名词连结起来,就造成了诗中雄浑浩茫的美感,使诗显得大气磅礴。"何许""终古"一虚一实,不定语气和肯定语气相交织,造成了空间上的开阔感和时间上的纵深感,"终古"所带有的历史意识又很自然地引出了下文。前半首所构建的雄浑气势和广阔时空十分有效地渲染了诗人的情感生成背景,使他要在下文抒写的怀古与感叹都显得深沉凝重。诗的一、二句不对,三、四句只是大致相对,这种以古诗单行之法写律诗、不规规于对仗的写法来自崔颢的《黄鹤楼》、李白的《鹦鹉洲》等诗,由于宋湘诗中所写的都是"长江""洞庭"等大物,又有"冥冥"等形容词,所以他的词看起来比崔李诗更加雄健。

　　下半首改用律诗的一般写法,对仗、平仄皆合律,这也和崔李诗相似。"深夜"句言屈原灵魂不灭,夜间的湖上不时传来神秘的声音,像是湖神也为这位忠直之士不平,至今犹在祭奠他。"深夜"渲染了环境的神秘气氛,突出了屈原的可敬,暗示了白天活动于人间的丑恶力量的可怕,也为下文"孤舟"上的活动点出时间,表示诗人夜深之时犹在追想屈原和湘水之神。最后由屈原又想到宋玉。宋玉的《九辩》(即这里所说的悲秋赋)学习《离骚》,揭露了君王的昏庸,政治的黑暗,小人的险恶,抒发了"贫士失职而志不平"的牢愁,诗人于深夜孤舟之中的灯前欲读,但"又怕鱼龙跋浪听"。鱼龙本指水族,在这里它的喻义不太明确,但能使诗人"怕",一定是一种不许他抒发不满情绪的陷害人的力量。诗人想起古人,欲以读古人之作表达对古人的缅怀并借以抒发自己的类似于悲秋赋中所写的情感,却连这点自由都没有。诗的结尾很耐人寻味,使人感觉到这是一个压抑,没有言论自由的环境,这种欲言不得言中所流露的焦虑和无奈,反过来使前面的写景也更显得深沉苍凉。(本诗字句各本有异,此据中山大学出版社1988年出版的点校本《红杏山房集》)(沈金浩)

贵州飞云洞题壁　　宋　湘

我与青山是旧游,青山能识旧人否?
一般九月秋红叶,两个三年客白头。
天上紫霞原幻相,路边泉水亦清流。
无心出岫凭谁语,僧自撞钟风满楼。

飞云洞在贵州省黄平县城东二十里东坡山,以千姿百态的石壁著称。清嘉庆十八年

（1813），宋湘外任云南曲靖府知府，十九年重游贵州飞云洞，诗即作于此时。诗中抒发了作者重游时的物是人非，年岁不与的感慨，表达了返身自然的愿望和缺少知音的孤独感。

诗的开头与他的《入洞庭》诗相似，"皆用复字，句法相似，尤为超拔"（冯振《诗词作法举隅·诗词杂话》），宋湘好用此法，集中相似者还有《游君山》等。在本诗中，这种不避重复、纯以神行的好处是使"我"与青山之间的关系显得十分紧密，使这两句的意思集中在我与青山的关系上，毫无枝节旁骛。首句是我的陈述，也即是对"我与青山关系如何"这个问题的回答。这一句中，我是主，山是宾。次句是个问句，要青山来回答，宾主关系对换。这样宾和主就形成了对照关系，并引出了下文的宾之所见、宾（客）之所感。颔联分写青山与我。这个重来的游客他所看到的是和过去一样的九月红叶，一样的秋山景象。在青山的不变面前，游客的变表现得非常明显，距前次来此，时间只隔六年（作者自注："戊辰秋，典黔试游此。"戊辰即 1808年），但客已经白头了。这里，诗人突出了色彩的变与不变，不变的是青山和红叶，变的是人的头发，前次黑，此次白。这一变化的原因诗中没有交代，但感慨已尽寓其中了。诗人这六年来的肉体和精神上的感受全让这无声的画面来表述。

在这黑头到白头的变化中，在这物是人非的对照下，诗人的心灵也疲惫了。因此此番游览飞云洞，他不再为飞云洞的奇观而兴奋激动，就在这首题飞云洞壁的诗里，也懒得把飞云洞的特色写出来。前两联中写的青山、红叶，毫无地点特征，颈联所选择入诗的，显然也不是飞云洞才有的景观。"紫霞"这一物象似乎可以看作石壁奇景的一个比喻，或者说石壁为天上紫云幻化而来，但如果注意到它与泉水相对，又是特地强调了"天上""路边"，就可以发现，"紫霞""泉水"很可能是两个带隐喻性质的意象。天上紫霞，传统理解为祥瑞，喻显贵，而泉水，如果深山，即与隐逸有关。诗人有意说它是"路边泉水"（在青山大环境里），看起来他是有意要把显贵和平凡相对，从而表达他对显贵的看穿和对平凡的亲近。有了五六句所写的景中之理，跟着也就有了第七句所言的想法。"无心出岫"语出陶渊明《归去来辞》"云无心以出岫，鸟倦飞而知还"。中国古人用典故或截用前人诗文句子，往往要把典故和词句的意义背景一起带进来，所以这里他要表示的除了欣赏云一般的"无心"、任应自然外，很可能也有倦游思归之意。"凭谁语"表示了他的孤独。诗人欲甘淡泊，倦于宦游，希望有同道能交交心，而此时他为官边陲，四顾茫然。他无法与人交谈，甚至也无人知道他的孤寂。山间长风掠掠，吹拂着他飘潇的白发，寺庙的钟声依旧在山间回响，"自"字又一次强化了相对于变化中的我而言的外物的不变性。诗在这里运用了以景代言的手法作结，这种手法的妙处常在造成含不尽之意见于言外的效果，尤其适用于感慨。辛弃疾说当人不愿意再言愁的时候，用"却道天凉好个秋"来代替。以写景作为抒情诗结尾的写法用的正是这种传情方式。陈与义词"古今多少事，渔唱起三更"，辛弃疾词"江晚正愁予，山深闻鹧鸪""布被秋宵梦觉，眼前万里江山"等，都是用此法。钟声和风满楼在古典诗歌中常与感慨相伴。如唐李益《喜见外弟又言别》曰："别来沧海事，语罢暮天钟。"明谭元春《舟闻》"远钟渡水如将湿，来到身边天已秋"等，均可见两者关系。"风满楼"语出唐许浑《咸阳城西楼晚眺》"山雨欲来风满楼"。不过这里没有许浑那种类似于末世忧患一般的意识，而倒有点像韦庄《鹊踏枝》中所写的"独立小桥风满袖"，诗中的人物是个有万千感慨却又凭栏不语的人，他的感慨是难以名状的，综合性的，而不像许浑较明显的是忧世。

题洞壁之诗而不粘着于洞景，却又与游洞有关，这大概也是宋湘此诗的"超拔"处吧。

（沈金浩）

木棉花(选一)　宋　湘

历落嵚崎可笑身，赤腾腾气独精神。
祝融以德火其木，雷电成章天始春①。
要对此花须壮士，即谈芳绪亦佳人。
不然闲向江干老，未肯沿街卖一缗。

注 ① 雷电成章：语本《易·噬嗑》："雷电合而章。"章，彰明之意。天始春：谓惊蛰节后，雷电发作，木棉吐红，始显春令。

　　木棉是生长于岭南的一种木本花。年久的木棉树躯干粗壮挺拔，花朵硕大，色彩鲜红。春来之时，她先开花后吐叶，远望如万朵火焰在空中熊熊燃烧，十分壮观，故有英雄花之称。本诗题下共有两首，此为其二。在前一首中，作者描写了木棉花"丹魂拍拍气熊熊，倔强虬龙烛烧空"的壮美外观和神采以及这种生长于岭南的花在岭南这个环境中显示的英雄气派，这后一首则着重刻画并赞扬了木棉作为一种花她所具有的赋性品格。

　　首联写木棉的风神。"历落嵚崎"一句化自《世说新语·容止》："周伯仁道桓茂伦，历落嵚崎可笑人。"历落嵚崎本指山之高峻，以喻人喻花，皆取杰出不群之意。"赤腾腾气"写出了木棉的壮美色彩和神采。前一句是知性语言，后一句是感性语言。宋湘的七律以豪迈劲健著称，本诗中的"赤腾腾气"打破了一般七言诗二二三的造句法，前四不可分，且"腾腾"两字叠用，句子在生硬中显得十分劲健，堪称不以文害意、避熟就生的典范。

　　次联承首联次句而来。"赤腾腾气"是烈火般的状态，祝融正是火神，"赤精之君，火官之臣"。古代方士有五德之说，以帝王受命所值五行为德，值火运为火德，炎帝、唐尧都是火德王。"祝融以德火其木"即是说它不仅秉受了火神所赋予的火一般的外观，还是花中的火德之君。她不像桃花杏花，玫瑰蔷薇，婀娜娇媚地享受春光，而是将自己强壮的枝干伸向天空，迎接、拥抱春天的雷电，和雷电一起敲响天鼓，催醒万物，涂抹春回大地的壮丽画卷。

　　第三联前承首句，并引出尾联。此联意义指向两个方面。一是因为此花是一种历落不凡的花，她身上体现的美不是娇柔婉媚，而是奔放热烈，因此一切凡庸懦弱之辈都不足以之相提并论；另一个是比喻义，中国传统文学中花与女子常互为喻体，由花的比喻义又引出"壮士"，因为她"即谈芳绪亦佳人"，壮美有力却也鲜艳明丽，崇高中有优美，是一个高标脱俗、勃郁着强烈的青春气息的奇女子，与之相配者正该是"壮士"，若是病弱的男子与之相配，那真是玷污了这个佳人，这个男子也会相形见秽的。

　　尾联继续着这种双关义。"不然"从字面上是承"须"字来的，仍带着"佳人"这个比喻义，意即如果这种"须"不能实现，则宁可无所配，终身独守，犹如庄子笔下的鹓雏"非梧桐不栖"，或如苏轼笔下的"孤鸿"宁可"寂寞沙洲冷"。而句中的"江干"，又是就花的本义而言，江干是花的生长之所，相对于众目睽睽的街道庭园等热闹地方而言。从此句过渡到下句，在修辞上是从比喻过渡到拟人。花在这里似乎是个有节操的人，她不愿随波逐流，卖身媚俗成为人家几上瓶中的观赏物，而宁愿终老于寂寞的江干，保持其独立的风操。

　　木棉因其生长于文化发达较迟的岭南而较少、较迟进入诗文丹青，又因其躯干高大而不在观赏花之列。传统的有君子之喻的花木是梅兰竹菊。宋湘生长岭南，又"襟抱豪迈"（光绪

《嘉应州志·宋湘传》），对木棉有独特的体认和爱好。本诗以传统的拟人、比喻等手法，展示了木棉壮美的风貌和卓然不群的灵魂，并在对木棉的赞美中寄寓了诗人的品德美学观。
（沈金浩）

住谷城之明日，谨以斗酒牛膏，合琵琶三十二弦，侑祭于西楚霸王之墓（三首之一）　王昙

江东余子老王郎，　　来抱琵琶哭大王。
如我文章遭鬼击，　　嗟渠身手竟天亡。
谁删本纪翻迁《史》？　误读兵书负项梁。
留部瓠芦《汉书》在，　英雄成败太凄凉。

　　这首诗题目很长。"谷城"是地名，在今山东泰安市东平县，有项羽坟墓；"斗酒""牛膏"，古代常以牛、酒作祭祀品；"合"是连同；"琵琶三十二弦"，琵琶为四弦乐器，辅以古人所谓八音，故称三十二弦；"西楚霸王"即指项羽，秦亡之后曾自封为西楚霸王，与刘邦争天下，失败自杀，葬在谷城。诗人住宿在谷城的第二天，非常恭谨地用斗酒、牛膏连同琵琶去祭祀项羽的坟墓，并作诗吊之。诗歌对项羽的失败致以莫大的惋惜和同情，对后人以成败论英雄表示强烈的不满和愤慨，同时抒发自己怀才不遇的牢愁和郁怒。

　　首联"江东余子老王郎，来抱琵琶哭大王"。"江东余子"，项羽起兵时，在江浙一带收精兵八千人，打遍天下，后来都战死沙场。最后项羽走到乌江，乌江亭长驾船等待，要接他东渡，以图日后东山再起，卷土重来，可他却说："籍（项羽之名）与江东子弟八千人渡江而西，今无一人还，纵江东父兄怜而王我，我何面目见之？"于是决计自杀。王昙是浙江嘉兴人，所以称自己为"江东"之"余子"——余下来的人。另外，"余子"还兼用《后汉书·祢衡传》的典故："余子碌碌，不足道也。"意思说自己一生碌碌无为，很不得志。"老王郎"，是王昙自称。"大王"，指项羽。两句大意是说自己抱着琵琶来哭悼项羽，由此引出下文。

　　颔联"如我文章遭鬼击，嗟渠身手竟天亡"。上句，"文章"在这里泛指才能；"鬼击"为鬼神作怪之意。诗人才华横溢，学问渊深，却屡试进士而不第；身怀绝技，富有才干，却终其一生而无用，因此不能不发出不平之鸣：像我这般才能，居然遭鬼怪打击！下句，"嗟"是感叹，叹息；"渠"即他，指项羽；"身手"谓本领；"天亡"典出《史记·项羽本纪》，项羽在自杀前夕对部下说，自己在楚汉之争中失败，"此天之亡我，非战之罪也"。因此王昙说，可叹项羽那样英雄，竟然被天意灭亡！

　　颈联"谁删本纪翻迁史，误读兵书负项梁"。上句，"本纪"，西汉司马迁《史记》一书在体例上将人物传记依次分为本纪、世家、列传三种，其中以本纪为最高，专门记述帝王；书中将项羽列入本纪，遭到当时一些封建史学家的责难，后来东汉班固著《汉书》，便将项羽从本纪中删去，并入列传。所以，王昙在这里愤怒地责问道，是什么人推翻司马迁《史记》的定案，把项羽从本纪中删除的？下句，"项梁"是项羽的叔父，也是老师。据《史记·项羽本纪》记载："项籍

少时，学书不成，去；学剑，又不成。项梁怒之。籍曰：'书足以记名姓而已；剑一人敌，不足学；学万人敌。'于是项梁乃教籍兵法，籍大喜。"王罢这里说项羽改"读兵书"是一个错误，实际上是诗人的愤激语，也就是痛惜项羽的失败，并关合下文。

尾联"留部瓠芦汉书在，英雄成败太凄凉"。"瓠芦"即葫芦。《南史·萧琛传》说，萧琛做宣城太守时，有个北方和尚渡江南来，随身只带一只葫芦，里面装有一部珍本《汉书》。诗歌大意是说，葫芦中留下这么一部《汉书》，它以成败论英雄，项羽这种遭遇也真是太凄凉了。两句在颈联怒责"谁删本纪翻迁史"的基础上，直接传达了诗人对以《汉书》为代表的"以成败论英雄"的愤慨。

全诗纵横豪放，表面上是在"哭大王"，实质上却在"哭""王郎"。诗人"嗟渠身手竟天亡"和"英雄成败太凄凉"，惋惜项羽生前的失败，同情他身后的遭遇，很大程度上，是因为"如我文章遭鬼击"，为自己怀才不遇鸣不平。也就是说，这首诗的真正题旨实际上是通过哭悼项羽来抒写自己的郁愤，感项羽之凄凉，叹自身之不遇；借他人之酒杯，浇胸中之块垒。醉翁之意，其在斯乎？

整首诗评点《史》《汉》，"哭""嗟"数字，把一个慷慨激昂的诗人主体形象鲜明地渗透在诗歌当中。诗歌的奇情异彩与诗人恃才任气的个性是吻合的。王昙曾偶然在谈笑之中说自己会使"掌中雷"，一掌可击万人，而被人视为诞妄，终身不得步入仕途。这种个性和遭遇也使他的诗歌染上了狂诞的色彩。（朱则杰　胡红斌）

焦山夜泊　王　昙

华严灵馆压嶕峣，一片风烟接寂寥。
大地星河围永夜，中江灯火见南朝。
鱼龙古寺三秋水，神鬼虚堂八月潮。
独上层楼扪北极，满天风露下银霄。

焦山屹立于江苏省镇江市西北长江之中，形似砥柱。诗人夜泊焦山，写下了他的所见所感。

"华严灵馆压嶕峣"，起句突兀不凡，开门见山。焦山本就"嶕峣"（jiāo yáo，高耸貌）雄峙，而华严阁更高踞稳坐于焦山之上，这便突出了焦山"刺破青天"的超拔之势。一个"压"字，显示了华严阁的庞大规模和沉重态势。一个"灵"字，则点出此为神仙鬼怪之所在。七个字就高度概括了焦山的雄姿伟态。这是上瞻。接着平视："一片风烟接寂寥。"山周围风烟滚滚，云涌雾绕，与寂静辽阔的夜空相接，一片朦胧静谧的景象。"接"字描绘出风烟与夜色融为一气，不辨明暗的深沉境界。本来的静景，由于"压"和"接"二动词的作用，便无形中产生了一种凝重感和流动感。俞明震《焦山松寥阁夜坐》中写道："月黑树蒙茸，惊鸦入窗里。团团一山雾，江势来不已。"诗人所乘之船，正停泊在这雾气环抱的焦山下、苍苍茫茫的夜色里。"焦山夜泊"的题意就在这开头两句之中，含蓄而巧妙地作了暗示。

三、四句推广来看,把眼前镜头放大到整个大地,推远到千年以前。"大地星河围永夜",这是横向宏观。当夜完全来临的时候,苍穹星光灿烂,河汉一片银辉,星光倒映,宛如银河沉落水中,于是上下星河像个圆环一样,把整个黑夜拥入自己的怀抱,使它通宵明星照耀,水光闪烁。一个"围"字,使得长空大地浑成一体,整个宇宙都充满了诗情画意和朦胧美色。而焦山就隐隐绰绰闪现于这美丽的夜色中,显得神秘而富有魅力。这是进一步点题。下面是纵向洞察:"中江灯火见南朝。"在江中眺望,南有镇江,北有扬州,江心和两岸灯火通明。眼前所见不禁勾起诗人的遐思浮想,南朝宋、齐、梁、陈四个朝代的兴亡盛衰,无数历史的幻影在眼前出现,无数史事蓦然涌上心头。"见南朝"三字,蕴含丰富地表达了诗人对历史演变递嬗所怀的万千感慨,似有"千古江山,风流总被雨打风吹去"之叹。可以说,三、四两句内容壮阔纵深,气魄宏大,感情深沉,应是本诗精华所在。

五、六句,诗人思绪回到眼前,笔触落到焦山局部景物的概述上。鱼龙无声,神鬼无迹,已觉冷清;"古""虚"二字,就更渲染出一派凄凉景象。滔滔大江之中的一座孤山,要不是相传汉代名士焦光曾隐居于此,建有焦公祠,乾隆皇帝在这造有行宫,留下一些古迹,又有谁会有兴致到这神鬼之地一游呢?鱼和相传的龙,在秋寒季节便蛰伏水底。故杜甫《秋兴》诗有"鱼龙寂寞秋江冷"之句。神鬼,本虚幻之想,假设之物,谁也未见过他们的踪影。故有"神鬼虚堂世代遥"(李梦阳《台寺夏日》诗)、"虚堂神鬼昼无声"(朱彝尊《题南昌铁柱观》诗)这类描述。由此也可见焦山上那些祠堂庙宇空空洞洞、四面来风、凄凉静寂的情境。"三秋水""八月潮"是写江水。三秋,在此当指农历九月,即秋季第三个月。王勃《滕王阁诗序》:"时维九月,序属三秋。"八月潮,扬州一带的潮期。八、九月正是秋季,点明诗人到此之时令,也为后面"满天风露"的描写张本。

末二句,写诗人上山登楼的感触。"独",孤身一人,并无同游者,更增凄凉之意。"层楼",已明其高;"扪北极",尤见其危。此句极言焦山高耸入云、与天相接。结句进一层描写自己如入云端,以至感到满天风露侵人的凉意,说明这正是秋深夜深之时,再次点明题意,并与句首呼应,突出焦山雄峙长江、力能擎天的峭立之姿,给人以中流砥柱之感。

此诗笔触灵活自如,遒劲有力,上下纵横,涵盖量大。虽写的是静景,但"压""接""围""见""扪""下"几个动词的运用,又使得静中有动,给诗带来了生机活力。题中"夜"字贯穿全篇,含而不露,从傍晚停泊到灯明星出,再到夜深露下。诗人按时间顺序,把自己的所见、所想、所触、所感,严密有机、巨细兼备地作了描述,让人感受到其中丰富深邃的情致,使诗达到了情与境的完美统一。(吕美生　朱永平)

登白云栖绝顶　　孙原湘

一峰插云云不穿,云中忽漏山左肩。一峰穿云欲上天,乱云又复蒙其巅。峰低峰昂云作怪,云合云离变山态。殷勤挽山入云中,倏忽推山出云外。隔云看山山不青,入山看云云无形。但觉雨疏疏,烟冥冥,不知深林积翠外,白日自在空中行。我径拨云出其顶,始觉云高不如岭。足踏云头万朵飞，下方看作青霄影①。

本诗题中的"白云栖"是虞山上的一所庙宇，所以"白云栖绝顶"实际上就是虞山的绝顶。虞山位于江苏常熟市西北，山虽不甚高，却是江南名山之一，至今仍是著名的游览胜地。诗人是常熟本地人，虞山当是他常来游览的地方，所以诗中不再对虞山和白云栖作具体的描绘，而是用全部篇幅来写虞山上的云。通过云的各种变化，来展现虞山上奇特的云景，全诗处处都在写云，所以尽管没有具体描写白云栖这所庙宇，但"白云栖"这个名字所包含的意境，已经十分生动地呈现在读者的面前。

全诗分为前后两个部分，前面写的是远景，后面写的是近景。

还没有进入虞山，虞山上奇特的云景就已映入诗人眼底，前面八句，就是诗人对虞山云景从远处所作的描述。本来，云是流动的，而山峰则是静止的，可是由于云的流动变化，居然连山峰也能给人以动的感觉。处在云层包围之中的一座山峰企图刺破云层，插向天际，而厚厚的云层则把它紧紧裹住，使它无法突围。正面突围未成，旁边却撕开了一个缺口，忽然漏出了山峰的左臂。与此同时，另一座山峰经过努力，竟然刺穿了云层，可是正当它趁势欲上天之时，一团乱云忽又蒙上它的头部，使它重又淹没在云海之中。经过一番纠缠之后，山峰终于完全失去了主动。它们一会儿显得很高，一会儿又变得很低，都是那调皮的云在作怪，云忽而聚合，忽而离散，使山峰的形态为之不断发生变化。而那些山峰则一会儿被殷勤地挽入云中，一会儿又被无情地推出云外，好像身不由己似的听凭云对它摆布和捉弄。在这八句的描写中，云和山峰被处理得像一群顽皮的孩子，它们互相纠缠戏耍，出现了一个个相当生动和富有情趣的场面。

接着诗人描写入山以后所见情景。"隔云看山"，难见青山的真面目，而入山以后，却连云都看不见了。这不由得使人想起唐代王维《终南山》一诗中的名句："白云回望合，青霭入看无。"白云、青霭都只有在远处方才看得见，走近了反而看不见了。凡是曾亲历其境的人都会有这种感觉，所以这里的描写与王维的那两句诗确有异曲同工之妙。

虽不见云形，人毕竟在云中，"但觉雨疏疏，烟冥冥，不知深林积翠外，白日自在空中行"几句，写出了在云中穿行时的一种特殊的感觉。这种感觉在别人的诗篇中也曾出现过，如作者的前辈、诗人赵翼就在《山行杂诗》中写道："山云才滃起，顷刻雨点飘，乃知云变雨，不必到层霄。只在百丈间，即化甘澍膏。君看云薄处，曦云如隔绡。自是此雨上，仍有赤日高。"两诗描写的景象几乎完全一样，但相比之下，孙原湘的几句就显得较为简练和圆熟，形象也更鲜明一些。

最后，诗人终于拨开云雾，登上了绝顶，而这时出现在他眼前的却是另一番景象。原来他在山下时看到的是群峰为乱云所掩，现在才发现，云高毕竟不如岭高，正如诗人在另一首诗中所写的那样："山被云围住，围云更有山。"（《蒙山》）在绝顶之上，万朵白云都从脚下飞过，宛若置身云端。俯视下方，还可看到云朵的点点投影。

本诗作者是袁枚的诗弟子，深受袁枚"性灵说"的影响，《清史稿》中说他"以才气写性灵，能以韵胜。"从这首诗来看，其中无处不流露出作者的性情和趣味。作者不是不加选择地简单地摹写自然，而是在摹写中有所侧重，有所强调。在这首诗中，作者所侧重、所强调的便是

"奇"和"趣",他完全没有功利主义的目的,而只是从审美和欣赏的角度来观察和描绘虞山云景的"奇"和"趣"。如果说陶渊明的"云无心以出岫"表现出闲适心情,陶弘景的"岭上多白云"抒发了隐士情怀的话,那么,这首诗中对云景奇幻多变情境的描写,也可看作是爱好奇特、追求情趣的一种表现。这种爱好与追求出自诗人的性情,或者称为性灵,因此这首诗也就成为直抒性灵的写景之作。(范民声)

寄衣曲　席佩兰

欲制寒衣下剪难,几回冰泪洒霜纨。
去时宽窄难凭准,梦里寻君作样看。

　　席佩兰,字韵芬,一字道华,又字浣云。江苏昭文(今常熟)人。有《长真阁集》。清代文人孙原湘妻,夫妻二人皆工诗能文,常于闺房唱妍酬丽,伉俪情深,时人目为神仙眷属。

　　《寄衣曲》为古代诗歌中常见的诗题,历代染指者甚多,且多以此表达闺中少妇对远人的思念。唐人张籍有同题诗云:"纤素缝衣独苦辛,远因回使寄征人。官家亦自寄衣去,贵从妾手看君身。高堂姑老无侍子,不得自到边城里。殷勤为看初暑时,征夫身上宜不宜。"虽同样从少妇缝衣的手和征人穿衣的身两处着眼,表达了闺中的忆念,但语直而意浅,缺少耐人咀嚼的余味。席佩兰此诗体制短小,语浅而情深,且能以女性的敏感和灵性,独出机杼,不仅闺阁之中罕有其匹,且直有压倒须眉之势。

　　诗从"欲制寒衣下剪难"开始,将"欲"与"难"对举。不直言赶制寒衣,寄寒衣,而是虚点一笔,采用"欲擒故纵"的写法,表达出诗中抒情主人公矛盾犹豫的心理,却又不说出原因,因而造成悬念。

　　第二句,"几回冰泪洒霜纨",并未对"下剪难"的原因作出解答,而是紧承上句,对"下剪难"从程度上作出强调,使前面所设悬念推进一步,为后面的转折做了准备。将"冰泪"与"寒衣"对举,用"几回"暗承"难"字,就将"欲制寒衣"者无可奈何、茫然若有所失的心情淋漓尽致地表现出来。值得注意的是,诗人虽欲表达闺中相思之情,却并不于起首一句之中明白表示出来,即使在此句之中也只是于暗中透露消息,着一"冰"字来修饰"泪",将读者的注意力从制寒衣方面暗暗地调转过来。古人以"冰"示心迹,有鲍照《白头吟》的"清如玉壶冰"。王昌龄《芙蓉楼送辛渐》的"一片冰心在玉壶"显得晶莹纯洁。此处,作者以"冰"饰"泪",更呈异彩,其一,不仅照应前句"寒"字,又紧扣诗题,使文脉不断,表明秋来凉至,泪落觉寒;其二,这个冷色调的词,不仅点明节令,而且隐现出抒情主人公此时凄清、落寞的心情;其三,联系古人用"冰"饰"心"刻画晶亮纯洁形象来看,这个"冰"字,又在读者心中形成了一个冰清玉洁的多情美人形象,仿佛见到她闺房之中惆怅无奈、依窗远眺、潸然泪落的憔悴容颜。以一字之工,而深蕴如此多的含义,由此可见作者功力之深,无怪乎前人称她为"随园女弟子之冠"。

　　三、四两句,更宜多加玩索。首先,它对"下剪难"和"泪洒霜纨"的缘由作出了正面的回答:制衣之难,难在没有凭准,不能量体制衣。其次,在对上两句诗作出总结的同时,又对上两句诗境作了开拓,既将制衣之难向深层引渡,又将第二句诗中暗含的相思之情点明。"去时宽窄难凭准"一句,含义颇丰,其一,它说明思妇对离人去时衣服的宽窄一直了然于心,可见思妇真情,也可见出其相思之苦;其次,更可玩味的是,一腔怨思,尽付于制衣难凭准的托词之中;对离人别后生活的好坏、身材的肥瘦的担忧,完全凝聚在"宽窄难凭准"五字之中;其三,"难凭准"又含有一个时间概念,暗示出离人远别已积有时日,这才使得思妇难以想象离人久别之后的形象,故不敢贸然下剪,一片爱怜之意中,更有思妇日日相思熬煎之苦,从而更凸显出了思妇"冰泪"之中的一颗"冰心"。最后一句"梦里寻君作样看"则再推进一步,将欲制寒衣之情补足,同时也将相思难已之情尽托梦境。其实,梦中所见之人,只能是去时之人,不可能是久别后的形象,作此等痴语,是有意将读者的注意力引向真正要表明的相思之痛上来。但是,不言相思难熬,企求梦中相会,而只是说以梦中所见为制衣之样,写得确实婉曲动人,饶有情味。不仅有相思的静态美,而且有寻君相看的动态美。给读者以闺中思妇形象的同时,又给人以离人思妇别后欢会于梦境的欢乐场面,较之单纯写闺中相思,境界更为阔大而浑厚了。

对于席佩兰的诗,随园先生袁枚以为"字字出于性灵,不拾古人牙慧而能天机清妙"。这首《寄衣曲》便很明显地印证了乃师的评价。它没有矫揉造作之态,更不是无病呻吟之作,而是从内心深处抒发出来的真挚感情。她的丈夫孙原湘自从嘉庆年间中进士后,官至武英殿协修,常常在外。佩兰独处深闺,难免魂牵梦萦,日思夜想,于是通过这首古题,表达一腔忆念,全诗语语从肺腑中流出,炼字精审而又出自天然,形象鲜明,意境深远。诗如行云流水,然而仔细寻绎,却又移步换形,千回百折,愈转愈深,令人回味无穷。(徐培均　罗立纲)

芦　沟　张问陶

芦沟南望尽尘埃,木脱霜寒大漠开。
天海诗情驴背得,关山秋色雨中来。
茫茫阅世无成局,碌碌因人是废才。
往日英雄呼不起,放歌空吊古金台。

本诗写于乾隆四十九年作者初入北京之时。芦沟即桑干河,为永定河上游,在河北省西北部,流经北京市到天津附近入海河。芦沟附近有著名的幽州黄金台。诗人秋游芦沟,又一次被黄金台这个承载着君臣相遇美好故事的古迹惹起无穷感慨。

诗前半首写出游芦沟所见,描写了秋天幽蓟原野浩茫荒凉的景象,境界开阔,富有气势和力度,给人以肃杀、悲壮之感。张问陶既工诗也善画,本诗的二四两句中即可看到他诗画并擅的特长,两句诗既呈现了凝重雄阔的画面,又写出了秋来幽蓟的动势过程。霜寒导致木脱,木脱更显霜寒,大漠因木脱霜寒而一望无尽。"关山秋色雨中来"写出了秋色到来的媒介、来速、来势,强化了秋色到来这一渐变现象的可感性。这一广袤、悲凉、壮阔景象的描绘为下文的抒情作了有效的渲染铺垫。

"心事浩茫连广宇",浩茫的环境也容易激发浩茫的心事,使诗人产生强烈的忧生或忧世之情。唐郑綮说:"吾诗思在灞桥风雪中驴背上",此时,张问陶面对眼前景象,也不禁心潮起伏。秋天的到来易诱发人荣华易逝、时不我待、离乡思归等种种情感活动,这些情感活动使一个欲有作为的人更添事业上的紧迫感。本诗的下半首即可看到诗人的这种情感流向。面对茫茫的自然环境,他想到了自己在人生社会环境中的茫然无依和理想的渺茫,有拔剑四顾心茫然那样的感觉。他现在二十一岁,虽然年龄不算大,但他的心情已经很急迫了。"人间少壮无多日,莫待秋霜染鬓丝","举世不逢孙伯乐,一生惟哭贾长沙"(《春日感怀》),"伏枥长鸣万马惊,唾壶击缺气难平"(《重有感》),这些诗都和这首《芦沟》作于同一年。这里的"无成局"表示了他对前程的迷茫(张问陶喜欢把人生比作棋局,如《感事》诗"惊心万事无长局",《悼亡》诗"半局残棋已廿春")。诗人当时尚无功名,在北京与赞善公周东屏的长女结婚后无所事事,他又"不欲因人著姓名"(《重有感》)而现实恰恰又要把他逼到碌碌因人的境地上去。所以,这里的"是废才"既是自警,也是自责。颈联两句主要是对社会和个人现状的总体上的理性思考,诗的结尾,又回到与芦沟这个地点有关的空间中来。他想到了曾发生在这里的历史故事,当年的燕昭王为了招贤纳士曾筑台置金,如今,正如唐代陈子昂在这里感慨的,古人不见,天地悠悠。过去的君臣相遇是那样令人欣羡,今天,美好的往事已成陈迹,历史长河奔流不息,郭隗、乐毅这些往日英雄随斯而去,后之视今,犹今之视昔,我亦必然要到"呼不起"的时候,如果不是英雄,那就连呼你的人都没有。诗的最后两句,既有君臣知遇不可再得的感慨,也有圣贤寂寞、人生短暂的忧叹,呼不起的既是英雄,也是往日。这种社会感和宇宙感的交织使他产生强烈的焦虑和孤独,放歌空吊正是他焦虑和孤独的外化表现。

本诗也是一首因地生情,情景交融之作,所写景物具有明显的时地特征,雄浑悲壮的景色和深沉的历史,身世感取得了和谐的统一,是金台吊古这一传统题材上的又一成功之作。(沈金浩)

杨 花 舒 位

歌残杨柳武昌城,扑面飞花管送迎。
三月水流春太老,六朝人去雪无声。
较量妾命谁当薄,吹落邻家尔许轻。
我住天涯最飘荡,看渠如此不胜情。

在旧小说戏曲中,常用"水性杨花"来比喻女子用情不专一,这词向来含有贬义。可本诗虽以杨花比歌妓,却一反俗见,另立新意,表达了诗人对歌女生涯的深切同情。

首联点明题意,交代时间地点,展示人物活动场景。明咏杨花,暗写歌女,语意双关。"歌残杨柳武昌城,扑面飞花管送迎",典出《唐诗纪事》:"(韦)蟾廉问鄂州罢,宾僚祖饯,蟾曾书《文选》句云:'悲莫悲兮生别离,登山临水送将归。'以笔毫授宾从,请续其句。逡巡,有妓泫然起曰:'某不才,不敢染翰,欲口占两句。'韦大惊异,令随念。云:'武昌无限新栽柳,不见杨花扑面飞。'"由韦蟾的"惊异",可见歌妓中也不乏才女。舒位采用此典,自然亦含有对歌妓的赞誉之意。在遍植杨柳的武昌城歌楼上，歌妓们纵情地唱着《折杨柳曲》（古乐府）之类的歌曲，与来客欢聚一堂，直到兴尽为止。她们纷纷热情地把客人迎来，等到聚会结束，歌声停歇，又依依不舍地把客人送走。如此循环往复，她们就在这"送迎"中度着浮靡年华。"扑面"，既言歌妓之多，也指她们对来客的亲热表现；歌妓的神态，杨花的特征，糅合自然，颇为巧妙传神。

但是，"三月水流春太老，六朝人去雪无声"。三月，意谓已是暮春，春天即将过去。六朝人，指歌妓。有"六朝金粉"一词，意即粉黛，妇女的装饰、仪容。王实甫《西厢记》云："香消了六朝金粉，清减了三楚精神。"领联是说，当这些歌妓"暮去朝来颜色故"的时候，就变得"门前冷落鞍马稀"（白居易《琵琶行》），不再会有人来光顾、亲近她们，她们也就像杨花飘零、雪花消融一样销声匿迹了。此联用典较多，蕴含丰富地暗示了歌妓青春消逝后的悲寂。"三月"句，可参见韦应辰《杨花》诗"三月江头飞送春"，李煜《浪淘沙》词"流水落花春去也"等句。"雪无声"，可参见"咏絮"一典：晋谢安侄女道韫颇具才识，正值天雪，安问："白雪纷纷何所似？"兄子朗曰："撒盐空中差可拟。"道韫答："未若柳絮因风起。"世因称道韫有"咏絮才"。又唐代郑谷《东蜀春晓》亦有"潼江水上杨花雪"之句。

把歌妓们正当青春时的欢乐与青春消逝后的凄清对比一下，不难看出，她们生活的无凭，命运的悲惨。所以颈联说："较量妾命谁当薄，吹落邻家尔许轻。"以歌妓自己的口吻发问，把杨花与自己相比，该是谁的命薄呢？然后作答，妾就像杨花一样，任凭什么风都可以把它吹落到邻家，歌妓在人眼中，不过是如此的轻贱而已！诗以歌妓切身的体验，运用比较的手法，颇具说服力地抒写了她们身不由己、任人处置的薄命和悲叹。

最后，诗人从歌女的身世联想到自己。"我住天涯最飘荡"一句，由高士谈《杨花》诗中"我比杨花更飘荡，杨花只是一春忙"句转化。此句道出了诗人比歌女更为落拓的动荡境遇。舒位24岁考中举人，虽誉满天下，但终其一生，却未获一官半职。他长年奔走四方，从军西南，后又浪迹吴越，以词曲为生，十分潦倒。早年就有诗云："消磨瘴疠诸天外，飘泊文章百战间。"（《归自金筑，沈松庐观察以书来问，并寄示所撰春秋咏史乐府序。他日奉访南湖未值，返棹有怀，作此呈谢》四首之一）由此可知，诗人与歌女虽然身份不同，遭遇却一样，可以说，他们"同是天涯沦落人"。自身的漂泊生涯，使诗人对歌女的不幸命运无限同情，所以说"看渠如此不胜情"。渠：他，杨花。"如此"二字，概括了前面所写杨花的盛衰，即歌女的身世、经历。对此，诗人感慨不尽，无限同情。把自己与歌女相提并论，比照着写，既体现了对歌女的关心、尊重；另一面也把一个有才华的文人，在当时社会中的卑微地位和悲凉处境作了具体贴切的描绘，十分发人深省。

本诗托物喻人，形象生动。活用了不少典故，加重了诗的分量。借杨花写歌女，又从歌女联想到自己。蕴含了歌女由青春貌美到人老珠黄、由被爱慕亲昵至被遗弃冷落的人生经历，并把歌女的飘零身世与自己的坎坷遭遇结合起来抒发感慨，这不仅提高了诗的思想境界，并且沟通了歌女与诗人感情的溪流，增强了诗的艺术感染力。（吕美生　朱永平）

月夜闻纺织声（三首选一）　　陈文述

茅檐辛苦倦难支，绣阁娇憨定不知。

多少吴姬厌罗縠，绿窗一样夜眠迟。

　　陈文述是清代嘉庆时人，工绝句，颇有诗名。他早岁诗学西昆，尚轻艳，晚年落尽铅华，渐于质朴中见慷慨之气，尤长于咏史之作。这首绝句，当是他返璞归真的后期力作。

　　深夜听见妇女的纺织声，这原是极寻常的事，尤其是在诗人家乡杭州。尽管夜夜吱哑，如怨如诉，几曾有人闻此而牵动心魂，兴不平之鸣？生活就是这样，在寻常中包含了极不寻常，在平静中蕴藏了极不平静。只是，人心麻木，司空见惯，好像事情本来就应该如此；而诗人却在这最寻常的纺织声中听到了不平之鸣，足见其思想境界已自高人一等。

　　前面说过，陈文述后期之作洗尽铅华，归于淳朴，这并非说他不再追求诗艺。就以这首绝句而论，也可见出作者的精心结撰。诗的起兴，仅仅一缕纺织之声，诗人却生发出许多想象悬拟。先闻其声而想到此声一定来自贫家，所居必在茅檐低小之下；进而想到这贫女夜织，一定十分辛苦，困倦难以支持。第二句又想到，富家小姐，深居绣阁，此时此刻，一定绮梦正香，她定然不知人间仍有人在纺织。这是一层对比：以不眠与酣睡对比。三四句将同是不眠者进行对比，更具新意。纺织女工在深夜苦熬，妖姬宠妾此时却身服绫罗，在陪欢侍宴，撒娇邀怜，这是第二层对比。同时，这二层对比用"绣阁""罗縠"关合纺织：这"绣"与"罗"，不正是寒家女子深夜纺织出来的吗？有的人居"绣阁"，厌"罗縠"；有的人却正在纺织丝绸，供她们享受：这样的对比和关合，使诗意有开有阖，既浮想联翩，又金针一线串联，这不正可以见出诗人高超的诗艺吗？

　　陈文述之前，画家、诗人郑燮有"衙斋卧听萧萧竹，疑是民间疾苦声"的名句，夜闻风竹之声而念及民间疾苦。陈文述之后，龚自珍有"我亦曾糜太仓粟，夜闻邪许泪滂沱"的名句，夜闻邪许之声而下泪，兴忧乐天下之心。陈文述则在万籁俱寂的月夜，闻纺织声而感到人间的不平。三位清代的诗人，都如此敏感，都从人人熟悉的平凡夜声中隐然听到了时代风雨的前奏曲，写出了具有现实主义精神的好诗。"江山代有才人出"，清诗自有其不可磨灭的价值。
（赖汉屏）

新　雷　张维屏

造物无言却有情，每于寒尽觉春生。
千红万紫安排著，只待新雷第一声。

　　张维屏是鸦片战争时期著名的爱国诗人，《三元里》《三将军歌》等作品，倾诉了诗人的爱国热情。张维屏又是一个敏感的诗人，他对自然万物，寄予深厚的感情，显示他对自然、对生活的热情。《新雷》便是他自己心情和自然界变化融合的代表作品。这首绝句写于道光四年（1824）初春，正是鸦片战争前的十余年。当时清政权腐败黑暗，已臻至绝境；而西方的鸦片贸易，又在不断增加。明智的士大夫，目睹这内外交困的局势，既满怀焦急不安，又渴望新局面的到来。《新雷》正是寄寓这种复杂情绪的产物。

这首诗平顺自然,没有难词拗句,比较容易领会。在艺术构思上,诗人却匠心独运,使诗歌的表达手段,有了新意。

首先,诗人的移情手法,赋予自然界具有人的情感活动和思维能力。"造物无言却有情",作为造物者的天,即自然界,本来并不具有人类的情感和思维。诗人笔下,自然界不但能思维,而且在不言不语之中,饱含着对人类的感情。这表现在害怕寒冷的人类,在最难熬的时刻,自然界会冬去春来,带来温暖。不仅如此,还刻意安排了万紫千红的百花,来愉悦人类、安慰人类。这一切,只等第一声春雷炸响之后,就出现了。自然四时运行,本来是自然界的规律,无情绪可言。诗人有意识地把人类的情绪活动外射到自然界中,使自然界具有与诗人共鸣的思想感情活动。因此,诗人笔下的自然,实际上是诗人思绪改造过了的自然。在这个自然画面上,寄托了诗人对于一种新的社会环境,新的生活气氛的追求和仰慕,也启示了读者对更新更高尚更美好生活的渴望。

其次,诗人在处理全诗情绪的转换时,巧妙地利用最富于孕育性的时刻这一美学手段。诗人不写新雷之后满目欢愉的情形,而集中写新雷炸响前夕,万物俱备而万物俱待这一关键的时刻,使画面更富悬念,更具戏剧色彩。因为造物有情,寒尽春生,千红万紫的百花正含苞待放,自然界一时间仿佛处于静止的等待之中。这是巨大变化前夕的平静,是第一声春雷炸响前的寂静。所以,平静、寂静之中,蕴藏着即将爆发的巨变。在人们的情绪上,只有这样的时刻,最令人紧张,也最富于想象力。诗人抓住了第一声春雷炸响前夕这个富于孕育性的时刻,更能表达他对春天的渴望,对新的生活环境的渴望。

因为诗人巧妙地运用了移情手法和富于孕育性的时刻,来描写冬尽春来一时间情绪的波澜,诗歌虽然短小,却隽永清新,为人传唱。(陈 铭)

九日登黄鹤楼　　陈　沆

自从十岁题诗后,不上兹楼二十年。
吟到雨风秋老矣,坐来天地气苍然。
大江帆影沉鸿雁,下界人声混管弦。
寂寞繁华千感并,浮云郁郁到樽前。

陈沆是湖北浠水人,家距黄鹤楼近,登临非常方便。他十岁登楼题诗,事在乾隆末年。这首《九日登黄鹤楼》作于嘉庆十八年,上距"十岁题诗"仅19个年头,说"不上兹楼二十年",当是举其成数。此次登楼,他年龄不过29岁。由于早熟,又由于阅世深,登临则不免百感交并。诗表达的就是这种万千感慨。

究竟是什么事引发他如许感慨?诗中没有直接说出来。从他的生平际遇看,从他前后几年其他诗作看,感慨乃源于对来日大难的隐忧,并非为个人哀乐沉浮而发。他十岁登楼,正值清王朝全盛时期,少年陈沆面对的是一派欣欣向荣的景象。十九年后的今天重上斯楼,光景完全变了。自仁宗当国,苗族发难,"教匪"称兵,倭寇媾衅,水患频仍,老百姓穷到了"年荒父母竟无恩,卖尽田园卖儿女"的程度(《河南道上乐府》,作于写这首登楼诗的第二年)。官逼必然民反。就在他写此诗的同时,仁宗行猎在外,有勇悍之士数十人突入紫禁城,直逼内宫,变生肘腋,京都震动。诗人蒿目时艰,预感到时代的山雨欲来,已经是颓波难挽了。对此,他登楼不能不百感交并。

下面我们对这首诗作艺术分析。诗人的感慨如此纷繁复杂,所感非只一端,要在八句诗中用几件典型事例作充分展示是非常困难的。于是,他用了化实为虚的艺术手法,不写令其兴感的具体事实,而着力渲染抑郁沉闷的气氛,这就更具涵盖万有的艺术概括力。是不是虚到难以捉摸,如魏源所说的"深微于可解不可解之际"呢?绝非如此。只消将首联"自从十岁题诗后,不上兹楼二十年"与结联"寂寞繁华千感并,浮云郁郁到樽前"连起来品味,便知他感慨的是当年的繁华已化为今日之寂寞;今日的众人皆醉,竞逐繁华,又加深了他心头的无边寂寞。何况,浮云蔽日,上塞君听;我心伤悲,莫知我哀。这诗的思想感情是非常明显的。

这种化实为虚、以气氛烘托感慨的艺术手法,在中间两联表现得尤为突出。"吟到雨风秋老矣,坐来天地气苍然",前句化用潘大临"满城风雨近重阳"句意,暗点九日登临。为什么"吟到雨风"就感到"秋老矣"?重阳节本来已届深秋。如果晴日登高,犹自天高气爽;倘若风雨交侵,登临便会觉得寒气袭人,顿感秋光已老,严冬将至。而国势岌危,清王朝的气象也正如严冬晚景,萧条肃杀,不可逆转。这句用"雨风""秋老",构成一种悲凉的气氛,深寓寂寞凄惶的感兴。后一句"坐来天地气苍然",写风雨中登楼四望,云气迷茫,充塞于天地之间的是一派深沉暗淡的色调。这一联大处着墨,气象浑茫,意境寥廓,秋心可触;读之使人产生我瞻四方,茫然不知所之的感受,是全诗中最警策的一联。三联:"大江帆影沉鸿雁,下界人声混管弦。"上句说,从黄鹤楼上俯瞰大江,秋水澄明透澈。秋来北雁南飞,雁影与帆影一同沉浸在寒水自碧中,进一步渲染秋意。下句说:楼下嘈杂人声与哀丝豪竹之音,隐若传到诗人耳里。"下界"即"人间",与天上相对而言。这里的"下界人声",一方面由于诗人身立高楼,仿佛天上;另一方面,也隐然含有下界凡俗皆醉,唯我居高独醒一层意思。诗人从这嘈杂的声音中想到:这些芸芸众生,何尝计及什么来日大难,有几人想到过大厦将倾?人世之哀,莫大于心死。想到这些,更加深了他哀时伤世、寂寞孤独的苦闷,由此顺理成章地结出"寂寞繁华"、"千感""樽酒",诗境依然是大气磅礴,诗心依然是大哀漠漠。

陈沆写诗、说诗,最重比兴手法。这首诗以兴为主,气局苍茫,的是佳唱。魏源称他的诗如"空山无人,沉思独往",他这首诗也确有"沉思独往"的意境。他那种洞悉世变、悲天悯人的胸怀,写来如泼墨烟云,充塞寰宇。他弃直露而取烘托,避质实而重氛围。《诗·王风·黍离》曰:"知我者谓我心忧,不知我者谓我何求。"读陈沆此诗,仿佛亲历其境,亲见其人。 (赖汉屏)

扬州城楼　陈　沆

涛声寒泊一城孤,万瓦霜中听雁呼。
曾是绿杨千树好,只今明月一分无。
穷商日夜荒歌舞,乐岁东南困转输。

道谊既轻功利重，临风还忆董江都。

这首诗作于嘉庆二十三年(1818)，正当中国封建社会走向衰落的时候。诗人登临扬州城楼，极目苍茫，着眼现实，抒发自己对于民生凋敝、国势江河日下的感慨和担忧。

首联"涛声寒泊一城孤，万瓦霜中听雁呼"。扬州地处长江边上，又有大运河通过，因此好像一个孤岛，栖泊在严冬寒冷的波涛声中。"万瓦"，形容扬州人烟辐辏，房屋栉比。千家万户的屋瓦上面，铺满着白霜。在这一片肃杀气象中，诗人偏偏又听到了凄凉的雁呼之声。诗的首联，就充满了不祥的气氛，从而为下文的展开定下了基调。

颔联"曾是绿杨千树好，只今明月一分无"。上句典出王士禛词。王士禛在顺治、康熙之际曾任扬州推官，所赋《浣溪沙》二首之一有"绿杨城郭是扬州"之句，当时为人广泛传诵，甚至"江、淮间多写为画图"(《渔阳诗话》卷中)。上句说扬州曾经是一个绿杨千树、美丽如画的繁华都市，可是，下句却来了一个一百八十度的大转折。它本于唐代诗人徐凝的《忆扬州》："天下三分明月夜，二分无赖是扬州。"原意是说，天下的繁华，大半都被扬州占取。然而，如今扬州明月却连一分也没有了，可见其日渐萧条，今非昔比。大旨也是感叹昔日之难追，好景之不再。这二句用"曾是"、"只今"这两个虚辞连接在一起，形式上构成流水对，宛转跌荡；内容上形成对照，俯仰今昔；同时又巧妙地融化了前人的诗词，借以抒写自己的感慨，手段十分高明。

颈联"穷商日夜荒歌舞，乐岁东南困转输"。上句写扬州风俗奢靡。说那些穷极奢侈的商人日夜酣歌醉舞，荒淫逸乐。下句，"乐岁"指丰年；"转输"即转运，扬州为当时漕运中心。这句说，东南各地年年为统治阶级的残酷剥削所困，民生凋敝，贫不聊生。两句措辞造句，很有讲究，也很有深意。"穷商"是相对说来算"穷"的，亦即钱仲联先生《清诗三百首》中所谓"外强中干"的商人，尚且"日夜荒歌舞"，那么其他富商如何，也就可想而知；"乐岁"是丰收年头，"东南"是富饶之区，尚且"困转输"，那么其他荒歉岁月、贫瘠之地如何，更是不言而喻。这在诗歌创作上，是推进一步写法。另外还可以这样来看，上句"穷商"却"日夜荒歌舞"，这是一种对照；下句"乐岁东南"却"困转输"，这也是一种对照；上、下两句，前者是"荒歌舞"，后者却是"困转输"，这又是一种对照。诗歌正是通过如此这般的推进和对照，强调、深化风俗奢靡、民生凋敝的现实主题。诗人如果不具备伤时感世的思想和高超绝妙的技艺，那是无论如何写不出这样的诗句的。

尾联"道谊既轻功利重，临风还忆董江都"。两句典出《汉书·董仲舒传》。董仲舒曾为江都王相，故称"董江都"。他在《对贤良策》中曾说："夫仁人者，正其谊，不谋其利；明其道，不计其功。"诗人在这里反用其语，指的是清朝统治者重功利而轻道谊，只顾横征暴敛、剥削搜刮而不讲仁义道德、扶持民生，因此使人临风兴叹，思念当年的董仲舒。

诗歌题标《扬州城楼》，一要切扬州，二是写登楼。凡是用典，大抵都同扬州有关。如颔联"绿杨"、"明月"关合扬州，出处十分明显，固不待言。末句特地点取汉代江都王相董仲舒，"江都"历史上就是扬州旧治。即如颈联，尽管是纪实语，但其字面也未尝不与扬州相涉。至于登楼，则自汉末王粲作《登楼赋》以来，文人往往都是以这个题目来表现凭高眺远之下的伤感主题。如晚唐诗人李商隐的名作《安定城楼》，即抒发个人的失意。因此，陈沆用登楼为诗题，其实也暗示了本诗的主题，是为国步艰难而担忧；而国步艰难的程度，若用晚唐另一诗人许浑的

《咸阳城东楼》中句来形容,则正是所谓"溪云初起日沉阁,山雨欲来风满楼"。

陈沆这首《扬州城楼》,立足点当然是扬州,反映的当然是该地风俗奢靡、民生凋敝的社会现实;然而从扬州一地可推及东南,由东南也就可以想到全国,这样,诗歌通过扬州登楼所见,实际上揭露了嘉庆时期整个社会黑暗、腐败的实质。陈沆的好友龚自珍评论这首《扬州城楼》,称赞它是"裂笛之作",并许之为集内近体"压卷",恐怕多少也看出了它的深刻的时代意义。而龚自珍之所以提出改革的要求,不也正是基于这么一种社会现实吗?(朱则杰)

即事一绝　　程恩泽

荷涩雨纤珠叠叠,柳长风软线槎槎。
窥鱼白鹭先藏影,避雀苍蜩屡易柯。

绝句有两联皆对,一句一景者。起源于晋顾恺之《神情诗》:"春水满四泽,夏云多奇峰;秋月扬明辉,冬岭秀孤松。"《事文类聚》云是摘句,但诗久已作绝句流传。唐代杜甫七绝最多此体,亦以写景为主,其中《绝句》(两个黄鹂鸣翠柳)最推绝唱。后继者向乏佳作。而程恩泽此诗沿用此体,清新可喜,值得一读。

从诗中描写的物象看,大约是夏日微雨天气的景象。前二句纯写荷塘上下景色,是宏观的远景。"荷涩雨纤珠叠叠,柳长风软线槎槎。"雨纤、风软柔互文,写出当日是和风细雨天气。"荷涩"的"涩"字较费解,一般作为"滑"字的反义词,则是指荷叶质地较密,能聚无数水珠,给人的心理感觉。故与"雨纤珠叠叠"连文。"槎槎"疑当作"搓搓",描摹修长茂密的柳丝互相因依摩擦的样子。"珠叠叠""线槎槎"这两个有重叠字缀的比喻意象,十分生动地形容出荷叶与垂柳在风雨中楚楚动人的样子。

下两句则在荷塘的大背景上,更加细致地刻画其中景物细节。涉及到四种动物,两两成对:"窥鱼白鹭先藏影,避雀苍蜩屡易柯。"杜诗云:"细雨鱼儿出",于是成为白鹭的窥伺捕食的对象。正因为雨细,所以茂密的柳树上还有蝉子的声音,这又招来了黄雀觊觎。大自然中充满了"天敌"关系,组成有趣的食物链,鱼儿与白鹭,苍蜩与黄雀,只不过是其中的两例。而动物都有捕杀猎物与逃避危险的本能。诗人的巧妙在于细推物理。在第一组动物中,他着意描绘了前一种本能的表现,即白鹭为了捕食鱼儿,遂先在柳荫下白莲边伪装起来,诱敌不备,以便嘴到擒来。在第二组动物中,他着意描绘了后一种本能的表现,即苍蜩为了躲避黄雀,不断地更换树枝栖身,利用自己的保护色和叫几声换个地方,有效地迷惑了敌害,保全了生命。于是在首二句所描写的荷塘上下的平和景色中,读者通过这些特写、微观的镜头,看到了并不和平的内容,看到了平静的表象下充满杀机和斗智。这是何等生气勃勃,真实生动的"动物世界"!

这首寓生存竞争于和平景象的小诗境界,似乎还有更深的意蕴。它甚至可以使我们联想到伏契克的名言:"人们,我是爱你们的。你们可要提高警惕呀!"(《绞刑架下的报告》)诗情画意与理趣并茂,使这首绝句具有动人的魅力。(周啸天)

赴戍登程口占示家人　林则徐

力微任重久神疲，　再竭衰庸定不支。
苟利国家生死以，　岂因祸福避趋之？
谪居正是君恩厚，　养拙刚于戍卒宜①。
戏与山妻谈故事②，　试吟断送老头皮③。

> **注** ① 养拙：犹言藏拙，有守本分、不露自己的意思。刚于：正好以。　② 山妻：对自己妻子的谦词。故事：旧事，典故。这里指杨朴的故事。　③ 老头皮，就是老头儿。

一八四〇年发生鸦片战争，英国用兵舰大炮轰开了古老中国的大门，清朝道光皇帝吓破了胆，匆忙割地赔款，签订不平等条约，并将坚决禁烟、抗击英军的林则徐贬戍新疆伊犁。道光二十二年（一八四二）八月，林则徐自西安启程赴伊犁，临行前作此诗留别家人。

这首七律诗前三联的写法，很像在告别时与家人话衷肠。开头两句说：我能力低微而久当重任，久已感到精力疲惫，要继续全力以赴地操劳政事，以我这样的衰朽之身，肯定是难以支持了。此时林则徐已是五十七岁的垂暮之年，平淡的话语中隐隐透出一场大风暴后他那种疲乏而低沉的心绪。然而，作为一个政治家，决不以个人的进退荣辱萦怀，于是，他话锋一转说："苟利国家生死以，岂因祸福避趋之？"林则徐想到了春秋时著名宰相郑国大夫子产，因实行政治经济改革，遭到国人诽谤，子产说："何害？苟利社稷，死生以之！"这才是一个政治家应有的品格啊！林则徐自励道：倘使有利于国家，我可以用生命作奉献，怎能因为是祸就避开，是福就争取呢？

第二联这两句诗含义很丰富。一，是指目前贬戍伊犁事。从同时写的另一首留别诗"休信儿童轻薄语，嗤他赵老送灯台"句，表明有人说他此次远戍，将如俚谚所云"赵老送灯台，一去更不来"，诗人在这里向家人表示，即使是祸，自己也在所不辞。二，表明自己过去所作所为，主要指禁烟和抗击英军，也都是从"利国家""不避祸福"这一宗旨出发的。三，对未来，自己也将一如既往，不改爱国初衷。写此诗后数日，林则徐《致姚春木王冬寿书》说："自念祸福死生，早已度外置之，唯逆焰已若燎原，身虽放逐，安能委诸不闻不见？"这段话正可作为这两句诗意最好的注脚。实际上这一联诗集中体现出林则徐的一生为人。据说作者生前最喜爱自己这两句诗，经常听到他嘴边吟诵有词，乃至身后被其子写入讣告之中。林昌彝《射鹰楼诗话》评曰："盖文忠公矢志公忠，乃心王室，故二句诗常不去口。"

林则徐在启程远行时，向家人倾诉衷肠，无非是希望得到理解与谅解。接下来，他进一步设法解除家人对他此行的担忧。于是诗笔又一转，转而宽慰家人说："谪居正是君恩厚，养拙刚于戍卒宜。"林则徐严厉禁烟和坚决抗敌，本是爱国壮举，未获朝廷封赏，反而得到充军伊犁的处分，自是天下不平事。为什么林则徐反而表示感谢皇帝对他处分的宽厚呢？封建政治是很可怕的，朝廷内派系斗争复杂，作为朝廷重臣，怎能像一般文人随便发牢骚呢？在这方面正表现出林则徐作为一个政治家的深沉。况且，中国士大夫在不得意时还会学陶渊明的榜样。陶渊明《归田园居》云："开荒南野际，守拙归园田。"林则徐说的"养拙"，也相当于陶渊明的"守拙"。所以，他故作轻松地对家人说：我这个做官缺乏才干的人，此次至伊犁去，有时间"开荒南野际"了，对我来说，当一名戍卒不是更适宜么！

最后,诗人大概为了让悲悲切切的离别场面变得轻松一点吧,他想起了苏东坡为人的风趣旷达。诗人于此诗尾联作"自注"云:"宋真宗闻隐者杨朴能诗,召对,问:'此来有人作诗送卿否?'对曰:'臣妻有一首云:更休落魄耽杯酒,且莫猖狂爱吟诗。今日捉将官里去,这回断送老头皮。'上大笑,放还山。东坡赴诏狱,妻子送出门,皆哭,坡顾谓曰:'子独不能如杨处士妻作一首诗送我乎?'妻子失笑,坡乃出。"林则徐想:此时自己也要效东坡故事才是,于是他"戏与山妻谈故事,试吟断送老头皮"了。为了安慰家人,冲淡巨大的悲痛,林则徐是用强作玩笑的戏语来同亲人告别的。

这首告别家人之作,国事家愁,几重感情交织,在儿女情长的脉脉温情中,透出一种雄健豪劲的英雄气。作为一个谪臣,语气平和,不作牢骚语,于旷达幽默之中,隐隐蕴含着压抑不下的忧患意识,颇见这位近代政治家的个性、心胸和风度。（铁　明）

金　陵　陆　嵩

崔巍雉堞尚前朝①，　形胜东南第一标②。
惊见羽书③传昨夜，　忽闻和议出崇朝④。
秦淮⑤花柳添憔悴，　玄武⑥旌旗空寂寥。
往事何人更愤切，　不堪呜咽独江潮。

注 ① 崔巍:峻峭。雉堞:城墙。　② 第一标:第一等,第一流。　③ 羽书:又称羽檄,古代一种插鸟羽的军事文书,以示紧急。　④ 崇朝:从天亮到早饭之间,喻时间短促。　⑤ 秦淮:秦淮河,流经南京市内,历史上的秦淮河,河上画舫穿梭,两岸遍设歌楼舞馆,是达官显贵寻欢作乐之地。　⑥ 玄武:玄武湖,在南京城北,历史上为南朝操练水师之地。

道光二十二年七月二十四日(1842 年 8 月 29 日),清政府钦差大臣耆英、伊里布与英国全权代表璞鼎查在南京签订了丧权辱国的《南京条约》,宣告鸦片战争结束,中国也从此一步一步变成了半殖民地半封建社会。这首诗即写于《南京条约》签订三年之后,作者路过南京,思昔抚今,忧虑国运,感慨系之,赋诗抒怀。

诗先从南京的历史地位和地形地貌说起。崔巍,形容城墙的高耸。前朝,以前的朝代。南京在历史上,曾是三国时吴国,东晋,南朝的宋、齐、梁、陈以及明朝永乐迁都北京以前的都城。诗说南京还遗留以前朝代的高耸的城墙,说明南京在历史上是帝都所在地,也是封建时代讲究王气的地方。"形胜东南第一标",写南京的地形地貌。南京背负钟山,吞吐长江,形势险要,是东南形胜中属于第一流的地方。写南京的历史地位和地形地貌,是为第二联写清政府兵败妥协,签订屈辱的《南京条约》作反衬的。一个历史上多次建都的地方,一个形势险要的形胜之地,中国历史上第一个不平等条约就在这里签订,这里有不堪回首的民族屈辱感,也有时代的悲怆与愤慨。

诗第二联是对南京和议的评说。在鸦片战争中,道光皇帝开始主战反和,后来在英国侵略者炮舰政策的威逼下,又举棋不定,时战时和,最后完全听从了投降派的主意,反战求和,不惜以牺牲国家主权与英国侵略者签订结束鸦片战争的《南京条约》。诗用"惊见""忽闻"二个感情色彩浓烈的词语领起,用"昨夜""崇朝"表示时间的短促,形象地展现了战局由战到和的迅速变化,作者对时局变化的惊愕和悲伤也在诗句中得到了形象的体现。

"秦淮花柳添憔悴,玄武旌旗空寂寥",诗又从实写宕开,转到景物描写上去。意思是说,秦淮河这个达官显贵寻欢作乐之地,依然花红柳绿,却似乎失去了昔日的光彩;玄武湖畔,这个军队操练的地方,依然旌旗猎猎,却再也显不出雄武的声威。这里赋予了景物非常浓厚的感情色彩,它形象地传导出南京和议之后,花柳无颜,旌旗寂寥,举国一片悲戚的氛围。

诗的结语更把悲怆愤慨的感情波澜推向高潮。"往事何人更愤切,不堪呜咽独江潮。"设以设问的句式,拟人化的手法,将个人为国担忧的感情,升华为国人忧患国事的共同心声,犹如奔腾不息的江潮,发出不堪回首的呜咽悲切的呼号。景物含情,情与景汇,诗的艺术魅力也在这里发出异样的光彩。(钟贤培)

咏 史 龚自珍

金粉东南十五州, 万重恩怨属名流①。
牢盆狎客操全算②, 团扇才人踞上游③。
避席畏闻文字狱, 著书都为稻粱谋。
田横五百人安在, 难道归来尽列侯?

> **注** ①"万重"句指上层人物拉拢排斥之间的无限恩怨。 ②牢盆:煮盐的器具。盐业古代属官营,故以代指达官贵人。狎客:依附权门的帮闲人等。 ③团扇才人:指东晋王导之孙王珉一类贵族子弟,身居要津,却只会手摇白团扇,论玄说理,清谈误国。

自西晋左思开诗中"咏史"一路后,咏史之作渐分两途:一是专写历史上某一具体的人或事,多以所咏对象为题;另一种专题"咏史",内容多泛咏古人古事。咏史之作均着眼现实,但前者对史的依附性强,后者则自由度大。龚自珍这首诗属泛咏一类,却又自不同。同一般咏史诗从以古鉴今,以古喻今的角度与现实发生联系的方式,以及由这种方式导致的隐曲效果相比较,这首诗在"咏史"的题目下,从写法到命意,都是直面现实的。

身当衰象毕陈的封建末世,龚自珍蒿目时艰的深广忧愤,一发为融汇于诗文中的对现实正视、揭露、鞭挞的多重奏鸣,其中表现出强烈的社会批判精神。这首诗专注于官场士林的颓败,是他总体社会批判中的一个突出方面。

作者一开始就没有打算去纠缠历史。首联以纵横飘忽的笔力指出,向来繁华富庶,有"六朝金粉"之称的东南广大地区,统治阶层上流社会的形形色色,惯会勾心斗角,互相倾轧,织造了多少重无聊而又无谓的恩恩怨怨。特标"东南",乃在突出首要,当然是对整个士林的现实概括。进而仔细分去,又有几种区别。颔联的"牢盆狎客"指依附权门的帮闲幕客;"团扇才人"指像东晋重臣王导之孙王珉一类整天手摇白团扇,谈玄论佛的贵族子弟。前者谄媚钻营,以帮闲有术而总揽大权,播弄是非而操持政要;后者身居高位却百无一能,虚饰风雅以荒忽政事。如此士林丑类却分别"操全算""踞上游",那政治的腐恶便可一望即知了。一"操"一"踞"同时道出作者极端憎恶的情感评价。

"上游"的黑幕是如此,那么普遍的士林风气又如何呢?颈联的名句"避席畏闻文字狱,著书都为稻粱谋",凌厉剀切地描绘出了这个末世的士人们的畏葸猥琐。在文字狱的高压下,他们犹如惊弓之鸟，著书立说全不敢涉及现实，为了明哲保身，他们只会拼命钻入故纸堆中搞些无关宏旨的"学问"，以此混些衣食之需以苟且偷安。这不是一二人而已，整个士林"都"是如此！避席，原意是离开座席起立，有郑重、谨慎之意，这里用来形容士人们一闻文字狱便慌张失态、如临大敌，甚为生动。"稻粱谋"语出杜甫《同诸公登慈恩寺塔》的结句"君看随阳雁，各有稻粱谋"。这里的"随阳雁"，指趋炎附势之徒，相当于本诗中的"牢盆狎客"。诗人移来形容广大的士林，措辞虽同，命意却新。

前六句不同类型的展开，已寓鞭挞于揭露性的描述，命意极显豁。但他最感到痛心疾首的还不只是这些现象本身，而是弥漫于儒林中"士不知耻"的普遍精神萎弱。这种精神萎弱同时包括了社会责任感和个性气骨的双重丧失。那种种令人愤慨而又鄙夷的无聊无耻，使人怒其不争而感慨万端的猥琐、苟活，正是"天下之廉耻"被"震荡摧锄"（《古史钩沉论》一）的结果。所以尾联用"田横五百人"的故实呼出振聋发聩的反问。

《史记》载，刘邦统一天下后，欲使自立为齐王的田横兄弟归降，以"封侯"相许。但田横不甘臣伏，去洛阳途中慨然自刎。他手下留在岛上的五百多人听到这消息后也全部自杀。作者引用这样一个充满壮烈情调和高扬着铮铮气骨的故实，既同他笔下的现实对象构成反差强烈的鲜明对照，发问的语气也表示出淋漓尽致的刻骨嘲讽。同时，就在这种对照与嘲讽中，前面端严整饬的揭露性描述所蕴积着的遒劲风骨，陡然绽放为全诗醒豁的审美风貌。这种风骨遒劲的审美特征，多重组合着龚自珍"歌哭无端字字真"的独特个性气质，"九州生气恃风雷"那种刚健力量的呼唤，以及"不拘一格降人才"以扫荡士林颓风的期盼。

表现为直面现实之突出特征的龚自珍的《咏史》，首先在于明白无误地将现实描写作为主体对象，而不是像通常的作法，由"史"开端，逐渐隐曲地导向现实，显出命意；其次体现为"史"在诗中始终处于现实描写的附从地位，"团扇才人"同"田横五百人"并无任何联系，是一种诗思驱动的随手拈出，络结在现实的情感思考当中，所以并不作执着的更多开掘。因此，这种手法与其说是"咏史"，不如说更贴近于诗中的用事用典。但诗人还是以"咏史"作为诗题了，这一处理，并不如有人理解的那样，是为了躲避文字狱的"方便"，而是诗人在"博览群籍"养就的深沉历史感，在经世致用原则导引下无可遏止地同现实构成正向和反向的沟通。他对历史的思考是他现实思考的载体，而他的现实思考又总是延伸到历史之中。不独这首诗，他的诗文整体所显示出的那种"旷邈"之思，也都证明了这一点。于是在直面现实的"咏史"之下，那骨力遒劲的审美风范，便又融入了深旷博厚的历史意识，显示了诗思中现实同历史相交织的内在张力。也许正是对这一重意义的捕捉，作者才题为《咏史》的。（魏中林）

己亥杂诗（其五）　龚自珍

浩荡离愁白日斜，吟鞭东指即天涯。
落红不是无情物，化作春泥更护花。

《红楼梦》中黛玉葬花词云："侬今葬花人笑痴，他年葬侬知是谁？"林黛玉面对满地落花，不禁联想到自己的红颜薄命。无独有偶，一代才人龚自珍也是以落花自喻身世，在《己亥杂诗》（其五）中吟出了挚切深情的诗句。

龚自珍于道光十九年己亥（1839）离开京都辞官南归。正值暮春时节，万花纷谢，残红满地。这景象惹起诗人一股浓浓的离情，他情不自禁地在马上唱出了上面这首歌。"浩荡离愁白日斜"，诗人心中的离愁啊，多么深广，有如江海之浩浩荡荡，无尽无涯。龚自珍本是自请辞官，该像陶渊明赋《归去来辞》那样轻松愉快才是，为什么竟会有如此"浩荡离愁"呢？原来这位生当封建末世的"绝世奇才"（李兆洛语），颇想效王安石变法故事，规画天下大计。可是，"才高动触时忌"，长期冷署闲曹，浮沉下僚，守旧官僚把他视为异端人物，断绝其进身之阶，得不到参与朝政的机会。后来国事日非，英国利用鸦片入侵，朝廷分成主战与主和两派，龚自珍越位言事，竭力主战，因而"忤其长官，赋归来"（此语见汤鹏《海秋诗后集·赠朱丹木》诗自注）。近人张尔田也说："定庵出都，因得罪穆彰阿。""定庵为粤鸦片案主战，故为穆彰阿所恶"。仕途蹭蹬，岁月蹉跎，现在又永远离开朝廷了，这在他人生征途上是多么重大的转折，心中自有一种说不出的失落感和孤独感。当然，这种情绪不是一般的离愁别恨，的确可称之为"浩荡离愁"了！"念去去，千里烟波，暮霭沉沉楚天阔。""浩荡离愁"已使诗人不能自已，再加之西斜的"白日"又给苍茫大地笼上一层凄惶的色调，更加使人难堪了！

日已暮矣，不得不匆匆赶路了，于是诗人举起了马鞭，"吟鞭东指即天涯"。诗人的马鞭呀，向东一指，前面便是远离京城的海角天涯了！唐代刘禹锡有诗云："莫道两京非远别，春明门外即天涯。"（《和令狐相公别牡丹》）春明门是长安的东门，刘禹锡说，一出春明门是天涯。显然，这不是指空间距离，而纯然是从心情上来说的。此时龚自珍的心理感受何尝不是如此？"吟鞭东指即天涯"，他意识到此次离京，意味着永久性地离开，此次一出北京城，实际上就等于永远告别朝廷，告别仕途，告别京城，产生了一种永远离开仕途的天涯漂泊之感。

从这首诗的头两句，我们不难想象当时诗人悄然出京的情景。作者曾自述此次离京时"不携眷属兼从，雇两车，以一车自载，一车载文集百卷出都。"再联系到这两句诗的描写可知诗人是只身骑着马走出北京城的，这时已"白日斜"了，他满怀着"浩荡离愁"，在那北方郊野的大道上，"吟鞭东指"，向那遥远的"天涯"走去……这不由人想到元人马致远《天净沙》所写的那种况味："古道西风瘦马，夕阳西下，断肠人在天涯。"只不过龚自珍没有直接说出自己是"断肠人"罢了。

所不同的，马致远写的是"秋思"，而龚自珍抒的是春情——暮春落花时节的离愁。这头两句诗中虽没有明写落英缤纷的景象，但那片片飞花随"吟鞭"扬起，飞过马头，沾上衣襟的情景却是可以想象的。这满天飘零的落花能不触动诗人的情怀么？一阵薄暮的晚风吹来，诗人看着一片片飞花离开放枝纷纷坠落，在那一丛丛花树下堆砌起来，化作红粉香泥，大自然这么美丽的鲜花就这样默默地化为尘土了！诗人痴迷地看着这种景象心中猛然一惊：自己如今不也像一片飘零的落花吗？自己辞别京都，不也如同落花辞别枝头吗？然而，这位"怨去吹箫，狂来说剑"的一代杰出人物，毕竟不同于林黛玉那样的弱女子，他眼前忽然一亮，原来夕阳无限好啊，把那堆砌满地的落花染得一片火红。顿时诗人的心仿佛也被火红花光点燃了，他脱口吟道："落红不是无情物，化作春泥更护花。"诗人俨然是落花的代言人，向春天大声宣誓道：我们这片落花啊，绝不是无情的废物。花落归根，最后化为春泥了，我们也还要去滋润未来的花，去孕育未来的五彩缤纷的春天！

龚自珍说的是落花,实际上是倾吐自己的心曲。他此次弃官出都,虽然表现出自己在仕途上的挫折,然而,他绝不会自此一蹶不振;相反,他要投身更广阔的天地,进行新的奋斗,为改革和振兴生我养我的中华大地奉献自己的毕生精力乃至生命。由于他对朝廷权贵的绝望,龚自珍早有离开京城、别谋出路之想。一年前,林则徐以钦差大臣身份赴广东查处鸦片,他就要求亲赴广东去协助他,并恳切陈词,为林出谋划策(见《送钦差大臣侯官林公序》)。在他此次弃官南归途中,又写诗怀念林则徐说:"故人横海拜将军,侧立南天未葳勋。我有阴符三百字,蜡丸难寄惜雄文。"他的一颗拳拳报国之心和一种强烈的时代的使命感何等使人敬佩。事实说明,龚自珍尽管一生备受压抑,却始终不甘寂寞消沉,为变革中国社会呼啸奔走,奋斗到死,"落红不是无情物,化作春泥更护花。"表现了多么崇高的献身精神啊!可惜壮志未酬身先死,长使英雄泪满襟。这位"三百年来第一流"(柳亚子语)的近代思想家、文学家南归两年后,突然丹阳暴卒。死因众说纷纭,一说即与清廷军机大臣穆彰阿的迫害有关。比较林黛玉葬花诗与龚自珍"落红"句,虽然情调、境界不尽相同,却都使人深深感叹一种美的毁灭,无论追求爱情理想的红楼少女,还是身怀经国大计的盖世英才,等待他们的都只能是落花般的悲剧命运,我们老祖宗的这块有三千年文明史的土壤,不允许有"人性""人才"这类杂树生长呀!每读前人落花诗,不禁为之一哭!(铁 明)

己亥杂诗(一二五) 龚自珍

九州生气恃风雷,万马齐喑究可哀。
我劝天公重抖擞,不拘一格降人才。

龚自珍的时代是一个山雨欲来风满楼的时代,他逝世前一年就发生鸦片战争了。正是这样的时代,产生了这位近代史上启蒙思想家。他意识到封建的闭关锁国政策行不通了,帝国主义的侵略更加暴露出封建主义衰朽没落的本质。龚自珍敏感到了这腐败的气息,他以惊世骇俗的才华,起而议政"医国",宣传变革。他的思想,他的词锋,他的离经叛道的精神,像光照天地的出鞘长剑,震惊了醉生梦死中的清朝廷权贵。终因"动触时忌",他于道光十九年己亥(1839)辞官南归,在途中写下三百一十五首《己亥杂诗》。上面这首《杂诗》是他在路过镇江时,应道士之请而写的祭神诗。诗末有一个绝妙的自注:"过镇江,见赛玉皇及风神、雷神者,祷祠万数。道士乞撰青词。"所谓赛神会,是指当地百姓为祈雨举行迎神赛会,迎的是玉皇、风神、雷神这三位尊神。这种迷信活动盛大、隆重而热烈。龚自珍替道士写的青词,是供道教徒在斋醮仪式上献给"天神"的奏章表文,它是用朱笔写在青藤纸上,所以称青词,又叫绿章。

龚自珍这首诗就是以青词形式出现的。如头两句就是赞美风神、雷神,说目前这样一种万马齐喑、令人窒息的沉闷空气,终究是极其可悲的,必须依靠风神雷神这二位神灵施威,才能打破这死气沉沉的局面,从而使整个大地出现风雷激荡的生气。后二句,作者以"祷祠"者的口吻向玉皇大帝祷告:上天的玉皇大帝呀,我奉劝您重新打起精神来,破格地选拔真正有本领的人,降生到人世间来,开创一个充满生机的新局面。

　　按说，给道士写青词，其内容自是"不问苍生问鬼神"，而我们这位清代文坛的奇才，偏偏反其道而行之，他借鬼神，说苍生。回过头来重读这首青词，不难发现头二句实是以自然喻人事，说要使中国重新生气勃勃，就得依靠疾风迅雷般的威力，来打破死气沉沉的政治局面。后二句用的是同样的手法，所谓"天公"，明指天上主宰一切的玉皇，暗指人间至高无上的皇帝。他希望清朝皇帝能奋发有为，打破一切陈规旧制，放手让各种各样的优秀人物发挥才能，拯救中国。通篇语意双关，表面上祈祷神灵，实际上议论人事，利用由风雷震动宇宙的强大力量，引起人们一种对政治风雷的联想。龚自珍经过多年的观察以及他自身的经历，深感到中国社会危机的深重已到了岌岌乎不可终日的境地，而满清朝廷仍然倒行逆施，窒息生机，扼杀人才，使本已难于救药的衰世，向着更深的泥潭跌落下去。他思考：中国的出路在哪里？怎样才能打破这种死气沉沉的局面？他认为最主要的，皇帝要振作精神，大刀阔斧实行改革，掀起一场轰轰烈烈的刷新政治的风雷，打破一切桎梏，让所有有作为的人才大量涌现出来，借以挽救这个社会。这是龚自珍毕生渴望变革、要求变革愿望的集中体现，也是那个时代的最强音。特别在那个历史大转折的时代，他最先起来为社会变革而呐喊呼号，在当时起着石破天惊、振聋发聩的积极作用。

　　钱穆先生在《中国近三百年学术史》中说，清嘉道以还，士大夫稍稍发舒为政论的，龚自珍"则为开风气之一人"。钱先生当然是指龚氏那些"讥切时政，诋排专制"的政论散文而言，其实，龚自珍也是自觉地把诗歌作为对社会、对历史进行"著议"和"评论"的一种形式。他在《夜直》诗中写道："安得上言依汉制，诗成侍史佐评论。"因为他诗中"讥切时政"的内容很明显，故叮嘱朋友说："贵人相讯劳相护，莫作人间清议看。"（《杂诗，己卯自春徂夏，在京师作，得十有四首》）龚自珍的诗富有鲜明的政论色彩，但他不是简单地在诗作中放言高论，而是十分注意诗歌艺术形式的特殊要求，注意让读者从艺术感染中得到启迪，发为思考。如上面这首应道士之请而作的"祭神"诗，他运用七绝这种短小的体裁，针对当时"万马齐喑"的政治局面，用"召唤风雷"这一具体生动的艺术形象，表现自己的政治主张和要求，无疑是非常成功的。而且在具体写法上，又用"风雷""天公"来照应"赛玉皇及风神雷神"的"青词"要求，而实际上它是一首纵论天下事、鼓动性很强的政治诗，是一首出色的诗的政论。这首诗与一般诗歌不同，看上去既是抒情，又是议论，深刻的政治思想和生动的艺术形式融为一体，典型地体现了龚自珍诗歌的创作特色。（高　原）

秋心三首 (其一)　　龚自珍

秋心如海复如潮，但有秋魂不可招。
漠漠郁金香在臂，亭亭古玉佩当腰。
气寒西北何人剑？声满东南几处箫？
斗大明星烂无数，长天一月坠林梢。

　　这首七律写于道光六年（1826）。作者在此之前的嘉庆二十三年（1818）中举人，而后则渴望考中进士，步入仕途，以大展其更法革新之宏图，实现其富国强兵之理想。但是命运多舛，几次会试均名落孙山。道光六年春参加丙戌科会试仍然落第，报国无门，满腔愤懑；而其几位志同道合的好友如谢阶树、陈沆、程同文等亦于是年相继逝世，倍觉悲慨。当然诗人锐意探求改革、呼唤风雷的志向并未泯灭，其慷慨豪迈、孤峻高洁的个性亦不见稍改，但内心深处又郁积着理想渺茫的苦闷、壮志难酬的愤慨以及悼念亡友的哀思。特别是时处秋天，悲慨之感尤为深切。此诗把自我抒情主人公的形象置于阔大雄浑的空间情境之中，使内心与宇宙相互沟通，把主观的情致客观化、具象化，借以寄寓自己博大的心灵与不羁的个性。他神思飞越，想象奇特，驱遣宇宙间的星与月、海与潮，充满恻悱遒上、亦柔亦刚的内心激情，全诗写得"奇境独辟"，"别开生面"（林昌彝《射鹰楼诗话》卷十评龚诗语），雄奇瑰丽。

诗一开篇就显得才气纵横，非同凡响，写出诗人开阔的胸襟与丰富的感情。"秋心如海复如潮"，这是总写"秋心"，亦是点题。所谓"秋心"即我们前面所讲的诗人处于清秋时节的种种"心迹"，具有多层次的丰富内涵。龚氏之"秋心"亘古未有，它"如海复如潮"，诗人以如此巨大的空间意象来比喻之，就为它开拓出辽阔动荡的心态世界。"海"象征"秋心"之广漠深厚，有涵天负地之容量；"潮"象征"秋心"之激荡汹涌，有撼人心魄之力量，这一句诗堪称气势雄浑恣肆，得《庄子》与李白诗之神。唯有定庵这样个性狂放不羁、胸襟开阔之人，才能构思这样奇伟脱俗之境界。"秋心"的具体内涵之一是思念亡友的深厚之真情。他既愿与生者共同奋进，亦幻想死者能复活，并一起呼唤为九州带来生气之风雷。遗憾而痛惜的是"但有秋魂不可招"，这一句之悲思因首句的映带显得分外悱恻沉烈。

虽然，"秋魂不可招"令人痛惜，但堪以慰藉的是亡友之精神不死。诗人对此又充满自豪感与自信力，其心境则处于"如海"的深厚平静的状态。"漠漠郁金香在臂，亭亭古玉佩当腰"。此乃学习《离骚》"美人香草"的象征手法。"香在臂"象征自己也具备美好的品德，有《离骚》"扈江蓠与薜芷兮，纫秋兰以为佩"之意；"古玉"指古人悬挂在衣带上的玉制饰物，此句象征自己亦有高洁的情操，又有《离骚》"惟兹佩之可贵兮"之意。而香气的"漠漠"（弥漫）、玉佩的"亭亭"（高洁），又出于诗人的自创，进一步深化了香、玉的内涵。这两句寓意蕴藉，确有《骚》之"灵鬼"盘踞于诗人肝肠。诗人颇想以人格皎洁、理想高尚的屈原为楷模，这又显示出诗人追求理想的执着精神与耿介的个性特征。

同时，诗人又有屈原"及前王之踵武，荃不察余之中情兮"（《离骚》）的愤怨，空有一腔爱国热血而无处抛洒。想到此，诗人之"秋心"又"复如潮"而掀起沉烈遒上的感情浪涛，他竟像屈原《天问》一样"呵而问之，以渫愤懑"："气寒西北何人剑？声满东南几处箫？""剑气"与"箫声"互映衬，愤懑与幽怨相交织。早在十七世纪中叶，帝俄就窥视我国东北、西北一带。诗人一直关心西北边情，并上疏提出过"徙民实边"等加强西北边防的建议。他的好友魏源以及程同文亦都关心西北边情。诗中"气寒"形容宝剑的凛然之气。古人认为剑气可冲斗牛，这"剑气"既指爱国的志士关于加强西北边防的军事谋略，亦喻忠贞爱国的浩然之气。但作者与其朋友尽管手执"长剑"，却无用武之地，因而产生"西北"无人之慨叹。此意以"何人"相诘，则显得"声情沉烈"，义愤喷薄，富有力度。诗人把三尺之剑置于"西北"的广阔空间，有倚天之势可使天宇为之生寒气，何等雄奇！可惜作者不能挥剑边域，而只能于故乡"东南"与诗友们吟诗作赋，"才尽回肠荡气中"（《夜坐》其二），以发泄其幽怨了。此即所谓"声满东南几处箫"，意谓东南处处箫声满。"箫声"在此句中喻充满幽怨之情的诗文。"剑气"与"箫声"是诗人一生生活与思想的两个对立统一的侧面，前者指追求理想的豪放慷慨的一面，后者指壮志难酬的幽怨低回的一面。诗人一生就处于这矛盾的两个侧面之间。如他的《湘月》词所云："怨去吹箫，狂来说剑。"

诗人写此诗时虽然不无"说剑"之意，但因境遇之不佳，而使"怨去吹箫"之感占了上风。这在尾联两句尤其明显。诗人选取了天宇空间的星与月两个意象作为假恶丑与真善美的对比，而以前者取代了后者的悲剧作为结局。"斗大明星烂无数"，是比喻大批"避席畏闻文字狱，著书都为稻粱谋"（《咏史》）一类无所作为或者为虎作伥的文人却飞黄腾达，如无数明星灿然于天宇。尽管"百星之明，不如一月之光"（《淮南子·说林篇》），但"长天一月坠林梢"，广袤的天宇居然没有皎洁的月亮的一席之地，这是喻满腹经纶的经济之士无处施展才能。这其中自然寓有个人落第之意，但更道出了在腐朽的封建社会末世贤愚不分、是非颠倒的普遍现象。随着明月的坠落，诗人的政治理想何时实现呢？诗人感到茫然，更沉浸到沉郁激愤的心境之中。全诗以景结束，余味不尽。（王英志）

能令公少年行　龚自珍

序曰：龚子自祷祈之所言也。虽弗能遂，酒酣歌之，可以怡魂而泽颜焉。

蹉跎乎公！公今言愁愁无终，公毋哀吟娅姹声沉空①。酌我五石云母钟②，我能令公颜丹鬓绿而与少年争光风。听我歌此胜丝桐③。貂毫署年年甫中④，著书先成不朽功，名惊四海如云龙，攫拿不定光影同⑤。征文考献陈礼容⑥，饮酒结客横才锋。逃禅一意皈宗风⑦，惜哉幽情丽想销难空。拂衣行矣如奔虹，太湖西去青青峰。一楼初上一阁逢，玉箫金琯东山东⑧。美人十五如花秾，湖波如镜能照容，山痕宛宛能助长眉丰。一索钿盒知心同⑨，再索斑管知才工⑩，珠明玉暖春朦胧。吴歈楚词兼国风⑪，深吟浅吟态不同，千篇背尽灯玲珑⑫。有时言寻缥缈之孤踪，春山不妒春裙红。笛声叫起春波龙，湖波湖雨来空濛，桃花乱打兰舟篷，烟新月旧长相从。十年不见王与公，亦不见九州名流一刺通⑬。共南邻北舍谁与相过从？痀偻丈人石户农⑭，嵚崎楚客⑮，窈窱吴侬，敲门借书者钓翁，探碑学拓者溪童。卖剑买琴，斗瓦输铜⑯，银针玉薤芝印封⑰，秦疏汉密齐梁工⑱。佉经梵刻著录重⑲，千番百轴光熊熊⑳，奇许相借错许攻㉑。应客有玄鹤㉒，惊人无白骢㉓。相思相访溪凹与谷中，采茶采药三三两两逢，高谈俊辩皆沉雄。公等休矣吾方慵，天凉忽报芦花浓，七十二峰峰峰生丹枫。紫蟹熟矣胡麻馕㉔，门前钓榜催词筩㉕。余方左抽豪㉖，右按谱，高吟角与宫㉗，三声两声棹唱终㉘，吹入浩浩芦花风，仰视一白云卷空。归来料理书灯红，茶烟欲散颊鬓浓㉙，秋肌出钏凉珑松㉚，梦不堕少年烦恼丛。东僧西僧一杵钟㉛，披衣起展《华严》简㉜。噫嘻！少年万恨填心胸，消灾解难畴之功㉝？吉祥解脱文殊童㉞，著我五十三参中㉟。莲邦纵使缘未通㊱，他生且生兜率官㊲。

注 ① 娅姹：同"哑咤"，惊诧愤怒之声。 ② 五石：容积。云母钟：云母制成的酒杯。 ③ 丝桐：器乐。 ④ 貂毫：毛笔。署年：题写年龄。年甫中：刚到中年。 ⑤ 攫拿：搏持捕捉。此句言功名、名声如光影瞥逝，难以捕捉。 ⑥ 征文考献：搜罗考据历史文献。陈礼容：胪列礼仪制度的沿革。 ⑦ 逃禅：遁入佛教。皈宗风：皈依禅宗。 ⑧ 琯：同"管"。 ⑨ 钿盒：镶嵌金花的盒子。取白居易《长恨歌》金钗钿盒以为爱情信物之义。 ⑩ 斑管：斑竹制成笔管的毛笔，喻诗词。 ⑪ 吴歈：吴歌。 ⑫ 灯玲珑：指华灯。 ⑬ 刺：投谒所用名片。 ⑭ 痀偻丈人：驼背曲腰的老人，用《庄子·达生篇》痀偻承蜩的故事，指"有道"之士。石户农：拒绝帝舜的禅让，逃往海上的高士，见于《庄子·让王篇》。 ⑮ 嵚崎（qīn qí）：山石突兀高峻貌，形容傲骨嶙峋。 瓦、铜：指古器、古玩。 斗、输：比赛输赢。 ⑰ 银针、玉蓰（xiě）：两种书体，银针是细笔画的篆书；玉蓰是粗笔画的隶书。芝泥封：指古代信函封泥上印章的篆刻字体。 ⑱ 秦疏汉密：秦碑笔画疏朗；汉碑笔画厚密。齐梁工：齐梁碑刻笔画工整。 ⑲ 佉经梵刻：指佛经。 ⑳ 番：书页。轴：卷轴。 ㉑ 奇许相借错许攻：奇书允许互相借抄；错误允许批驳勘正。 ㉒ 玄鹤：用宋人林逋孤山蓄鹤应客的故事。 ㉓ 白聰：用后汉桓典乘骢马、人皆避之的故事，代指达官贵人。 ㉔ 胡麻：芝麻。饛（méng）：器皿中食物满貌。 ㉕ 钓榜：钓鱼的船。筒：竹简。 ㉖ 豪：同"毫"。抽毫：挥笔。 ㉗ 角、宫：乐调。 ㉘ 棹唱：渔歌。 ㉙ 颓鬟：髻鬟斜堕的女子。 ㉚ 珑松：花名有玉珑松，形容肌肤清凉。 ㉛ 杵：钟槌。 ㉜《华严》：即《华严经》。 ㉝ 畴：谁。 ㉞ 文殊：菩萨，梵语文殊师利的略称。 ㉟ 五十三参：五十三位善知识（五十三位"得道"的人）。 ㊱ 莲邦：佛国。 ㊲ 兜率官：即兜率天，指天堂。

《能令公少年行》是一曲青春的颂歌。龚自珍以芳馨悱恻之笔，勾画了一个"珠明玉暖春朦胧"的理想世界，色彩缤纷，韶光烂漫，洋溢着青春的气息，那是一个可以自由舒展怀抱的世界，是他张扬个性、排击黑暗的一片灵台净土，与"夜之漫漫，鹝旦不鸣"（龚自珍《尊隐》）的现实世界构成强烈反差。青春、自由——就是《能令公少年行》这首长篇歌行的主旋律。

龚诗既有雄睨狂言的一面；亦有风流旖旎的一面。本诗堪称"秀句镂春心"（《自春徂秋……》）的佳什，极尽雄奇哀艳之美，令人读后脑际顿时浮现出那个湖畔小楼春夜，"梳双丫髻，衣淡黄衫，倚阑吹笛，歌东坡《洞仙歌》词，观者艳之"（张祖廉《定庵先生年谱外纪》）的英俊少年。

本诗作于道光元年（1821），龚自珍三十岁，在内阁充国史馆校对官。他已两次会试落第，本年转考军机章京又告失败。宦海沉沦，曩昔少年揽辔澄清的凌云壮志屡遭摧折；加之名高谤作，动与世忤，他深深地感受到了孤军奋战的寂寞。"侧身天地本孤绝，剟乃气悍心肝淳"（《十月廿夜大风》），这是一个哲人的孤独和悲凉。他所面临的是"一步一荆棘，大药不疗膏肓顽"（《行路易》）的衰世，颓波难挽，无力挥戈回日，因而不免产生归棹五湖之想。"安得眼前可归竟归矣，风酥雨腻江南春"（《十月廿夜大风》）。

五湖烟雨，是龚自珍的魂梦所系，"尝有买宅洞庭携鬟吹笛终焉之志"（《长相思》小引）。友人钮树玉、叶青原家居太湖东洞庭山，龚自珍夙有买邻之约，一舸寻幽，乌篷听雨，魂萦旧游踪迹，"他生约，亦在五湖烟雨"（《摸鱼儿》），似宿缘，似兰因，剪不断那千丝万缕的情结。他的《桐君仙人招隐歌》："亦有幻境胸缠绵，心灵构造难具宣。乃在具区之西、莫厘之北、大小龙渚相毗连。自名春人坞，楼台窈窕春无边，俯临太湖春水阔，仰见缥缈晴空悬；中间红梅七八九，轮囷古铁花如钱。"湖山佳冶，春意葱茏，令他如痴如迷，如醉如狂，这就是他梦寐以求的"帝之息壤"。龚自珍有《莫厘仙梦卷子》，诗词中亦屡及之，黛影鸥波，空青沉碧，洸洋自恣于"幽情丽想"之中："山溶溶，水溶溶，如梦如烟一万重，谁期觉后逢"；"画楼高，画船摇，君领琵琶侬领箫,双鬟互见招"(《长相思》)。

《能令公少年行》即写一个幽栖于太湖洞庭山麓的绮梦。它是作者心目中的桃花源。虽然同样是远离世俗尘嚣,同样是远离丑恶龌龊的现实世界,但却迥然不同于陶渊明描绘的桃花源那样的恬静、宁谧;龚自珍笔下的乌托邦,则是一个天骥蹑云的自由王国,带有打破精神桎梏的意味。龚自珍《夜坐》其二:"万一禅关砉然破,美人如玉剑如虹",意蕴与此略似,在本质上反映了个性解放的强烈要求。作者渴望冲破死气沉沉、荆天棘地的束缚,飞向那彩霞满天的彼岸。诗中呼唤皈依自然,还我童心,体现了人性的复苏,青春的觉醒,明显赋有近代思想启蒙色彩,实为梁启超《少年中国说》之滥觞。

小序叙诗所由作,一瓣心香,结撰为诗,芟除不尽心头那"火不能烧,水不能溺"的一缕情苗——对光明的憧憬和追求。虽然那扶摇天际的彩虹,难以捕捉在手,然而,胸中回荡的一支浪漫的青春狂想曲,酒酣歌咏一番,也可以使自己心旷神怡,一破愁颜。寥寥数言,突兀现出挥毫狂草、醉墨淋漓之态。

首段,自"蹉跎乎公"至"听我歌此胜丝桐",为序曲,自问自答,形影相吊,理想的我(句中的"我")欲为现实的我(句中的"公")抚平灵魂的创伤。岁月蹉跎,半生坎壈,一个毛羽摧折的京华倦客,心事浩茫,古愁莽莽,绵亘未有穷期。"哀吟娅姹",意谓"伤时之语"。龚自珍是最早意识到了大厦将倾的先觉者,所谓"未雨之鸟,戚于飘摇;将萎之华,惨于槁木",(《乙丙之际著议第九》),当燕雀处堂、众梦犹酣之时,弹出如此不祥之音,未免"促柱危弦太觉孤"(《己亥杂诗》第一百二十首),竟如风瞥电逝,消失在黯黯长空之中,音沉响绝了。然而,理想之光照亮心扉。"若使鲁阳戈在,挽红日重作青春"(《凤凰台上忆吹箫》),酌我五石美酒,一醉颜酡,犹能重返红颜绿鬓的岁月,而与翩翩年少竞夸风流。序曲以高亢激越之音,弹奏出了作品的主旋律——他在寻觅那逝去了的黛绿年华。

本诗采用自我观照的手法,以理想的我晶光折射现实的我,既写出了蟠天际地的幽恨,也写出了那种"折梅不畏蛟龙夺"(《己亥杂诗》第三百一十二首)的坚强执着。下文写美人、写花秾、写柔青软黛、写白云舒卷……其实都是作者的人格美的自我观照。

二段,自"貂毫署年年甫中"至"幽情丽想销难空",概述平生,自矜之中又带着几分自嘲,品味着人到中年的尴尬。"寥落文人命,中年万恨并"(《得汉凤纽白玉印》),云烟万态,剑气沉埋。忆往昔英年崭露头角,"奇气拿云,清谈滚雪,怀抱空今古"(归佩珊《答龚璱人公子》),著书立说,笔走龙蛇,挥斥风雷,石破天惊,本当力挽狂澜,功业彪炳千秋,然而,"纵使文章惊海内,纸上苍生而已"(《金缕曲》)。功名之想,浮光掠影,竟如海市蜃楼,转瞬幻灭。征考文献,胪列礼容,坐困冷曹,依旧清狂不减,饮酒结客,词锋纵横,"愿得黄金三百万,交尽美人名士,更结尽燕邯侠子"(《金缕曲》)。诗人勾画了自己"亦狂亦侠亦温文"的个性风貌。大隐金门,畸零人海,欲将礼佛逃禅,皈依天台宗下,然而,那一种非花非雾、五色玲珑的幽情丽想,又令自己缠绵不能自拔。

以下即写怀着美丽的憧憬,飞到那理想的彼岸。

三段,自"拂衣行矣如奔虹"至"千篇背尽灯玲珑",写多情俊侣。"拂衣",抖去沉重的精神负荷,仙袂飘飘,清风泠泠,如同一道彩虹,划过长空,飞往太湖洞庭的青山绿水之间。云外朱楼,缥缈清幽,有美一人,仙姿绰约——这个意象,在龚自珍的诗词中反复叠印出现。"美人清妙遗九州,独居云外之高楼"(《美人》)。美人,象征着理想的人品,她是梦里婵娟,是画中爱宠,是风华绝代的世外仙姝;她就是作者在茫茫六合、攘攘尘海中所寻觅的知音——山程水驿、一路同行的多情俊侣。诗人彩笔红词,画出美人的仙样风神,嚼香抱粉,灿如明霞斓锦。"一楼初上一阁逢",写层楼崇阁、绮窗幽窈间的初逢——那轻盈翩跹的一瞥;"玉箫金琯",想见其人的靓妆丽饰,檀板歌床,玉笙吹彻,恍似霓裳羽衣仙子;十五豆蔻年华,如秋花泡露,烟笼海棠,湖开翠夜,红妆映水,鬓影低垂,仙佩珊珊;远山青黛一抹弯痕,增其眉妩,更显出明眸皓齿。"一索钿盒",喻情浓,双绾同心,三生石上,永证鸳盟;"再索斑管",喻才敏,舒搦斑管,自谱新词。"珠明玉暖春朦胧",着意濡染"是仙是幻是温柔"(《浪淘沙》)的佳境,花雾濛濛,云屏影里,珠温玉润,兰麝氤氲。美人才地玲珑,清歌曼妙;巧笑倩兮,轻鞚姚冶;曲终歌歇,残月如烟;银釭高照,羞笼红绡。

四段,自"有时言寻缥缈之孤踪"至"探碑学拓者溪童",写纵浪大化。有时驾言出游,寻觅那踪迹缥缈、有如闲云野鹤的山中高士,徜徉于湖光山岚之间。怎禁那诱人的春色骀荡?一抹春山,柔青软黛,岚翠欲滴;山花烂漫,醉如流霞;三三两两、翠袖红裙的靓女,点缀于松篁石径间;湖上烟波浩渺,兰舟轻漾,榜声荡入云水。大自然中充满蓬勃生机,明媚暄妍,仿佛生命的春天也悄然淌入心扉。此段即写青春复归,物我同化。"春山不妒春裙红",将自然景物人格化,春山自绿,春裙自红,没有嫉妒,没有倾轧,大自然中的万物,都按其天赋本性,自由自在地表现自我。这幅色彩绚丽的画面,对比反照了现实世界的阴冷、黑暗,作者在人世间所感受到的是"一山突起丘陵妒,万籁无言帝座灵"(《夜坐》),高标见妒,万马齐喑。因此,"春山不妒春裙红"的真谛就是自由,是对窒息生命、戕害人性的社会的大胆逆反和挑战。诗人重返大自然的怀抱。湖光潋滟,兰舟容与,吹裂玉笛,笛声悠扬,惊起湖中蛟龙,欢快地荡起万顷碧波;霎时烟雨空濛,落花缤纷,螺髻黛影,似笼轻绡。千古一月,烟景常新,但愿这烟花丝雨、春空月堕的良宵,永远伴随着自己。他写的是自然的美,也是人格的美,似又重返温馨的锦绣华年。

以下写谢绝世俗交游。王公贵人、九州名流,一概屏迹;所与游者,是悟道的痀偻丈人,弃功名如敝屣的石户农,奇崛不凡的楚客,娇小温柔的吴侬,石矶水涯的钓翁、溪童。

五段,自"卖剑买琴"至"高谈俊辩皆沉雄",写隐逸情趣。潇洒岁月,琴书寄傲。亦有家珍,秦镜汉瓦;尤嗜书法,六朝碑刻,金石拓本,琳琅满目;佛经百轴,袭以缥缃;藏之宝阁,光焰熊熊。共析奇文,亦有酒朋诗侣,绝无白驄贵客,相思相访青溪岸曲、白云深谷;邂逅相逢,花映山红,三三两两,采茶冶女,荷锄药农。布衣结客,逸兴遄飞,高谈俊辩,喜见江湖侠骨。魏季子《羽琌山民轶事》:"山民不喜治生,交游多山僧、畸士,下逮闺秀、倡优,挥金如土。"

六段,自"公等休矣吾方慵"至"仰视一白云卷空",写秋日泛舟。不似春光、胜似春光的太湖秋色,别是一番情味。既写春光秋冶;复写秋色斑斓。丹枫如染,漫山红遍;芦花万顷,雪满汀洲。正蟹肥篁满,秋日多佳兴。来相邀,渔舟傍岸,五湖钓客,催制新词。欸乃一声,烟水苍茫无际。诗人秋兴尤浓,挥毫按谱,白日浩歌,西风烈烈,渔歌清扬,声断长空,吹入一荡芦花,仰视青冥浩荡无底,白云颓堕不流。

末章,自"归来料理书灯红"至"他生且生兜率宫",写清磬梵音。诗以禅悟为结。所谓"狂便谈禅,悲还说梦,不是等闲凄恨"(佚名《齐天乐——和龚自珍〈影事词〉》)。游湖归来,夜幕降临,万籁俱寂,静坐观心。花影在屏,书卷在几,一灯红接混茫;茶烟袅袅,散着清香;双鬟低垂的侍女在侧,翠钏肌凉,即"冰肌玉骨,自清凉无汗"之意。"叩君画里禅关,忆侬梦里烟鬟"

《清平乐》）。就在这清幽、静谧的一刹那间，诗人顿悟禅机。此情此境，是龚自珍心头拂拭不去的一段幻缘。《己亥杂诗》第七十八首即写一个"瓶笙花影夕"的禅悟，自注："丁酉九月二十三夜，不寐，闻茶沸声，披衣起，菊影在扉，忽证法华三昧。"似喜似悲，清泪潸然，但闻禅寺东厢西厢清磬音起，披衣起展华严经卷，顿时万恨千愁，百年哀乐，一例全消，心空泪灭。诗末表达了遁入佛门，他生愿生莲邦净土之意。

　　本诗以参差不齐、错综变幻的句法，一韵到底、如泻珠玉的明快节奏，构成浩瀚流走的艺术风格。篇首以"公今言愁愁无终"始；卒章又以"少年万恨填心胸"回环照应，一个沉重的音符回荡其中，因此，全诗于极尽风流旖旎之中又蕴含了几许慷慨悲凉。此即龚自珍的"箫心剑态"，体现了他的亦刚亦柔的美学情趣。（林　薇）

潜山道中（十首选一）　　祁寯藻

青山缺处树弥缝，水外人家绿几重。
白鸟一群栖不定，恰疑春雪下长松。

　　《潜山道中》组诗共十首，写诗人行进于安徽潜山途中的所见所感。作者为宋诗派代表人物，又官至大学士，所作杂以考证，"为学人之诗"，多不足称。但他作的山水诗，以平易的语言，写景抒情，颇多佳作。这是其中较好的一首。

　　作者沿山路行来，从远处遥看，首先映入眼帘的自然是高耸的山峰。这山峰一座接着一座，大有"环滁皆山"的气势。然而山峰间多有空隙，不过空隙已被茂密的树木填满。故作者描写经仔细观察的景致说："青山缺处树弥缝。"它既是如实描绘，又艺术地表现出山林和谐的美，读之真切而自然。

　　诗人继续前行，或者说将视线移近，他看到了一泓春水，水那边有几处人家，一片绿色展现在眼前，因而写下另一诗句："水外人家绿几重"。这里的"绿几重"，用"模糊"语言写出了水之绿、树之绿。诗句所摄镜头与马致远"小桥流水人家"的幽静不同，它描绘了春到山溪的情景，透露出生命流动的信息，不由得令人产生愉悦之情。

　　作家正在行进途中，忽然被一群群飞动的鸟所吸引，它们遍体白色，或因觅食，或因避人，一会儿停留在山坡，一会儿飞落在水边。诗人因即景描述说："白鸟一群栖不定"。此句所写，虽无杜甫"一行白鹭上青天"那样富于色彩与美感，但确是初春水鸟活动的真实剪影，能给人以充满生气的感受。大概是水鸟忽飞忽落的动态太富于情趣了，诗人凝眉细想：它们像什么呢？突然他想到一片片飘然而下的积雪，于是用眼前之景作了巧妙的比喻："恰疑春雪下长松"。说它是"春雪"，是因为水鸟与雪相同，都是洁白的颜色；形容它"下长松"，是说水鸟飞下如同松树积雪融化落地时那么轻盈。这个比喻虽然没有使本体更为形象、更加具体，但它将"栖不定"的活泼的白鸟美化、诗化了，在诗人眼中，它们是那样飘洒、自然，别具朴素的美感。

　　这首诗看上去是山行时随手点染，但其取材描写也颇具匠心。前两句写山、树、水与人家，皆静态之物，它们共同构成和谐恬淡的画面，表现出"诗中有画"的境界。但一首诗、一幅画,全部描绘静止的事物,不免沉寂而缺少生机,而且不能点染出春到山林的特色,因而诗人写"静物"后转写"动物",使动静相配,互相映衬。故诗的后两句写白鸟频频飞落,又以松树融化飘落的春雪相比,顿使画面"动"了起来,充满生命的意趣,表现出动态的美。

此外,作者在词语选用上,也十分注意色彩的调配,使画面更为明朗醒目。首句写青山满目,涂上"生命之树"的底色,次句在描写"水外人家"时用了"绿几重"一语,它较之单纯写"绿水""绿叶"更佳,令人眼前出现浓绿一片,比"青山"的底色更深一层。在青、绿之外,更着何种颜色,才能显豁而切于时序呢?作者巧妙地配以水鸟的白色,并以晶莹的春雪为喻。这样,在青、绿之中涂抹上一片片流动的白色,因而收到"万绿丛中一点红"般的映衬之妙,整个画面也更为谐和、明快而富于生机。(王祖献)

天台石梁雨后观瀑歌　　魏　源

雁湫之瀑烟苍苍,中条之瀑雷硙硙,匡庐之瀑浩浩如河江,惟有天台之瀑不奇在瀑奇石梁:如人侧卧一肱张,力能撑开八万四千丈,放出青霄九道银河霜。我来正值连朝雨,两崖逼束风愈怒。松涛一涌千万重,奔泉冲夺游人路。重冈四合如重城,震电万车争殷辚。山头草木思他徙,但有虎啸苍龙吟。须臾雨尽月华湿,月瀑更较雨瀑谧。千山万山惟一音,耳畔众响皆休息。静中疑是曲江涛,此则云垂彼海立。我曾观潮更观瀑,浩气胸中两仪塞。不以目视以耳听,斋心三日钧天瑟。造物贶我良不悭,所至江山纵奇特。山僧掉头笑休道,雨瀑月瀑那如冰瀑妙:破玉裂琼凝不流,黑光中线空明窈。层冰积压忽一摧,天崩地坼空晴昊。前冰已裂后冰乘,一日玉山百颓倒。是时樵牧无声游屐绝,老僧扶杖穷幽讨。山中胜不传山外,武陵难向渔郎道。语罢月落山茫茫,但觉石梁之下烟苍苍、雷硙硙,挟以风雨浩浩如河江!

这是一位富于改革气概的诗人之豪迈歌唱!

早在二十余岁,魏源就曾向着"嵯峨万古"的太行山,立下过"何不借风雷,一壮天地颜"的奇志;就是在年近五十的幕僚生涯中,他也无法忍受满清政府的腐朽暮气,面对着"江逆飞,海立起"的钱塘大潮,呼喊出了"倒驱江海回暮涛"的壮愿(《钱塘观潮行》)。

雄奇峻伟的华夏山水,正这样激荡着魏源的改革豪情;所以,当他为深心热爱的山山水水写照传神时,笔端也往往会升腾一派非同凡俗之气。《天台山观瀑歌》虽作于诗人五十四岁(1847)的晚年,但想象之瑰奇,气势之磅礴,实可压倒他青年时代之众作,而推为平生第一奇诗!

清人方东树以为:"诗文以起为最难,妙处全在此,精神全在此";特别是歌行体,更当"以突奇先写为上乘,汁浆起棱,横空而来",方见其妙(《昭昧詹言》)。魏源此歌,欲绘天台瀑布之壮观,偏从"雁湫之瀑烟苍苍,中条之瀑雷硠硠,匡庐之瀑浩浩如河江"写来。读者的眼前,便在南起雁荡(浙江)、中经庐山(江西)、北及中条(山西)的广大空间上,突然展出了三大奇瀑泻落九天,雷声荡谷、烟气迷茫的壮阔全景。然后以神奇的想象和夸张,全力推出"不奇在瀑奇石梁"的天台瀑布近景,大笔勾勒其横卧张肱、"力能撑开四万八千丈"的石梁雄影,表现它恰似破天放飞的"九道银河"直落"青霄"的壮观——如此"突奇"的起笔,正带有"横空而来"之势。天台瀑布的"出场",有了这声势惊人的铺垫和映衬,由此显得气派轩昂、仪度非凡,令天下奇瀑全为之黯然失色了!

不过,歌行之起笔固难,展开也决非易事。正如刘熙载《艺概》所论,"长篇宜横铺,不然则力单";而且须有"大开大合"之势,"如黄河之百里一曲、千里一直也"。魏源描摹天台之瀑,就深得长篇的"横铺""开合"之妙:突兀而来的起笔过后,诗人即以举重若轻的"我来正值连朝雨"之句一转,巧妙地引入对天台"雨瀑"的浓笔铺写。于是诗中猛然间风声四起,那是被高高的山崖"逼束"得勃然盛怒的山风在逞威!遍山的松林,由此如千万重涛浪滚滚翻涌。在急雨倾注之中,奔腾的山泉横冲直撞,把游人的路径全化为一道道湍流。"重冈四合如重城,震电万车争殷辚"——当四面八方的奔泉,汇聚在"重城"般禁锢的狭隘山冈间时,便交汇成凌空飞泻的浩大瀑流,化作惊天动地的一片轰鸣!那是九天惊电之闪耀,是骤然催动的万辆雷车之争驰。隆隆的震荡之音,令满山草木恨不得生脚远徙;就连羽鳞之长(龙)、百兽之王(虎),也不免惊恐得啸吟不已!

这便是奔泻于诗人笔底的天台"雨瀑"。势如泼墨的挥洒,驭使着壮奇的妙喻,将这雨中飞瀑,表现得何其浩壮、淋漓!最令人惊异的,是接着而来的猛然顿笔:"须臾雨尽月华湿,月瀑更较雨瀑谧"——这既是时间的延续,更是空间画面的跳接。白昼的急风暴雨过去,而今展开在你眼际的,已是皓月当空的夜晚。轰轰隆隆的奔泉,也随云雾雨住而消歇;清幽幽的月色,似还带着一片雨湿之气。"众响"俱息,只有不再狂暴的瀑流,垂挂在高高的石梁间,潇洒如轻云之飘垂。适应于表现这梦幻般的"月瀑",诗人的落笔也分外轻徐,幽幽如琴瑟之慢拨轻抹。那皎洁月光下的流瀑之声,又最宜于你在静谧中聆听。此节结尾,诗人即以悠然的遐想,将你带入了石梁听瀑的妙境:"不以目视以耳听,斋心三日钓天瑟"——那是一个怎样幽邈美好的境界!就仿佛在你虔诚斋戒之后,尘杂不染、万虑皆去,如闻有袅袅不绝的"钧天广乐"(天帝享神之乐),传自皓月辉耀的天庭……

震电雷鸣般的"雨瀑"过后,突然接以如幻如梦的"月瀑"之境,可以说是此诗构思中最奇妙的一笔。前者是声势横铺的"大开",后者则是色泽轻绡的"大合"。泼墨般的龙蛇走笔,化为幽雅淡丽的疏笔点染,展出了两个气象何其不同的"雨""月"瀑境!

天台瀑布之奇,似乎已尽于这雨夜月的变化之中。换了一般的作手,能有如此瀑境之创造,已是大幸,岂敢更生进一步奢望?魏源却才思横溢,在看到了诗境穷绝之处,竟又振笔而起,翻出了一个比雨、月之瀑更奇特、更罕见的"冰瀑"世界。"山僧掉头笑休道,雨瀑月瀑那如冰瀑妙",便是这诗境翻转中出人意料的转笔。于是,随着清癯山僧的娓娓描述,夜月渐渐淡去,山泉不再奔流,世界仿佛一下凝结在了冬晨日出的那一刻上:高挂石梁的天台之瀑早已消隐无踪,只在远处的山坡上,凝冻着层层清莹的冰流。"空明"的冰隙中露出黝黑的山石,恍若一道道黑光在曲折游走。然后便是"哗喇喇"一声,满坡的冰层突然在晴日照射下破裂。高高的石梁上,顿时涌现出"前冰已裂后冰乘,一日玉山百颓倒"的乱冰泻坠奇景。"天崩地坼"

般的隆隆巨音,交汇着万千碎冰的推撞、飞坠白影,在碧天("晴昊")的映衬下,该是怎样一种世间罕睹的壮观!

那就是天台山之"冰瀑",是连身临其地的诗人自己也未有机缘亲睹的妙境!它妙在只从"山僧"的追忆中叙来,带有海市般凭虚涌生,又倏然幻灭的缥缈感,便愈加令你怀想和神往。月光下的诗人,显然也陶醉在这美妙的虚境中了。当他从沉思中"醒"来,早已山月西落,"但觉石梁之下烟苍苍、雷硠硠,挟以风雨浩浩如河江"——悠悠不尽的结句,正好回应横空而来的起笔,似又重新将天下名瀑难与比美的"天台"雨瀑、月瀑和冰瀑,一一推过你眼前,又挟带着一派烟云和雷鸣,在风雨、月光中磅礴而去。这样的收结,正如明人谢榛所说,有一种收若"撞钟"、"清音有余"的不尽韵致(《四溟诗话》)。

读过李白《望庐山瀑布》者,谁能不为诗人那神奇的想象、夸张动人的描摹而惊叹?所以连苏东坡也不免断言:"帝遣银河一派垂,古来唯有谪仙诗"。仿佛李白之作,从此空前绝后,只可令后世咏瀑者俯首称臣了!但天下之瀑是描摹不尽的,艺术的创新也是从无止境的。魏源此诗,正就在李白创造的晴日观瀑奇境外,又开了雨、月、冰瀑之新境,把天台石梁之瀑,表现得如此风神殊绝、气象万千!如果说李白咏瀑采用了简短的七绝体,正如清磬一击、妙韵无穷;则魏源之咏采用的长篇歌行体,又恰似"嘈嘈切切错杂弹"的琵琶,奔腾回旋、跌宕澎湃。可见这两首咏瀑之作,实在是异曲同工、各臻妙境——后来的魏源,又岂必非得称臣于谪仙李白?(潘啸龙)

寰海后十章(其八)　　魏　源

曾闻兵革话承平,　　几见承平话战争。
鹤尽羽书风尽檄①,　儿谈海国婢谈兵。
梦中疏草苍生泪②,　诗里莺花稗史情③。
官匪拾遗休学杜④,　徒惊绛灌汉公卿⑤。

> **注** ①羽书:紧急的军事文书。 ②疏草:起草奏章。 ③稗史:野史。 ④匪:非。杜指杜甫,曾任左拾遗。 ⑤绛灌:汉代绛侯周勃和颍阴侯灌婴,贾谊因上疏遭到两人的猜忌打击。这里代指朝中大臣。

魏源作于一八四二年前后的《寰海后十章》,其重心主要是对战争的总结和反思。这一首略有不同。前四句描绘社会上对战争的普遍惊惧心理,后四句抒发自身报国无门的忧愤心情。这两重内容在鸦片战争前后的诗人笔下均不鲜见,而魏源写去,却格外警策动人,别有深意。

既然"条约"业已签定,战争已经结束,人们在战争中渴望的安宁,期盼的"承平"已然实现,那么,饱经战乱忧患的黎民百姓该松口气了。然而不料,在这"承平"之际,人们却反而纷纷扰扰,大肆谈论着战争的威胁。首联敏锐捕捉了"兵革"之际的"话承平"和承平之中的"话战争"这正常和反常的两种现象,并用"曾闻""几见"的怪讶语气,着力突出了后者的异常。此中原因何在呢?作者用现象悬出疑问,并不作答。而是将"几见承平话战争"的现象进一步展开:"鹤尽羽书风尽檄,儿谈海国婢谈兵"。这就说明,所谓"话战争"并非泛泛议论那场刚逝去的战争。作者出神入妙地运用了东晋淝水之战"风声鹤唳"的典故,一方面描绘出"话战争"

的内容——人们普遍的惊惧，像淝水之战大败的苻坚军，一有"风声鹤唳"，即以为军情紧急，大祸将临；另一方面又暗示出朝廷的惊慌失措，草木皆兵，稍有风吹草动，就发军书征兵，以致弄得人心惶惶。不仅如此，这种惊惧恐慌竟到了如此地步：连儿童、使女都纷纷谈论着同敌国用兵打仗的话题。前四句只写了现象，但现象之中却包含了深刻的意蕴。原来，所谓"承平"，乃是朝廷在侵略者威逼之下，接受极其苛刻的条件，签订了丧权辱国的"条约"所换取的暂时缓解。这种以自身的统治利益为目的的苟且偷安并不能使黎民百姓有丝毫的安全感，而"条约"所规定的侵略者"特权"更不啻引狼入室，不仅没有消弭其侵略野心，反会变本加厉，中华民族将面临更深重的民族灾难。之所以有"话战争"的异象，乃在"承平"原不存在！接踵而来的第二次鸦片战争以及其后一系列的侵略战争，无不证明了"话战争"所包含的深刻意蕴。

上面四句诗意内涵的展开，还同时说明了一个紧密关注着国家命运的主人公的存在，凝练精警的现象概括，本身就是他忧国忧民深入思考的结果，因而下面四句诗笔转向自身，也就显得十分自然了。作者睡梦里都在起草奏章，反映人民的痛苦；他的诗作，纵然写到花草莺燕，也不是为了吟弄风月，而是欲起野史之作用，无不记载了民间的风俗人情，表现黎民百姓的遭际与愿望。这两句写得极诚挚沉痛，恳切动人。魏源虽然在五十多岁中进士前，长期依人幕府，但他居下僚而不沉沦，特别在鸦片战争前后的诗歌创作与《圣武记》《海国图志》等著作的编撰，为"制夷"以解救民生疾苦陈义献策。这两句诗之所以特别感人，就在于他对自己才高位卑的处境不屑齿及，一心想的是"苍生泪""稗史情"。这不仅道出一个普通知识分子爱国忧民的情怀，而且突出体现了鸦片战争爱国诗歌高扬着人民性的典型特征。但是，他那些切中肯綮的陈义献策不但不为统治者理睬，反而会带来一班误国庸臣们的忌恨。末联"官匪拾遗休学杜，徒惊绛灌汉公卿"就是从此意脉而发的愤激之辞：自己既然连杜甫左拾遗那样的官职都没有，又何必去学杜甫的忧国忧民，为朝廷补缺纠失？那反而会徒自惊动像汉代周勃、灌婴那样的朝中大臣，使自己遭到贾谊一样的疑忌和打击。诗人的一腔忧国忧民之心，也只能在"梦中疏草"，无法实现。这激愤的反语，道出了有识之士的普遍悲哀，因而具有深广的内涵。

比起魏源典故澜翻的其他作品来，这首诗已算得上明白如话了。这当然是指诗面而言。前四句以现象写本质，以具体写抽象。由于命意包含在现象的对比与展示之中，并不说破，因而诗面之下便形成了诗意空间的内在张力。这就是通常所说的耐人寻味的含蓄。后四句诗笔引向自身的抒情，沉挚与愤切相交织，乃是一代爱国志士心音的剖白。由于这种情感同"苍生泪"脉脉相通，同"绛灌"之流斩然对立，便以充盈着崇高正义之内美的人格力量，格外动人心魄。（魏中林）

山　雨　何绍基

短笠团团避树枝，初凉天气野行宜。
溪云到处自相聚，山雨忽来人不知。

马上衣巾任沾湿，村边瓜豆也离披。
新晴尽放峰峦出，万瀑齐飞又一奇。

这首写景七律，是作者赴贵州乡试主考任途中所作，时在道光二十四年（1844）秋。

全诗扣紧"山雨"题目，从未雨、遇雨、雨中与雨后等方面进行了描写。首二句写未雨。"短笠团团"只告诉读者诗人头戴圆笠，但"避树枝"三字，则不但写出他在山间行路，而且暗示山路狭窄、杂树丛生。次句"初凉天气野行宜"，点出初秋时节，点明作者在"野行"，一个"宜"字，则写出他野行时愉快的心境。

三、四句"溪云到处自相聚，山雨忽来人不知"，写山中雨至的景色，真切自然。唐人许浑有写山雨的名句："溪云初起日沉阁，山雨欲来风满楼"（《咸阳城西楼晚眺》），此诗作者在上句中化用许诗"溪云初起"诗意，并依据他在山中行走所见，写了溪涧上的云"到处自相聚"的实景，表现出雨云形成的过程，具体而细致。下句则与许诗"山雨欲来风满楼"句意相反，描写出山中雨突然而至，在人们不知不觉之中已淅淅沥沥飘洒而下。这是完全不同的又一种景象。诗贵独创，何绍基根据自己的真实经历，下笔情景逼真，故亦自有其佳处。

五、六句"马上衣巾任沾湿，村边瓜豆也离披"，写雨中情景，生动贴切。当山雨不知不觉飘来时，作者在马上仍按辔徐行，不思避雨而任衣巾打湿。村边长得茂盛的瓜豆，雨淋后枝叶散乱纷披，另有一种精神。诗句由人及物，通过"衣巾任沾湿"的描写，表现出了诗人潇洒自如的姿态与喜雨的感情。

七、八句"新晴尽放峰峦出，万瀑齐飞又一奇"，写雨后景色，清新可喜。雨后初晴，山中别是一番景象，作者感觉最突出的，一是本来初雨雾笼罩的群峰，现在突然一起显出本来面目。一个"放"字，用拟人手法，将自然写活，又凸显出群峰一片明亮，用语奇警。二是山间大大小小的瀑布，在雨后一起飞流，呈现出一种奇妙的景观。这两句显现出一片明朗清新的气息，令人心旷神怡。

全诗描写景物用笔细腻，选材精当，皆从细微处着笔，表现出作者善于观察与捕捉变化中的事物。平常之物，一经点染，便耐人寻味，并表现出作者的情感，故林惠常谓何绍基的诗"奇趣横生"。张石洲序谓何诗之高妙，在于"本色"，"本色者何，真而已矣，真者何，自写其性情而已。"从这首写景诗看，何诗确具有真切而富于审美情趣的特色。（王祖献）

车中见西山口号　　张际亮

试马春城晚更凉，百年空剩鬓丝长。
西山不改青苍色，却为人间送夕阳！

道光十八年（1838）春天，诗人正客居北京，有一天外出途经西山，从车马中目见夕阳西下，山色青青，想到自身的遭遇，不禁触动诗情，随口吟成了这首小诗。

诗的起句便笼罩着一股不同寻常的悲凉气氛。在春寒料峭的北京城里，傍晚驾车行驶，只觉得凉气逼人,比起白天越来越重。从表面上看,此句似乎只是客观记叙,其实,这句中更别有伤心怀抱。何以见得呢? 诗的次句直言不讳地作出了回答。从诗人对自己大半生以来,空空地只剩下两鬓白发日见增长的嗟叹声中,可知其生平怀抱,一无施展,心中的悲凉是不言而喻的。诗中的"百年"喻有限的人生,"空剩"二字含有无尽的悲哀和感慨,而"鬓丝长"则是形象地描绘出诗人请缨无路,报国无门的潦倒情景。张际亮从青年时代起就胸怀大志,非常关心民生的疾苦,通夷情、有筹边之策。为了实现自己的抱负,他曾屡次赴京会试,皆未能中,这在封建时代,就等于阻断了他从政济世的必由之路,注定了他一切美好的理想都犹如镜花水月,不可能有任何结果。这就是为什么诗的一开始就笼罩着悲凉气氛的根由所在。在"百年空剩鬓丝长"的诗人看来,再美好的景物也都会因情染上伤心的色彩,更何况春城的傍晚正弥漫着实实在在的逼人的凉气呢!

当诗人从悲凉的气氛中抬起头来时,无意中将目光投向西山,吟出了更悲凉的下二句。西山,北京西郊群山的总称,系由妙峰山、香山、玉泉山、翠微山等组成,为京郊著名的风景胜地。西山在任何时候都山色青青,永远不会改变它那象征着充满生机的青苍之色,所以它也一点儿不用为岁月的流逝忧虑发愁,毫不留恋地为人间送走了又一个晚晴。透过三、四两句的字里行间,我们可以琢磨到诗人的心境是很不平静的,这里既有对青山不老的无比羡慕,甚至不无妒意,又有白发奈何不得青山的浩叹。如果这样理解不错的话,那么在这浩叹的背后,积聚着的正是诗人心中更为沉重的悲凉之感。

至此,我们不难看出这首小诗,主要借助"鬓丝"和"山色"的巧妙对比,形象深刻地反映出诗人嗟叹年华老去,虽有一腔热血,却又不为朝廷所用的内心苦闷,真实地体现了封建时代正直的知识分子爱国忧心如焚的心情,给后人留下深远而又伤感的思索。(李保民)

游南谷天台寺①(其二)　　顾太清

大南峪里天台寺,　　楼阁参差云雾重。
野鸟山蜂皆法象,　　苍松古柏宛游龙。
大圆宝镜舒千手②,　　尺五青天压乱峰。
立马东冈新雨后,　　西南高插紫芙蓉③。

> 〔注〕　① 南谷:冒广生曰:"南谷在永定河之西,太房山之东,后为太清葬处。"　② 此句自注云:"寺有大圆镜,铸千眼观音像。"　③ 此句云西南面有一峰独立,远望如一枝紫色芙蓉插入天际。

游赏的诗有许多写法,或于眼前的景观中幻印出历史演变的轮迹,或在绮丽的视野中寄寓着诗人的抱负雄心,但顾太清的这首游赏诗却既无人生的感慨亦无历史的幻影,而是一首纯然的游赏诗,且所写也不是他山的鹦鹉、别处的花月,而是深山中的一座古庙,且又非止是一座寺庙的小景,而是将这小景包裹于四周的山容天色的大景之中,依照这条线索,这首诗可分为以下三个视界。

第一部分是远视,即首联。开头一句"大南峪里天台寺",毫无虚饰地点出了游赏的对象。天台寺如何呢? "楼阁参差云雾重","楼阁参差"是一年三百六十日中的常景,而"云雾重",则是女诗人游赏之日的独特际遇了。而这云封雾锁的参差楼台,又隐隐地体现着佛界的神秘与缥缈。两句略一勾勒,一幅深山古刹烟雾图已宛然如在。

第二部分是近视。"野鸟山蜂皆法象,苍松古柏宛游龙。"野鸟翩翩、山蜂营营,已经真切地逗入了女诗人的眼帘,它们似也带着佛门的机趣,而与苍松、古柏一起,构示出一幅古寺幽景。比喻原是作者心灵的产物,因而读者从它可以反观作者自身。"皆法象""宛游龙"的感受与认识,也表示着女诗人的学识与性情。法象,指体现着佛法的形体表象。而野鸟山蜂竟也能成为法象,这虽可云因它们生傍佛门,偏荷福泽,却也可说是女诗人心中凤具的佛性的必然感受。以游龙喻松柏,虽非作者首创,但由作者拈来,亦借松柏的遒劲龙腾之势显示了作者心中的一股"非女儿气"。

近视的视界到"大圆宝镜舒千手"句为止。这一句表明了作者由寺外到寺内的游赏过程,亦是此诗中唯一近到类乎特写的一个镜头。天下寺观大同小异,而这一处"大圆宝镜舒千手"的怪异千眼观音像,才是留给作者深刻印象的物体。下一句则从贴近描写的紧张耸然放开去,以"尺五青天压乱峰"完成了视距的再一次拉长,青天下众峰攒立的远景,替古寺的游赏划了一个句号。一个"压"字,显示了作者的高超技艺:本是青峰耸立,离天"尺五",堪堪破天,却偏说成是尺五青天在力压这一片乱峰,真是天高一寸压死人。而究竟谁输谁赢,则由欣赏者自己以意测之。

最后两句,在视界上仍属再一度的远视。它是神来之笔。游赏完毕,舒心惬意地立马东冈(当然是双马并立了,这一回她是与夫君同游的),但见雨过天青,西南面一峰独秀,山雾未消而艳阳又照,阳光在给峰峦敷粉着色,使秀丽的山形如一枝独秀的紫色芙蓉,插入天地的空白处。这奇景本属难逢而且易逝,却被锦心绣口的女诗人捕捉到了,其时她心中的喜悦与感动,不可以语言表达,故她只能于篇终揭响,绘一朵奇美的芙蓉以贻读者。(邓红梅)

双鸩篇　姚燮

郎心爱妾千黄金①,妾身事郎无二心。郎年十七妾十六,圆转朱轮得华毂②。与郎生小阊门里③,与郎结褵在燕市④。阿爷爱妾娘爱郎,但看郎欢为妾喜。与郎同水为一池,与郎同木为一枝。与郎为带同一结,与郎为茧同一丝。郎命妾所依,妾命郎所与。不愿与郎分,但愿与郎聚。郎为飞雁妾作云,郎作垂杨妾为雨。妾身金缕衣,皆郎光与辉。妾腕玉条脱⑤,比郎颜与色。妾佩明月珰⑥,比郎不断宛转肠。妾妆郎共肩,芙蓉出渌摇晚妍⑦。妾眠郎共枕,鸳鸯回波落春影。东邻窈窕女⑧,对郎盈盈眉欲语。西邻轻薄儿,对妾依依神为驰。郎但知有妾,妾但知有郎。明镜不掩帏灯光,牡丹不夺兰草香。郎心与妾相始终,妾心与郎相终始。不必同日生,但愿同日死;不必同日死,但愿郎生妾先死。不愿郎死遗妾生。妾为影,郎为形。妾如珠,郎手擎,妾为郎妇身份明。妾为郎妇天鉴之,为郎之妇千人知。郎饱妾共饱,郎饥妾共饥,一饿一饱与郎共,山崩川竭无更移。

　　阿爷日久嫌郎贫，日日要郎离妾门。阿娘恨郎不赚钱，要郎远客三城边⑨。三城何嶜崒⑩，三城何岧峣⑪！三城溪水深，水毒溪无桥。三城黑沙黑，黑沙同鸣髇⑫。三城多劫贼，劫贼凶咆哮。劫贼杀人如杀葵⑬，白骨堆积城门高。三城多白杨，白杨风萧萧。萧萧飒飒啼怪鸦⑭，其下有穴狐狸嗥。老客停马不敢过，年轻出门郎奈何！摘妾胸前玑⑮，为郎换棉衣。脱妾足下履，为郎易食米。典妾金缠臂⑯，为郎市鞍辔。卖妾珊瑚翘⑰，为郎置宝刀。思郎光与辉，妾身尚有金缕衣。念郎颜与色，妾腕尚有玉条脱。忆郎不断宛转肠，妾佩尚有明月珰。出门七月期，初六是良吉⑱，置得一杯酒，与郎作离别。杯中一滴酒，心中一滴血。不饮愁郎饥，饮之恐郎咽。秋烟在镜芙蓉涧⑲，秋风在衾鸳鸯影⑳。秋云不行雁影独，秋雨不雨杨枝憔。阿爷向郎訾："不得千金弗还里！"阿娘从郎嗤："千金不得毋归来！"妾手掩面啼声低，妾手不敢牵郎衣；向郎不语心依依，欲语又恐爷娘疑。见郎屈一指，似郎为妾经年期。

　　十月开梅花，二月开桃李，六月菱荷香，青青出蒲苇。但愿郎得千金归，先向爷娘买欢喜。卸妾玉条脱，何有颜色强？何有辉与光？解妾明月珰，脱妾金缕衣，为郎折叠空竹箱，譬如生小不嫁郎，见之徒令心悲伤。视妾双眉蛾，归来记取青不多。记妾领中扣，归来与郎验肥瘦。为郎不下堂，为郎不出房。为郎安慰爷，为郎安慰娘。为郎日焚香，焚香祝告天苍苍。正月梅花残，三月桃李红，七月出菱荷，蒲苇青茸茸。日高听铃马，铃马辚辚过楼下；日落闻行车，行车却向东南驰。半年得一信，一年不得郎边书。有客三城来，闻之欲语还嗫嚅㉑。三城多白杨，三城多劫贼，三城溪水深，三城黑沙黑，老客停马不敢过，年轻出门那归得！阿爷从妾言："负汝青春年。"阿娘向妾语："是汝命生苦。怜汝命生苦，为汝重剪红罗襦，紫为绣凤青天吴㉒。複帐六尺八，菡苕四角垂流苏㉓。画簟六尺三㉔，缘以鸾锦椒泥涂㉕。东家郎，好光辉，劝汝弗爱金缕衣。劝汝弗爱玉条脱，西家郎，好颜色。东家西家郎，手中累累千金黄。心中不断宛转肠，汝还弗爱明月珰。"稽首爷娘前："爷娘听妾语：爷娘之爱何敢逾？妾心区区当鉴取。妾心区区天可盟，妾为郎妇身份明。不能郎生妾先死，忍因郎死偷妾生㉖？"与郎不终始，妾身尚何俟？不得郎骨归，妾心犹狐疑。沉沉白日鸺鹠啼㉗，暗暗夜色蝙蝠飞。梦郎向妾笑，如郎同居时。梦郎向妾哭，如忧出门无还期。梦郎三城归，黄金百筲青骓骊㉘。梦郎流落不得归，面目黳黑无完衣。阿爷逼妾嫁，朝呵暮骂相摧靡。阿娘逼妾嫁，长荆短棘来鞭笞。爷呵骂，岂不恫㉙；娘鞭笞，岂不痛。思郎生死犹未明，妾不轻生为郎重。

　　前门鸣乌鸦，后门鹊声喜，乌鸦何悲鹊何喜？十月开梅花，二月开桃李。

今年六月无菱荷，蒲苇凋残北风起。见郎入门来，见郎如梦里。视囊不得米，视衣衣无襟。马死弃鞍辔，茧足徒步如炮烙[30]。顾彼腰下刀，霒无光彩生愁雾[31]。郎归不止黄金千，那愿郎得千黄金。记妾领中扣，与郎量肥瘦。记妾双眉蛾，为郎憔悴青不多。郎真死矣还如何！望郎减光辉，光辉不如金缕衣。望郎苦颜色，颜色不如玉条脱。幸郎不断宛转肠，佩之还似明月珰。爷娘怨郎身手穷，囚妾不使郎衾同。生不同衾死同穴，妾虽无言妾已决。含笑语爷娘："妾有玉条脱，亦有明月珰，簇新金缕衣，折叠空竹箱：为郎市卖赎郎罪，抵郎归有千金装。"阿爷笑语妾："还尔鸳鸯飞。"阿娘笑语妾："看尔连理芙蓉枝。"鸳鸯遭网罗，安能到头白！芙蓉经狂飚，狂飚摧之易狼藉。朱绳三尺垂，不得高挂梧桐枝；下有千丈池，可惜池水多淤泥。为郎置鸩酒[32]，鸩酒甘如饴。但得生死常追随，此酒不减同心杯。妾饮琉璃杯，郎饮白玉盏。以斧伐木木不离，以刀断水水不断。同茧之丝不可剪，同结之带两头绾。稽首谢阿爷："不必悲咨嗟。"稽首辞阿娘："阿娘不可中心伤。有婿长贫贱，有女不遂爷娘愿。但愿爷娘寿考同百年！郎死不值千黄金，妾死不值黄金千。"

西邻来看妾，密纫条条罗袴褶[33]。东邻来看郎，仪容皎皎明月光。东邻西邻长叹息："虾蟆抱桂光彩蚀[34]，朽绠龙渊黝谁测[35]？"东邻西邻语我前，要我制作《双鸩篇》。天缺不得女娲补[36]，海缺不得精卫填[37]。闻者歌者当涕涟。郎年二十妾十九，郎姓黄，妾姓柳，郎搨畚[38]，妾箕帚。双芙蓉，何恻恻[39]！双鸳鸯，地下守。朝打孔雀夜逐狗，孔雀雌雄狗牝牡，天上所无陌路有，陌路何能避梃杻[40]！闻我歌者泪一半，不谱吴筝谱燕缶[41]。

注 ① 千黄金：千两黄金。 ② 朱轮：红色车轮。华毂，饰有华丽文采的车毂。车毂，轮子中心置轴之处，犹今之轴承——弹子盘。 ③ 阊门：苏州西门。 ④ 结褵：指结婚。褵，古代女子嫁时所系的佩巾。燕市，北京。 ⑤ 玉条脱：玉手镯。梁陶弘景《真诰》卷一《萼绿华诗》："金玉条脱各一枚，条脱似指环而大。" ⑥ 明月珰：明月珠制成的耳饰。 ⑦ 芙蓉出渌：荷花出水。渌，清澈的水。 ⑧ 窈窕：娴静美好。《诗经·周南·关雎》："窈窕淑女，君子好逑。" ⑨ 三城：在今四川省松潘县城外西山上。此指荒僻之地。 ⑩ 酋(qiú)崒(zú)：高峻貌。 ⑪ 岧(tiáo)峣(yáo)：险峻貌。 ⑫ 鸣髇：响箭，古代军中用作讯号。 ⑬ 獒：体大性猛的狗。 ⑭ 鸮：鸱鸮，俗称猫头鹰。 ⑮ 玑：珠玑，圆的叫珠，不圆的叫玑。 ⑯ 典：典当，抵押。金缠臂，金手镯。 ⑰ 珊瑚翘：用珊瑚制成的翠翘。翘，一种头饰。晋陆机《日出东南隅行》："金雀垂玉翘。" ⑱ 良吉：良辰吉日。 ⑲ 秋烟：秋气。芙蓉：喻女子面庞的娇艳。白居易《长恨歌》："芙蓉如面柳如眉。" ⑳ 鸳鸯：匹鸟，此指衾上所绣。彯：飘散。 ㉑ 嗫嚅：欲言又止。 ㉒ 天吴：传说中的海神，虎身人面，八手八足八尾。此处是说在红罗襦上绣着青色的天吴图案。 ㉓ 菡萏：荷花，此指帐上所绣花饰。流苏，穗状垂饰，常以玉片、羽毛、丝线编缀而成。 ㉔ 画簟：饰有花纹的竹席。 ㉕ 缘以鸾锦：用织着鸾鸟图案的锦缀缝在竹席的边缘。椒涂泥，用椒泥涂在席上，使之芳香。 ㉖ 忍：怎忍。偷妾生，即妾偷生。句法倒装，以加重语气。 ㉗ 鸺鹠(liú)：鸟名，属于鸱鸺(猫头鹰)一类而较小。鸣声如休留，故名。古人以为鸺鹠啼是凶兆。 ㉘ 笏：原为大臣上朝所执的手板，因形状似金条，故又作金子的量辞。百笏，喻金子之多。騧骊，指良马。騧：身黄喙黑的马；骊，纯黑的马。 ㉙ 恫：恫吓，此指恐惧。 ㉚ 炮烙：炮烙，古代酷刑，将铜柱烧红，令受刑者爬行其上。烙，用开水泡煮。此指双足皲裂腐烂。 ㉛ 霒：黑云貌，形容光泽暗淡。雾，遮住太阳的云。此句形容宝刀生锈，失去光彩。 ㉜ 鸩酒：鸩，鸟名，羽有剧毒，用以浸酒，可以杀人。 ㉝ 罗袴褶：古代骑服，南朝时盛行，用作礼服。此处亦作礼服，谓女子入殓时的盛装。 ㉞ 虾蟆句：《淮南子·说林训》："月照天下，蚀于詹诸。"詹诸一作蟾蜍、蟾蠩，即虾蟆。相传月中有丹桂，虾蟆抱桂，比喻月蚀。此指男女主人公的爱情被摧残。 ㉟ 朽绠：腐烂了的汲井绳子。龙渊，蛟龙所居的深渊。黝，幽深。《荀子·荣辱》："短绠不可汲深井之泉。"此处化用其意，谓世人未必理解男女主人公的内心。　　㊱女娲：神话中的女神。相传共工氏被祝融打败，以头触不周山，天缺东南，地缺西北，女娲氏炼五色石以补天。　　㊲精卫：传说中鸟名，相传原是上古炎帝之女，溺水而死，化为此鸟，常衔西山木石，欲填平东海。　　㊳揭畚：两种运土的工具。《左传》襄公九年："陈畚揭，具绠缶。"注："揭，土舆。"揭畚与箕帚相互为用，犹今语畚箕不离扫帚，喻夫妇不可分离。　　㊴恂恂：美好貌。　　㊵梃杻：打人用的杖械。梃，木棍。杻，手铐。　　㊶吴筝：南方的弹拨乐器，音色多凄婉。燕缶，北方打击乐器，音色多慷慨悲壮。

　　这是一首描写爱情悲剧的长篇叙事诗。全篇302句，在中国文学史上极为罕见。为了便于分析起见，我们把它分为五段。前四段是本篇的主体，均以第一人称叙述，表现了女主人公的不幸遭遇和内心活动。第五段改为第三人称，表现了他人（包括诗人自己）对这一事件的评价。现在逐段作一分析。

　　第一段歌颂了幸福的爱情生活。起首二句"郎心爱妾千黄金，妾身事郎无二心"，揭示了诗中男女主人公的爱情具有坚实的基础。在世人眼中，黄金是宝贵的，但他们的相爱胜过千两黄金，诚如古人所言："二人同心，其利断金"，碰到任何挫折，也会不为所屈。为了渲染他俩爱情的真挚不渝，诗人尽情地写道：他们的结合像朱轮与华毂一样密合无间，像一池清水彼此融合，像一根树枝不可分开，又像一条带子打的结，一只茧子抽的丝。郎是天空的大雁，妾则化作彩云来烘托；郎是塘边的杨柳，妾则变为雨点来滋润。这些新鲜而又优美的比喻，让人感到他们的婚姻无比美满，他们的心灵无比纯洁。如果这种"博喻"仍使人不够满足的话，诗人则又结合这对年轻夫妇的特点作了进一步的勾勒："妾身金缕衣，比郎光与辉；妾佩明月珰，比郎不断宛转肠。"这些饰物戴在女子身上，却是男子的外部丰采与内心感情的象征，以此来刻画女子的痴情，可谓妙绝。对于男女主人公双宿双栖的幸福生活，诗人也作了精心的描绘：妻子临镜梳妆，丈夫倚肩而立，这时仿佛一池渌水映现出并蒂芙蓉；夜晚共寝，则又像一对鸳鸯的情影在碧波上荡漾。语言清丽而又含蓄，避免了一般在两性关系描写上的庸俗与浅露。诗至本段结句"山崩川竭无更移"，虽然不脱古乐府《上邪》"山无陵，江水为竭……乃敢与君绝"的痕迹，但它明白晓畅，宛如己出，表现了女主人公崇高坚贞的思想情操，为以后的严峻考验设下了伏笔。

　　从第二段起，诗的情节发生了急转直下的变化。女子的父母对他们的结合本来是满意的："阿爷爱妾郎爱娘，但看郎欢为妾喜。"可是日子一久，他们嫌贫爱富的思想便暴露出来，硬逼女婿到边远地区的三城去"赚钱"。在这里，诗人以放浪纵恣的笔墨铺叙三城的荒僻与艰险，那里山高水深，黑沙蔽天，劫贼遍地，白骨成堆，狐狸成群。看了这段文字，真使人不寒而栗。如此描写，便造足了悬念。在那个凶险的地方，"老客停马不敢过，年轻出门郎奈何！"他才十七岁呀，初出远门，吉凶难卜，能否生还，令人担忧。然而迫于岳父母之命，他不得不去。于是女子只好变卖衣物，为丈夫置办盘川以及鞍马、宝刀。写得极为深刻的是临行饯别。此刻她望着杯中的苦酒，心头似乎滴着鲜血，想让丈夫满饮此杯，恐他心中痛苦难于下咽；不让他饮，又恐他腹中饥饿。可是爷娘却不管这些，依旧责令女婿："不得千金，不准回家！"短短一句话，好似无情利剑刺在女儿心上，她掩面抽泣，默然无语，甚至连拉一下丈夫的衣襟表示惜别也不敢。丈夫临走时也不敢丢下一句话，只是屈了一只手指，暗示一年后回来。这一场面，不禁令人想起《西厢记》中的长亭送别。同样是女方的家长，一个为了三代不招白衣女婿，逼张生进京赶考；一个为了追求金钱，逼女婿远去三城。二者分别从封建社会的上层和下层，揭露了礼教的罪恶。但是此处在挖掘人物内心感情方面似乎更带有自己的特色。在芒涩的酒杯中,在无声的啜泣和手势中,将爷娘的冷酷无情、女子的逆来顺受以及男子的软弱无能,刻画得入木三分,形神毕现。我们读至此处,心上像压着一块石头,感到无比沉重。

第三段写女子的盼夫和爷娘的逼嫁。它一开头像电影的连续镜头,依次展开梅花、桃李、菱荷、蒲苇舒蕊展叶的画面,用形象的语言表明时序的推移。不言而喻,自从这年七月饯别之后,女子便数尽花期,盼夫归来。以下又重复上述四句,但写花叶已经凋残,表示女子在痛苦的期待中又过了一年。在这漫长的岁月里,玉条脱、金缕衣、明月珰,无心穿戴,只好珍藏在竹箱。这一节很像《诗·卫风·伯兮》所写的一样:"自伯之东,首如飞蓬;岂无膏沐,谁适为容?"丈夫不在,她无心打扮,终日关在房中,与爷娘厮守。有时窗外的马铃声、车轮声,给她带来一些激动,然而留给她的只是无限凄凉与怅惘。她还每日焚香,祈求丈夫的平安。好容易半年盼来一信,此后却鱼沉雁杳。后来终于从三城来了一位客人,然而他吞吞吐吐,语焉不详,反而促使了女子的忧虑。于是三城荒寒凶险的景象重又浮现在她的脑际。有时梦见丈夫归来,腰悬黄金,身骑骏马;有时梦见丈夫流落三城,面目黧黑,身无完衣。"年轻出门那归得",瞻念及此,如同大祸临头。及至清醒,狠心的爷娘又逼她改嫁。尽管爷娘威胁利诱,尽管他人美貌多金,她就是不为所动,并郑重表白:"妾为郎妇身份明!"在封建社会里,这句话应是合法斗争的有利武器。杜甫《新婚别》云:"妾身未分明,何以拜姑嫜?"可见"身份"之重要。如今她身为郎妇,身份既明,有夫之妇,怎能改嫁!但利欲熏心的爷娘不管这些,仍旧对她朝打暮骂,不达目的,决不罢休。本来她想一死了之,可是"思郎生死犹未明,妾不轻生为郎重"。一想到丈夫生死未卜,于是又忍辱偷生,等待丈夫的归来,哪怕等回来的是一副尸骨。这一段内涵丰厚,情节紧张,真令人一唱三叹!

第四段写夫妇饮鸩自尽,是全诗的高潮。起首处又一次重复了"十月开梅花"四个排句,说明又过了一年。这时门外鸦啼鹊噪,是报喜还是报忧,令人捉摸不定。经过这段气氛渲染以后,丈夫突然归来。只见他囊中无米,身上无衣,马死刀锈,双足皲裂。女子非但不予责怪,反而更加疼爱;然而爷娘却怒火中烧,不让他们夫妻"同衾",并将女儿囚禁起来。女子向爷娘央求,愿以玉条脱、金缕衣、明月珰换回千两黄金,为郎"赎罪"。爷娘哪里肯允,他们一搭一档,冷语相讥,一个说:"还尔鸳鸯飞!"一个说:"还尔连理芙蓉枝!"虽未点明叫他们去死,但已暗示了可悲的下场。于是他们不得不置下鸩酒,"妾饮琉璃杯,郎饮白玉盏",夫妻双双"饮鸩甘如饴",实现了"生不同衾死同穴"、"不必同日生,但愿同日死"的誓言。临死之前,女子劝爷娘不必悲伤叹息,还祝愿他们"寿考同百年"。语言怨而不怒,哀而不伤,反映了诗人在刻画这一艺术形象时,恪守着"温柔敦厚"的诗教。

诗的第五段语气有了变化,它由女子的自诉变为邻人和诗人的评述。女子死后,左邻右舍前来探望,又嘱诗人将这个故事写成诗歌。前文多以叙事为主,至此则夹叙夹议,抒写客观的评价。"天缺不得女娲补,海缺不得精卫填",很像白居易《长恨歌》中的"天长地久有时尽,此恨绵绵无绝期",将这对恋人的爱情悲剧,引为人间最大憾事。"郎年二十妾十九,郎姓黄,妾姓柳",有名有姓,点出此诗写的是真人真事。据考,道光十六年(1836),诗人赴京会试,在寓所附近听到这一故事,遂成此诗,所以我们读来,倍感真切。回顾篇首"郎年十七妾十六",前后正好三年,与诗中所写的花开三度恰相符合,可见作者针线的细密。"朝打鸳鸯夜逐狗"四句,表达了诗人对这一事件的义愤。禽兽尚能雌雄相配,而作为人类的"郎"与"妾"却没有婚姻自由，人权何在，天理何存？诗人通过这些形象的对比，控诉了封建制度的罪恶。结尾"不谱吴筝谱燕缶"，说明诗中既有南方音乐的缠绵悱恻，也有北方音乐的沉郁悲壮，它是一首悲愤交织的爱情之歌。

在浩如烟海的中国诗歌宝库中，由于言志缘情诗论的影响，抒情诗占压倒多数，而叙事诗极为罕见。在为数不多的叙事诗中，又基本上分为文人创作和乐府民歌二种。前者如白居易的《长恨歌》《琵琶行》和元稹的《连昌宫词》；后者如《木兰辞》和《孔雀东南飞》。此诗的风格恰很像后者，如第二段中"摘妾胸前玑，为郎换棉衣；脱妾足下履，为郎易食米；典妾金缠臂，为郎市鞍辔；卖妾珊瑚翘，为郎置宝刀"，就很像《木兰辞》中"东市买骏马，西市买鞍鞯"一段。而第三段中娘劝女儿改嫁一节："为汝重剪红罗襦，紫为绣凤青天吴。複帐六尺八，菡萏四角垂流苏。画簟六尺三，缘以鸳锦椒泥涂。"既像《孔雀东南飞》中"妾有绣罗襦，葳蕤自生光；红罗复斗帐，四角垂香囊"；又像其后的"青雀白鹄舫，四角龙子蟠"。一是语汇相似，二是口吻雷同。第四段中"朱绳三尺垂，不得高挂梧桐枝；下有千丈池，可惜池水多淤泥"，很明显是借用《孔雀东南飞》中兰芝的"揽裙脱丝履，举身赴清池"和仲卿的"徘徊庭树下，自挂东南枝"，表明上吊投水不成，唯有饮鸩以终。如此种种，都可以看出它语言和神理上受到汉魏乐府的沾溉，说它是清代的《孔雀东南飞》，并不算太过。

乐府民歌体的叙事诗大都带有浓郁的抒情风味，此诗亦然。有时抒情与叙事交替使用，如第一段简述夫妻身份既定之后来了大段抒情；有时带着抒情口吻叙事，如第三段"记妾领中扣，与郎量肥瘦"等等。抒情与叙事交织，竟使人分不清何者为叙事，何者为抒情。因此，整个诗中诗意盎然，感情浓郁，具有搏动读者心弦的艺术魅力。尤其值得注意的是，本篇所叙之事为爱情悲剧，所抒之情又以凄苦悲哀为主，故而诗中含有一种悲剧美。所谓悲剧乃是将人生美好的事物撕碎给人看。诗中一对青年夫妇，本来是两小无猜，真心相爱，可是万恶的金钱至上思想和封建礼教，摧毁了他们的幸福，吞噬了他们的生命。任何人读了，都会为之扼腕叹息而一掬同情之泪。这就是它的悲剧美在起作用。

我们说它含有悲剧美，还因为它在结构上类似戏剧。第一段如戏剧中的第一幕，开门见山介绍人物及其相互关系，并且用欢快的节奏起到欲抑先扬的作用。第二段如第二幕，情节突变，矛盾冲突揭开。第三段如第三幕，矛盾冲突渐趋强烈，人物的命运遇到危机。第四段如第四幕，戏剧冲突发展到高潮，人物殉情而死。第五段则是尾声，写冲突造成的余波。《孔雀东南飞》曾被改编多种戏剧上演，本篇若按照舞台演出加以处理，自然也是一出震撼人心的爱情悲剧。

在这个悲剧中的主要人物自然是"妾"。这是作者着意刻画的艺术形象。她向往爱情的纯真和自由，希望与郎长久相处："郎命妾所依，妾命郎所与，不愿与郎分，但愿与郎聚。"而"但愿郎生妾先死，不愿郎死遗妾生"，则超越了一般夫妇偕老的世俗观念，表现出牺牲自我的优良品质。这位女子也有羸弱的一面，在爷娘逼夫外出和逼自己改嫁时，她不敢据理抗争，也不敢责怪爷娘，直到饮鸩自尽才暴出性格的火花。作者在刻画这位人物时，很注意挖掘心灵深处的矛盾，这特别表现饯别之时，"妾手掩面啼声低，妾手不敢牵郎衣；向郎不语心依依，欲语又恐爷娘疑"，那种想留又不敢留、想说又不敢说的神态，真是写得惟妙惟肖，栩栩如生。相比起来，郎的形象略嫌单薄，但他"但知有妾"，一往深情，在"东邻窈窕女，对郎盈盈眉欲语"时，他毫不动摇，这也足以说明他是一位至诚君子。至于漂泊三城，则是虚写，从他归来穷愁潦倒的形象上可以令人联想彼时的处境。爷娘二人是封建礼教的化身,他们把金钱看得比女儿的幸福都重要,铜臭染污了灵魂,直接充当了杀害女儿女婿的刽子手,因而是作者所要批判的对象。从悲剧结构而言,爷娘构成了矛盾的对立面,促使了情节的发展,也是长诗中不可缺少的人物。

悲剧既需要由正反两方面人物组成的矛盾,也需要一个中心事件贯穿始终。我们看戏时往往看到一个主要道具,如《双熊梦》中的十五贯铜钱、《红灯记》中的红灯便是。本篇则以黄金千两作为中心事件。开头时说"郎心爱妾千黄金",以黄金与爱情相比。而在爷娘心目中,黄金则是唯一的价值标准。于是爱情与金钱的矛盾构成了这一悲剧的基本冲突。爷娘逼郎去三城:"不得千金弗还里!"他们劝女儿改嫁时又说:"东家西家郎,手中累累千黄金。"而女儿则一再声明:"郎归不止千黄金,那愿郎得千黄金";"为郎市卖赎郎罪,抵郎归有千金装";"郎死不值千黄金,妾死不值黄金千"。她把人的感情看得比黄金还贵重,与爷娘的人生观大相径庭。可见对待黄金的态度,是酿成这场悲剧的根本原因,而黄金这一概念是贯穿整个悲剧的。

此诗很注重环境的描写和气氛的渲染,这是构成悲剧不可缺少的手段。如三城的荒寒凶险,便是显例,前面已经详述,这里就不作重复了。此外,全诗语言浅近通俗,基本上没有用典,读之朗朗上口,韵味浓醇。在修辞上它一再运用比喻和排比句法,增加了形象性和节奏感。而复沓回环的句子和词汇,在全诗中也屡屡出现,像玉条脱、金缕衣、明月珰,出现了六次;"十月开梅花"四句出现了三次。有的重复中有变化,如爱情热烈时说:"与郎同水为一池,与郎同木为一枝,与郎为带同一结,与郎为茧同一丝……郎为飞雁妾作云,郎作垂杨妾为雨";到了爱情受阻时则说:"以斧伐木木不离,以刀断水水不断,同茧之丝不可剪,同结之带两头绾";"秋云不行雁影独,秋雨不雨杨枝憔"。在重复与变化中推动了情节的演进与人物性格的发展。又如同写"梦"字,就有五种形态:一是"梦郎笑",二是"梦郎哭",三是"梦郎归",四是"梦不归",五是"归如梦",层层变化,步步推进。因此尽管多次回环往复,人们并不感到累赘烦琐,反而觉得它像大型乐章中频频出现的主旋律,不但加深了读者的印象,而且像纽带似的把全篇结成一个艺术整体,不可分割。(徐培均)

村 居 高 鼎

草长莺飞二月天,拂堤杨柳醉春烟。
儿童散学归来早,忙趁东风放纸鸢。

高鼎诗善于描写自然景物,而这首《村居》写春天郊外即目所见的景象:春光明媚,一群儿童正迎着东风,把风筝放上高高的蓝天。具有新鲜浓郁的生活气息。

"草长莺飞二月天,拂堤杨柳醉春烟。"两句写春景。当然是作者即目所见,遇景入咏。但前句在字面上使人想起丘迟《与陈伯之书》中名句:"暮春三月,江南草长;杂花生树,群莺乱飞。"感到风光美不胜收。二月较三月略早一点,这时季节之风——东风已起。"拂堤杨柳醉春烟"句除"醉"字很形象,很新颖,生动状出杨柳丝丝飘飘然使人陶醉的感觉。还有"拂堤"二字,已有春风吹拂之意。春风风向是稳定的——东风,而风力不大不小,因此一年四季唯此时最便于放风筝。放风筝是民间最喜爱的群众活动之一，做纸鸢早已成为一种民间技艺。每到春季，即有专店出售。而各家各户，也能自制"豆腐干"一类简易风筝。所以前二句虽主要写景，已给放风筝的情景预作铺垫。

"儿童散学归来早，忙趁东风放纸鸢。"两句即写放风筝。放风筝虽然老少咸宜。不妨成人参加。但毕竟要跑跑跳跳，是天然最宜于少年儿童的活动。所以诗人专门描写少年儿童。要在平时，他们散学以后，必定不肯及时回家。不免在路上磨蹭逗留，想方设法地玩耍。而这几天却是急忙回家，因为家里的"纸鸢"在等着他放呢！恐怕上课时都"一心以为鸿鹄将至"，早就盼着散学呢！所以末二句不但直接描写着放风筝的场面，而且通过"归来早"、"忙趁东风"写出了一片童心。诗写到"放纸鸢"三字为止。而读者却浮想联翩仿佛看到一个个淡墨色的蟹风筝、淡蓝色的蜈蚣风筝或淡赭色的鹞鹰风筝，在天空比高；而寂寞的瓦片风筝，没有风轮，又放得很低……拂堤的杨柳丝丝弄碧，杂花生树，草长莺飞，和孩子们的天上的点缀相照应，打成一片春日的温和。（参看鲁迅《风筝》）（周啸天）

辛丑重有感（八首选一）　　鲁一同

张公苦意绝天骄，忽报呼韩款圣朝。
便遣频阳老王翦，岂宜绝域弃班超！
跕鸢事业心纡折，射虎河山气寂寥。
珍重玉关天万里，西风大树日萧萧。

辛丑，即道光二十一年（1841），这年英军从海上入侵，打开了天朝上国的国门，是数千年未有之奇变，使当时的士大夫大多愤慨悲咽，抒写了一大批激扬爱国热情、悲慨国势沧桑的诗篇，作者本人便作有《读史杂感》（五首）、《辛丑重有感》（八首）等诗。《重有感》乃刻意效仿李商隐政治诗的作品，不仅是《读史杂感》的续作。盖唐文宗大和九年（835），发生了"甘露"政变，宦官挟制皇帝，诛杀朝中大臣，朝政更加黯淡，李商隐曾作《有感》二首和《重有感》一首七律，皆用史事以吟政坛之变。本篇命题既仿效李氏，其借古典写时事之意亦略同之，且亦暗示了二者所写均为重大政治题材。

此诗的直接咏写对象，是为林则徐抱不平。作此诗的上一年，林因在广东实行禁烟，触犯了英帝国主义者的利益，英军出兵攻陷定海等地，朝廷不谴责疏于战备、守土不力的官员，却降罪敢于抵抗外国侵略者的志士良臣，先将林则徐革除总督职务，在转年（即辛丑年）又将林则徐遣戍伊犁。本诗对朝廷的举措失当极为愤慨，认为林氏遭贬，是国失栋梁，国家大势，将由此萧条。诗中列举许多卓有功勋的古代名臣，设喻慨叹林则徐的坎坷遭际。理解此诗的障碍在用典太多，其妙处也正在使典恰切。大量的典故运用，既使诗作内容大大丰厚，又避免了直接指斥朝政的忌讳，感情也因有所寄托而曲折深厚，蕴藉缠绵。因而，了解有关典故内容，体味其比附内涵，是理解诗作的基础和关窍。

首联是慨叹朝廷向侵略者让步，点出林则徐遭贬的背景。"张公"，指张骞，汉武帝时名将，屡次出使西域，不仅与西域诸国建立了友好联系，而且结成抗击匈奴的同盟，大大巩固了边防。"呼韩"，呼韩邪，匈奴单于，于汉宣帝时归附汉朝；元帝时，入朝进见，迎娶王昭君。首联意谓，林则徐禁烟设防，正同张骞对待匈奴的用意一样，在于巩固国防；不料，朝廷突然实行投降策略，竟把怀虎狼之心的英军，当作古代前来输诚的呼韩邪看待，结果使主张边备的良臣获罪。实际上，英军是用炮舰轰开了清帝国的大门，"款圣朝"句实蕴满讥刺。

次联是慨叹朝廷对林则徐的处置太苛刻、太绝情。王翦是秦国大将，频阳（今陕西富平县）人，翦曾与李信论伐楚，李信言需二十万人，翦言需六十万。秦王政不用翦言，使李信出师，大败于楚将项燕，乃复起用王翦，使将兵六十万，卒大破楚国。上句意谓朝廷待林则徐，不宜一贬到底，最多暂置之闲地可也，以后可以复用之。班超是东汉名将，投笔从戎，在西域纵横三十余载，屡立战功。下句意谓，朝廷不该将林则徐一下子谪往边远之地，自毁干城。两句对应，愤慨层层加深，对林则徐的同情、赞颂、倚重溢于词表，对朝廷举措的失当痛加评骘，"岂宜"等语，已由上联的婉曲转为郁愤，感情披露得更直截、更强烈。诗固然讲求含蓄，但在感情实在压抑不下时，也不妨宣泄喷涌。真情不加掩饰，往往自有灼人的感染力。

诗的第三联，由慨叹朝廷的举措失当，转入对林则徐的同情和赞誉。这本来就是全诗的基调之一，只是前二联侧重慨叹朝政，而朝政之失，恰在知人不明；后二联侧重对林则徐人格的评赞，实际反衬出朝廷将其谪戍的失当，这在讥刺、郁愤之外，又增添了一重蔑弃。也就是说，后二联侧重面虽有变化，与前二联并未脱节。"跕鸢事业"，指东汉名将马援远征交趾（今越南）的艰难业绩。"跕鸢"（dié yuān），飞鸟跌落。盖马援行经南方瘴疠之地，路途艰难，曾仰见飞鸢"跕跕堕水中"。"心纡折"，反复思虑。全句意谓林则徐历经艰辛的宏伟事业，遇到了意想不到的挫折。"射虎"，指西汉名将李广射虎的雄姿。据《史记·李将军列传》，李广善射，有一次夜行林中，遇巨石，以为是老虎，挽弓射之，箭镞没入石棱，显出无比的神力。从此，"李广射虎"成为赞誉名将的著名典故。"气寂寥"，英气消沉。全句意谓，曾孕育出一代名将的大地而今死气沉沉。全联是说，林则徐精心筹划的海防事业因朝廷的改变态度而毁于一旦；林则徐本人已被遣戍，他曾护卫过的疆土前途难卜，一派寂寂。此联紧承前联对朝廷绝情苛刻的指斥，自然转入对林则徐命运的同情，顺理成章而意蕴深厚。

第四联，是对林则徐的劝勉。上联的同情，还是客观的叙写；此联则是主观的抒写，直接与赞咏对象交流，感情亦由激烈转为深沉，令人深为感动。"珍重"句是直吐劝慰之辞，希望林则徐在谪戍途中多多保重。"玉关"，玉门关，是赴伊犁的必经之路；"天万里"，极言行程之遥。"西风"句，是对林则徐遭贬的慨叹，也是劝他珍重的理由，意谓他身系一国安危，是举足轻重的历史人物。"大树"，大树将军，东汉开国名将冯异，他建有大功而不自矜，诸将论功时，他独坐大树之下，军中号称"大树将军"，这里喻指林则徐；"日萧萧"，由"大树将军"的雅号，念及林则徐处境之劣，犹如西风中萧萧树身。这里又暗用了庾信《哀江南赋序》中"将军一去，大树飘零"之句意，不仅心伤将军的身世，也含有形势令人感伤之意。身系国家安危的将军遭到贬抑，需要将军支持的国势怎能不衰飒呢？

这样，全诗由国家安危之局写起，以身系重任的林则徐遭贬的凄凉作结，对林的不幸深表同情，更对国势的危机忧愤焦虑。由此可见，诗中对朝廷举措的指摘、愤慨，对林则徐本人的评赞、同情，主旨本在对国事的关注。正是出于对国家安危的高度责任感，诗人才为林则徐无端被贬寄予同情，对朝廷自毁干城忧心如焚。

不过，封建时代礼法森严，内心再愤慨，臣子也不敢放胆直言朝政之非，本诗亦只能借助史事，隐蔽地评议时政。全诗八句，七句用典，连用张骞、呼韩邪、王翦、班超、马援、李广、冯异七个古人，而且有六个是卫国名将。对史实或正用，或反用，或类比，或映衬，或直用，或曲用，不仅起到隐约进言的作用，而且使诗作的内涵更为丰厚；不仅有对时政的评议，而且提供了历史的借鉴，成为诗作在艺术表达上的突出特色。这种写法，继承发扬了前代诗歌的优秀传统，尤其是李商隐政论诗的长处。鸦片战争时期，这种感事伤时的诗作极多，诗题也多带"感"字，反映出重大社会变动在士大夫心目中的震惊。但是，此诗作于天朝上国刚与西方列强正面接触，西学尚未大量传入中国之际，士大夫几于海外面貌矇然无知，只能将眼前的巨变与故国历史的往事比附，并以史事寄喻时事，用昆体(宋西昆体专学李商隐)工夫抒发家国之愁。然这种闪烁其词，以古喻今的办法也渐渐山穷水尽，随着西方文化输入，新事物、新名词的出现，文学发展也必然以变济穷，因此，鲁一同的《辛丑重有感》组诗，多少意味着一个旧的文学时代的结束。随着众多"新体诗"、"新派诗"的产生，文学上的除旧布新亦是势所必然了。(张永芳)

白水瀑布　　郑　珍

　　断岩千尺无去处，银河欲转上天去。水仙大笑且莫莫，恰好借渠写吾乐。九龙浴佛雪照天[①]，五剑挂壁霜冰山，美人乳花玉胸滑[②]，神女佩戴珠囊翻。文章之妙避直露，自半以下成霏烟。银虹堕影饮谼壑[③]，天马无声下神渊。沫尘破散汤沸鼎，潭日荡漾金熔盘。白水瀑布信奇绝，占断黔中山水窟。世无苏、李两谪仙，江月海风谁解说？春风吹上观瀑亭，高岩深谷恍曾经。手把清冷洗凡耳，所不同心如白水[④]。

注　①浴佛：佛教礼俗。每年农历四月初八日释迦牟尼生日，以水灌佛像，谓之浴佛，亦称灌佛。　②乳花：即石花。李时珍《本草纲目》九《金部殷孽附录》："石花是钟乳滴于石上迸散，日久积成如花者。"　③谼(hóng)壑：大谷。　④"所不同心"句：《左传·僖公二十四年》载：晋公子重耳自秦返晋，"及河，子犯以璧授公子曰：'臣负羁绁从君巡于天下，臣之罪甚多矣。臣犹知之，而况君乎！请由此亡。'公子曰：'所不与舅氏同心者，有如白水。'"

　　白水瀑布即今日闻名中外的黄果树瀑布，在贵州省镇宁县西南十五公里的白水河上。河水流经黄果树时，因河床断落，遂形成大瀑布。瀑布宽达二十米，自悬岩至犀牛潭落差六十多米，为稀有的观景。这首七古生动地描绘了瀑布的壮观景象，并抒发了作者观赏的感受，不失为写景佳篇。诗作于道光十六年(1836)春。

　　全诗二十二句，从多方面对瀑布进行了描绘。首层四句，起笔突兀，从瀑布形成的险势下笔。其前二句，未写瀑布先写河床断落："断岩千尺无去处，银河欲转上天去。"李白《望庐山瀑布》有"疑是银河落九天"诗句，此二句化用其意，言"断岩千尺"，使下落的银河欲流无处因而要转向天上。通过"无去处"与"上天去"，夸张地写出黄果树河床断落上下相差二百丈的险峻地势，令人心惊。下两句用拟人手法，借传说中水中之神"水仙"的笑语"且莫莫"，表明银河终于没有回流天上，而要从高岩之巅向下飞落。"恰好借渠写吾乐"，即要通过断岩倾泻，表达自己不畏险阻的乐趣。二句想象奇妙，写瀑布的形成，富于情趣。

　　二层四句，转入正文，具体描写瀑布飞流的动态。"九龙浴佛雪照天"句，用九龙从佛顶喷水形容瀑布飞流时水量之大、水势之猛。"五剑挂壁霜冰山"，则化动为静，描写瀑布垂挂犹如许多宝剑悬于岩壁，闪闪发光，使人眼花目眩。"雪照天""霜冰山"，以雪霜形容瀑布银白一片。"美人乳花玉胸滑"一句，新颖隽妙，通过"乳花""玉胸滑"，从感觉上写了瀑布的光滑轻柔。"神女佩戴珠囊翻"句，受陈师道"瑶台失手玉杯空"（《十七日观潮》）启发，借神女珠囊中无数明珠翻倒而下描写瀑布飞落时珠飞玉跳的景象。

　　三层六句，转写瀑布入潭的景观。首句先不写瀑布，而以"文章之妙避直露"喻瀑布入潭时的大转折。由于河床落差大、水势猛，掀起高浪，故次句"自半以下成霏烟"，写出瀑布入潭时下端雨垂烟接的情景。中间二句描绘瀑布飞流而下的具体形象。"银虹堕影饮谼壑"句，由李白"隐若白虹起"（《望庐山瀑布水》）化出，不但以"银虹"喻瀑布，而且使之成为巨龙一样的"物"，饮于深谷，故更富动态神韵。"天马无声下神渊"与苏轼"骏马下注千丈坡"（《万步洪二首》）异曲同工，借"天马"写瀑布下落之迅疾，极有精神。后两句"沫尘破散汤沸鼎，潭日荡漾金熔盘"，描写潭水受冲刷后水沫飞溅与红日照射下潭水波翻浪动的情景，也非常生动。

　　四层四句，为作者观景后对白水瀑布的赞美，"白水瀑布信奇绝，占断黔中山水窟"，以"奇绝"二字评瀑布景色的独特风光，以"占断黔中"许之为贵州最佳山水。下二句借苏轼、李白等诗仙之作，写瀑布之美。当年李白《望庐山瀑布水》有"海风吹不断，江月照还空"句，形容庐山瀑布之佳，而今谁能"解说"白水瀑布的"奇绝"呢？这无限的惋惜在不言之中，道出了白水瀑布的雄奇美妙，进一步增加了读者的遐想。

　　末层四句，以抒写作者观赏之感作结："春风吹上观瀑亭"中所云观瀑亭，即望水亭，在白水河黄果树对岸。当诗人沐浴春风遥看白水瀑布时，他的感觉是"高岩深谷恍曾经"。因瀑布雄奇，使他产生远离尘世置身"高岩深谷"的感受，于是他"手把清泠洗凡耳"，要学高士许由，用清净的潭水洗涤被尘垢所污的耳朵。末句"所不同心如白水"，用春秋晋公子重耳对舅氏子犯立誓的典故（且暗切白水瀑布之名），向白水起誓：要心同白水一样明净，不受凡俗污染，于是巧妙地寓示了这首写景诗的主旨。

　　这首古诗，布局精巧，以较大篇幅多层面地描写了白水瀑布的景观：从瀑布形成、瀑布飞落、瀑布入潭到赞美瀑布、观赏瀑布抒怀，逐层转换，使瀑布在人们头脑中形成鲜明而完整的形象，令读者对瀑布有身历其境之感，故在构思上颇具特色。作品继承了李白、苏轼等名家写景的传统，描写中充满神奇的想象，具有形象化的特点。作者驱使水仙、九龙、美人、神女、银虹、天马等供其描摹，以"玉胸滑"写瀑布柔滑，以"珠囊翻"喻水珠的晶莹，以"汤沸鼎"状潭水飞沫激射，以"金熔盘"比日照后潭水的洄荡。因想象奇妙，形象鲜明，故具有很强的艺术感染力。而且此诗为较早描绘白水瀑布之作，它向我们提供了过去山水诗中少见的景致，作者能"历前人所未历之境，状前人所难状之状"（陈衍《石遗室诗话》），因而作品又具有新意。（王祖献）

自沾益出宣威入东川①　　郑　珍

出衙更似居衙苦，　愁事堪当异事征②。

逢树便停村便宿，　与牛同寝豕同兴③。
昨宵蚤会今宵蚤④，前路蝇迎后路蝇。
任诩东坡渡东海，　东川若到看公能⑤。

注　①沾益：旧县名，在云南省东北，今并入曲靖市。宣威：市名，在云南省东北，邻接贵州省。东川：清府名，治所在今云南省会泽县。　②趼：足。征：记。　③豕：猪；兴：起床。　④"昨宵"句：谓身上旧蚤未除，新蚤又加。　⑤任：任凭。诩：夸耀。东海：当为"南海"之误。宋哲宗绍圣四年(公元 1097 年)，苏轼自惠州贬所远徙昌化军(治所在今海南岛儋县)，曾作诗纪行，抒发其达观情怀。

道光十六年(公元 1836 年)，郑珍往云南探望在平夷县当县令的舅父黎恂。五月，诗人自沾益至宣威，入东川。这首诗就是这一段艰苦旅程的写照。首二句定下了全诗的基调。虽然诗人言"苦"、言"愁"，但出行之艰难，与在衙门内忍受恶浊风气之苦，相比也并无不同。因此，此行对诗人来说，其实是以形体之苦换了精神之苦，并不曾增添什么，他也经受得起；明乎此，诗人把"愁事"当做奇异之事来记录，在下几句又以游戏之笔、诙谐之调写出行所遇，也就不足怪了。诗的第二、三联转入"异事"具体内容的叙述。诗人当时的行程正处在乌蒙山脉之中，"肩舆冷瘦寻村远""万山无主夕阳荒"正是指那山中的荒僻。而人在这种恶劣自然环境中的愁苦遭遇，经过诗人精心选取的几个横断面的叙述得到了淋漓尽致的表现。"逢树便停"从侧面写出了路上树木的罕见、骄阳的威猛，旅程的耗人体力，逢"村便宿"见村落的稀少，而人所获得的居住条件与牛猪无二，这些还不够，人还要受到跳蚤、苍蝇等的侵扰。这几个侧面的描述，看似取事细琐，叙述口吻冷静，实则在细琐、冷静中，极写了旅程的困苦。试想，一个人在那样灼热的天气、那样人烟稀少的山中旅行，他不得不丧失作为文明人的高雅姿态，被迫屈尊俯就到与动物一样生存的状态，与牛豕同兴寐，而且还要倍受跳蚤苍蝇等的骚扰，人而落到这种恶劣的自然环境中，该是多么困苦尴尬。难怪作者要怀疑，达观如苏轼，如果到了这样的环境，还能像被谪放到当时称为"蛮地"的海南时那样，高歌"他年谁作舆地志，海南万里真吾乡"，作达观潇洒状么？

全诗善于通过细节来表现出旅途的愁苦，用语平易朴实而又含蓄不落粗俗，体现了郑珍诗歌创作中的平易诗风。但是，全诗虽然平白如话，但蕴含却并非不丰富。其一，借描写人的行为遭遇以反映环境荒陋恶劣，"逢树"两句就是从住、行中充分再现了环境的特征。其二，在纯粹叙述动物的动作中，表现出人不堪其扰的苦状。"昨宵"两句，表面上看，是纯粹写跳蚤、苍蝇的"会""迎"，而实际上却隐含着被它们骚扰的诗人受苦状，且于无可奈何的愁苦中含有几分诙谐，取得了写俗物而不粗俗的效果。其三，就是诗人用议论衬托的笔法，烘托东川的险恶。诗的最后两句，以议论感慨作结，以怀疑苏轼如果到东川后是否仍像被流放到海南时那样放达洒脱，进一步渲染了东川之旅的险恶。本诗的重叠用词也颇可注目，第二联"便停""便宿""同寝""同兴"用字虽看似重复，但并不让人感到累赘多余，它们组合在一起，就很好地把游历过程的歇息、住宿等活动过程以及所遭受的困苦充分地叙述出来，第三联的"昨宵蚤""今宵蚤""前路蝇""后路蝇"，还从时间和空间上提示了诗人所受的侵扰无时无所不在。另外，首联叠用了"衙""事"，尾联连用三"东"字，也显然是诗人故意安排的，目的在使全诗有游戏文字之味，而诗能有此味，关键仍在首联基调已定，故虽通篇言苦，读来却觉有趣可玩。缪钺先生说过，"郑珍的诗不大用典故与辞采，多是白描，有时大量的用口语白话，但是都经过提炼熔

铸,使人读起来,感觉到清峭遒劲,生动有力。"(《读郑珍的〈巢经巢诗〉》,载《光明日报》1960 年
3 月 13 日),这些评价是非常适合于这一首诗的。(冼心福)

赤津岭　贝青乔

日落无人境,停鞭借一椽。
滩明流月碎,峰黑裹松圆。
凄绝猿声里,凉生虎气边。
残黎家荡尽,何处哭苍烟!

赤津岭位于浙江遂昌县北,其地山势险峻。作者参加宁波、镇海、定海抗击英军的战斗失
败后,游历浙南经赤津岭,目睹战乱频仍、人民离乡背井的荒凉景象作下此诗。

这首五律前面重在叙事,中间主要写景、状物,后面直接抒发感情,表达"哀民"的主题。
诗句奇警,笔力遒劲,且内容、形式和谐,不失为佳作。

首联"日落无人境,停鞭借一椽",看似平常,但仔细体味,颇具匠心。上句"日落"点明时
间,"无人"交代环境。下句的椽,指屋梁上支架屋面和瓦片的木条,这里指代房屋。故二句表
面不过叙述了作者于傍晚时投宿之事。但由于点出是在黄昏日暮人烟稀少的荒山野地借宿,
便在叙事中自然地渲染出一片荒凉的气氛。而且"无人境"又与后文"残黎家荡尽"相呼应,因
而平淡中又具深意。

颔联"滩明流月碎,峰黑裹松圆",描写诗人眼前所见。它虽为写景之句,但试想作者俯见
明月被流动的滩水碎割,远望长满松树的山峰一片暗黑时,心境自然也十分苍凉,故这二句在
写景中也点染了气氛。颈联上句"凄绝猿声里",从听觉上描写。因古渔歌有"巴东三峡巫峡
长,猿鸣三声泪沾裳"之语,故作者闻猿声感到凄凉欲绝。下句"凉生虎气边",从感觉上着笔。
诗人在赤津岭并未真遇上虎,但古谚曰:"云从龙,风从虎",因而作者写此句在说明凉气袭人。
这后二句通过听觉视觉直接描写了悲凉的氛围。

尾联在前文写景状物渲染气氛的基础上直接抒怀。"残黎家荡尽"描写人民在离乱中家
破人亡,财产荡然无存,陷入绝境。"何处哭苍烟"由杜甫"恸哭苍烟根,山门万重闭"(《送樊二
十三侍御赴汉中判官》)化来,说明自己见到百姓家业荡尽的景象悲伤之极,感到连可为之痛
哭的苍烟也无处寻觅。诗句悲怆沉郁,抒发了自己"哀民生凋敝"的深厚感情。

作者写景时,善于体察物理,捕捉形象,细加描绘,故刻画入微,耐人寻味。颔联写月色峰
影,便是成功的例子。"滩明流月碎",滩,这里指河中水浅流急多沙石之处。因为月光照耀,
滩水明净,故曰"滩明"。月在天空,本未流动,但句中的"流"字用得极妙,它化静为动,使人感
到水中之月在流动。月在天上,自不会"碎",但因水在流动,水中之月给人以破碎之感。故
"流月""碎"以错觉入诗,写得细致入微,有艺术的真实性。"峰黑裹松圆",峰并不黑,因长满
苍松,显得暗黑一片,故曰"峰黑"。峰也并非圆形,但因四围的松长得很密,如同紧裹着山,使
人产生浑圆的感觉。故这句写模糊感觉中的景物,也极为形象。而且此联的月碎、峰黑,又渲

染了苍凉的气氛,堪称佳句。（王祖献）

有感二首（选一）　莫友芝

海腥吹入汉宫墙①,无复门关亦可伤。
杂种②古来忧社稷,深仁今日太包荒③。
羽林说卫④存文物,车驾巡秋冒雪霜⑤。
卧榻⑥事殊南越远,可容鳞介溷冠裳⑦。

注 ①海腥:指咸丰七年(1857)侵华的英法联军。因为英法联军是从海上入侵,故喻海腥。　②杂种:亦称异种,古代对汉民族以外的民族的鄙称,此指英法侵略者。　③包荒:度量宽宏。　④羽林:禁军。说卫,驻扎守卫。　⑤车驾:指咸丰帝出行的车马。此句指英法联军进犯北京,咸丰帝逃往热河事。　⑥卧榻:宋兴师欲灭南唐,南唐派使者请求缓师,宋太祖说:"……天下一家,卧榻之侧,岂容他人鼾睡耶?"(岳珂《桯史》)南越:指珠崖(一作朱崖),汉郡:在今海南岛。西汉元帝时珠崖首领反叛朝廷,贾捐之谏阻征讨,认为珠崖远离中原,弃之不足惜,不击不损威。　⑦介鳞:原指水族动物,此喻指英法侵略者。溷:同混。冠裳:喻指中华民族。《扬子法言·孝至》:"朱崖之绝,捐之之力也,否则介鳞易我衣裳。"

这首诗写于咸丰十年(1860),是作者于第二次鸦片战争结束后,慨叹清政府丧权辱国而作的。

第二次鸦片战争发生于咸丰七年(1857),英法侵略者组成联军从海上入侵中国,先陷广州,后陷北京,火烧圆明园,咸丰皇帝如丧家之犬,匆忙离京出逃。诗一开始就开门见山,点明了这一历史事实:

　　　　海腥吹入汉宫墙,无复门关亦可伤。

上句写英法侵略者从海上入侵中国,下句写清政府不堪一击,连京城也保不住了。门关,原指管理、守卫城门关隘的人员,这里指清政府守卫京城的官员和军队。侵略者攻陷京城,皇帝出逃,国门大开。"亦可伤",诗人感事抒怀,悲愤之情溢于言表,也为全诗定下了悲怆愤慨的基调。

接着诗人以议带叙,生发"亦可伤"的深层意蕴。"杂种古来忧社稷,深仁今日太包荒",外族入侵,本来是自古以来常有之事,而当政者不仅丧失警惕,而且同侵略者讲仁义道德,过于宽容了。这二句看似轻描淡写,其实语含讥讽,表现了对清政府奉行投降政策的抨击和谴责。

如果说第二联批评政府的决策,第三联就更不顾忌讳,直接把矛头对准咸丰皇帝了。根据历史记载,咸丰皇帝在北京沦陷之前,曾信誓旦旦,颁发"上谕",要"亲统六师,直抵通州,以伸天讨而张挞伐"。后来又扬言要依众议,"坐镇北京","将以巡幸之备,作为亲征之举"。"羽林说卫存文物,车驾巡秋冒雪霜",即是讥讽此事。这二句措辞比上联更为委婉含蓄,不仅不明言其事,不直斥其人,而且用似颂扬的语气,说禁军保卫了京城,使京城文物免受劫掠;皇帝冒着严寒,御驾亲征,抵御外侮。事实恰恰相反,由于禁军在英法联军面前不战而溃,京师遭受空前的蹂躏洗劫,堪称文化艺术宝库的圆明园的珍宝被劫掠一空,并被纵火焚毁。而咸丰皇帝还在侵略军进犯北京之前,就已不顾国政,逃离京城。这种反语正说的诗句,只要经历过这场战争灾难,或对这场战争有所了解的人,都会品味出作者对皇帝不顾国政,对政府腐败无能的抨击的良苦用心,意蕴深邃,耐人思索。

诗的结语突出了反侵略的爱国主题。"卧榻事殊南越远,可容鳞介溷冠裳",借南唐与朱崖二个历史事件,揭示现实,深化主题。这二句意思是说:英法侵入中国,都非南唐、朱崖二事可比,南唐是本民族的事,朱崖虽是"蛮夷",但远离京城,而英法联军打入了北京,真是"鳞介"与"冠裳"相混,直接危及国家的存亡了。沉郁悲怆的情调,形象地传导出时代的救亡的忧患意识。

莫友芝作诗,喜接触时事,写社会离乱,反映国家民族衰落的现实。但他所作的离乱诗,大多是攻击、污蔑当时席卷南中国的太平天国革命,但也有小部分反映殖民主义侵略的爱国诗作,《有感》是爱国诗中较有代表性之作。这首诗反映了宋诗派以议论入诗的特点,议论时事,感慨国殇,时代色彩比较浓厚。诗格调沉郁悲怆,用语委婉含蓄,议中传情,寓哀怆愤慨于深沉凝重的议论之中,字字句句激荡着诗人忧虑国殇的感慨,体现出忧切国运的爱国情思。

(钟贤培)

早发武连驿忆弟　　曾国藩

朝朝整驾趁星光,细想吾生有底忙。
疲马可怜孤月照,晨鸡一破万山苍。
日归日归岁云暮,有弟有弟天一方。
大壑高崖风力劲,何当吹我送君旁。

曾国藩一生从政从军,事务庞多,但他从来不曾忘怀故园之思,手足之情。在他的家书、日记里,常常可以看到他与弟弟间的紧密联系,更可以看到他对弟弟无微不至的关心。本诗即是他的念弟之作中写得较好的一首。

曾国藩道光十八年(1838)中进士,五年后的道光二十三年(1843)典试四川,此诗即写于本年九月他从四川返京的途中。武连驿,在今四川剑阁县南,为当时交通要冲。从这段时间的日记里可以看到,曾国藩每日早行夜宿,鞍马劳顿,时值秋去冬来,又是行进在四川山区,其辛苦可想而知。因此诗的首联即直接将奔波中的感受写出,每天凌晨,在繁星点点的时候,这原本是酣眠的良辰,作者却早已整驾上路了,又疲惫又寒冷,确是苦不堪言,于是他对这种生活发生了怀疑,不禁扪心自问,如此奔忙劳碌意义究竟何在?(底,何,什么)这二句写得感情充沛、真挚。然后诗转入写景。在孤月的清晖之下,作者看到了马的疲惫身影,内心里生出对它的怜意。马的形象,实际上是作者情感的对象化;对马的怜悯,其实就是作者的对影自怜;这种心境之下的月亮,自然也显得那么孤单寂寞。接着,孤月西落了,一声报晓的鸡鸣划破黑夜,渐渐可以辨认出那深青色的群山了。万山环绕,更令作者感到道路之艰、身心之疲惫;远处鸡鸣,亦暗示了作者身处不见人烟的荒山,孤零无人语;这句写得虽具开阔气象,但一个"苍"字,仍给诗情增添了一份悲苦苍凉之意,由此,诗人对手足同胞的思念之情,也自然向高峰处涌去。这两句景语也是情语,是诗人心态的写照。

于是，颈联便唱出了"曰归曰归岁云暮，有弟有弟天一方"的凄苦之调。无数次的念归，可是从未真的归去，而今又到了年终岁暮，更难知何时能踏上归程；离家愈久，愈是恋家，时时思念自己的弟弟，现在，只能是天各一方，无从团圆，只能在旅途的孤独寂寞中体验兄弟的至情。二句中，上句虽化自《诗·采薇》的"曰归曰归，岁亦莫（暮）止"，但与下句配合，运用反复之法，亦适切地描摹出诗人此时此刻的心灵波涛，给人一唱三叹之感。最后二句，诗又回到清晨赶路的现实，他这时面对的是深深的大壑，高高的山崖，还有强劲的晨风。不用说，这样的环境再次强化了诗人的思念之情，情感的波涛再次涌起，但是诗人似乎不愿再顺着这样的思路想下去，写下去，于是故意逃脱，自寻宽解：如此猛烈的风或许可以吹送我早些回到弟弟的身旁吧！这一笔似是荡开，似是感情的排遣，心理的安慰，但因为这番幻想事实上是不可能之事，所以诗中一直蕴含着的人在官场、身不由己的无可奈何之情，反而得到了进一步的展现。

本诗情感真挚，格调苍凉，以情绪的流动起伏贯穿全诗，思归念弟之情与诗人奔走宦路之苦的反复咏叹，更收到悠远绵长的艺术效果。因此，尽管在中国诗歌中怀人之作不可胜数，但这首念弟诗仍然显示出独有的艺术魅力。（左鹏军）

兰陵女儿行① 金 和

将军既解宣州围②，铙歌一路行如飞。行行东至溧水上③，乃营金屋安玉扉。步障十重列纨绮④，流苏百结垂珠玑，天吴紫凤贴地满⑤，珊瑚玉树灯相辉。灵蠵之柈大蠡盏⑥，椒花酿熟羊羔肥。坐中貂锦半时贵，眼下繁华当世稀。道是将军毕婚礼，姬姜旧聘今于归⑦。兰陵道远赛修往⑧，春水吴船凭指挥。良辰风日最明媚，雪消沙暖晴波翠。双桥儿女竞欢声，新年梅柳酣春意。卓午遥闻鼓吹喧⑨，前津已报夫人至。将军含笑下阶行，众客无声环堵侍⑩。彩船刚舣将军门⑪，船中之女隼入而猱奔⑫。结束雅素谢雕饰，神光绰约天人尊，若非瑶池陪辇之贵主，定是璇宫宵织之帝孙⑬。顾身屹以立⑭，玉貌惨不愠。敛袖向众客："来此堂者皆高轩⑮，我亦非化外⑯，从头听我分明言：我是兰陵宦家女，世乱人情多险阻。一母而两兄，村舍聊僻处。前者冰畦自灌蔬，将军过之屡延伫。提瓮还家急闭门，曾无一字相尔汝⑰。昨来两材官⑱，金币溢筐筥⑲。谓有赤绳系⑳，我母昔口许，兹用打桨迎，期近慎勿拒。我兄稍谁何㉑，大声震柱础。露刃数十辈，狼虎纷伴侣。一呼遽垒集㉒，户外骇行旅。其势殊讧讧㉓，奋飞难远举。我如不偕来，尽室惊魂无死所。我今已偕来，要问将军此何语？"女言缕缕中肠焚㉔，突前一手搚将军㉕，一手有剑欲出且未出："我言是真是假汝耳闻不闻？我惟捉汝姑苏去，中丞台下陈诉所云云㉖。请为庶人上达尧舜君㉗，古来多少名将钟鼎留奇芬㉘，一切封侯食邑赐钱赐绢种种国恩外㉙，是否听其劫掠良闺弱息为策勋㉚？诏书咫尺下五云㉛，万一我嫁汝，汝意岂不欣？不有天子命，断断不能解此纷。汝如怒我则杀我，譬如幺幺细琐扑落粪土一蚤蚊。不则我以我剑夺汝命，五步之内颈血立溅青绉裙㉜。门外长堤无数野棠树，树下余地明日与筑好色将军坟。一生一死速作计，奚用俯首不语局促同斯文㉝？"将军平日叱咤雷车殷㉞，两臂发石无虑千百斤㉟，此时面目灰死纹，赪如中酒颜熏熏㊱。帐下健儿腾恶氛，握拳透爪齿咬龈。将军在人手，仓猝不得分，投鼠斯忌器㊲，无计施戈矜㊳。将军左右摇手挥其群，目视众客似乞片语通殷勤。众客惊甫定，前揖女公子："聆女公子言，怒发各上指。要之将军心，始愿不到此。求婚固有之，篡取敢非理。卤莽不解事，罪在使人耳。若两材官者，矫命必重箠㊴。如今无他言，仍送还乡里。将军亲造门㊵，肉袒谢万死㊶。敬奉不腆仪㊷，堂上佐甘旨㊸。事过如烟云，太空本无滓。请即回舟行，食言如白水㊹！"女视众客笑且矍："诸君视我黄口侲。彼今大失望，野性讵肯驯㊺？山魈寻仇雏，蓄念愈不仁。慨从军兴来㊻，处处兵杀民。杀民当杀贼，流毒滋垓垠㊼。兰陵官道上，若辈来往频。不在霜之夕，则在雨之晨。我家数间屋，猎猎原上薪，我家数口命，惨惨釜内鳞。弹指起风波，转眼成灰尘。与其种后祸，终作衔哀磷㊽。阎罗知有无，夜台冤谁伸㊾？何如叫九重㊿，天必无私纶。或竟辣手作，公论自有真。明知我此来，螳斧当巨轮。宁犹计瓦全，惜此区区身？诸君调停词，蔓甚我弗遵。"众客更前揖："请勿变色嗔。将军负贤名，毛羽凤所珍，壹意希儒风，衰带殊恂恂。此举大不韪，一旦传闻新，万口鸣不平，可知晋申申，恶声来有由，欲辨难鼓唇。白璧自污之，罔值钱一缗。悔过方不遑，恨无障面巾。江东诸父老，相见惭相亲，况敢犯众怒，兴戎自婚姻。得罪名教尽，不复能为人。斯人非寻常，四方战贼多苦辛，大才虽非管乐匹，英风犹自奢颇伦。女公子既世家裔，幸为朝廷宽假熊罴臣。他日之事愿以百口保，某也官府某也乡缙绅。"翕然长跪代请命："惟女公子为仙为佛为天神！"女知众客意难拂，乃曰"我为诸君屈，诸君前说姑置之，我与诸君借一物。我闻彼有善马名白鱼，日行千里犹徐徐。我之发兰陵，辞家计已四日余。老母痛苦常倚闾，两兄中庭握手空唏嘘。若乘此马归到家，可及今日日落初。自今我亦弃敝庐，卜邻别有秦人墟，桃花林中奉板舆，从兄去读黄石书，武陵隔绝痴儿渔。三日五日间，我既迁所居。秣陵蒋尉祠，归马其何如？"将军此马不数驭，至此惟恐女不去。急呼从者牵马前，四足霏霜耳披絮。女一顾此马，眉宇色差豫。撒手始释将军衣，身未及腾鞍已据。一声长谢破空行，电掣星流不知处。女行数日军无骚，将军振旅胆气豪。钟山之旁营周遭，宾僚迎拜将军劳。斗酒劝酾新蒲萄，钲笳杂奏声欢嗷。云中匹马尘甚嚣，清光无恙来滔滔，千金一诺券果操，将军迎絷归其曹。马汗如血长嘶号，背上有物臃肿拳曲纵横束缚三尺高，乃是材官当日将去之聘礼㉟,封还不失分厘毫。聘礼脱尽处,薤叶多一刀(76),刀光摇摇其锋能吹毛。将军坐此几日夜睡睡不牢(77)。

注 ① 兰陵,古郡名,此指南兰陵,位今江苏常州市西北。后因以称常州。 ②“将军”,疑为湘军李臣典。曾指挥清军攻陷太平天国起义军所占的宣州。宣州,今安徽宣城。 ③ 濑水,又名溧水,在今江苏南京市溧水区。 ④ 步障,屏障。 ⑤ 天吴、紫凤,均为地毯上的绣饰物。天吴,海神名。 ⑥ 灵蠵,灵龟。柈,通“盘”。蠡,通“嬴”,即“螺”。 ⑦ 姬姜,女子的美称。于归,女子出嫁。 ⑧ 蹇修,媒人的代称。 ⑨ 卓午,正午。 ⑩ 环堵,环立如堵墙。 ⑪ 舣(yǐ),船靠岸。 ⑫ 隼入猱奔,形容迅猛奔跑。隼,猛禽;猱,猿猴的一种。 ⑬ 璇宫,传说中的织女之宫。帝孙,指织女。 ⑭ 颀,长。 ⑮ 高轩,宾客的乘车,喻其身份高贵。 ⑯ 化外,旧指不受朝廷教化的荒蛮处。 ⑰ 相尔汝,意谓亲近交谈。 ⑱ 材官,原指勇武之卒。此指供差遣的低级武职。 ⑲ 筐,竹编方形容器。筥,竹编圆形的筐。 ⑳ 赤绳系,旧谓男女双方为赤绳所系,而成婚姻。此指媒伐。 ㉑ 谁何,过问,干预。 ㉒ 坌集,聚集。 ㉓ 讧讧,气势汹汹。 ㉔ 缕缕,犹一件件。 ㉕ 揕,刺,此指用手紧揪不放。 ㉖ 中丞,此指巡抚。 ㉗ 庶人,平民,此指女子自己。尧舜君,指清明的皇帝。 ㉘ 钟鼎留奇芬,犹言名载史册,流芳千古。古时将有勋德者勒名于钟鼎以传世。 ㉙ 食邑,封地。 ㉚ 弱息,幼弱子女。多指女子。 ㉛ 咫尺,此指不远之义。五云,五色瑞云。指皇宫所在。 ㉜ 绳,粗绸。 ㉝ 奚,何。斯文,读书人。 ㉞ 雷车殷,犹雷车震动声。 ㉟ 石,古代用作武器的石块。无虑,大略。 ㊱ 赪,红色。中酒,酒醉。 ㊲ 投鼠忌器,谓用物投掷老鼠,又怕砸碎附近的器物。以喻顾忌,不敢放手做事。 ㊳ 矜,矛柄。 ㊴ 矫命,假传命令。箠,用鞭子打。 ㊵ 造门,登门。 ㊶ 肉袒,袒衣露体,请受鞭责,以示诚意。 ㊷ 不腆仪,不丰厚的礼物。 ㊸ 堂上,指老母。佐,此含另备之意。甘旨,甜美的食物。 ㊹ 食言,言而无信。白水,语出《左传·僖公二十四年》,意谓信守不移的誓言。 ㊺ 黄口侲,小孩。 ㊻ 讵,岂。 ㊼ 山魖,山鬼。旧时指为虚耗财物之鬼。 ㊽ 军兴,指清朝发兵“进剿”太平天国起义军。 ㊾ 垓垠,大地。 ㊿ 衔哀磷,犹冤鬼。磷,磷火。旧说“鬼火”者。 (51) 夜台,墓穴。 (52) 九重,指皇帝。因帝王所居门有九重。 (53) 私纶,私理。 (54) 辣手,毒辣的手段。此指女子处死将军。 (55) 螳斧,即螳臂,状如斧。 (56) 蔓甚,此指语言哆嗦得很,横生枝节,不切要害。 (57) 毛羽,喻声望。夙,一向,素常。 (58) 詈,骂。申申,反复不休。 (59) 罔,无。缗,成串的钱。一千文为一缗。 (60) 兴戎,兴起祸端。 (61) 管乐,指春秋时齐国名相管仲与战国时燕国名将乐毅。 (62) 奢颇,指战国时赵国二名将赵奢与廉颇。伦,类。 (63) 宽假,宽恕。熊罴臣,武臣。其系猛如熊罴,故称。 (64) 卜邻,选择好邻居。秦人墟,典出陶渊明《桃花源记》。与“桃花源”均指隐居人家。 (65) 板舆,古代常用作扛抬老人的板车。后也用为迎奉父母的代称。 (66) 黄石书,即《太公兵法》,相传张良少时在下邳圯遇黄石公得此书。 (67) 武陵,桃花源为武陵渔人所发现。此借指隐居之所。 (68) 秣陵,古县名,治今之南京。蒋尉祠,三国时东吴蒋子文,孙权时官秣陵尉。祠在钟山上。 (69) 数驭,常骑。 (70) 眉宇,眼神。差豫,稍觉愉悦。 (71) 釂,喝干杯中酒。蒲萄,同“葡萄”。此指葡萄酿制的美酒。 (72) 钲,古乐器,又名“丁宁”。形似钟,狭长,有长柄,击之而鸣。钲与笳,军中常用古乐器。欢呶,欢闹。 (73) 千金一诺,诺言信实,贵若千金。券果操,谓原来的相约果然实现。 (74) 絷,绊马索。曹,群。此指马群。 (75) 将去,带去。 (76) 薤叶,古时书法中的一种书体。此指用薤叶体书写的信札。 (77) 坐此,因此。坐,因为。

《兰陵女儿行》,素来被推为金氏集中首选的名篇,又堪称近代诗歌史上一首独绝的叙事诗,在我国古典叙事诗创作领域中,其叙事规模与所创手法,是罕见其匹的。

此诗所写内容,是咸、同年间,一兰陵女子以大智大勇成功地抗拒了正“进剿”太平天国起义军的清军将领劫婚的故事,思想与艺术均达到了相当的高度。作者金和,上元(今江苏南京市)人。太平天国起义军攻占南京,他举家仍留城内,诗酒以狂。因与人谋里应外合之计,策应清军攻城,不成,乃只身潜逃出城,流离南方谋生。此诗可能是他于谋职常州时,据所见闻而创作。

《兰陵女儿行》是一首别开生面的旧体叙事诗。在此诗以前,我国古典叙事诗基本上还停留在叙述故事的阶段。而《兰陵女儿行》能截取一个极富典型意义的生活横断面,作集中的浓缩描写,除开头与结尾作交代性的情节叙述外,全诗主要篇幅均通过对话来揭示人物的内心活动,点染若干动作细节,从而塑造出个性鲜明的各类人物形象,揭示全诗题旨。这种把叙事诗加以小说化的大胆艺术创新,是金和《兰陵女儿行》一诗的最卓绝的特色,也是我国古典叙事诗领域前所未有之举。由此可见《兰陵女儿行》一诗在我国古典叙事诗创作史上的地位。

全诗的叙事格局与剪裁,颇具小说情节安排的惯常的艺术倾向。全诗可分四大段落:第一段,自开头"将军既解宣州围"至"众客无声环堵侍"。此段可概括段意为"迎婚"。写清将得胜安营,在濑水上构筑新房,装饰华贵,正派遣属下与"媒人"去兰陵迎娶新娘。正午时刻,将军率众客在码头迎接,准备完婚。此段叙述交代了全诗的中心事件与情节开端。全诗写兰陵女抗拒劫婚,故以将军迎婚为情节之端,亦为故事所设矛盾的起点。因此,开头一段,极写将军婚前的志得意满,宾客的身份高贵,新房装饰的富丽华贵,婚宴排场的豪华铺张,以及迎婚场面的欢腾景象。诗以欲擒故纵的笔法,极写劫婚者将军的踌躇满志、洋洋得意。亦以先扬后抑的笔法,为兰陵女的抗婚作铺垫。

第二段自"彩船刚舣将军门"至"惟女公子为仙为佛为天神!"段意可概括为"抗婚"。是全诗情节开展的主要部分,也是描写全诗主要人物,如兰陵女、将军和众客等人物形象的重要部分。全段以对话的形式展示情节,又可划出四个层次:此段开头,以实写结合夸张与比喻,摹写兰陵女出场时刻的亮相,突出其貌美多姿,素雅端庄,勇健轻捷,光彩照人,绝非闺阁中常见之一般柔弱女子,而是有见识,有胆量的奇女子。次一层写兰陵女申冤拒婚,即兰陵女在婚礼堂上面向将军与众客的两段申述。先是"敛袖"以理相向,陈述劫婚之由与逼婚之状,诉说将军种种劫婚手段:以"金币"相诱,以"母许"相骗,以"露刃"相迫,以权势相压。后则仗剑而"手摐将军",将其控制在手中,然后指控将军此举,见不得上司"中丞",辜负"国恩",有损"钟鼎"清名。倘"上达"天子"不能解此纷",则"剑夺汝命"。兰陵女的从容自若、疾恶如仇、凛然正气,从这两段对话中,有较强烈的表现。又一层次则描写将军与众客的反应。先写将军被斥后,"面目灰死",情虚胆怯,乞求众客。而众客则魂"惊甫定",虚意解释,甘言斡旋,罪推"材官",假意送归,欺骗兰陵女放脱将军,再施奸计。又次一层,兰陵女深一层揭露了"慨从军兴来,处处兵杀民"的罪恶事实,从对劫婚一事的控诉,扩展到对清军、对整个社会以民当敌、草菅人命这种黑暗政治的谴责。从而表现了兰陵女看透强暴者"野性讵肯驯""蓄念愈不仁"的罪恶本性,不为众客所欺骗,而必以死相抵抗的见识和决心。最后,众客在兰陵女的义正词严之下,不得不"翕然长跪代请命",备极屈卑的丑态,乞求"愿以百口保"将军。众客为了给将军开脱罪责,便百般夸赞将军"贤名",抬出"朝廷"的名义,向兰陵女苦苦求情,正是曲折地反映了将军的外强中干、束手无策,而衬托了兰陵女的大智大勇和凛然正气,终以正理与正义战胜邪恶奸计。

第三段自"女知众客意难拂"至"电掣星流不知处"。本段大意可概括为"智归"。兰陵女勇斗将军,舌战众客,在情理上已占上风,然她能审时度势,适可而止,此其表现之一智;告以老母与两兄苦待盼归,乘势借马离去,作脱身之计,此其表现之二智;申明归家后即迁居,隐于僻处,与桃源人为邻,以绝俗军追踪迫害之念,此其表现之三智。兰陵女借马得手,"始释将军衣",立即据马腾鞍,破空远行而遁去。将军但为保全自己性命,"惟恐女不去",借马放归,兰陵女终于抗婚成功。兰陵女这一位明理达义、智勇兼备、貌美心正的少女形象从而树立起来。

但尚有结束一段,在完成了兰陵女人物形象的描写上,再加一笔浓彩,使之更具光彩。自"女行数日军无骚"至全诗结束为末段,大意可概括为"警告"。兰陵女知书识礼,色艺并俱,智勇双全,亦且品性高洁,不畏权势,不图富贵,崇尚气节,故脱身后,又放马送还作为聘礼之财物,固为非义之财不取,亦令俗流惊奇。何况,又致书将军,随附锋利一刀,以示警告,告诫将军不可再次作歹。原来将军于此抗婚事后,移师他处,"振旅胆气豪",恢复了"平日叱咤雷车殷"的权威常态,待见到兰陵女的警告之信与刀,正是心有余悸,睡无安息。这一富于传奇色彩的情节,给兰陵女这一人物形象的描写又加上动人的一笔。

全诗叙事,突出中心事件,来龙去脉,井然有序,又加跌宕起伏,极富传奇色彩,剪裁有度,照应有方,虽以人物对话为叙事主干,穿插较多说理,而故事情节仍属完整而生动。此诗固然篇幅有限,然情节发展的线索脉络完整清楚,能生动有力地服务于人物性格的刻画。如兰陵女性格尤为鲜明动人。美而不弱,外柔内刚;知书识礼,勇而多智;气节高尚,不畏权势,不图富贵,志洁品高,是乱离风尘中一奇女子。至于将军,其形象则是一介武夫,外强中干,依仗权势,为非作歹,草菅人命,强暴无耻。各类人物性格,又加艺术的对照,更为鲜明。诗中将军不发一语,足见其外表"非寻常"而内心懦怯。兰陵女的勇敢机智,义正词严,端庄从容,与将军的情虚胆怯,萎卑退缩,束手无策,以及众客的卑屈相劝,甘言斡旋,形成了鲜明的对照,从而使兰陵女这一形象更具光彩。全诗通过兰陵女形象的塑造,揭露了晚清军政的黑暗面,点明了其害不仅在兰陵女之一身一家,而涉及全社会,所谓"慨从军兴来,处处兵杀民",对清军官兵的横行不法、草菅人命的社会现实,又作了更为深广的揭露与谴责,而兰陵女之遭遇只是其中一件典型事例而已。这就大为扩充了此诗题旨的思想意义,表达了当时广大平民对官府军兵鱼肉百姓、戕害人命的罪恶行为的愤慨与鄙视。至于写兰陵女把申冤理枉的希望,寄托于中丞和天子,则是作者思想的局限。

此诗的叙事小说化的艺术倾向,不仅表现在上述情节安排与人物描写上,还反映在语言的运用上。全诗对话,间杂富于性格特色的动作细节;又杂用五七言和长句,相间并用,音调激昂顿挫,与情节的发展、感情的起伏相应和,表现了作诗如作文的长处。这种以文入诗的语言艺术,与全诗叙事的小说化相应相衬,起到了相辅相成的作用。（王杏根）

南台酒家题壁　　江　湜

忽忽青春客里休,半生赢得一生愁。
与人会饮从沉醉,是处无家且浪游。
海气夜迷灯火市,江风凉入管弦秋。
不知一枕羁人梦,更上谁家旧酒楼?

诗作于咸丰五年乙卯(1855)。这年,作者客居福州,为个人穷愁潦倒无限伤感。此际应友人之邀登酒楼会饮,一腔心事,奔涌而出,遂成此篇即兴之作。南台,在福州南门外,临闽江,人家栉比鳞次,市面繁华热闹。这喧嚷嘈杂的闹市,反而使心绪不佳的诗人倍添客游的困顿落寞之感。全诗一气呵成,紧紧围绕一"愁"字下笔,将羁旅惆怅、仕途坎坷的悲慨,抒写得淋漓尽致。

从全诗结构看,不同于一般七律那样以起、承、转、合为序,而是呈环状结体,前二联由离愁写到会饮,后二联又由会饮回到离愁。诗以离愁起,也以离愁终,将一腔"愁"绪,尽吐于词表。

先看前二联,由自己半生浪游,写到这次又在客中应邀登上酒楼会饮。"忽忽青春客里休,半生赢得一生愁。"意谓自己的大好年华,全在天涯羁旅中度过,看来此生再也无望定居享乐了。"客里休",在作客岁月中消磨尽净;"忽忽青春"既是说青春易逝,更是说自己从未体验过青春的欢乐,竟在不知不觉中进入多愁善感的中年。此时诗人已34岁,三应乡试不中,又家世贫寒,生计维艰,郁郁情怀,怎能品尝到人生的幸福?"半生赢得一生愁",谓自己忽忽而过的青春时期,早已品尝到他人一生所遇的愁苦;又可谓自己前半生的困顿,已预示着一生的潦倒。无论如何,诗人饮酒时满腹愁肠,欲借酒消愁,更因酒添愁。"与人会饮从沉醉,是处无家且浪游。"承"愁"意,谓自己既已愁肠纠结,何妨应人所邀,参与会饮,借酩酊醉意麻痹身心,暂得排遣;虽说这里并不是自己的故乡,但自己已然处处无法安居,又何妨暂且在这里浪游,消磨岁月?"是处",到处。"从沉醉""且浪游"语似旷达,实则更显深挚缠绵。倘若诗人真能化解愁肠,何必借酒麻醉自己?倘若诗人真想浪迹天涯,又何必计较家在何处?"从"与"且"似不甚在意,实念念在兹;由他去罢的怅叹,实则是对身世际遇的深深遗憾。诗人内心并非死水微澜,而是激荡难抑,越是不欲放纵驰骋自己的情怀,反越有蓄积反弹的张力;越是不想计较自身的处境,反而更强烈地显示出对自身处境的不满。只是作客在外,应人之邀,不便于过多表白自身的不平而已。

再看后二联,由会饮时的感受,又回到对客游在外的清醒意识。"海气夜迷灯火市,江风凉入管弦秋",是对南台酒家夜饮情景的叙写,系凭窗远望之所见:近处,人家栉比,灯火点点,氤氲烟岚,迷蒙市面;远处,江风习习,秋凉浸骨,管弦声声,袅袅鸣咽。此时此际,酒入愁肠愁更愁,别家浪游的客子,怎能不格外思家念亲?但是,自己早已到处为家而又处处无家,此生的归宿又在哪里?"不知一枕羁人梦,更上谁家旧酒楼",由眼前的会饮,念及日后的浪游,意谓今夜将醉倒在南台酒家,以后又将醉倒在哪里呢?自己既难以逃避羁旅生涯,谁又能估量自己会飘零何方?结尾与开头应合,都写浪游生涯,开头说的是自己的青春岁月全在客中度过,后半生恐也将继续到处作客;结尾云,自己今日在此地暂留,谁知今后又会去何处客游?如果说有所区别的话,结尾似更怅惘,更无奈,更茫然。同样,后二联的开头一联说的也是会饮的感受,也比上一联更深沉,更缠绵,更真切。它明是写景,实寓情于景,抒发了欲超脱实无奈的情怀。上联已点明内心愁绪过多,只得借酒消释,此联云饮酒之后,愁绪并未得到开解。所见夜市灯火之"迷",实是心境之迷蒙;所感吹送管弦乐声的江风之"凉",实是对改变处境已感绝望之悲凉。迷蒙寒凉的不仅是客观景物,更是诗人此时此地的内心思绪。所以,诗人才不能不由衷地对自己今后的生活道路不抱任何好转的期望,一切都付之于无可改变的命运。这当然也是一种不平,一种抗争,却只是消极的承受,失望的挣扎,是对既定命运的愤懑与无奈。

诗人的一生是不幸的,靠朋友帮助才捐了个九品县丞之职,高才充贱官,直至郁郁而终。他不能不向命运低头,因为凄凉的境况非自身所能改变。他赖以维持内心自尊的,只有自己的才华,自己的感情,自己才华与感情的结晶——诗歌。其遗嘱云,碑碣上只写"清诗人江弢叔之墓",仅以诗人自称。这并非自谦,而是自傲,是自信其诗能在诗坛占一席之位,是自慰其诗能弥补终生困顿的身世际遇。诗人既有"一生愁",也有一囊诗,诗就是他的生命,他的生命就是一首诗。诗是人生的物化,人生是诗的展开。没有得志的人生是不幸的,而没有诗的人生更为不幸。诗人的确可以自傲自慰,因为他毕竟为人间留下了诗的印记。

后人对其诗评价颇高,陈衍《石遗室诗话》云:"弢叔诗力深透……近体出入少陵,古体出入宛陵,而身世坎壈,所写穷苦情况,多东野、后山所未言,近人则郑子尹、金亚匏未能或之先。寻常命笔,每首必有一二语可味者,咸同间一诗雄也。"金天羽《答苏勘先生书》云:"弢叔……创坛坫于江海上,独吟无和。吴中文字绮靡,弢叔独以清刚矫之浓嫮,曲折洞达,写难状之隐,如听话言。"其坎坷飘零的一生,成为其诗作的温床,谁说命运对诗人是无情的呢? 也许这正是造物主在更高层次上的公正无偏吧。(张永芳)

江　行(二首选一)　　翁同龢

风帆一片傍山行,滚滚长江泻不平。
传语蛟龙莫作怪,老夫惯听怒涛声。

此诗作于光绪二十四年戊戌(1898)八月,是一首感时抒愤之作。

辑入翁同龢《瓶庐诗稿》的《江行》共二首,此选为其第二首。第一首云:"酒阑起舞剑光寒,野阔天空眼底宽。十丈软红尘脱□(按:原文如此),烟云深处尽盘桓。"诗后有"门人张兰思按",云:"戊戌八月,师(指翁同龢)曾至筱珊方伯曾桂江西布政使任所。此二绝系途中作。《刊稿》(指翁同龢《瓶庐诗稿》)戊戌年有《将之江右视筱珊侄》一绝,惟'传语蛟龙莫作怪,老夫惯听怒涛声'二句,与此第二首下联略同。"查《瓶庐诗稿》卷六《将之江右视筱珊侄》一绝,云:"海程行过复江城,无限苍凉北望情。传语蛟龙莫作怪,老夫惯听怒涛声。"《江行》二绝与此诗并系同时之作,表现诗人相同的感受,录此以助对《江行》一诗的理解。

此诗所写,绝非一般旅行江上的感受。知人论诗。先须知作者其人其事。翁同龢为光绪帝师傅,曾入直军机,光绪帝"每事必问同龢,眷倚尤重。"(《清史稿·翁同龢传》)甲午战争后,同龢"憾于割台(湾),有变法之心"(《康南海自编年谱》),乃辅翊德宗,筹思新政。又密荐康有为于德宗,致为慈禧所忌,屡遭排击。本年四月二十三日,光绪帝决意推行新政,诏定国是,宣告朝野,即为史称"百日维新"之始,海宇震动。但后四日,即由慈禧怒而下令,迫光绪帝下谕首办同龢,"著即开缺回籍"。同年八月,慈禧发动"戊戌政变",同龢亦获重谴,"即行革职,永不叙用,交地方官严加管束"(《德宗景皇帝实录》卷四)。同龢以权臣之重,辅佐德宗,变法图强,负朝野重望,却屡遭慈禧为首的后党保守势力的排挤打击,郁愤不平,其情可发,遂成此诗。

上联云:"风帆一片傍山行,滚滚长江泻不平。"诗人举帆江上,傍山远航,乘长风,破巨浪,鼓风击浪,顺江而下,何等轻松快意!"风帆"一句,似从李白的"轻舟已过万重山"句化出。因是轻舟,因是孤帆,航行于浩阔大江之上,风紧,浪激,也只能傍山驱舟,顺势远航。杜甫有"不尽长江滚滚来"之句,此也化用,而谓"滚滚长江泻不平"。万里长江,浩渺无际,激浪滔滔,滚滚而下,一泻以去,浪推浪涌,无复平静。乘风轻舟,颠簸于滚滚江上,顺浪直泻而下,倒叫乘舟远航的诗人,在远眺青山,近观白浪的快意中,更感到一种又惊又险又十分轻快舒心的乐趣。联系《江行》第一首诗中"野阔天空眼底宽""烟云深处尽盘桓"二句诗意看,似乎诗人因罢官回籍,了断宦情,得以江上放舟,与青山碧水为伴,尽兴盘桓,悠然自得。其实又不尽然。诗人遭慈禧后党排斥,使其远离德宗、莫问"新政",又加重惩严处,愤然不平,郁结心头,其内心有如"滚滚长江",心事激胸,不平之情,真能倾泻不止。诗人同时所作《将之江右视筱珊侄》诗中云"无限苍凉北望情"之意,才是诗人内心深处潜藏的深情真情。诗人罢官回籍,壮志未酬,不免感家国身世之"无限苍凉";正因为人在志在,又不免眷念德宗诏颁新政,励精图治,终遭废斥败局,而生"北望情",犹不能做到"眼底宽""尽盘桓"如此这般的轻快舒心。故上联二句,又不能作正面看,更不能作表面看。

从上联知诗人既心潮不平,又志节尚存,那末即知下联"传语蛟龙莫作怪,老夫惯听怒涛声"二句,其情意的抒发,却是一气呵成,表达了诗人志高情豪,大气磅礴的意气。江浪滚滚,疑是蛟龙作祟。这使我们联想到周处斩蛟,为民除害的故事。诗人此指蛟龙,当有影射,联系诗人当时处境和时间,即不难明了其所指。他们兴风作浪,翻江倒海,怒涛滚滚,声震江上,来势汹汹。然而,诗人孤舟击浪,犹自闲庭信步,既无丝毫惧色,更有一身正气。诗人步入仕途,历经咸丰、同治、光绪三朝,宦海升沉,其中险风恶浪,已经几度磨炼,岂会因"蛟龙""作怪"兴风作浪、怒涛震声而心惧却步!自信正义在握,故敢面对险恶,镇定自若,其凛然正气,真能从这两句诗中呼之欲出。诗中所用"传语""莫作怪""老夫惯听"等词语,读似平常,但细味其意,却表现了诗人居高临下、理壮气顺的意态和不屈不挠、勇往直前的精神,且显得豁达自信,不仅充分表达了诗题题旨,也吻合诗人的性格,颇为传神。陈衍《石遗室诗话》评曰:"瓶庐相国诗,清隽无俗韵。获谴归里,闭门思过,所作不但怨而不怒,即怨亦希,惟其音自悲耳",又谓其诗若"香山、诚斋之体"。读《江行》,其评诚然。(王杏根)

闻燕二绝(选一)　　李慈铭

又听呢喃到画檐,旧巢重待絮泥添。
主人为尔嫌春早,闲过花时不卷帘。

李慈铭诗,在晚清属唐宋兼采的一派,陈衍《石遗室诗话》称其"清淡平直",汪国垣《光宣诗坛点将录》称其"雅洁春容",由云龙《定厂诗话》称其"如汉廷老吏",钱仲联《梦苕庵诗话》则谓:"香涛(张之洞)评以'明秀'二字,最当。"此诗风致,有唐人之情韵,有宋人之理趣,虽非极品,自是佳什。

首句,诗人写道:我又听到了归来的燕子双双在画檐边欢鸣。"呢喃"云云,令人忆及史达祖《双双燕·咏燕》"还相雕梁藻井,又软语商量不定"二语。"又"字表明听燕语已非首次,现今一闻燕语便知春已归来。次句续写道:去年的檐下旧巢想必已被风吹雨淋损坏,要等归燕重新衔来絮泥修补。此句盖自庾肩吾《咏檐燕》"登巢识故泥"一句化出。一个"重"字既明写燕子年年在故处栖宿,又暗示人们的生活也应年年在旧基础上追寻新情趣。句中已隐隐有韶光易逝,良辰难再之慨。

第三句一反常规,不因燕归报春而喜,却说:嫌你(燕)归来太早,春天也将早来又早去。这又使人联想到辛弃疾《摸鱼儿·淳熙己亥……》"惜春长恨花开早"一语。"嫌春早"实际上是恐春去早，反映出诗人既愿青帝永驻，又知事实上春难长久所产生的一种特殊情感。正因为美好的东西往往不能永恒，所以世人每有既盼其来，又惧其去，反倒不想早点获得的矛盾心理。末句更进一层，说：我"惜春长怕花开早"，竟闲坐室中直到开花时节已过，仍不敢卷帘看一看庭院中姹紫嫣红的群芳，唯恐我这一看早放之花会更担心"匆匆春又归去"。当然，这是诗人夸张的说法，但唯其极尽心理夸张之能事，此诗才富有艺术性，带有令人别有所悟的理趣而不枯燥乏味。

李慈铭喜自夸其诗，自诩"八面受敌而为大家"，以致颇为人讥，然其所作虽无鲜明的风格特征，却善于融百家之长，此诗或可为证。（庞　坚）

圆明园词　　王闿运

宜春苑中萤火飞，建章长乐柳十围①。离宫从来奉游豫，皇居那复在郊圻？旧池②澄绿流燕蓟，洗马高梁③游牧地。北藩本镇故元都，西山④自拥兴王气。九衢尘起暗连天，辰极星移北斗边。沟洫填淤成斥卤，宫庭映带觅泉原。渟泓稍见丹棱沜⑤，陂陀先起畅春园。畅春风光秀南苑，蜺旌凤盖长游宴。地灵不惜瓮山湖⑥，天题更创圆明殿。圆明始赐在潜龙⑦，因回邸第作郊宫。十八篱门随曲涧，七楹正殿倚乔松。轩堂四十皆依水，山石参差尽亚风。甘泉避暑因留跸，长杨扈从且弢弓⑧。纯皇⑨缵业当全盛，江海无波待游幸。行所留连赏四园⑩，画师写放开双境⑪。谁道江南风景佳，移天缩地在君怀！当时只拟成灵囿⑫，小费何曾数露台⑬。殷勤毋佚箴骄念，岂意元皇⑭失恭俭！秋狝俄闻罢木兰⑮，妖氛暗已传离坎⑯。吏治陵迟民困痛，长鲸跋浪海波枯。始惊计吏忧财赋，欲卖行宫助转输。沉吟五十年前事，厝火薪边然已至。揭竿敢欲犯阿房，探丸早见诛文吏⑰。此时先帝见忧危，诏选三臣⑱出视师。宣室无人侍前席，郊坛有恨哭遗黎。年年辇路看春草，处处伤心对花鸟。玉女投壶强笑歌，金杯掷酒连昏晓。四时景物爱郊居，玄冬入内望春初。袅袅四春随凤辇，沉沉五夜递铜鱼⑲。内装颇学崔家髻⑳，讽谏频除姜后㉑珥。玉路旋悲车毂鸣，金銮莫问残灯事。鼎湖㉒弓剑恨空还，郊垒风烟一炬间。玉泉悲咽昆明㉓塞，惟有铜犀守荆棘。青芝岫㉔里狐夜啼，绣漪桥㉕下鱼空泣。何人老监福园门㉖，曾缀朝班奉至尊。昔日喧阗厌朝贵，于今寂寞喜游人。游人朝贵殊喧寂，偶来无复金闺客。贤良门闭有残砖，光明殿毁寻颓壁。文宗新构清辉堂，为近前湖纳晓光。妖梦林神辞二品，佛城舍卫散诸方。湖中蒲稗依依长，阶前蒿艾萧萧响。枯树重抽盗作薪，游鳞暂跃惊逢网。别有开云镂月台，太平三圣昔同来㉗。宁知乱竹侵苔落，不见春风泣露开。平湖㉘西去轩亭在，题壁银钩连倒薤。金梯步步度莲花，绿窗处处留嬴黛。当时仓卒动铃驼，守宫上直余嫔娥。芦笳短吹随秋月，豆粥长饥望热

河㉙。上东门㉚开胡雏过，正有王公㉛班道左。敌兵未焫雍门荻㉜，牧童已见
骊山火㉝。应怜蓬岛一孤臣，欲持高洁比灵均。丞相㉞避兵生取节，徒人拒寇
死当门。即今福海冤如海，谁信神州尚有神！百年成毁何匆促，四海荒残如
在目。丹城紫禁犹可归，岂闻江燕巢林木？废宇倾基君好看，艰危始识中兴
难。已惩御史言修复，休遣中官织锦纨。锦纨枉竭江南赋，鸳文龙爪新还
故。总饶结彩大官门，何如旧日西湖路！西湖地薄比郇瑕㉟，武清㊱暂住已倾
家。惟应鱼稻资民利，莫教莺柳斗官花。词臣诅解论都赋㊲，挽辂难移幸雒
车。相如徒有上林颂，不遇良时空自嗟！

注 ①宜春苑：秦离宫名；建章、长乐：汉宫名。 ②旧池：指圆明园西湖，《水经注》称为"燕之旧池"。 ③洗马、高
梁：河名，在北京西郊。 ④西山：北京西郊诸山。 ⑤丹棱沜：水池名，在北京西郊。 ⑥瓮山泊：即西湖，瓮山，
即北京玉泉山，西湖水源于此。 ⑦潜龙：指未即位的雍正帝。 ⑧甘泉、长杨：秦汉时宫名，此借指圆明园。
⑨纯皇：模仿。双境：圆明园内的"西洋楼"和"舍卫城"（仿西洋和印度建筑）。 ⑫灵囿：周文王的园林。 ⑬露台：汉
文帝欲建露台（凉台），计费百金，为十家之产，乃辍。 ⑭元皇：唐玄宗，此借指乾隆。 ⑮木兰秋狝：清前期诸帝，
常于每年秋天到木兰（今河北围场）围猎习武。狝（xiǎn），打猎。 ⑯离、坎：六十四卦之一，此指八卦教，又名天理
教，嘉庆中教众曾攻入皇宫，迫嘉庆帝罢秋狝而回。 ⑰探丸：汉长安少年议杀官吏，以探丸决定所杀对象，得红丸者
杀武吏、得黑丸者杀文吏。 ⑱三臣：指胜保、曾国藩、袁甲三。 ⑲铜鱼：铜鱼符，唐时廷用以召人入宫。 ⑳崔
家誉：崔氏，汉妇，入官为乳媪。 ㉑鼎
湖：指帝王去世。 ㉒姜三：周宣王王后，曾脱簪珥以谏宣王，此指咸丰皇后（后之慈安太后）。 ㉓青芝岫：园中假山石名。 ㉔昆明：即昆明湖。 ㉕绣漪桥：园中桥名。 ㉖福园：圆明园
东南门名。 ㉗开云镂月台：园中胜景，雍正为皇子时，曾携皇孙（乾隆）侍父康熙于此，故诗中称"太平三圣"。
㉘平湖：杭州平湖秋月，园中有仿建。 ㉙热河：旧省名，英法联军攻入北京，咸丰仓皇走热河行宫。 ㉚上东门：
古洛阳城门名，此借指侵略者攻入北京城门。 ㉛王公：指恭亲王奕䜣等。 ㉜雍门荻：春秋时，晋师伐齐，焫其国
都雍门之荻（梓树）。 ㉝骊山火：周幽王为犬戎攻，在骊山举烽火召诸侯不至，被杀。 ㉞丞相：指大学士桂良。
㉟郇、瑕：古地名，在今山西解县，以地瘠著称。 ㊱武清：明武清侯李伟，其宅第为圆明园前身。 ㊲论都赋：指东
汉班固《两都赋》，其中言及东汉迁都洛阳的好处。王闿运当时亦主张迁都西安。

　　清同治十年(1871)，本诗作者、举人出身的王闿运，偕同友人张雨珊、徐树钧，游历了北京
圆明园的废址；此时，距圆明园毁于英法联军，已经十一年过去了。在守园太监董某的指引之
下，诗人一行，穿行于断壁残垣之间，饱看了一处处往昔的繁华胜境化为今日的颓砖废瓦，真
是目击心伤、感叹不胜。或许，诗人此时即已感到，他有责任将这座古今无类的灿烂名园的成
毁兴废，以及此中的历史教训，笔之以诗，传告后人。无何，一首长达八百八十二字的皇皇大
篇《圆明园词》，便由诗人结撰而成了，这，或许可称是他的一生之杰作了。诗出之后，都人争
相传抄，一时真有洛阳纸贵之誉，其影响之大，非今人所可想象者。诗前更有徐树钧序，诗中
还有大量原注，限于篇幅，今不予备录。
　　圆明园在第二次鸦片战争中，先经英法联军劫掠，后又被其为掩盖罪证而焚毁，这是尽人
皆知的史实，提起这段民族的、历史的耻辱，无论今人昔人，都不免切齿痛恨于侵略者的野蛮
横暴。然而，在当时，或许人们还在痛切之余，还不曾想到，这座名园究竟是为了什么缘由，才招
致这场空前浩劫的。痛恨侵略者，固然不错，但木必先自腐，然后招蠹，国必先有内患，然后招
致外侮；外侮显而易见，内患则隐而难求：这一着，常人并非都能想到。避难就易，非大手笔之
所为；由显窥隐，始是真诗人的工夫。是故，本诗的作法，全是由难、隐的一路而进，如此，虽于
侵略者的大声谴责恨其少，但诗的立意，却也高出于寻常手笔一筹。

欲求名园被毁的内因,必先溯名园的源起,因此,本诗三大部分,第一大部分(前六十二句),即原原本本,描述了圆明园的由成迄毁的全过程。

长篇起笔,最难措手。本诗的起首,以宜春、建章、长乐等古离宫代指圆明园,以萤火之飞见园中之凄凉荒芜,以树木之粗壮见园之古老悠久,既暗寓诗人步入废园游历之意,又奠定了全诗的伤怀凭吊之基调:含义多种,笔法虚灵,底下又不见际涯,堪为长篇开首之楷模。紧接二句,又由"宜春"等名,飞渡到"离宫"的大概念,引出诗人要着意刻写的离宫圆明园,手法已颇为轻巧;但诗人非但要引渡,还要写出比较:从来离宫都是供君主游乐的,哪见于郊外却有赫赫的"皇居"? 这一问,又点出了圆明园不同于普通皇家别苑的非常身份,诗意陡然转进一层,并自然而然接到了对"皇居"形成的追忆上;而且,这两句也迅速摆脱了前二句的"现实"气味,而造出一种追溯"历史"的架势。区区这四句,有承上、有启下、有过渡、有对比、语带询问口吻、意有陡转之势:诗人运笔流转之妙,于斯可见一斑,下文之转折递接,大抵类此,读者可细心体味之。

此二句门户一开,下面的追忆铺叙便源源而至,但次序十分井然。先说圆明园的地理,那里本是游牧之地,河流纵横;次说圆明园的历史,唐藩、元都,均在于此,此处山川,本有"王气"笼郁,到明室覆灭、清帝入主,因兵灾人祸,良田为墟,宫廷方面便觅到了这有水有泉的好地方,营谋新园了。地理、历史交代毕,又进而叙说圆明园的沿革:在康熙朝,这里先筑了一座畅春园,其实是行宫,"以帝者不居,但名曰园"(原注)尽管如此,园成之后,康熙便常来此处,不再幸临前明的南苑了。此后,康熙在园中筑室,赐皇四子(即后之雍正)读书,题额曰"圆明";到雍正即位三年,改园名为圆明园,春秋皆居园中,设朝房办公,此处乃由"园"而升格为"宫"——帝者之居了,故诗中称之为"郊宫"。

长诗叙述若过多,则不免有萧索之感,以上各句,叙说简洁流转,但尚未见华丽繁富;圆明园之鼎盛期在乾隆一朝,故叙至乾隆时,诗人便变换笔法,张扬词藻,尽意绘饰了:园内,有十八座大宫门、有宽达"七楹"的正大光明殿、有四十处题以四字匾额的轩堂、有重臣贵戚进献的无数假山奇石,还有效仿江南四园、效仿西洋宫殿、效仿印度佛地城池而建的众多建筑群,供那太平天子游幸寻乐。真是美轮美奂、吁其盛哉! 诗人最后总收一笔:"谁道江南风景佳,移天缩地在君怀!"将这座名园的盛容,推至极致,足可令人起无穷遐想!

但是,待见到下文"岂意元皇失恭俭"的一声断喝,读者才明白,以上的绘饰铺衍,绝不是"劝百讽一",而只是下文的映衬;将圆明园写得越是富丽堂皇,就越显出清室列帝的奢欲无限、靡费无穷,圆明园最终被毁的远因,亦就隐隐而见了。接下,诗人就毫不容情地列数诸帝之失,清清楚楚地划出了圆明园之由"成"而"毁"的轨迹:乾隆皇帝,表面上假惺惺地在园中勒碑立铭,要后人戒除骄念,骨子里却唯愿圆明园无限扩大,全无"恭俭"之心。嘉庆皇帝面临着农民起义、吏治腐败的危机,大清朝衰象已露。道光皇帝,外有海上英国侵略者的进犯之患,内则民穷财尽,国库空虚,然而,他还是舍不得变卖行宫、以资国用。这就是五十年前——道光元年——的形势,正如西汉贾谊《治安策》所谓:"抱火厝之积薪之下,而寝其上,火未及燃,因谓之安。"圆明园大火的火种,其时已然具备了!

以上一段,诗人颇用《诗·小雅》笔法,直陈时事、无所忌讳,矛头径指清室诸帝,直斥其非,议论正大、剀切。至于他透过圆明园大火系由侵略者点燃这一表象,看到并指出这场大火归根结底乃统治者自己失政之所致,是其见解尤为深刻处。至"沉吟五十年前事,厝火薪边然(通"燃")已至"二句,诗的主旨已开始显露;诗人在叙说之间,忽以"沉吟"二字点明自己的思索,其用心即在提醒读者留意此二句的分量。

当然,在"列祖列宗"中,诗人的浓墨重彩施得最多的,还是招致圆明园大火的直接责任者——"先帝"咸丰。咸丰即位后,各处农民起义日甚一日,终于汇成了太平天国的大起义。面对此"忧危"局面,咸丰初期也曾选将出征、深夜哭庙,似乎欲有所为、似乎痛心时势;但不久便一头钻进圆明园,"寄情于诗酒,时召妃御,日夜行游"(原注)。他每年住皇宫不满一月,成日价就在园内盘桓,以强颜欢笑麻醉自己、逃避现实,虽有"贤德"的慈安皇后诤谏,亦无补万一。这样的时势,却由这样一位君主驾驭着,国家还能不倾危么? 圆明园还能长保久安么? 终于,咸丰十年,英法联军攻至京师,咸丰仓皇出奔热河,并在那里忧郁去世;至于他生前留恋而又曾再加经营的圆明园,也成了他昏聩失政的牺牲品,在四郊多垒的那个年月,被侵略者付之一炬、烟消云散了!

至此,诗人以诗家的才情,辅以史家的见识,写完了圆明园的兴废经历;接下第六十三句至一百零六句,为诗的第二大部分,诗人从历史的风烟中走出,开始了对废园的凭吊。初入废园,但闻湖水呜咽、狐啼鱼泣,举目是荆棘丛生。在董太监的引导下,诗人看到了"出入贤良门""正大光明殿"以及咸丰所建"清辉堂"的残址,看到了康熙、雍正、乾隆祖孙三人曾一齐观赏过牡丹的"镂月开云台"倒在乱竹丛中,看到了仿建的"平湖秋月"壁间残留的书法、脂粉的零落错杂。董太监在耳边诉说着:"舍卫城"的佛像给盗尽啦、园中的树木给伐去作柴啦、昆明湖的鱼也给捕去啦……一路耳闻目睹,再加上萧萧的蒿艾之声大作,这往昔繁华竞逐的圆明园,在诗人笔底,真有一种凄厉、惨淡,甚至神秘、恐怖的感觉,令人读之气结难言、毛发为立!

如此凄惨,谁实为之? 诗人怆然之余,又不禁要追根溯源:一是皇帝,敌兵一到,便仓皇出奔,把宫廷抛给了"嫔娥"去看守;二是王公、丞相,不思退敌,却避兵的避兵、出迎的出迎;其三才是敌兵,他们是皇上王公们让进来的、迎进来的! 在一片投降声中,只有一个守园大臣文丰,徒手空拳,无以御敌,却还忠贞之节不改,自沉于园中的"福海"水中,为名园的唯一殉葬者! 写到此,诗人发出了最痛切、最激烈的谴责:什么"福海",那是冤魂密布的海! 看过这冤海,谁还信神州大地真有一个保得住国家、黎民的"神"——皇帝? 这第二大部分的最末一笔,是全诗最深切之处,是对圆明园被毁之原因所作的最根本性的解释;至此,诗的主题明暸了、开朗了,诗人创作《圆明园词》的用心,也豁然可知了。

诗的末二十句,为第三大部分,也是诗人以圆明园被毁为鉴、对当今朝廷、皇帝所作的劝谏和建议。他先指出了现今的形势,是战乱方息、四海荒残,然后虚扬一笔,赞扬朝廷对御史德泰请修复圆明园的奏议下旨切责。接着,诗人又重抑了一笔——既然朝廷知道"中兴"诚难,又为何派出太监下江南采办锦缎呢? 又为何同治皇帝大婚,"费已千万,结彩宫门,至十余万"(徐树钧序)呢? 看来,朝廷正在走往日的覆辙呢! 诗人不由得大声疾呼,现在需要的是"鱼稻资民利"——把钱财用在阜裕民生上,而不能"莺柳斗宫花"——满足宫廷的奢欲! 当然,大清覆灭的结局,绝不是人微言轻的诗人所能改变的,他呼吁也好,用"风水不利"吓唬朝廷也好,提出迁都西安的主张也好,究之终属枉然;因此,或许他预感到此,诗人在篇末,遂发出了近乎绝望的嗟叹:现下的局面,可真不是什么"良时"呀——他这一篇可拟《上林赋》的锦绣文章,到底能否有裨益于时政,他可是半点把握也没有。

本诗记录了圆明园的成毁经过,总结出了此中的历史教训,今日读来,犹觉意义深长,足堪反复品味。诗中极其突出的一点,是把圆明园被毁的责任,牢牢系在最高统治者——皇帝身上；从康熙到同治，七个皇帝都不同程度地受到了诗人的非议、揭露、批评乃至谴责，这在当时，是需要极大勇气的，须知诗人此时还是大清朝的一介臣民，而"岂意元皇失恭俭""谁信神州尚有神""不遇良时"诸语，都是直言指斥、略无忌讳，极易因此遭罹大祸。在这一点上，王闿运显示了一个真正诗人所应具有的品质。由此，读罢本诗，即可给人留下鲜明的观念——圆明园实毁于统治者之手、实毁于建园者之手，"货悖以入，必悖以出"，穷竭民力而成的名园，终将以不祥的结局而毁。

当然，由于诗人过分地强调了这一点，因而本诗中于侵略者的掠焚暴行的谴责反觉薄弱，这又是其不足之处。至于"敌兵未爇雍门萩，牧童已见骊山火"二句，更是听信了董太监的误传，以为侵略军本无意来劫掠，是"奸民"先入园抢劫，才招得侵略军踵至的：这，显然在客观上有减轻侵略者罪责之嫌，是尤其需要指摘的。不过，这些毕竟只是诗中的小疵，未足以掩没本诗的长处。

在诗歌艺术上，本诗具有晚清诗的典型风格，词藻华丽，音节铿锵，浓墨重彩，镂金刻银。其中最可注目的，当然是诗的叙事议论皆用典故成语，不落于实。这些典故，有些用得相当巧妙、精彩，如：

> 宣室无人侍前席，郊坛有恨哭遗黎。

"宣室"用汉文帝见贾谊之典。此句字面上谓：咸丰等左右无人，因而只能痛哭于祖宗面前。其表面读去已很顺当，对仗亦复工整，用典亦复贴切，殊不料，"故典"中还含有"今典"——咸丰九年，咸丰帝在斋宫郊宿，中夜念及国步艰难而分忧无人，不禁失声大恸，是年大考翰詹，即以贾谊宣室事为题！

当然，也有不少典故是为了凑对仗而强用上去的，读来不免晦涩难晓，如：

> 妖梦林神辞二品，佛城舍卫散诸方。

前句系指园焚前一年，传言咸丰梦见白须老人自称园神，乃加授二品阶。这类句子，非于诗中夹入大量自注，不能达意，因此亦颇被人诟病。但是，若处理得当，亦未必皆病，如：

> 袅袅四春随凤辇，沉沉五夜递铜鱼。

"四春"实指咸丰在园中的四个得宠宫人：杏花春、武陵春、牡丹春、海棠春，此非加注不能明者。但诗人先加"袅袅"二字，即使不知"四春"者，读来亦觉春意袅娜，伴随帝辇——字面上仍能唤起读者的美感。

因此，对于大量用典，亦宜细作分析，不能概以"繁诟""堆砌"摒之：这不仅是评论本诗的问题，也是评论整个晚清乃至民初诗风的问题。兹事体大，本文亦不能详论，但退一步说，无论用典的效果如何，能够驱走许多典实于篇章间，或化用、或借用、或正用、或反用，而又将其部署整齐，安置于整饬的句式中，对仗工细，有条不紊，这也足见诗人的学问之博，才情之富了。即此一节，亦堪深赏三叹。

总之，本诗既具如上特征，兼以篇幅宏大，流丽婉转、声调并茂，格局大开大阖，笔法多样多变，立意又高于常人，实可推为晚清诗中之翘楚。李肖聃《湘学叙录》称本诗"卿、云之后，仅见斯篇；唐、宋以来，无此作者。"膜拜古人者，当以其言为溢美，不厚古薄今者，则殆以其言为近是。（沈维藩）

东湖月伤亡友范七[①]　　高心夔

　　曲碕萦渌波，荇丝缀云素[②]。娟娟云际月，浅映湖上树。城西戍火微，面水一萤度。峭风吹萝带[③]，飞翻桂华露。香定四无声，碧影溃烟去。欲寻徐孺亭[④]，凄断回桡处。

> [注] ①东湖：在江西南昌。范七：作者友人，事迹不详。　②荇：荇菜，细茎水生植物。　③萝：女萝，地衣类植物，体呈树枝状。　④徐孺亭：即孺子亭，在东湖南岸。

　　从诗题看，本诗是伤悼之作，但在写作手法上，我们发觉除了最后二句明显涉及主旨之外，其余都是写景的句子，这样的谋篇布局无疑很新颖，但是否很好地表达了诗人伤悼友人的感情呢？让我们还是逐一分析诗句再作出判断吧。

　　诗的开头二句，写东湖水边的景致。曲岸澄波萦绕，荇藻的细茎似缕缕青丝，将落在水中的白云倒影，结缀在碧玉般的湖面上。如果不论平仄，第二句换成"缀素云"，就与第一句形成对仗；而现在诗人将"素"字放在"云"字后修饰之，整饬中便见出变化。再说得深些，"丝"谐音"思"，"素"又是丧服之色，不妨认为"荇丝"句已暗示了对亡友的哀思。

　　下面二句，落到了诗题中的"月"字，又通过"云"与上文相联系。以"娟娟"状月，意在用苏轼《水调歌头·丙辰中秋……》词："但愿人长久，千里共婵娟"，表达对与之相反的现实——范七和诗人交谊未久，已成死别的恻怆之情。这二句看似只写了明月映照着湖面上倒映的树影，其实不然；因前二句已说到澄波上的云影，故此二句细味之又可以有另一层意思：是倒映波中的云际明月的反射光，在映照湖边的树丛。这种复义，丰富了诗歌的审美趣味。

　　接着，诗人之笔由写月光转入写其他夜光：远处，城郭西头，驻防军队的点点营火明灭微茫；近处，贴近水面，一只流萤孤零零地悄然飞过。"微""一"两字渲染出一种凄清冷寂的环境氛围，而这样的景象在诗人笔下出现，自是移情作用的结果。

　　"峭风"二句，"峭风"语出杜安世词《踏莎行》"罗衣渐减怯风峭"，"萝带"语出屈原《九歌·山鬼》"披薜荔兮带女萝"，"桂花露"语出吴均诗《秋念》"箕风入桂露"。尖厉的秋风吹起如带的松萝，吹落桂花上凝结的露珠，也吹得诗人思潮起伏。（"桂华"又可认为是用周邦彦《解语花·元宵》"桂华流瓦"意，以之代指月光。）

　　"香定"二句语承上文，兼及人的嗅觉（"香定"）、听觉（"无声"）、视觉（"碧影"），既有静感又有动感，而动更衬托出静。"香定"实际上是诗人的主观感受，是希望美好事物永恒之意念下意识的、不自觉的显现；"无声"则是此时此地自然界的客观现象，但又是诗人有意择取的、代表死灭的暗语，二者的结合成句，非常微妙。而"碧影溃烟去"，一个"溃"字镂心刿肾，如有神助，极诗人刻意之功。一般的炼字，令人赞赏，而这样炼字复炼意，则令人惊叹。此句直写夜雾中桂树的形态，但读者自可从中看出脱红尘而逝的诗人亡友的影子。

　　最后二句，诗人以乡先贤东汉徐稚（字孺子）比况范七，说：欲寻昔日欢会之亭，却在当时荡桨回船的地方悲从中来，不能自已。只是在末尾，诗人才用了直接表示伤感的"凄断"一词，倾泻出渟蓄胸臆的情愫。但读者通过前面的写景，已经能够体会到这种凄恻悲怆的情愫，此处只是将朦胧的诗意点明而已。

显然，诗人以他的特殊方式写出了他对亡友的深深哀思，可以说本诗是他的杰作。

（庞　坚）

登采石矶　　张之洞

艰难温峤东征地，慷慨虞公北拒时。

衣带一江今涸尽，祠堂诸将竟何之？

众宾同洒神州泪，尊酒重哦夜泊诗。

霜鬓萧疏忘却冷，危栏烟柳夕阳迟。

光绪二十年（1894）爆发了中日甲午战争，清廷临时调派两江总督刘坤一率兵到山海关布防，遗缺命湖广总督张之洞兼署。二十一年甲午战败，刘坤一回任，张之洞遂由南京回到武汉专任湖广总督。本诗是他归舟经采石矶时所作。

题为《登采石矶》，内容却不是登临览胜、逸兴横飞，而是抚事伤时，抒发作者沉重的感喟。前人作这类诗歌，大抵都因应全诗内容，于开首处作景物、天时的描写渲染，以营造气氛，引入下面的观感。本诗却不用常法，入手即以感慨议论应题。为什么会这样呢？无他，作者对世局的满腔忧愤，蓄积既久，至此便一触而发了。首二句用的是两个曾发生于此地的著名典故。一个是东晋大臣苏峻作反，攻陷京师，江州刺史温峤联同荆州刺史陶侃起兵讨伐。温峤水军东进曾迟滞于采石，备历挫折，终于平定苏峻之乱。另一典故是南宋绍兴十一年，金主完颜亮率大军侵宋，兵抵长江，南宋朝廷岌岌可危。时宋臣虞允文适奉命犒师采石，见守将不战而遁，部伍涣散，金军正从采石渡江。乃召集各部将领，激励诸军，与金人大战。金军渡江不得，不久发生内讧，完颜亮被杀，南宋乃转危为安。这一联用对起，中间以"艰难""慷慨"四字点染，句子显得劲健异常。另外，作者并不着重为他们能成大事而赞叹，倒是强调他们在困难中慨然肩起重任的精神；温、虞以文臣而建军事奇功，与之洞身份抱负又适相符合。他选用这两个典故入题，正是他此时此地心境的写照，用意尤深。

三、四句将思绪从古代拉回眼前，脚下的长江虽素号天险，但从另一方面看，她却又仅如衣带之宽，何况在轮船迅捷的今日，衣带之水已形同将涸之江，益不足恃。第四句下原有作者自注云："矶上原有太白楼，彭刚直、杨勇悫祠。"彭玉麟和杨岳斌同为咸丰、同治朝的水师大将，曾负责长江防务，著有业绩。现在他们都已逝世，见祠堂而思大将，感到后继无人，能不危惧？

五、六句转入抒写个人的怀抱。此时，同来的众宾客莫不受到主人情绪的感染，面对如此江山，不禁为神州黯然下泪。但诗人自己除了与众人同感之外，又别有怀抱。他尊酒在手，不期然地吟哦起李白的《夜泊牛渚怀古》诗来，牛渚是采石的别名，东晋镇西将军谢尚行至此，听到袁宏在邻舟朗吟所作《咏史》诗，大加赞赏，袁宏由此知名。李白夜泊赋诗，即有感于自己怀才不遇，没有谢尚这样的人来赏识自己。之洞思路悠然与古人李白相通，对酒轻吟，实亦自负有救国匡时之略,恨知己之难逢。

结联极沉郁,极见功力。作此诗时,诗人已六十岁,虽老而志慨不减。此际怀古伤时,万端感愤,一时奔进心头,临风徙倚,竟浑忘自己霜鬓凉侵,江风送寒了。末句用写景语收拾全诗,看似闲笔,实为笔力凝聚,千钧一击之处。因为前面一路而来的感慨、议论,至此乃求一变,著一景语,景中有情,遂使全诗有摇曳不尽之致。此句借用了辛弃疾《摸鱼儿》词中"休去倚危栏,斜阳正在烟柳断肠处"句意。他凭栏送目,但觉烟柳溟蒙,与沉沉暮霭、迟迟西下的斜阳混成一片,而他的心情亦同这茫茫暮色一样,迷惘难消。结联十四字中,聚集了霜鬓、寒风、烟柳、斜阳等事物,着力烘托出凄清冷峻的情景,透露作者怅惘无奈的心情。

张之洞的作品以堂庑阔大,善于用典著称。本诗用典恰切,浑化无迹,可见他获誉之不虚。(黄国声)

西轩睡起偶成绝句　　袁　昶

无心危坐学《黄庭》,门外烟樯接远汀。
睡起西园春已去,　却看飞絮度风櫺。

袁昶诗宗江西派,以涩僻清峭为主,但有些小诗写得较为清秀流丽,却又寄意深远,在清末诗坛堪称名家。陈衍《石遗室诗话》云:"爽秋诗僻涩苦碎,不肯作犹人语,然亦多妍秀可喜者。"钱仲联《梦苕庵诗话》评曰:"余其喜其短篇,萧远简淡,有天际真人之想。"

本诗从字面上看,只不过写一个乡居的文人捺不下烦躁的思绪,百无聊赖,闷睡闲观,消磨岁月。"无心危坐学《黄庭》,门外烟樯接远汀。"是说在室内烦闷不安,向往远游散心。"危坐",高坐;"学《黄庭》",修心养性。"黄庭",指《老子黄庭经》,为道教经典籍。"睡起西园春已去,却看飞絮度风櫺。"是说远行之念无由实现,只能依旧闷坐室中。"睡起"句紧接上句,谓野外的春光虽美,却无缘观赏,只能在睡梦中蹉跎岁月。"却看"句伸补上句,谓身不由己,虽有心外出,却只能无聊地看着残春的飞絮被风吹到窗櫺间。

诗虽仅有四句,却曲折深微,确有"清癯幽峭"之美。诗人并未多作铺染,但一腔幽思,缠缠绵绵,耐人寻味。庭中"危坐"与放眼"门外",已是一层曲折,心向往之,而身不能至,这该多么令人惆怅?而危坐室中,要读的恰是让人宁息焦虑的道教经书,人心却偏偏难以静下来,本身又是一层小曲折。"门外"的景象描述也非一览无遗,"远汀"在望,"烟樯"在目,可就是无由得至,比起烟雨迷蒙的浑沌,更撩拨人的心弦,这也是一层小曲折。后二句与前二句,则是一大曲折,有深微的寄意:前二句是说心在远方,后二句是说身受羁绊。门外的烟樯远汀,可望而不可即;终日只能昏昏入睡,乃至春光白白流逝,身体只能无奈地徘徊于窗牖之下。这种身心的不一致,该是多么深沉的苦闷!后二句每句之中,也有小曲折。睡梦与惜春,实在难以谐和,主人正是因睡起较迟,而错过了对大好春光的观赏。诗题云"西轩睡起",西轩,窗户西向的房舍,那么睡起之时正当夕阳西下、光映西窗之际,暗含终日昏昏之意,那么,主人果真是对春光毫不在意吗?"却看"句凝视的正是代表残春意象的"飞絮",则主人对艳丽春光的留恋,对春光逝去的惋叹，自不难体味。主人是否真的贪睡，是否真的只会呆看窗櫺暮色，岂不也尽在不言中得到暗示了吗？照此看来，身体的不自由与理想的难压抑，正透露出主人公内心的苦闷焦虑。也由此不难索解，远汀与春光确有象征意义，绝不仅仅是自然界的面影。至于诗人究竟要表现什么，是对时局的忧虑，是对国运的失望，是对政治抱负的抒怀，还是对身世坎坷的感慨，未必能作确切的回答，但诗人心中确有苦闷惆怅，确有理想与现实的矛盾，则鲜明确凿，有强烈的感染力量，能引发读者深深体味一种欲罢不忍、欲求不得的纠结心境。这种语浅意深、思路曲折深微的笔法，是本诗的突出特点，也是宋诗派作品耐人品味的缘由。尽管宋诗派有腐朽诗派的恶谥，但在艺术表现上并非全无可取之处。（张永芳）

八月六日过灞桥口占　　樊增祥

残柳黄于陌上尘，秋来长是翠眉颦。
一弯月更黄于柳，愁煞桥南系马人。

樊增祥诗多达万余首，在古今诗人中也是少有的。他有集五十六卷，几乎每到一地，即有一卷诗，可是，至今犹为人传诵的就只有这一首他青年时代兴到随意之作《八月六日过灞桥口占》，而且还有一个颇有传奇色彩的故事：

谭嗣同《论艺绝句》："意思幽深节奏谐，朱弦寥落久成灰。灞桥两岸萧萧柳，曾听贞元乐府来。"自注："新乐府工者，代不数篇，盖取声繁促而情易径直，命意深曲而辞或啴缓，二难莫并，何以称世？……往见灞桥旅壁，尘封俨然，若有墨迹，拂拭谛辨，其辞云云。读竟狂喜，以谓所见新乐府，斯为第一，而末未署名，不知谁氏，至今恨恨。"樊山此诗为谭嗣同在灞桥旅舍中偶然发现的，而且不知作者为谁，假如不是谭嗣同为它大书一笔，也许这首好诗还湮没在《樊山集》万余首诗海当中。以一代诗坛领袖自居的樊樊山，却以这首"不知谁氏"的小诗传世，樊山地下有知，也当苦笑吧！

此诗为近代选家所常录，但往往只根据谭嗣同的记载，诗题则信手写上，或作《灞桥题壁》，或作《灞桥旅店题壁》，而此诗实载于《樊山集》卷十，题为《八月六日过灞桥口占》。时樊山游宦关中，"易地者四，劳形案牍，掌笺幕府，身先群吏，并用五官"（《樊山诗集自序》），颇不得意，过灞桥作此诗，稍改他好作欢娱侧艳之语的故习，情词交融，洵为绝调。

灞桥，在今陕西西安市长安区东，桥横灞水之上。《三辅黄图》载："汉人送客至此桥，折柳赠别。"《开元天宝遗事》又载："长安东灞陵有桥，来迎去送皆至此桥，为离别之地，故人呼之销魂桥也。"自汉代开始，东出函、潼，必自灞陵始。灞水沿岸遍种柳树，自汉及唐，在灞桥边折柳赠别已成风习，杨柳，更成为离别的象征，古来送别诗中，几乎都离不开写柳。如王维的名作《送元二使安西》："渭城朝雨浥轻尘，客舍青青柳色新。"樊山此诗，一反王诗意境。它先点出柳是"残柳"，柳已凋枯，比陌上的飞尘还要黄。灞桥两岸，是东西延伸，不见尽头的道路，车马交驰，尘土飞扬，尘土之色与残柳之色，已混为一体，无法分辨。一"黄"字，已含无限凄婉之意。次句跌深一层，陌上的秋柳那离披的残叶，恰像女子长颦的翠眉。"翠眉颦"三字，点出本意。这一首不是传统的灞桥伤别诗,而是怀人诗。见柳叶而想起闺中少妇的翠眉。樊山虽喜作艳体诗,其实私生活甚为检点,"旁无姬侍,且素不作狎斜游"(陈衍《石遗室诗话》),他对妻子的感情非常真挚深厚,此诗亦当为忆妻之作。以柳叶喻眉,亦前人常语,然本诗中一与黄尘连说,更觉黯然销魂。

第三句笔锋一转,出人意表。"一弯月更黄于柳",再增一景物,再设一喻。一弯新月,比柳色更黄。新月如眉,残柳如眉,一"月"字把思路拓向远方——她也不正是在倚楼望月么?她的双眉,不也是像这新月,像这秋柳一样长颦不展么?黄的路尘,黄的柳色,黄的月光,在关中这黄土地中,还有什么比这更具特征的景物呢?离家的游子,在这漫天遍地的黄之氛围中,思归愁绪,也自油然而生了——"愁煞桥南系马人"!桥南系马,只是暂宿于客舍,试想想入夜后孤眠的况味,当更难为怀了。这"系马人",不是"系马高楼垂柳边"(王维《少年行》)的侠少,也不是"傍柳系马,趁娇尘软雾"(吴文英《莺啼序》)的公子,而是久客思家的失意宦游人,怎能不见陌尘、残柳、新月而"愁煞"!

此诗虽为作者"口占",似不经意而写成,然情恰与景会,故风韵独绝。近人对之评价甚高。陈衍《石遗室诗话续编》引缪荃荪挽樊山诗,有"魂销灞岸千条柳"之语,注云:"公《灞桥题壁》诗为时传诵。"钱仲联《近百年诗坛点将录》又云:"少作《灞桥旅壁》绝句,为谭嗣同赞叹为'所见新乐府斯为第一'者,不能不令人想张绪当年。"又《论近代诗四十首》之二十三:"灞桥柳色黄,摇落何人赋?贞元乐府新,魂断樊山句。"此诗风格不失唐音,然含思宛转,用意深曲,实有六朝《读曲》《子夜》之遗意。(陈永正)

晚 香　张佩纶

市尘知避客,兀坐玩春深。
火烬茶烟细,书横竹个阴。
惜花生佛意,听雨养诗心。
傲吏非真寂,虚空喜足音。

张佩纶在光绪初年,与张之洞、陈宝琛、宝廷遇事敢言,有四谏之称,号"清流党"。陈衍《石遗室诗话》云:"箦斋诗才富有,用事稳切,与张文襄并驱中原,未知鹿死谁手。"汪国垣《光宣以来诗坛旁记》亦称"其诗尤工,与张广雅尚书并称为北派二巨子"。论者以为能得其实。此诗颇可见其兀傲不谐俗之性情与学东坡、半山之诗风。

首句"市尘知避客",写卜居闹市而无世俗烦扰,盖因心胸清雅高洁,故而市尘也知相避。用意与陶渊明《饮酒》诗中"结庐在人境,而无车马喧。问君何能尔,心远地自偏"数语相仿佛。所不同者,陶句自然,张句精警。以拟人化手法写俗尘避人,而不直写人拒尘,更显出诗人的襟怀磊落。次句"兀坐"二字既刻画出诗人独自端坐的傲岸神态,又暗取宋之问《自洪府舟行直书其事》"兀坐去沉淬"句意,以与首句承接。"玩"既是欣赏,又是体会,下字很有讲究。"深"后置修饰"春",虽是叶韵需要,也见出修辞变化。

"火烬茶烟细，书横竹个阴"，可谓诗中有画，读者眼前浮现出这样的景象：室内，微现暗红的炉火余烬上，袅袅升起细淡的茶烟；室外，翻开的书卷横摊在修竹的绿叶浓荫下。"竹个"写竹叶，虽非诗人独创，却也颇有生新之趣，读之似觉"个"字形的竹叶已触手可及。二句写景细致入微，文辞中流露出一种不为外物所动，以品茗读书自得其乐的自重之意。

"惜花生佛意，听雨养诗心"二句，由景入情，颇有哲理。钱仲联《梦苕庵诗话》以为此联与梁鼎芬"闻雁知兵气，听雨养诗心"十字"有异曲同工之妙"。佛以慈悲为怀，惜花则易广蓄爱心，体会佛法普度众生之宏旨；诗以意境为尚，听雨则能忽得灵感，领悟诗道独启自心之秘要。有此二事，足可疏瀹心灵，澡雪精神，滚滚红尘，其奈我何？

尾联，诗人说：我这个傲吏并不真的寂寞，虽然恶俗之人足迹难以进入我的居处，但风雅的仁人君子自可时相过从。善于联想的读者，会由此想到阮籍的青白眼，想到刘禹锡《陋室铭》的"谈笑有鸿儒，往来无白丁"，而更加深对张氏兀傲不谐俗的性情的印象。

此诗写作年代当在张佩纶遣戍察哈尔之前，遣戍后诗作便多愁苦之音，读者有兴致的话，自可对照选读。（庞　坚）

今别离（四首）　黄遵宪

一

别肠转如轮，一刻既万周。眼见双轮驰，益增中心忧。古亦有山川，古亦有车舟。车舟载别离，行止犹自由。今日舟与车，并力生离愁。明知须臾景，不许稍绸缪。钟声一及时，顷刻不少留。虽有万钧柁，动如绕指柔；岂无打头风，亦不畏石尤。送者未及返，君在天尽头。望影倏不见，烟波杳悠悠。去矣一何速，归定留滞不？所愿君归时，快乘轻气球。

二

朝寄平安语，暮寄相思字。驰书迅已极，云是君所寄。既非君手书，又无君默记。虽署花字名，知谁箝缢尾。寻常并坐语，未遽悉心事。况经三四译，岂能达人意！只有斑斑墨，颇似临行泪。门前两行树，离离到天际。中央亦有丝，有丝两头系。如何君寄书，断续不时至？每日百须臾，书到时有几？一息不相闻，使我容颜悴。安得如电光，一闪至君旁！

三

开函喜动色，分明是君容。自君镜奁来，入妾怀袖中。临行剪中衣，是妾亲手缝。肥瘦妾自思，今昔得毋同？自别思见君，情如春酒浓。今日见君面，仍觉心忡忡。揽镜妾自照，颜色桃花红。开箧持赠君，如与君相逢。妾有钗插鬓，君有襟当胸。双悬可怜影，汝我长相从。虽则长相从，别恨终无穷。对面不解语，若隔山万重。自非梦往来，密意何由通！

四

汝魂将何之？欲与君追随。飘然渡沧海，不畏风波危。昨夕入君室，举手搴君帷。披帷不见人，想君就枕迟。君魂倘寻我，会面亦难期。恐君魂来日，是妾不寐时。妾睡君或醒，君睡妾岂知。彼此不相闻，安怪常参差！举头见明月，明月方入扉。此时想君身，侵晓刚披衣。君在海之角，妾在天之涯。相去三万里，昼夜相背驰。眠起不同时，魂梦难相依。地长不能缩，翼短不能飞。只有恋君心，海枯终不移。海水深复深，难以量相思。

光绪十六年(1890)，黄遵宪在伦敦任驻英使馆参赞，以乐府杂曲歌辞《今别离》旧题，分别歌咏了火车、轮船、电报、照相等新事物和东西球昼夜相反的自然现象。诗人巧妙地将近代出现的新事物，与传统游子思妇题材融为一体，以别离之苦写新事物和科学技术之昌明，又以新事物和科学技术之昌明，表现出当时人在别离观上的新认识。因此，《今别离》既是乐府旧题，又反映了今人——近代人别离的意识，是当时"诗界革命"和黄遵宪"新派诗"的代表作品。

从结构上看，四诗各自独立成篇：首篇写轮船、火车载人远去；次写抵达异域后，以电报向家人报告平安；三写寄相片以慰离愁；四写思妇，欲梦佳期，而东西球昼夜相反，眠起不同，佳期难梦。但在内在逻辑上，四诗又一线贯穿，首尾相衔，是一组小型组诗，表现了"今别离"的特点和近代人相思别离的全过程。

古、今别离的不同，首先在于别离时所用交通工具的不同。不同的交通工具所激发的离情别绪，就有快慢、浓烈、强度和类型的不同。第一首咏火车、轮船，即以古代车舟反衬，以当今火车、轮船的准时、迅速，表现近代人离情别绪的突发与浓烈。全诗的核心是一组对比——

古亦有山川，古亦有车舟。车舟载别离，行止犹自由。
今日舟与车，并力生离愁。明知须臾景，不许稍绸缪。

其中有发车之准时："钟声一及时，顷刻不少留"。有马力巨大的"万钧柁"，不畏打头石尤风，绝无"愿得篙橹折，交郎到头还"之可能性。其迅疾："送者未及返，君在天尽头"，"望影倏不见，烟波杳悠悠"。故其离情，既不似李白"孤帆远影碧空尽，惟见长江天际流"之缓慢；更无郑谷"数声风笛离亭晚，君向潇湘我向秦"之从容，倏忽之间，人已不见，此时便只能有一个"快乘轻气球"(海上飞艇)的愿望而已。

既已别离，辄起相思。相思何以慰——朝寄平安语，暮寄相思字。遂过渡到咏电报的第二首。

"朝寄""暮寄"，寻常家书而已。但驰书之快，迅疾如电，又与通常家书不同。其不同处有四：一非君手书；二无君默记；三无亲昵语；四经"三四译"，已难尽人意——实是近代电报通讯的特点，以思妇的口吻道出，又贴切、自然而有新意。更有甚者，"只有斑斑墨"以下六句，诗人竟以南朝乐府民歌中谐音双关的艺术手法，以斑斑墨、门前树及江南水乡常见的藕与丝，来描写与电报有关的电讯器材和电讯设施。"斑斑墨"，写的是电码；"两行树"，写的是电线杆；"中央亦有丝"，借莲藕之丝写电线中央的铜丝；"两头系"，写的是相隔万里之遥的两座电讯大楼。藕断丝（谐思）连，仅是谐音比喻；而电线丝却真的能传递相思之情，这比藕丝之喻又进了一层。整首诗以思妇接到远行丈夫电报来驰骋想象，展开内心独白，把相思之情与电报的特点高度融合在一起，如刘燕勋所说："结想俱匪夷所思，直入化境矣。"

别离愈久，思念愈切，慰尔相思，除电报外，还寄来照片——开函喜动色，分明是君容。遂又写照片。

古代别离，虽朝思暮想，却不能面见。经过长时间的别离，倘若"今日见君面"，则一定是夫妻重逢，"既见君子，云胡不喜"。那时的通讯往来，常常是片言只语，雁字鱼书而已，感情的表现形式也仅是"客从远方来，遗我一端绮"或"呼儿烹鲤鱼，中有尺素书"。虽有"画图省识春风面"的方法，却从不用在"一种相思，两处闲愁"上。近代则不同，因为出现了照相术，故能见照片上的"君面"，虽然不是真的相逢。不过，即使把"君"的照片与自己的照片悬挂在一起，以便"汝我长相从"，但实际上仍隔着千山万水，别恨无穷。或者不如说，由于收到"对面不解语"的照片，反更易惹起自己一股浓浓的相思离别之情。于是，此首便由"自非梦来往，密意何由通"转入第四首。

思妇收到电报，怨无寻常并坐语，况经三四译；收到照片，恨对面不解语，仍觉忧心忡忡，自觉"密意"难通，于是寄希望于"梦"。忽然，她又想到，由于"君"与"妾"之间"相去三万里，昼夜相背驰"。昼夜既相背，眠起即不同，"恐君魂来日，是妾不寐时"。妾处"举头见明月"，君处"侵晓刚披衣"。彼此既不相闻，故"魂梦难相依"。连梦也做不到一块，这比起以为"海上生明月，天涯共时此"，相思可以"梦佳期"的张九龄，以及自信"但愿人长久，千里共婵娟"的苏东坡来，不仅"以至思而抒通情，以新事而合旧格，质古渊茂，隐恻缠绵"，且确是咏古人未见之物，发古人未发之情，"辟古人未曾有之境"（陈三立语）。

这组诗的佳处，自然还不止以上所说，诗人以其深厚的古典诗歌修养，将新事物成功地融入古典诗歌的氛围中，也是本诗的特点之一。不过，那些弥漫着古色古香的诗句，在本诗中只起着"旧瓶"的作用，未能与其所装的"新酒"媲美，所以，限于篇幅，这里就不多说了。（曹　旭）

感春四首（选二）　　陈宝琛

一春无日可开眉，未及飞红已暗悲。
雨甚犹思吹笛验，风来始悔树旛迟。
蜂衙撩乱声无准，鸟使逡巡事可知。
输却玉尘三万斛，天公不语对枯棋。

倚天照海倏成空，脆薄原知不耐风。
忍见化萍随柳絮，倘因集蓼毙桃虫？
一场蝶梦谁真觉？满耳鹃声恐未终。

苦倚桔槔事浇灌，绿阴涕尺种花翁。

光绪二十年甲午（1894）阴历六月到二十一年乙未（1895）阴历正月，爆发了中日战争，在黄海战役和威海卫战役中，北洋大臣李鸿章经营十六年的海军舰艇，全部被歼。二十一年阴历三月，中日签订《马关和约》，主要条款是清廷割让台湾、澎湖列岛给日本；赔偿日方军费白银二万万两等。这是"鸦片战争"之后最大的战争失败和最大的丧权辱国事件，引起了举国的愤慨和惊哗。这时陈宝琛免职家居已多年，往来于家乡螺洲（今福州南）的沧趣楼和鼓山（今福州东）的听水斋之间，闻讯之后，作了《感春》七律四首，以抒写对于中日战争和签订《马关和约》的感想。这里选的是四首中的第一和第三首。《感春》借用韩愈诗的题目。韩愈以《感春》为题写的诗有三题，用的是五、七言古体和拗体七律，陈诗则用工细的七律写，风格大异。

所选第一首写和议。起联说那年春天战争失败，继以签订《和约》，使人整天双眉难展，虽未到春尽花落时候，已十分悲痛，以点题和总领下面各首。次联说清廷战前因循苟且，没有充分准备；战起只图侥幸取胜。出句用《述异记》载周穆王吹笛制止大雨的典故，以暴雨来时寄望于"吹笛"制止的"效验"，比喻清廷幻想以意外的力量，对付日军的侵略。对句用《博异志》所载崔玄微以"朱幡"护花的典故，以大风吹来，才想"树幡"护花，时机已迟，不起作用，比喻清廷在战前不知准备，战起又犹豫不决，仓皇应敌，措置失宜，招致大败。第三联出句，用蜂窝中群蜂的纷乱喧闹声，比喻清廷战前战后，主战、主和两派的相互争执，相互攻击。蜂衙，谓蜂窝中群蜂簇拥蜂王而听其命，状如衙门，词见陆佃《埤雅》。对句用《山海经》、《汉武故事》所载西王母以"青鸟"充使者的典故，以指清廷初派张荫桓等赴日议和，因日方不接待，驱逐张等，乃改派李鸿章，李又迟迟不行。结联比喻赔款割地事和清德宗的无可奈何，忧伤不语，像对"枯棋"一样。仙人对赌，一人"输却玉尘九斛"的典故，见《列仙传》；以"三万"代"九"，言其多。天公，指德宗。枯棋，木制棋子，见《文选》韦昭《博弈论》注，此喻残局。

所选第二首写北洋海军被歼灭。起联感慨春天花木，表面有"倚天照海"之势，但本质"脆薄"，受不了大风的吹动，以比喻北洋海军舰艇虽多，势似不弱，但当局昏暗，官兵的教养、训练都差，战斗力不强，所以倏忽之间，歼于敌手，落得一场空。次联出句，谓海军被歼，覆灭于大海之中，犹如古人传说中的落水"化萍"的"柳絮"。对句谓战败后处境艰难，朝廷应吸取教训，防止祸患的再起。典出《诗经·周颂·小毖》："予其惩而毖后患。……肇允彼桃虫，拚飞维鸟。未堪家多难，予又集于蓼。"惩，吸取教训。毖，谨慎、预防。桃虫，鹪鹩，指起飞后能为患。集蓼，处于艰辛境地。第三联出句用庄子梦化蝴蝶的典故，比喻战争像一场大噩梦，但未必人人能有真正的"觉醒"。"满耳鹃声恐未终"，谓主战、主和两派仍在争吵。邵伯温《闻见录》载邵雍在洛阳天津桥上听到北方少有的杜鹃叫声，预言将有南人得势，搅乱天下，是影射王安石以南人入相的。陈衍《石遗室诗话》说这句主要指帝党的主战派领袖翁同龢。翁是江南常熟人。结联以有人长期用桔槔汲水，灌溉花木，但风雨一来，花朵落尽，使在绿荫中的"种花翁"流"涕"成"尺"长，比喻长期主持海军的人，应对多年经营付之一掷，伤心悔过。按文气，"种花翁"似当指后党主和派的北洋大臣李鸿章。但作者对李对翁，并无密切的敌对和亲近关系，似不会对李表示这样的同情，所以"种花翁"又似泛指致力和关心国事的人。"涕尺"，词出王褒《僮约》。

陈宝琛的诗，《石遗室诗话》称其："肆力于昌黎（韩愈）、荆公（王安石），出入于眉山（苏轼）、双井（黄庭坚）。"清苍幽峭，风格近宋。但他在"同光体"诗人中，作法又特别注意细致熨帖，陈三立序其集，称为"蕴藉绵邈，风度绝世。"又深得唐诗之长。《感春》四首，用典精工贴切，以哀感顽艳的笔墨，写家国之痛，多用比兴，不作赋体，风华情韵，又大似李商隐的七律。
（陈祥耀）

失　题　　沈曾植

洗树疏花盥晚香，婆娑庭院已斜阳。
客来策事都无对，病后观心亦自忘。
夕望片烟生野寺，暝抛经卷倚胡床。
年来总觉情无尽，归路那堪日转长。

沈曾植七律，人多谓其"诘屈聱牙""奇辟古奥"，其实全集中亦有一些"俊爽迈往"（陈衍《石遗室诗话续编》）之作。诗人认为诗有元祐、元和、元嘉三关，通过元嘉一关，须"将右军《兰亭诗》与康乐山水诗打并一气读"（《与金潜庐太守论诗书》），意是说，用山水的"色"，运老子庄子的"意"，便可臻晋、宋人诗的妙境。这首《失题》诗，可以算是沈曾植诗论的实践样板。

沈曾植诗中，以"失题"为题者多首，大抵皆祖李商隐"无题"之意。没有题目的局限，诗人的思路可以放得更宽，诗歌的内蕴可以更丰富，提供读者更多的想象余地。

起两句"洗树疏花盥晚香，婆娑庭院已斜阳"，笔法已自不凡。沈氏精通佛理，熟习释典，诗中所用"香"字，多有佛家闻香悟道的含义，如"屏深老子婆娑影，风定昙花自在香"、"梅开正见香中佛"等皆是。此诗起句亦破空而来，"洗树"一语，为作者生造，刚下了一场初夏的阵雨，树上零零落落的晚花，如同盥洗过似的，香气分外清新。诗人漫步在庭院中，又到了斜阳时候。"婆娑"，佛经中常有"娑婆世界"之语，亦称"婆娑"，沈氏好以佛教用语入诗，故《海日楼诗集》中屡见此词。本诗中的婆娑，当有闲散自得、盘桓游息之意。

颔联二语名隽。钱仲联《梦苕庵诗话》特录之，称其"高古锤炼，二三流诗人所不易到者"。"客来策事都无对"，以淡语写愤激之情。"策事"，本为古代一种游艺活动。参加者共同以某一事物为中心，各述与之有关的典实，以较学识的多少。齐、梁时期，此风特盛，有如晋人的清言。唐人卢言《卢氏杂说》载，梁武帝多策事，尝与沈约策有关栗子的事，帝得十余事，约得九事。本诗中的"策事"，当别有含意。清季国家多难，朝政腐败，沈曾植是维新派人物，曾赞助康有为开强学会于京师。戊戌变法前夕，因丁忧离京南归，故未被祸及。诗意是说，客人来访，谈及国家大事，实在无言以对。"病后观心亦自忘"，一句中兼用释氏老庄之典。"观心"，意为观察心性。《十不二门指要钞》云："盖一切教行，皆以观心为要。"佛教认为，心是万法的主体，无一事在心外，故观心即可以究明一切事理。禅宗北宗创始人神秀著《观心论》，认为"一切佛法，自心本有"。诗人在病后，对自己的心性进行考察，认为连自己也不是真实存在的。"自忘"，意谓身心俱遣，物我兼忘。《庄子》中常见"忘心""忘形""忘言""忘己""忘身"之语。诗中用此,表面是对自身价值的否定,实际是无可奈何的愤激。在乱世末世之中,任何个人都是无法认识自身存在的意义的,故诗人唯有"自忘"而已。

颈联写眼前的情景。黄昏时抬头看看,野外的荒寺已生起缕缕炊烟;天色渐暗,抛下经卷不再看了,偃卧在交椅之上。两句写出百无聊赖的心境。

"年来总觉情无尽",为全诗之眼。上文已写到自己好像什么都看透了,什么都不去关心了,而这里却说"情无尽",可见诗人骨子里还是很有情的。王维《酬张少府》诗:"晚年惟好静,万事不关心。自顾无长策,空知返旧林。"也是诗人思想上矛盾、苦闷的反映。说是要自忘,而总不能忘情,内心深处总觉有无法消释的隐痛。末句再一转笔,意味更深一层。春末夏初,白昼渐长,古人有"志士惜日短"之叹,如今"日转长",自己却无所事事,归路中一念及此,更觉难堪了。(陈永正)

梦洞庭　　释敬安

昨梦汲洞庭,君山青入瓶。
倒之煮团月,还以浴繁星。
一鹤从受戒,群龙来听经。
何人忽吹笛,呼我松间醒。

此诗作于宣统元年(1909),是释敬安晚年作品。释敬安出生在湖南湘潭,二十五岁之前都在湖南度过,对湖南的山水名胜,十分热爱赞赏,特别在远离家乡的情况下,更不时想念家乡的山山水水。日有所思,夜有所梦,在他的诗集中,梦洞庭的诗就有四首,与另外三首诗相比,本诗无论在表现手法还是在诗的境界方面都独具特色。前三首也是写"梦",但梦中所见仍是现实的洞庭湖,而这一首却以奇特的构思,出人意表的想象,把诗人的自我与幻境中的洞庭融合为一,写得扑朔迷离,亦幻亦真,极富浪漫色彩。诗歌记述了一个完整的梦境:诗人昨夜梦回洞庭,汲水湖畔,却把苍郁青葱的君山也汲进瓶中。我把汲来的洞庭水倒出来,用以煮天上的圆月,用以浴天国的繁星。首四句着重写景,这种离奇的幻境,其实是洞庭夜景在诗人笔底的折射。月色迷蒙,青山绿水浑而为一,君山似被汲进瓶中而朦胧地消失了,倒映在湖水中的圆月与繁星,在浩渺澎湃的水波中翻涌着,月亮似在沸水中翻滚,群星似在沐浴,以洗刷身上的尘垢。诗人梦中的月夜洞庭,真可谓是涵浑浩瀚,气势不凡。后四句着重写人。在这充满神奇色彩而又富有活力的洞庭湖畔,我在传道讲经。鹤来受戒,龙来聆听,大自然中的万物都在我佛的融陶之中!但可惜几声清笛,使酣睡松边的我,人醒梦破!"何人忽吹笛,呼我松间醒",末联结束得突兀而洒脱,极富余味。

这首诗以浪漫的笔法,通过写梦,把洞庭夜月的美景与具高僧身份的诗人的清雅超尘的生活、豁达开朗的情怀,及其对佛力无边的信仰融合在一起,而使诗境既新颖脱俗而又生动传神。

释敬安的思想比较复杂,作为佛教徒,他自然主张清静无为,但他又受儒、墨学说的熏陶,爱国忧民，所以这首诗虽有宣扬佛力无边的因素，但情调并不消极，而且风格清新、隽永，想象奇特、丰富，艺术手法鲜明独到，仍可资今天诗歌创作借鉴。（管 林）

书 感 陈三立

八骏西游问劫灰[①]，关河中断有余哀[②]。
更闻谢敌诛晁错[③]，倪觉求贤始郭隗[④]。
补衮经纶留草昧[⑤]，干霄芽蘗满蒿莱[⑥]。
飘零旧日巢堂燕， 犹盼花时啄蕊回。

【注】①八骏西游：八骏，本泛指骏马。此指庚子年（1900）慈禧挟光绪帝逃往西安一事。劫灰：劫火的余灰。 ②关河：《史记·苏秦传》："秦四塞之国，被山带渭，东有关河，西有汉中。" ③晁错：公元前200—前154，汉颍川人。景帝时任御史大夫。吴楚等七国以诛错为名起兵反，景帝用袁盎言杀错。《史记》《汉书》有传。 ④郭隗：战国燕人。燕昭王欲得贤士，以报齐仇，隗称："王必欲致士，先从隗始？"昭王师事之，于是乐毅等相继至燕。见《史记·燕世家》。 ⑤补衮：帝王服衮衮龙之衣，故称补救规谏帝王的过失为补衮。经纶：指筹划治理国家大事。草昧：《易·屯》："天造草昧，宜建侯而不宁。"指天地初开时的混沌状态。后人诗文也借以指混乱的时世。 ⑥芽蘗：芽、蘗均喻事物之始。蒿莱：野草、杂草，引申指草野。

陈三立存诗自辛丑年（光绪二十七年，1901）始，是诗为《散原精舍诗》之首篇。当时庚子国难余波震荡，远未了结，八国联军攻陷北京，慈禧挟光绪帝逃往西安未归。身在金陵的"神州袖手人"眼看朝局风云变幻，不禁百念并生，诗以志感。

诗人从"八骏西游"入题，将个人情感与庚子西狩这一历史事件相连，使全诗抹上了浓重的时代色彩。新春将临，亡命在千里之外的光绪帝，竟然无法让他的"子民"们知晓落难的详情，此刻是凶是吉，最使诗人牵肠挂肚。那哀痛自然与"皇上蒙尘"有关。"关河中断"，写的是地理上的隔绝，其实诗人的隔绝之感，更起因于自己身遭罢黜。戊戌那年，一纸"革职，永不叙用"的"圣谕"，冷酷地割断了君臣的名分，这一"断"尤为刻骨铭心。要没有戊戌政变的祸根，又何尝会招致庚子大难，诗人耿耿于怀者，已不全在难详"圣主"的下落。如今我这个被黜之臣与受挟之君中间，只有缕缕不绝的眷情尚在。一"问"字竟成了昔日君臣关系的全部体现，此中哀怨，自难胜言。"余哀"的感情容量也只能从诗外去找寻了。

诗人已游离于政局外，但仍以戊戌变法圈中人的眼光审视现实，揭示造成这场历史悲剧的根源。诗的颈、颔两联，以比喻、运典的手法，将戊戌至庚子的朝野变局极其精括地展示出来。当政者迫于困境，欲订城下之盟，不惜以"诛晁错"作为给八国联军的酬礼。载勋、载漪、毓贤、刚毅、英年、赵舒翘等盲目仇外，而终成慈禧求悦洋人的牺牲品。与此相对，诗人提到了同代的"郭隗"们，想维新风行之时，光绪帝罗致人才，委以重任，诗人与其父陈宝箴及康、梁等人，或许正是诗中喻指的"求贤"对象。时过境迁，当年的贤士未得一伸大志，令人抱憾不已。在隐去了的历史事件背后，诗人的不平之气通过情系"郭隗"得到了宣泄。以慈禧为首的当权者，在无可奈何"诛晁错"的同时，也采取了一些对维新派人士开复原官的措施，只是对诗人来说，不过徒增乎知今日、何必当初的感慨而已。清廷如果是真心"求贤"，欲结束听任误国庸才参与朝政的局面，就非得着眼于数量极众的在野者，那里既能产生挽回时运的"补衮"人才，却又不乏使民众反抗形成"干霄"之势的火种。前者几乎是诗人的自况,后者显然为"义和团"运动的写照。诗人不明断孰是孰非,就揭示出庚子国难肇始于柄国者政治目光的短浅。可悲的是,诗人的劫后议论,已无法使时间倒转,重新尝试贤士们的政治主张了。诗人为志心中之"哀",罗列了一连串貌似各不相关的历史现象,而这桩桩件件,层层加码,增添了诗歌的负重感,促使人们去思索,去反省。诗人指出的是近代中国社会排外转而媚洋、拒贤激发民"乱"的种种变态,意在警醒世人,去发觉社会百态的内在联系。诗人不可能理解造成庚子国难有其民族的、政治的、宗教的深层原因,但他能意识到庚子国难是戊戌政变的必然结局,却透出些许冷峻的理性之光。

诗人虽然以旁观者的立场去陈述史实,发抒哀感,但并未忘却清廷旧臣的身份,始终关注着"皇上"的命运。他将自己比作恋主的巢燕,"飘零"而不失归意,指望着光绪帝回銮主政,重振纲纪的那一天,诗人或能再温辅君变法之梦。"回"是对"断"的照应,也是由"哀"而"盼"感情转化的基础。现实生活中的陈三立回绝了友人为他具疏争复官的善意,因为他"怃然知时不可为"(钱基博《现代中国文学史》)。"啄蕊"之说,只是他眷念旧主、"中兴"清室之心不死的一点表露罢了,全无复出干政的事实依据。

《书感》是陈三立"烦冤离慭,一放于诗"(同前)的代表之作,没有血泪迸溅的长吁短叹,几个典故,几幅图景,就化入了新旧世纪交替之际的时代缩影,表达出放废旧臣的至痛至哀。

(张修龄)

十一月十四夜发南昌月江舟行(四首选一)　　　陈三立

> 雾气如微虫,波势如卧牛。
> 明月如茧素,裹我江上舟。

清光绪二十九年(1903)冬天,陈三立从南昌往南京,夜宿江上舟中,触景生情,写下此诗。

陈三立,字伯严,号散原,江西义宁(今修水)人。梁启超称"其诗不用新异之语而境界自与时流异,浓深俊微,吾谓于唐宋人集中罕见伦比。"(《饮冰室诗话》)他是晚清同光体诗人的代表,风格独特;从这首小诗中也可窥见陈氏诗风之一斑。

梁启超所谓"新异之语",盖指诗界革命后诗人们喜用的"声光化电"之类的新生词汇,陈氏诗中并未采用,此诗亦然。究其实质,他乃远绍江西诗派的传统,以故为新,以俗为雅,并从自己的生活体验出发,构成生新瘦硬、浓深俊微的艺术境界。

此诗的境界,亦可以生新瘦硬、浓深俊微八字概之。造成这个境界的手段是比喻的连用。短短四句,其中便有三句用了比喻。这在一般五言绝句中,实不多见。三句比喻,起得突兀,接得紧凑,仿佛骤起的疾流,奔泻而下,不可遏抑。此时诗人大概是从船舱中外望,闪入脑海的第一个印象便是大雾濛濛,接着是波涛起伏,月色朦胧。于是他脱口而出:这迷迷濛濛的雾气好像铺天盖地的小虫,江上涌起的波涛好像一头头卧着的水牛,四周白茫茫的月色又像一只硕大无朋的蚕茧。他吟到此处,滚滚诗情无法打住,遂以"裹我江上舟"一句作结。这一结如堵急流、截奔马，一下子把奔腾的感情煞住，所谓戛然而止，言有尽而意无穷也。诗中的比喻，非常具体形象，并且十分新奇，但它不是"时流"所借以炫耀的"新异之语"，而是从日常生活中提炼出来的口头语言。因此我们读了易懂易记，且能从中领会到深意，不但感到此刻诗人胸中怀有羁旅之思、漂泊之感，而且觉得他有一颗处于重重束缚中的心灵。究竟为什么会有这样的心态，恐怕与国事日非、壮志难酬有关吧。

　　这首诗中带有江西诗派的某些特征。江西诗派创始人黄庭坚也是江西修水人，其诗瘦硬冷隽，拗峭苦涩。陈三立是他的同乡，一生崇尚山谷诗风。就此诗而言，奇健之气，拂拂笔端，个中便有黄庭坚的影响在。细审诗的音节，前三句句中皆嵌一平声"如"字，不厌其重复；而四句中句首二字如"雾气""波势""明月""裹我"，皆以仄声作一顿挫，这样便造成拗怒奇峭的艺术效果，与一般的五言绝句大异其趣。近人狄葆贤说："奇语突兀，二十字抵人千百。"（引自钱仲联选、钱学增注《清诗三百首》）除了说此诗起得突然、语言别致外，恐怕与它的音节不无关系。至于诗的高度凝练，则毋庸赘述了。（徐培均）

晓抵九江作　　陈三立

藏舟夜半负之去①，摇兀江湖便可怜②。
合眼风涛移枕上，抚膺家国逼灯前。
鼾声邻榻添雷吼，曙色孤篷漏日妍。
咫尺琵琶亭畔客③，起看啼雁万峰颠。

> **注**　①句本《庄子·大宗师》："夫藏舟于壑，藏山于泽，谓之固矣；然而夜半有力者负之而走，昧者不知也。"　②摇兀：摇荡。　③琵琶亭：在九江附近的浔阳江边，即白居易贬江州司马送客处。

　　这首诗作于一九○一年。当时清政府已同列强签订了丧权辱国的《辛丑条约》。一时间，抒写瓜分豆剖的亡国危机成为诗歌表现的显要主题。由于参加维新运动而被革职的陈三立，虽也说过"凭栏一片风云气，来作神州袖手人"之类的愤激之词，但实际上感时抚事之作，在他一生创作中，此时尤多。而作为"同光体"诗派的"魁杰"，同样的内容在他笔下，又别是一番滋味。

　　从渊源上看，陈三立的诗主要师法韩愈、黄庭坚，被称为同光体中的"江西派"。但他并不徒袭皮毛，主旨乃在避俗避熟，立意生新。对他知之甚深、论述最多的陈衍在《石遗室诗话》里说："散原（陈三立号）树义高古，扫除凡猥，不肯作一犹人语，盖原本山谷家法，特意境奇创，有非前贤所能囿耳。"这些看法，于本诗尤为切合。

　　立意生新，在这首诗里主要表现为陈衍所说的"意境奇创"。诗面写乘船到九江一夜间的旅途实境，同时叠映出对国势恶化的深重忧虑，构成诗背的虚境。首句"藏舟夜半负之去"，句法、命意都极显突兀峭拔之势。写乘夜船到九江，却从隐括《庄子·大宗师》中的话着笔，突如其来，奇想超迈。从诗面看，不仅契合夜间行船，而且有一种自己不知不觉被载在船上背负去（偷去）的感觉，显出意趣。但仅止于此，还算不得"意境奇创"。《庄子》那段话的落脚点在无论"藏舟"于何处，"夜半有力者负之而走，昧者不知也"。这也正是本句的结穴处。所谓"昧者"，指糊涂者。这里"舟"为当时中国的象征。《辛丑条约》前后，列强侵吞中国，窃取主权，亡国惨祸迫在眉睫,而许多人却昏昏昧昧,茫然不知。国势之危,唯此为甚。因而唤醒国人,自然是当务之急。这才是作者用典运思表里之间的深切蕴含。次句"摇兀江湖便可怜",顺首句突兀的起势缓缓一落,也是双关于夜色中舟行飘摇的实感与国势日危之忧虑两重意蕴的。"合眼风涛移枕上,抚膺家国逼灯前",三、四两句写舟中夜不能寐的状况,"风涛"作为双重意象,被"家国"两字明确化,"移枕上""逼灯前",极生动传神,表现作者的爱国情怀,可谓"清言见骨",从质朴的形象直透肺腑。第五句"鼾声邻榻添雷吼",笔墨横移。同船者昏昏沉睡,鼾声如雷,这是诗面实境。同时又暗寓了"卧榻之侧,岂容他人鼾睡"这一典故的内容。从前者看,遥接首句所含的"昧者不知"一句意绪:"风涛"激荡,昏睡如此,此辈在"抚膺"家国的作者眼里,不乏蔑视。就后者言,"鼾声邻榻"隐指列强侵占中国领土,"八国联军"在"条约"中各分得势力范围,侵居一"榻",连鼾声都如"雷吼"一般,强横霸蛮可见。"卧榻"这一典故在当时的许多诗人笔下并不鲜见,但大多是"卧榻岂容他人睡"(见岳柯《桯史》)这样直白的表露。本诗结合旅途实境,用得不着痕迹,构成了多重意蕴,熟而能新,立意生新,于此亦见。第六句"曙色孤篷漏日妍"扣题中"晓抵"两字。一夜行舟,至此天光放亮,日色从篷隙透射进来,令人有清新鲜丽之感。这实际上也表现了作者怀有的希望。也就是他同年所作的《夜舟泊吴城》中"犹怀中兴略,听角望湖亭"的意思。末两句"咫尺琵琶亭畔客,起看啼雁万峰颠",以白居易自况。琵琶亭在九江附近的浔阳江边,白居易贬江州(九江)司马,送客于此,作《琵琶行》,有"同是天涯沦落人"之句。而作者亦因参加戊戌变法被革职,临其地自然有此联想,寓身世感慨之怀。末句以景语作结,万峰啼雁,不论是否为一番新的境界的暗示,都足令人遐思远举,遥想天外的。

　　写亡国危机,在当日诗界几无人无之,总体上都是昂扬燥厉,但这在讲究泽古、功力深湛的诗家眼里,不免粗豪刻露了些。而同样的内容在陈三立笔下的这一番不同展示,又足见诗艺原是取向多元的,忧国忧民,也不仅仅体现在大声疾呼的作品中。(魏中林)

城北道上　　陈三立

　　晶砾新驰道,晴霆叠马蹄。
　　屋阴衔柳浪,裾色润瓜畦。
　　诣客能相避,偷闲亦自迷。
　　归栖枝上鹊,为我尽情啼。

　　光绪三十二年(1906),时陈三立寓居江宁,虽然党禁已解,开复原官,但诗人早已看透官场的黑暗腐败,韬晦不复出,肆力为诗。近人评陈三立诗,多称其莽苍排奡之意态以及生辣晦涩的笔法,像这样"真气磅礴,不假雕饰,自然语妙天下"(狄葆贤《平等阁诗话》)的作品,在《散原精舍诗》中还是不多见的。

　　起两句点题。城北新筑的道路,细砂在阳光下闪烁晶光,车马奔驰,蹄声急骤,如晴日的雷霆,訇然响起。两句是典型的宋诗句法,求生求新,力避浅俗。以雷声喻车声,于古书中常见，如汉司马相如《长门赋》："雷殷殷而响起兮，声象君之车音。"而本诗以"霆"字换"雷"字，上加一"晴"字，便为前人所未道。不言车声而言马蹄声，再以一"叠"字形容之，突出诗人在车中的感受，全句便觉精警。

"屋阴衔柳浪，裾色润瓜畦"，两句写景绝妙。千锤百炼之后，妙造自然，如黄庭坚称赞杜甫到夔州后古律诗"简易而大巧出焉"，"更无斧凿痕，乃为佳耳"（《寄王观复书》）望屋背后是成行成林的柳树，低垂的枝叶，随风摆动，如波浪般起伏。"柳浪"，亦古诗词中常语，王维辋川别墅有"柳浪"胜景，宋代杭州西湖"柳浪闻莺"为十景之一。城北道旁的房屋、柳树，如图画般一层层绘出。下句写屋外的瓜地，一行行畦垄，碧绿的瓜叶藤蔓，而行在其中的人，青青的襟裾，仿佛在润泽着这瓜田似的。古诗词中每以青袍之色与青草连喻，如北周庾信《哀江南赋》："青袍如草，白马如练。"《古诗》："穆穆清风至，吹我罗裳裾。青袍似春草，草长条风舒。"而本诗中不言草而言瓜，不言"如""似"而言"润"，则是所谓死典活用，不见因袭之迹。二句中以"衔"字"润"字为诗眼，一字妥帖，便境界全出了。

颈联二语，返虚入浑，轻描淡写，全不着痕迹。前四句用力特写，已臻极致，必须在此转换笔势，从另一角度落墨。"诣客能相避"，非至真至闲之人不能作此语。陈三立此时不独避世，兼且避人了。客有雅俗之别，生熟之分。陈与义诗云："俗子令我病，纷然来座隅。贤士费怀思，不受折简呼。"（《书怀示友》）来访的客人能称意者毕竟是不多的，如杜甫所云"眼前无俗物"实在难得。晴日出游城北，避开访客，亦一快事。上句实是衬语，"偷闲亦自迷"，才真正表现出诗人此时的心境。世间谁个不愿"偷闲"，然偷闲者"自迷"的恐怕不多。为何事而自迷？为何情而自迷？惘惘情怀，实际上是无法消释的。作者在《后园携家人晚步》诗中亦云："牵衣蹑履间，偷闲特自幸。""自迷"与"自幸"，亦二而一，一而二耳。

收处写枝上归鹊，如解人意，为我而尽情啼唤。暗用韩愈《赠同游》诗"无心花里鸟，更与尽情啼"意。偷闲不易，入暮时更流连忘返了。陈三立诗结句每镵刻深远，如此诗之平易者殊不多见。（陈永正）

大桥墓下　范当世

草草征夫往月归，今来墓下一沾衣。
百年土穴何须共，三载秋坟且汝违。
树木有生还自长，草根无泪不能肥。
泱泱河水东城暮，伫于何人守落晖？

一介书生风尘仆仆，顾不上旅途的劳顿，匆匆地归返久违的故乡，但终于泪洒亡妻的墓下。如今，他拿什么来寄托自己的哀感呢？他既缺少"孔方兄"可以仰仗，无力将荒凉的墓地修葺一新，又没有皇恩浩荡所带来的功名，能够让死者受赠于地下，以享荣荣，那就只有情注笔底，赋首诗聊以倾诉哀感于万一，此乃是他唯一的绝活。比较起来，妻子地下有灵，对后者也许更为感动，还有什么能比情到意到更能说明夫妇恩爱，生死情深？然而，诗，他是写了，却不像是在倾诉哀感,而是在对自己进行严谴。这就是范当世,一个伫立在亡妻墓下,悲不可言,而内心却注满了深情的诗人。

当世原配夫人吴大桥死于光绪十年(1884),其时,当世正供职于湖北通志局,紧张地纂修《列女志》,未能及时奔丧。此后,当世为衣食奔走于南北,亦无暇亲临墓下,直至光绪十二年(1886),方才有机会凭吊吴氏之墓。屈指算来,已历时三载。这在旁人,也许会给予谅解的,可是在当世自己,无论怎样说都是一桩抱憾之事,都是难以原谅。所以诗中没有去找任何理由为自己申辩,只是诚恳诉说自己的不是——“百年土穴何须共,三载秋坟且汝违”。我还有什么脸在百年之后与你同室共穴呢?你的坟建起来已有三年了,我还没有来看上一看!当然,对亡妻的感情深浅与否,说到底并不在于是否年年去上坟祭扫,重要的是看死者在活着的人心中究竟占有多大位子,多情如苏轼者,对亡妻王弗之感情,也未能每年上坟,然而“十年生死两茫茫,不思量,自难忘”(《江城子·乙卯正月三十日夜记梦》),不可谓不深于情。反观当世,亦当作如是看。请读者留意,此诗一开头就这样写道:“草草征夫往月归,今来墓下一沾衣。”萍踪不定,漂泊南北的诗人如今归来了,假若他对亡妻早已淡忘,也无情可言,为什么还要在回家后的下个月,便赶往亡妻的墓下?为什么还要泪沾衣襟?联系到大桥刚刚下世时,当世在湖北闻此噩耗,有诗哭之“迢迢江汉泪滂沱,秉烛修书且奈何?读罢五千嫠妇传,可知男子负心多”(《湖北通志局闻妻丧,于时方修〈列女志〉,稍整齐,而后行。悲哭之余,犹翻故纸,停笔写哀,遂成四绝》),以及三年来,当世不止一次地赋诗为文悼念亡妻,答案只有一个,那就是无论过去还是现在,当世对亡妻始终一往情深,难以忘怀。正是基于这种对亡妻深厚的感情,诗人才会总觉得在妻子临死时,未能与之诀别,以后又无暇谒墓,实在是有负于亡妻的憾事。诗中不去诉说自己是如何地思念,相反毫不掩饰地自我严谴,越是这样,越见出情爱之深,哀感盈怀。

往下去,当世更是进一步地将自己推入自谴的极境。不过,这回不像诗的颔联那样语气激切平直,而是较为婉曲蕴藉。诗人的着眼点是墓地的场景:“树木有生还自长,草根无泪不能肥。”时值秋季,当世目睹墓地周围终年常青的树木生机不绝,顽强地生长,而坟草因为寒冬的杀气已经枯萎,露出草根。这些原为自然界中极常见的现象,可是一经当世道来,便觉不俗。在他看来,“树木有生还自长”,无疑是对亡妻的墓冢尽了最大庇护,而坟草的枯萎乃是自己情泪所未能至的结果,两相对照,树木较之于人有情的多了,这不是在将自己推入自谴的极境,又是什么?如前所言,从自谴中见出情爱之深,哀感盈怀,于此亦然。这只要看一看当世把坟草的枯萎都归罪于自身的无泪浇灌所致,便可以想见他对亡妻的无限深情已近乎于痴,心中的哀感苦不堪言。

诗的结尾两句,由先前的自谴转入倾吐诗人心底蕴藏着的沉重的忧伤,具有强烈的抒情意味。天晚了,当世凝视着深广的东城河水无情地流去,西沉的太阳渐渐地收尽落日的余晖,再也无法遏制心头涌起一阵阵孤苦无告的感情涟漪,于是从心底里迸发出“泱泱河水东城暮,伫于何人守落晖”那样凄苦的呼号。我们仿佛看到当世在凄凉的墓冢下,形单影只,泪水纵横,悲不能已;在东城苍茫的暮色中,孤零零地伫立着,听凭时间一点一点地向夜幕推移,久久地不忍离去。这里既有丧妻的孤独、惆怅和不可言喻的失落感,也是抒发了对亡妻爱不能舍的悲怆情怀。至此,一个对亡妻生死情深,哀感盈怀的诗人形象活生生地展现在人们的面前。

前人对当世之诗有“震荡开阖,变化万方”的评语,具体到这首诗来看,还是很有见地的。诗中落笔便开门见山地抒写自己情系亡妻,内心充满无比的哀伤,紧接着将笔锋荡开去,犹如奇峰突起,从正面对自己进行严谴。颈联自责之意仍然承上,但视点却落到坟头草木之上,借物托怀,是篇中绝妙之句,亦可见诗人表现手法的变化多端。未了,以景结情,再度扬起心中的悲感,与首联关合。综观全诗,确有震荡开阖,顿挫跌宕,富于变化的特点。此外,前人写悼亡诗,在遣词造句上大都极尽缠绵悱恻之致,而这首诗却与众不同,它硬语盘空,戛戛独造,形成一种苍莽浑重的气象,也有使人耳目一新之感。(李保民)

过泰山下　　范当世

生长海门狎江水,腹中泰岱亦峥嵘。
空余揽辔雄心在,复此当前黛色横。
蜒蜿痴龙怀宝睡,蹒跚病马踏莎行。
嗟余即逝天高处,开阖云雷倘未惊。

此诗是诗人光绪十一年(1885)北上赴冀州途中作。时诗人32岁。

首联出语豪健,钱仲联《近百年诗坛点将录》谓之"是何气概雄且杰"。诗人说:生长在长江入海口,自小便与浩瀚江水相狎,胸怀也如大江大海一般壮阔,但我并非只知水而不乐山,雄伟的泰山虽相距辽远,但早已在心腹中屹立。起句不入韵,正是江西派惯用手段,予人硬语盘空之感,而语气雄放,则又与东坡为近,表现出范诗的风格特征。

颔联起、对句以流水对一气贯穿。"揽辔"用东汉范滂事,按《后汉书·范滂传》云:"时冀州饥荒,盗贼群起,乃以滂为清诏使。滂登车揽辔,有澄清天下之志。"诗人慨叹道:自己屡试不第,只能以布衣之身浪迹江湖,空存济世报国的雄心壮志闷塞心中,今日亲至泰山脚下,对此黛色参天的巍巍岱宗,怎能不思潮起伏。泰山的壮美正衬出诗人心境的沉郁悲凉。

再看颈联。"蜒蜿"句表面上是形容连绵雄浑的山势,实际上是隐喻当时社会对人才的废弃埋没。"痴龙怀宝"典出《幽明录》。据《法苑珠林》引《幽明录》说:汉时洛下一洞穴极深,有人堕入未死,遇长人指大羊令捋其须,先得二珠,长人自取,后得一珠,与其人食之。还问张华,华曰:"羊为痴龙,其初一珠食之与天地等寿,次者延年,后者充饥而已。""怀宝"复取意于陈子昂《府君有周居士文林郎陈公墓志文》:"呜呼我君,怀宝不试,孰知其深广兮。"用典可谓浑成妥帖,精妙绝伦。而沉睡痴龙更令我们想到旧中国"东亚睡狮"的诨号。"蹒跚"句自《诗经·周南·卷耳》"陟彼崔嵬(高冈),我马虺隤(玄黄),我姑酌彼金罍(兕觥),惟以不永怀(伤)"化出,虽是写马,而一个骑着劣马踏着野草蹒跚而行、怅怅而思的诗人形象如在目前。

最后,尾联中诗人想象自己将要凌空直上,飞逝高天,或许云雷鼓荡于四周也不会惊惶而只会兴奋。"开阖云雷倘未惊"与"生长海门狎江水",一结一起两相呼应,力透纸背。中间二联的沉郁悲凉,至此转为激昂奋厉,全诗也达到高潮而结束。引起我们注意的是,诗的末句用意与龚自珍早于范当世此诗四十六年的《己亥杂诗》"九州生气恃风雷"一句颇相近;联系到前面诗的第五句,也能领会到一种"万马齐暗究可哀"的意境。二者的思想感情,实有相通处。

金铁《范肯堂先生事略》云:"先生自伤坎轲,侘傺发愤,一寄之于诗。仰天浩歌,泣鬼神而惊风雨。世之称先生诗者,谓先生盖合东坡、山谷为一人也。"虽略嫌过誉,然大致道出实情。汪国垣、钱仲联在他们的《诗坛点将录》中都把范当世列入马军五虎将,绝非偶然。(庞　竖)

夜坐向晓(四首录一)　　文廷式

遥夜苦难明,他洲日方午。
一闻翰音啼,吾岂愁风雨。

文廷式是"帝党"的中坚分子,著名的"清流"人物。光绪二十一年(1895),他曾与陈炽等赞助康有为组织强学会,次年,遭到李鸿章的爪牙御史杨崇伊的弹劾,被革职驱逐出京。诗人痛感"中国积弊极深"、"命在旦夕",提出"变则存,不变则亡"(《罗霄山人醉语》),主张向西方学习,"君民共主"。戊戌政变后,他被清廷密电访拿,遂于光绪二十六年(1900)春东走日本;晚年屡遭政治迫害,憔悴忧伤,卒年仅 49 岁。

这首五绝,即事感怀,寄托遥深,小诗而有长篇巨幅的气势,陈声聪谓文诗"大气浑沦"(《兼于阁诗话》卷一),观此可见。诗题"夜坐向晓",四字已包蕴全篇主旨。夜坐不眠,思接万里,诗人在苦苦等待黎明的到来。

首句"遥夜苦难明",语势劲直而语意相关。遥夜,即长夜,暗寓中国社会如处于漫漫黑夜之中。一"苦"字,已露感时忧世的怀抱。诗人少时即有匡国之志,中进士后,感激光绪帝的知遇,屡上奏疏,指陈国事,为当朝权贵所侧目,故诗人对当时政局的黑暗是深有感触的。"长夜漫漫何时旦",生活在中国封建社会中的仁人志士,经常发出类此的慨叹。

"他洲日方午",他洲,指欧洲、美洲。由于中国与欧、美处于不同经度,昼夜时间有很大的差异,如北京深夜 0 时,相当于英国伦敦时间 8 时,或美国纽约时间 13 时。诗人发出深沉的感喟:清王朝还于长夜难明之时,而欧、美各国却如日方中!两相对照,尤难为怀。诗中运用了地球时差的新科学知识,以此寄托新意,表达对当时较封建制度进步的资本主义制度的向往。文廷式关心世界大事,诗文中对西方国家和人物每有赞誉之辞。如诗集有题为《暇阅西方史籍,于二百年内得三人焉,其事或成或败,要其精神志略皆第一流也,各赞一诗,以写余怀》,对俄罗斯帝大彼得、法兰西帝拿破仑第一、美利坚总统华盛顿热情歌颂,谓大彼得铲除"积锢",拿破仑制定"国律",华盛顿不贪"大宝"(指帝位),皆足永怀效法,从这也可窥到作者思想中的一些民主因素。

三、四句语势一转。"一闻翰音啼,吾岂愁风雨",意更沉厚。翰音,指鸡。《礼记·曲礼》:"鸡曰翰音。"后因用为鸡的代称。两句用《诗·郑风·风雨》"风雨如晦,鸡鸣不已"诗意。《诗序》认为《风雨》一诗的意旨是"乱世则思,君子不改其度焉",诗人虽身处乱世,依然能保持自己独立的志节,不因风雨如晦的日子而愁苦。同时亦暗用闻鸡起舞的典故,表现了高昂的意气,抒写对天明的渴望之情。当时清王朝已临末路,风雨飘摇,对外国侵略者屈辱投降,对国内人民却采取残酷镇压的手段,整个中国陷于黑暗和混乱中。腐朽反动的封建统治与欧美较为进步的资产阶级民主制度,形成了非常鲜明的对照。诗人为祖国行将沦亡而深深忧虑,但他也坚定地相信,黎明前的黑暗是不会太长久的,因为雄鸡已啼,人民已醒,光明一定会到来。

钱仲联《近百年诗坛点将录》评此诗云："借地球昼夜向背之理，兴九域沦胥之忧与风雨鸡鸣之怀，二十字抵人千百矣。"可为的论。（陈永正）

张广雅督部电召来鄂呈二首_{（选一）}　　陈　衍

昔岁沅湘单舸还，苍茫风雪下江关。
路从郢树荆门转，梦落郎官大别间。
一卧忽惊天醉甚，万牛欲挽陆沉艰。
上游形胜看如昨，要拱中原控百蛮。

　　这首诗是向张之洞抒怀言志之作。诗题中的"广雅"为张之洞堂名。张任两广总督期间，曾于清德宗光绪十三年（1887）在广州城西北创立广雅书院，为士林所称道。张为洋务派领袖之一，后于光绪十五年（1889）调任湖广总督，驻节武昌，多所兴作，曾创办京汉铁路、汉阳铁厂、汉阳兵工厂、湖北织布局等，爱才好客，幕中号称多士。这首诗当为作者初应张召、入湖广总督幕府时所写。后来作者久在张幕，曾任官报局总编纂。

　　诗的前四句写"来鄂"前在一次由四川乘舟出三峡转入湖南的江行途中，已对武汉三镇心向往之；后四句写"来鄂"之际对国事日非、时局艰危所怀的忧虑，以及对坐镇武汉的张之洞所抱的愿望。

　　在首联"昔岁沅湘单舸还，苍茫风雪下江关"两句中，作者以"昔岁"两字发端，点明这是"来鄂"前的一次江行。上句的结构与李白《早发白帝城》"千里江陵一日还"句相似。李句是写从白帝城还江陵；这句是写经江关（即瞿塘关）还沅湘（《湖南通志·长沙府》称，湘水"至永州与潇水合曰潇湘，至衡阳与蒸水合曰蒸湘，至沅江与沅水合曰沅湘，合众流以达洞庭"，此句中即以"沅湘"泛指洞庭南长沙一带）。两句中以"单舸"、"苍茫风雪"渲染气氛，使一叶孤舟在风雪迷蒙中经江关顺流而下的江行景象浮现纸上，其中交织着作者长途孤旅的怅惘和千里壮游的豪情。颔联"路从郢树荆门转，梦落郎官大别间"两句中，上句写出瞿塘关后江行的路程，由柳宗元《别舍弟宗一》诗"欲知此后相思梦，长在荆门郢树烟"两句化出。郢，春秋时楚国都城，在今湖北荆州市北；荆门，山名，在湖北宜都西北。长江东流，经宜都至江陵，转而南下通向洞庭湖，再东北流向武汉，而作者到达洞庭后则离长江，更向南行，故云路从此转。下句暗中掉转笔锋，作为题中"来鄂"的伏笔，表述此行虽至洞庭离江南下，来到武汉，而已"梦落"其地。有了这一句，前三句所写"昔岁"的行程便不是与题无关的赘文。郎官，湖名，原在汉阳城内东北隅，明代以后已枯涸；大别，山名，在汉阳东北。诗句以"郎官大别"代指武汉三镇。这句表达了对武汉三镇这一形胜之地的向往，也隐约透露了对以广揽人才见称的张之洞的景仰，而写得空灵蕴藉，不落痕迹。

　　诗的颈联"一卧忽惊天醉甚，万牛欲挽陆沉艰"，引入主题，反映了光绪年间内忧外患交迫、国势日益岌危的现实，以及当时有识之士对时局所怀的殷忧和救亡图存的心愿。"一卧"句从杜甫《秋兴八首》之五"一卧沧江惊岁晚"来，而语意更为沉痛，所"惊"之事更为可哀。"天醉"出张衡《西京赋》:"昔者大帝说秦缪公而觌之,飨以钧天广乐。帝有醉焉,乃为金策,锡用此土,而翦诸鹑首。"虞喜《志林》引当时有谣曰:"天帝醉,秦暴金误陨石坠。"李商隐《咸阳》诗"自是当时天帝醉,不关秦地有山河"两句即用此典。这句之用此典,则意谓自"昔岁""下江关",还沅湘,"一卧沧江",惊见天迷帝醉,国土已有为列强瓜分的危险;而"天醉"两字也寓有对当时把持朝政的慈禧太后及一批亲贵们醉生梦死、昏聩日甚的抨击。"万牛"句则化用杜甫《古柏行》"大厦如倾要梁栋,万牛回首丘山重"句意,是说在此大厦将倾之际,亿万民众都想努力挽回危局,免使神州陆沉。其句外之意是愿见张之洞成为文撑大厦的"梁栋"。尾联"上游形胜看如昨,要拱中原控百蛮",与颈联两句紧相承接,是这首诗在终篇处对所"呈"对象——张之洞的献言,是就武汉三镇的地理形势和湖广总督一职所负的重任,对张提出的期望。句中的"百蛮",指对中国怀侵吞野心的列强。武汉自来是长江上游的形胜之地,为东西水路、南北陆路的中心枢纽;拱卫中原、控制列强,正是坐镇武汉的张之洞应起的作用。

这首诗语重心长,可见作者的抱负。作为一首应召赴任、呈诗言志的作品,它措辞得体,不卑不亢,切合作者与张之洞的关系和身份,而不流于俗套,允为佳构。(陈邦炎)

丙戌十二月二十四日雪中游邓尉三十二绝句（其二十三）

易顺鼎

湖天光景入空濛, 海立云垂暝望中。
记取僧楼听雪夜, 万山如墨一灯红。

这组诗作于清光绪丙戌(1886)岁暮。邓尉,即邓尉山,在今苏州西南,因汉时邓尉隐居于此而得名,又名玄墓山,山上山下,遍植梅花,为吴中一大名胜。易氏自称"生平所为诗不下数千首,盖行役游览之作居其大半,而山水诗尤多"(《琴志楼游山诗集》),丙戌前后,作者徜徉吴下太湖山水间,游邓尉时,适逢下雪,遂诗兴大发不可收,连作绝句三十二首,其诗或写景,或怀古,或抒情,此为其二十三,述雪夜所见,从一"望"字写开去,取远景入诗,通篇又紧扣题中"雪"字,前半为望湖,后半则为望山,乃融湖光山色为一体之作。

自诗中"暝望"可知,作者之望,在夜色之中。极目远眺,湖面上云层低垂,烟波迷茫,水天一色,一派空濛,蔚为壮观。诗中之"海",实指湖也,因此组诗之六有"一片西崦水上浮"句,可见此湖为邓尉山下那连接浩渺空阔之太湖的西崦湖。"空濛"两字,十分形象地写出雪夜湖景。试想,如非雪天,则于暝色中望去,定然黑黝黝一片,何"空濛"之有?正因雪花飘舞,赖雪光折射,才能在暮色中有一线朦胧,依稀可见那"海立云垂"之"湖天光景"。

三四句转入望山。此组诗其十八有"重听元(即"玄")墓寺前钟,山径昏黄鬼气浓"句,则此处"僧楼"当为玄墓寺佛楼。邓尉山四周为绵延起伏之丘陵,作者眼光自湖面移开,便有远山映入眼帘,夜色中,山体色彩要比天空深,故形成一道道黑色的轮廓,诗中以"如墨"形容之,可见其时雪降尚未长久,远望去,山峰仍是黑色。在一派黑色中,僧楼上那盏红灯如一团火,显得分外醒目,其实,此时此地应还有另一种颜色——雪之白色,及诗中未写出的香雪海——

梅花之白色。如此，则墨黑、火红、雪白，三色交相辉映，形成鲜明的色彩对比，在这冬夜，将邓尉一带山色湖光点缀得美不胜收。作者是颇有审美趣味的，他于诗、词散文外，也能丹青，故诗中色彩运用颇具匠心。雪花洒落大地，应是悄无声息，诗中用一"听"字，令人如闻其声，又活脱脱把飞扬之雪写活，更显冬夜之寂静安谧。

作者夙喜登山临水，游览行役"足迹所至十数行省，一行省一集也"（钱基博《现代中国文学史》）。他写山水，往往善于从大处落笔，描绘大自然之广阔图景。同是写雪景，他在四川峨眉山所作几首便写得雄健奔放，如"峨眉西望真奇绝，初日晶莹照银关"，"佛楼高坐亦雄哉"（《峨眉绝顶望大雪山歌》），而此诗，虽其景为天、湖、山，物象开阔、宏大，整首诗所造成的却是空明幽淡，半明半暗，神光离合之艺术境界，可谓是以诗作画，笔墨简淡、若隐若现，朦朦胧胧，得迷离恍惚之美。这当然与雪夜背景吻合，也是江南水乡阴柔婉秀之审美情调所要求的。（黄　刚）

秋登越王台　　康有为

秋风立马越王台[①]，混混蛇龙最可哀[②]。
十七史从何说起[③]，三千劫几历轮回[④]。
腐儒心事呼天问[⑤]，大地山河跨海来。
临眺飞云横八表[⑥]，岂无倚剑叹雄才。

❶ ① 越王台：在广州市北越秀山上，相传是西汉时南越王赵佗朝汉台故址。　② 混混：浊乱混杂。　③ "十七史"句：宋文天祥云："一部十七史，从何处说起！"（见薛应旂《宋元通鉴》卷二一八）　④ 三千：极言多。劫：梵文"劫波"之略，意译"极为久远的时节"。劫末有劫火出现，烧毁一切，然后重新创造世界。用以借指劫难。轮回：佛教语，生死轮回。　⑤ 呼天问：向天呼问，本于屈原《天问》。　⑥ 临眺：居高下望。八表：八方之外。

本诗作于光绪五年（1879）。其时国势风雨飘摇，两次鸦片战争失败之后，列强打开了古老中国的大门，广东又是最早门户开放、得风气之先的地区。本年，康有为二十二岁，初次受到西方资本主义文明的熏陶，涉猎一些欧美典籍，并曾游历香港，"始知西人治国有法度，不得以古旧之夷狄视之"（《康南海自编年谱》），从此开始了向西方寻求真理的过程。这首诗就是青年时代的康有为，迎着欧风美雨，立马高山之巅，渴望一展雄才、搏击长空的咏怀之作。

"秋风立马越王台，混混蛇龙最可哀"，首联凸显了一个忧时伤世的青年志士的形象，秋风猎猎，立马高冈，目接混茫，心潮澎湃。"蛇龙"，语本《左传·襄公二十一年》："深山大泽，实生龙蛇"，指英雄之在草莽；又往往带有咨嗟之意，《汉书·扬雄传上》："君子得时则大行，不得时则龙蛇"。另一说法，《后汉书·郑玄传》注有云："辰为龙，巳为蛇，岁至龙蛇贤人嗟。"（郑玄殁于龙蛇之年）康有为诗"混混蛇龙"，亦寓有嗟叹世道陵夷，混浊纷乱，英雄埋没草莽之意。

"十七史从何说起，三千劫几历轮回"，颔联反思民族灾难深重的历史，大气包举，涵融古今。王朝的盛衰兴亡从何处说起，大千世界，不知经历了几多浩劫。"十七史"是泛言，实则着眼的是有清一代的盛衰。"从何说起"，言外有不堪闻问之意。自康乾盛世、道咸以降迄于光绪季世，国运始如日丽中天，烜赫鼎盛，终至白日西倾，沧海横流。"三千劫"，将佛教语的一个绵亘久远的时空观念浓缩到一个短暂的历史瞬间——特指鸦片战争以来民族蒙耻的历史。灾难如此频繁，浩劫如此惨重,竟然使人感到仿佛经历了三千次劫火的焚烧,堕入酷烈的生死轮回。

"腐儒心事呼天问,大地山河跨海来",颈联慷慨悲歌,直抒孤愤。大地山河,疮痍满目,古老的天朝上国即将被现代文明所吞没,不禁仰首苍穹,抚膺浩叹。"腐儒",作者自指。康有为诗学杜甫、龚自珍。杜甫即常以"腐儒"自称,以表白自己特立独行、不徇世媚俗的个性,《江汉》诗:"江汉思归客,乾坤一腐儒";"呼天问",龚自珍诗有"天问有灵难置对"句(《秋心》其二)。孤臣愤世,一如行吟泽畔的三闾大夫,众浊独清,众醉独醒,大厦将倾,痴梦犹酣,茫茫尘海,竟然无人理解自己,只能呼问苍天,何计唤醒人间痴迷。"大地山河",叹息祖国锦绣江山,本自龙盘虎踞,雄睨一世;惜哉金瓯已缺,列强觊觎,坚舰利炮连同现代文明跨海而来,顿时惊破天朝残梦。

"临眺飞云横八表,岂无倚剑叹雄才",尾联表现了康有为力挽狂澜的爱国情怀,而尤为可贵的是他的时代敏感,表现出了一位先觉者走向世界的开放意识。临眺八荒,青天浩荡,云海苍茫,无涯无际,横跨重洋,令人心与飞云俱远。岂可坐井观天,老死户牖,而不思雄飞寰宇?末句交织着郁勃和激越的情怀,慨叹我堂堂中华旧邦,难道竟无破壁而出,放眼世界,吮吸现代文明之雨露,堪为民族脊梁的雄才?

此诗以悲壮昂扬的基调,透露出砰訇的新潮音,表现了康有为愿为时代弄潮儿的神圣使命感。(林　薇)

春日园林　　梁鼎芬

芳菲时节竟谁知? 燕燕莺莺各护持。
一水饮人分冷暖,众花经雨有安危。
冒寒翠袖凭栏暂,向晚疏钟出树迟。
侭是无端感春序,樊川未老鬓如丝。

这是梁鼎芬诗集中的名作。光绪十一年(1885),李鸿章代表清政府与法国签订结束中法战争的不平等条约——中法天津条约。朝野上下舆论哗然。梁鼎芬方任翰林院编修,少年得志,敢于言事,上疏弹劾李鸿章,被降五级调用,由是声名大起,时年才二十七岁。

诗人被投闲置散,郁郁归乡,静思前事,感怆无端,尽管他不以"一己之得失进退为忻慑",但眼见朝政日坏,国步艰难,胸中郁勃之气总是难以平息。在这期间写的诗歌,多运用传统的美人香草的比兴手法,委婉地表现自己的志节和失意的心情。

陈衍《石遗室诗话》谓梁氏"肆力为诗,佳处多在悲慨、超逸两种",并称《春日园林》全首"绵邈艳逸"。此诗运思寓意尤为深至,包蕴着丰富的言外之意,味外之味。

首句"芳菲时节竟谁知",作一设问。美好的春天即将逝去了,有谁去关心呢? 满眼芳菲,又有谁去欣赏呢? 这里突出一个"竟"字,作错愕的语气,含有无限幽怨。护持着芳春的,只有那燕燕莺莺! 次句是无可奈何之语。莺燕是微小的生物,它们又哪能把芳菲时节留住? 诗中当以喻关心朝事、忠心为国的人们,但在中法战争中,他们的一切努力都白费了。

"一水饮人分冷暖,众花经雨有安危",是传诵一时的隽语。同是一水,人们饮用时对冷和暖的感受便各自不同；园中的百草千花，经过风风雨雨，更是安危各异。上句活用佛家"如人饮水，冷暖自知"的常语，而赋予更深刻的社会意义。同是经历着同一事件，不同阶层不同集团的人便有不同的感受，抱着不同的态度。在中法战争中，清政府主和派李鸿章力主妥协，福建船政大臣何如璋及会办海防的张佩纶，秉承李鸿章主和意旨，当法国军舰入侵马尾港后，不加戒备，以致福建海军被法舰一举击溃；广西巡抚潘鼎新等从广西边境不战而退。将领冯子材、王孝琪、王德榜、苏元春则在当地人民支持下，在镇南关、谅山大败法军，刘永福部黑旗军也在临洮重创法国侵略者。中国广大人民和爱国官兵的"暖"，跟朝廷中投降派的"冷"，形成鲜明的对照。"众花"句，写在一场政治斗争之后，人们升沉各异的命运。中法战争后，各派政治集团力量的对比发生变化，有人被革职，被充军，有人得到提升，但主和派头目李鸿章却丝毫未受触动，诗人对此感受是特别深刻的。

颈联二语，景中寓情。冒着料峭的春寒，翠袖佳人也只能在栏边凭倚片时；又到黄昏时候，疏疏落落的钟声从树林中传出。上句本杜甫《佳人》诗："天寒翠袖薄，日暮倚修竹。"诗人以寂寞而坚贞的弃妇自喻，表现了逐臣的失意和痛苦。二语"婉约幽秀，如怨如慕"，得所谓"温柔敦厚"之旨。李瑞清《节庵诗评》以"玉阶露凉，倩魂悄立。残星映空，如闻幽泣"评梁鼎芬诗，可作此联的注脚。

末二语是全诗的总束。诗人深沉地叹息：也许我像杜牧那样，无端地为春光易逝而感伤吧，未曾老去，却早已两鬓如丝了。樊川，指唐诗人杜牧，著有《樊川文集》。杜牧诗多伤春怨别之意。李商隐《杜司勋》诗云："高楼风雨感斯文，短翼差池不及群。刻意伤春复伤别，人间唯有杜司勋。"杜牧借伤春怨别的形式来表达忧国忧民的思想感情，他的诗歌工于比兴，言近旨远。梁鼎芬此以杜牧自喻。"鬓如丝"，亦暗用杜牧《题禅院》诗："今日鬓丝禅榻畔，茶烟轻飏落花风。"诗人年未满三十，已被罢黜归里，对国家的命运，个人的前途，他怎能不深深地忧虑呢？（陈永正）

汉武帝　　曹元忠

从来难再思倾城，　千古佳人此定评。
儿女有情终气短，　英雄好色是天生。
玉阶罗袂秋无迹，　金屋长门赋有名。
垂死犹成钩弋狱①，　早知外戚制西京②。

> **注** ① 钩弋：即钩弋夫人，姓赵，汉武帝妃。传说生而两手皆拳。武帝过河间，自拔之，手即时伸，封婕妤，居钩弋官，称钩弋夫人。　② 外戚：帝王的母族、妻族。西京：汉都长安，东汉迁都洛阳，以长安在西，称西京，而以东京称洛阳。后多以西京代称西汉。

曹元忠是晚清西昆派名手之一，善学李商隐。此诗格调神气便与玉谿生《隋宫》《马嵬》诸篇相近。

按《汉书·外戚传》："李延年性知音，……侍上，起舞，歌曰：'北方有佳人，绝世而独立。一顾倾人城，再顾倾人国。宁不知倾城与倾国，佳人难再得。'上叹息曰：'善！世岂有此人乎？'平阳主因言延年有女弟，……（李夫人）由是得幸。"首句即用此故事，而句法则与白居易《长恨歌》"汉皇重色思倾国"同一机杼。次句"千古佳人"字面上自然指李夫人。但佳人在中国诗歌传统上也可指代君王,如屈原《九章·悲回风》:"惟佳人之永都兮,更统世而自贶","佳人"便指楚怀王、襄王。故"千古佳人"又暗指汉武帝。聪明的读者自可由此诗的佳人推及屈诗中的佳人,并进一步联想到楚怀王与巫山之女的云雨绮梦,而将楚王的风流形象叠加到武帝身上。总之"千古"一句,既是说李夫人姿容倾国倾城早有定评,也是说汉武帝好色早有定评。

额联有如行云流水,令人几忘其为对仗句。"儿女"句出钟嵘《诗品》评张华语:"尤恨其儿女情多,风云气少",而略加变化。按李夫人早卒,武帝曾思念颇深,屡梦见之,并形诸吟咏,此句疑即指此,当然也可泛解。语句虽带有明显的调侃口吻,但暗中亦含如真"有情",何妨"气短"的肯定。"英雄"句似是为武帝辩解开脱,实际上语中带刺,斥其好色而用情不专。"天生"云云,既是说英雄自然好色,更是讥汉武帝之好色乃得自汉高祖的先天遗传。此联令人想起吴伟业《圆圆曲》中"妻子岂应关大计,英雄无奈是多情"二句所含的嘲讽。

颈联起句,"玉阶罗袂"用谢朓《玉阶怨》:"长夜缝罗衣,思君此何极?""秋无迹"反用汉武帝《秋风辞》:"怀佳人兮不能忘。"据《汉书·外戚传》载,卫子夫初以美色得幸,后"入宫岁余,不复幸",子夫"涕泣请出,上怜之,复幸",但终以色衰见弃。此句疑即写卫子夫的哀怨。对句"金屋"典出《汉武故事》:"帝年数岁,长公主问曰:'儿欲得妇否?'指其女阿娇好否。笑对曰:'若得阿娇,当作金屋贮之。'"后武帝即位便以之为皇后,终以无子见弃。"长门"为汉宫名。《文选·长门赋序》谓陈阿娇失宠后别居长门宫,闻司马相如文名,以五百金请作赋悟主,复得幸。(按:实则无复得幸事。)"赋有名"即指此。此句盖取意于辛弃疾《摸鱼儿·淳熙己亥……》:"千金纵买相如赋,脉脉此情谁诉?"写陈阿娇的哀怨。

尾联"钩弋狱"指汉武帝临终前立钩弋所生儿为太子,念吕后事,恐身后钩弋"颛恣乱国家",乃借故逼之死的冤狱。"外戚制西京",指西汉末外戚王莽假仁假义赢得信任而篡汉之事。一结慨乎言之,既扼腕于武帝有情无义,牺牲钩弋于事无补,又佩服他护社稷的警惕心。盖曹氏深恶晚清慈禧太后擅权祸国,故在末句借题发挥,以抒悲愤。

全诗婉而多讽,不愧咏史佳作。(庞　坚)

望峨眉山　　刘光第

插天菡萏是疑非,万古名山佛迹归。
香象河流腾白足,淡蛾汇影照青衣。
寸心尘外寻烟客,一笑云端见玉妃。
绰约何人说冰雪,始知庄叟意深微。

刘光第为"戊戌六君子"中诗作属上乘者,功力深厚,思路奇隽,尤善作纪游诗。游峨眉山时,作有《望峨眉山》、《峨眉山顶见月》、《峨眉最高顶》等诗。本诗写远望峨眉秀影的感受,能从大处落墨,气宏笔健,意境深远。

首联括写峨眉浮于云霄的雄伟壮观。"插天菡萏",喻写遥遥望去,峨眉好似浮在半空的荷花。"是疑非",一是说峨眉山影云遮雾罩,朦胧恍惚;一是说惊叹世上竟有如许大的插天巨荷,令人难以置信。全句虽以疑问出之,实则写实感,是以美好的喻象,刻画出峨眉的深秀。"万古名山佛迹归",承上句意象,意谓上天造此奇山,大概正是要显示佛家的灵圣。"峨眉"是我国四大佛教名山之一,传为普贤菩萨福地,多佛寺佛迹。佛教崇奉莲花,认为莲花是洁净空明的象征,佛座脚下踏的正是莲花台。因山似莲花自然引出山为佛地,既贴切又形象。

　　第二联承佛教名山归属普贤写起,点出与普贤有关的圣迹。相传普贤是如来佛释迦牟尼座前大菩萨之一,乘白象,峨眉山有洗象池和普贤寺。"香象",佛教传说中的巨象,《大涅槃经》云:"如彼驶河,能漂香象。""白足",僧足,《鸡跖集》云:"释昙始足白于面,虽跣涉泥水,未尝沾湿,称白足和尚。"此处借指佛足。"淡蛾",淡妆蛾影,此处指峨眉山在江水中的隐约倒影。"青衣",青衣江,从峨眉山东北侧流过。本联意谓:普贤菩萨曾赤足乘象,在这里渡水登山;难怪这座佛教名山美丽雄伟,秀峙天南,映于江水,顾盼多姿。

　　第三联继续状绘峨眉的灵异,谓这里山清水秀,颇得仙佛青睐。"烟客",烟霞之客,即仙人,传说仙人托身云烟,故云;"玉妃",仙女,《灵宝赤书经》云:"元始登,命太真案笔,玉妃拂筵。"本联意谓:如此山明水秀之地,真令人望之却俗,直欲抛弃俗世,入山隐居,在这里寻访仙人,巧遇仙女。这并非空言圣迹,仍未离远望之题旨,系由"插天"之峰云遮雾绕引发的幻想绮思。

　　第四联对峨眉的灵异予以评赞。"绰约",女子风姿神秀貌;"冰雪",指肤色,代指神女。全联从《庄子·逍遥游》有关姑射神女的传说落笔,意谓望见峨眉山,想见隐居山中的仙佛,方悟得《庄子》的描述原来并不夸张。《庄子》云:"藐姑射之山,有神人居焉,肌肤若冰雪,绰约若处子。"庄子好为夸张之文,他对神女的述写人们大多并不之信,但看见峨眉这样秀丽神异的灵山,却不由得人们宁愿相信果有神女那样的超凡人物。这其实并不是真的笃信庄子的游辞,不过是极力推排峨眉秀色给人的美好感受而已。只有神女那样的人物,才配居住在这样的灵山;也只有这样的灵山,才令人向往神女会居于其中。与其说神女增添了灵山的名气,毋宁说灵山吸引了神女的流连。难怪峨眉会成为海内著名的佛教圣地。

　　全诗紧扣"望"字下笔,并未具体介绍峨眉的景点,也未对山色做具体的刻画,只是勾勒出峨眉插入云天的朦胧轮廓,然后着力在观感上落墨,反复渲染其灵异超俗,极力表白它是仙佛圣地,使人未入山中,已生崇仰,其思致,其笔力,的确异于常套。陈衍《石遗室诗话》评其诗"笔力雅健,思路迥不犹人。"确为精当。钱仲联《梦苕庵诗话》亦云:"(斐村)工于设色,故写景之作为最胜,而峨眉纪游诗其最工者也。"(张永芳)

西　苑① 李希圣

芙蓉别殿锁瀛台②,　　落叶鸣蝉尽日哀。
宝帐尚留琼岛药③,　　金钉空照玉阶苔。
神山已遣青鸾去,　　瀚海仍闻白雁来④。
莫问禁垣芳草地,　　箧中秋扇已成灰。

【注】①西苑:即今北京中南海和北海,在故宫西华门西,清代为皇家禁苑。②瀛台:在西苑内太液池(中南海)中,三面临水。戊戌政变(1898)后,慈禧太后囚光绪帝于此,且拆去通瀛台的桥梁。③琼岛:即琼华岛,在西苑太液池(北海)中。④瀚海:北海。

本诗作于光绪二十六年庚子(1900)秋八国联军攻占北京以后,时光绪帝为慈禧太后挟持出奔西安。诗人有感于光绪、珍妃之悲剧而赋此。

首联"芙蓉别殿",典出杜甫《曲江对雨》:"芙蓉别殿漫焚香",用意亦与杜诗相通:杜句伤唐玄宗乱后回京,寂居南内,徒有太上皇之尊;李句悲光绪帝戊戌政变后,幽囚瀛台,空保国君之名。"锁"字下得恰到好处。"落叶"句既是写实又是用典。按《拾遗记》云:"汉武帝思李夫人,不可复得,因赋《落叶哀蝉曲》。"诗人此处既写西苑一片凄凉,落叶鸣蝉都在为清帝悲哀,又写光绪帝思念珍妃,用笔颇为曲折。

颔联二句是诗人悬想之辞:人已离去,宝帐中还留有清帝未服的琼岛带来之药;灯焰未灭,金釭徒然映照着玉阶上因人迹鲜至滋生的层层青苔。"琼岛药"含意深微。光绪帝往来琼华岛,必在囚于瀛台之前,"琼岛药"便透露出他早因操劳国事而健康受损。又仙界之物,每冠以琼字,琼岛药也可解作仙岛药,诗人盖深望光绪帝服良药而病体得痊,有机会东山再起。"玉阶"一词,也是隐含典故,乃借古乐府相和歌楚调曲《玉阶怨》宫怨古意,暗悼珍妃,并引出下文。二句一明写光绪,一暗写珍妃,章法严谨而灵活。

颈联中,起句从李商隐《无题》:"蓬山此去无多路,青鸟殷勤为探看"变化而出。"青鸾"即青鸟,神话鸟名,借指珍妃,以青鸟回归神山喻珍妃之死。珍妃是慈禧太后仓皇离京前命人推坠井中溺杀,"遣"字表明青鸟之去实非己意,系诗人不便为指斥而以曲笔痛惜珍妃惨遭毒手。对句"白雁"音谐伯颜,南宋末民谣有"江南破破,白雁来过"之语,后来元统帅伯颜果麾军南犯灭宋,人以为谶。此即以"白雁来"喻指帝国主义列强组成八国联军侵入北京。二句一写不该去的去了,一写不该来的来了,事成对比,益见悲愤之情。

尾联二句,诗人叹息道:不要问禁苑春草何时重生,也不知光绪帝何时回到京城,只是那时珍妃早已香消玉殒。"芳草"典出《楚辞·招隐士》:"王孙游兮不归,春草生兮萋萋",系暗典。"秋扇"典出班婕妤《怨歌行》:"新裂齐纨素,皎洁如霜雪。裁为合欢扇,团团似明月。出入君怀袖,动摇微风发。常恐秋节至,凉飙夺炎热。弃捐箧笥中,恩情中道绝",系明典。须注意"秋扇"之典本指嫔妃失宠,在此"箧中秋扇"则喻指慈禧太后迫害光绪帝,禁绝珍妃与之相见。"已成灰"谓生离遂成死别,一结至为沉痛。

李希圣是晚清"西昆派"诗人,喜"以玉溪生自许"(陈衍《近代诗钞》语),其诗不似宋初杨亿、刘筠辈以掎摭为工,颇能得李商隐之神髓。本诗属辞哀艳,寄怀绵邈,用典浑成妥帖,属对工致精妙,实为佳构。(庞 坚)

秋 怀(八首选一)　　丘逢甲

古戍斜阳断角哀[①],望乡何处筑高台?
没蕃亲故无消息[②],失路英雄有酒杯。
入海江声流梦去,抱城山色送秋来。
天涯自洒看花泪,丛菊于今已两开。

注 ① 角:古代军中的一种乐器。　② 没蕃:指台湾沦为日本侵略者殖民地。

自杜甫《秋兴八首》之后,历代诗人以"秋兴""秋感""秋怀"为题的追摹之作甚多。丘逢甲诗受杜甫濡染最深，在台湾沦陷后，他内渡到广东蕉岭，所作的《秋怀》九组（每组八首，凡七十二首），即深得杜诗神髓，如钱仲联先生所言："层见迭出，沉雄悲壮，皆杜陵《秋兴》《诸将》之遗。"（《论近代诗四十家》）本文所选，为第一组之第二首。

逢甲身受国难家仇之痛、身世飘零之苦，于杜诗之沉郁苍凉，领会深切，且又不仅学步、能自具品格，潘飞声《在山泉诗话》称其"七律一种，开满劲弓、吹裂铁笛，真或义军旧将（逢甲曾任台湾抗日义军领袖）之诗"，直道其七律独到孤诣之处，可谓切脉之论。本诗亦是如此，具体而言，则是于苍凉悲壮中寓豪气劲举之势。

这首诗的主旨写思念沦为侵略者殖民地的故乡台湾，起笔却渲染了浓厚的军旅杀伐之气。边关故垒笼罩在斜阳之中，角声断断续续，听去极是哀沉。这也许并不就是"即目直寻"的写景，更多是他回想起带领台湾义军抗击侵略者悲壮失败的主观具象。抗争失败，台湾沦陷，作者内渡。从此天涯望断，故乡何处？所以自然逼出次句："望乡何处筑高台？"故乡之"望"本已悲哀，如今"望"都无处去"筑高台"，这就透过一层，双倍地写出了思乡之痛。此即所谓"开满劲弓"。"没蕃亲故无消息，失路英雄有酒杯"，次第从亲人到自己。"无"道出对"亲故"的思念担忧，"有"则饱含了英雄失路的悲郁。杜甫《登高》中有"潦倒新亭浊酒杯"之句，为暮年潦倒之写实，逢甲此时尚在盛年，然内渡之后，冷落闲居，空有收复故土之志，而请缨无门，借酒浇愁，其愁有更甚于老杜处。然诗中仅着一"有"字。出语沉着、不多渲染颓废之怀，又自称"英雄"，自是壮士之笔，愤懑之余，又可见其豪气未消，此又有别老杜者。颈联"入海江声流梦去，抱城山色送秋来"，为一篇警句，对仗极工、造语极奇、气象极恢宏。"江声"冠以"入海"，足见江势之奔泻，"山色"可"抱城"，可见山形之绵延。"声""色"本无力不可捉摸，如今一可"流"去诗人思乡之梦，一可"送"来故土之秋，便具立体感、力度感、宏大感，有海风天雨逼人之势。"梦"本限于寐中，无所谓流；秋本无所不在，无所谓送：而诗人均著以主观色彩，强调梦乃我思乡之梦，将托江声流传至彼岸；想象秋乃故土之秋，藉山色之送来慰我。此二句中含有种种妙味，令人反复咏味，意犹未尽。而二句气象之不凡，亦具"吹裂铁笛"之力。"天涯自洒看花泪"与上面仍是同一意脉，出自作者的形象特写，"丛菊于今已两开"隐括杜甫诗句，申足了"看花泪"的内容。杜甫《秋兴》之一有"丛菊两开他日泪，孤舟一系故园心"两句，写其回忆往昔、怀念故园而流泪。作者上年八月兵败内渡，别去故园，到现在依年而计，恰好也是"丛菊两开"，洒泪自然也是怀念故园。"已两开"的"已"字深可品味。按说作者内渡时间虽号称"两开"，实则一载。但这对于时刻思念故园的作者来说，已过分嫌长了，这就从另一面反映了作者收复台湾的急切心情，分明也是同他"旧将"的身份相联系的。

这首诗出自杜甫《秋兴》的笔法格调当然十分明显，却又不是对前者的刻意模仿。而是自然地显出了自己的身世和个性气质，这就不同于许多人"逼肖"式的追摹。丘逢甲日后被梁启超在《饮冰室诗话》里推为"近世诗界三杰"之一，称为"天下健者"，这同他这种善于学习前人，故能"以旧风格含新意境"的创造性是分不开的。（魏中林）

崆　峒　　谭嗣同

斗星高被众峰吞，莽荡山河剑气昏。

隔断尘寰云似海，划开天路岭为门。

松拏霄汉来龙斗，石负苔衣挟兽奔。

回望桃花红满谷，不应仍问武陵源。

峒是西北的名山，杜甫《送高三十五书记》诗所谓"峒小麦熟，且愿休王师"是也，山在今甘肃平凉，为泾水发源之处。谭嗣同曾多次到西北省亲，有可能登临此山，本诗大体是他登山后所作，当然，峒山极高峻，诗人未必真到其巅峰，可能只是尽其所见而作本诗。不过，这些问题都不重要，因为这首诗不是写景咏物之作，诗人亦无意于此，他对峒的地理位置、气候特征之类全不关心，他所注目的只是山的高、险、雄、奇，他只想将自己的人格、理想、抱负、境界，通过对山的描绘，喷吐出来。所以，此诗与其说是写峒，不如说是在写诗人自己。

诗共四联，循序而进，首联先遥看峒。"斗星高被众峰吞"，起句即气势非凡。"斗星高"由唐诗《哥舒歌》的"北斗七星高"凝练而成，相传七星和北极星高距天中，而峒正位于斗极的座下。然而，在诗人笔下，这斗极的宝座一点也不安稳，它下面的群峰，几乎可以把它一口吞没，然则这峒有多么高峻，也就尽可想象了。"吞"字极有力，一举点活了"众峰"，它们个个伸长了颈，张大了口，腾腾欲上，咄咄逼人。这自然不是单为写景，"斗星"位于天极，向来是神秘的"天"和神圣的帝王的象征，诗人却要将其"吞"没，这是何等大胆的挑战！本诗当然不是什么"诗谶"，但峒这种气吞斗牛的姿态，与日后谭嗣同在维新运动中的冲决气概，真有神似之处，谁又能说这里的"众峰"，不是寄托了诗人的人格？

次句"莽荡山河剑气昏"，变换角度，形容山之特立孤高。莽荡，辽远无际之貌。剑气，即所谓"丰城剑气"，相传三国吴时，斗、牛二宿之间有紫气，吴亡后，晋张华派人在丰城（今属江西）掘出二剑，紫气也旋即消失，始知紫气乃二剑的剑气所化。在峒面前，延伸的是无穷的山河大地，在山河的尽头地平之处，是昏暗欲坠的剑气。山河在横向延伸得越远越广，峒在纵向就越显得高峻；剑气越是昏昏，峒的形象越是昭昭。这句纯用比衬，与上句合看，有虚实相生之妙。值得重视的是，"剑气"象征着"王气"，诗人却直言其"昏"，不能光耀"山河"，其挑战的矛头所指，也是很鲜明的。

次联是在登山途中。"隔断尘寰云似海，划开天路岭为门。"这里说的虽是绵邈如海的云、充作山门的岭，但却把云海那隔断尘世人寰的高洁、把山岭那划破天庭的壮烈，突出在每一句的最前头，因为那些才是与他的人格相感应的。这二句用词亦极有力，丝毫不逊色于上联。云海本来只是遮掩了尘寰，诗人却说成是隔而断之、与尘寰完全不相见，亦完全不相连；山岭本来只是高入天中，诗人却使它们如利斧、如长剑，要在浑沌冥顽的"天"上强行划开一条路来：这是何等有力的措辞！当然这中间有诗人摒弃一切俗见的决心，有诗人敢于开拓的志向，也是非常鲜明的。

颈联是山上的具象。"松拏霄汉来龙斗"，来，通"徕"，招也。只见山上的群松，不只是常言的"傲立苍穹"而已，它们更如有利爪，紧紧地在天上抓着、摇撼着神圣不可侵犯的"霄汉"，招得天上的群龙不能不为卫护天庭而卷入恶斗！拏，有握住和牵引二意，但用在此处皆确，诗人可谓善于择词。"石负苔衣挟兽奔"，那微不足道的青苔，诗人却看成了厚厚的、被石块沉沉地背负的"苔衣"，但这巨石虽然负重，却绝不凝滞，它们在山中奋力地翻滚，像野兽一般奔跑——不,毋宁说它们是挟带着野兽在奔跑!敢与天斗、不惧"天威";肩负重任、奋勇向前:这,无疑也是诗人自己的写照。

如果说,前六句中字面上还是写景,那么,到了尾联诗人登高回望之际,他就不能再抑制被崆峒所催生起的豪情,他忍不住要直抒了。"回望桃花红满谷,不应仍问武陵源。"谁在"回望",谁"不应仍问"?诗人终于自身跃入了诗境。他穿过了云海攀上了山岭,礼赞了高处的青松与巨石,向前,已经够满足了,回望,又看到了新的境界。那远近起伏的山谷中,开满了鲜红的桃花,一片灿烂的、旺盛的、热烈的光彩,没有一丝妩媚和低回,绝不是《桃花源记》的"落英缤纷",而是一派生机、充满希望。这,或许是对诗人敢于"吞"、敢于"划"、敢于"斗"、敢于"奔"的最好慰藉,或许正是诗人吞、划、斗、奔所期待的硕果。无论是何者,都令诗人精神焕然,积极向上,他断然否定:不,那里不是遁世者的"武陵源",我也决不会去寻问通向"武陵源"的道路!

这是一首劲气贯注的力作,那种挑战的气概、那种饱满的劲力,与谭嗣同个性中那种"冲决网罗"(见其《致唐才常》)的精神,是完全一致的,所以说,本诗中的崆峒山,是人格化了的,那正是诗人自身人格的体现。谭嗣同一生只活了三十四岁,本诗是他三十岁前的作品,虽不能断定作于何年,但有一个问题是很肯定的,那就是他此时已经非常成熟,已经考虑到把锋芒指向"天",指向君主专制和封建纲常,故而一篇之中三致意焉,把与"天"有关的"斗星"、"天路"、"霄汉"反复取来作为冲决的对象。或许,本诗的创作之期,与他那闪烁着民主、科学、反封建精神的《仁学》的撰成,其间相去不远吧!(沈维藩)

潼 关 谭嗣同

终古高云簇此城,秋风吹散马蹄声。
河流大野犹嫌束,山入潼关不解平。

据谭嗣同《三十日记》,他十一岁就随父继洵赴甘肃巩秦阶道任所,前后"往来度陇"几十次。上面这首《潼关》是光绪八年(1882)春,他自湖南赴甘肃省亲,途经潼关时所作。其时他年十七岁,不仅富有写诗的才气,还喜剑术,练就一身武艺,更可贵的,他有理想,有朝气,有一腔真诚的爱国热忱。而此时中国正陷于深重的民族危机中,帝国主义瓜分中国的热潮日益加剧,而满清王朝腐朽昏聩,气息奄奄。风华正茂的诗人登临潼关这座千古雄关时,抚今思昔,不由发出声声历史的浩叹。

"终古高云簇此城",看,那高天的浮云似乎终古不散地簇拥着这座半山腰的历史名城。《元和郡县志》记载潼关"上跻高隅,俯视洪流,盘纡峻极,实谓天险。""高云簇城",就形象地突出了潼关居高临下的险峻地形。一"簇"字,写高云密布城关的情景,很富有动感。而"终古高云",又把人们的思绪引向无比辽远的时空深处,"终古"意味着时间的邈远;"高云",意味着空间的开阔。潼关,当陕西、山西、河南三省要冲,是从洛阳进入长安必经的咽喉重镇,古来兵家必争之地。它不由使人联想起这座雄关曾经历多少历史风云变幻。

随之一句："秋风吹散马蹄声"，它既是写诗人在萧飒秋风中驰马来到关前的情景，又似乎蕴含着一种历史的悲凉感：在这座古城堡之前，往昔的金戈铁马之声已被秋风吹散了，时间的流水啊，"浪淘尽千古风流人物"！年轻的谭嗣同心中不免萦绕一层时代的忧患和惆怅。

诗人立马潼关，骋目远望，只见潼关南面是莽莽苍苍、迤逦起伏的太华山脉，北面，在潼关外面，是滔滔黄河，它从北面奔涌而来，在潼关外头猛地一转，径向三门峡冲去，翻滚的河水咆哮着流入渤海。眼前一派恢阔雄迈的大自然风光使人心胸开阔，精神为之一振。谭嗣同接着吟出了下面两句："河流大野犹嫌束，山入潼关不解平。"黄河啊，你在广阔的西北大原野上奔流，看你那汪洋恣肆的雄姿，似乎要解除一切羁绊，连这望不见边的大野犹嫌其空间狭窄呢！再看那太华山脉，拔地而起，恃险争势，似乎一进潼关，压根儿就不晓得世界上还有平地了！在诗人笔下，奔腾的黄河，险峻的群山，好像都成了有思想有感情的人，在它的身上融进了诗人强烈的感受，融进了诗人的思想、个性和人格，融进了他作为一个时代的改革家的壮志豪情。谭嗣同是在中国近代思想史和哲学史上都占有重要地位的人物，曾被人誉为晚清思想界的彗星，他抨击封建伦常"尽窒生民之灵思"，要求冲决罗网，实行改革，渴望"日弱而下"的中国，能与"西人""争雄"。他的这首《潼关》诗，看来只是描写山川形胜，却使人产生对自然和历史的深沉思考，仿佛有一颗豪兴淋漓的年轻的心在诗行中跳动，他要像黄河那样冲决封建罗网，荡涤一切不合理的旧制度，在个性解放的大道上迅跑。他要像"到此忽蹉跎"的群山那样，要恃险争势，跨越一切艰难险阻，勇敢开辟前进的道路。潼关的山川形胜成了诗人自我形象的艺术表现。我国古代优秀山水诗往往即景抒情，即景言志，追求物我合一的境界，谭嗣同这首《潼关》极其成功地做到了这一点。谭嗣同诗歌的艺术风格恢阔豪迈、刚健遒劲，富有浓郁的浪漫主义色彩。诗人胸中的一种豪气，喷薄而出，形之于诗，调子高亢，感情激昂，"拔起千仞，高唱入云"，这首《潼关》诗正是他这种诗风最生动最典型的体现。（铁　明）

晨登衡岳祝融峰　　谭嗣同

身高殊不觉，四顾乃无峰。
但有浮云度，时时一荡胸。
地沉星尽没，天跃日初熔。
半勺洞庭水，秋寒欲起龙。

祝融峰是南岳衡山的主峰，七十二峰之最高者。韩愈有句云："祝融万丈拔地起，欲见不见轻烟里。"可见祝融峰之高峻。峰巅有上封寺，寺东有望日台，是观日出的好地方。光绪二十一年（1891）秋天，年仅二十六岁的谭嗣同来到这里，在晨光曦微中登上祝融峰，遂写下这首恢阔宏放的诗篇。

诗的起调就不同凡响，气势开阔，因置身于最高的祝融峰上，众山尽在脚下，故云四顾无峰，"殊不觉"三字说明自己虽身登峰巅，然如履平地，意犹未尽。"四顾"句是实写，然也不乏夸张的成分，意在表现作者博大的胸襟与凌霄之志，写景中已有人在。首二句扣住"晨登祝融峰"的题意,交代了诗人的行踪,然一个意气风发、凭凌山河的青年诗人形象已跃然可见。三四两句作为首二句的补充,极言祝融峰的高峻与雄伟。众峰不可见,唯有浮动的白云时而飘过,令人胸臆顿开。"荡胸"二字袭用杜甫"荡胸生层云,决眦入归鸟"(《望岳》)句,谓山中的云,舒展飘拂,可涤荡人的胸襟,由此表现出青年诗人壮怀激烈、意气高迈的精神境界。五六两句写黑夜消逝、红日跃空的情景。描绘日出的诗自古以来何啻万千,然贵在能从大处落墨,以简练形象的笔墨写出光明降临人间的刹那壮观。谭嗣同此诗正是如此。这一联的头一句说太阳未出,大地沉沉,众星也销声匿迹,这是黎明前的黑暗;后一句说天际出现了火红的朝霞,太阳像是刚刚冶炼过的火球,霎时光焰万丈,染红了天际。这里以天与地作对照,气象阔大,读来有震惊人心的力量。先写大地的沉寂与黑暗,再写天际的红霞与初日,在对比中令人感到光明的可爱,也体现了诗人对光明的向往。最后两句写山巅远眺洞庭,由于祝融峰高耸入云,故下视人寰,连"气蒸云梦泽,波撼岳阳城"的八百里洞庭湖也变得像半勺之水那么渺小。由此反衬出祝融峰的高峻与自己恍如置身天外的处境。结句由洞庭湖而想到秋寒水落,憩息于湖中的蛟龙恐也无法安身,将飞腾而起了。这两句收束得雄俊超迈,气度不凡,极为有力。

　　整首诗由登山而写到观日出,再由远眺而想到蛰龙欲起,舒展自如,一气直下,如行云流水,自然成文而浑然一体。其中不仅写出河山壮丽,寓意也十分显豁。当时的中国,正处在内忧外患叠起丛生的时期,民族的危难激起了进步知识分子图谋改革的决心。青年诗人看到了古老中国已处在黎明前的黑暗中,然而光明终将战胜黑暗,因而本诗中"地沉星尽没,天跃日初熔"二句不仅是眼前景象的纪实,而且俨然是当时形势的写照。诗的末句忽从记游写景宕开,发出蛟龙欲起的浩叹,显然诗人希望有识之士能奋起变革现实,抒发了自己跃跃欲试、建功立业的抱负。这种豪情壮怀已预示了诗人后来积极参加变法维新,并以生命而殉其理想的伟大精神。(王镇远)

题长吉集　　黄　人

踏天割云黑山坠,日魂月魄玻璃碎①。老鸦吹火烛龙睡②,三十六天走花魅③。赤雷烧狐狐尾脱,髑髅载久成仙骨。提携万怪闯八垓④,煮凤屠龙据其窟⑤。朱文秘笈放胆偷⑥,一夜愁白天翁头。急遣绯衣使者按户搜。烟丝满室一网尽,囚之白玉三重楼。蹇驴疾遁化赤虬,囊锦碎割无人收。老胡碧眼识不得⑦,心死千年血犹赤⑧。我初识得光逼眸,疑是娲皇炼天石。十年闭户求真经⑨,神通游戏皆平平⑩。大丹九转紫烟起⑪,何心学尔婆罗技⑫。

〔注〕①日魂月魄:日月。《参同契》:"阳神日魂,阴神月魄。"玻璃:指日月。李贺《秦王饮酒》诗:"羲和敲日玻璃声。"②老鸦吹火:李贺《神弦曲》:"百年老鸦成木魅,笑声碧火巢中起。"鸦,猛禽,俗称猫头鹰。烛龙:传说中蛇身面赤的神怪,见《山海经·大荒北经》。③三十六天:《云笈七籤》载:元始天王所居之大罗天,与玉清境之清微天,上清境之禹余天,太清境之大赤天,及东方八天,南方八天,西方八天,北方八天,共为三十六天。花魅:犹言花妖。④八垓:八方的界限。语出司马相如《封禅文》:"上畅九垓,下溯八埏。"埏,埏,互文见义。⑤煮凤屠龙:语出李贺《将进酒》:"烹龙炮凤玉脂泣,罗帏绣幕围春风。"又《庄子·列御寇》:"朱泙漫学屠龙于支离益,单(殚)千金之家,三年技成,而无所用其巧。"窟:洞穴。⑥朱文:用朱砂笔书写的道家经文。秘笈:幽秘经籍。笈,书箱。⑦"老胡"句:岑

参《胡笳歌送颜真卿使赴河陇》诗："紫髯碧眼胡人吹。"李白《上云乐》诗："康老胡雏,生彼月窟,巉岩容仪,戍削风骨,碧玉炅炅双目瞳,黄金拳拳两鬓红。"这句用李白典,借用岑参"碧眼"字面,描绘李贺死后形象,寓李贺诗歌的艺术风貌不能为后人赏识之意。 ⑧ 李贺《秋来》诗:"恨血千年土中碧。" ⑨ 真经:道家的经籍。这里指作诗的奥秘。 ⑩ 神通游戏:佛家语。《大乘义章》:"神通者就名彰名,所为神异,目之为神,作用无拥,谓之为通。"又《维摩诘所说经》嘉祥疏:"外道二乘,神通即有碍,不名游戏。今菩萨无碍,云戏也。" ⑪ 大丹九转:《抱朴子》:"神丹一转之丹,服之三年得仙;二转之丹,服之二年得仙;三转之丹,服之一年得仙;四转之丹,服之半年得仙;五转之丹,服之百日得仙;六转之丹,服之四十日得仙;七转之丹,服之二十日得仙;八转之丹,服之十日得仙;九转之丹,服之三日得仙。若取九转之丹内神鼎中,夏至之后爆之鼎热,翕然辉煌,俱起神光五色,即化为还丹,取而服之,一刀圭即白日升天。"这里用以比喻自己的诗歌创作,意谓要像九转还丹一样,经过千锤百炼,达到神化的境界。 ⑫ 婆罗技:古代天竺婆罗门,擅长各种幻术,婆罗技疑指此。

　　这首诗为作者题咏李贺诗集之作。唐诗人中有"仙、圣、鬼"的说法,"鬼"即指李贺,其卓绝的才华、天才的想象和不幸的命运结合在一起,给人们留下了多少传说;而他那种奇崛幽峭、秾丽凄清的浪漫主义风格又使多少人望尘却步,叹为观止!本诗的作者黄人则不然,他从相反的角度立论,认为李贺并非不可企及和逾越。全诗把握住李贺诗歌"鬼"与"怪"的特点,化用其诗句和有关的传说展开丰富的想象,层层渲染,同时也表达了作者勇于创新的自信。全诗妙用典故,纵横自如,在题咏之作中不可不谓别具一格。

　　全诗可分两大段。从开头到第十七句"心死千年血犹赤"为第一段,是对李的艺术特色形象化的概括;以下六句为第二段,抒发自己的见解。

　　第一段又分四小层。前四句为第一小层,想象李贺作诗之情状。诗一开端便给人一个极富浪漫主义色彩的场景:只见李贺踏在高高的九天之上,从那里割下一片云来,成了他的砚石;然后挥笔赋诗,太阳和月亮都为他的气势所震慑而惊碎,失去了光辉。"踏云"句本来自李贺《杨生青花紫石砚歌》中的"端州石工巧如神,踏天磨刀割紫云",这里化用以衬托李贺不平凡的出场。所用之砚就非人间之物,其主人更是神龙不见首尾的。杜甫在称赞李白写诗时说:"笔落惊风雨,诗成泣鬼神,"而李贺更是气度不凡,连日月都为之惊碎。李贺亦说自己的诗"笔补造化天无功",焉知日月不是在他创造的形象面前自惭形秽而碎的呢?这两句极写李贺之本领神奇,而紧接着两句用来概括李贺诗的意象特点。那源源涌入李贺笔底的,竟都是些吹火的老鸦,是蛇身赤面的烛龙;是从三十六天纷纷下降人世的花妖。李贺号称"诗鬼",而这不正是某一方面的原因吗?

　　第二层包括以下四句。这一层承接上面,进一步揣想李贺的身世来历。他显然不是凡人,那么他会不会是传说中逃脱了天地劫难的狐狸,或者本身原就是一个鬼怪,经历了多年的修炼而成的仙呢?既如此,他自然是万怪的领袖。试看他统领着万怪在天地之间自由地闯荡,何等威风神气而又所向披靡!连一向被视为正统神灵的龙凤也被屠被煮,巢穴被万怪占据。似乎也只有用这种方法才能做出一个令人信服的说明;难怪李贺在他的诗中所最得心应手、呼之即来的,都是那些鬼气幽幽、大异常理的意象!

　　从"朱文秘笈放胆偷"到"囚之白玉三重楼"为三层,更是用浪漫手法描述李贺之死。作者有意沿用过去一种迷信说法:人的才华聪明是从天上偷来的,而非自己所有;人的创作亦非自己创作,而是照抄天书而来的。李贺既有那么过人的才思,写了那么多杰作,显然天上不知丢了多少东西了。朱文秘笈,原指道家著作,这里借代天书。甚至天帝也为之一夜之间愁白了头,"急遣绯衣使者按户搜",结果发现一间屋子里满是烟霞,就将它一网收走,把李贺也关进了天上的白玉楼。据李商隐《李贺小传》记载,李贺将死时,梦见一绯衣(红衣)人召他为天上新建的白玉楼作记。但诗人在这儿,把李贺的死因改为连上帝也妒李贺之才,就更富言外之意,盖李贺之才,绝非上帝可以驱使者。

第四层写李贺死后。因为他被天帝收走,他所骑的蹇驴也急忙逃走,化作了赤虬;古锦囊破碎在地没人收拾。"蹇驴""锦囊"亦皆见于《李贺小传》:"(李贺)恒从小奚奴,骑距驴,背一古破锦囊,遇有所得,即书投囊中,"作者到此还不忘补上一笔,即便李贺所骑之驴亦是赤虬所化。但李贺如许高才,世上真正了解他的能有几人呢?作者后来就写他甚至死后也缺乏知音的命运。他由于与众不同的风格,好比是"老胡碧眼",而非一般人所习以为常的形象,要指望他们对他做出真正的理解,不亦难乎?所以他只能"心死千年血犹赤",此恨千载难消了。

以上第一段从不同的角度完成了对李贺及其诗歌艺术风格的整体透视。作者似乎也在不遗余力地给我们这样一种关于李贺的印象:他,才气卓绝,下笔如神,驱鬼使怪,随心所欲。但作者所要表达的内容真的就如此而已了吗?行文至此,好像已到山穷水尽处,但且慢,试看他在第二段时,突然来了个一百八十度的大转弯——

"我初识得光逼眸,疑是娲皇炼天石。"只淡淡两句,就将以前所说轻轻带去。"娲皇炼天石",见《淮南子·览冥训》:"往古之时,四极废,九州裂,天不兼覆,地不周载,……于是女娲炼五色石以补苍天,断鳌足以立四极。"这里借女娲补天的五色石比喻李贺诗歌最初给人的目眩意迷的感受。然而作者自己经过"十年闭户求真经",却终于发现李贺"神通游戏皆平平",没什么神秘。这是为什么呢?我们首先应该联系作者自身来考察。作者自己就是一个才华高妙且极富有创新热情的人,他知识渊博,自诗词、小说以及逻辑学、法律、医药、道籍,无不穷究,怎会仅仅满足于窥得一个古人之秘而裹足不前?其次也在于作者当时的时代精神的影响,那是一个"需要伟人并且产生了伟人"的时代,每个人都勇于自信,都以历史的开创者自任,作者自己不是也改用了一个《圣经》中先知的名字"摩西"了吗?并且当时的先进人士都"置古事于不道,求新声于异邦",把目光转向更广阔的天地,寻求文学和人生的真谛,所以李贺那些以技巧取胜的诗,在作者眼里当然并非自己需要的真经,而只能是长于变幻的"婆罗技"了。作者最后借用道家炼丹的说法,说自己的创作要像九转还丹一样经过千锤百炼,达到神化的地步,而李贺的技法,则无心多学。只此六句,诗的境界全出。

由第一段到第二段,大起大落,大开大合,出乎意料,又在情理之中,这种欲擒先纵,欲抑先扬的手法,正是本诗的结构特点。作者的诗在清代继承了胡天游、王昙、龚自珍一派的艺术传统,奇肆横逸,藻采惊人。全诗体现了他"古体跌宕纵横,雄奇瑰丽,骨苍而韵逸,气勃而趣博"(秦琪《石陶梨烟室诗存序》)的特点。而作者不仅暗寓着和李贺一争高下之意,且其诗风,亦似可以与李贺相颉颃矣!(姚晓雷)

八月乘车夜过黄河,桥甫筑成,明灯绵亘无际,洵奇观也

陈曾寿

飞车度险出重扃,箭激洪河挟怒霆。
万点华灯照秋水,一行灵鹊化明星。

横身与世为津渡，孤派随天入杳冥。

地缩山河空险阻，朝来应见太行青。

在现实中、在生活中，新事物的出现是层出不穷的，作为反映现实、反映生活的诗歌不应当也不可能把它们摒之门外。清代中叶以后，域外见闻大增，西方器物涌入，诗歌之门受到了外来文化的撞击，如何以旧形式容纳新题材，成为摆在诗人面前的一个课题。黄遵宪在《人境庐诗草自序》中谈到诗歌的述事功能时，认为应举"古人未有之物、未辟之境，耳目所历，皆笔而书之"。他在创作实践中成功地体现了这一主张，而清末诗人陈曾寿的这首咏黄河铁桥夜景的七律，也可推为此类作品中难得的佳构。此诗正如钱仲联在《清诗精华录》中所评："作者用旧体诗的形式状写当时出现的新事物，将古老的黄河和新兴的铁桥的描绘溶在一起，贴切自然，不失为诗中上乘。"

作者为湖北蕲水（今浠水）人，家居武昌，于光绪二十九年（1903）成进士后在北京历任刑部主事、学部郎中等职；宣统元年（1909），作者曾因事返武昌，此诗为从武昌乘火车回北京途中所作。诗的首联以"飞车度险出重扃，箭激洪河挟怒霆"两句入题，写"乘车夜过黄河"。上句言飞驰的火车度过重重险阻，跨越河流。扃，原意是门户。下句，《清诗精华录》释为"形容黄河上激起的巨浪"，似亦可释为形容火车风驰电掣过河的声势。"箭"，似喻疾驰的火车；"激"，谓声势的迅猛，与《史记・游侠列传》"比如顺风而呼，声非加疾，其势激也"句中的"激"字用法略同；"怒霆"，则喻火车过铁桥时的轰隆声。颔联"万点华灯照秋水，一行灵鹊化明星"两句，写桥上"明灯绵亘无际"的"奇观"。上句应为渡桥前后从列车中望见的桥上电灯与水中倒影上下辉映的景观。下句则化用七夕群鹊衔接为桥以渡织女过银河与牛郎相会的传说，驰骋其天上人间的联想。句中，从地上的黄河联想到天上的银河，从黄河上的铁桥联想到银河上的鹊桥，从桥上的明灯联想到夜空的明星，更从桥灯之绵延不断联想到灵鹊之衔接成行，多边取喻，联想丰富，以古老的传说为现代的景物染上一层瑰丽的神话色彩。

诗的颈联分写铁桥与黄河，既是描画当前景物，又在写景中表露了诗人的怀抱。上句，因物言志。"横身与世为津渡"，是黄河铁桥的写照，也是作者献身济世的理想。下句，景中寓情。派，河流，孤派指黄河；杳冥，深远的夜空。从"孤派随天入杳冥"句的取景角度看，与王之涣《出塞》诗"黄河远上白云间"句是相似的，但一写夜景，一写昼景，时间有昼夜之别，而且就画面气氛来说，王句给人以明朗、壮阔之感，此句给人以黯淡、迷茫之感。如果联系写诗的时代背景，可以说：王句是盛世之声；而此句则是末世之音，是清亡前夕，在那样一个国运黯淡、局势迷茫的大环境中，作者的内心情怀的反映，正如王国维《人间词话》所说，是"以我观物，故物皆著我之色彩"。

尾联的上句"地缩山河空险阻"，写作者乘火车、渡铁桥的感受，字面上说因火车、铁桥之出现，山河被缩短了，险阻也无用了；句中即暗寓积弱的东方古国再不迎头赶上西方列强，在新情势下、在新器物前天险已不可恃的慨叹。下句"期来应见太行青"，是从题的去路作结，从而在篇终处别开意境。诗的字面，是说车行之快，夜到黄河，明晨已可望见太行山了。但句中着一"青"字，又含有作者隐约的希望，当然，这希望还在明天。此句就时间而言，是从今夜预想到明朝，是从本题所写的时间推入另一时间；就空间而言，是从黄河桥上预想到太行山侧，是从本题所写的空间转入另一空间。这是古典诗歌中常用的艺术手法，如：韩偓《惜花》诗的尾联"临轩一盏悲春酒，明日池塘是绿阴"，是在诗的结末处转换时间的例子；杜甫《望岳》诗的结尾"会当凌绝顶，一览众山小"，是转换空间的例子；陈与义《除夜》诗的尾联"明日岳阳楼上去，岛烟湖雾看春生"则与这首诗的结句相同，是时间转换与空间转换兼而有之。这些于收篇处别开意境的作结之法，其机杼是相同的。从全篇来看，这首诗结末处的"朝来"一句，也把诗篇的视界由点扩展到面，从黄河边、铁桥上延伸向广袤无边的河北原野。

本诗虽是写火车、铁桥等新事物，但诗中仍弥漫着浓厚的古典氛围，颔联的阔大境界，颈联的深沉感叹，尾联的含蓄不尽，都是传统手法的精巧的运用，体现了诗人的功力深厚。古典诗歌固不可排斥新事物，但应该如何在反映新事物的同时又不失古典诗歌的本来面目，此作可算作了一个出色的回答。（陈邦炎）

太平洋遇雨　　梁启超

一雨纵横亘二洲，浪淘天地入东流。
却余人物淘难尽，又挟风雷作远游。

这是作者一八九九年往游美洲时在太平洋上遇雨有感而作的诗。

诗的起句就点题，并表现出一股恢宏的气势：天宇之大，一雨能够绵延亚美二洲。也就是说，在太平洋上遇到的雨，既洒落在此去之美洲上，又洒在已离之亚洲上。此去的美洲如何，暂时按下。已离之亚洲，则令诗人浮想联翩，缩今及古，于是以"浪淘天地入东流"承接。诗人设想那洒在亚洲中华国土上的雨，必定激起滔天巨浪，滚滚东流。而这又自然而然地联系起苏东坡的名句"大江东去，浪淘尽千古风流人物"（《赤壁怀古》）。但诗人并不苟同于坡仙的怀古伤今，于是转出新意："却余人物淘难尽。""却"字关联上句，使本句意思格外突兀：自信自己虽是戊戌劫余的人物，但决不会像千古风流人物那样，瞬息即被历史之波浪长流所淘尽。于是，诗的最后一句"又挟风雷作远游"，便表示了自己壮志未泯，此番远游美洲绝不是消极逃遁，而是另有一种风雷大志包藏胸中。风雷是一种自然天象，风雷大作则宇宙震颤。古诗中常用以表示大有作为之意。此句在这里，出自一个在戊戌变法中遭到惨败的重要人物之口，似乎更震撼人心。

这首诗由平常的景带出不平常的情。立足于太平洋之上，遥视亚美二洲；身处政治逆境之中，而思及古今，更展望未来。境界开阔，情怀高远，有一种奔放热情溢于字里行间。（陈新璋）

携眷登南岳观音岩作① 　　曾广钧

宝山珠殿插青天，万朵红莲礼白莲。
一片空岚罩云海，全家罗袜踏苍烟。

注 ① 观音岩：在湖南南岳衡山祝融峰下。

烧香愿了花侵马，礼佛人归月上弦。
更忆海南千叶座，天风引舰近真仙。

本诗是一首纪游诗，以藻思丽笔写下了诗人携家眷登南岳观音岩的所见所感。

首句直笔描绘眼前所见之景。"宝山"特指衡山最高峰祝融峰，"珠殿"便是祝融峰顶的祝融殿，"插青天"可与祝融峰上"山耸天止"石刻相印证，极言山势殿宇之高峻。这句用语虽也切合眼前景物，但并无奇妙惊人处，实际上它主要起一种铺垫作用。次句精警动人，以曲笔写登观音岩四望，但见群峰环绕，如同万朵红莲向白莲顶礼膜拜。用莲花形容山峰，由来已久，李白《望庐山五老峰》就有"青天削出金芙蓉"之句，但以红、白不同的颜色写同样的青峰，却别有趣味。盖南岳之神为赤帝，尚火德，色属红，故以红莲喻衡山群峰；佛教中人，每喜称观世音菩萨为白衣大士，故以白莲喻观音岩。落想之奇特，设喻之切当，可称双绝。无怪乎狄葆贤《平等阁诗话》称此句"盛传于世，殆如'庭草无人''满城风雨'之脍炙人口。"而钱仲联《梦苕庵诗话》更以为此句虽"实从香山'半采红莲半白莲'句化出，然窑变观音，出香山之上矣。"

颈联二句，与首联交叉绾合。"一片""万朵"以数量词相对应，"云海""白莲"又以其颜色相对应；而"踏苍烟""插青天"则以表现山高的动态意象相对应，笔法错落有致，见出结构上的艺术匠心，不细细品味，便会失之眉睫。"一片"句写无所不在的山雾笼罩翻腾的云海，朦胧外更有朦胧，善状衡山七十二峰雾诡云谲的景象。"全家"句直接出处是李商隐《病中早访招国李十将军……》："家近红蕖曲水滨，全家罗袜起秋尘"；追根溯源，则是从曹植《洛神赋》："凌波微步，罗袜生尘"化出，给人一种飘然欲仙之感。

颈联二句，妙处在"花侵马""月上弦"。烧香许愿后骑马离去，穿花丛而行，朵朵鲜花夹道怒放，这一景象全浓缩在"花侵马"三字中，用"侵"字写花朵向人马温柔地摩戛，是一奇；本是人骑马入花丛，是马侵花，而这儿说成"花侵马"，是二奇；此"花"又可理解为女子鬓发上插的花朵，甚或理解为倩女笑靥迷人的花容，那么"花侵马"便是暗写如花少女们簇拥在马匹旁，这是三奇。"上弦"本指月亮每当农历每月初七、初八时形状亏为满月之半的现象，以其"似弓之张而弦直"，故名；而在诗中，"上弦"因对仗关系也由名词而转为动宾词组，显出了月的动态。

尾联诗人由观音岩而联想到观音菩萨的道场普陀山，回忆起往日的游踪。相传观世音菩萨居南海普陀山，身坐千瓣莲花座，故以"千叶座"喻普陀山，此又与首联"万朵红莲礼白莲"呼应。"天风"句既是回忆往日天风吹送海船向观音菩萨所在地靠近的情景，也暗含敬仰观音菩萨慈航普度，救苦救难之意。一结由山而转到海，笔势荡开，曲尽其妙。

曾广钧被王闿运目为神童，是晚清西昆一派之健将，由云龙《定厂诗话》说："曾环天诗，如散花天女，雾鬟风鬟"，此诗似乎可以为证。（庞　坚）

初到杭州宿三潭，晓起望湖^①　　黄　节

照眼西湖今始过，　晓钟真奈不眠何^②。

断虹带雨生初日③，森柳排山覆晚荷。
浅水蓬莱行再见，　两堤菱芡已无多④。
平时梦想江山处，　不独伤心唤渡河⑤。

注　① 此诗选自《蒹葭楼诗》卷一。原载《国粹学报》，又载《甲寅》杂志，诗题均作《初到杭州，宿三潭印月，晓起望湖》。《国粹学报》载此诗合另七首，有总题曰《游西湖近稿》(戊申七月)。戊申，即光绪三十四年(1908)。　② "晓钟"句，《国粹学报》《甲寅》均作"诗魂还我旧东坡"。　③ 断虹，《国粹学报》《甲寅》均作"断桥"。　④ "浅水"二句，《国粹学报》《甲寅》均作"人世几回清浅水，湖山犹在短衣歌"。　⑤ "平时"二句，《国粹学报》《甲寅》均作"休论三十年来事，清响沉沉邈者何?"并下注："郑所谓:'张玉田词，能令三十年后，西湖锦绣山水，犹生清响。'"

光绪三十四年(1908)七月，诗人游杭州，作《游西湖近稿》诗八首。此选为其中第一首。诗人初到杭州，登临山水，望湖生情，一叹大好中华江山，今日谁主沉浮? 当时时代风尚，年轻的汉族知识者，无论伤时感事或范山模水之诗，都不免倾注反清革命的热情于诗中。黄节此诗，自也与此类诗歌同调，何况其时，他正与一些青年诗人在酝酿成立"南社"这样的革命的文学团体。

首联"照眼西湖今始过，晓钟真奈不眠何"，写初到西湖，为湖光山色的美景所感染，兴奋而难以晨光中再眠。诗人酷暑游杭，宿西湖中的"三潭印月"名胜，四面环水，晓起望湖，只觉西湖在旭日晨光照耀下，波光粼粼，分外耀眼。"照眼西湖"，写出了朝光中的西湖水面特征。西湖周边，近有净寺，远有灵隐，破晓之时，佛殿寺钟，次第齐鸣，远播湖上，令人神往，但诗人整夜未眠，其实也无须钟声催醒。"不眠"二句，就把初来西湖者的兴奋不已之情，全盘写出。而全诗所记，亦便循此感情的脉络发展。其第二句初稿为"诗魂还我旧东坡"，是指苏轼杭州任通判期间，曾写有大量咏西湖山水诗，其中"水光潋滟晴方好，山色空蒙雨亦奇。欲把西湖比西子，淡妆浓抹总相宜"，尤为脍炙人口。黄节用此典，谓昔日东坡所爱风光，今又还属于我。然而，此旧句用事，在表情达意上，远不如改定稿的直接从眼前取景，更能达情表意，情景更生动，气氛更浓烈。以下四句，侧重写"晓起望湖"。

"断虹带雨生初日，森柳排山覆晚荷。"上句写湖上高处，下句写湖上远处。诗人仰视湖上，旭日方升，晨雨阵阵，如带虹霓，渐现于雨云层间，断续可见。郁森森的绿柳，密密层层，缘山傍湖，伸展而去，推向山峰，而其浓荫又覆盖着满湖盛开的晚荷。一幅色彩多么艳丽迷人的图画! 断虹色彩缤纷，初日红光耀空，森柳层层浓绿，晚荷叶碧花红，背衬青葱郁勃的青山翠峰，在迷蒙飘忽的晨雨中，益发显得新丽鲜艳，妩媚迷人。两句中多重连用"带""生""排""覆"等动词，将一幅晨光雨中的湖光山色，写得静中有动，生机勃勃，而又富于活泼情趣。改定稿改初稿中"断桥"为"断虹"，更具色彩，意境更阔大、更媚人。这两句从天上、远山等大处落墨，衬写西湖，犹如画上的大背景。至颈联两句，则从湖上细处描绘，浓墨重彩，点染湖光山色。诗云"浅水蓬莱行再见，两堤菱芡已无多"。西湖水浅，远不如蓬莱仙岛所在的东海深邈。但是，湖畔佳境，可比蓬莱仙境，一步一景，处处如蓬莱仙境般美丽奇妙。苏堤、白堤之畔，犹有湖上的菱与芡，但多经采摘，所余无多了。两句直接写湖上风光，写湖浅水清平静，两堤一带，美不胜收。初稿作"人世几回清浅水，湖山犹在短衣歌。"不如改定稿句的写湖光那么具体形象，寓悦愉之情于景，而是偏重于说理，与额联写景之句，欠谐和，缺呼应，何况，寓理在感慨一己之人生，向往短衣隐山之乐，未免消沉，与全诗题旨不合。改定稿仍循首联，再续额联，写足湖光山色之美,充分抒发愉悦美好江山之情,层层铺垫,蓄势积厚,以是从结出末两句,迸发出一曲高昂悲壮之音,奇峰突起,而完成全诗题旨,其云"平时梦想江山处,不独伤心唤渡河。"初稿原作"休论三十年来事,清响沉沉邈若何?"用的是郑所南评张玉田词句意,谓"张玉田词,能令三十年后,西湖锦绣山水,犹生清响。"初稿两句,还在诗人作自我感慨。其时,诗人已年有三十六岁,自叹人生茫茫,成就未立,犹如"清响沉邈"。此乃拘泥于个人身世之感,格调未免欠沉落而狭窄。而改定稿所出两句,升华到伤时感事、忧患家国的高度,从湖光山色中,触生忠爱之情,使全诗布满亮色。史载宋朝名将宗泽,一生抗金,临终犹大呼"渡河",要渡过黄河,尽驱胡虏;其壮志未酬,常令后人为之扼腕叹息。诗人由西湖景色之美,忽然联想及平日梦想到的中华江山、当有无数如西湖之美景,但而今却全为满清所统治,江山含辱蒙羞,有志者怎可忘此羞辱、而坐观美景?宗泽抱志以没,固然令人思之伤心;但今日之时势,又安得而不令人伤心?"不独"二字,说明了诗人所言不在史事而在时事,也暗示了诗人的排满革命倾向。黄节是学人,编《国粹学报》,力主发扬国粹,保种保国,恢复汉官威仪,亦是这种倾向的体现。读至尾联,读者始悟前六句充分展画铺写湖光山色之美,正是为此"伤心"蓄积其势:山河越美,越令诗人伤怀;而前篇所写美景乐怀,正好同尾联所记"伤心"形成鲜明对比,从而使结句产生强烈的感人力量,其高亢怒吼,足可撼人心魄!

陈衍《石遗室诗话》谓黄节"为诗,著意骨格,笔必拗折,语必凄婉。"从这首诗,尤其是改动部分中,我们能明显地见到黄节之"著意骨格"的精神。(王杏根)

中元节自黄浦出吴淞泛海　　陈去病

舵楼高唱大江东①,万里苍茫一览空。
海上波涛回荡极,眼前洲渚有无中。
云磨雨洗天如碧②,日炙风翻水泛红。
唯有胥涛若银练,素车白马战秋风③。

注 ① 大江东:苏轼词《念奴娇·赤壁怀古》:"大江东去。" ② 句下自注:"烈日中忽遇阵雨"。 ③ 胥涛:潮水的代称。春秋时,吴王夫差不听伍子胥的劝告,反将子胥赐死。子胥死前嘱其子,死后将他的尸体用皮囊包好,投到钱塘江中,以便早晚乘潮来观看吴王的失败。传说子胥怒气化为怒潮,称为胥潮。还有人见他乘素车白马在潮头上,每当高秋八月,隐现于钱塘江潮之中。两句用此故事。

陈去病作为"南社"发起人之一,著名革命志士,"少年时负奇气,一往无前",中年致力革命事业,慷慨以天下任。一九〇八年,时当革命斗争风起云涌之际,他由上海乘船渡海赴广东从事革命活动。以这样的个性气质,这样的形势,这样的目标,该是怎样的一番心胸和激情?这一切都展示于泛海抒怀的造境之中。换句话说,挥洒于笔底的境界并非单纯为眼前景物的自然展开,胸中波澜的融入和开掘,可以称作融情入景,而从诗面的景物选择与渲染看,又何尝不是一种象征呢?

"舵楼高唱大江东",作者居于全船视野最开阔处的"舵楼",自然首先规定了全诗写景的视点,其实这昂然前趋的位置,不也正与作者立于革命前潮的位置表里沟通吗?"高唱""大江东去"，便有"浪淘尽千古风流人物"、而今舍我其谁的英雄气概。侯鸿鉴《浩歌堂诗钞序》说他"慷慨悲歌，不可一世"，郑逸梅《南社丛谈》说他"孤芳自赏"，从这一句中都可遥见其当日气度。有此雄迈壮阔的起笔，次句"万里苍茫一览空"无论景物还是情境就都是合理的展开了。"一览空"饱溢了"不可一世"的意致，而从写景看，则是大处着笔的无限远景，是极目海上的真切实境。次联出句视点下俯"波涛"，那波涛重重回荡，由近及远，无穷无尽，"极"正是"波澜动远空"的境界，同上句的"一览空"勾挽。对句视线再作回收，由于波涛的起伏，"眼前洲渚"乃时隐时现。革命风云的层层叠起，革命形势的升沉起伏，便成为这两句被象征的内涵。这几句可以凭艺术感觉鲜明体察到写景的底蕴，诗面上表现得又"无迹可寻"，人们说陈去病诗为"唐音"，这正是突出的一点。"云磨雨洗天如碧"已注明为"烈日中忽遇阵雨"的实况，视野上扬。"日炙风翻水泛红"，写日光返射出的色彩，视线下临。一"碧"一"红"，上下映衬，色调鲜丽夺目，境界美轮美奂。这境界乃是经过"云磨雨洗""日炙风翻"艰难锻淬之后——"磨""洗""炙""翻"，作者遣词中如此突出这一点，强烈的主观感觉对自然景象的这种强调，其象征意旨当是不言而喻的。当然作者深知自己在实景中叠映的是一种理想和憧憬，而眼前更需要的是艰苦的斗争，甚至悲壮的牺牲，所以，末联用伍子胥的事再写波涛，并用"唯有"两字领醒，命意盖在于此。"素车白马战秋风"透露着壮士视死如归的激烈心怀，那当然是对斗争事业艰难性的充分理解为前提，并与首句"舵楼高唱大江东"的豪迈遥相呼应，形成不同色调的情感层次。

全诗笔力雄迈恣肆，境界阔大，气势豪壮，真力弥满，显示了陈去病诗歌的独特风格，并由此感知一代历史前驱者们的昂扬风范。（魏中林）

上海胡家闸茶楼① 　林　旭

已近乡心那得休，谁曾一笑妄成留？
依回避疫情何怯，牵率言欢意易遭。
十里人声趋短夜，百年海水变东流。
闲来独倚原无事，只为凉风爱此楼。

> **注** ① 胡家闸：即胡家宅，在福州路大新街（湖北路）东。清道光后期小亚细亚国民在此建清真寺，并聚群居住，故得名。十九世纪末成为京戏馆最集中的地方。

光绪二十一年（1895），林旭入京应试，正值《马关条约》签订，他参加了康有为发起的"公车上书"，后又受业于康，并加入了强学会。次年夏，他由京返故里，途经上海，写下此诗。

诗的首联，诗人说：到达上海，比起京师来，离福建老家当然近得多了，然而思念故乡的感情却更不得罢休，更显迫切，谁又怎会想到轻易在沪上留滞？"曾"在此作"争"（即"怎"）解，"一笑"则喻"轻易"。首联中诗意便已见出曲折。

颔联二句，"依回"即"依迟"，指诗人自己留滞沪上若有依恋迟回之态。"避疫"指福建当时正闹瘟疫（林旭《还福州海行》之二"旱疫应知乡事苦"可以印证），诗人偶止上海竟似意在躲避。"情何怯"自然是诗人的自嘲。读者当知并不是他胆怯避疫，而是交通上的原因，使他不得已坐等定班客轮。"情何怯"又暗用宋之问《渡汉江》"近乡情更怯，不敢问来人"，别有不尽之意。"牵率"意为"牵引",在此不妨解为"怅触","言欢"云云,谓虽暂留沪上不得速回家乡诚属憾事,但倒也可乘此机会与前辈诗人如陈衍、郑孝胥(同为客居上海的闽人)等相聚畅叙,尽意言欢。(按《晚翠轩集》中《与石遗大兴里饮罢过宿有叹》、《洋泾桥与郑太夷丈对月》诸诗,大约即同期之作。)不过,若解为归里与亲朋言欢之意甚切,也可。二句一退一进,用笔亦见跌宕。

再看颈联。"十里人声趋短夜,百年海水变东流",钱仲联《梦苕庵诗话》称其"瘦折可喜",可以认为这是全诗的重点。确实,二句即景抒情,刻意锻炼而以枯淡之笔出之,颇肖林旭所效法的陈师道诗风。杜诗对仗每用"万里"、"百年",极具沉郁顿挫之势,而林旭此处乃以"十里"对"百年",虽有客观因素,却也可见出汪国垣所谓"其心苦,其词迫"(见《光宣诗坛点将录》)。"趋短夜"写富豪子弟征歌逐舞,醉生梦死之病态,用笔曲折波峭,一个"短"字意味深长。古诗但云"昼短苦夜长",此则苦夜短而隐含"东方渐高奈乐何"之消。"变东流"不是说海中水流的方向变化,而是说它的深浅变化,也就是人们常说的"沧海桑田"之意,指的是西方资本主义侵入,上海开埠以来四十余年所发生的种种变化。林旭行迹,颇与唐代杜牧相类,对此畸形发展的十里繁华地,他是非常熟悉的,但身处其中,时时流露出一种"众人皆醉我独醒"的苦涩悲凉之感。如他的另一首《沪寓即事》"独谣负手谁能喻?百计安心或未贤"一联,也有同样的慨叹,即陈衍《石遗室诗话》中所谓"欢场中时有身世之感"(我们应当再加上"家国之恨")。

尾联落笔貌似轻松,实则其重在骨,令人想起辛弃疾《丑奴儿·书博山道中壁》"而今识尽愁滋味,欲说还休,欲说还休,却道天凉好个秋"数语。"闲"与"无事"反衬出忧思之深,实非寻常笔墨。全诗以明写思念家乡起笔,以暗写感慨国是作结,组织安排,很有匠心。

狄葆贤《平等阁诗话》评林旭诗云:"其诗或有病其涩者,余谓正如橄榄回甘,于此间弥见风味。"读此诗者,以为如何?不过即使不喜林诗,对他善学后山这一点,恐怕谁也无法否认。

(庞　坚)

八月十五夜月　　王国维

一点灵药便长生,眼见山河几变更。
留得当年好颜色,嫦娥底事太无情?

本诗作于光绪二十六年庚子(1900)中秋,这一年八国联军攻入北京,慈禧太后挟带光绪皇帝仓皇西狩,避匿西安,此际正派人与联军议和。因战乱的影响,东文学社停办,诗人由上海还海宁暂居,内心烦乱愤懑,故有此作。

常言道"月到中秋分外明",而明月是嫦娥仙子的居所,故吟咏中秋夜月的诗,往往从嫦娥下笔。但本诗虽也由嫦娥下笔,却并未把嫦娥奔月当作逸事咏诵,也未写她离群索居的寂寥,而脱出俗套,别开生面,责备她只顾个人长生不老,不管人世变化,未免对祖邦过于无情。前二句叙写事实,写嫦娥离开世间后,人世间纷纷扰扰,发生无数变故。"一点灵药便长生",括写神话传说。嫦娥,又名姮娥,传为射日英雄后羿之妻。《淮南子·览冥训》云:"羿请不死之药于西王母，姮娥窃以奔月。"为自己长生，竟能舍弃夫君，自是忍情之辈，对于他人当然更不会关心。"眼见山河几变更"，便是对嫦娥奔月之后千年生涯的写照。"山河几变更"，即历史发生多次大变动，自然是多年的经历；"眼见"既写出嫦娥超过凡人的长寿，也暗含她对这一切无所萦心，对她的冷漠有所揭示，为后面发抒感慨奠定了基础。后二句是对嫦娥只顾自己、不顾苍生的冷漠态度的批判。"留得当年好颜色，嫦娥底事太无情？"意谓嫦娥虽求得长生，但只对个人有益，于人世无补，实在是太缺乏情意了。"底事"，何事。"底事太无情"，因为什么事对人间那样绝情呢？其主旨是说，如果祖邦沦陷、人民遭难的话，即或个人容色常青，又有什么意义？

　　诗作从字面看是对嫦娥的批评，实际是对个人心迹的剖白。责怪嫦娥自私，犹表白自己不愿独善其身；责怪嫦娥无情，犹披露自己对国计民生的关切。从本质上说，王国维并不是功利感极强的政治性人物，只是个敏感而多情的学者，但富有社会责任心，怀有人人幸福的"生生主义"社会理想，对于国势的衰颓，人民的疾苦，自觉有解救的任务，不该只图自利。他写此诗时，虽人生观尚未定型，但已有荷负人生一切痛苦的趋向，正因如此，本诗便会因时局动乱，对独求一己长生的嫦娥有所不满。责备嫦娥，实是无理之笔，但正因其表面上的无理，诗人内心的烦乱和他的社会观才能体现。因此，本诗可称是"无理而奇"的佳作。（张永芳）

日人石井君索和即用原韵① 　　秋　瑾

漫云女子不英雄②，万里乘风独向东③。
诗思一帆海空阔，梦魂三岛月玲珑④。
铜驼已陷悲回首⑤，汗马终惭未有功⑥。
如许伤心家国恨，那堪客里度春风⑦。

注 ① 石井：秋瑾结识的日本朋友。　② 漫云：不要说。　③ 独向东：独自东渡日本。　④ 三岛：指日本。日本由本州、四国、九州三个主要大岛组成。玲珑：清明美好貌。　⑤ 铜驼：铜驼荆棘的简称，语出《晋书·索靖传》，形容亡国后残破景象。　⑥ 汗马：喻征战劳苦，因称战功为汗马之劳。语出《韩非子·五蠹》。　⑦ 客里：客居日本。

　　一九〇四年四月秋瑾首次赴日留学，舟行途中，日本友人石井写诗并求和，秋瑾当即写了这首诗赠给他。

　　当时，爱国热血青年到日本留学，寻求救国真理者并不鲜见。但像秋瑾这样一个青年女子独身前往，就如凤毛麟角了。也许正是诧异于此，秋瑾才格外引起石井的注意，并赠诗求和的。首联"漫云女子不英雄，万里乘风独向东"当是对石井的回答，以豪迈的语气表现为拯救祖国万里求学的勇气和精神。"漫云"抹倒了千百年来对妇女的偏见歧视，一个"独"字更突现了她"巾帼英雄"的主体形象。次联就"独向东"三字意脉展开。舟行海上，视野极是开阔，引致诗兴大发，物境与心境互为表里，"诗思一帆海空阔"的阔大诗境，正写出这以"物感"为绾结的景与情的两重内容，显出气概非凡。"梦魂三岛月玲珑"写对日本的向往。那"三岛"月夜萦人梦魂，是前句"诗思"的进一步延伸。作者首次东渡日本，充满憧憬和想象，"月玲珑"三字将这种美好的向往心境具像化地传达了出来。经生《秋爽斋诗话》评这两句说:"时一吟玩,恍如神游蓬、瀛三岛间也",道出了这两句诗的艺术感染力。前两联从"万里乘风"到"月玲珑"诗境由雄壮阔大转为清秀幽婉,恰如其分地显示了"英雄"与"巾帼"的双重特质。然而,秋瑾"万里乘风独向东"毕竟不是去玩赏"月玲珑"的,而是自觉肩负着为拯救祖国寻求知识、真理的庄严使命。就在这"梦魂三岛月玲珑"的曼妙遐思之中,她突然回首祖国,诗境顿然又由幽秀跌向沉郁。"悲回首"有双重蕴含:一是"独向东"中的实际回首,那是去国离乡的眷恋;二是回想到祖国遭受的一系列蹂躏,这又是"独向东"目的的提示。这一句在意脉上恰有屈原《离骚》中"陟升皇之赫戏兮,忽临睨夫旧乡。仆夫悲余马怀兮,蜷局顾而不行"和《哀郢》中"鸟飞返故乡兮,狐死必首丘"那种一步三回首的意致。但秋瑾毕竟不同于屈原,屈原是绝望中的反顾,秋瑾则满怀着创造的激情和理想。所以"悲回首"所"看"到的"荆棘铜驼"更增加了她"独向东"为拯救祖国命运的决心。下句"汗马终惭未有功",一个"惭"字写尽了她那种"祖国陆沉人有责"的自觉使命意识。鸦片战争以来,多少志士仁人为祖国沉沦浴血奋斗,却终究未克成功。秋瑾以一个女子自觉感到有一份自己的责任在,所以才感到"惭"的。唯其如此,"独向东"才更有了深厚伟力的支撑。末联"如许伤心家国恨,那堪客里度春风",将上面这重意绪作了明确的收束,也是她"万里乘风"雄心抱负的有力揭示。

全诗诗境三转,丰富地展示了秋瑾初渡日本所怀的多重心境,同时又为着一个根本目的去着笔,使不同情感色彩统一于"巾帼英雄"的主体形象。那个激荡的时代爱国者的共性与秋瑾的独特个性气质,都淋漓自如地传达出来了。(魏中林)

京口遇范肯堂^①　　杨　圻

桃花逐春水，　江上又逢君。
宇宙今何世?　风流意不群。
暮潮细生雨，　绝壁起闲云。
严武军中事^②，相看感旧闻。

忧乐谁前后^③? 含情未忍言。
与君看落日，　为我话中原。
时难文章弃^④，春深草木繁^⑤。
卧来江渚冷^⑥，高枕向乾坤。

注 ① 京口:今江苏省镇江市。范肯堂:范当世(1854—1904),原名铸,字无错,又字肯堂。江苏南通人。光绪间客直东总督李鸿章幕。有才名,文师桐城,诗宗宋人,有《范伯子诗集》十九卷、文集十二卷传世。　② 严武(726—765):字季鹰,唐华州人,中书侍郎严挺之子。少以父荫调太原府参军事,累任谏议大夫,东川剑南节度使。镇剑南。广德二年(764)破吐蕃七万众于当狗城,封郑国公,加检校吏部尚书。镇蜀多年,虽恣行猛政,穷极奢靡,却友待大诗人杜甫,屡屡给以诗圣多种帮助。这里喻指直督李鸿章。　③ 忧乐句:语本宋范仲淹《岳阳楼记》名言:"是进亦忧,退亦忧,然则何时而乐邪? 其必曰:先天下之忧而忧,后天下之乐而乐。"　④ 时难句:意谓国逢动荡多事之秋,世每重武而轻文。　⑤ 春深句:语本唐杜甫《春望》诗:"国破山河在,城春草木深。"此用其意。　⑥ 江渚:犹江滨。

　　此诗原题下有小注云:"合肥太岳(指李鸿章)督直时,先生为幕府上客,今别十年矣。"然李鸿章督直凡二十五年(1870—1895),因查作者《双肇楼记》有曰:"光绪壬辰(1892),余年十八,婚于合肥文忠公之门。南通范伯子,方为文忠幕上客,见余文字,许为可造,亟称于文忠公。自后诗文辄就教,得闻绪论。"又诗之首句云:"桃花逐春水。"由此知本诗当作于清德宗光绪壬寅(1902)三月,时年二十八岁。两年后,范当世流徙江湖,即客死于沪上旅邸。

　　诗为两首五律,其一侧重于相逢忆昔,其二侧重于相逢论今,诗旨虽伤故人,实质亦自伤自叹,感时忧国,表现了作者思赴国难,以求一展胸襟的积极用世精神。故十三家评点《江山万里楼诗钞》评论此诗曰:"二诗回肠荡气,忧愤忠爱,流露言表。"

　　"桃花逐春水,江上又逢君。"第一首之首联点题搭额,以明时间、地点、人物。如杜甫《江南逢李龟年》诗所云:"正是江南好风景,落花时节又逢君。"诗中的一个"又"字,含有无限感慨,颇有故人相逢,说不清是喜是悲的感觉。诗之额联以景生情,关合时事,云伯子虽处乱世,却风骨凛凛,卓尔不群。字里行间,流露出云史对这位长辈及至交的钦慕之心。而世运之治乱,年华之盛衰,彼此之交谊,尽见于四句之中。诗之颈联虽回扣"京口"二字,摹写眼前之景,却创造出一种略带苍凉的气氛,为尾联的往事不堪回首而张本。

　　诗人小范当世二十一岁,以年齿论,伯子自是前辈,云史曾向他讨教诗文;就交际关系言,伯子为李鸿章幕僚,云史是李鸿章女婿,一盛赞"杨郎清才"(杨士骧《江山万里楼诗钞》卷一跋:"壬辰秋,余谒合肥相国于津门。时云史新婚相国之女孙子。通州范肯堂为幕府上客,见其诗,为余数道:'杨郎清才。'")。一由衷感叹伯子"风流意不群",诗格人格均足以睥睨一世。正因为如此,尾联"严武军中事,相看感旧闻",不仅用典贴切,而且更见二人志同道合,交谊之深。

　　第二首五律承第一首而来,由忆旧转为论今。诗的前两句表现的是一种无可奈何的感伤情绪。"先天下之忧而忧,后天下之乐而乐",这是北宋范仲淹的名句,谁都知道。而同样志存社稷,心悬天下,范、杨二人亦都想奉此为处世准则。可是二人相逢江上,却"含情未忍言"。什么原因?诗之中间两联道出了原委:国步艰难,有如日落西山,呈现的是一种难以挽回的趋势。而世道的混乱艰难,使文章分文不值,文人无用武之地可言。诗句显示的一种忧国忧民的精神,溢于言表,令人动容。"卧来江渚冷,高枕向乾坤。"诗之末联表现的是不甘寂寞退隐的积极用世态度,说明作者虽"未忍言"忧乐,实质仍志在"乾坤",一时一刻亦未尝忘却天下之冷暖苦乐。

　　值得玩味的是,范、杨二人虽皆志同道合,心悬天下,彼此的处世态度与生活道路却到底并不一样。杨圻日后弹冠新朝,委身强藩,终为世人所诟病;而范当世一生穷困潦倒,心中诗中唯装着黎庶苍生,评价远在云史之上。如狄葆贤《平等阁诗话》云:"(肯堂)平生兀傲颓放类阮嗣宗,困厄寡谐,以古文名世……庚子王室如毁,多以诗篇寄其孤愤,每一吟讽,如见其人。"金天翮《答苏堪先生书》更云:"继殁叔(江湜)之后,为通州范伯子,贫穷老瘦,涕泪中皆天地民物、大江南北。二子盖豪杰之士也。"

　　此诗在艺术上的最大特点是明白如话,绝少用典,气息清厚,骨力雄秀,颇有唐人格调,尤得老杜风神。诗中"桃花逐春水,江上又逢君""时难文章弃,春深草木繁",半从杜诗中化出。至若"宇宙今何世,风流意不群"、流水对"与君看落日,为我话中原"及尾联"卧来江渚冷,高枕向乾坤",无论就遣词与命意言,老杜自当把臂入林,视为嗣响。　(聂世美)

本事诗·春雨　　苏曼殊

春雨楼头尺八箫，何时归看浙江潮？
芒鞋破钵无人识，踏过樱花第几桥。

　　人生的经历固然可以写成一部大书，却也有人只将它浓缩在短短的诗行里——此时正当一九〇九年，日本江户，一位 26 岁的青年僧人正独立楼头，面对着栏外的霏霏细雨，吹奏着一管"尺八"之箫。听那流出的音韵，悲抑纡余、阴深凄惘，令驻足倾听的雨中行人，也禁不住哀哀欲泪了。看来这孤僧全不似野鹤闲云，胸际亦别有一种难言的伤怀。

　　这伤心人就是苏曼殊——中国近代文学史上"不可无一，不可有二"（柳亚子语）的作家、诗人兼画家。因为善于作画，作起诗来也漾曳着极凄美的画意。"春雨楼头尺八箫"之起句，正以疏淡的绿雨为底色，寥寥数笔，即活现了一位吹箫楼头的孤僧身影。与此相伴的，还有画不出的袅袅箫音，忽徐忽疾，久久交缠在一片雨丝之中。

　　而后从楼头传来一声长长的喟叹："何时归看浙江潮？"——这喟叹无疑挟带着牵人心魄的浓浓客愁。它先以"浙江潮"（即钱塘江潮）所幻化的千军呐喊、万马奔腾的壮境，将诗人的思绪一下带回了遥远的祖国，带到了秋光如染的杭州。"昨秋养病武林"，与好友同游西湖、共听潮声的情景，此刻"尚形梦寐间也"（见诗人同年致刘三的信）。但"何时归看"四字，则又如一声清磬，将这美好的梦寐惊醒。而今的诗人，却早已在异国、为异客、成了"远远孤飞"的"天际鹤"，"绝岛飘流"的"一病身"（见苏曼殊同期诗作）——听的是他乡的春雨，穿的是异邦的僧衣，吹奏的也是"状类中土洞箫"的东瀛"尺八"。透过霏霏的雨丝翘望西南，唯见茫茫一片海天：他的故乡，那片日思夜梦中的可爱故土，究竟又在哪里？何时方可归临？

　　没有人回答他的深长问叹。诗人茫然四顾，周围的一切都是那么陌生。在异国的缭乱春雨中，在车来人往的喧阗间，诗人愈加感受到了自己的孤独。于是他叹息着挂上竹箫，幽幽地步出城郊。"芒鞋破钵无人识，踏过樱花第几桥"——一个脚履草鞋、手持破钵的孤僧，就这样在樱花如云的岛国上踽踽独行。他仿佛在默默自问："我是谁？"是三次剃度，悠闲得如"行云流水"的禅门佛徒？还是"日日思卿令人老""瘦尽朱颜只自嗟"（分见《寄调筝人》《何处》）的多情诗人？或是那个"披发长歌览大荒"，就是出了家，也会"袈裟和泪伏碑前"（见《以诗并画留别汤国顿》、《谒平户延平诞生处》）的热血青年？

　　——这一切，都正是他往日那不羁而又孤子的流浪生涯的写照。"异域飘零，旧游如梦"；"庸僧无状，病骨支离"（《致柳亚子书》）。虽然在痛苦、绝望中几经剃度，但天生的热血之性，又时时驱使着他关心祖国和民族的命运；异国痴情女子的青睐，也常会令他怦然心动——这就是他：一位既热情、又颓唐；既富于尘世欲求，又企求在逃禅学道中获得宁静的复杂自我。种种矛盾和痛苦，由此交织在一起，竟使他常常"无端狂笑无端哭"（《过若松町有感示仲兄》）。那隐藏在"芒鞋破钵"后面的真实面貌，不仅别人很难辨"识"，就连诗人自己，怕也很少能够自剖、自"识"的吧？而今他就这样，带着几分孤傲，几分落寞，几分茫然和无奈，"踏过"一座又一座木桥，在如燃的异国樱花中，继续走他的未尽生涯……

在短短的一首绝句中,诗人展开自己那"落叶哀蝉"般的身世,以抒写茫茫人生中对故国的怀念、对世界的迷惘,而且染境如画,使自己落魄异邦的神情音容呼之欲出。这运笔实在是精妙的! 所以,当杨德邻慨叹此诗"不着迹相,御风泠然"(《锦笈珠囊笔记》),于右任惊呼为"尤入神化"(《独对斋笔记》),而共推为苏曼殊之代表作时,读者想必都不会有异词吧。

(张 巍)

图书在版编目(CIP)数据

　　文学经典鉴赏. 元明清诗三百首 / 上海辞书出版社
文学鉴赏辞典编纂中心编. —上海：上海辞书出版社，
2022
　　ISBN 978-7-5326-5999-9

　　Ⅰ.①文…　Ⅱ.①上…　Ⅲ.①古典诗歌-诗歌欣赏-
中国-元代-清代　Ⅳ.①I206

　　中国版本图书馆 CIP 数据核字(2022)第 229147 号

WENXUE JINGDIAN JIANSHANG · YUANMINGQINGSHI SANBAISHOU

文学经典鉴赏·元明清诗三百首

上海辞书出版社文学鉴赏辞典编纂中心　编

责任编辑	吕荣莉
装帧设计	姜　明
责任印制	楼微雯

出版发行	上海世纪出版集团 上海辞书出版社(www. cishu. com. cn)
地　　址	上海市闵行区号景路 159 弄 B 座(邮编 201101)
印　　刷	上海盛通时代印刷有限公司
开　　本	720 毫米×1000 毫米　1/16
印　　张	24
字　　数	569 000
版　　次	2022 年 12 月第 1 版　2022 年 12 月第 1 次印刷
书　　号	ISBN 978-7-5326-5999-9/I·529
定　　价	68.00 元

本书如有质量问题，请与承印厂联系。电话：021-37910000